子どもの本 日本の名作童話
最新2000

日外アソシエーツ

Guide to Books for Children
Japanese Literary Masterpieces
2005-2014

Compiled by

Nichigai Associates, Inc.

©2015 by Nichigai Associates, Inc.

Printed in Japan

> 本書はディジタルデータでご利用いただくことができます。詳細はお問い合わせください。

●編集担当● 高橋 朝子
装丁：齋藤 香織　カバーイラスト：赤田 麻衣子

刊行にあたって

　子どもの本には、繰り返し出版され、世代を越えて「名作」として読み継がれていくものが多い。それは明治の文豪の作品だけでなく、現代作家の作品にも当てはまる。また、学習指導要領の改訂により小学生向けの古典の現代語訳やリライトした読みものも多く刊行されるようになった。

　本書は、既刊「子どもの本　日本の名作童話 6000」(2005.2刊)に続くものとして、2005年から2014年までの最近10年の間に作品が刊行されている日本の児童文学史に名を残す作家221人を選定し、その作品2,215冊を収録した図書目録である。2004年以前の作品でも前版未収録のものは収録対象とした。現在も読まれている「名作」としての児童文学作品のガイドを企図し、前回「現代」篇に収録した作家の一部と前回載せきれなかったロングセラーの作家の作品も収録した。

　本文は、現在手に入る本がすぐわかるように出版年月の新しいものから順に排列した。なお図書には選書の際の参考となるよう内容紹介を載せ、作家名がわからなくても作品名から引けるよう、巻末には書名索引を付した。

　本書が公共図書館・学校図書館の場などで、子どもの本の選定・紹介・購入に幅広く活用されることを願っている。

　2014年11月

　　　　　　　　　　　　　　　　　　　　　日外アソシエーツ

凡　例

1．本書の内容

　　本書は、日本の児童文学史に名を残す作家の作品を集めた図書目録である。

2．収録の対象

　　最近10年間に物語・童謡集などの児童文学作品が刊行された日本の作家のうち、明治・大正・昭和期に活動した物故作家（一部それ以前も含む）、および1970年代頃から活動しているベテラン作家221人を選定した。選定した作家の2005年から2014年までに刊行された児童文学書2,215冊を収録したが、2004年以前の作品でも前版未収録のものは収録対象とした。

3．見出し

　　作家名を見出しとして、姓の読みの五十音順→名の読みの五十音順に排列した。見出しには生没年を付した。

4．図書の排列

　　作家名のもとに出版年月の逆順に排列した。出版年月が同じ場合は書名の五十音順に排列した。

5．図書の記述

　　書名／副書名／巻次／各巻書名／各巻副書名／各巻巻次／著者表示／版表示／出版地＊／出版者／出版年月／ページ数または冊数／大きさ／叢書名／叢書番号／副叢書名／副叢書番号／叢書責任者表示／定価（刊行時）／ISBN（①で表示）／注記／目次／内容

　　＊出版地が東京の場合は省略した。

6．書名索引

　各図書を書名の読みの五十音順に排列して作家名を補記し、本文での掲載ページを示した。同じ作家の同一書名の図書がある場合は一つにまとめた。

7．書誌事項の出所

　本目録に掲載した各図書の書誌事項等は主に次の資料に拠っている。
　　データベース「BOOKPLUS」
　　JAPAN/MARC

目　　次

【あ】

青木　茂　……………………………… 1
赤川　次郎　…………………………… 1
阿久　悠　……………………………… 8
芥川　龍之介　………………………… 8
阿刀田　高　…………………………… 10
天沢　退二郎　………………………… 10
あまん　きみこ　……………………… 11
有島　武郎　…………………………… 14
安房　直子　…………………………… 15
泡坂　妻夫　…………………………… 18
飯沢　匡　……………………………… 18
飯田　栄彦　…………………………… 18
池田　亀鑑　⇒ 池田芙蓉 を見よ
池田　芙蓉　…………………………… 20
石井　桃子　…………………………… 20
石垣　りん　…………………………… 21
石牟礼　道子　………………………… 21
伊藤　左千夫　………………………… 21
いぬい　とみこ　……………………… 22
井上　ひさし　………………………… 22
井上　靖　……………………………… 24
井原　西鶴　…………………………… 24
茨木　のり子　………………………… 25
井伏　鱒二　…………………………… 25
今江　祥智　…………………………… 26
今西　祐行　…………………………… 27
岩崎　京子　…………………………… 27
岩瀬　成子　…………………………… 28
上田　秋成　…………………………… 29
上野　瞭　……………………………… 30
内田　康夫　…………………………… 30
宇野　千代　…………………………… 31
卜部　兼好　⇒ 吉田兼好 を見よ
海野　十三　…………………………… 31
江戸川　乱歩　………………………… 31
大井　三重子　⇒ 仁木悦子 を見よ
大石　真　……………………………… 38

大海　赫　……………………………… 38
大川　悦生　…………………………… 39
大木　実　……………………………… 39
大河内　翠山　………………………… 39
大原　興三郎　………………………… 39
大村　主計　…………………………… 40
岡崎　ひでたか　……………………… 40
岡田　淳　……………………………… 41
岡野　薫子　…………………………… 44
小川　未明　…………………………… 44
小熊　秀雄　…………………………… 47
小沢　正　……………………………… 47
乙骨　淑子　…………………………… 48
小野　文夫　…………………………… 48

【か】

賀川　豊彦　…………………………… 48
加古　里子　…………………………… 48
柏葉　幸子　…………………………… 49
かつお　きんや　……………………… 53
加藤　多一　…………………………… 53
角野　栄子　…………………………… 55
金子　みすゞ　………………………… 61
鴨　長明　……………………………… 62
香山　彬子　…………………………… 62
川北　亮司　…………………………… 62
川崎　洋　……………………………… 72
川端　康成　…………………………… 73
川端　律子　…………………………… 73
神沢　利子　…………………………… 73
菊池　寛　……………………………… 76
岸田　衿子　…………………………… 77
北原　白秋　…………………………… 77
紀　貫之　……………………………… 78
木下　順二　…………………………… 78
儀府　成一　…………………………… 79
木村　裕一　…………………………… 79
曲亭　馬琴　⇒ 滝沢馬琴 を見よ

草野 心平 …………………………… 83
楠山 正雄 …………………………… 83
工藤 直子 …………………………… 84
国木田 独歩 ………………………… 86
兼好法師 ⇒ 吉田兼好 を見よ
幸田 露伴 …………………………… 86
香山 美子 …………………………… 86
木暮 正夫 …………………………… 87
小酒井 不木 ………………………… 97
後藤 竜二 …………………………… 97
小松 左京 …………………………… 101

【さ】

西条 八十 …………………………… 102
斎藤 惇夫 …………………………… 102
斎藤 隆介 …………………………… 104
酒井 朝彦 …………………………… 104
阪田 寛夫 …………………………… 104
佐藤 さとる ………………………… 104
サトウ・ハチロー …………………… 109
佐藤 春夫 …………………………… 109
さとう まきこ ……………………… 109
さねとう あきら …………………… 111
佐野 洋子 …………………………… 112
志賀 直哉 …………………………… 113
十返舎 一九（1世） ………………… 113
柴野 民三 …………………………… 113
島崎 藤村 …………………………… 114
清水 かつら ………………………… 114
庄野 英二 …………………………… 114
新川 和江 …………………………… 114
末吉 暁子 …………………………… 115
菅原孝標女 ………………………… 118
杉 みき子 …………………………… 118
鈴木 喜代春 ………………………… 120
鈴木 三重吉 ………………………… 123
砂田 弘 ……………………………… 123
清少納言 …………………………… 123
瀬田 貞二 …………………………… 124
妹尾 河童 …………………………… 124
宗田 理 ……………………………… 125
相馬 御風 …………………………… 133

【た】

高井 節子 …………………………… 133
高木 彬光 …………………………… 134
高木 敏子 …………………………… 134
たかし よいち ……………………… 135
高田 桂子 …………………………… 135
高田 敏子 …………………………… 137
高村 光太郎 ………………………… 137
滝沢 馬琴 …………………………… 138
竹下 文子 …………………………… 139
竹久 夢二 …………………………… 140
竹山 道雄 …………………………… 140
太宰 治 ……………………………… 141
立原 えりか ………………………… 142
立原 道造 …………………………… 143
谷川 俊太郎 ………………………… 143
谷崎 潤一郎 ………………………… 144
近松 門左衛門 ……………………… 144
千葉 省三 …………………………… 145
都筑 道夫 …………………………… 145
筒井 敬介 …………………………… 145
筒井 康隆 …………………………… 145
壺井 栄 ……………………………… 147
坪田 譲治 …………………………… 148
鶴屋 南北（4世） …………………… 151
手島 悠介 …………………………… 151
寺島 柾史 …………………………… 151
寺村 輝夫 …………………………… 151
戸川 幸夫 …………………………… 154
徳田 秋声 …………………………… 155

【な】

中川 李枝子 ………………………… 155
長崎 源之助 ………………………… 157
中島 敦 ……………………………… 157
中原 淳一 …………………………… 157
中原 中也 …………………………… 157
名木田 恵子 ………………………… 157
那須 正幹 …………………………… 163
那須田 稔 …………………………… 168
夏目 漱石 …………………………… 173
新美 南吉 …………………………… 175

仁木 悦子 …………………………… 177
ニコル, C.W. …………………………… 179
西内 ミナミ …………………………… 179
西川 紀子 …………………………… 181
野上 弥生子 …………………………… 181
野坂 昭如 …………………………… 182
野呂 昶 …………………………… 183

【は】

灰谷 健次郎 …………………………… 183
萩原 朔太郎 …………………………… 184
花岡 大学 …………………………… 184
はま みつを …………………………… 184
浜田 広介 …………………………… 186
林 芙美子 …………………………… 187
早船 ちよ …………………………… 187
東 君平 …………………………… 188
樋口 一葉 …………………………… 189
平田 晋策 …………………………… 189
広瀬 寿子 …………………………… 189
福島 正実 …………………………… 190
福永 令三 …………………………… 191
武鹿 悦子 …………………………… 193
舟崎 克彦 …………………………… 194
古田 足日 …………………………… 195
別役 実 …………………………… 195
星 新一 …………………………… 197
堀 辰雄 …………………………… 201

【ま】

松岡 享子 …………………………… 201
松田 瓊子 …………………………… 202
松谷 みよ子 …………………………… 202
松本 清張 …………………………… 206
松本 泰 …………………………… 206
まど・みちお …………………………… 206
眉村 卓 …………………………… 208
丸山 薫 …………………………… 209
三木 卓 …………………………… 209
三木 露風 …………………………… 210
水上 不二 …………………………… 210
水木 しげる …………………………… 210

三田村 信行 …………………………… 214
光瀬 龍 …………………………… 219
皆川 博子 …………………………… 220
宮川 ひろ …………………………… 220
宮口 しづえ …………………………… 222
宮沢 賢治 …………………………… 223
宮沢 章二 …………………………… 231
三好 達治 …………………………… 232
椋 鳩十 …………………………… 232
武者小路 実篤 …………………………… 233
村岡 花子 …………………………… 233
紫式部 …………………………… 234
村山 籌子 …………………………… 235
室生 犀星 …………………………… 235
森 鷗外 …………………………… 236
森村 誠一 …………………………… 236
森山 京 …………………………… 237

【や】

八木 重吉 …………………………… 239
矢崎 節夫 …………………………… 239
矢玉 四郎 …………………………… 241
やなせ たかし …………………………… 241
山下 明生 …………………………… 245
山田 風太郎 …………………………… 247
山中 恒 …………………………… 247
山之口 貘 …………………………… 249
山村 暮鳥 …………………………… 249
横溝 正史 …………………………… 249
与謝野 晶子 …………………………… 251
吉田 一穂 …………………………… 252
吉田 兼好 …………………………… 252
吉田 とし …………………………… 253
吉橋 通夫 …………………………… 253
与田 準一 …………………………… 255

【ら】

蘭 郁二郎 …………………………… 255

【わ】

渡辺 茂男 ……………………………… 255
わたり むつこ …………………………… 257

書名索引 ……………………………… 261

青木　茂
あおき・しげる
《1897〜1982》

『三太物語―小説』　青木茂著　光文社　2005.12　248p　19cm　1500円　①4-334-95018-3〈昭和26年刊の複製〉
[目次] 三太花荻先生の野球, 三太ウナギ騒動, 三太ローレライ, 三太大雷, 三太カッパ退治, 三太子ネコ―ネコものがたりの一, 三太ムクの木騒動―ネコものがたりの二, 三太大つづら, 三太人玉もんどう, 三太月世界, 三太理科の卵, 三太新風薬
[内容] 相模湖に近い山あいの小村を舞台に, 腕白でたくましくて飾り気の無い少年三太が巻き起こす愉快な騒動の数々。ラジオ, テレビで放送され, 映画の原作にもなった日本が生んだユーモア児童文学の最高傑作。「三太花荻先生の野球」「三太ウナギ騒動」「三太ローレライ」「三太大雷」「三太カッパ退治」ほか全12話。光文社創業60周年記念出版。

『三太の日記』　青木茂著　ポプラ社　1983.2　197p　18cm　（ポプラ社文庫）390円

『三太物語』　青木茂著　ポプラ社　1980.7　206p　18cm　（ポプラ社文庫）390円

『三太物語』　青木茂著　偕成社　1977.6　244p　19cm　（偕成社文庫）390円

『三太物語』　青木茂著　学習研究社　1976.12　231p　19cm　（学研ベストブックス）650円

『三太の湖水キャンプ』　青木茂作, 秋野卓美画　学習研究社　1972　238p　18cm　（少年少女学研文庫 235）

『三太のテント旅行』　青木茂作, 秋野卓美画　学習研究社　1972　360p　18cm　（少年少女学研文庫 324）

『三太の夏休み』　青木茂文, 秋野卓美絵　学習研究社　1970　275p　19cm　（少年少女学研文庫 316）

『三太物語』　青木茂文, 秋野卓美絵　学習研究社　1968　239p　19cm　（少年少女学研文庫 301）

『三太物語』　青木茂文, 桜井誠絵　偕成社　1965　178p　23cm　（新日本児童文学選 5）

『青木茂集』　青木茂作, 竹原長吉絵　ポプラ社　1958　299p　22cm　（新日本少年少女文学全集 30）

『三太物語』　青木茂文, 佐藤忠良絵　麦書房　1958　37p　21cm　（雨の日文庫 第1集9）

『笛のおじさんこんにちは』　青木茂文, 上河辺みち絵　光文社　1957　213p　19cm

『三太の日記』　青木茂文, 竹原長吉絵　鶴書房　1955　261p　19cm

『三太物語―小説』　青木茂, 野間仁根絵　光文社　1951　248p　19cm

赤川　次郎
あかがわ・じろう
《1948〜》

『幽霊バスツアー―あいにおまかせ!?　3』　赤川次郎作, 水野美波絵　集英社　2013.2　204p　18cm　（集英社みらい文庫 あ-1-3）600円　①978-4-08-321138-6〈「哀しみの終着駅」(2006年刊)「厄病神も神のうち」(2007年刊)をもとに一部加筆・修正〉
[目次] 嘘つきは英雄の始まり, 地獄へご案内, 元・偉人の生涯, メサイア来たりて
[内容] 行く先々で幽霊をよびよせちゃう, 霊感バスガイドのあい。今回は, 夜中のコンビニで少女の霊に, 温泉街ではおじいさんの霊に会ってしまう。そしてその後, あいの命がねらわれる事件が。ある男に連れられ, N

市の霊園に行くと、そこには「町田藍之墓」とかかれたお墓が。「君はもう、死んでいるんだ」と言われて―!? あい、大ピンチ。大人気シリーズ第3弾。小学上級・中級から。

『三毛猫ホームズの事件日記』 赤川次郎作，椋本夏夜絵　角川書店　2012.11　202p　18cm　（角川つばさ文庫 Bあ1-6）620円　①978-4-04-631271-6〈「三毛猫ホームズのびっくり箱」(角川文庫 1988年刊）から抜粋、再編集　発売：角川グループパブリッシング〉
目次 三毛猫ホームズのびっくり箱，三毛猫ホームズの幽霊退治，三毛猫ホームズの披露宴
内容 刑事をやめたい刑事・片山と、恋愛よりも事件に夢中の妹・晴美。本日彼らがやってきたのは、豪華な結婚パーティ！　しかし花婿には「結婚はやめろ」との脅迫状が！　命の危険を感じ、片山に警護を頼んだ花婿だったが、なんと殺されたのは花嫁で…!?　片山兄妹と天才名探偵・ホームズ、そして自称「晴美の恋人」石津刑事。誰もが首をかしげるトリックを、4人（？）は無事解き明かせるか！？　小学上級から。

『三毛猫ホームズの推理日記』　赤川次郎作，椋本夏夜絵　角川書店　2012.8　212p　18cm　（角川つばさ文庫 Bあ1-5）620円　①978-4-04-631249-5〈「三毛猫ホームズの〈卒業〉」(角川文庫 2002年刊）、「三毛猫ホームズと愛の花束」(角川文庫 1992年刊）、「三毛猫ホームズの感傷旅行」(角川文庫 1990年刊）をもとに、改題のうえ漢字にふりがなをふって再刊　発売：角川グループパブリッシング〉
目次 三毛猫ホームズの幽霊船，三毛猫ホームズの夜ふかし，三毛猫ホームズの同窓会
内容 捜査がきらいな刑事・片山義太郎と、恋愛よりも事件の捜査がだいすきな妹・晴美。本日彼らは、遊園地で楽しい時間を過ごす予定―だったのだが、"幽霊船"のアトラクションで事件は起きた。なんと乗客が本当の幽霊に殺されかけたというのだ。片山兄妹と飼い猫の天才名探偵・ホームズ、そして自称「晴美の恋人」石津刑事。デコボコ4人（？）組がまたも難事件解決に挑むのだが…!? 超メガヒットミステリー。

『三毛猫ホームズの探偵日記』　赤川次郎作，椋本夏夜絵　角川書店　2012.4　168p　18cm　（角川つばさ文庫 Bあ1-4）600円　①978-4-04-631230-3〈「三毛猫ホームズのびっくり箱」、「三毛猫ホームズのクリスマス」(角川文庫 1988年刊）の抜粋　発売：角川グループパブリッシング〉
目次 三毛猫ホームズの名演奏，三毛猫ホームズの宝さがし，三毛猫ホームズの通勤地獄
内容 刑事なのに、血と高い所（と女の人）が大の苦手の片山義太郎。本当はこんな仕事やめたいと思っているのだが、恋より事件が大好きな妹・晴美と、人間よりも頼りになる天才名探偵猫・ホームズの三人（？）がそろうと、必ず難事件に巻きこまれてしまう!? そこに自称「晴美の恋人」石津刑事も加わって、本日もホームズご一行は、謎解きで大いそがし。スリルと笑いがいっぱいつまった、超メガヒットミステリー。

『幽霊バスツアー―あいにおまかせ!? 2』　赤川次郎作，水野美波絵　集英社　2011.9　188p　18cm　（集英社みらい文庫 あ-1-2）580円　①978-4-08-321042-6
目次 怪獣たちの眠る場所，その女の名は魔女，忠犬ナナの伝説
内容 あいは"はと"ならぬ"すずめ"バスのバスガイド。担当した"幽霊ツアー"で数々の事件を解決し、今やすっかり霊感バスガイドとして有名人。今回は魔女が火あぶりにされたという火走村に行くはめに。魔女の霊に会いにバスを走らせるが、途中出会った老女に「村へ入っちゃいけない」と言われ…!? 『その女の名は魔女』ほか『怪獣たちの眠る場所』『忠犬ナナの伝説』を収録。小学上級・中学から。

『幽霊バスツアー―あいにおまかせ!? 1』　赤川次郎作，水野美波絵　集英社　2011.3　186p　18cm　（集英社みらい文庫 あ-1-1）580円　①978-4-08-321005-1〈『神隠し三人娘』(2002年刊）

の加筆・修正〉

内容 あいは"はと"ならぬ"すずめ"バスのバスガイド。最初にうけもったのは、なんと"恐怖怪奇ツアー"だった！ 実は霊感を持っているため、ツアーを決行すると本物の幽霊が出てきてしまい…。お客さまはめずらしい体験ができたと大喜び。でも、あいは霊を成仏させるはめになり、てんてこまい!! ツアーのたびに何かが起こる!? 赤川先生の超傑作、幽霊ミステリー。小学上級・中学から。

『幻の恐竜』　赤川次郎作，杉田比呂美絵　理論社　2010.2　230p　19cm　（赤川次郎ショートショートシリーズ　3）　1300円　①978-4-652-02393-8

目次 なくした雨傘，馬鹿げた生き方，幻の恐竜，意志の強い男，再会，むだ遣いの報酬，白鳥の歌，茶碗一杯の復讐，昼下がりの魔法使い，通，ありふれた星，夏休み，奥の手，仕事始め，命の恩人

内容 著者が過去30年間に発表したショートショートから選り抜き、編成。全15話収録。

『健ちゃんの贈り物』　赤川次郎作，杉田比呂美絵　理論社　2009.12　220p　19cm　（赤川次郎ショートショートシリーズ　2）　1300円　①978-4-652-02392-1

目次 一冊の古本，早朝マラソン，命取りの健康，花束，健ちゃんの贈り物，初めての社内旅行，便利な結婚，明日の"あとがき"，長い失恋，アパートの貴婦人，作家誕生，余裕，長い長い，かくれんぼ，夫婦喧嘩，脱出順位

内容 著者の傑作ショートショート14話＋巻末に読みごたえ◎の短編1話を収録。どれからよんでもおもしろい。この切れ味、お試しあれ！　"朝読"にもぴったり。

『セーラー服と機関銃』　赤川次郎作，椋本夏夜絵　角川書店　2009.12　391p　18cm　（角川つばさ文庫　Bあ1-3）　700円　①978-4-04-631066-8〈発売：角川グループパブリッシング〉

内容 星泉は、17歳の高校2年生。父の死をきっかけに、組員わずか4人の弱小ヤクザ・目高組の4代目組長を襲名することになってしまった！ それから、泉のマンションが荒らされたり、ついには殺人事件までが起こってしまう。組事務所を襲撃されたり、次々とされるいやがらせに、泉は組長として立ち上がる！ 映画・ドラマで、大ヒットした赤川次郎のベストセラー小説！　小学上級から。

『復讐専用ダイヤル』　赤川次郎作，杉田比呂美絵　理論社　2009.10　230p　19cm　（赤川次郎ショートショートシリーズ　1）　1300円　①978-4-652-02391-4

目次 代筆，妻の味，愛される銀座，桃太郎の最期，まちがい電話，密室，卒業式，酒のない酒場，お札くずし，星を見る人，閑中閑あり，復讐専用ダイヤル，疑惑，流れの下に，あなたろラッキーナンバーは

内容 著者の傑作ショートショート14話＋巻末に読みごたえ◎の短編1話を収録。

『夢から醒めた夢』　赤川次郎作，椋本夏夜絵　角川書店　2009.7　138p　18cm　（角川つばさ文庫　Bあ1-2）　580円　①978-4-04-631035-4〈発売：角川グループパブリッシング〉

目次 夢から醒めた夢，ふまじめな天使

内容 ピコタンは冒険が大好きな9歳の女の子。遊園地の古いお化け屋敷で、哀しげな女の子と出会う。その子は…なりたての幽霊だった。女の子と再会したピコタンは、1日だけ、幽霊の自分と入れ代わってほしいとお願いされ、あっさり引きうけるが…。「生」と「死」のあいだの約束は守られる？ 劇団四季製作ミュージカル原作「夢から醒めた夢」ほか「ふまじめな天使」を収録。

『死者の学園祭』　赤川次郎作，椋本夏夜絵　角川書店　2009.3　301p　18cm　（角川つばさ文庫　Bあ1-1）　680円　①978-4-04-631002-6〈発売：角川グループパブリッシング　1983年刊の修正〉

内容 ミステリー好きの真知子が東京の自然あふれる高校に転校してくると、クラスメイトたちに、おそろしい事件がつぎつぎとおこる!? 学園に忍びよる恐怖の影！　「絵と宝石」にかくされた謎とは？　かわいい名探偵真知子は、ボーイフレンドと事件の解決にいどむ！　謎とスリルにみちた名作学

園ミステリー!! 小学上級から。

『赤川次郎セレクション 10 ショートショート・セレクション―猫の手』 赤川次郎著, 赤木かん子編 ポプラ社 2008.3 172p 18cm 1200円 ①978-4-591-10159-9
|目次| 猫の手, 巨匠, 初出社, 辞表, 証拠品, モーニング・コール, 左右対称, 地下室, 勝手にしゃべる女, 二枚の肖像画, 空席, 命がけのアンコール, ウサギとカメ, 不快指数79, 落ちた偶像, お母さんの卒業式, 告別, 父と娘の回線, わが子の作文

『赤川次郎セレクション 9 ふたり 下』 赤川次郎著, 赤木かん子編 ポプラ社 2008.3 195p 18cm 1200円 ①978-4-591-10158-2

『赤川次郎セレクション 8 ふたり 上』 赤川次郎著, 赤木かん子編 ポプラ社 2008.3 202p 18cm 1200円 ①978-4-591-10157-5

『赤川次郎セレクション 7 神童』 赤川次郎著, 赤木かん子編 ポプラ社 2008.3 228p 18cm 1200円 ①978-4-591-10156-8
|目次| 神童, 私語を禁ず, 暴力教室

『赤川次郎セレクション 6 もう一人の一人っ子』 赤川次郎著, 赤木かん子編 ポプラ社 2008.3 188p 18cm 1200円 ①978-4-591-10155-1
|目次| もう一人の一人っ子, ぼくの東京物語, 花嫁の父

『赤川次郎セレクション 5 終夜運転』 赤川次郎著, 赤木かん子編 ポプラ社 2008.3 178p 18cm 1200円 ①978-4-591-10154-4
|目次| 終夜運転, 紙の砦, 日の丸あげて

『赤川次郎セレクション 4 神隠し三人娘』 赤川次郎著, 赤木かん子編 ポプラ社 2008.3 212p 18cm 1200円 ①978-4-591-10153-7
|目次| 神隠し三人娘, 日曜日のエクソシスト, 見知らぬ主婦の事件

『赤川次郎セレクション 3 幽霊列車』 赤川次郎著, 赤木かん子編 ポプラ社 2008.3 220p 18cm 1200円 ①978-4-591-10152-0
|目次| 幽霊列車, 深く, 静かに潜行せよ, 霧の夜の忘れ物

『赤川次郎セレクション 2 僕らの英雄』 赤川次郎著, 赤木かん子編 ポプラ社 2008.3 208p 18cm 1200円 ①978-4-591-10151-3
|目次| ゲームはおしまい, 愛しのわが子, 僕らの英雄

『赤川次郎セレクション 1 砂のお城の王女たち』 赤川次郎著, 赤木かん子編 ポプラ社 2008.3 217p 18cm 1200円 ①978-4-591-10150-6
|目次| 砂のお城の王女たち, わが家は子子家庭, 仰げば尊し

『気まぐれな犯罪者』 赤川次郎著 岩崎書店 2006.11 194p 21cm （現代ミステリー短編集 1） 1400円 ①4-265-06771-9 〈絵：はせがわひろこ〉
|目次| 金メッキの英雄, 残された日々, 気まぐれな犯罪者, 脱出順位
|内容| 夫にされず, 万引きをくり返す主婦に, 多くの人間が入り乱れて物語は進むが, はれて本当の幸せにたどりつく「気まぐれな犯罪者」の表題作のほか, 高層ビルの火災に立ちむかう平凡なサラリーマンの勇気と選択を描いた「脱出順位」。全4短編を収録。

『恋占い』 赤川次郎作, 三村久美子絵 岩崎書店 2005.3 257p 21cm （赤川次郎ミステリーコレクション 20） 1400円 ①4-265-06770-0
|目次| オートバイにバラ一輪, 恋×2の法則, 「やっぱり, 名門！」, 勝手に三角, 恋するってくたびれる！, 空中に消えた恋, 秋は恋色, 虹の彼方に, 恋よ, さらば
|内容| 同じ学園の, 高校に通うまどかと中学生の妹みゆきの姉妹。二人は容姿も性格もまったく正反対。いつも誰かに恋しては, トラブルつづきの姉をしっかりものの妹が

サポートして大忙しなのだ。恋にまつわる思わぬ事件が次々と…。甘くせつない、恋の冒険。九章のラブ・ストーリー。

『黒鍵は恋してる』　赤川次郎作，みやかわさとこ絵　岩崎書店　2005.3　311p　21cm　（赤川次郎ミステリーコレクション　19）　1400円　①4-265-06769-7

内容　高校一年生のあかねは、向かいのマンションにあやしい人影を目撃する。そこで殺人事件があったと聞いて、びっくり！　あかねと同じマンションにすむ、ピアノの上手な真音は、しだいに事件の深みへと…。あかねは？　真音は？　スリリングな恋と友情のミステリー・コメディ。

『群青色のカンバス』　赤川次郎作，三村久美子絵　岩崎書店　2005.2　307p　21cm　（赤川次郎ミステリーコレクション　16）　1400円　①4-265-06766-2

内容　杉原爽香、16歳。高校のブラスバンド部の夏合宿にきていた。親友の今日子や明男もいっしょの楽しい夏休み…のはずだった。そこで謎の女性が自殺をはかり、画家が殺され爽香も命をねらわれる始末。いったいどうして？　好奇心旺盛な16歳の爽香がまきこまれる青春ミステリー。

『寝台車の悪魔』　赤川次郎作，小泉英里砂絵　岩崎書店　2005.2　317p　21cm　（赤川次郎ミステリーコレクション　18）　1400円　①4-265-06768-9

内容　修学旅行帰りの列車に女性の死体が…。そこに乗りあわせていた由利子、旭子、香子の美少女トリオがさっそく探偵をはじめる。その時彼女たちの前に現れたのは心優しい、ステキな悪党だった!?　ピカレスク風味の青春ユーモア・ミステリー。

『人形に片目をとじて』　赤川次郎作，柴門ふみ絵　改訂　小学館　2005.2　78p　22cm　（児童よみもの名作シリーズ）　838円　①4-09-289624-7

内容　お人形に話しかけられて、近所のねこに呼び出されちゃった!?　小学生のまいちゃんが出かけた先にまっていたのは、いったい…？　ベストセラーミステリー作家・赤川次郎と、圧倒的人気を誇るまんが家・柴門ふみのコラボレーションが実現！　小学生の女の子の、小さな冒険に大きな勇気をもらえます。

『愛情物語』　赤川次郎作，米澤よう子絵　岩崎書店　2004.12　305p　21cm　（赤川次郎ミステリーコレクション　13）　1400円　①4-265-06763-8

内容　赤ん坊のときにすてられ、やさしい養母に育てられた美帆。16歳の今、天才バレリーナとして将来を期待されている。誕生日に送られてくる花束、「この人が私の本当の親では？」美帆の親探しがはじまるが、そこに立ちはだかるものは…。

『ふしぎなどろぼう』　赤川次郎作，里中満智子絵　改訂　小学館　2004.12　95p　22cm　（児童よみもの名作シリーズ）　838円　①4-09-289623-9

内容　まいの友だちの家に、どろぼうが入った！　でも、何もぬすまずに人形をおいていったみたいで!?　いったい、なぜ…。

『三毛猫ホームズの黄昏ホテル』　赤川次郎作，亀井洋子絵　岩崎書店　2004.12　335p　21cm　（赤川次郎ミステリーコレクション　17）　1400円　①4-265-06767-0

内容　おなじみの片山、晴美、石津、猫のホームズたちは、山間の由緒あるホテルに招かれる。ここでは十年前、オーナーの一人娘がピアノ演奏中に殺されていた。そこに居合わせた人たちが、再び招待されていた。ここでまた惨劇はおこるのか？　ホームズたちの推理は…。

『天使と悪魔』　赤川次郎作，小泉英里砂絵　岩崎書店　2004.11　263p　21cm　（赤川次郎ミステリーコレクション　15）　1400円　①4-265-06765-4

内容　少女と犬、じつはおちこぼれの天使と悪魔、その正反対の二人が、人のいい吉原刑事のマンションに舞いおりた。なんとそこで殺人事件がおこり、刑事が容疑者にされてしまった。天使と悪魔は、真犯人探しに乗り出すが…。

『幽霊から愛をこめて』　赤川次郎作，米澤よう子絵　岩崎書店　2004.11　299p

21cm （赤川次郎ミステリーコレクション 11） 1400円 ④4-265-06761-1
内容 雪の夜、学校近くの林で山水学園の女生徒が殺された。そこにいっしょにいた級友は、白い幽霊を見たという。この学園に転校してきた大宅玲子は、ボーイフレンドの誠治、父の大宅警部と、この不可解な謎に迫る。

『三姉妹探偵団　怪奇篇』　赤川次郎作, 亀井洋子絵　岩崎書店　2004.10　311p　21cm　（赤川次郎ミステリーコレクション 14）　1400円　④4-265-06764-6
内容 レジャー気分で引き受けた姉・綾子の家庭教師。冬の山荘に招かれ、のんびり教えている内に、次女夕里子、三女の珠美、夕里子の恋人・国友刑事は、怪奇な事件にまきこまれるが、さて、山荘につどう人たちの運命は。

『幻の四重奏』　赤川次郎作, 望月玲子絵　岩崎書店　2004.10　295p　21cm　（赤川次郎ミステリーコレクション 12）　1400円　④4-265-06762-X
内容 倉西弓子は17歳の高校生。なかま三人と「ユミ四重奏団」を組んでいる。そのメンバーの一人美沙子が自殺する。でも恋人がいて、駆け落ちまで考えていた彼女が自殺する？　その死の原因をさぐる弓子たちの前に。

『アンバランスな放課後』　赤川次郎作, 早川司寿乃絵　岩崎書店　2003.3　355p　21cm　（赤川次郎ミステリーコレクション 10）　1400円　④4-265-06760-3
内容 M女子学園に転校したての芝奈々子は、知らぬ間に生徒会長に立候補させられていた。すべては学園の女王、矢神貴子の罠と圧力。さらに母の恋人に殺人容疑の事件がからんで…。奈々子、人生最大のピンチ！　ちょっとせつない青春ミステリー。

『若草色のポシェット』　赤川次郎作, ささめやゆき絵　岩崎書店　2003.3　279p　21cm　（赤川次郎ミステリーコレクション 9）　1400円　④4-265-06759-X
内容 杉原爽香、中3、15歳の秋。行方不明だった親友久代が教室で謎の死をとげた。爽香は、久代の形見の若草色のポシェットが他人のものとすりかわっていることに気づく。そこには意外な真相が…！　主人公爽香の魅力が光る青春ミステリー。

『赤いこうもり傘』　赤川次郎作, 永田智子絵　岩崎書店　2003.2　279p　21cm　（赤川次郎ミステリーコレクション 7）　1400円　④4-265-06757-3
内容 ヴァイオリニストをめざす島中瞳は英国のBBC楽団との共演をひかえて猛練習中。そんなときBBC楽団員所有の名器ストラディヴァリの誘拐事件が起こる…。瞳は英国の情報部員たちと捜査を開始！　スリルとサスペンス満載の傑作ミステリー。

『灰の中の悪魔』　赤川次郎作, 小泉英里砂絵　岩崎書店　2003.2　299p　21cm　（赤川次郎ミステリーコレクション 8）　1400円　④4-265-06758-1
内容 花園学園の高校2年生、バレー部のエース由利子、役者志望の旭子、超お嬢さまの香子、なかよしトリオ。学園に起こった脅迫事件の真相究明にのりだす。3人組が無事解決できるかが見もの!?　学園ユーモアミステリーの傑作。

『吸血鬼はお年ごろ』　赤川次郎作, 小泉英里砂絵　岩崎書店　2002.12　303p　21cm　（赤川次郎ミステリーコレクション 5）　1400円　④4-265-06755-7
内容 正統吸血族の父をもつ神代エリカはスーパー女子高生。高校のテニス部の合宿でおこった集団殺人事件が、吸血鬼の犯行と大さわぎに…。エリカは父フォン・クロロック伯爵と事件の謎にいどむ。大人気のロマンチック・ミステリー。

『三姉妹探偵団　珠美・初恋篇』　赤川次郎作, 亀井洋子絵　岩崎書店　2002.12　303p　21cm　（赤川次郎ミステリーコレクション 4）　1400円　④4-265-06754-9
内容 泣き虫の長女綾子は女子大生、しっかり者の次女夕里子は高校生、クールな三女珠美の三姉妹。珠美の中学の殺人事件に巻きこまれた三人。「お金が恋人」の珠美が殺人容疑者の少年に恋をして…。奇想天外の

ユーモア・ミステリー。

『子子家庭は危機一髪』　赤川次郎作，三村久美子絵　岩崎書店　2002.12　351p　21cm　（赤川次郎ミステリーコレクション　6）　1400円　ⓘ4-265-06756-5
内容　パパは手配中の逃亡犯、ママは恋人と駆け落ち。のこされた小6の律子と小3の弟、和哉は二人でがんばるが、借金取り、警察、どろぼう、悪徳商法で次々とこまった事件が起きて…。心あたたまるユーモア小説。

『セーラー服と機関銃』　赤川次郎作，永田智子絵　岩崎書店　2002.12　367p　21cm　（赤川次郎ミステリーコレクション　3）　1400円　ⓘ4-265-06753-0
内容　父の死の直後、弱小やくざ目高組組長になった泉。17歳の女子高生親分の誕生とともに、事務所には機関銃が撃ちこまれる。組どうしの抗争、誘拐、殺人…泉は次々とせまる危機に立ち向かう！　青春ミステリーの代表作。

『死者の学園祭』　赤川次郎作，米澤よう子絵　岩崎書店　2002.9　287p　20cm　（赤川次郎ミステリーコレクション　1）　1400円　ⓘ4-265-06751-4
内容　17歳の女子高生真知子のまわりでクラスメイトが次々と死んでいく。女子校の名門、手塚学園に隠された謎に迫る、真知子とボーイフレンドの英人。学園を舞台に友情、恋を描いた青春サスペンスミステリーの傑作。

『三毛猫ホームズの四捨五入』　赤川次郎作，亀井洋子絵　岩崎書店　2002.9　293p　20cm　（赤川次郎ミステリーコレクション　2）　1400円　ⓘ4-265-06752-2
内容　N女子学園に編入してきた弥生を見て、担任の竜野は驚く。死んだはずの昔の恋人千草とうりふたつだったのだ。弥生のまわりで起こる謎の殺人事件。捜査する片山刑事と妹の晴美、三毛猫ホームズの推理が冴える。

『三毛猫ホームズ』　赤川次郎著　岩崎書店　2000.12　193p　21cm　（世界名探偵　10）　1300円　ⓘ4-265-06740-9
目次　三毛猫ホームズの夜ふかし，三毛猫ホームズの通勤地獄
内容　すっかり、夜ふかしになった日本。仕事がやりにくくなったのは、なんと泥棒!?泥棒の戸張が、夢遊病の女の子のいる家で殺人犯にまちがわれて…。父親を信じる戸張の娘は、片山刑事に事件の捜査を頼みます。そこで、三毛猫ホームズ、晴美の出番に！　さて、ほんとうの犯人は？　他『三毛猫ホームズの通勤地獄』を収録。

『ふまじめな天使―冒険配達ノート』　赤川次郎著，永田智子絵　角川書店　1997.10　94p　22cm　1600円　ⓘ4-04-873072-X
内容　いそがしくて足元ばかり見てる人たち…うつむいて生きてる君。上をむいて歩いてごらん！　ほら、そこには天使が見えるはず。いつまでも夢を失わない大人たち、いっぱい夢を見ている子どもたちへ…。いっしょに空を飛んでみようよ！　少女ピコタンの愛と冒険の物語。

『ふしぎなどろぼう』　赤川次郎作，里中満智子絵　小学館　1994.7　95p　22cm　（小学館の創作童話）　1100円　ⓘ4-09-289607-7
内容　まいの友だちの家に、どろぼうが入った。でも、なにもぬすまれないで、人形をおいていった…。いったいどうして。ベストセラーコンビで描く、ハラハラドキドキのアクション読み物。小学校低学年向け。

『人形に片目をとじて』　赤川次郎作，柴門ふみ絵　小学館　1991.7　78p　22cm　（創作童話）　880円　ⓘ4-09-289603-4
内容　まいちゃんのふしぎな1日はとってもふつうにはじまったの…。あの赤川次郎のおはなしに柴門ふみがイラストを描きました。びっくりどきどきのファンタジーワールド。やさしくて勇気のある女の子、みんなのために。小学校低学年向き。

『僕らの課外授業』　赤川次郎著，笠松遊画　学校図書　1982.9　211p　21cm　（パンドラの匣創作選　1）　1200円

阿久　悠
あく・ゆう
《1937～2007》

『瀬戸内少年野球団　続 下』阿久悠著　金の星社　2010.1　155p　20cm　1600円　①978-4-323-06135-1
[内容] 戦後の淡路島―、新しい時代に向けて急激に生活が変化する中、足柄竜太とその仲間たちは、はじめて手にした野球ボールに魅せられ、野球に夢中になっていく。早熟な竜太、熱血漢のバラケツ、きりりとした美少女のムメ。個性豊かな面々によって結成された瀬戸内少年野球団の仲間たちが、夢と友情、初恋に奔走する！　貧しいけれど活気に満ちていた昭和の時代を、少年少女の視点で瑞々しく描いた傑作青春小説。

『瀬戸内少年野球団　続 上』阿久悠著　金の星社　2010.1　237p　20cm　1600円　①978-4-323-06134-4
[内容] 戦後の淡路島―、新しい時代に向けて急激に生活が変化する中、足柄竜太とその仲間たちは、はじめて手にした野球ボールに魅せられ、野球に夢中になっていく。早熟な竜太、熱血漢のバラケツ、きりりとした美少女のムメ。個性豊かな面々によって結成された瀬戸内少年野球団の仲間たちが、夢と友情、初恋に奔走する！　貧しいけれど活気に満ちていた昭和の時代を、少年少女の視点で瑞々しく描いた傑作青春小説。

『瀬戸内少年野球団　下』阿久悠著　金の星社　2010.1　156p　20cm　1500円　①978-4-323-06133-7
[内容] 戦後の淡路島―、新しい時代に向けて急激に生活が変化する中、足柄竜太とその仲間たちは、はじめて手にした野球ボールに魅せられ、野球に夢中になっていく。早熟な竜太、熱血漢のバラケツ、きりりとした美少女のムメ。個性豊かな面々によって結成された瀬戸内少年野球団の仲間たちが、夢と友情、初恋に奔走する！　貧しいけれど活気に満ちていた昭和の時代を、少年少女の視点で瑞々しく描いた傑作青春小説。

『瀬戸内少年野球団　中』阿久悠著　金の星社　2010.1　178p　20cm　1500円　①978-4-323-06132-0
[内容] 戦後の淡路島―、新しい時代に向けて急激に生活が変化する中、足柄竜太とその仲間たちは、はじめて手にした野球ボールに魅せられ、野球に夢中になっていく。早熟な竜太、熱血漢のバラケツ、きりりとした美少女のムメ。個性豊かな面々によって結成された瀬戸内少年野球団の仲間たちが、夢と友情、初恋に奔走する！　貧しいけれど活気に満ちていた昭和の時代を、少年少女の視点で瑞々しく描いた傑作青春小説。

『瀬戸内少年野球団　上』阿久悠著　金の星社　2010.1　181p　20cm　1500円　①978-4-323-06131-3
[内容] 戦後の淡路島―、新しい時代に向けて急激に生活が変化する中、足柄竜太とその仲間たちは、はじめて手にした野球ボールに魅せられ、野球に夢中になっていく。早熟な竜太、熱血漢のバラケツ、きりりとした美少女のムメ。個性豊かな面々によって結成された瀬戸内少年野球団の仲間たちが、夢と友情、初恋に奔走する！　貧しいけれど活気に満ちていた昭和の時代を、少年少女の視点で瑞々しく描いた傑作青春小説。

芥川　龍之介
あくたがわ・りゅうのすけ
《1892～1927》

『羅生門』芥川竜之介作，松尾清貴現代語訳　理論社　2014.7　195p　20cm（現代語訳名作シリーズ 1）1400円　①978-4-652-20063-6
[目次] 羅生門，鼻，芋粥，地獄変，竜
[内容] そこは、善も悪もない地獄のような世界―文学のほんとうの怖さを体験してみませんか？　芥川文学を読み解くための詳しい解説がついています。

『魔術』芥川竜之介作，丹地陽子絵，宮川健郎編　岩崎書店　2012.9　69p　22cm（1年生からよめる日本の名作絵どうわ 2）1000円　①978-4-265-07112-8〈底本：芥川竜之介全集（岩波書店

1996年刊)〉
[内容] 魔術の大家ミスラをたずねた「わたし」は、そこで見たふしぎなできごとにおどろいた。――芥川竜之介の名作を絵童話に。

『斎藤孝のイッキによめる! 小学生のための芥川竜之介』 芥川竜之介作, 斎藤孝編 講談社 2009.7 250p 21cm 1000円 ①978-4-06-215600-4
[目次] くもの糸, 仙人, 魔術, 杜子春, 白, 鼻, トロッコ, 蜜柑, 悪魔, 地獄変, 羅生門
[内容] 芥川の文章は、とても美しい! きちんと言葉を練り上げて、計算して文章をつくっているんだ。芥川は、80年以上前に活躍していた小説家だけど、その文章はまったく古くなっていない。それどころか、いまの作家が書いた文章とくらべても、かっこいい、力のある文章を書いている。もちろん、物語もとてもおもしろいから、楽しんで読んで、美しい日本語を身につけよう。

『鼻・杜子春』 芥川竜之介作 金の星社 2009.6 250p 18cm (フォア文庫) 600円 ①978-4-323-01015-1 〈第44刷〉
[目次] 杜子春, 鼻, 羅生門, 芋粥, トロッコ, 蜜柑, 地獄変, 大導寺信輔の半生, 白
[内容] 禅智内供は、自分の異常に長い鼻を悩んでいた。苦労のすえ、短くできたが、人びとは前にもまして、短くなった鼻を笑うのだった…(『鼻』)。金持ちになれば笑いをうかべてやってきて、貧乏になれば知らん顔をする、人の心の醜さを描く、『杜子春』。『羅生門』『芋粥』『トロッコ』『蜜柑』『地獄変』『大導寺信輔の半生』『白』も収録。

『杜子春・くもの糸』 芥川竜之介著 偕成社 2009.5 232p 19cm (偕成社文庫) 600円 ①978-4-03-650650-7 〈第77刷〉
[目次] 杜子春, くもの糸, トロッコ, 鼻, 芋粥, たばこと悪魔, 犬と笛, みかん, 魔術, 仙人, 白, ハンケチ
[内容] 人間の本質と人生の機微をきびしくもあたたかい目で見つめた傑作集。表題作のほか、「鼻」「芋粥」「みかん」など、短編作家芥川竜之介の資質をあますところなく伝える名作12編を収録。

『21世紀版少年少女日本文学館 6 ト
ロッコ・鼻』 芥川竜之介著 講談社 2009.2 253p 20cm 1400円 ①978-4-06-282656-3 〈年譜あり〉
[目次] 羅生門, 鼻, 煙草と悪魔, 戯作三昧, 蜘蛛の糸, 蜜柑, 魔術, 杜子春, トロッコ, 雛, 白, 少年
[内容] 禅智内供の悩みのたね――それは、人なみ外れた大きな鼻だった。古典の題材を、緻密な構成と独自の文体で描き直し、漱石の激賞を受けた「鼻」をはじめ洗練された知性が光る芥川竜之介の作品十二編。ふりがなと行間注で、最後までスラスラ。児童向け文学全集の決定版。

『くもの糸 杜子春――芥川竜之介短編集』 芥川竜之介作, 百瀬義行絵 新装版 講談社 2007.11 233p 18cm (講談社青い鳥文庫 90-2) 570円 ①978-4-06-148798-7
[目次] くもの糸, 杜子春, 魔術, 仙人, たばこと悪魔, 白, 雛, トロッコ, 竜, 鼻, 三つの宝
[内容] くもの糸:大どろぼうの犍陀多は、死後地獄で苦しんでいた。お釈迦様は、昔犍陀多がくもを助けたのを思い出し、極楽からくもの糸をたらした。それにすがって、犍陀多は極楽をめざしてのぼっていくが…!? 杜子春:仙人のおしえで、2度まで一夜にして都でいちばんの大金持ちになった杜子春は、世の中のむなしさから、仙人になろうとするが!? 芥川竜之介の名作11編を収録。小学上級から。

『三つの宝』 芥川竜之介著 日本図書センター 2006.4 143p 21cm (わくわく! 名作童話館 1) 2400円 ①4-284-70018-9 〈画:小穴隆一〉
[目次] 白, 蜘蛛の糸, 魔術, 杜子春, アグニの神, 三つの宝

『羅生門』 芥川竜之介作 小学館 2006.4 318p 21cm (齋藤孝の音読破 6 斎藤孝校注・編) 800円 ①4-09-837586-9
[目次] 蜘蛛の糸, 杜子春, 魔術, トロッコ, 鼻, 蜜柑, 羅生門, 薮の中, 地獄変

『蜘蛛の糸』 芥川竜之介著 ポプラ社

2005.10　220p　18cm　（ポプラポケット文庫 371-1）　570円　①4-591-08863-4　〈1979年刊の新装改訂〉

[目次]　蜘蛛の糸，地獄変，魔術，舞踏会，秋，杜子春，トロッコ，漱石山房の冬，雛

[内容]　作者の詩は、やがて午に近くなった極楽の蓮池のほとりに立った釈迦が、犍陀多の一部始終を眺めおわって、「悲しそうなお顔をなさりながら、またぶらぶらお歩きになりはじめました」というところにあるだろう。―表題作ほか八編を収録。

阿刀田　高
あとうだ・たかし
《1935～》

『21世紀版少年少女古典文学館　第13巻　古今著聞集―ほか』　興津要，小林保治，津本信博編，司馬遼太郎，田辺聖子，井上ひさし監修　阿刀田高著　講談社　2010.1　323p　20cm　1400円　①978-4-06-282763-8

[目次]　古今著聞集（しらみの仇討ち，柿の実どろどろ，ばくちの効用，美しい盗賊，弓の勝負，泣き女，へびの眼，猿の願い，わがままな病人，おなら治療法，筆くらべ，力自慢，美女で力myths，あやしい瓜の実，天狗のいたずら，夜の調べ，南の島に鬼がきた，欠点を見つける男，るゐもの鬼同丸），十訓抄（はちの恩返し，大江山の歌，馬を飼う老人，おけの水，ありがたい風景，人のものは人のもの，仙人になりたい，ぶきみな絵師，妻の条件，うぐいす見物会，歌を詠む武士，生きかえった名人，竜の鳴く声，深夜に門をたたく音，高所恐怖症），沙石集（賢い人と慈悲深い人，動物たちの討論会，運命の石，水割り酒，ちょっとよい裁判，わかっちゃいるけど，うぐいす姫，ものしり男，耳たぶ五百文，おそろしい沼，歯医者のおまけ，水たまり，地蔵なべ）

[内容]　王朝貴族社会をなつかしみながら、中世の人事百般や鳥獣、虫、妖怪にまで筆がおよび、整然と分類された説話の百科事典ともいえる『古今著聞集』。「少年の教科書」として読みつがれ、簡明でおもしろい教訓としての宝庫である『十訓抄』。そして『沙石集』は、狂言や落語にまで影響をあたえ、仏教書としてはめずらしく、笑いと人間味にあふれている。

『西瓜流し』　阿刀田高著　岩崎書店　2006.11　191p　21cm　（現代ミステリー短編集 2）　1400円　①4-265-06772-7　〈絵：古村耀子〉

[目次]　茜色の空，柳の下のジンクス，演技，干魚と漏電，幸福を交換する男，冥い道，西瓜流し

[内容]　お盆のあと、川に西瓜を流して供養するというある地方に、首のない死体が。はたして、あの西瓜とは…「西瓜流し」の表題作や、同級生で四十年ぶりに会った旧友が大金をポンとかしてくれるというが、その真意のうらには、恐るべきことが…「茜色の色」のほか5短編を収録。

天沢　退二郎
あまざわ・たいじろう
《1936～》

『オレンジ党最後の歌』　天沢退二郎著　復刊ドットコム　2011.12　390p　22cm　2800円　①978-4-8354-4798-8

[内容]　名和ゆきえとルミが、同じ出来事を別々の場所から見ている夢を見た。巨大な白鳥が苦しそうな叫び声を上げていた。ルミには聞いたこともない"九十九谷"という地名が浮かんだ。吉夢か凶夢か。遠く離れていたゆきえも、父親が迎えにきてもとの学校に戻り、温室で再び6人のオレンジ党が復活した。だが、各学校には教育改革監察委員機構から青い服の監視委員が派遣されるようになって、何かが大きく変わろうとしていた…。

『光車よ、まわれ！』　天沢退二郎著　ポプラ社　2010.3　294p　15cm　（ポプラ文庫ピュアフル あ-2-1）　660円　①978-4-591-11422-3　〈ジャイブ2008年刊の新装版〉

[内容]　はじまりは、ある雨の朝。登校した一郎は、周囲の様子がいつもと違うことに気

づく。奇怪な事件が続出する中、神秘的な美少女・龍子らとともに、不思議な力を宿すという"光車"を探すことになるのだが—。"光車"とは何か。一郎たちは「敵」に打ち勝つことができるのか。魂を強烈に揺さぶる不朽の名作が、待望の文庫版で登場。

『光車よ、まわれ！』　天沢退二郎著　ジャイブ　2008.9　294p　15cm　（ピュアフル文庫）　660円　①978-4-86176-559-9　〈ブッキング2004年刊の増訂〉
内容　はじまりは、ある雨の朝。登校した一郎は、周囲の様子がいつもと違うことに気づく。奇怪な事件が続出する中、神秘的な美少女・龍子らとともに、不思議な力を宿すという"光車"を探すことになるのだが—。"光車"とは何か。一郎たちは「敵」に打ち勝つことができるのか。魂を強烈に揺さぶる不朽の名作が、待望の文庫版で登場。

『水族譚―動物童話集』　天沢退二郎著　ブッキング　2005.11　205p　19cm　2700円　①4-8354-4199-0
目次　海の夢川の夢，蛙の歌，蛇とひまわり，蛙の神と猫王子，虻とダリア，ザッコの春，童話のリアリティー，"悪意"のファンタジー
内容　カニや蛙、魚や水鳥や子猫…水に棲み水辺に生きる小動物たちの生と死と夢の小世界を描いた小品集。そこには存在するものへの"畏れ"が底流として貫かれ、何ものかに突き動かされて生を形づくる生き物たちの原型のドラマが展開する。読む者を彼方へと導く初期作品集。

『夢でない夢』　天沢退二郎著　ブッキング　2005.5　195p　20×16cm　2700円　①4-8354-4180-X
目次　夢でない夢，四郎の夢，土曜日の終り，夜の少年たち，月夜のふくろう
内容　1970年代に発表された表題作『夢でない夢』のほか、著者の学生時代に執筆された作品3編などを含む創作童話集。のちに『光車よ、まわれ！』や『オレンジ党シリーズ』など、数々の傑作童話を生み出す著者の原点がここにある。

『ねぎ坊主畑の妖精たちの物語』　天沢退二郎著　ブッキング　2005.3　245p　19cm　2700円　①4-8354-4171-0
目次　「ねぎ坊主ばなし」から，びわとヒヨドリ，夜の道，土神の夢，杉の梢に火がともるとき，人形川，グーンの黒い地図
内容　珠玉の幻想作品集。7つの中・短編による傑作ファンタジー。

あまん　きみこ
《1931～》

『北風ふいてもさむくない』　あまんきみこ文，西巻茅子絵　福音館書店　2011.11　31p　24cm　（ランドセルブックス）　1200円　①978-4-8340-2687-0
内容　ふわふわですてきなマフラーをあんでもらったかこちゃんたち。野原で「北風ふいても、さむくない」とうたいながらあるいていると、小さななきごえが聞こえてきて…。

『みてよぴかぴかランドセル』　あまんきみこ文，西巻茅子絵　福音館書店　2011.2　31p　24cm　（ランドセルブックス）　1200円　①978-4-8340-2619-1
内容　もうすぐ1年生のかこちゃん。かってもらったばかりの赤いランドセルをせおって、うたいながら歩いていくと、きつねの子、うさぎの子、ねずみの子に出会います。

『あまんきみこセレクション　5　ある日ある時』　あまんきみこ著，後路好章，宮川健郎編　牧野千穂画　三省堂　2009.12　333p　22cm　2000円　①978-4-385-36315-8　〈著作目録あり　年譜あり〉
目次　1 四角い空—幼ものがたり（窓から，花びら笑い，名前　ほか），2 ポストの音—書くということ（童話教室の席から，私と「お話」，私の童話　ほか），3 小さな宅配便—思いだすままに（ツクシ，近眼物語，「こども」と「おとな」　ほか）
内容　40年を超える創作活動の最大規模の集大成！　作家として母として…あまんきみこの新しい魅力に出会うエッセイ58編。

『あまんきみこセレクション　4　冬のおはなし』　あまんきみこ著，後路好章，宮川健郎編　渡辺洋二,村上康成,西巻茅子,黒井健画　三省堂　2009.12　318p

あまんきみこ

22cm　2000円　①978-4-385-36314-1

[目次] 松井さんの冬（くましんし，本日は雪天なり，雪がふったら，ねこの市，たぬき先生はじょうずです），えっちゃんの冬（ストーブの前で），短いおはなし（ふたりのサンタおじいさん，一回ばなし 一回だけ，おにたのぼうし，ちびっこちびおに），すこし長いおはなし（すずかけ写真館，花と終電車，かまくらかまくら雪の家），長いおはなし（ねこん正月騒動記，ふうたの雪まつり，花のピアノ），あまんきみこの広がる世界へ（赤い凧，うぬぼれ鏡，北風を見た子），対談 冬のお客さま 宮川ひろさん

[内容] 40年を超える創作活動の最大規模の集大成！ デビュー作から教科書掲載の名作まで、心をふるわせる物語18編。

『あまんきみこセレクション　3　秋のおはなし』 あまんきみこ著，後路好章，宮川健郎編　黒井健，西巻茅子，村上康成，渡辺洋二画　三省堂　2009.12　318p　22cm　2000円　①978-4-385-36313-4

[目次] えっちゃんの秋（名前を見てちょうだい，ねん ねん，あたしも，いれて，ふしぎなじょうろで水，かけろ），松井さんの秋（ねずみのまほう，山ねこ，おことわり，シャボン玉の森，虹の林のむこうまで），短いおはなし（青い柿の実，きつねのお客様，ひつじ雲のむこうに，ぽんぽん山の月，すずおばあさんのハーモニカ，秋のちょう），すこし長いおはなし（おしゃべりくらげ，金のことり，ねこルパンさんと白い船，さよならの歌，赤ちゃんの国，むかし星のふる夜），長いおはなし（おまけの時間，口笛をふく子，ふうたの風まつり，野のピアノ），あまんきみこの広がる世界へ（百ぴきめ，湖笛），対談 秋のお客さま 江国香織さん

[内容] 40年を超える創作活動の最大規模の集大成！ 「ほんとう」のことが秘められた，胸をうつやさしい物語26編。

『あまんきみこセレクション　2　夏のおはなし』 あまんきみこ著，後路好章，宮川健郎編　村上康成，西巻茅子，黒井健，渡辺洋二画　三省堂　2009.12　318p　22cm　2000円　①978-4-385-36312-7

[目次] 松井さんの夏（白いぼうし，すずかけ通り三丁目，霧の村），えっちゃんの夏（えっちゃんはミスたぬき，はやすぎる はやすぎる，とらをたいじしたのはだれでしょう，バクのなみだ），短いおはなし（うさぎが空をなめました，おかあさんの目，きつねのかみさま，きつねの写真，月夜はうれしい，夕日のしずく），すこし長いおはなし（ちいちゃんのかげおくり，天の町やなぎ通り，こがねの舟），長いおはなし（赤いくつをはいた子，海うさぎのきた日，きつねみちは天のみち，ふうたの星まつり，星のピアノ），あまんきみこの広がる世界へ（雲，黒い馬車），対談 夏のお客さま 岡田淳さん

[内容] 40年を超える創作活動の最大規模の集大成！ いつかどこかで出会ったような，なつかしくて新しい名作23編。

『あまんきみこセレクション　1　春のおはなし』 あまんきみこ著，後路好章，宮川健郎編　西巻茅子，村上康成，黒井健，渡辺洋二画　三省堂　2009.12　318p　22cm　2000円　①978-4-385-36311-0

[目次] えっちゃんの春（スキップ スキップ，ひなまつり，おひさまひかれ，春の夜のお客さん，ミュウのいえ），松井さんの春（春のお客さん，小さなお客さん，ぼうしねこはほんとねこ，星のタクシー），短いおはなし（くもんこの話，花のおふとん，まほうのマフラー，わらい顔がすきです），すこし長いおはなし（みてよ，ぴかぴかランドセル，おはじきの木，花を買う日，がんばれ，がんばれ，もういいよう，コンのしっぽは世界一，霧の中のぶらんこ），長いおはなし（かみなりさんのおとしもの，ふしぎな公園，ふうたの花まつり，海のピアノ），あまんきみこの広がる世界へ（青葉の笛），対談 春のお客さま 西巻茅子さん

[内容] 40年を超える創作活動の最大規模の集大成！ 読めばだれもがやさしい気持ちになれる，心に残る名作25編。

『もういいよう』 あまんきみこ作，かわかみたかこ絵　ポプラ社　2009.6　118p　21cm　（ポプラ物語館 24）　1000円　①978-4-591-10983-0

[内容] ヒデリコ野原にいったらね、まいごのひつじや、きつねや、ねずみ、たぬきの子どもだって、ともだちになれるの！ だから…、おかあさん、わたしは元気！ 入院中のおかあさんに、みっこちゃんが語ってき

かせた、ふしぎな出会いの物語―。

『あまんきみこ童話集 5』 あまんきみこ作, 遠藤てるよ絵　ポプラ社　2008.3　141p　21cm　1200円　①978-4-591-10122-3
[目次] こがねの舟（くもんこの話）, ままごとのすきな女の子, ちいちゃんのかげおくり, おかあさんの目（おかあさんの目, 天の町やなぎ通り, おしゃべりくらげ, おはじきの木）, だあれもいない？（ふしぎな森, かくれんぼ）
[内容] 戦争で失われた命、消えることのない苦しみ、子どものなみだ。そして、それらを悲しみ、いつくしむ心…。いつの時代にも、ぜったいに忘れてはいけないことを切々と語りかける「あまんきみこ童話集5」。

『あまんきみこ童話集 4』 あまんきみこ作, かわかみたかこ絵　ポプラ社　2008.3　141p　21cm　1200円　①978-4-591-10121-6
[目次] おっこちゃんとタンタンうさぎ（はじめのはなし, ふしぎなじどうしゃ, 赤いくつをはいた子, あかちゃんのくに, すずかけ公園の雪まつり, おわりのはなし）, きつねのかみさま, おまけのじかん
[内容] おっこちゃんは、五さいのおたんじょう日に、ぬいぐるみうさぎのタンタンと友だちになりました！　子どもたちだけが知っている特別な時間を愛情いっぱいに描いた「あまんきみこ童話集4」。

『あまんきみこ童話集 3』 あまんきみこ作, 荒井良二絵　ポプラ社　2008.3　145p　21cm　1200円　①978-4-591-10120-9
[目次] ミュウのいるいえ（スキップ、スキップ, 春の夜のお客さん, ミュウのいえ, はやすぎる、はやすぎる, シャムねこ先生, お元気？, 名前をみてちょうだい, ふしぎなじょうろで水, かけろ, 元気, わくわく）, よもぎ野原のたんじょう会, えっちゃんの森（風船ばたけは、さあらさら）, ひみつのひきだしあけた？
[内容] えっちゃんとこねこのミュウは、毎日、ふしぎの国へいったりきたりしています。いっしょにスキップしたくなる！　心はずむお話がいっぱいの「あまんきみこ童話集3」。

『あまんきみこ童話集 2』 あまんきみこ作, 武田美穂絵　ポプラ社　2008.3　145p　21cm　1200円　①978-4-591-10119-3
[目次] 車のいろは空のいろ（白いぼうし, 山ねこ、おことわり, くましんし, 春のお客さん, やさしいてんき雨, ぼうしねこはほんとねこ, 星のタクシー, 雪がふったら, ねこの市）, ふうたの雪まつり
[内容] 季節の風のなかを、ふしぎとやさしさをのせて、きょうも空いろのタクシーが走ります。心やさしいタクシーの運転手、松井さんとお客さんの出会いがひろがる「あまんきみこ童話集2」。

『あまんきみこ童話集 1』 あまんきみこ作, 渡辺洋二絵　ポプラ社　2008.3　145p　21cm　1200円　①978-4-591-10118-6
[目次] おにたのぼうし, きつねみちは天のみち, 七つのぽけっと, ぽんぽん山の月, 金のことり
[内容] おにの子、風の子、かっぱや、やまんばが、ほら、きみのすぐそばにいるよ！　身近なところにこっそりかくれている、あたたかなファンタジー「あまんきみこ童話集1」。

『わたしのおとうと』 あまんきみこ作, 永井泰子絵　学習研究社　2007.7　1冊（ページ付なし）24cm　（新しい日本の幼年童話）　1200円　①978-4-05-202824-3
[内容] わたしのおとうとのたあくんは、くっつき虫のまねっこ。わたしが学校からかえるのをまっていて、どこへでもついてくる。あそびのじゃまばっかりするから、あっちへいってほしいのに…。ねえ、おかあさんってば。読んであげるなら幼稚園～自分で読むなら小学校一・二年生向。

『あかりちゃん』 あまんきみこ作, 本庄ひさ子絵　文研出版　2007.2　78p　22cm　（わくわくえどうわ）　1200円　①978-4-580-80017-5
[目次] ぶらんこゆれて, 大きなちびいすちゃん
[内容] 「さむいときにはあたたかく、あついときにはすずしくて、わらうと、いっしょに

わらういす…」あかりちゃんのいすは、そんないす。小学1年生以上。

『おまけのじかん』 あまんきみこ作，吉田奈美絵　ポプラ社　2007.1　68p　21cm　（ポプラちいさなおはなし 1）900円　①978-4-591-09568-3
[内容] たんじょうかいが一にちのびて、マミちゃんは、がっかり。だけど、しってる？ おいわいのまえのばんは、たのしいのしいおまけのじかん。どんなことがおこるかな？

『なまえをみてちょうだい』 あまんきみこ作，西巻茅子絵　フレーベル館　2007.1　79p　21cm　（おはなしひろば 10）　950円　①978-4-577-03335-7
[目次] なまえをみてちょうだい、ひなまつり、あたしもいれて、みんなおいで
[内容] 教科書にでている「えっちゃん」のお話。えっちゃんは、おかあさんに赤いぼうしをもらいました。ぼうしのうらに、「うめだえつこ」と、青い糸でちゃんとししゅうしてあります。えっちゃんが門をでたときです。強い風がふいてきて…おなじみ、えっちゃんのものがたりが四つ、登場します。ちょっとした日常のファンタジー。

『白いぼうし』 あまんきみこ作　ポプラ社　2005.11　154p　18cm　（ポプラポケット文庫 002-2―車のいろは空のいろ）　570円　①4-591-08929-0〈絵：北田卓史〉
[目次] 小さなお客さん、うんのいい話、白いぼうし、すずかけ通り三丁目、山ねこ、おことわり、シャボン玉の森、くましんし、ほん日は雪天なり
[内容] 空いろの車を町でみかけたらきっとそれは松井さんのタクシーです。手をあげて、車のざせきにすわったら、「お客さん、どちらまで？」それが、ふしぎな旅のはじまりです。

『春のお客さん』 あまんきみこ作　ポプラ社　2005.11　158p　18cm　（ポプラポケット文庫 002-3―車のいろは空のいろ）　570円　①4-591-08930-4〈絵：北田卓史〉
[目次] 春のお客さん、きりの村、やさしいてんき雨、草木もねむるうしみつどき、雲の花、虹の林のむこうまで、まよなかのお客さん
[内容] 松井さんの空いろのタクシーは、だれでものせてもらえます。男の子や女の子はもちろん、ピエロのおにんぎょうや、くまのぬいぐるみだって。それから、この本をよんでいる、あなたたちも。

『星のタクシー』 あまんきみこ作　ポプラ社　2005.11　146p　18cm　（ポプラポケット文庫 002-4―車のいろは空のいろ）　570円　①4-591-08931-2〈絵：北田卓史〉
[目次] ぼうしねこはほんとねこ、星のタクシー、しらないどうし、ほたるのゆめ、ねずみのまほう、たぬき先生はじょうずです、雪がふったら、ねこの市
[内容] 松井さんの車のいろは、空のいろ。ぴかぴかのすてきなタクシーです。町かどのむこうは、星のまち、天のひろば。―もうひとつの世界の入り口です。きょうも松井さんは、ふしぎをのせて走ります。

『おかあさんの目』 あまんきみこ作　ポプラ社　2005.10　158p　18cm　（ポプラポケット文庫 002-1）　570円　①4-591-08874-X〈絵：菅野由貴子〉
[目次] おかあさんの目、まほうの花見、天の町やなぎ通り、きつねのしゃしん、おしゃべりくらげ、口笛をふく子、おはじきの木、えっちゃんの秋まつり
[内容] おかあさんの目はふしぎなんです。その黒いひとみの中に、わたしがいるんです。小さな小さなわたしがいるんです。おかあさんの目はとってもふしぎなんです。―表題作ほか七編を収録。

有島　武郎
ありしま・たけお
《1878～1923》

『現代語で読む生まれ出づる悩み』 有島武郎作，高木敏光現代語訳　理論社　2013.2　180p　19cm　（現代語で読む名作シリーズ 5）　1200円　①978-4-652-

20007-0
[目次] 小さき者へ，生まれ出づる悩み
[内容] 明治～大正時代の作家・有島武郎が，実際の経験をもとに書き上げた2作品を収録。芸術と生活のあいだで苦悩する青年を描く表題作の他，妻を亡くした体験から生まれた「小さき者へ」。

『**21世紀版少年少女日本文学館 5 小僧の神様・一房の葡萄**』 志賀直哉,武者小路実篤,有島武郎著 講談社 2009.2 253p 20cm 1400円 ①978-4-06-282655-6 〈年譜あり〉
[目次] 志賀直哉（小僧の神様，網走まで，母の死と新しい母，正義派，清兵衛と瓢箪，城の崎にて，雪の遠足，焚火，赤西蠣太），武者小路実篤（小学生と狐，ある彫刻家），有島武郎（一房の葡萄，小さき者へ）
[内容] 仙吉が奉公する店に，ある日訪れた一人の客。まるで自分の心を見透かすように鮨屋に連れていってくれたこの客の正体に，仙吉は思いをめぐらせー。少年の心情を鮮やかに切り取った「小僧の神様」をはじめ，白樺派を代表する作家三人の作品を収録。

安房 直子
あわ・なおこ
《1943～1993》

『**風のローラースケート―山の童話**』 安房直子作，小沢良吉画 福音館書店 2013.5 186p 17cm （福音館文庫 S-68） 600円 ①978-4-8340-2800-3 〈筑摩書房 1984年刊の再刊〉
[目次] 風のローラースケート，月夜のテーブルかけ，小さなつづら，ふろふき大根のゆうべ，谷間の宿，花びらづくし，よもぎが原の風，てんぐのくれためんこ
[内容] 峠の茂平茶屋あたりでは，動物が人を訪ねてくるし，どうやら人間も動物の集まりに入っていけるようです。"山の住人"たちのふしぎな交流が，うまそうな食べものとともに，美しくつづられる，作者が「ほんとうにほんとうに楽しく」書いたと述懐した，新美南吉児童文学賞受賞の連作童話集。小学校中級以上。

『**みどりのスキップ**』 安房直子作，出久根育絵 偕成社 2013.2 41p 22cm （安房直子名作絵童話） 1200円 ①978-4-03-313420-8
[内容] だれかすきな子はいますか？ あこがれの子はいますか？ みみずくは，であってしまいました。あの子に。つたわらなくたって，いいのです。わらわれたって，いいのです。みみずくはきめたのです。あの子をまもるって。トット，トット，トット，トット。そんなとき…きこえてきたのは，不思議な音でした。小学校低学年から。

『**ゆきひらの話**』 安房直子作，田中清代絵 偕成社 2012.2 46p 22cm （安房直子名作絵童話） 1200円 ①978-4-03-313410-9
[内容] あなたのお家の台所に，しまいっぱなしでわすれてしまったおなべはありませんか？ もしあなたが，風がふいてさむい冬の日に，ひとりぼっちでお家にいたら…ちょっとだけ耳をすませてみてください。コトコト，コトコト。ほら，なにかきこえてくるかもしれません。小学校低学年から。

『**ひめねずみとガラスのストーブ**』 安房直子作，降矢なな絵 小学館 2011.11 48p 27cm 1500円 ①978-4-09-726451-4
[内容] 風の子なのに，さむがりのフーは，くまストーブ店で，とびきり上等のガラスのストーブを手にいれました。森のなかで，ゆらゆらゆれる火を見ていると，ちっちゃなひめねずみがやってきました。風の子フーとひめねずみのすてきなすてきな物語。

『**銀のくじゃく―童話集**』 安房直子著，赤星亮衛絵 筑摩書房 2011.4 221p 21cm 1700円 ①978-4-480-88016-1 〈第23刷（第1刷1975年）〉
[目次] 銀のくじゃく，緑の蝶，熊の火，秋の風鈴，火影の夢，あざみ野，青い糸
[内容] 美しいもの，はるかなものにあこがれる人の心を，幻想的な物語にしたてた四篇と，愛らしい三つの短篇を収めた，安房直子の童話集。小学校上級から。

『**遠い野ばらの村―童話集**』 安房直子作，味戸ケイコ絵 偕成社 2011.4 225p

19cm （偕成社文庫 3271） 700円
①978-4-03-652710-6
[目次] 遠い野ばらの村，初雪のふる日，ひぐれのお客，海の館のひらめ，ふしぎなシャベル，猫の結婚式，秘密の発電所，野の果ての国，エプロンをかけためんどり
[内容] 表題作「遠い野ばらの村」をはじめ、9編のふしぎな短編。現実と異世界の見えない仕切りをまたいでしまった主人公たちの物語です。野間児童文芸賞受賞作。「初雪のふる日」は教科書掲載作品です。

『天の鹿』 安房直子作，スズキコージ画 福音館書店 2011.1 153p 17cm （福音館文庫 S-59） 600円 ①978-4-8340-2616-0
[内容] 安房直子の代表作のひとつの文庫化。鹿撃ちの名人、清十さんの三人の娘たちはそれぞれ、牡鹿に連れられ、山中のにぎやかな鹿の市へと迷いこむ。鹿は、娘たちの振舞いに、あることを見定めようとしているようなのだが…。末娘みゆきと牡鹿との、"運命のひと"を想うせつなさあふれる物語。

『ひぐれのラッパ』 安房直子作，MICAO画 福音館書店 2010.9 227p 19cm （〔福音館創作童話シリーズ〕）1400円
①978-4-8340-2578-1
[目次] 猫の結婚式，連作「とうふ屋さんの話」より，うさぎ屋のひみつ，春の窓，トランプの中の家
[内容] ありえないようでいて、ほんとうかもしれない―夢うつつのあわいをゆく童話集。小学中級からおとなまで。

『ひぐれのお客』 安房直子作，MICAO画 福音館書店 2010.5 203p 19cm （〔福音館創作童話シリーズ〕）1400円
①978-4-8340-2563-7
[目次] 白いおうむの森，銀のくじゃく，小さい金の針，初雪のふる日，ふしぎなシャベル，ひぐれのお客，(エッセイ)絵本と子どもと私
[内容] さみしくてあたたかく、かなしくででもうれしい、すきとおるような味わいの童話集。"ひぐれ"の憂愁とあたたかさにつつまれたいまひとたびの安房直子の世界。いっぷう変った動物どもが、ひとりの時間を過している子どもや大人たちを、ふしぎな世界へといざなっていく、六篇＋エッセイ。小学校中級から。

『グラタンおばあさんとまほうのアヒル』 安房直子作，いせひでこ絵 新装版 小峰書店 2009.3 119p 22cm （どうわのひろばセレクション）1300円
①978-4-338-24505-0
[内容] グラタンざらの黄色いアヒル。おさらの絵だとおもっていたら…まあ、ふしぎ、ピョンととびだした!? おさらのアヒルはふしぎなアヒル、どんなとこにもいけるアヒル。まほうのことばをとなえて、目をつぶってしんこきゅうを3かい。すると…。

『すずをならすのはだれ』 安房直子作，葉祥明絵 新装改訂版 PHP研究所 2008.11 61p 22cm （とっておきのどうわ）1100円 ①978-4-569-68918-0
[内容] ちり、ちり、ちり、ちり…まるで、空の星が、いちどにふりこぼれてくるような音がして、そのあと、家のなかからこんな声が聞こえてきました。「とびらのすずをならすのは、だれ？」きれいな、やさしい声でした。小学1～3年生向き。

『春の窓―安房直子ファンタジスタ』 安房直子著 講談社 2008.11 237p 15cm （講談社X文庫―White heart）580円 ①978-4-06-286578-4
[目次] 黄色いスカーフ，あるジャム屋の話，北風のわすれたハンカチ，日暮れの海の物語，だれにも見えないベランダ，小さい金の針，星のおはじき，海からの電話，天窓のある家，海からの贈りもの，春の窓，ゆきひらの話
[内容] ある寒い冬の日、売れない絵描きの部屋をたずねてきたふしぎな猫の魔法で、壁に描いた「窓」のなかでは、毎日暖かい春の風景がひろがる。そこに絵描きは思いがけないものを見つけ…(「春の窓」)。あなたを、知らぬ間に、身近な日常の空間から、はるか空想の時間へと連れゆく、安房直子のメルヘン。「北風のわすれたハンカチ」「あるジャム屋の話」など、心がほぐれ、やすらぐ、十二作品を収録。

『月へ行くはしご』 安房直子作，奈良坂

智子絵　旺文社　〔2008.6〕　62p　24cm　（旺文社創作童話）1143円　①4-01-069143-3〈重版〉

『てんぐのくれためんこ』　安房直子作，早川純子絵　偕成社　2008.3　46p　28cm　1400円　①978-4-03-016470-3
[内容]　めんこがへたで、まけてかえるたけしのまえにあらわれたのは、まっ赤な顔にながい鼻…てんぐでした。てんぐは、どんなめんこもうらがえす、つよいつよい魔法のめんこ、「風のめんこ」をこしらえてくれたのです。たけしは、この「風のめんこ」で、なんと、こぎつねたちに勝負をいどみます。さてさて、「風のめんこ」の力は？　勝負のゆくえは？　手にあせにぎる、月夜のめんこ決戦のはじまりです。小学校低学年から。

『初雪のふる日』　安房直子作，こみねゆら絵　偕成社　2007.12　30p　27cm　1400円　①978-4-03-016450-5
[内容]　秋のおわりの寒い日に、村の一本道にかかれた、どこまでもつづく石けりの輪。女の子はとびこんで、石けりをはじめます。片足、片足、両足、両足…。ふと気がつくと、前とうしろにたくさんの白うさぎたちにはさまれ、もう、とんでいる足をとめることができなくなっていたのです。北の方からやってきた白うさぎたちにさらわれてしまった女の子のお話。5歳から。

『コンタロウのひみつのでんわ』　安房直子作，田中槙子絵　ブッキング　2007.11　91p　21cm　（fukkan.com）1800円　①978-4-8354-4346-1
[内容]　山にはひみつのでんわがあるんです。子ぎつねのコンタロウとおじいさんをつなぐ、不思議なでんわのひみつとは…。

『山のタンタラばあさん』　安房直子作，出久根育絵　小学館　2006.10　62p　27cm　1600円　①4-09-726101-0
[内容]　ずっと東の、まあるい山のてっぺんの、一本のタラの木の下に、タンタラばあさんは住んでいます。「おもしろい人だよ。だって魔法つかうんだもの」って、動物たちは、みーんな知っています。タンタラばあさんの小さな魔法は、山のみんなをあたたかい気持ちにするんです。

『風と木の歌―童話集』　安房直子著　偕成社　2006.8　221p　19cm　（偕成社文庫）700円　①4-03-652620-0
[目次]　きつねの窓，さんしょっ子，空色のゆりいす，もぐらのほったふかい井戸，鳥，あまつぶさんとやさしい女の子，夕日の国，だれも知らない時間
[内容]　ききょう畑のそめもの屋で、指をそめてもらったぼく。こぎつねのいうとおりに、指で窓をつくるともう二度とあえないと思っていた女の子の姿が見えたのです。教科書でおなじみの「きつねの窓」ほか「さんしょっ子」「鳥」「空色のゆりいす」「夕日の国」など珠玉の短編八編。安房直子第一短編集『風と木の歌』完全収録。小学上級から。

『白いおうむの森―童話集』　安房直子著　偕成社　2006.8　234p　19cm　（偕成社文庫）700円　①4-03-652610-3
[目次]　雪窓，白いおうむの森，鶴の家，野ばらの帽子，てまり，ながい灰色のスカート，野の音
[内容]　べつの世界…ものいうおうむがいて、屋台ではたらくたぬきがいて、木の精の洋服屋がいて、死んだはずのだれかも…そこでは、時間のながれかたまでちがいます。ふだんはいつもの風景にとけこんでいて気がつかないけれど、なにかのひょうしにとつぜん、パタン！　とびらがひらかれるのです。このあとの七つのふしぎな物語を読めば、もしかするととびらの見つけかたが、わかるかもしれません。安房直子第二短編集『白いおうむの森』完全収録。小学上級から。

『雪窓』　安房直子作，山本孝絵　偕成社　2006.2　47p　28cm　1400円　①4-03-016410-2
[内容]　「三角のぷるぷるっとしたやつください。」雪のふる寒い寒い晩、屋台にきた厚いコートのお客はいいました。「三角のぷるぷる」って？　山のふもとのおでの屋台『雪窓』には、ときたまふしぎなお客がくるそうです。今夜も提灯がともり、店がひらくとちょっとばかり風がわりなお客がやってきたようです。5歳から大人まで。

『きつねの窓』　安房直子作　ポプラ社　2005.10　198p　18cm　（ポプラポケット文庫　051-1）570円　①4-591-08881-2

〈絵：吉田尚令　1980年刊の新装改訂〉
[目次] きつねの窓，さんしょっ子，夢の果て，だれも知らない時間，緑のスキップ，夕日の国，海の雪，もぐらのほった深い井戸，サリーさんの手，鳥
[内容]「お客さま，指をそめるのは，とてもすてきなことなんですよ」と，子ぎつねは青くそめた自分の指で，ひしがたの窓をつくって見せました。ぼくは，ぎょうてんしました。指でこしらえた小さな窓の中には，白いきつねのすがたが見えるのでした…。一表題作ほか九編を収録。

泡坂　妻夫
あわさか・つまお
《1933～2009》

『トリュフとトナカイ』　泡坂妻夫著　岩崎書店　2006.12　205p　21cm　（現代ミステリー短編集 4）　1400円　①4-265-06774-3　〈絵：金子真理〉
[目次] 開橋式次第，金津の切符，トリュフとトナカイ，蚊取湖殺人事件
[内容] トリュフが日本に自生しているかをめぐって口論になる設定からはじまる，奇抜で奇妙な表題作「トリュフとトナカイ」や，一流のコレクターを目ざす，鼻もちならぬ友人への嫌悪感から，殺人にはしる「金津の切符」，氷上の殺人事件に出くわした若き女性による犯人探し「蚊取湖殺人事件」ほか「開橋式次第」を収録。

飯沢　匡
いいざわ・ただす
《1909～1994》

『ブーフーウー』　飯沢匡作，土方重巳え　復刻版　理論社　2006.1　131p　23cm　1200円　①4-652-02102-X
[目次] 1 チューリップばたけのまき，2 うごくサボテンのまき，3 うごいた岩のまき，4 おさかなつりのまき，5 かそうダンスかいのまき，6 ウーのいえでのまき，7 まずいおしりのまき，8 ペンキぬりのまき，9 きえたおおかみのまき
[内容] すぐにもんくをいうブーと気が弱いフー，がんばり屋のウーという三匹のこぶたと，おおかみのロドリゲスのたのしいおいかけっこ。

飯田　栄彦
いいだ・よしひこ
《1944～》

『昔、そこに森があった』　飯田栄彦作，太田大八絵　復刻版　理論社　2010.1　575p　21cm　（理論社の大長編シリーズ 復刻版）　3600円　①978-4-652-00546-0
[内容] 学校手前の木のトンネルをくぐると，生徒はサルに，先生は様々などうぶつに変身する…自由で過激な高校生活をブタに変身した英語の講師「ぼく」の目で綴る。不思議な現象が起こるのには，太古の昔の少年達の壮絶な冒険と悲劇が関係していた。壮大で鮮烈な物語。日本児童文学者協会賞受賞作品。

『さよならはあしたのために』　飯田よしひこ作，別府ひろみ絵　汐文社　1996.12　115p　22cm　1339円　①4-8113-0325-3

『シイの木はよみがえった』　飯田よしひこ文，別府ひろみ絵　福岡　海鳥社　1996.3　32p　30cm　1300円　①4-87415-147-7
[内容] 頓田の森は，山，山ぐろ，ヤブと呼ばれ，桑畑にかこまれた小さな森でした。昭和20年3月27日のことです。太刀洗飛行場を襲った爆撃から逃れようとした子どもたちは，この頓田の森に避難しました。しかし，ここにも，爆弾は落とされたのです。「頓田の森の悲劇」を，子どもといっしょに爆撃をうけたシイの木が静かに語ります。

『銀河のコンサート』　飯田栄彦作，宮本忠夫絵　佼成出版社　1991.4　62p　22cm　（どうわランド）　880円　①4-

333-01517-0
内容 あやちゃんは、お父さんが作ってくれたチョコレートの箱バイオリンでまい日、楽しく練習をしていました。「早く本物のバイオリンがひきたいな」と思いながら…。そんなある日、あやちゃんはふしぎな夢をみたのです。小学校低学年から。

『パズルオオカミをたすけろ!』 飯田栄彦さく，南家こうじえ　理論社　1991.2　91p　22cm　（理論社のあたらしい童話―とべとべノッコちゃん 2）980円
①4-652-00454-0
内容 「赤ずきんちゃん」のパズルの中からパジャマすがたのオオカミがとびだした!!　小さいけれど、えばりんぼうのオオカミ。でも、かみでできているから水にぬれるとふにゃふにゃになっちゃうんです。さてさて、どうなりますことか…。

『ひとりぼっちのロビンフッド』 飯田栄彦作，太田大八画　理論社　1991.1　221p　20cm　（きみとぼくの本）1200円　①4-652-01230-6
内容 顔を上げると、狂ったようにほえるテツの姿が目に入った。首筋の毛を逆立て、牙をむいているのがわかった。突っかかろうとしているみたいだった。が、何かがそれをためらわせていた。その何かを、ぼくは見たんだ。テツのむこうに立ちはだかっている。黒褐色の巨大な金目大王の姿を。ゾーッとして、それから体がガタッとふるえた。

『チコチコナアのぼうけん』 飯田栄彦さく，南家こうじえ　理論社　1990.4　110p　22cm　（理論社のあたらしい童話―とべとべノッコちゃん 1）980円
①4-652-00449-4
内容 それは冬の朝の、ふしぎなできごと―。ノッコが、おもちゃのパトカーにのってチコチコチコチコナアーッ！とさけぶと、パトカーは雪あがりの青空をとびこえてカバの国に、とうちゃくしたのです。

『なの花のにちようび』 飯田栄彦作，坪内直紀絵　理論社　1988.4　68p　21cm　（理論社のようねんどうわ）780円
①4-652-00848-1
内容 なの花ばたけからきこえてきた大きななきごえはだれ？　こわがりのおにいちゃんと、おそるおそるちかづくと―。

『ゴンちゃんなんばしよるとや？』 飯田栄彦さく，長谷川集平え　学校図書　1987.9　133p　21cm　（学図の新しい創作シリーズ―心がかよう本）500円
①4-7625-0192-1〈軽装版〉

『真夏のランナー』 飯田栄彦作，太田大八絵　あかね書房　1987.7　116p　22cm　（あかね創作読物シリーズ）880円　①4-251-03628-X
内容 走るというり、とんでいた。すべっていた。そう、次郎さんは風になったのだ。ぼくは息をつめ、息をため、それから、ありったけの大声でどなった。「行け行け行け行けえーっ！」あふれる思いを胸に、少年たちは夏をかけぬける。

『昔、そこに森があった』 飯田栄彦作，太田大八絵　理論社　1985.9　571p　21cm　（理論社の大長編シリーズ）1800円　①4-652-01041-9

『1・2パンチたまがったあ！』 飯田栄彦作，福田岩緒絵　文研出版　1985.7　47p　24cm　（文研の創作えどうわ）980円

『かぜのおくりもの』 飯田栄彦作，長谷川集平絵　京都　サンリード　1983.9　91p　24cm　（創作童話シリーズ）1200円

『ゴンちゃんなんばしよるとや？』 飯田栄彦さく，長谷川集平え　学校図書　1981.10　133p　22cm　（学図の新しい創作シリーズ）930円

『燃えながら飛んだよ！』 飯田栄彦著，大橋歩絵　講談社　1981.1　275p　18cm　（講談社青い鳥文庫）450円

『ぼくのとんちんかん』 飯田栄彦作，金沢佑光絵　講談社　1980.11　198p　22cm　（児童文学創作シリーズ）980円

『いいかげんにしろ！　にいちゃん』　飯田栄彦作，駒井啓子絵　太平出版社　1980.6　74p　22cm　（太平けっさく童話—どうわのうみへ）　880円

『おじいちゃんはとんちんかん』　飯田栄彦作，宮本忠夫絵　講談社　1979.6　76p　22cm　（講談社の幼年創作童話）　550円

『飛べよ，トミー！』　飯田栄彦作，林明子絵　講談社　1974　277p　22cm　（児童文学創作シリーズ）

池田　亀鑑
⇒池田芙蓉（いけだ・ふよう）を見よ

池田　芙蓉
いけだ・ふよう
《1896～1956》
別名：池田亀鑑

『馬賊の唄』　池田芙蓉著　真珠書院　2014.2　172p　19cm　（パール文庫）　800円　①978-4-88009-610-0
[内容]　中国で行方不明になった父親を探すため、愛馬西風と猛獣稲妻を従えた山内日出男少年の上海からの冒険活劇が始まる。正義の人日出男少年は、英雄豪傑と出会いながら、さらにモンゴルも越えてエニセイ河にまでやって来たのだが…。

石井　桃子
いしい・ももこ
《1907～2008》

『においのカゴ—石井桃子創作集』　石井桃子著　河出書房新社　2014.11　208p　18×13cm　1500円　①978-4-309-02338-0
[目次]　さんちゃんとバス，ある山のかげで，まずはたのしいお年こし，見えない、小さいお友だち，まり子ちゃんとおともだち，ようちゃんともぐら，草ぼうぼうの原っぱ，暑い日，セミとり，ガツねえちゃん，きのことり，においのカゴ，トンカツわんわん，秘密，ハツコマ山登山，春のあらし，心臓に書かれた文字，東京駅のネズミ
[内容]　101年の生涯を子どもの本とともに歩んだ作家・石井桃子が紡ぎだした少年少女のための情感あふれる物語。1950～60年代発表の単行本未収録作を含む童話・少女小説18篇。

『山のトムさん—ほか一篇』　石井桃子作，深沢紅子，箕田源二郎画　福音館書店　2011.5　236p　17cm　（福音館文庫 S-60）　700円　①978-4-8340-2665-8　〈1968年刊の増補〉
[目次]　山のトムさん，パチンコ玉のテボちゃん
[内容]　北国の山の中で開墾生活をはじめたトシちゃんの家に、ネズミ退治のため、雄ネコがもらわれてきた。野性味のある行動でふりまわしてくれる、そのトムのおかげで、家族に笑いが絶えなくなり。ほがらかかつ懸命に生きた、作者の精神の記録。表題作と背景を同じくする知られざりし短篇「パチンコ玉のテボちゃん」も収録。小学校中級以上。

『べんけいとおとみさん』　石井桃子作，山脇百合子絵　福音館書店　2007.2　194p　21cm　（福音館創作童話シリーズ）　1600円　①978-4-8340-0376-5

『迷子の天使』　石井桃子作，脇田和画　福音館書店　2007.2　359p　19cm　（福音館創作童話シリーズ）　1800円　①978-4-8340-0693-3
[内容]　東京の効外に住む念海夫人は、ちょっとそそっかしいけれど、お人よしの正義派。自分の研究以外のことには、とんと無関心な御主人と、ひとり息子の宏ちゃんのほかに、しょっちゅう新顔のふえる迷子ねこたちの世話で、夫人は毎日てんてこまいです。そんな奥さんのまわりには、孤独な少女、精神障害の子、不良化していく少年たち。そして彼らをめぐっておこる困った事件は…。朝日新聞に連載された、親子そろって楽し

『ノンちゃん雲に乗る』　石井桃子著　光文社　2005.12　257p　19cm　1500円　①4-334-95013-2

[内容]　ある朝小学校二年生のノンちゃんが目をさますと、お母さんがお兄ちゃんをつれて出かけてしまった後。大泣きして神社の境内にある大きなモミジの木に登ったノンちゃんは、池に落ちたと思ったら空に落ちて、雲に乗ったおじいさんに拾われて…。光文社より出版されると同時に多くの読者に感銘を与えた名作。第一回文部大臣賞受賞。光文社創業60周年記念出版。

石垣　りん
いしがき・りん
《1920〜2004》

『日本語を味わう名詩入門　15　石垣りん』　石垣りん著，萩原昌好編，福田利之作画　あすなろ書房　2013.7　103p　20cm　1500円　①978-4-7515-2655-2

[目次]　私の前にある鍋とお釜と燃える火と，手，用意，子供，表札，くらし，崖，ちいさい庭，童謡，朝のパン〔ほか〕

[内容]　女性が外で働くことが、まだ、まれな時代、14歳から銀行で働くかたわら、詩作を続け、定年まで勤めあげた女流詩人、石垣りん。「生きること」の本質を、媚びることなく追求した、その詩の世界を味わってみましょう。

『宇宙の片隅で―石垣りん詩集』　石垣りん著，水内喜久雄選・著，伊藤香澄絵　理論社　2004.12　125p　21cm　（詩と歩こう）　1400円　①4-652-03846-1

[目次]　太陽のほとり（太陽のほとり，新年，初日が昇るとき　ほか），挨拶（挨拶，弔詞，崖　ほか），表札（私の前にある鍋とお釜と燃える火と，島，峠　ほか），石垣りんさんをたずねて

石牟礼　道子
いしむれ・みちこ
《1927〜》

『あやとりの記』　石牟礼道子作　福音館書店　2009.3　363p　17cm　（福音館文庫 S-55）　750円　①978-4-8340-2415-9〈1983年刊の加筆修正〉

[内容]　「すこし神さまになりかけて」いるひとたちと楽しみ、また悲しんで、宇宙のはからいを知る幼い「みっちん」の四季。『苦海浄土』で、水俣病によって露になった現代社会の病理を描破した著者が、有機水銀に侵され失われてしまった故郷のむかしを綴る。個人的な体験を超え、子どもたちの前にさしだされた、自然と人間の復権の書。

『あやとりの記』　石牟礼道子著　福音館書店　1983.11　349p　19cm　（福音館日曜日文庫）

伊藤　左千夫
いとう・さちお
《1864〜1913》

『現代語で読む野菊の墓』　伊藤左千夫作，城島明彦現代語訳　理論社　2012.9　137p　19cm　（現代語で読む名作シリーズ 3）　1200円　①978-4-652-07998-0

[内容]　政夫が中学生の時、病気がちな母親を手伝うため、二つ上の従姉・民子が、家に同居していた。政夫と民子は、幼い頃から大の仲良しだった。しかし、世間体を気にする大人たちに二人の仲を注意され、かえって互いを異性として意識しはじめる。ある秋の日、野菊の咲く道で二人は互いの想いを伝え合う。

『伊豆の踊子　野菊の墓』　川端康成，伊藤左千夫作，牧村久実絵　講談社　2011.5　162p　18cm　（講談社青い鳥文庫 154-2）　580円　①978-4-06-285217-3

いぬいとみこ

|目次| 伊豆の踊子，野菊の墓
|内容| 「初恋」は清く、せつなく、美しいもの一。日本の文学史上に燦然と輝く2作品を、牧村久実先生の挿絵で。伊豆を旅する旅回りの踊り子と、一人の男子学生の淡い初恋を描いた『伊豆の踊子』。もうすぐ都会の学校へ行ってしまう政夫と、いとこの民子の一途な思いを描いた『野菊の墓』。時間がたってもけっして色あせない、初恋の物語を2編収録。小学上級から。

『21世紀版少年少女日本文学館 3 ふるさと・野菊の墓』 島崎藤村,国木田独歩,伊藤左千夫著 講談社 2009.2 263p 20cm 1400円 ①978-4-06-282653-2 〈年譜あり〉
|目次| 島崎藤村（ふるさと，伸び支度），国木田独歩（鹿狩，忘れえぬ人々），伊藤左千夫（野菊の墓）
|内容| 「民さんは野菊のような人だ。」政夫と民子の淡い恋心と悲しい別れを描き、映画やドラマでもたびたび取り上げられた伊藤左千夫の代表作「野菊の墓」。牧歌的な郷愁を誘う藤村の「ふるさと」。初めての狩りにのぞむ、少年の感性の目覚めを描いた独歩の「鹿狩」などを収録。

いぬい　とみこ
《1924～2002》

『白鳥のふたごものがたり』 いぬいとみこ作,いせひでこ絵 理論社 2010.2 317p 23cm （日本の児童文学よみがえる名作）2200円 ①978-4-652-00060-1
|目次| ユキとキララと七わの白鳥，ユキのぼうけんホノカのうた，ちいさいナナと魔女ガラス

井上　ひさし
いのうえ・ひさし
《1934～2010》

『少年口伝隊一九四五』 井上ひさし著 講談社 2013.6 80p 21cm 1300円 ①978-4-06-218362-8 〈絵：ヒラノトシユキ 「井上ひさし全芝居 その7」（新潮社 2010年刊）の抜粋〉
|内容| 原爆で家族を失った3人の少年、英彦、正夫、勝利は、新聞を発行できなくなった中国新聞社にやとわれ、「口伝隊」の一員として、ニュースを口頭で人々に伝える。そして1か月後、原爆で壊滅した広島を、巨大台風が襲う一。「戦争」「災害」「放射能」の中で、懸命に生きようとした少年たちを描いた井上ひさしの朗読劇を、印象的なイラストとともに単行本化。

『水の手紙―群読のために』 井上ひさし著,萩尾望都絵 平凡社 2013.3 74p 20cm 1200円 ①978-4-582-83579-3
|内容| わたしたちは水です―子供たちの未来と水惑星・地球の行方への祈りをこめて井上ひさしが綴った「水の手紙」。井上ひさしの珠玉の名作と萩尾望都による独創的なイラストのコラボレーションが実現。

『イソップ株式会社』 井上ひさし著,和田誠絵 中央公論新社 2005.5 303p 20cm 1600円 ①4-12-003642-1
|目次| スフィンクスのなぞ唄，絵の具の秘密，黄金の壺，日本一きれい，小さな王様，一瞬のまばたき，一九一八六一，小さな王様，船出する，すてきなジーパン，うっかり博士の最後，小さな王様，取り引きする，近眼先生と八助，悲観主義者と楽天家，見えないライバル，小さな王様，帽子の秘密を知る，泡の一生，おろか村，小さな王様，陸に上がる，偉ぶった市長さん，東京とお日さま，小さな王様，水玉を発見する，利発な王子，魚清のお兄さん，小さな王様，お天気づくりの魔女と話をする，どっちがうまいか，アメリカかぶれ，小さな王様，天気の神様に会う，口をきくお金，ゴンベ狸，小さな王様，怒りだした地球を知る，長助さん，巡り会い，猫のミラノ，苦心の歯医者さん，後日談，小さな王様、尖んがり帽子を縫う，小さな王様、島へ帰る
|内容| 夏休み、さゆりと洋介の姉弟に毎日届く父の手紙は一日一話の小さな「お話」。物語を通して生まれる新しい家族の姿。

『ひょっこりひょうたん島―ものがたり絵

『ひょっこりひょうたん島 ものがたり絵本』 井上ひさし，山元護久原作，片岡昌キャラクターデザイン，武井博文，高瀬省三絵　日本放送出版協会　2003.6　111p　21cm　1600円　①4-14-036093-3
[内容]「ひょうたん島が始まるから帰ろう。」夕方になると街角から子どもたちの姿がすっと消えた。1964年4月6日、東京オリンピックの年にスタートしたNHKの人形劇「ひょっこりひょうたん島」は、69年4月まで全1224回放送され、多くの子どもたちの人気を集めました。お父さん、お母さんが子どもの頃大好きだった「ひょうたん島」を、この「ものがたり絵本」でお子さんといっしょにお楽しみ下さい。

『下駄の上の卵　下』　井上ひさし著　汐文社　1999.2　309p　20cm　（井上ひさしジュニア文学館 10）　1800円　①4-8113-7243-3
[内容] お米を抱えて山形をとびだした野球狂の少年たち。二転三転、やっとの思いで上野に着いたが…。昭和21年6月の大都会東京は、焼け跡と闇市で混乱の極致…。したたかに生きる東京の子と田舎の子の大バトル。はたして憧れの軟式ボールは手にはいるのだろうか。

『下駄の上の卵　上』　井上ひさし著　汐文社　1999.2　248p　20cm　（井上ひさしジュニア文学館 9）　1800円　①4-8113-7242-5
[内容] 夢にまでみた、真白な軟式野球ボールが欲しい。山形から闇米を抱えて東京に向かう六人の国民学校六年生の野球狂たち。上野行きの列車の中は、満員のすし詰めだった。二斗六升の米を、無事に東京まで運べるだろうか。少年たちの願いもむなしく二斗の米が…。

『百年戦争　下』　井上ひさし著　汐文社　1999.2　360p　20cm　（井上ひさしジュニア文学館 8）　1800円　①4-8113-7241-7
[内容] 清くんや秋子くんをネコに変え、良三くんをネズミにしたのは、何の力だろう？世界中の動物戦争に小学生を送り込んでトーナメントを仕掛けた黒幕は、全神連合UGOWだった。人類に代わる生物を決めよ

うという神さま仏さまに、清くんたちは論争を挑む…。

『百年戦争　中』　井上ひさし著　汐文社　1999.2　357p　20cm　（井上ひさしジュニア文学館 7）　1800円　①4-8113-7240-9
[内容] ネコに変身し、銀座ネコvs築地ネズミの大戦争の真只中に入った清くん…。銀座ネコ軍団のリーダーとなった清くんの前に同級生の秋子くんまでネコに変身して現れた。ワケのわからない闘いにまきこまれた二匹の前にこんどは、幼馴染みの良三くんがネズミ軍団のリーダーになって現れた。

『百年戦争　上』　井上ひさし著　汐文社　1999.2　356p　20cm　（井上ひさしジュニア文学館 6）　1800円　①4-8113-7239-5
[内容]「ネコになってもいいや」と思ったとたん、ネコに変身してしまった小学生の清くん…。家をとびだしたネコの清くんにとって、歩き慣れた銀座の街は別世界だった。おりから、銀座ネコと築地ネズミの大戦争の真只中に飛び込んだ清くんは三毛ネコのオスとして軍団の大将になるが…。

『偽原始人　下』　井上ひさし著　汐文社　1998.12　328p　20cm　（井上ひさしジュニア文学館 5）　1800円　①4-8113-7238-7
[内容] 人の顔をした鬼婆＝教育ママたちに反乱をおこした、東大、庄平、明の小学生三人組。受験の神様の異名をもつ家庭教師にしぼられて互いに暗号文で連絡をとりあったが…。万策尽きたかと思いきや、三人は家出をする…。受験社会に強烈な礫を放ち、大人たちを慄えあがらせる奇技な長編冒険小説。

『偽原始人　上』　井上ひさし著　汐文社　1998.12　264p　20cm　（井上ひさしジュニア文学館 4）　1800円　①4-8113-7237-9
[内容] ぼくの名前は『東大』と書いて『トーシン』と読む。教育ママのおかあさんがつけたんだ。庄平と明くんも同じクラス、同じ学習塾の仲間で、そろったママは教育ママ。5年1組の鬼婆たちに追いつめられ、大好きな容子先生が自殺をはかったと知る

や、三人はついに反乱を起こした…。

『**四十一番の少年**』 井上ひさし著 汐文社 1998.12 223p 20cm （井上ひさしジュニア文学館 11） 1800円 ⓘ4-8113-7244-1
[目次] 四十一番の少年，汚点，あくる朝の蟬
[内容] 孤児院で暮らす兄のもとに、ラーメン屋に一人預けられた弟からの葉書き、そこには汚点が…。弟の生活を思いやり、孤児院に引き取ることにした兄は、弟を迎えに行くが…。この「汚点」をはじめ、少年の夢の切実さを描き、読後に深い感動と余韻をのこす、作者の自伝的要素の濃い珠玉の小説三編を収録。

『**青葉繁れる**』 井上ひさし著 汐文社 1998.11 270p 20cm （井上ひさしジュニア文学館 2） 1800円 ⓘ4-8113-7235-2
[内容] 東北ナンバーワンの名門高校に、日本一の名門校・日比谷高校から転校生俊介がやってきた…。劣等生クラスの稔、ユッヘ、デコ、ジャナリの仲良しグループに俊介が加わって巻きおこす珍騒動の数々。抱腹絶倒、ペーソスあふれる青春文学の傑作。

『**ナイン**』 井上ひさし著 汐文社 1998.11 240p 20cm （井上ひさしジュニア文学館 1） 1800円 ⓘ4-8113-7234-4
[目次] ナイン，太郎と花子，新婦側控室，隣り同士，祭まで，女の部屋，箱，傷，記念写真，高見の見物，春休み，新宿まで，会話，会長，足袋，握手
[内容] 東京の下町、浅草橋、門前仲町、小岩…。都心の四ツ谷、赤坂、新宿など、大都会のさまざまな風情を背景に、そこに暮らす人びとの人間模様を綴った短編集。新道少年野球団の選手のその後の消息を描いた表題作「ナイン」をはじめ、「太郎と花子」「傷」「記念写真」「会話」「握手」など、佳編16話収録。

『**ブンとフン**』 井上ひさし著 汐文社 1998.11 228p 20cm （井上ひさしジュニア文学館 3） 1800円 ⓘ4-8113-7236-0
[内容] フン先生が書いた小説の主人公ブン。なにひとつ不可能のない四次元の大泥棒ブンが小説から飛び出して大暴れ！ 世界中で摩訶不思議な事件がおきて大騒ぎ…。アンパンのヘソが蛙の腹に…、あらゆる権威や常識に挑戦、痛烈な風刺と笑いがいっぱいの奇想天外の物語。

『**ブンとフン**』 井上ひさし著 朝日ソノラマ 1970 286p 20cm （サンヤングシリーズ 18）

井上　靖
いのうえ・やすし
《1907～1991》

『**21世紀版少年少女日本文学館　16　しろばんば**』 井上靖著 講談社 2009.4 397p 20cm 1400円 ⓘ978-4-06-282666-2 〈年譜あり〉
[内容] 名家の跡取り息子、洪作は両親から引き離されて曽祖父の妾だったおぬい婆さんに育てられる―。若い魂の成長を記した井上文学の原型ともいうべき長編小説の前編を収録。

井原　西鶴
いはら・さいかく
《1642～1693》

『**21世紀版少年少女古典文学館　第17巻　西鶴名作集**』 興津要，小林保治，津本信博編，司馬遼太郎，田辺聖子，井上ひさし監修 井原西鶴原作，藤本義一著 講談社 2010.2 309p 20cm 1400円 ⓘ978-4-06-282767-6
[目次] 耳にはさんだおもしろい話―「西鶴諸国ばなし」「万の文反古」より，大晦日の泣き笑い―「世間胸算用」より，人の道、守る者そむく者―「本朝二十不孝」「武家義理物語」より，町人暮らしの浮き沈み―「西鶴置土産」「西鶴織留」より，大金持ちになる方法―「日本永代蔵」より，恋に生きた男と女―「好色五人女」より
[内容] 人の世は、ゆきつくところ「色」と

「欲」。「恋」と「お金」が、人を幸せにも不幸せにもするものだ—。元禄時代、経済力で武士にかわって社会の表舞台におどりでた商人たちの生き方を、鋭く、とにきは滑稽に描いた井原西鶴の代表的名作を集める。封建社会の掟に刃向かう命がけの純愛物語『好色五人女』、親の次にたいせつな金を知恵と才覚でふやして大金持ちになる人々の成功秘話『日本永代蔵』など、今も昔も変わらぬ人の世の悲喜劇がいきいき描かれている。

『西鶴諸国ばなし―ほか』 井原西鶴原著, 堀尾青史文, 風間完絵 童心社 2009.2 205p 20cm （これだけは読みたいわたしの古典 西尾実監修）2000円 ①978-4-494-01983-0,978-4-494-07167-8（set）
[目次] きつねさわぎ, おしゃもじ天狗, 力なしの大仏, ねこののみとり, 鯉のうらみ, 家のたからの名刀, からくり人形と小判, 夢の仏さま, 正直者の頭の中, 腰のぬけた仙人, 宇治川のりきり, 女のおしゃべり, 大晦日のけんか屋, 塩売りの楽助, こたつの化物, かたきをわが子に, 雪の朝のかたきうち, 一文惜しみの百知らず, 大井川に散るなみだ, 耳をそがれたどろぼう, 小判十一両

『井原西鶴名作集 雨月物語』 井原西鶴, 上田秋成原著, 菅家祐文, シブヤユウジ, ただりえこイラスト 学習研究社 2008.2 195p 21cm （超訳日本の古典 10 加藤康子監修）1300円 ①978-4-05-202868-7
[目次] 井原西鶴名作集（西鶴諸国ばなし, 世間胸算用, 新可笑記, 日本永代蔵, 武家義理物語, 好色五人女）, 雨月物語（菊花の約, 浅茅が宿, 夢応の鯉魚, 吉備津の釜, 蛇性の婬, 青頭巾）

茨木 のり子
いばらぎ・のりこ
《1926～2006》

『日本語を味わう名詩入門 16 茨木のり子』 茨木のり子著, 萩原昌好編, 藤本将画 あすなろ書房 2013.6 103p 20cm 1500円 ①978-4-7515-2656-9
[目次] こどもたち, 六月, わたしが一番きれいだったとき, 小さな娘が思ったこと, はじめての町, 汲む—Y・Yに, 惑星, 言いたくない言葉, 自分の感受性くらい, 鍵〔ほか〕

『落ちこぼれ―茨木のり子詩集』 茨木のり子著, はたこうしろう絵, 水内喜久雄選・著 理論社 2004.1 125p 21cm （詩と歩こう）1400円 ①4-652-03841-0
[目次] わたしが一番きれいだったとき（女の子のマーチ, わたしが一番きれいだったとき ほか）, 落ちこぼれ（方言辞典, ええと ほか）, はじめての町（癖, はじめての町 ほか）, 私のカメラ（私のカメラ, 活字を離れて ほか）, 茨木のり子さんを訪ねて
[内容] 現代女性詩人のトップランナー、茨木のり子が人間を見つめ続ける詩を網羅！子どもたちから大人まで、すべての人に読んでもらいたい…そんな想いをこめて贈る。

『りゅうりえんれんの物語』 茨木のり子著 改版 全国学校図書館協議会 2003.6 48p 19cm （集団読書テキスト B24 全国SLA集団読書テキスト委員会編）194円 ①4-7933-8072-7〈年譜あり〉

『おとらぎつね』 茨木のり子文, 水沢研絵 さ・え・ら書房 1969 127p（図版共）23cm （メモワール文庫）

井伏 鱒二
いぶせ・ますじ
《1898～1993》

『21世紀版少年少女日本文学館 10 走れメロス・山椒魚』 太宰治, 井伏鱒二著 講談社 2009.2 245p 20cm 1400円 ①978-4-06-282660-0〈年譜あり〉
[目次] 走れメロス（太宰治）, 富岳百景（太宰治）, 晩年・抄（太宰治）, 雪の夜の話（太宰治）, お伽草紙（太宰治）, 山椒魚（井伏鱒二）, 屋根の上のサワン（井伏鱒二）, 遥拝隊

長（井伏鱒二）
内容 ギリシャの古伝説を題材に友情と信頼の勝利を巧みな文章でリズミカルに表現した短編、太宰治の「走れメロス」や、ユーモラスな語り口の奥に人生に対する的確な観察眼が光る、井伏文学を代表する傑作として著名な「山椒魚」など、八編を収録。ふりがなと行間注で、最後までスラスラ。児童向け文学全集の決定版。

今江　祥智
いまえ・よしとも
《1932～》

『ぼんぼん』　今江祥智作　新装版　理論社　2012.4　429p　20cm　2200円　①978-4-652-07987-4
内容 大阪大空襲をくぐり抜けて…。日本とアメリカが戦争をしていたころ――少年の伸びやかな視点から戦争の日々を描く。

『優しさごっこ』　今江祥智作　新装版　理論社　2012.4　345p　20cm　2200円　①978-4-652-07988-1
内容 父と娘が紡ぐ二人家族の物語。「かあさん」が出ていったあとの二人の心模様を描いた1970年代を代表する児童文学の金字塔。

『ぼんぼん』　今江祥智作　岩波書店　2010.7　494p　18cm　（岩波少年文庫197）　880円　①978-4-00-114197-9
内容 洋が小学3年生の年、突然おとうちゃんがたおれた。そして、戦争がはじまった。軍国主義の波にもまれながらも、ほのかな恋心にめざめる少年の成長を、元やくざの佐脇さんが見守る。大阪弁にのせて、人間の真実にせまる作者の代表作。小学5・6年以上。

『ぼくはライオン』　今江祥智作，長新太絵　理論社　2010.2　203p　23cm（日本の児童文学よみがえる名作）2200円　①978-4-652-00051-9〈1962年刊の復刻新装版〉

『桜桃（さくらんぼ）のみのるころ』　今江祥智作，宇野亜喜良絵　神戸　BL出版　2009.6　301p　20cm　1900円　①978-4-7764-0365-4
内容 キューピッドはおじいさまの幽霊!?　夕暮れ色がひろがると、何かがおきる…。おいしいマゲモノふぁんたじっくラブストーリー。

『ひげがあろうがなかろうが』　今江祥智作，田島征三絵　大阪　解放出版社　2008.1　639p　18cm　2800円　①978-4-7592-5031-2
目次 ひげがあろうがなかろうが，ひげのあるおやじたち
内容 「お父」を中心とするアウトサイダーたちが情報ネットワークを張りめぐらせて、縦横無尽に活躍する。無類の独創性と語りの冴え、今江祥智の傑作。絶版『ひげのあるおやじたち』も収録。

『薔薇をさがして…』　今江祥智文，宇野亜喜良画　神戸　BL出版　2006.11　1冊（ページ付なし）　22cm　1400円　①4-7764-0090-1
内容 13歳のコックさんは、母さんと居酒屋をりりしくやっている。その店にあらわれては消えるお客の中に――「薔薇」を見つけて…。ファンタスティックなラブストーリー。

『UFOすくい』　今江祥智作，和田誠絵　理論社　2005.3　196p　19cm　（今江祥智ショートファンタジー 5）1200円　①4-652-02185-2
目次 アメだまをたべたライオン，小さな花，UFOすくい，ぼくのメリーゴーラウンド，鬼，ネズミくんのショック，青いてんぐ，シマウマがむぎわらぼうしをかぶったら…，ゆめみるモンタン，星のかけら，野の馬，そよ風とわたし，ラベンダーうさぎ，戦艦ポチョムキン，さびたナイフ
内容 きらめく小さなファンタジーがぎっしり、今江祥智の小宇宙。こわい話、ふしぎな話。どきどきする話、わくわくする話。ほろりとする話、くすりとくる話。

『白ぶたピイ』　今江祥智作，和田誠絵　理論社　2005.1　196p　19cm　（今江祥智ショートファンタジー 4）1200円

①4-652-02184-4
[目次]すみれの花さくころ，ぼくともうひとりのぼく，白ぶたピイ，しばてんおりょう，星をもらった子，鳥の森，なみだをふいてこぎつねちゃん，海がやってきた…，三びきのライオンの子，おりがみのできた日，ぼうしのかぶりかた，雪の夜のものがたり，風にふかれて，小さなひみつ，枯葉
[内容]こわい話、ふしぎな話。どきどきする話、わくわくする話。ほろりとする話、くすりとする話。きらめく小さなファンタジーがぎっしり。

今西　祐行
いまにし・すけゆき
《1923〜2004》

『一つの花』　今西祐行作　ポプラ社　2005.10　190p　18cm　（ポプラポケット文庫 031-1）　570円　①4-591-08877-4　〈絵：伊勢英子　1983年刊の新装版〉
[目次]一つの花，ヒロシマの歌，むささび星，太郎こおろぎ，おいしいおにぎりを食べるには，はまひるがおの小さな海，ゆみ子のリス，花のオルガン，ぬまをわたるかわせみ，月とべっそう，きつねとかねの音，むねの木のおはし
[内容]「ひとつだけちょうだい」―戦争のさなか、食べるものもあまり手にはいらない生活の中で、ゆみ子が最初におぼえたことばでした。そんなゆみ子に、ひとつだけのおにぎりのかわりに一輪のコスモスの花をあたえて、お父さんは戦争にいきました。平和へのねがい、幸せへのいのりがこめられた、せつなくもやさしい物語。―表題作ほか十一編を収録。

『浦上の旅人たち』　今西祐行作　岩波書店　2005.6　365p　18cm　（岩波少年文庫 132）　760円　①4-00-114132-9
[内容]明治のはじめ、長崎の浦上で信仰を守りつづけてきた隠れキリシタンたちは、罪人として捕えられ、きびしい迫害をうけた。農家の娘たみと、浮浪児千吉の数奇な運命を軸に、西日本各地へ送られた人びとの"旅"を描く歴史小説。小学5・6年以上。

岩崎　京子
いわさき・きょうこ
《1922〜》

『ド・ロ神父と出津の娘たち』　岩崎京子著　女子パウロ会　2014.1　206p　15cm　（パウロ文庫）　900円　①978-4-7896-0731-5　〈旺文社 1985年刊の修正〉
[内容]明治十二年早春、長崎県、外海の出津という村にフランス人の宣教師ド・ロ神父がやってきた。その村で最初に目にしたものは、あまりに貧しい人々の暮らしだった。「なんとかしなくては…。そうだ、村人が仕事をもって自立すること！」やがて、農業、医療、教育、井戸掘り、そうめん作り、さまざまな福祉活動に、神父の献身は続く。神父と、協力した出津の娘たちの愛と夢の日々！

『火の壁をくぐったヤギ』　岩崎京子文，田代三善絵　新装版　国土社　2012.1　109p　22cm　（語りつぐ戦争平和について考える）　1400円　①978-4-337-07122-3
[目次]火の壁をくぐったヤギ，コックリさま，赤紙，防空壕，赤ずきんちゃん，密告，風船爆弾
[内容]戦争の悲惨な現実のあれこれを語りつぎ、平和について考えるためのお話集。

『花のお江戸の金魚芝居』　岩崎京子作，堀田あきお絵　佼成出版社　2011.7　94p　22cm　（どうわのとびらシリーズ）　1300円　①978-4-333-02496-4
[内容]わたしは子どものころ、友だちがいないとさびしくって、「今日遊べる？」と聞いてまわりました。「うん、遊べる」という子がいないと大変。ねこにもにげられても、ぬいぐるみも相手にしてくれません。江戸時代の御徒町に住んでいたあきちゃんは、金魚に遊んでもらってたんですって。金魚はとても遊び上手。元気までくれるんですよ。小学校3年生から。

『大どろぼう疾風組参上！―ばけもの長屋のおはなちゃん』　岩崎京子作，長谷川義史絵　文溪堂　2010.11　165p

22cm　1300円　①978-4-89423-713-1
内容 ここは、花のお江戸のとある長屋。近ごろ長屋のみんなのうわさは、大どろぼう疾風組のこと。びんぼう人に小判をくばる正義のみかただと大もて。でも、本当の正体は？　びんぼう神におはなちゃん…、それに粋な女神とばけものたち…、いつもの面子があつまっての、笑いと涙の人情話第2弾。

『かめ200円』　岩崎京子作，杉浦範茂絵
フレーベル館　2010.8　77p　22cm　1000円　①978-4-577-03833-8　〈『かめ200えん』(1980年刊)の新装版〉
内容 いじめっ子のあにあきらとやさしいいもうとのえい子。カメをいじめてばかりいるあきらは、とうとうカメのさいばんにかけられてしまいます。そして、あきらは…！　小学校低学年から。

『花のお江戸の朝顔連』　岩崎京子作，堀田あきお絵　偕成出版社　2009.7　95p　22cm　（どうわのとびらシリーズ）　1300円　①978-4-333-02383-7
内容 「連」って、仲間っていう意味なんだ。あたいたち三人で、江戸で人気の変化朝顔、育ててみないかい？　小学校3年生から。

『建具職人の千太郎』　岩崎京子作，田代三善絵　くもん出版　2009.6　205p　20cm　（〔くもんの児童文学〕）　1300円　①978-4-7743-1650-5　〈文献あり〉
内容 江戸時代の終わりごろ―。千太郎は、わずか七歳で、奉公に出されることになった。奉公先は、鶴見村（いまの神奈川県横浜市鶴見区）の建具屋「建喜」。まだ、友だちと遊んでいたいさかりの、千太郎には、建具職人になろうだなんて気は、さらさらない。だが、先に奉公にきていた姉、おこうにはげまされたり、建喜の職人たちとのふれあいのなかで、いつしか自分も、腕のよい建具職人になりたい、と思うようになる。

『花咲か―江戸の植木職人』　岩崎京子著
福岡　石風社　2009.4　252p　19cm　1500円　①978-4-88344-173-0　〈偕成社1973年刊の新装復刊〉

『びんぼう神とばけもの芝居』　岩崎京子作　文渓堂　2006.12　133p　22cm

（ばけもの長屋のおはなちゃん）　1300円
①4-89423-513-7　〈絵：長谷川義史〉
内容 ここは、花のお江戸のとある長屋。居候先の家からたたき出されそうになったびんぼう神、そのピンチをすくい、ひそかにかくまったおはなちゃん。こっそり長屋にかくれすんでいたびんぼう神をたずねて、ある日、ばけものたちがぞろぞろやってきたから、さあ、たいへん。

『かさこじぞう―日本昔ばなし』　岩崎京子文　ポプラ社　2006.2　204p　18cm　（ポプラポケット文庫 006-1）　570円
①4-591-09118-X　〈絵：井上洋介〉
目次 かさこじぞう，ものいうかめ，わらしべ長者，ききみみずきん，たからのげた，田うえじぞう，正月がみさん，にじのむすめ，たにし長者，ねずみのよめいり，おむすびころりん，こしおれすずめ，すずめのあだうち，ししときつね，ふるやのもり，はぬけえんま，春らんまんたぬきのかっせん
内容 大みそか、ふぶきのなか、じいさまは売れなかったかさを、じぞうさまにかぶせました。ところが、じぞうさまの数は六人、かさは五つ。どうしてもたりません。そこで、じいさまは…。珠玉の日本昔ばなし、表題作ほか十六編。小学校初・中級～。

岩瀬　成子
いわせ・じょうこ
《1950～》

『あたらしい子がきて』　岩瀬成子作，上路ナオ子絵　岩崎書店　2014.2　128p　22cm　（おはなしガーデン 41）　1300円
①978-4-265-05491-6
内容 お父さん、お母さん、おおばあちゃん、おばあちゃん、近所の公園で出会ったおじさんと知的障害のあるおばさんのきょうだい、妹のるい…さまざまな人と人とのつながりを通して、心境がすこしずつ変化し、成長していく、姉妹のお話。小学校中学年から。

『くもりときどき晴レル』　岩瀬成子作
理論社　2014.2　187p　19cm　1400円
①978-4-652-20049-0

[目次] アスパラ，恋じゃなくても，こんちゃん，マスキングテープ，背中，梅の道
[内容] 子どもを書き続ける作家が6人の子どもそれぞれの今を描く最新短篇集。

『なみだひっこんでろ』 岩瀬成子作，上路ナオ子絵　岩崎書店　2012.5　71p　22cm　（おはなしトントン 33）1000円　①978-4-265-06298-0

『ピース・ヴィレッジ』 岩瀬成子著　偕成社　2011.10　193p　20cm　1300円　①978-4-03-643090-1
[内容] トニーはもうこの基地にいないのかもしれないな，と思う。どこか遠くの戦場へ行ってしまったのかもしれない。トニーのいなくなったあとに，またあたらしくアメリカ兵が送りこまれてきたかもしれない。その人たちを待っている父さんやおばあちゃんは，きっと今夜も店をあけているにちがいない。それから森野さんも，ピース・ヴィレッジでいつものように，モジドやほかの人たちと話をしているんだろうな。この大きな空の下で，わたしたちの町はなんてちっぽけなんだろうと思う。小学校高学年から。

『だれにもいえない』 岩瀬成子作，網中いづる絵　毎日新聞社　2011.5　77p　22cm　1300円　①978-4-620-20030-9
[内容] ある日，同じクラスの点くんをすきになっている自分に気づいた千春。でも，いつすきになったのか，どうしてすきになったのかわからない。だれにかきいてみたい，この気持ち。でも，だれにもきけない。せつなくて，あったかい小さなラヴストーリー。

『まつりちゃん』 岩瀬成子作　理論社　2010.9　164p　19cm　1400円　①978-4-652-07977-5
[内容] その子は，いつも一人だった。コンビニの前。公園。商店街。家の窓，カーテンのかげに…。ひとりで住んでることは秘密です。まつりちゃんが，出会った人の心にくれたものは…子どもを書き続ける作家が描いた，ささやかな奇跡の物語。

『「さやか」ぼくはさけんだ』 岩瀬成子作，田島征三絵　佼成出版社　2007.12　96p　22cm　（どうわのとびらシリーズ）1300円　①978-4-333-02311-0
[内容] あこがれているのに，いじめたくなる。心って，ふしぎだ。

『そのぬくもりはきえない』 岩瀬成子著　偕成社　2007.11　285p　20cm　1400円　①978-4-03-643040-6
[内容] 犬の散歩をひきうけて出入りするようになった家で出会った不思議な男の子。なんだかちぐはぐなのに，どうしようもなく響きあう心と心。子どもたちの現在を描き続けてきた児童文学作家による待望の長編。

『朝はだんだん見えてくる』 岩瀬成子作，長新太絵　理論社　2005.10　255p　19cm　（名作の森）1500円　①4-652-00529-6
[内容] 「おまえは，一人で生きてるとでも思ってるのか？」父さんは黙って新聞を手にとって，お茶をのんだ。あたしが一体誰なのか，あたしが何をするのか…を発見するまでは，父さんだって手だしできないんだから！―基地がある街で暮らす奈々の，疾走する青春の日々。日本児童文学者協会新人賞受賞作品。

『小さな小さな海』 岩瀬成子作，長谷川集平絵　理論社　2005.7　85p　21cm　1000円　①4-652-00748-5
[内容] プールの時間，保健室で友だちになったこうじくん。こうじくんがおしえてくれた小さな小さな海は，とてもあたたかで気もちがいい。ふたりだけのひみつの海―。

上田　秋成
うえだ・あきなり
《1734～1809》

『21世紀版少年少女古典文学館　第19巻　雨月物語』 興津要，小林保治，津本信博編，司馬遼太郎，田辺聖子，井上ひさし監修　上田秋成原作，佐藤さとる著　講談社　2010.2　277p　20cm　1400円　①978-4-06-282769-0
[目次] 菊の節句の約束―「菊花の約」より，真間の故郷―「浅茅が宿」より，鯉になった

お坊さま―「夢応の鯉魚」より，大釜の占い―「吉備津の釜」より，幽霊の酒盛り―「仏法僧」より，蛇の精―「蛇性の婬」より，白峯山の天狗―「白峯」より，鬼と青い頭巾―「青頭巾」より，ふしぎなちびのじいさま―「貧福論」より

[内容] 士農工商の身分制度こそあったものの，生産力は増大し，人々も合理的な考え方を身につけ始めた時代だった。しかし，合理主義をおし進めれば進めるほど，人間にとって未知の世界に対しての探究心も強まり，現世の外にある闇の世界にひかれていくものでもある。上田秋成の『雨月物語』は，人の心の中の闇を，厳しく美しく描いた小説集である。怨霊と生者の対話を通して，人間の愛憎や執着，欲望や悔恨をあますところなく表現し，近世怪奇文学の最高峰といわれている。

『井原西鶴名作集　雨月物語』　井原西鶴，上田秋成原著，菅家祐文，シブヤユウジ，ただりえこイラスト　学習研究社　2008.2　195p　21cm　（超訳日本の古典 10　加藤康子監修）1300円　①978-4-05-202868-7

[目次] 井原西鶴名作集（西鶴諸国ばなし，世間胸算用，新可笑記，日本永代蔵，武家義理物語，好色五人女），雨月物語（菊花の約，浅茅が宿，夢応の鯉魚，吉備津の釜，蛇性の婬，青頭巾）

上野　瞭
うえの・りょう
《1928〜2002》

『さらば，おやじどの』　上野瞭作，田島征三絵　復刻版　理論社　2010.1　655p　21cm　（理論社の大長編シリーズ　復刻版）3800円　①978-4-652-00545-3

[内容] 素っ裸で城下を走り回った新吾は，番所頭の父親みずからの裁きによって，牢送りになる。牢の中には，無実の罪で捕らわれている老人がいた。裁きに疑問を抱く新吾は，仲間とともに老人の脱獄を企てる。父子の愛と葛藤，人間の影の世界を，少年の成長とともに描く。

内田　康夫
うちだ・やすお
《1934〜》

『ぼくが探偵だった夏―少年浅見光彦の冒険』　内田康夫作，青山浩行絵　講談社　2013.7　220p　18cm　（講談社青い鳥文庫 299-1）620円　①978-4-06-285368-2〈2009年刊の再刊〉

[内容] 小学5年生の浅見光彦にとって，女の人は大の苦手だ。母親や妹など，ごく身近な女性以外は得体のしれない怪物のような存在なのだという。だから隣の席に座っている本島衣理にも初対面から印象が悪い。それなのに光彦が毎年夏休みで訪れる軽井沢で，その衣理と過ごすことになってしまうのだった。しかもふたりは次第に事件に巻きこまれていく…！　小学中級から。

『ぼくが探偵だった夏』　内田康夫著　講談社　2009.7　277p　19cm　（Mysteryland）2200円　①978-4-06-270586-8

[内容] 光彦・小学校五年生の夏。クラスに軽井沢からの転校生・本島衣理がやって来た。初対面の印象は最悪！　それなのに隣の席だなんて，女という生き物が苦手な光彦には辛い毎日だ。でも，待ちに待った夏休み，光彦は今年も恒例の軽井沢の別荘へ…。そこで，夏の友だち・峰男くんと偶然，衣理を紹介され再会する。話をするうちに光彦は，最近，軽井沢で行方不明になった女の人がいるという話を聞き，三人で現場に行くことに。すると，怪しげな「緑の館」の庭で大きな穴を掘り，何かを埋めようとしている男の姿が！　その直後から不穏な空気が光彦の周囲に漂いはじめる。埋められた物は何だったのか？　平和な軽井沢でいったい何が起こっているのだろうか!?　「浅見光彦シリーズ」でお馴染みの"あの人"たちも登場。

宇野 千代
うの・ちよ
《1897〜1996》

『私のおとぎ話』 宇野千代著 文芸社 2011.1 201p 20cm 1200円 ①978-4-286-10340-2
[目次] ぴいぴい三吉，ナーヤルさん，三吉とお母さん，靴屋の三平，詩人とお爺さん，空になった重箱，吉郎さんと犬，桃の実，十年一夜，腰ぬけ爺さん
[内容] 宇野千代が贈る、唯一の童話集。

『私のおとぎ話』 宇野千代著 中央公論社 1985.2 176p 19cm 650円 ①4-12-001371-5

卜部 兼好
⇒ 吉田兼好（よしだ・けんこう）を見よ

海野 十三
うんの・じゅうざ
《1897〜1949》

『海底大陸』 海野十三著 真珠書院 2013.6 227p 19cm （パール文庫）800円 ①978-4-88009-601-8 〈「海野十三全集 第4巻」（三一書房 1989年刊）の抜粋〉
[内容] 航海中の豪華客船クイーン・メリー号が忽然と姿を消す。偶然、難を逃れたボーイの三千夫は宇宙学者の長良川博士と共に、海底大陸とそこに高度な文明を築く海底超人の存在をつきとめる。

江戸川 乱歩
えどがわ・らんぽ
《1894〜1965》

『怪人二十面相』 江戸川乱歩作，庭絵新装版 講談社 2013.5 253p 18cm （講談社青い鳥文庫 71-2）650円 ①978-4-06-285352-1
[内容] 犯行を事前に予告したうえで狙ったものを次々と見事に奪い去る「怪人二十面相」が、今度は国立博物館所蔵の美術品を盗むと知らせてきた！ 何しろ二十の顔を持つ変装の天才で、どんな人物にもなりすまして相手をだます恐るべき盗賊だ。もはや頼れるのは日本一の名探偵明智小五郎をおいて他にない。小林少年をはじめとする少年探偵団とともに、悪を相手の真剣勝負が始まった！ 小学上級から。

『黄金の怪獣―少年探偵』 江戸川乱歩著 ポプラ社 2009.11 247p 16cm （〔ポプラ文庫クラシック〕〔え2-26〕）540円 ①978-4-591-11244-1
[内容] 少年探偵団員からスリの疑いをかけられた玉村銀一君。身に覚えのないその悪事は、実は自分にそっくりの偽者が働いていた。銀一君のまわりで、次々に本物と入れかわる偽者たち。宝石店に、美術店に、そしてついに小林少年が…！ すべてはニコラ博士の恐るべき陰謀だった—。

『空飛ぶ二十面相―少年探偵』 江戸川乱歩著 ポプラ社 2009.11 297p 16cm （〔ポプラ文庫クラシック〕〔え2-25〕）580円 ①978-4-591-11243-4
[目次] 空飛ぶ二十面相，天空の魔人，巻末エッセイ
[内容] 謎のすい星、地球に衝突!? グルグルとねじれた光の尾をひくRすい星の接近で世界が震撼する中、千葉県の海辺に出現したカニの頭を持つ怪人R。高価な美術品を狙い神出鬼没に現れる「カニ怪人」の正体とは!? 明智探偵の推理と、少年探偵団の勇気が事件の謎を解く。

『電人M―少年探偵』 江戸川乱歩著 ポプラ社 2009.11 247p 16cm （〔ポプラ文庫クラシック〕〔え2-23〕）540円 ①978-4-591-11241-0
[内容] 遠藤教授の謎の発明品を巡って怪ロボット・電人Mと名探偵明智小五郎の激しい推理合戦が始まった。舞台となるのは東京の一角に出現した人工の月面世界。そこ

には驚くべき秘密が隠されていた！　少年探偵団員と小林少年の活躍で電人Mを追い詰めるのだが…。

『二十面相の呪い―少年探偵』　江戸川乱歩著　ポプラ社　2009.11　289p　16cm　（〔ポプラ文庫クラシック〕　〔え2-24〕）580円　①978-4-591-11242-7
目次　二十面相の呪い，黄金の虎
内容　古代研究所の博士が、世界にたった一つしかないといわれるエジプトの巻き物を手に入れた。しかし、その直後に、閉めきった研究所の一室から、ひとりの大学生が消える。密室の謎解きに乗りだす明智探偵。そして、部屋では異変が起こり始める！「黄金の虎」を同時収録。

『仮面の恐怖王―少年探偵』　江戸川乱歩著　ポプラ社　2009.9　235p　16cm　（〔ポプラ文庫クラシック〕　〔え2-22〕）540円　①978-4-591-11149-9

『鉄人Q―少年探偵』　江戸川乱歩著　ポプラ社　2009.9　241p　16cm　（〔ポプラ文庫クラシック〕　〔え2-21〕）540円　①978-4-591-11148-2

『塔上の奇術師―少年探偵』　江戸川乱歩著　ポプラ社　2009.9　245p　16cm　（〔ポプラ文庫クラシック〕　〔え2-20〕）540円　①978-4-591-11147-5

『夜光人間―少年探偵』　江戸川乱歩著　ポプラ社　2009.9　245p　16cm　（〔ポプラ文庫クラシック〕　〔え2-19〕）540円　①978-4-591-11146-8

『悪魔人形―少年探偵』　江戸川乱歩著　ポプラ社　2009.7　219p　16cm　（〔ポプラ文庫クラシック〕　〔え2-17〕）520円　①978-4-591-11056-0
内容　ふたりの少女・ルミとミドリは公園で不思議な老人と男の子に出会う。男の子は、精巧に作られた腹話術の人形だった。すっかり人形に魅せられたルミは、ミドリの止めるのも聞かず、老人の家へついていってしまう。ルミがそこで見た恐ろしいものとは…。

『奇面城の秘密―少年探偵』　江戸川乱歩著　ポプラ社　2009.7　239p　16cm　（〔ポプラ文庫クラシック〕　〔え2-18〕）540円　①978-4-591-11057-7
内容　名探偵・明智によって刑務所へ送られたはずの四十面相が、いつのまにか脱獄していた。次なる標的はレンブラントの名画。四十面相が口にする「きめんじょう」という言葉にはどんな恐ろしい秘密があるのか。小林少年の切り札、ポケット小僧の大活躍が始まる。

『魔人ゴング―少年探偵』　江戸川乱歩著　ポプラ社　2009.7　229p　16cm　（〔ポプラ文庫クラシック〕　〔え2-16〕）540円　①978-4-591-11055-3
内容　井上くんとノロちゃんが銀座通りを歩いていると、「ウワン…ウワン…」という、教会の鐘のような音とともに銀座の夜空いっぱいに巨大な顔が広がった。それはとてつもない事件の前触れだった。明智探偵の美しい少女助手、マユミの身に危険が迫る。

『魔法博士―少年探偵』　江戸川乱歩著　ポプラ社　2009.7　229p　16cm　（〔ポプラ文庫クラシック〕　〔え2-15〕）540円　①978-4-591-11054-6
内容　少年探偵団の名コンビ・井上くんとノロちゃん。ある日ふたりは、珍しい「移動映画館」に惹かれてそのあとをついていくが「魔法博士」と名乗る黄金の姿をした盗賊とその手下に捕らえられてしまう。彼らの目的は、何と名探偵・明智小五郎を盗み出すことだった。

『黄金豹―少年探偵』　江戸川乱歩著　ポプラ社　2009.5　207p　16cm　（〔ポプラ文庫クラシック〕）520円　①978-4-591-10964-9
内容　東京都内に、「黄金豹」が現れるという、奇怪な噂が広がっていた。高価な美術品や宝石を盗み荒らし、あとかたもなく消えるというのだ。名探偵明智小五郎と小林少年は、事件の謎を突き止めるため捜査を開始する。果たしてまぼろしの豹の正体はいかに…。

『海底の魔術師―少年探偵』　江戸川乱歩著　ポプラ社　2009.5　193p　16cm

（〔ポプラ文庫クラシック〕）　520円　①978-4-591-10963-2

内容　沈没船の引き上げにあたった潜水夫たち。暗い海底で船体を調べていた彼らの目の前に飛び込んできたのは、鉄でできた怪物だった。ひょんなことから賢吉少年に託された鉄の小箱の秘密とは!?　地上にまではいあがり小箱をつけねらう怪物に、明智探偵が挑む。

『鉄塔王国の恐怖―少年探偵』　江戸川乱歩著　ポプラ社　2009.5　243p　16cm　（〔ポプラ文庫クラシック〕）　540円　①978-4-591-10961-8

内容　名探偵明智小五郎の優秀な助手、小林君の目の前に、カラクリの箱を牽く奇妙な老人が現れた。その数日後から、東京の夜の街に巨大なカブトムシが出没し始める。怪異の背後に見え隠れする怪人団、鉄塔王国とは何なのか？　とらわれた少年を救うべく、小林君が大活躍。

『灰色の巨人―少年探偵』　江戸川乱歩著　ポプラ社　2009.5　205p　16cm　（〔ポプラ文庫クラシック〕）　520円　①978-4-591-10962-5

内容　東京のデパートの宝塔展で、「志摩の女王」という真珠の宝塔が盗み出された。盗み出した泥棒は、アドバルーンで大空へと逃げてゆく。そして今度は、「灰色の巨人」と名乗る怪人が、「にじの宝冠」を盗み出す。次々と起こる怪事件に少年探偵団が挑む。

『宇宙怪人―少年探偵』　江戸川乱歩著　ポプラ社　2009.3　221p　16cm　（〔ポプラ文庫クラシック〕　〔え2-10〕）　520円　①978-4-591-10873-4

内容　銀座の空に突然あらわれた銀色に光る空とぶ円盤。その後、次々と報告されるはねのある大トカゲの目撃談。怪物はアメリカにも現れ、世界じゅうが混乱に巻き込まれる…。宇宙怪人はなぜ地球にやってきたのか？　名探偵明智と小林少年が、警視庁やチンピラ別動隊とともに謎の解明に乗り出す。

『怪奇四十面相―少年探偵』　江戸川乱歩著　ポプラ社　2009.3　225p　16cm　（〔ポプラ文庫クラシック〕　〔え2-9〕）　520円　①978-4-591-10872-7

内容　都内の拘置所に収容されていた怪人二十面相から新聞社に手紙が届いた。『「四十面相」と改名し、新事業「黄金どくろの秘密」に乗り出す』と。世間は大騒ぎになり、拘置所長も警戒を強める。「黄金どくろ」とは何か？　小林少年がその謎に挑む！　「大金塊」に並ぶ暗号解読ミステリの快作。

『地底の魔術王―少年探偵』　江戸川乱歩著　ポプラ社　2009.3　247p　16cm　（〔ポプラ文庫クラシック〕　〔え2-7〕）　540円　①978-4-591-10871-0

内容　天野勇一少年の前に「魔法博士」を自称する奇妙な男が現れ、少年の目の前で空中からバットやボールを取り出してみせる。後日天野少年は、少年探偵団の小林団長と共に、魔法博士の住む洋館を訪ねる。しかし、博士の行なう魔術ショーの途中で、天野少年は博士とともに姿を消してしまう。

『透明怪人―少年探偵』　江戸川乱歩著　ポプラ社　2009.3　241p　16cm　（〔ポプラ文庫クラシック〕　〔え2-8〕）　520円　①978-4-591-10874-1

内容　町はずれの廃墟に、ろう仮面の紳士が入っていった。後をつけていた少年探偵団員二人の目の前で上着とシャツをぬいだその男は、なんと透明人間だった！　目に見えない透明怪人が連日事件を引き起こし、東京中を震え上がらせる。怪人の出現に、明智探偵と少年探偵団は…。

『怪人二十面相―少年探偵』　江戸川乱歩著　ポプラ社　2008.11　275p　16cm　（〔ポプラ文庫クラシック〕）　560円　①978-4-591-10619-8

内容　十年以上を経て突然帰郷した羽柴家の長男、壮一。折しも羽柴家には、ちまたで噂の盗賊「怪人二十面相」からロマノフ王家に伝わる宝石を狙った予告状が届いていた。変幻自在の愉快犯・怪人二十面相と名探偵明智小五郎、記念すべき初対決の幕が開く。

『サーカスの怪人―少年探偵』　江戸川乱歩著　ポプラ社　2008.11　219p　16cm　（〔ポプラ文庫クラシック〕）　520円　①978-4-591-10624-2

江戸川乱歩

内容 少年探偵団の井上君とノロちゃんは、町で怪しげな骸骨男に遭遇、尾行を開始する。骸骨男はサーカス小屋の中で忽然と姿を消し、その日から小屋の中で恐ろしい出来事が次々と起こり始める。名探偵・明智小五郎と、小林少年率いる少年探偵団の活躍が始まった―。

『少年探偵団―少年探偵』　江戸川乱歩著　ポプラ社　2008.11　255p　16cm　（〔ポプラ文庫クラシック〕）540円　①978-4-591-10620-4

内容 「黒い魔物」の噂が東京中に広がっている。次々と起きる少女誘拐事件。そして篠崎家に忍び寄る黒い陰の正体とは？　「のろいの宝石」の言い伝えは本当なのか？　数々の謎に名探偵明智小五郎と小林少年率いる「少年探偵団」が挑む。

『青銅の魔人―少年探偵』　江戸川乱歩著　ポプラ社　2008.11　223p　16cm　（〔ポプラ文庫クラシック〕）520円　①978-4-591-10623-5

内容 真夜中の時計店を襲った時計泥棒は、青銅でできた機械人間だった!?　月光に照らされたのは、三日月形に裂けた口をもつ金属の顔。からだの中からは、ギリギリという歯車の音が響く。名探偵明智小五郎に、小林少年が新しく結成した「チンピラ別働隊」が神出鬼没の魔人を追う。

『大金塊―少年探偵』　江戸川乱歩著　ポプラ社　2008.11　249p　16cm　（〔ポプラ文庫クラシック〕）540円　①978-4-591-10622-8

内容 東京郊外に建つ宮瀬家の洋館で起きた、大胆不敵な強盗事件。賊の狙いは、同家に伝わる巨額の埋蔵金の隠し場所を示す暗号文書だった。捜査に乗りだした名探偵明智と怪盗一味の手に汗にぎる攻防戦。敵のアジトに誘拐された小林少年の大活躍。命がけの大冒険の結末やいかに。

『妖怪博士―少年探偵』　江戸川乱歩著　ポプラ社　2008.11　307p　16cm　（〔ポプラ文庫クラシック〕）580円　①978-4-591-10621-1

内容 あやしい老人の後をつけて奇妙な様館にたどりついた少年探偵団員の相川泰二。そこで泰二の目に飛び込んできたのは、ぐるぐる巻きに捕えられた美少女だった。少女を助けようと洋館へ忍び込んだ泰二に、妖怪博士の魔の手がせまる！　怪人二十面相、恐怖の復讐劇。

『宇宙怪人』　江戸川乱歩作　ポプラ社　2005.2　197p　18cm　（少年探偵・江戸川乱歩　文庫版　第9巻）600円　①4-591-08420-5

内容 人々はアッといったまま、息もできなくなってしまった。東京の大都会、銀座の空に五つの「空とぶ円盤」が！　遠い星の世界から、コウモリの羽をもった大トカゲのような、宇宙怪人がやってきた。山奥に着陸した円盤にとじこめられたという、北村青年がおそろしい体験を語り、日本中が、いや世界中が、大混乱にまきこまれる。

『黄金の怪獣』　江戸川乱歩作　ポプラ社　2005.2　189p　18cm　（少年探偵・江戸川乱歩　文庫版　第26巻）600円　①4-591-08440-X

内容 「ぼくがスリをやったって？」　身におぼえのないできごとに、玉村銀一君はびっくり。自分にそっくりのにせものが、悪事をはたらいていた。銀一君のまわりで、つぎつぎとほんものにとってかわるにせものたち。宝石店の玉村一家、美術店の白井一家、そして、ついには小林少年までも…。ニコラ博士の恐るべき陰謀だ。

『黄金豹』　江戸川乱歩作　ポプラ社　2005.2　173p　18cm　（少年探偵・江戸川乱歩　文庫版　第13巻）600円　①4-591-08424-8

内容 夜の闇を切りさくかのように、屋根から屋根を走る金色の大きな影。月の光をあびて、全身キラキラとかがやく黄金の豹が町に姿をあらわした。銀座の宝石商をおそい、次から次へと宝石を食べはじめる豹、ぱっと身をひるがえして逃げさると、煙のように消えてしまう、まぼろしの怪獣は、いったいなにもの。

『怪奇四十面相』　江戸川乱歩作　ポプラ社　2005.2　201p　18cm　（少年探偵・江戸川乱歩　文庫版　第8巻）600円　①4-591-08419-1

江戸川乱歩

内容 何度つかまっても牢をぬけだす怪人二十面相。今度は名前を「四十面相」とあらため、どうどうと脱獄を宣言した。秘密をさぐるため拘置所にやってきた明智小五郎は、二十面相との面会のあと、なぜか世界劇場の楽屋へ…。劇場では「透明怪人」事件のしばいが、まさに上演されている最中だった。

『怪人二十面相』 江戸川乱歩作 ポプラ社 2005.2 245p 18cm （少年探偵・江戸川乱歩 文庫版 第1巻）600円

①4-591-08412-4

内容 ―ロマノフ王家の大ダイヤモンドを、近日中にちょうだいに参上する 二十面相―ゆくえ不明だった壮一君の、うれしい帰国のしらせとともに、羽柴家に舞いこんだ予告状。変装自在の怪盗は、どんな姿で家宝を盗みに来るのか。老人、青年、それとも…。怪人「二十面相」と名探偵明智小五郎、初めての対決がいま始まる。

『海底の魔術師』 江戸川乱歩作 ポプラ社 2005.2 173p 18cm （少年探偵・江戸川乱歩 文庫版 第12巻）600円

①4-591-08423-X

内容 そのからだはがんじょうな鉄のうろこにおおわれ、ワニのようなかたいしっぽを持っていた…海底の暗闇に、二つの青い目をひからせる魔物は、まるで黒い人魚のような姿。地上にはいだした怪物は、鉄の小箱をつけねらう。明智探偵の手にわたった鉄の小箱には、金塊をつんだ沈没船の秘密がかくされていた。

『仮面の恐怖王』 江戸川乱歩作 ポプラ社 2005.2 181p 18cm （少年探偵・江戸川乱歩 文庫版 第22巻）600円

①4-591-08433-7

内容 有馬さんの西洋館にしのびこんだ鉄仮面の男。名探偵明智小五郎は、知らせをうけてかけつける。ところが、そのうしろから何者かがおそいかかった！ 気がつくと、そこは窓のないふしぎな小部屋。ついに明智探偵は、悪者によってとらわれの身に!? 脱出をこころみる名探偵と、「恐怖王」との知恵のたたかいがはじまる。

『奇面城の秘密』 江戸川乱歩作 ポプラ社 2005.2 173p 18cm （少年探偵・江戸川乱歩 文庫版 第18巻）600円

①4-591-08429-9

内容 またしても、四十面相が送りつけてきた挑戦状。ねらわれたのはレンブラントの油絵。名探偵明智小五郎は、自信たっぷりで待ちうける。厳重な見はりの目をぬすみ、四十面相はどうやってしのびこむのか？ 予告の夜。だれもいない美術室の中で、パチパチと物音がする。大きな石膏像が、ひとりでに動き、ひびわれはじめた。

『サーカスの怪人』 江戸川乱歩作 ポプラ社 2005.2 173p 18cm （少年探偵・江戸川乱歩 文庫版 第15巻）600円

①4-591-08426-4

内容 はなやかな「グランド・サーカス」の公演中、とつぜんあがった恐ろしいひめい。見物客がいっせいにふりかえる。特別席の暗がりに、白く浮かびあがった骸骨のすがた！ サーカス団長の笠原さん一家におそいかかる骸骨男のぶきみな影。だれも知らない大きな秘密が、明智探偵と少年探偵団の推理で明らかになる。

『少年探偵団』 江戸川乱歩作 ポプラ社 2005.2 221p 18cm （少年探偵・江戸川乱歩 文庫版 第2巻）600円 ①4-591-08413-2

内容 東京中に「黒い魔物」のうわさが広がっていた。次々とおこる少女誘拐事件。そして、篠崎家の宝石と、五歳の愛娘緑ちゃんに、黒い影が忍びよる。はたして、インドから伝わる「のろいの宝石」のいんねんは本当か…『怪人二十面相』に続き、名探偵明智小五郎と、少年助手小林芳雄君ひきいる「少年探偵団」大活躍。

『青銅の魔人』 江戸川乱歩作 ポプラ社 2005.2 181p 18cm （少年探偵・江戸川乱歩 文庫版 第5巻）600円 ①4-591-08416-7

内容 月光に照らされたのは、三日月形に裂けた口をもつ金属のお面。その怪物のからだのなかからひびきわたる、ギリギリという歯車の音。真夜中の時計店をおそった時計どろぼうは、青銅でできた機械人間だった!? 名探偵明智小五郎に、小林少年が新しく結成した「チンピラ別働隊」が大奮闘。ついに青銅の魔人の正体をつきとめるか。

子どもの本 日本の名作童話 最新2000

江戸川乱歩

『空飛ぶ二十面相』　江戸川乱歩作　ポプラ社　2005.2　229p　18cm　(少年探偵・江戸川乱歩 文庫版 第25巻)　600円
①4-591-08439-6
[目次] 空飛ぶ二十面相，天空の魔人
[内容] ぐるぐるとねじれた光の尾をひく，Rすい星が接近中。もしも地球にしょうとつしたら―世界中が大パニックになる！　そんなある日，千葉県の海べで，別所次郎君は気味の悪いものを見た。岩山からうじゃうじゃとはいだすカニの大群。そして，海面からヌッとすがたを見せたのは，Rすい星からやってきたカニ怪人。

『大金塊』　江戸川乱歩作　ポプラ社　2005.2　209p　18cm　(少年探偵・江戸川乱歩 文庫版 第4巻)　600円　①4-591-08415-9
[内容] 秘密の文書の半分が盗まれた！　それは，宮崎鉱造氏のおじいさんがのこした莫大な遺産，大判小判の「大金塊」のかくし場所をしめす暗号文だった。奪われた半分の暗号文書を取り戻そうと，賊のアジトに入りこんだ小林少年の見た意外な真実とは？　そして明智名探偵は，謎めいた文章を解き，大金塊をもとめて島にむかった。

『地底の魔術王』　江戸川乱歩作　ポプラ社　2005.2　209p　18cm　(少年探偵・江戸川乱歩 文庫版 第6巻)　600円
①4-591-08417-5
[内容] 天野勇一君の町に，奇妙なおじさんがひっこしてきた。少年たちの前で，ふしぎな奇術をつかう魔法博士はいった。「わしの住む洋館には『ふしぎの国』があるのだよ。」ある日，洋館をたずねた勇一君と小林少年。ところが，博士のおこなう大魔術の舞台にあがった勇一君が，見物客の目の前ですっかり消えてしまった。

『鉄人Q』　江戸川乱歩作　ポプラ社　2005.2　181p　18cm　(少年探偵・江戸川乱歩 文庫版 第21巻)　600円　①4-591-08432-9
[内容] 老科学者のすばらしい発明が，ついに完成した。北見君が特別に見せてもらった発明品，それはすぐれた頭脳を持つロボット。人間そっくりにつくられた「鉄人Q」だった。ところが，鉄人Qはとつぜんあばれだし，科学者のうちをとびだした。町で不可解な行動をおこすQ。さらわれた小さな女の子のゆくえは。

『鉄塔王国の恐怖』　江戸川乱歩作　ポプラ社　2005.2　185p　18cm　(少年探偵・江戸川乱歩 文庫版 第10巻)　600円
①4-591-08421-3
[内容] 「君にみせたいものがあるんだ。」まちかどの老人に呼びとめられて，小林少年はカラクリ箱をのぞきこんだ。そこには，深い森の中，丸い鉄の塔からはいおりる巨大なカブトムシが…。町にカブトムシの怪物があらわれて，子どもたちをさらっていった。カブトムシ大王が支配する恐怖の鉄塔王国が，日本のどこかにあるという―。

『電人M』　江戸川乱歩作　ポプラ社　2005.2　181p　18cm　(少年探偵・江戸川乱歩 文庫版 第23巻)　600円　①4-591-08434-5
[内容] 東京タワーのてっぺんに，グニャグニャとからみつくタコ入道。鉄の輪をかさねたような，顔のないへんてこロボット。奇妙な怪人「電人M」が，東京のあちこちに残していく謎のひとこと，「月世界を旅行しましょう」とは，いったいどんな意味なのか？　そして，小林少年のもとには電人Mからの電話が。

『塔上の奇術師』　江戸川乱歩作　ポプラ社　2005.2　177p　18cm　(少年探偵・江戸川乱歩 文庫版 第20巻)　600円
①4-591-08431-0
[内容] さびしい原っぱにポツンとたっている，古いレンガづくりの時計屋敷。そびえたつ時計塔の屋根の上に，なにやらうごめく影が…。そのようすをじっと見つめていた，少女探偵マユミとふたりの少女。三人の目がとらえたものは，黒いマントをなびかせ，ふさふさの頭にニュッと二本の角をはやした，異様な姿のコウモリ男。

『透明怪人』　江戸川乱歩作　ポプラ社　2005.2　213p　18cm　(少年探偵・江戸川乱歩 文庫版 第7巻)　600円　①4-591-08418-3
[内容] 町はずれのこわれたレンガの建物に，

一人の紳士がはいっていった。後をつけていた二少年の目の前で、ぶきみな男が上着をぬぎ、シャツをぬぐと、そこには―何もなかった。目に見えない透明怪人の出現に、町の宝石店や銀行はふるえあがる。そんなときマネキン人形にばけた透明怪人があらわれて、デパート中がおおさわぎ。

『二十面相の呪い』　江戸川乱歩作　ポプラ社　2005.2　229p　18cm　（少年探偵・江戸川乱歩 文庫版 第24巻）600円　①4-591-08438-8
内容　古代研究所の一室でおこった奇怪な事件。しめきった研究室から、ひとりの大学生が消えた。部屋には、呪いのいいつたえがあるエジプトの巻き物がおかれたまま…。密室の謎ときにのりだす明智探偵。小林少年は、ひと晩エジプトの部屋で見はりをすることになる。真夜中、部屋にぶきみな異変がおこりはじめた。

『灰色の巨人』　江戸川乱歩作　ポプラ社　2005.2　177p　18cm　（少年探偵・江戸川乱歩 文庫版 第11巻）600円　①4-591-08422-1
内容　デパートの宝石博覧会から、真珠の美術品を持ちだしたどろぼうは、アドバルーンにつかまって大空へ。ところが、犯人をつかまえてみると…。「灰色の巨人」となのる怪人が、今度は「にじの宝冠」をぬすみだす。賊を追いかける少年探偵団がたどりついたのは、サーカスの大テント。奇妙な賊の一味は、ここにまぎれこんだのか。

『魔人ゴング』　江戸川乱歩作　ポプラ社　2005.2　173p　18cm　（少年探偵・江戸川乱歩 文庫版 第16巻）600円　①4-591-08427-2
内容　「ウワン、ウワン、ウワン…」教会の鐘のようなひびきが空からふってきた。おもわず見上げると一空いっぱいにひろがる悪魔の顔。巨大な魔人が、牙をむきだして笑っている。それは、とてつもない事件のまえぶれ、魔人のぶきみな予言。明智探偵の新しい少女助手、マユミの身に危険がせまる。

『魔法人形』　江戸川乱歩作　ポプラ社　2005.2　165p　18cm　（少年探偵・江戸川乱歩 文庫版 第17巻）600円　①4-591-08428-0
内容　「ぼく、ルミちゃんがすきだよ。ぼくと遊ぼうね。」ふしぎな腹話術人形の坊やと仲よくなったルミちゃんは、坊やと白ひげのおじいさんについて、人形屋敷へやってきた。でむかえた美しいおねえさまは、ふり袖姿の紅子人形。まるで、ほんとうに生きているかのよう…。それは腹話術師にばけたおじいさんの魔術だった。

『魔法博士』　江戸川乱歩作　ポプラ社　2005.2　173p　18cm　（少年探偵・江戸川乱歩 文庫版 第14巻）600円　①4-591-08425-6
内容　少年探偵団の仲よしコンビ、井上君とノロちゃん。はじめて見る「移動映画館」のあとをついていったふたりは、いつのまにか人のいない森へまよいこむ。そして目の前に立ちふさがる、えたいのしれない黒い人影…。さらわれたふたりを待つのは、黄金の怪人「魔人博士」のとんでもない策略だった。

『夜光人間』　江戸川乱歩作　ポプラ社　2005.2　177p　18cm　（少年探偵・江戸川乱歩 文庫版 第19巻）600円　①4-591-08430-2
内容　まっ暗な森に、七人の少年たちがでかけていく。今夜は少年探偵団の「きもだめしの会」。一番手の井上君は、森のおくのほうに、ふと、みょうなものを見た。―ひとだま？　いや、その白くまるいものには、まっ赤に燃える二つの目が…。銀色にひかるばけものの首が、ガッと口をひらき、団員たちにおそいかかる。

『妖怪博士』　江戸川乱歩作　ポプラ社　2005.2　265p　18cm　（少年探偵・江戸川乱歩 文庫版 第3巻）600円　①4-591-08414-0
内容　あやしい老人の後をつけて奇妙な洋館にたどりついた、少年探偵団員のひとり相川泰二君。そこで見たのは、ぐるぐる巻きにしばられた美しい少女の姿。少女を助けようと洋館にのりこんだ泰二君に、妖怪博士の魔の手がせまる。さらに、事件を追跡する三人の団員たちに、世にもおそろしいことが待ちうける…。

大井 三重子
⇒仁木悦子(にき・えつこ)を見よ

大石 真
おおいし・まこと
《1925〜1990》

『**教室二〇五(ニイマルゴ)号**』 大石真作, 西村敏雄絵 理論社 2010.2 235p 23cm (日本の児童文学よみがえる名作) 2200円 ①978-4-652-00055-7

『**ペリカンとうさんのおみやげ**』 大石真作, 渡辺有一絵 新装版 小峰書店 2009.10 63p 25cm (はじめてよむどうわ) 1400円 ①978-4-338-24708-5
目次 ペリカンとうさんのおみやげ,カンガルーのくびかざり,ぼくがいちばんつよいんだ,キリンのびょうき
内容 こころのこもったおみやげだけどもっとだいじなものがあったんだ! それはなあに—。

『**かあさんのにゅういん**』 大石真作, 西川おさむ絵 新装版 小峰書店 2009.3 127p 22cm (どうわのひろばセレクション) 1300円 ①978-4-338-24503-6
内容 かあさんがこうつうじこでにゅういんした。ぼくととうさんとおにいちゃんだけで、うちをまもんなくちゃならない。ごはん、せんたく、そうじと、みんながんばったんだ。ある日おにいちゃんがいぬをつれてきた。おかあさんがびょういんからかえってくるまで3カ月! とうさんとにいちゃんとぼくは、いっしょうけんめい力をあわせた。つらくたって負けないぞ。

『**さあゆけ! ロボット**』 大石真作 復刻版 理論社 2006.2 107p 23cm 1200円 ①4-652-01204-7〈え:多田ヒロシ〉
内容 たっちゃんの大すきなおもちゃのロボットが、ひっこしのトラックからおちてしまった。—あたらしい家はどこ? ロボットの目がひかり、ぼうけんがはじまります。

大海 赫
おおうみ・あかし
《1931〜》

『**クロイヌ家具店**』 大海赫作・絵 復刊ドットコム 2012.3 185p 21cm 2000円 ①978-4-8354-4823-7

『**せかいのブタばんざい!**』 大海赫作・画 復刊ドットコム 2010.11 73p 21cm 1800円 ①978-4-8354-4570-0
内容 ミリくんのかわいいペットのブタが裁判にかけられて食べられてしまった。いつもおとなしいブタたちも今度ばかりは怒って、裁判官を裁判にかけて食べるという。ブタが支配する世界はたいへんなことに。

『**チミモーリョーの町—クロイヌ家具店・続篇**』 大海赫作・絵 ブッキング 2007.10 133p 23×15cm 1800円 ①978-4-8354-4336-2

『**ベンケーさんのおかしな発明**』 大海赫作・画 復刊 ブッキング 2007.8 130p 21cm 1800円 ①978-4-8354-4326-3
内容 あるところに…、ミナモト・ウシワカという、ことし三年生になる男の子がいました。ウシワカは、たった二つのときに、おとうさんをなくしたので、それからというもの、おかあさんとふたりきりでくらしていました。さて、そのとなりに、ふつう、ベンケーさんとよばれている、まゆげと、もみあげの毛のこわーい、山みたいな大男がすんでいました。ウシワカは、力もちで、やさしくて、それに、とってもおもしろい、ベンケーさんがだいすきで、たいてい、そのそばにくっついていました。ベンケーさんも、ウシワカを、ボーズ、ボーズとよんで、かわいがっていました。そのベンケーさんが、このごろ、発明にこりはじめたのです。それが、なんともおかしな発明ばかりでした。

『**びんの中の子どもたち**』 大海赫作・絵 ブッキング 2006.11 160p 21cm

1800円　①4-8354-4262-8
内容 幼いころ仲良しだった、キッコたち4人姉妹は今ではすっかり冷え冷えとした仲になってしまった。キッコが明るく振舞ってもだれも答えてくれない。悪魔はいつの間にか、そんな姉妹に目を付けていた。しかも、人間を小さくする薬を発明して、びんの中でまるで熱帯魚のように住まわせようというのだ。新装復刊。さし絵はぜんぶ彫り下ろし版画。

『あくまびんニココーラ』　大海赫作・画　ブッキング　2006.2　75p　21cm　1800円　①4-8354-4217-2
目次 からっぽの牛にゅうびん，わらうびん，あくまびんニココーラ，ショーグンというびん

『白いレクイエム』　大海赫作，西岡千晶絵　ブッキング　2005.5　133p　23×19cm　1800円　①4-8354-4179-6
内容 童話のタブー「死」と「にくしみ」を真っ正面からとらえた意欲作！　作者は「愛」を信じて作品をみがき続けてきた。

大川　悦生
おおかわ・えっせい
《1930〜1998》

『おかあさんの木』　大川悦生作　ポプラ社　2005.10　190p　18cm　（ポプラポケット文庫 032-1）　570円　①4-591-08878-2〈絵：箕田源二郎　1979年刊の新装版〉
目次 おかあさんの木，火のなかの声，ぞうとにんげん，ひろしまのきず，つる，父たちがねむる島，あほうの六太の話，おもちゃ買いのじいやん
内容 七人のむすこたちがへいたいにとられるたんびに、おかあさんは、うらのあきちへ、キリの木のなえを一ぽんずつうえた。一東京大空襲、広島の原爆、シベリアの抑留、玉砕の島など、戦争が人々の心をどのようにひきまわしていたかが語られている、表題作ほか七編を収録。

大木　実
おおき・みのる
《1913〜1996》

『きみが好きだよ』　大木実著　童話屋　2008.10　159p　16cm　1250円　①978-4-88747-085-9
目次 妻，月夜，朝，巣，稚な子のように，冬夜独居，紙風船，冬，初雪，帰途〔ほか〕

大河内　翠山
おおこうち・すいざん
《1880〜1938》

『真田幸村』　大河内翠山著　真珠書院　2013.10　119p　19cm　（パール文庫）　800円　①978-4-88009-604-9〈「少年少女教育講談全集 第6巻」（大日本雄弁会講談社 1931年刊）の抜粋〉
内容 戦国時代の武将真田幸村とその家臣真田十勇士の活躍を描く時代活劇。関ヶ原の戦いに向かう徳川秀忠の軍勢を信州上田城で迎え撃つ奇襲奇策、大阪冬の陣での勇壮な活躍と大阪夏の陣での壮烈な最期とを軽妙な文体で描く。

大原　興三郎
おおはら・こうざぶろう
《1941〜》

『大道芸ワールドカップ—ねらわれたチャンピオン』　大原興三郎作，こぐれけんじろう絵　静岡　静岡新聞社　2013.10　159p　22cm　1300円　①978-4-7838-1117-6
内容 綱渡りのバイオリン弾き、マジシャン、絶世の美女、そしてピエロ。みんながねらうグランプリ。さあ、賞金はだれの手に!?　あらわれたなぞの男に、ワールドカップの会場は大混乱！　小学校中学年以上向き。

『空飛ぶのらネコ探険隊―ひとりぼっちのゾウガメ、ジョージ』 大原興三郎作, こぐれけんじろう絵 文渓堂 2013.3 157p 22cm 1300円 ①978-4-7999-0021-5
|内容| ロンサム・ジョージに会いたい！ 風船気球のら号に乗った探検隊。ふしぎの島、ガラパゴスに待っていた奇跡ってなんだ!?―。

大村　主計
おおむら・かずえ
《1904〜1980》

『大村主計全集　補巻』 大村主計著, 大村益夫編　市川　大村益夫 2013.8 168p 21×30cm

『大村主計全集　4』 大村主計著, 大村益夫編　緑蔭書房 2007.3 723p 20cm 7000円 ①978-4-89774-275-5 〈複製　年譜あり　著作目録あり〉
|目次| 詩：眼をつむると，ほか，童謡・童話：木の葉，ほか，お祭り童謡：鹿踊り，ほか，評論・時評・月評・書評：ダダイズムーの詩に就いて，ほか，美術評論：手島右卿，ほか，校歌：松里小学校校歌，ほか，小唄：橋のたもと，ほか，諸会歌：ブルドックソースの唄，ほか，随筆・随想・小文：家出した彼女，ほか，追悼・回想：しごと熱心だった河村さん，ほか，編集後記：編輯室雑記．1926.4, ほか，文芸消息・近況：山梨県南都留郡小立小学校訓導，ほか，書簡：大村益夫宛.1944.10.12, ほか，大村主計関連資料：幻の恋を胸に秘めて雪深き女子修道院へ，ほか，大村主計全集解説（大村益夫著）

『大村主計全集　3』 大村主計著, 大村益夫編　緑蔭書房 2007.3 491p 20cm 7000円 ①978-4-89774-274-8 〈複製〉
|目次| おもしろいおとぎばなし二年の友（宏文堂昭和11年刊），おもしろいおとぎばなし三年の友（宏文堂昭和11年刊）

『大村主計全集　2』 大村主計著, 大村益夫編　緑蔭書房 2007.3 483p 20cm 7000円 ①978-4-89774-273-1 〈複製〉
|目次| おもしろいおとぎばなし五年生（宏文堂昭和10年刊），おもしろいおとぎばなし六年生（宏文堂昭和10年刊）

『大村主計全集　1』 大村主計著, 大村益夫編　緑蔭書房 2007.3 581p 20cm 7000円 ①978-4-89774-272-4 〈肖像あり　複製〉
|目次| ばあやのお里（児童芸術社昭和6年刊），麥笛（児童芸術社昭和7年刊），オモシロイオトギバナシ一年生（宏文堂昭和10年刊），懐かしの子守唄（宏文堂昭和10年刊）

岡崎　ひでたか
おかざき・ひでたか
《1929〜》

『スクナビコナのがまんくらべ―ゆかいな神さま』 岡崎ひでたか作, 長谷川知子絵　新日本出版社 2011.1 77p 22cm 1300円 ①978-4-406-05424-9
|内容| スクナビコナとオオナムチ―たいそうなかよしのふたりは、たびさきで、うつわをつくるのにぴったりのねんど（ハニ）をみつけます―。

『ふじづるのまもり水のタケル―ゆかいな神さま』 岡崎ひでたか作, 高田勲絵　新日本出版社 2010.10 77p 22cm 1300円 ①978-4-406-05396-9
|内容| コシの国のタツノ王子は、サメもにげだすいたずらぼうずのこまりもの。ひいじいさまの竜王のところへ修行にいきますが―。

『木をうえるスサノオ―ゆかいな神さま』 岡崎ひでたか作, 篠崎三朗絵　新日本出版社 2010.8 69p 22cm 1300円 ①978-4-406-05375-4
|内容| 昔もむかし、ずーんと大むかし。海をわたってやってきたひげもじゃもじゃの男。あごのヒゲをきゅっきゅっとぬいて、ぷうーっとふくと…。

『夕焼け里に東風よ吹け』 岡崎ひでたか作, 小林豊画　くもん出版 2008.4

298p　20cm　（鬼が瀬物語 4）　1400円　①978-4-7743-1392-4

内容　漁船改良の夢を果たし、全国にヤンノウ型漁船の優秀性が認められた満吉。時を同じくして、空前のマグロの豊漁期を迎え、繁栄にわく豊の浦。だれもが、このまま順調に行くと信じていた矢先に、思わぬ魔の手がしのびよってきた。雁治郎という男の出現により、しだいに金銭に支配されていく船主たち。一転して激変する豊の浦の運命。満吉の苦悩がはじまる…。『鬼が瀬物語』感動の四部作完結編。

『あかつきの波濤を切る』　岡崎ひでたか作，小林豊画　くもん出版　2006.12　261p　20cm　（鬼が瀬物語 3）　1300円　①4-7743-1199-5

内容　魔の海 "鬼が瀬" から生還した満吉は、船大工 "亀万" の親方代理として改良船の研究にいそしむ。ある日、「豊の浦」の地先の海に、となり村の海士のあやしい舟があらわれる。明治の近代化の波のなかで、近隣の村との対立が激しさを増すきざしだった。一方、県下の船大工の改良漁船を審査のうえ、もっともすぐれた船が買いあげられることが決まる。「どんな嵐にも遭難しねえ船を造る」。満吉が生涯をかけた夢の実現がためされるときが迫っていた。

『さいはての潮に叫ぶ』　岡崎ひでたか作，小林豊画　くもん出版　2005.8　287p　20cm　（鬼が瀬物語 2）　1300円　①4-7743-1057-3

内容　"鬼が瀬" は古来より多くのいのちをのみこむ魔の海。房総半島南端の村「豊の浦」の船大工満吉は遭難しない漁船を造るため、マグロはえなわ船に乗り、改良点を見出そうとしている。ある日、漁船は大シケにあい、操行不能に…。必死に帰還を試みるが、破船は漂流しつづけ、満吉と漁師たちとの飢えと渇きとの闘いがはじまる。一方、「豊の浦」では、生還を絶望視されながら、ヤエたちの苦悩の日々がはじまるのだった…。

『魔の海に炎たつ―鬼が瀬物語』　岡崎ひでたか作，小林豊画　くもん出版　2004.10　249p　20cm　1300円　①4-7743-0857-9〈付属資料：1枚〉

内容　"鬼が瀬" は、房総半島（千葉県）南端の沖合いの浅瀬で、黒潮がその流れや速度を複雑に変えたりする魔の海域だった。ある朝、船大工 "亀萬" の伜満吉は祖父と釣りに出かけるが、霧につつまれ、漂流しつづける破船と出会う。帆柱には漁師見習いの平太と思われる無残な骸がしばられてあった。明治初期、漁船改良の夢を一途につらぬく船大工満吉の壮大な物語の幕あけ。

『戦場の草ぼっち』　岡崎ひでたか作，石倉欣二絵　新日本出版社　2004.6　158p　22cm　（緑の文学館 1）　1500円　①4-406-03090-5

内容　1937年、兵士であったわたしは、おとなりの国・中国におりました。戦争をするために――。小学校高学年向け。

『ひなげしの里』　岡崎ひでたか作，佐伯克介絵　汐文社　1992.2　115p　22cm　（シリーズ平和の風 7）　1300円　①4-8113-7106-2

内容　14才になる多美は頑固な父さんと2人ぐらし。兵隊として戦場に行った健治兄さんが、品種の研究を重ねて育てあげたヒナゲシの花を庭で大切に植えている。ところが、戦争がつづき食糧不足が進む中、花はぜいたく品なので作るのをやめるようにと命令が出た。父さんは、"ヒナゲシは健治のいのちだから" と守りつづけるが、報国青年団が家さがしにやって来て…。

岡田　淳
おかだ・じゅん
《1947～》

『そこから逃げだす魔法のことば』　岡田淳作，田中六大絵　偕成社　2014.5　140p　22cm　1000円　①978-4-03-530730-3

目次　そこから逃げだす魔法のことば，おじいちゃんの打ち出の小槌，安全ピンつきの大冒険，めちゃめちゃようみえる目，しゃべるカラス，雨女

内容　ぼくのおじいちゃんはすごい！　こたつにすむ妖怪から逃げだし、一寸法師になって冒険し、安全ピンで海賊をたおし、い

まは、ぼくのうちのそばのアパートにいる。おじいちゃんが、ぼくだけにおしえてくれたひみつのはなし！　小学校3・4年生から。

『**小学校の秘密の通路―カメレオンのレオン**』　岡田淳作　偕成社　2013.10　172p　22cm　1200円　①978-4-03-610180-1
目次　トモローとアミは中庭で―コケコッコをさがしているんだ。天才ツボ押し少年シンノスケ―学校には、秘密の通路があります。ソウタのセンセイ―なぜここにきたか、いまから話すから、きいてくれ。レイカのおじさんたち―オーケイ。ぼくは、レオン。
内容　桜若葉小学校の校庭には大きなクスノキがある。このクスノキは、じつは秘密の通路で、通路の先はべつの世界。カメレオン探偵のレオンがトラブルを解決すべく、この通路を行ききしている。不思議な体験をした子どもたち5人の物語。小学校中学年から。

『**水の精とふしぎなカヌー**』　岡田淳作　理論社　2013.10　188p　22cm　（こそあどの森の物語 11）　1700円　①978-4-652-20027-8
目次　トリオトコのワルツ．ふしぎなカヌー
内容　―だれもいないはずの屋根裏部屋に、だれか、いる?!―ふたごが見つけた小さなカヌーの正体は？　森にひそむ「ふしぎ」と「なぞ」を追って…！　岡田淳のファンタジー世界。

『**魔女のシュークリーム**』　岡田淳作・絵　神戸　BL出版　2013.4　108p　22cm（おはなしいちばん星）　1200円　①978-4-7764-0599-3
内容　ダイスケは、シュークリームがだいすき。ある日、魔女に『いのち』をにぎられた動物たちが、ダイスケのもとに、あらわれた。そしていった。「百倍の大きさのシュークリームを食べてもらいたい」―岡田淳のシュークリーム・ファンタジー。小学校低学年から。

『**夜の小学校で**』　岡田淳作　偕成社　2012.10　141p　20cm　1200円　①978-4-03-646060-1
内容　とうぶんのあいだ、ぼくは桜若葉小学校というところで、夜警のしごとをすることになった。その小学校の中庭には大きなクスノキがあった。学校の夜に起こる奇妙な出来事。

『**願いのかなうまがり角**』　岡田淳作，田中六大絵　偕成社　2012.6　123p　22cm　1000円　①978-4-03-530720-4
目次　雲の上へいった話，毎日の冒険，おっきいサカナ，おじいちゃんの玉入れ，雪の恩がえし，チョコレートがいっぱい，願いのかなうまがり角
内容　ぼくのおじいちゃんはすごい。かみなりのむすめさんとけっこんして、世界中からチョコレートもらって、いまはぼくのうちのそばのアパートにいる。おじいちゃんがぼくだけにおしえてくれたひみつのはなし。小学校3・4年生から。

『**シールの星**』　岡田淳作，ユン・ジョンジュ絵　偕成社　2011.12　79p　22cm　1000円　①978-4-03-530710-5
内容　マアコは18。一平は3。しんちゃんはまだ0。なんの数かっていうと、星の数だ。三年生のクラスでは、先生からもらったシールの星を、野球帽に、はるのが、はやっている。しんちゃんは、気はいいけれど、勉強はとくいじゃないから、なかなか星がもらえない。そこで、一平とマアコはかんがえた…岡田淳作『リクエストは星の話』の中の短編が、韓国の絵本作家の絵で、一冊の本に。小学校中学年から。

『**カメレオンのレオン―つぎつぎとへんなこと**』　岡田淳作・絵　偕成社　2011.6　150p　22cm　1000円　①978-4-03-610160-3
内容　桜若葉小学校の校庭には大きなクスノキがある。つぎつぎおこるへんな事件はすべてこの大きなクスノキからはじまった。いまはまだそのことをだれも知らない…探偵レオン登場。小学3・4年生から。

『**手にえがかれた物語**』　岡田淳作　偕成社　2011.6　129p　19cm　（偕成社文庫）　700円　①978-4-03-551200-4
内容　おじさんは、じぶんの右手にワニの目を、左手にりんごをかき、これはワニが守っていたりんごをおじさんがぬすみに行ったところだと話した。ところがそれがほんとうになった。

『ポアンアンのにおい』 岡田淳著 偕成社 2011.6 159p 19cm （偕成社文庫） 700円 ①978-4-03-551190-8
[内容] 大ガエルのポアンアンにであった生きものはみんな、きたないこと、わるいことをしたといわれ、しゃぼん玉にとじこめられてしまう。だから森のなかは、しゃぼん玉でいっぱいだ。

『選ばなかった冒険―光の石の伝説』 岡田淳著 偕成社 2010.11 354p 19cm （偕成社文庫 3267） 700円 ①978-4-03-652670-3
[内容] 学とあかりは、保健室にいく途中学校の階段からテレビゲーム「光の石の伝説」の世界にはいりこんでしまう。そこは闇の王の支配する世界。すでに何人もの学校の子どもたちがまきこまれ闇の王の世界で敵味方にわかれて闘いながら学校ではふつうの生活を送るという二重生活を強いられていた…。小学上級以上。

『霧の森となぞの声』 岡田淳作 理論社 2009.11 188p 22cm （こそあどの森の物語 10） 1500円 ①978-4-652-00673-3
[内容] 「声…、だれの？」「だれだか、わかりません…」不思議な歌声が、こそあどの森をながれていく…。この森でもなければ、その森でもない。あの森でもなければ、どの森でもない。こそあどの森、こそあどの森。

『フングリコングリ―図工室のおはなし会』 岡田淳作・絵 偕成社 2008.10 163p 22cm 1000円 ①978-4-03-610150-4
[目次] ぼくは小学校で フングリコングリ，図工室のとなりは保健室 むぎゅるっぱらぴれ，ふぎゅるっぴん，ぶうんと羽の音がしてかっくんのカックン，はやく暗くなってしまったのは、雨が降っているせい 壺に願いを，「ねえ、ひま？」という声に戸をあけると フルーツ・バスケット，「でも。」と、ヤモリは残念そうな目をした なんの話
[内容] 図工室をおとずれるふしぎなお客たちに図工の先生がかたってきかせるきみょうなおはなし6話です。小学4年生から。

『人類やりなおし装置』 岡田淳著 神戸17出版 2008.5 79p 18cm 1400円 ①978-4-9900645-5-6

『あかりの木の魔法』 岡田淳作 理論社 2007.3 221p 22cm （こそあどの森の物語 9） 1500円 ①978-4-652-00672-6
[内容] 学者のイッカとカワウソのドコカが、湖の恐竜探しにやってきます。イッカは腹話術でみんなを楽しませてくれますが…。

『びりっかすの神さま』 岡田淳著 偕成社 2006.4 185p 19cm （偕成社文庫） 700円 ①4-03-550960-4
[内容] 毎日、そこですごしているひとには、わからないのに、ふいに、よそからやってきたひとが気づく、そんなことがあります。この物語の転入生は、四年一組の教室で、いままでだれも見なかったものを、見ました。小学中級から。

『ぬまばあさんのうた』 岡田淳作 理論社 2006.1 190p 22cm （こそあどの森の物語 8） 1500円 ①4-652-00618-7
[内容] ぬ、ぬ、ぬ、ぬ、ぬまばあさん。ぬ、ぬ、ぬ、ぬまばあさん。いつもいねむりぬまのそこ。こどもがくるとでてくるぞ。つかまえられたらさあたいへん。おおきなおなべでぐつぐつぐつ…。みんなが知っている遊び歌。「ぬまばあさんのうた」を知っていますか。

『扉のむこうの物語』 岡田淳作・絵 理論社 2005.5 395p 19cm （名作の森） 1600円 ①4-652-00526-1 〈1987年刊の新装版〉
[内容] 空間と時間がねじれた「むこうの世界」でさまよう行也たち―こちらへもどるための扉はもうないのだろうか。「こそあどの森の物語」シリーズで人気の岡田淳による大長編ファンタジー。

『だれかののぞむもの』 岡田淳作 理論社 2005.2 176p 22cm （こそあどの森の物語 7） 1500円 ①4-652-00617-9
[内容] フー、きみはだれなんだい？ フーは…遠くの村からやってきたらしい。フー

は…自分のことがわからないようだ。フーは…バーバさんも旅先で会ったという。こそあどの森にやって来たフーをめぐる物語。

```
        岡野　薫子
         おかの・かおるこ
          《1929～》
```

『森のネズミのさがしもの』 岡野薫子作, 上条滝子絵　ポプラ社　2007.1　95p　22cm　(ポプラ社のなかよし童話 79―森のネズミシリーズ)　900円　①978-4-591-09566-9
内容 小さな子ネズミたちがたのしそうに, 長いしっぽをふりながら, うたっています。"どんぐりころころどこいった。かくれた宝をさがしましょ。いつでもオニはおじいちゃん"。山荘の女の子とヒメネズミの, なぞめいたふしぎなお話。

```
        小川　未明
         おがわ・みめい
         《1882～1961》
```

『小川未明新収童話集　6（昭和17-32年）』 小川未明著, 小埜裕二編　日外アソシエーツ　2014.3　320p　21cm　3000円　①978-4-8169-2457-6〈発売：紀伊國屋書店　索引あり〉
目次 昭和17（一九四二）年（ばうやとお母さん, まさちゃんととしちゃん ほか）, 昭和18（一九四三）年（正直な正治, みんな心は一つ ほか）, 昭和19（一九四四）年（太平洋, タカトウミワシ ほか）, 昭和21（一九四六）年（春よ早く来い, オ月サマトキンギョ ほか）, 昭和22（一九四七）年（少年のまごころ, 白のいるところへ ほか）, 昭和23（一九四八）年（金で買えない仕合せ, うらしま太郎）, 昭和24（一九四九）年（羽とコマ, そらにはたこ ほか）, 昭和26（一九五一）年（なぜ僕はさびしいか）, 昭和27（一九五二）年（おかあさん, 赤いげたの話 ほか）, 昭和28（一九五三）年（古いつぼ, 鯉幟と燕の話 ほか）, 昭和29（一九五四）年（トンビダコ, うめの花のおねえさん ほか）, 昭和30（一九五五）年（鈴のついたきんちゃく, とおい北国のはなし ほか）, 昭和31（一九五六）年（おじいさんと孫, よろこびからす）, 昭和32（一九五七）年（くちまねするとりとおひめさま, ふく助人形の話）
内容 戦中から戦後に書けての童話「ハナトムシ」「りっぱな心」「兄の出征まで」など, 子供達への責任をはたす63編を収録。

『小川未明新収童話集　5（昭和14-16年）』 小川未明著, 小埜裕二編　日外アソシエーツ　2014.3　328p　21cm　3000円　①978-4-8169-2456-9〈発売：紀伊國屋書店　索引あり〉
目次 昭和14（一九三九）年（朝まだ早し, チイ子チヤント テリヤノ子, 旗竿と葱 ほか）, 昭和15（一九四〇）年（是等の子供達, 宝船に乗って, みい子ちゃんのお母さん ほか）, 昭和16（一九四一）年（オ友ダチ, デンシャノナカ, お菓子の夢 ほか）
内容 戦争期に書かれた童話「朝まだ早し」「旗竿と葱」「星降る夜」など未明の当時のありようを示す97編を収録。

『赤いろうそくと人魚』　小川未明著　真珠書院　2014.2　169p　19cm　(パール文庫)　800円　①978-4-88009-609-4〈底本：赤い蠟燭と人魚（天佑社 1921年刊）ほか〉
目次 北の少女, 赤いろうそくと人魚, 気まぐれの人形師, 二度と通らない旅人, 珍しい酒もり, ふるさと, 寒くなる前の話, 雪くる前の高原の話, 雪の上の舞踏, 雪と蜜柑, 雪でつくったお母さん, 雪消え近く, 奥さまと女乞食, はまねこ, 死と自由, 少年と猫の子, 月と海豹, 南方物語
内容 北方の海岸のちいさな町を舞台に, 親が子を思う心を人魚で描き, 鬼のような心になってしまう人間を年寄り夫婦で描いた, 代表作「赤いろうそくと人魚」。その他, 小川未明の故郷を思わせる北国の児童文学集。

『小川未明新収童話集　4（昭和11-13年）』 小川未明著, 小埜裕二編　日外アソシエーツ　2014.2　332p　21cm　3000円　①978-4-8169-2455-2〈発売：紀伊國屋

書店　索引あり〉

[目次] 田舎道, 冬の蟬, ある朝のお母さん, 霜の朝, スハ湖, 波の音, 窓ノ外へ春ガ来タ, りこうなおさるさん, たなごと年ちゃん, かみしばいとゆうちゃん, 鼠の絵はがき, 年ちゃんのピッチャー, 灯のついた町, 北の方から来た汽車, タンボミチ, 雷魚と猫, ナツミカントシロサタウ, 燕と月, 小父サンバンザイ, 公園の入口, ぐみの木と蜂, 自分の喜びを捨て, 那須与一, アマイクリトシブイカキ, 北斗七星ノ話, 町から来た子, やさしい心の満足, ある日のお母さん, 鉄瓶と急須の話, 彼方の町へ, 葉のついた蜜柑, 不思議な船の話, たけちゃんのしっぱい, ヲドリヲミニイッタ義雄サン, パパノヒゲ, 兄弟と鳩, 正チャンハオリコウ, クワンクワウ船ガキマシタ, キカンバウズ, 正チャントオバアサン, 勇君と野犬, 山の少年と町の少年, 小さいものをいたはる, ケフカライイオトモダチニ, 小僧さんと九官鳥, 蚕, ハルノ日ナガ, ゆであづき, ピチピチした魚, 一本橋, 良ちゃんと林檎, ミチクサ, 僕も戦争に行くのだ, 友情, 秋の暮, 嵐の中, まだ冬だけれど, タカラノシマ, オヂイサンノフエ, にぎやかな町へ, お宝の島, オットセイ, 初夏の晩, クロイメガネ, とんぼ捕り, 野中のチンドンヤ, ジーグフリード, 勇坊の魚捕りの記, かめとがん, 電話, 山へ雪が来ました, ウイリヤム・テル, ヤネノアシオト, お父さん, 小さな兄弟, 戦地の兄さんへ, 人と花の話, 春と古い三輪車, 雨がはれました, 兄の夜襲, 秋の運動会, にんじんと西瓜の話, モンペをはいた小母さん

[内容] 昭和10年代初めの童話「波の音」「灯のついた町」「たなごと年ちゃん」など, 日中戦争開戦前後で明瞭な対照を示す84編を収録.

『小川未明新収童話集　3（昭和3-10年）』
小川未明著, 小埜裕二編　日外アソシエーツ　2014.2　300p　21cm　3000円　①978-4-8169-2454-5〈発売：紀伊國屋書店　索引あり〉

[目次] 冬のない国へ, 橋の雞, 冬から春へ, 波と赤い椿の花, 正月のある晩の話, 街の時計, 紅い花, 別れて誠を知つた話, 彼等の悲哀と自負, 野鼠から起つた話, M少年の回想, 霙の降る頃, 木と少年の愛, 今年ノ春ト去年ノ小鳥, 見事な贈物, 汽車の中, 田舎と都会, 雲、雲、イロイロナ雲, ハナトミヅグルマ, 田舎のおぢいさんへ, りんどうの咲くころ, ペスの一生, みんなかうして待つ, 冬の休日, おねえさんと勇ちゃん, チヨコレートノ、ニホヒガシマス, 都会の片隅, 彼と木の話, 幸福, 三階のお婆さん, 金めだか, 涯しなき雪原, シヤメと武ちやん, 明治節, たまとうぐひす, かぜのないあたたかい日, モウヂキサクラノハナガサキマス, アマリリスト駱駝, ツユノイリ, 草原で見た話―だから神は愛を与えた, 秋ノ野, 柿, 生存する姿, 酒場の主人, 鼠トタンク, 土を忘れた男, 雪ニウズモレタ小学校, 狼とチヨコレート, カド松ノアルキナカマチ, オレンヂノ実, チヂザルノオハナシ, こぶしの花, 天長節, 学校の帰り道, 春蚕ガカヘリマシタ, 晩春, 銀狐, 帽子ノ日オホヒ, 偶然の支配, ホシ祭ガチカヅキマシタ, 後押し, 行水, ナツノアルヒ, 研屋の述懐, オ母サンノオ喜ビ, からすのやくそく, おとしたてぶくろ, いちばんだこ, かみしばゐのをぢさん, 石, 貫ハレテ来タポチ, 除隊, 徒競走, ミンナイイ子デセウ, キクノハナトシヤボンダマ, 自然の素描―大人読の童話, 正ちゃんとのぶるさん, オ宝ヤオ宝ヤ, カンジキノ話, ネズミトオホヲトコ, コタツニハイツテ, モノワスレノカラスクン, ハツユキガフリマシタ, テルテルバウズ, カガシトスズメ, ウンドウクワイ, ヒラヒラテフテフ, 兄弟の子猫, 炉辺ノ兄ト妹, 坂田金時, 海軍キネン日, アルヒノシヤウチヤン, ジヤツクト小犬, ユウダチトコスズメ, 雨, 日記をつけませう, 田うえ, 小さな愛らしきもの, やさしい母犬, カガシ, みのり, くひしんぼうの花子さん, にぎやかな笑ひ

[内容] 昭和初年代の童話「雲、雲、イロイロナ雲」「秋ノ野」「ミンナイイ子デセウ」など, 童話のスペシャリストとして多彩な活躍を示す103編を収録.

『小川未明新収童話集　2（大正13－昭和2年）』　小川未明著, 小埜裕二編　日外アソシエーツ　2014.1　322p　21cm　3000円　①978-4-8169-2453-8〈発売：紀伊國屋書店　索引あり〉

[目次] 箱の中の植物, 北へ帰る鳥, 臆病な人, 雪の上の血, いたづら子と梟, 知らないをばさん, 木の下の話, 解けない謎, 大きな荷物, 坂下の赤い店, 子供と小鳥の話, 冬の

小川未明

日のくれがた，少女，はかない約束，白刃に戯る火，朝の鐘鳴る町，六月の花壇，夏雲を浮べる流，又来年の夏まで，靄につゝまれたお嬢様，小猫と鼠の話，路傍の花，池についての話，町の案山子，ありんす きりんす，桃の実の熟する頃，鸚哥に指輪をはめた女，石の見た世の中，路傍の建札—大人の童話，托鉢僧と蝶，一疋の猫と世の中，魚と人，暴風，月の妖術，生物動揺，おぢいさんの時計，年ちやんの話，鳩呼笛，二人のお婆さんの話，春の夜の白い馬，月と白壁の倉，約束したけれど，娘と若者，山桜，町の医者，さまよへる白い影，二人の少年，薔薇と月，赤い睡蓮，草原のファンタジー，夏雲の下の少女，雲になつた女

[内容] 全集未収録の454編を全6巻に完全収録。新発見の作品も原本から新収録。"もう一人の小川未明"と出会う童話集。2巻は童話作家宣言前後の童話「白刃に戯る火」など，未明童話のメルクマールとなる52作品を収録。

『**小川未明新収童話集　1（明治39—大正12年）**』　小川未明著，小埜裕二編　日外アソシエーツ　2014.1　290p　21cm　3000円　①978-4-8169-2452-1〈発売：紀伊國屋書店　索引あり〉

[目次] 百合花，迷ひ路，天使の御殿，銀の笛，オルガンの音色，月と山兎，青帽探検隊，白い百合と紅い薔薇，嵐の夜，おとめ，花子の記憶，森，馬と金持，才冶と大力源蔵，二郎と美代ちゃん，憐れな家鴨，お濠あそび，月の宮，燕，野を越えて，まだ見ぬ町へ，秋逝く頃，兄弟の猟人，いろいろな罰，私の見た夢，妖魔と少年，馬鹿の大臣，時計の話，三人の皇子，月夜と少年，北国の秘密，白い馬，汽車の中の人々，誰が一番悪いか，赤い天蓋，兄と妹，百姓と蛇，よく働く百姓，S爺さんの話，少年と老人，青い着物をきた子供，世界一の幸福者，ある時の兄と弟，暑くも寒くもない国，燕のかへる時，錆びた鍵，花と少年，小鳥の死，ランプと花びら，二郎の玩具，少年と音楽家，羊の女王，沙の上にて，子供の知らなかつたこと，姉さんの後悔

[内容] 全集未収録の454編を全6巻に完全収録。新発見の作品も原本から新収録。"もう一人の小川未明"と出会う童話集。1巻は最初の童話「百合花」をはじめ，未明童話の原型を示す55作品を収録。

『**赤いろうそくと人魚**』　小川未明作，髙村木綿子絵　架空社　2013.11　1冊（ページ付なし）31cm　1800円　①978-4-87752-160-8

『**赤いろうそくと人魚**』　小川未明作，安西水丸絵，宮川健郎編　岩崎書店　2012.10　69p　22cm　（1年生からよめる日本の名作絵どうわ　1）　1000円　①978-4-265-07111-1,978-4-265-10646-2〈底本：日本児童文学大系（ほるぷ出版1977年刊）〉

[内容] 人間の世界にあこがれる人魚がうみおとした赤ん坊は，ろうそく屋の夫婦にひろわれ育てられ，うつくしい娘になった。小川未明の名作を絵童話に。

『**21世紀版少年少女日本文学館　12　赤いろうそくと人魚**』　小川未明，坪田譲治,浜田広介著　講談社　2009.3　245p　20cm　1400円　①978-4-06-282662-4〈年譜あり〉

[目次] 小川未明（赤いろうそくと人魚，月夜と眼鏡，金の輪，野ばら，青空の下の原っぱ，雪くる前の高原の話），坪田譲治（魔法，きつねとぶどう，正太樹をめぐる，善太と汽車，狐狩り），浜田広介（泣いた赤おに，ある島のきつね，むく鳥のゆめ，花びらのたび，りゅうの目のなみだ）

[内容] 人間の世界に憧れた人魚がせめて我が子だけでもと陸に子どもを産み落とす。人魚の娘をひろった老夫婦は神様からの授かり物としてその子を大切に育てるが…。昭和の児童文学を代表する小川未明，坪田譲治，浜田広介の童話十六編を収録。

『**小川未明30選**』　小川未明著　春陽堂書店　2009.1　293p　20cm　（名作童話　宮川健郎編）　2500円　①978-4-394-90265-2〈年譜あり〉

[目次] 赤い船，眠い町，金の輪，牛女，時計のない村，殿様の茶碗，赤い蠟燭と人魚，港に着いた黒んぼ，酔っぱらい星，野薔薇，気まぐれの人形師，大きな蟹，山の上の木と雲の話，飴チョコの天使，はてしない世界，千代紙の春，黒い人と赤い橇，月夜と眼鏡，島の暮方の話，ある夜の星だちの話，負傷した

線路と月,雪来る前の高原の話,三つの鍵,兄弟の山鳩,月と海豹,小さい針の音,二度と通らない旅人,酒屋のワン公,ナンデモハイリマス,とうげの茶屋

小熊　秀雄
おぐま・ひでお
《1901～1940》

『小熊秀雄童話集』　小熊秀雄著　清流出版　2006.2　168p　21cm　2400円　①4-86029-141-7　〈肖像あり〉
[目次]珠を失くした牛,狼と樫の木,豚と青大将,たばこの好きな漁師,白い蝶の話,焼かれた魚,青い小父さんと魚,お月さまと馬賊,緋牡丹姫,お嫁さんの自画像,三人の騎士,親不孝なイソツキ,マナイタの化けた話,タマネギになったお話,鶏のお婆さん,トロちゃんと爪切鋏,ある手品師の話,ある夫婦牛の話

小沢　正
おざわ・ただし
《1937～2008》

『こぶたのぶうくん』　小沢正作,井上洋介絵　鈴木出版　2014.7　77p　22cm　（おはなしのくに）1200円　①978-4-7902-3291-9　〈フレーベル館　1979年刊の抜粋,絵を新たにして出版〉
[内容]あるところにぶうくんというこぶたがいました。あなたのまわりにぶうくんみたいな子がいませんか。どこかのだれかににているぶうくんのたのしいおはなしです。5才～小学生向き。

『三びきのたんてい』　小沢正文,長新太絵　長崎　童話館出版　2013.9　102p　22cm　（子どもの文学—緑の原っぱシリーズ　7）1200円　①978-4-88750-145-4
[目次]かとりせんこうのなぞ,かえるのおふろ屋のなぞ,蒸気機関車のなぞ,木の葉とせんたくきのなぞ,雪の日の宇宙人のなぞ,とけないなぞなぞのなぞ

『ブタノさんのぼうけん』　小沢正作,渡辺有一絵　新装版　フレーベル館　2011.2　76p　22cm　1000円　①978-4-577-03869-7
[内容]まいにちがたいくつなブタノさん。ある日,こんなこうこくを見つけました。「…あなたのまいにちのくらしをおっとおどろくようなものにしてさしあげます」さあ,どんなまいにちがはじまるのでしょう。小学校低学年から。

『こぶたのかくれんぼ』　小沢正作,上條滝子絵　新装版　ポプラ社　2005.12　162p　18cm　（ポプラポケット文庫）570円　①4-591-08996-7
[内容]五ひきのこぶたたちが,おてつだいをしようと,森へまきをひろいにでかけました。ところが,ぶじについたと思ったら,どうやら一ぴきたりません。「おおかみがさらってしまったにちがいない！」こぶたたちはみんなでおおかみをせめたてますが…。小学校初・中級～。

『のんびりこぶたとせかせかうさぎ』　小沢正作　ポプラ社　2005.10　212p　18cm　（ポプラポケット文庫　003-1）570円　①4-591-08875-8　〈絵：長新太　1979年刊の新装版〉
[目次]のんびりこぶたとせかせかうさぎ,たぬきのイソップ,きつねのたんこぶ,三つのしっぱい,ねことさいみんじゅつ
[内容]やたらとのんびりしているこぶたがみるゆめは,どんなものかな？　やたらとせかせかしているうさぎは,おたがいのまくらにきかいをつけたのですが…。一表題作ほか四編を収録。

『めんどりのコッコおばさん』　小沢正作,渡辺有一絵　あかね書房　2005.8　77p　22cm　950円　①4-251-00674-7　〈第26刷〉
[内容]なきべそをかいたかみなりさんと,おつきさまをたべたねこくん,そして,ねずみさんのつくったゆきだるまたち。おひとよしのコッコおばさんとゆかいなどうぶつた

ちの、たのしくおおらかなおはなし。

乙骨　淑子
おつこつ・よしこ
《1929〜1980》

『ピラミッド帽子よ、さようなら』　乙骨淑子作　長谷川集平絵　復刻版　理論社　2010.1　363p　21cm　（理論社の大長編シリーズ　復刻版）2800円　①978-4-652-00541-5
内容　森川洋平は成績優秀とは言いがたい中学2年生。だれも住んでいないはずの404号室にいつも灯りがついていることに気づいて…。思春期の少年の自問と冒険をSF的に描き、死と隣り合わせの作者が書いたにも拘らず、いのちを深く軽やかに物語る遺作。

小野　文夫
おの・ふみお
《1934〜2005》

『サル山のドカン』　オノフミオ,オノレイコ作,ひろのみずえ絵　浜松　ひくまの出版　2006.6　91p　22cm　1300円　①4-89317-360-X
内容　動物園のサル山のボス、ドカンは、年をとり、だんだん力がなくなっていくのが不安でなりません。どうすれば元気をとりもどせるか、いろいろな動物をたずね歩きます。―これは、ほんとうの幸せとは、生きるよろこびとは何かをそっと、語りかけてくれる心の童話です。

賀川　豊彦
かがわ・とよひこ
《1888〜1960》

『爪先の落書―童話』　賀川豊彦著　徳島　徳島県文化振興財団徳島県立文学書道館　2010.3　169p　15cm　（ことのは文庫）
目次　土橋屋の繁太郎,頭の白禿瘡,新見先生のズボン下,不思議な呼び声,寒紅梅,鶯,不思議な蜜,梅の花の御殿,木蜂の足,雌蕊の煙突,はずかしい鏡,はだかになる,はだか御殿,宙に飛ぶ,鏡と鏡の間,廿日鼠の歌,すき通る世界,部屋の中に部屋がある,鏡の秘密,網の目の光,花の精のお嫁入り,ぶらんこする工夫,クロマゾーメン,花のお姫さま,心配になる刺青,十三年の辛抱,王様がパンか,皮をぬぐ風呂場,眠りの国,光のお部屋,光の食物,蟻の工場,籠城の準備,人間の皮,大勝利,花のかたき,花の御殿と失業者,秘密の秘密！,物おぼえの国,梅の誕生,人間の罪,神様を見る眼,繁太郎が二人,ふくれ面と賭事,泣きみその顔,巡査が追っかける,火遊びする子供,くらやみの世界,ふしぎな仕掛,天眼力,すきとおる心,わるもの征伐,犬さがし,ブルドッグの働き,大けが,花の御殿を嗣ぐのはいや,地下の秘密,しりぬぐい,翅が生える,電信柱の上から,逃げ廻る,谷川のほとりで,とんぼにやりこめられる,源五郎虫の約束,とんぼの目玉,虫のやくめ,評判の悪い人間,蛆,十六億人に一人,蜂の国,家の燃えない薬,もう一度梅の御殿へ,お姫さまのおみやげ

『馬の天国―賀川豊彦童話集』　賀川豊彦文,田中陽子絵　早川書房　1951.8　177p　22cm

『爪先の落書―賀川豊彦童話集』　賀川豊彦文,田中陽子絵　早川書房　1951.6　166p　22cm

加古　里子
かこ・さとし
《1926〜》

『うたのすきなかえるくん』　かこさとしさく・え　新装改訂版　PHP研究所　2007.2　71p　22cm　（とっておきのどうわ）1100円　①978-4-569-68671-4
内容　かえるくんは、びょうきのかえるちゃんにおはなをかってあげたいのに、おかね

がありません…。かえるくん、どうするのかな？　「だるまちゃん」シリーズ、『からすのパンやさん』の作者、かこさとし先生のかわいくてゆかいなお話。小学1～3年生向。

『**うたのすきなかえるくん**』　かこさとしさく・え　新装版　PHP研究所　1992.7　61p　23cm　（PHPどうわのポケット）　1200円　①4-569-58784-4
内容　かえるくんは、びょうきのかえるちゃんにおはなをかってあげたいのに、おかねがありません……。かえるくんどうするのかな？　小学1・2年生むき。

『**かいぞくがぽがぽまる**』　かこさとし作, 二俣英五郎画　童心社　1988.4　140p　18cm　（フォア文庫）　390円　①4-494-02667-0
目次　てんぐとかっぱとかみなりどん，かねもちでんがらでんえもん，ぬればやまのちいさなにんじゃ，あわびとりのおさとちゃん，かいぞくがぽがぽまる
内容　テレビよりおもしろい！　むねがスカッとする、わるものたいじのおはなし5つ。小学校低・中学年向。

『**かこさとし　おはなし　きかせて！**』　かこさとし著, あかぼしりょうえイラスト　草土文化　1987.1　167p　26cm　1600円　①4-7945-0251-6
目次　おはなしをよんであげる時のために，ちゃりんこおとしだまのはなし，ゆきだるまとくまのはなし，なぞのペンクラブゆうかいじけんのはなし，あしたあさってしあさってのはなし，ふたつのたいようのはなし，テイデンどろぼうビリビリじけんのはなし，さるかにすずめかきたろうのはなし〔ほか〕
内容　おかあさん、読んでよんで！　子どもたちが楽しく聞ける15のおはなし。読みきかせのためのアドバイスもついています。

『**お話こんにちは**』　かこさとし著　偕成社　1979.4～1980.3　12冊　23cm
目次　春　4月の巻，春　5月の巻，夏　6月の巻，夏　7月の巻，夏　8月の巻，秋　9月の巻，秋　10月の巻，秋　11月の巻，冬　12月の巻，冬　1月の巻，冬　2月の巻，春　3月の巻

『**うたのすきなかえるくん**』　かこさとし作・絵　京都　PHP研究所　1977.12　61p　23cm　（PHPおはなしひろばシリーズ）　880円

『**きんいろきつねのきんたちゃん**』　加古里子ぶん・え　学習研究社　1971　69p　23cm　（新しい日本の幼年童話 2）

柏葉　幸子
かしわば・さちこ
《1953～　》

『**モンスター・ホテルでたんていだん**』　柏葉幸子作, 高畠純絵　小峰書店　2014.8　62p　22×16cm　1100円　①978-4-338-07226-7
内容　ツネミさんが、ゆくえふめい!?　とうめいにんげんのトオルさんたちは、さがしに…

『**大おばさんの不思議なレシピ**』　柏葉幸子作, 児島なおみ絵　偕成社　2014.7　191p　19cm　（偕成社文庫 3278）　700円　①978-4-03-652780-9〈1993年刊の再刊〉
目次　星くず袋，魔女のパック，姫君の目覚まし，妖精の浮き島
内容　大おばさんのレシピノートは、古い一冊のノートです。縫い物から編み物、料理から家庭薬の作り方まで、さし絵入りでていねいにのっています。しかも、ただのレシピではありません。そのレシピどおりにものをつくりはじめるとたまに、美奈は不思議の世界へワープしてしまうのです！「星くず袋」「魔女のパック」「姫君の目覚まし」「妖精の浮き島」など、4本のレシピをめぐる4つの冒険。小学上級から。

『**ハカバ・トラベルえいぎょうちゅう**』　柏葉幸子作, たごもりのりこ絵　神戸　BL出版　2014.6　84p　22cm　（おはなしいちばん星）　1200円　①978-4-7764-0659-4
内容　てらまちしょうてんがいにあるりょこうしゃは、「ハカバ・トラベル」とよばれています。なぜって、ときどきゆうれいのきゃ

くがやってくるんです。たまたまとおりかかったまことは、ゆうれいにばったり！ ランドセルにゆうれいをいれて、おしろへつれていくことに―!? 小学校低学年から。

『モンスター・ホテルでおひさしぶり』
柏葉幸子作，高畠純絵　小峰書店　2014.4　77p　22cm　1100円　①978-4-338-07225-0
内容 わたしはゆうれいのキヨコ。ふくろのなかみはひ・み・つ!? みんなのだいすきな、あのモンスターが、いよいよふっかつするんだって!?

『こやぶ医院は、なんでも科』　柏葉幸子作，山西ゲンイチ絵　佼成出版社　2013.11　64p　20cm　（おはなしみーつけた！シリーズ）1200円　①978-4-333-02625-8
内容 ふたりとも、うそをついたな！　仮病をつかって、病院に連れてこられたふたりが、なぞめいたお医者さんの手伝いをさせられることになり…小学校低学年向け。

『竜が呼んだ娘』　柏葉幸子作，佐竹美保絵　朝日学生新聞社　2013.3　232p　22cm　1200円　①978-4-904826-93-5
内容 竜に呼ばれた十歳のミアは、王宮で生きる覚悟を決めた。朝日小学生新聞の連載小説。

『ハッピー・バースデー・ババ―すずちゃんと魔女のババ』　柏葉幸子作，高畠純絵　講談社　2013.1　102p　20cm　（わくわくライブラリー）1200円　①978-4-06-195738-1
目次 めいたんていネンドズ，ハッピー・バースデー・ババ
内容 猫のミカンとけんかをした魔女のババは、「ミカンが最初にかわいくないとおもったものに変わる」魔法をかけてしまったから、さあ大変。ミカンは何かわからないものに変身したまま10日間も行方不明に。そこで、すずちゃんはババの"魔法のねんど"を使って…。『めいたんていネンドズ』『ハッピー・バースデー・ババ』の2編を収録。優しく強い心を育てる物語。小学初級から。

『バク夢姫のご学友』　柏葉幸子作，児島なおみ絵　偕成社　2012.7　192p　22cm　（偕成社ワンダーランド　39）1200円　①978-4-03-540390-6
内容 五月があずかったのはイノシシの変種みたいなバクという動物。しかも五月はそのバクと一緒にミステリアスな屋敷にまよいこむ…小学校高学年から。

『おつかいまなんかじゃありません』　柏葉幸子作，つちだのぶこ絵　ポプラ社　2012.5　102p　21cm　（ポプラ物語館　42）1000円　①978-4-591-12930-2
内容 売店にいって、「マギリカディはこられません」っていえばいいだけだったのに…。気づいたときには、まゆは高いがけのようなところにいたのです。とつぜん「まじょのおつかい」をすることになったまゆをまっていたのは…わくわくするファンタジー。

『狼ばば様の話』　柏葉幸子作，安藤貴代子絵　講談社　2012.2　95p　22cm　（講談社・文学の扉）1200円　①978-4-06-217488-6
内容 狼と山の神様に会いにいかなくちゃ。スキー場に泊まっている瞳子が狼と神様のお湯をいただきに!? 昔話の世界を冒険する、ふしぎなふしぎな物語。小学中級から。

『帰命寺横丁の夏』　柏葉幸子作，佐竹美保絵　講談社　2011.8　332p　21cm　1700円　①978-4-06-217173-1
内容 「帰命寺様に祈って、どこかで死んだ人に似た人をみかけると、ああ、帰命寺様にお祈りしたから生き返ってきたって思うんだろう。祈れば帰れるっていう単純なものらしい。―」祈ると生き返ることができる「帰命寺様」。生き返ったあかりの運命はいったいどうなるの？　夏休み、小学五年生のカズが奮闘する。

『狛犬「あ」の話』　柏葉幸子作，安藤貴代子絵　講談社　2011.7　92p　22cm　（講談社・文学の扉）1200円　①978-4-06-283219-9
内容 西風がふく夜は、雨ふらし様がはいでてくる。何百年に一度だけの夏の夜、狛犬「あ」と瞳子の大冒険。小学中級から。

『すずちゃんと魔女のババ』　柏葉幸子作，

高畠純絵　講談社　2010.11　102p　20cm　（わくわくライブラリー）　1200円　①978-4-06-195724-4
[内容]　すずちゃんは、魔女のお使いネコの「ミカン」をおいかけて公園をはしります。そして、おおきな木のみきをみあげていると、かいだんがカタカタとおりてきて、すずちゃんはいつのまにか魔女の部屋のなかに…。小学初級から。

『つづきの図書館』　柏葉幸子作，山本容子絵　講談社　2010.1　237p　21cm　1500円　①978-4-06-216010-0
[内容]　「本をさがすんですよね。」「いやいや。本をさがしてもらいたいのではない。青田早苗ちゃんのつづきが知りたいんじゃ。」「本ではなくて、青田早苗ちゃんのつづきですか？」桃さんには、さっぱりわけがわからない。田舎の図書館でおこった、不思議なできごとに、司書の桃さんはいやおうなしに巻きこまれてしまいますが…。

『百本きゅうりのかっぱのやくそく―ピーポポ・パトロール』　柏葉幸子作，西川おさむ絵　童心社　2009.7　94p　22cm　1100円　①978-4-494-01097-4
[内容]　「ピーポポ・パトロール、しゅつどうだ！」ほし空の中をとんで、ひとしが、むかったさきはひょうたんいけ。ザバーンと、とびだしてきたのは、なんと、カッパでした。

『花守の話』　柏葉幸子作，安藤貴代子絵　講談社　2009.6　101p　22cm　（講談社・文学の扉）　1200円　①978-4-06-283216-8
[内容]　神さまが通る桜道を守る鬼と小学四年生の瞳子のふしぎな桜物語。ちょっとふしぎなおばあちゃんが、一本の電話を受けてむかった先は、人間のいたずらから神さまの道を守ろうとする花守のいる山だった。こわそうな花守に頼まれて、瞳子とおばあちゃんがさがしにでかけたものは―？　小学中級から。

『かいとうドチドチどろぼうコンテスト』　柏葉幸子作，ふくだじゅんこ絵　日本標準　2009.4　63p　22cm　（シリーズ本のチカラ）　1200円　①978-4-8208-0396-6
[内容]　ドチドチは、むかし、ゆうめいな「とりかえっこどろぼう」でした。どろぼうをやめたいまでも、どろぼうコンテストには、かならずよばれます。さて、きょうも、ド・ヨクバーリだんしゃくのおしろで、どろうコンテストがはじまります！

『とねりこ屋のコラル―魔女モティ』　柏葉幸子作，佐竹美保絵　講談社　2009.1　156p　22cm　（講談社・文学の扉）　1200円　①978-4-06-283214-4
[内容]　魔女がお母さんで、ピエロがお父さんの小学生の紀恵ちゃん。はちゃめちゃだけど大事な私の家族。そのお母さんがクロワッサン島で行方不明！　謎のカギを握る「とねりこ屋」へ魔法のほうきにのって―。小学上級から。

『ふしぎ列車はとまらない』　柏葉幸子作，ひらいたかこ絵　ポプラ社　2008.8　143p　21cm　（ポプラの木かげ　30―おばけ美術館　3）　980円　①978-4-591-10414-9
[内容]　絵から、突然ふぶきがふきだしてきて、美術館は大混乱！　題名のない美術品にかくされた過去とは…？　時をこえて、一まいの絵の想いがかなう―「おばけ美術館」シリーズ第三弾は、少し切なくて、心あたたまるストーリー。

『かいとうドチドチ雪のよるのプレゼント』　柏葉幸子作，ふくだじゅんこ絵　日本標準　2008.3　63p　22cm　（シリーズ本のチカラ）　1200円　①978-4-8208-0316-4
[内容]　かいとうドチドチは、かのゆうめいな「とりかえっこどろぼう」。でも、あまりにくいしんぼうで、ふとりすぎて、どろぼうができなくなってしまいました。そんなドチドチが、よなかにラーメンがたべたくてたべたくて、たまらなくなり…さて、ドチドチはどうしたのでしょう！　小学校低学年から。

『霧のむこうのふしぎな町』　柏葉幸子作，杉田比呂美絵　新装版　講談社　2008.3　210p　18cm　（講談社青い鳥文庫―SL

シリーズ）1000円　①978-4-06-286402-2

内容　心躍る夏休み。6年生のリナは一人で旅に出た。霧の谷の森を抜け、霧が晴れた後、赤やクリーム色の洋館が立ち並ぶ、きれいでどこか風変わりな町が現れた。リナが出会った、めちゃくちゃ通りに住んでいる、へんてこりんな人々との交流が、みずみずしく描かれる。『千と千尋の神隠し』に影響を与えた、ファンタジー永遠の名作。小学中級から。

『ピーポポ・パトロールはんぶんおばけのマメンキサウルス』　柏葉幸子作　童心社　2007.7　94p　22cm　1000円　①978-4-494-01095-0〈絵：西川おさむ〉

内容　「ピーポポ・パトロールです。お、おまたせしました」。ひとしが、ピーポポのドアのかげで、そういうと、「ギャワーン！」と、ものすごい声がかえってきます。なんと、きょうりゅうのほねが、あるいてきたのです！　こまっているおばけをたすけるためなら、たとえ、火のなか水のなか…!?　それが、ピーポポ・パトロール！　人気シリーズ第2弾。

『かいとうドチドチびじゅつかんへいく』　柏葉幸子作，ふくだじゅんこ絵　日本標準　2007.6　63p　22cm　（シリーズ本のチカラ）1200円　①978-4-8208-0292-1

内容　なにかをぬすむと、そのかわりにぬすまれた人のほしかったものをくつ下にいれてくれる「とりかえっこどろぼう」のドチドチ。でも、むかしは大どろぼうのドチドチも、今はふとったおじいさん。あるあきの日、町のびじゅつかんへ出かけると…!?　小学校低学年から。

『妖精ケーキはミステリー!?』　柏葉幸子作，ひらいたかこ絵　ポプラ社　2007.6　135p　21cm　（ポプラの木かげ　29—おばけ美術館　2）980円　①978-4-591-09816-5

内容　町できみょうな盗難事件発生!!　それにはどうやら、10歳以下の子だけが見える、ふしぎが関係しているらしい!?　まひると美術館のおばけたち、探偵にのりだします。

『うたちゃんちのマカ』　柏葉幸子作，石川由起枝絵　講談社　2007.5　111p　20cm　（わくわくライブラリー）1200円　①978-4-06-195709-1

内容　ペットをかうことに反対されたうたちゃん。ある日ふしぎな女の子に「ペットのマカをあげる。」といわれ、ふしぎなペットをかうことに。その日からうたちゃんちはおおさわぎ。おいたはずなのに、たべたはずないのに、うちの中できえている？　このふしぎ、だれのせい？　小学初級から。

『天井うらのふしぎな友だち』　柏葉幸子作　講談社　2006.11　242p　22cm　（講談社文学の扉）1400円　①4-06-283208-9〈絵：杉田比呂美〉

内容　紅と了がひっこした家に、けむりとともにあらわれた人たちが、天井うらに住みついてしまった。きみょうなことをつぎつぎとおこすこの人たちは、いったい何者？小学中級から。

『地下室からのふしぎな旅』　柏葉幸子作　講談社　2006.10　231p　22cm　（講談社文学の扉）1400円　①4-06-283207-0〈絵：杉田比呂美〉

内容　黒いマントのきみょうな男にかかえられて、地下室のかべをくぐりぬけたアカネとチィおばさん。そこは、地下室のとなりにある世界だった。ふたりのふしぎな旅がはじまった！　小学中級から。

『霧のむこうのふしぎな町』　柏葉幸子作　講談社　2006.9　191p　22cm　（講談社文学の扉）1300円　①4-06-283206-2〈絵：杉田比呂美〉

内容　水玉もようのかさをおいかけているうちに、リナは、ふしぎな町へやってきた。森の深い緑の中に、赤やクリーム色の家が六けん。石だたみの道は、雨がふったようにぬれている。ここが、リナのさがしていた、霧の谷のめちゃくちゃ通りだった。小学中級から。

『おばけ美術館へいらっしゃい』　柏葉幸子作，ひらいたかこ絵　ポプラ社　2006.7　142p　21cm　（ポプラの木かげ　24）980円　①4-591-09332-8

|内容| 美術館へいくのは、すきですか？　絵画や彫刻が、ならんでいるだけ。しずかにしてなきゃいけないし、たいくつですか？　でも、ここ、木かげ美術館は、ちょっとちがいます。館長さんは女の子。ふしぎな事件がまってます。さあ、おばけ美術館へいってみませんか。

『天井うらのふしぎな友だち』　柏葉幸子作　新装版　講談社　2006.5　293p　18cm　（講談社青い鳥文庫 11-9）　670円　①4-06-148725-6〈絵：杉田比呂美〉
|内容| 紅と了が引っ越してきたのは日だまり村の古い大きな家でした。場所によっては天井の板がなく、屋根うらがみえているのです。その夜、紅たちはふしぎな4人組と出会います。4人組は天井と自分たちの部屋をつくって、勝手に住みついてしまいます。ふしぎな事件と冒険に夢中になってしまう永遠の名作ファンタジーがまたまた登場です。小学中級から。

『牡丹さんの不思議な毎日』　柏葉幸子作　あかね書房　2006.5　174p　21cm　（あかね・ブックライブラリー 12）　1300円　①4-251-04192-5〈絵：ささめやゆき〉
|目次| 引っ越し、お花見、獲物、梅雨、むかえ火、にぎやかな夜、とびやさん、帰郷、初市
|内容| 「あなた、幽霊なんですか？」牡丹さんはダイレクトだ。「わかっていただけて、うれしいです。とても、自分の口からはいえません。…」牡丹さん一家と幽霊のゆきやなぎさんと、温泉街の人たちとの人情味あふれるファンタジー。

『地下室からのふしぎな旅』　柏葉幸子作　新装版　講談社　2006.4　253p　18cm　（講談社青い鳥文庫 11-8）　620円　①4-06-148724-8〈絵：杉田比呂美〉
|内容| アカネが薬をもらいにきたチィおばさんの薬局の地下室にふしぎなお客さんがやってきます。「木の芽時の国」の錬金術師だというその人につれられてアカネとチィおばさんはとなりの世界に「契約の更新」にでかけていきます。さあ、ふしぎな旅のはじまりです。『霧のむこうのふしぎな町』に続きファンタジー永遠の名作を新装版でお贈りします。小学中級から。

『ピーポポ・パトロール』　柏葉幸子作，西川おさむ絵　童心社　2005.11　96p　21cm　1000円　①4-494-00558-4
|内容| フリーマーケットでかった、おもちゃのパトカー。「ピーポポ・パトロール、よろしくおねがいします」おみせのおにいさんに、ぴしっとけいれいされて、ひとしも、おもわず「はいっ！」…そのひのよる…。

かつお　きんや
《1927〜》

『金沢ふしぎめぐり』　かつおきんや著　珠洲　北陸児童文学協会　2009.10　275p　19cm　（つのぶえ文庫）　953円　①978-4-89010-513-7〈発売：能登印刷出版部（金沢）〉
|目次| 香林坊のコウモリ，堅町のネズミさわぎ，本多町のテング，出羽町のネコさわぎ，天神坂の大入道，彦三のタヌキ，宗叔町の赤いヘビ，玉川町のキツネ

加藤　多一
かとう・たいち
《1934〜》

『赤い首輪のバロ―フクシマにのこして』　加藤多一作　汐文社　2014.6　163p　20cm　1500円　①978-4-8113-2081-6
|内容| 食べることが大好きな女の子、ユリカ。地震と津波、そして原発事故が起きて北海道に避難したけれど、のこしてきたばばちゃんと犬のバロのことが気になっています。

『オオカミの声が聞こえる』　加藤多一著　地湧社　2014.1　190p　19cm　1500円　①978-4-88503-227-1
|内容| 北の地を離れ都会で暮らしていたアイヌの女性マウコは、あるとき自分のアイヌとしての自分を取り戻し、生きていく道を探すために北海道に戻る。図書館や博物館を巡っているうちに、百年以上も前に絶滅したエゾオオカミの剝製から見つめられ、何かの

メッセージを感じて、行動に移すのだが…。

『まがり道』　加藤多一著，重岡静世絵　札幌　日本児童文学者協会北海道支部　2011.2　207p　21cm　(北海道児童文学シリーズ 12)　1000円　①978-4-904991-11-4

『空に棲む』　加藤多一著　札幌　日本児童文学者協会北海道支部　2010.8　169p　21cm　(北海道児童文学シリーズ 1)　1000円　①978-4-904991-00-8
[目次]馬がわらったと，やせ馬の朝，林の中にいる，風が語ったこと，ノンコの長ぐつ，キトピロ，黒めがね，ヒロの沢

『子っこヤギのむこうに』　加藤多一作　くもん出版　2007.2　70p　21cm　1100円　①978-4-7743-1217-0〔画：千葉三奈子〕
[内容]「わたし、だっこしてもいいの」生まれてはじめて子っこヤギをだかせてもらえる―。マユはうれしさで胸がいっぱい。ふぶきのなか、農家へいそいだ。冬休みのある一日、マユは一ぴきの子っこヤギのいのちをとおして、生きもののあり方、いのちの尊さを知る。

『ホシコ―星をもつ馬』　加藤多一文，早川重章絵　童心社　2006.5　62p　19cm　(ことばのおくりもの)　1200円　①4-494-02136-9
[内容]戦争が終った。人間は帰ってきたが、中国大陸へやられたたくさんの馬たちは、ただの一頭も帰ってこなかった。

『わらってごらんゆきだるま』　加藤多一作，宮本忠夫絵　新日本出版社　2002.1　109p　21cm　(新日本おはなしの本だな 3 7)　1400円　①4-406-02853-6
[内容]おねえちゃんが作ったゆきだるま。目が大きくて鼻が高くて、おねえちゃんにそっくり。ユミが作ったゆきだるまは―？小学校中・高学年向。

『やぎさんへてがみ』　加藤多一作，長野ヒデ子絵　教育画劇　2000.9　63p　24×19cm　(わくわくBOOKS)　1200円　①4-7746-0487-9
[内容]ひらりひらり―ホミのかおの上で光った花びら雪は、白やぎのユリからのてがみ。心の中で書いたへんじは、ななめにふってきてながれていく雪にのせてみました。―こうして、ホミとユリのてがみのやりとりがはじまったのです。

『馬を洗って…』　加藤多一文，池田良二版画　童心社　1995.5　56p　21cm　1300円　①4-494-02133-4

『きこえるきこえる―ぼう神物語』　加藤多一作，内沢旬子絵　文溪堂　1994.4　197p　22cm　(創作のとびら 10)　1300円　①4-89423-024-0
[内容]オレはそのとき、エゾシカの神だった。年をとった雄ジカの、耳と耳のあいだにいたのさ。―と、その神は語りはじめた。地球生成のころからいつづける"ぼう神"が、そのふしぎな体験をみずから語る。声に耳をかたむけ、"ぼう神"と共に北へ南へ旅をするうちに物語は、いつしかひとり歩きしていく、そしてたどりついて先に、きこえてくるものは？　小学校高学年以上。

『遠くへいく川』　加藤多一作，中村悦子画　くもん出版　1991.8　185p　20cm　(くもんの創作児童文学シリーズ 5)　1300円　①4-87576-626-2
[目次]みそネコがいる，ひとりで，ネムロタンポポ，遠くへいく川
[内容]あいつの体にさわることができれば、もしかして、あの人の体にも手がとどくかもしれない…。この川はコエトイ川につながっているけど、こんなに細いから、あいつはこないかもしれない。それとも、すぐそばにきていて、水に姿をかえているのだろうか…。多感な少女の異性へのあこがれと、自然の中の不分明な生の容を描く表題作をはじめ、北の風土が育む少年少女の一瞬のまなざしをとらえた作品集。小学上級以上向き。

『けむりの水』　加藤多一作，太田大八絵　くもん出版　1989.12　70p　22cm　(くもんの幼年童話シリーズ 18)　770円　①4-87576-483-9
[内容]あいつ、なにだったのかな…？　もしかしたら生まれるまえのぼくでないか…。

小学校初級向き。

『風うたう―幸来村物語』　加藤多一作，こさかしげる絵　新日本出版社　1989.5　126p　21cm　（新日本にじの文学 16）　1010円　①4-406-01732-1
内容　サッ・ルというのは、アイヌ語で「夏の道」という意味です。みどりの風が吹く夏の道ならいいけれど、「核の冬の道」なんてごめんです。小学校中学年以上向。

『ふぶきだ走れ』　加藤多一作，かみやしん画　岩崎書店　1988.11　209p　22cm　（現代の創作児童文学）　1200円　①4-265-92841-2

『風生まれる―幸来村物語』　加藤多一作，こさかしげる絵　新日本出版社　1988.7　131p　21cm　（新日本にじの文学）　980円　①4-406-01649-X
内容　おおい!! 村よ幸来村はどこにある―それは、あなたの心の中、ゆったり流れる川のそばの草原と風の中の、どこかです。小学校中学年以上向き。

『チロをさがして』　加藤多一文，大井戸百合子絵　福武書店　1988.7　1冊　26cm　1100円　①4-8288-1327-6

『草原―ぼくと子っこ牛の大地』　加藤多一作，長新太絵　あかね書房　1985.12　149p　21cm　（あかね創作文学シリーズ）　980円　①4-251-06136-5

『オンドリ飛べよ』　加藤多一さく，鵜川五郎え　大日本図書　1984.5　116p　22cm　（大日本の創作どうわ）　960円

『ふぶきの家のノンコ』　加藤多一作，二部静世絵　岩崎書店　1984.2　159p　22cm　（現代の創作児童文学）　980円　①4-265-92806-4

『牧場のまどがこおる日』　加藤多一作，こさかしげる絵　偕成社　1982.12　158p　23cm　（子どもの文学）　880円　①4-03-626570-9

『じてんしゃ特急、牧場行き』　加藤多一作，こさかしげる絵　偕成社　1981.8　158p　23cm　（子どもの文学）　780円　①4-03-626470-2

『さっちゃんのあおいてぶくろ』　かとうたいちさく，とんださやこえ　偕成社　1981.6　70p　22cm　（新しい幼年創作童話）　580円　①4-03-419200-3

『ともだちみつけた』　加藤多一作，奈良坂智子絵　講談社　1981.5　76p　22cm　（講談社の幼年創作童話）　580円

『びんのむこうはあおいうみ』　加藤多一作，こさかしげるえ　金の星社　1981.2　70p　22cm　（新・創作えぶんこ）　850円

『夜空をかける青い馬』　加藤多一作，津田光郎画　偕成出版社　1980.6　63p　24cm　（創作童話シリーズ）　880円

『おはよう白い馬』　加藤多一作，岩淵慶造絵　岩崎書店　1979.2　78p　22cm　（あたらしい創作童話）　780円

『原野にとぶ橇』　加藤多一著，佐藤忠良絵　偕成社　1978.11　228p　21cm　（偕成社の創作文学）

『ミス牧場は四年生』　加藤多一作，田村宏絵　偕成社　1977.9　174p　23cm　（子どもの文学）　780円

『白いエプロン白いヤギ』　加藤多一著　偕成社　1976.7　166p　22cm　（子どもの文学 10）　780円

『ふぶきだ走れ』　加藤多一作，田村宏画　札幌　北海道新聞社　1976.7　227p　21cm　1200円

角野　栄子
かどの・えいこ
《1935〜》

『おばけのソッチとぞびぞびキャン

ディー』　角野栄子さく，佐々木洋子え　ポプラ社　2014.7　73p　22cm　（ポプラ社の新・小さな童話 289―小さなおばけ）　900円　①978-4-591-14055-0
[内容] ソッチは、おばけの女の子。いっしょにくらしているあめやさんのおばあちゃんがびょうきになって、おみせばんをすることに…。どうしたら、あめがたくさんうれるかな？　小学低学年向。

『ラストラン』　角野栄子作，しゅー絵　KADOKAWA　2014.2　235p　18cm　（角川つばさ文庫　Bか1-1）640円　①978-4-04-631363-8〈角川文庫 2014年1月刊の改訂〉
[内容] イコさんは、バイク大好き＆冒険大好き！　あるとき、東京から岡山までたったひとりでオートバイ旅行に出発した。イコさんがめざした古びたお家には、なんと女の子のゆうれいが住んでいた。そのゆうれいの名前はふーちゃん。ふーちゃんは「心残り」があって「むこうの世界」に行けないでいるらしい。ふーちゃんの「心残り」っていったいなんなの!?　イコさんとふーちゃんの「心残り」をさがす二人旅が始まった―！

『いすおばけぐるぐるんぼー』　角野栄子作，はたこうしろう絵　小峰書店　2013.12　62p　22cm　（おばけとなかよし）　1100円　①978-4-338-25703-9
[内容] にんげんをそらへとばしちゃうおばけ、ぐるぐるんぼー。ぐるぐるまわるかいてんいすに、やってくるっていうけれど…。

『おばけのアッチとドラキュラスープ』　角野栄子さく，佐々木洋子え　ポプラ社　2013.12　77p　22cm　（ポプラ社の新・小さな童話 283―小さなおばけ）　900円　①978-4-591-13690-4
[内容] ドララちゃんのおりょうりを、レストランでだしてあげるといわれ、アッチは、ことわってしまいました。すると、レストランのあちこちがこわれはじめて…。小学低学年向。

『アッチとボンとなぞなぞコック』　角野栄子さく，佐々木洋子え　ポプラ社　2013.7　76p　22cm　（ポプラ社の新・小さな童話 279―小さなおばけ）　900円　①978-4-591-13511-2
[内容] くいしんぼうのモンスター、なぞなぞコックが、キノコおばあちゃんのトマトをねらっている！　おばけのアッチとのらねこボンは、おばあちゃんをたすけるため、なぞなぞコックとなぞなぞしょうぶをします！　小学低学年向。

『マリアさんのトントントトンタ』　角野栄子文，にしかわおさむ絵　クレヨンハウス　2013.4　61p　22cm　（アイウエ動物園 7）　1200円　①978-4-86101-243-3
[内容] ここは、アイウエ動物園です。動物がだいすきな、はたらきもんの園長さんと、園長さんをだいすきな動物たちがなかよくくらしています。でも、ときどき、ドキッ！事件が、おこります。あれ？　ラマのマリアさんが、さびしがっているみたいですよ。

『魔女の宅急便　その6　それぞれの旅立ち』　角野栄子作　佐竹美保画　福音館書店　2013.3　406p　17cm　（福音館文庫　S-67）　800円　①978-4-8340-2789-1〈2009年刊の再刊〉
[内容] とんぼさんと結婚したキキは、いまや双子のお母さん。姉のほうのお転婆なニニは、年頃になっても、なかなか魔女になる決心がつきません。一方弟のトトは、魔女になりたくてもなれない自分にはよりどころがないように感じていました。キキは、そんなわが子に寄りそい―。だれもが知る日本児童文学の完結篇。小学校中級以上。

『魔女の宅急便　その5　魔法のとまり木』　角野栄子作，佐竹美保画　福音館書店　2013.2　275p　17cm　（福音館文庫　S-66）　700円　①978-4-8340-2777-8〈2007年刊の再刊〉
[内容] 十九歳になったキキは、宅急便の仕事でも経験をつみ、もう新米魔女とはいえません。一方で、遠距離恋愛中のとんぼさんとは、まだちょっとすれちがい気味（ジジの恋のほうは順調そうですが…）。そんな折、魔法が弱まり、ジジとも言葉が通じにくくなって…。キキは、魔女である自分を見つめ直していきます。小学校中級以上。

『おばけのアッチとおしろのひみつ』　角野栄子さく，佐々木洋子え　ポプラ社　2012.12　76p　22cm　（ポプラ社の新・小さな童話 275―小さなおばけ）900円　①978-4-591-13168-8
[内容]　ドラキュラのおしろで、アッチとボンとドララちゃんが、かくれんぼ。ところが、三にんとも、ろうやにとじこめられてしまいました！　いったい、だれのしわざ…？　小学低学年向け。

『アッチとドララちゃんのカレーライス』
角野栄子さく，佐々木洋子え　ポプラ社　2012.7　69p　22cm　（ポプラ社の新・小さな童話 271―小さなおばけ）900円　①978-4-591-12995-1
[内容]　ドラキュラのまごむすめドララちゃんが、アッチのレストランにやってきました。おみせのメニューをぜんぶちゅうもんして、ぜんぶたべても、まだまだたりないドララちゃん。いったいどうしたというのでしょう？　小学低学年向け。

『魔女の宅急便　その4　キキの恋』　角野栄子作，佐竹美保画　福音館書店　2012.5　284p　17cm　（福音館文庫 S-62）700円　①978-4-8340-2723-5
〈2004年刊の再刊〉
[内容]　キキ、十七歳。とんぼさんへの想いはつのるばかり。遠くに行っているとんぼさんとも、夏休みには会える！　が、楽しみにしていたキキのもとに「夏は山にこもる」との手紙が。とんぼさんと会えないことに、いつになく落ち着かない気持になってしまうキキですが…。またひとつ結びつきを深めた、ふたりの恋の物語。小学校中級以上。

『アッチとボンとドララちゃん』　角野栄子さく，佐々木洋子え　ポプラ社　2011.12　76p　22cm　（ポプラ社の新・小さな童話 265―小さなおばけ）900円　①978-4-591-12681-3
[内容]　アッチがわくわく、おべんとうのじゅんび。だれかとピクニックにいくのでしょうか？　のらねこのボンは、やきもちをやいて、じぶんもおべんとうをつくりますが…。小学低学年向け。

『ダンダンドンドンかいだんおばけ』　角野栄子作，はたこうしろう絵　小峰書店　2011.9　60p　22cm　（おばけとなかよし）1100円　①978-4-338-25702-2
[内容]　かいだんにすんでいるふたごのおばけ、ダンダンとドンドン。なかよくなるには、「うしみつどき」まで、おきていなくっちゃ!?　たのしいおばけのおはなし。

『カンコさんのとくいわざ』　角野栄子文，にしかわおさむ絵　クレヨンハウス　2011.8　58p　22cm　（アイウエ動物園 6）1200円　①978-4-86101-193-1
[内容]　ここは、アイウエ動物園です。動物がだいすきな、はたらきもんの園長さんと、園長さんをだいすきな動物たちがなかよくくらしています。でも、ときどき、ドキッ！事件が、おこります。あれあれ？　キリンのカンコさん、なんだかずいぶん、せのびしていますよ。

『大どろぼうブラブラ氏』　角野栄子作，原ゆたか絵　愛蔵版　講談社　2011.7　223p　22cm　1500円　①978-4-06-216879-3
[目次]　三十九代目の大どろぼう、とつぜんきえた大どろぼう、ママーがこいしい大どろぼう、大どろぼうをぬすんだ大どろぼう、ひげをそった大どろぼう、動物園と大どろぼう
[内容]　大どろぼうブラブラ氏は、由緒正しい家柄のおぼっちゃま。代々めだちたがりやで、世界最大級の船や石も、だれにも気づかれずにぬすみだしてしまうとか…。39代目の大どろぼう、東京にあらわれる。秋葉の原警察ニラミ刑事が打ち出した、おもいもよらぬ作戦とは…？　サンケイ児童出版文化賞大賞受賞作品。愛蔵版特典・面白クイズつき。

『おばけのアッチとどきどきドッチ』　角野栄子さく，佐々木洋子え　ポプラ社　2011.7　78p　22cm　（ポプラ社の新・小さな童話 260―小さなおばけ）900円　①978-4-591-12506-9
[内容]　アッチのレストランに、小さなおばけのドッチがおてつだいにやってきて、アッチはおおよろこび！　でも、ドッチがやることは、めちゃくちゃ。おまけに、ごほうびがほしいといいだして…。小学低学年向け。

『シップ船長とチャンピオンくん』 角野栄子さく，オームラトモコえ 偕成社 2011.3 71p 21cm 900円 ①978-4-03-439370-3
内容 こんどのおきゃくさまは、カンガルーボクシングのチャンピオン。船のうえでもれんしゅうはかかせません。あいてはもちろん、シップ船長です！ 大きなチャンピオンくんと小さな船長さん。さあ、どんなしあいになることやら…。小学校低学年から。

『ラストラン』 角野栄子著 角川書店 2011.1 228p 20cm （カドカワ銀のさじシリーズ）1500円 ①978-4-04-874163-7〈発売：角川グループパブリッシング〉
内容 「残された人生でやっておきたいこと」七十四歳のイコさんの場合それは、バイク・ツーリングだった。目的地は、五歳で死別した母の生家。東京から岡山まで、往復1200キロ。着いたのは、寂れた一軒の船宿だった。無人のはずなのに、そこには不思議な少女が住んでいた…。『魔女の宅急便』の著者が贈る、書き下ろし自伝的小説。

『おばけのアッチほっぺたべろりん』 角野栄子さく，佐々木洋子え ポプラ社 2010.12 77p 22cm （ポプラ社の新・小さな童話 256—小さなおばけ）900円 ①978-4-591-12217-4
内容 ドラキュラのまごむすめ、ドララちゃんが、小さなおばけをつかまえました！ もしかして、アッチのおとうと？ たいへん！はやくたすけないと、ドラキュラにたべられちゃう!? 小学低学年向。

『ひゅーどろどろかべにゅうどう』 角野栄子作，はたこうしろう絵 小峰書店 2010.12 62p 22cm （おばけとなかよし）1100円 ①978-4-338-25701-5
内容 ヒロとタッちゃんは、かべにゅうどうのことがきになってしかたがありません。なんかいもあなをのぞいてみました…たのしいおばけのおはなし。

『いっぽんくんのひとりごと』 角野栄子文，にしかわおさむ絵 クレヨンハウス 2010.7 59p 22cm （アイウエ動物園 5）1200円 ①978-4-86101-176-4
内容 ここはアイウエ動物園です。動物がだいすきな、はたらきもんの園長さんと、園長さんをだいすきな動物たちがなかよくくらしています。でも、ときどき、ドキッ！ 事件が、おこります。あれれ、サイのいっぽんくんが、みょうな、おまじないをとなえているよ。

『おばけのアッチとドララちゃん』 角野栄子さく，佐々木洋子え ポプラ社 2010.7 76p 22cm （ポプラ社の新・小さな童話 251—小さなおばけ）900円 ①978-4-591-11950-1
内容 おばけのアッチは、レストランのコックさん。おきゃくさんがぞくぞくするメニューをつくるため、しゅぎょうのたびにでました。そこでであったりょうりのめいじんは、ドララちゃんという女の子でした！ 小学校低学年向。

『大どろぼうブラブラ氏』 角野栄子作，原ゆたか絵 講談社 2010.4 217p 18cm （講談社青い鳥文庫 103-2）580円 ①978-4-06-285127-5
内容 39代目の大どろぼう、ブラブラ氏は由緒正しい家柄のおぼっちゃま。代々続く家系で、世界最大級のお城や船や岩も、だれにも気づかれずにぬすみだしてしまったとか。さて、そんなブラブラ氏が、とつぜん東京にあらわれた。秋葉の原警察のニラミ刑事は、どんな作戦で捕まえようというのか？ ユーモアあふれるタッチで、人間の温かさをえがいた童話。サンケイ児童出版文化賞大賞受賞作品。小学中級から。

『パパはじどうしゃだった』 角野栄子作，オームラトモコ絵 小学館 2009.12 62p 21cm （すきすきレインボー）1000円 ①978-4-09-289785-4
内容 わたしのパパって、パパになるまえはじどうしゃだったんだって！ そのつぎはベッドにしいてあるシーツになったって…なんだかすごくない？ パパ、おもしろくってだーいすき！ よみきかせなら3歳から。ひとりよみなら6歳から。

『魔女の宅急便 その6 それぞれの旅立ち』 角野栄子作，佐竹美保画 福音館

書店　2009.10　404p　21cm　（〔福音館創作童話シリーズ〕）　1600円　①978-4-8340-2466-1
内容 魔女の少女キキは、黒猫のジジといっしょに、ひとり立ちの旅に出ました。やっと見つけたコリコの町で、はじめた仕事は、空飛ぶ『宅急便屋さん』。人々の思いや願いをのせたさまざまな荷物を届けながら、キキは、よろこび、なやみ、そして成長していきます。「魔女の宅急便」シリーズ最終巻。

『パパのおはなしきかせて』　角野栄子作，オーモラトモコ絵　小学館　2009.6　62p　21cm　（すきすきレインボー）　1000円　①978-4-09-289781-6
内容 えーっ、パパってぼくのパパになるまえ、スニーカーだったの？　えーっ、そのつぎはカガミになったの!?　どんなことしてたの、きかせてー！

『まるこさんのおねがい』　角野栄子文，にしかわおさむ絵　クレヨンハウス　2009.5　59p　22cm　（アイウエ動物園 4）　1200円　①978-4-86101-149-8
内容 ここは、アイウエ動物園。動物がだいすきな、はたらきもんの園長さんと、園長さんがだいすきな動物たちがなかよく、くらしています。でも、ときどき、ドキッ！　事件がおこります。あら、かばのまるこさんったら、なにか、おねがいがあるみたい―。

『シップ船長とくじら』　かどのえいこさく，オーモラトモコえ　偕成社　2008.10　71p　21cm　900円　①978-4-03-439350-5
内容 さかなつりのしょうぶにいどんだシップ船長。ついみえをきっちゃって、「でっかいくじらをつってみせるぞ」なんて、いってしまいました。おまけにえさはご本人―そう、おかなになわをまいたシップ船長です！

『ラブちゃんとボタンタン　3　まいごだらけ』　角野栄子作，堀川波絵　講談社　2008.10　74p　21cm　1300円　①978-4-06-214954-9
内容 ラブちゃんのパパとママも、まいご。ボタンタンは、自分がまいご。チャックのかぞくも、集団でまいご。三人のまわりは、まいごだらけです。

『ラブちゃんとボタンタン　2　ひみつだらけ』　角野栄子作，堀川波絵　講談社　2008.9　72p　21cm　1300円　①978-4-06-214932-7
内容 おしゃれ度バツグンのアイドル、ラブちゃんには、ひみつがいっぱい。

『ランちゃんドキドキ』　角野栄子作，スギヤマカナヨ絵　ポプラ社　2008.7　79p　21cm　（角野栄子の本だな 1）　950円　①978-4-591-10412-5
内容 きょうはランちゃんに、とってもいいことがありました。さあ、なにかな、なにかな。

『しろくまのアンヨくん』　角野栄子文，にしかわおさむ絵　クレヨンハウス　2008.4　59p　22cm　（アイウエ動物園 3）　1200円　①978-4-86101-106-1
内容 ここは、アイウエ動物園です。動物がだいすきな、はたらきものの園長さんと、園長さんがだいすきな動物たちがなかよくくらしています。でも、ときどき事件がおこります。あれ、しろくまのアンヨくん、なにをかんがえこんでいるの―。

『魔女の宅急便』　角野栄子作　福音館書店　2007.9　259p　21cm　（福音館創作童話シリーズ）　1500円　①4-8340-0119-9　〈第69刷〉
内容 魔女の少女キキは現代っ子。赤いラジオをほうきの先にぶらさげて黒猫のジジといっしょにひとり立ちの旅に出た。やっと見つけたコリコの町でまきおこす奇抜でゆかいなものがたり。

『海のジェリービーンズ』　角野栄子作，高林麻里絵　理論社　2007.8　38p　23cm　1300円　①978-4-652-04057-7
内容 波がはこんできたちいさなひみつ…ふしぎいっぱいの海辺のお店にようこそ！『魔女の宅急便』の角野栄子書き下ろしメルヘン。

『シップ船長とうみぼうず』　かどのえいこさく，オーモラトモコえ　偕成社　2007.7　71p　21cm　900円　①978-4-

角野栄子

03-439320-8
[内容] シップ船長とチャチャ号はただいまけんかのまっさいちゅう。ところがそこへ、びっくりぎょうてんのおきゃくさまがやってきました。なんと、大きな大きな海ぼうずです！ 小学校低学年から。

『魔女の宅急便 その5 魔法のとまり木』 角野栄子作, 佐竹美保画 福音館書店 2007.5 270p 21cm 1500円 ①978-4-8340-2263-6
[内容] もう10代も終わろうとしているのに、キキはなにもものたりないのです。ついつい、いらいら、いらいら。だいじな魔法も逃げていきそう。キキにふたたび心はずむ、いきいきとした日はやってくるのでしょうか。

『わにのニニくんのゆめ』 角野栄子文, にしかわおさむ絵 クレヨンハウス 2007.4 58p 22cm （アイウエ動物園2） 1200円 ①978-4-86101-081-1
[内容] ここは、アイウエ動物園です。動物がだいすきな、はたらきものの園長さんと、園長さんがだいすきな動物たちがなかよくくらしています。でも、ときどき事件がおこります。あれ、わにのニニくん、なんだか元気がないとおもったら…。

『角野栄子のちいさなどうわたち 6』 角野栄子作, 西巻茅子絵 ポプラ社 2007.3 141p 21cm 1000円 ①978-4-591-09660-4
[目次] ひょうのぼんやりおやすみをとる, わすれんぼうをなおすには, トラベッド
[内容] いちばん大切なのはわくわくすること。角野栄子エッセンスがつまった自選童話集。

『角野栄子のちいさなどうわたち 5』 角野栄子作, とよたかずひこ絵 ポプラ社 2007.3 125p 21cm 1000円 ①978-4-591-09659-8
[目次] ぼくはおにいちゃん, ぼくのおとうと, おばあちゃんのおみやげ, いすうまく, おしりをチクンとささないで
[内容] いちばん大切なのはわくわくすること。角野栄子エッセンスがつまった自選童話集。

『角野栄子のちいさなどうわたち 4』 角野栄子作, 西川おさむ絵 ポプラ社 2007.3 125p 21cm 1000円 ①978-4-591-09658-1
[目次] ネッシーのおむこさん, かえってきたネッシーのおむこさん
[内容] いちばん大切なのはわくわくすること。角野栄子エッセンスがつまった自選童話集。

『角野栄子のちいさなどうわたち 3』 角野栄子作, 垂石真子絵 ポプラ社 2007.3 124p 21cm 1000円 ①978-4-591-09657-4
[目次] ぼくのたからものどこですか, ちびねこチョビ, ちびねこコビとおともだち, わるくちしまいます
[内容] いちばん大切なのはわくわくすること。角野栄子エッセンスがつまった自選童話集。

『角野栄子のちいさなどうわたち 2』 角野栄子作, 長崎訓子絵 ポプラ社 2007.3 141p 21cm 1000円 ①978-4-591-09498-3
[目次] おかしなうそつきやさん, らくがきはけさないで, にゃあにゃあクリスマス
[内容] いちばん大切なのはわくわくすること。角野栄子エッセンスがつまった自選童話集。

『角野栄子のちいさなどうわたち 1』 角野栄子作, 佐々木洋子絵 ポプラ社 2007.3 124p 21cm 1000円 ①978-4-591-09497-6
[目次] スパゲッティがたべたいよう, おばけのコッチピピピ, おばけのソッチぞびぞびぞー
[内容] いちばん大切なのはわくわくすること。角野栄子エッセンスがつまった自選童話集。

『魔女の宅急便 その3』 角野栄子作, 佐竹美保画 福音館書店 2006.10 322p 17cm （福音館文庫） 750円 ①4-8340-2243-9
[目次] キキともうひとりの魔女
[内容] 16歳になった魔女のキキのもとへ、あ

る日ケケという12歳の女の子が転がりこんできます。やることなすことマイペースで気まぐれな彼女に、キキはふりまわされます。不安、疑い…やがてあたたかな理解。ふたりの自立していく姿、キキの新たな旅立ちがみずみずしく描かれています。小学校中級以上。

『モコモコちゃん家出する』 角野栄子文, にしかわおさむ絵 クレヨンハウス 2006.9 59p 22cm 1200円 ①4-86101-061-6
内容 ここは、アイウエ動物園です。動物がだいすきな、はたらき者の園長さんと、園長さんがだいすきな動物たちがなかよく暮らしています。でも、ときどき事件がおこります。あれ、ひつじのモコモコちゃんが、どうかしたみたいですよ。

『シップ船長とゆきだるまのユキちゃん』 かどのえいこ作, オームラトモコ絵 偕成社 2005.12 71p 21cm 900円 ①4-03-439250-9
内容 たのまれたらいやとはいえない船長さん、こんどのおしごとは―いちばん北のくにからいちばん南のくにへゆきだるまをはこびます！（でもね、ゆきだるまはあたたかい南へいくと、とけちゃうのです…）。小学初級から。

『ラブちゃんとボタンタン』 角野栄子作, 堀川波絵 講談社 2005.10 78p 21cm 1300円 ①4-06-213141-2
内容 ラブちゃんのパパとママは、どこにいってしまったの？ ボタンタンは、どこからやってきたの？ ひみつちゃんって、いったいだれ？ …なぞがなぞをよぶ、ラブちゃんの物語。

『リンゴちゃんとのろいさん』 角野栄子作, 長崎訓子絵 ポプラ社 2005.7 76p 22cm （おはなしボンボン 28） 900円 ①4-591-08717-4
内容 だれもあそんでくれなくて、おこったリンゴちゃんは、リンゴやまのこわーいのろいさんをよびだしました！ せかいいちわがままなおにんぎょう、リンゴちゃんのおはなし。

金子 みすゞ
かねこ・みすず
《1903〜1930》

『日本語を味わう名詩入門 2 金子みすゞ』 金子みすゞ著, 矢崎節夫, 萩原昌好編, 高橋和枝画 あすなろ書房 2011.4 103p 20cm 1500円 ①978-4-7515-2642-2
目次 大漁, 昼の月, こだまでしょうか, 土, 石ころ, 浜の石, 花屋の爺さん, 空の鯉, 蜂と神さま, 木〔ほか〕
内容 すぐれた詩人の名詩を味わい、理解を深めるための名詩入門シリーズです。第2巻は金子みすゞ。小さきものをあたたかく見つめるみすゞの世界とその人生を、わかりやすく解説します。

『空のかあさま―矢崎節夫と読む金子みすゞ第二童謡集』 金子みすゞ著, 矢崎節夫選・鑑賞 JULA出版局 2010.12 149p 18cm 1200円 ①978-4-88284-303-0
目次 空のかあさま, 土のばあや, 花のたましい, 独楽の実, いろはかるた, 空いろの花, 金子みすゞと第二童謡集『空のかあさま』
内容 みすゞの遺稿を発見し、再び世に送りだした矢崎節夫が第二童謡集『空のかあさま』から60編を選び、わかりやすく鑑賞！ ますます深く、ますます鮮やかな、みすゞの世界です。

『繭と墓―金子みすず童謡集』 金子みすゞ著 大空社 2003.12 42,18p 13×19cm 1000円 ①4-283-00148-1〈季節の窓詩舎昭和45年刊の複製〉

『金子みすゞ てのひら詩集 2』 金子みすゞ童謡, いもとようこ絵 JULA出版局 2003.4 31p 15cm 700円 ①4-88284-274-2

『金子みすゞ てのひら詩集 1』 金子みすゞ童謡, いもとようこ絵 JULA出版局 2003.4 31p 15cm 700円 ①4-

88284-273-4

鴨　長明
かも・ちょうめい
《1153～1216》

『21世紀版少年少女古典文学館　第10巻　徒然草　方丈記』　興津要，小林保治，津本信博編，司馬遼太郎，田辺聖子，井上ひさし監修　卜部兼好，鴨長明原作，嵐山光三郎，三木卓著　講談社　2009.12　285p　20cm　1400円　①978-4-06-282760-7
|目次| 徒然草，方丈記
|内容| 『徒然草』は、ふしぎな作品だ。教訓あり、世間話あり、思い出話あり、世相批判あり、うわさ話あり、うんちくあり一。乱世の鎌倉時代に生きた兼好が残したメッセージは、宝島の地図のように魅力的で、謎にみちていて、だれもが一度は目を通したくなる。『方丈記』は、読む人の背すじをのばす。混乱の時代を生き人の世の無常を語りながらも、生きることのすばらしさも教えてくれる。これほど後世の人の精神に大きな影響を与えた書物はないといわれる。

『徒然草　方丈記』　兼好法師，鴨長明原著，弦川琢司文，岡村治栄，原みどりイラスト　学習研究社　2008.2　195p　21cm　（超訳日本の古典　6　加藤康子監修）　1300円　①978-4-05-202864-9
|目次| 方丈記（世の無常，方丈の庵にて），徒然草（想うがままに，出会った人々，めぐりあった出来事，生きることとは，改めて考え直し，想うこと，思索の終わりに）

『方丈記』　鴨長明作，市毛勝雄監修，長谷川祥子やく　明治図書出版　2007.3　34p　21cm　（朝の読書日本の古典を楽しもう！　3）　①978-4-18-329811-9

『方丈記』　鴨長明原作，長尾剛文，若菜等，Ki絵　汐文社　2006.12　131p　27cm　（これなら読めるやさしい古典大型版）　1600円　①4-8113-8113-0

|目次| ゆく河，都の無常，私が見た五つのふしぎ，近所付きあいのくるしみ，社会生活のくるしみ，隠者になる前の私，天涯孤独となってから，隠者生活の第一歩，人生最後の家「方丈」，日野での暮らし，自然のなかで生きて，独り暮らしのおだやかさ，貧しい生活のおだやかさ，自分だけの安らぎを求めて，これまでの自分をふりかえって，もう一人の自分との対話

香山　彬子
かやま・あきこ
《1924～1999》

『金色のライオン』　香山彬子作，佃公彦絵　復刊ドットコム　2013.2　165p　22cm　1800円　①978-4-8354-4913-5　〈講談社　1967年刊の再刊〉
|目次| らいむぎばたけに，ライオン，ほんとかなあ，ぶらんこにのったライオン，ビスクをもっていったライオン，サーカスのライオン，ライオンの家，はたらくライオン，さよならライオン
|内容| "一生忘れられない"名作童話が、昔のままの懐かしい姿で完全復刻！　ホップの香り・黄金色の大地が心によみがえる。

『ふかふかウサギ』　香山彬子作・絵　理論社　2010.2　221p　23cm　（日本の児童文学よみがえる名作）　2200円　①978-4-652-00059-5　〈1973年刊の復刻新装版〉
|目次| ふかふかウサギの空の旅，ふかふかウサギ東京へ，ふかふかウサギの冬，ふかふかウサギの春，ふかふかウサギの夏，ふかふかウサギの秋

川北　亮司
かわきた・りょうじ
《1947～》

『悪魔のピ・ポ・パ』　川北亮司作，かんざきかりん絵　童心社　2014.3　125p

19cm　900円　①978-4-494-02034-8
[目次] カエルクリップ―二重とび，とべた！，アルミのペンケース―親友タイムカプセル，ボールペン―素直に告白
[内容] パララ，ピピ，ポウ。もと天使は修行中!?　あなたのおねがいかなえます！

『マリア探偵社 邪鬼のキャラゲーム』　川北亮司作，大井知美画　岩崎書店　2013.3　148p　18cm　（フォア文庫B468）660円　①978-4-265-06465-6
[内容] 「ゆるキャラ」に応募したはずのハガキが消えた！　調査に出かけたマリア探偵社のメンバーたちは，謎を「全消し」し，真相をあばくことができるのか…。

『将道のおもしろ謎クイズ―マリア探偵社・特別編』　川北亮司作，大井知美画　岩崎書店　2012.12　149p　18cm　（フォア文庫 B464）660円　①978-4-265-06462-5
[目次] クリスマスの謎，鬼のパンツの謎，とうふの謎，誕生日の歌の謎，ラクダの謎，闘牛士の赤い布の謎，当て字の謎，電話の「もしもし」の謎，海の氷の謎，スイカを食べるときの謎〔ほか〕
[内容] マリア探偵社でただひとりの男の子，星将道（ときどき，かわいい「将美」に変装しちゃうけど！）。調査能力バツグンで頭脳明晰な将道が出題する，楽しい謎クイズが35問！　「へえ，そうだったのか！」なトリビアいっぱいのクイズ，きみはいくつわかるかな？　痛快ユーモア・ミステリー「マリア探偵社」特別編。小学校中・高学年向け。

『かいぞくゾイカ うちゅうなぞなぞ大ぼうけん』　川北亮司作，かべやふよう絵　くもん出版　2012.10　93p　22cm　（ことばって，たのしいな！）1200円　①978-4-7743-2098-4
[内容] 「夜ねるとき，すごくじゃまになるものはなんだ？」かいぞくゾイカの三人組は，うちゅう大すきなぞなぞ大すき。キラキラたからをみつけた三人は，たからの地図だと大よろこびで，じゃがいも星へむかいますが…小学校低学年から。

『悪魔のダイアリー』　川北亮司作，大井知美画　岩崎書店　2012.5　147p　18cm　（フォア文庫―マリア探偵社 15）600円　①978-4-265-06455-7
[内容] はずむようなふんいきのなか，ファッションショーがはじまった。モデルの子どもたちが，元気いっぱいにステージをあるいていく。最後に，ぎこちない表情の女の子が登場した。岩井綾だった。綾のケイタイ・メールに「悪魔のダイアリー」が着信！なぜ!?　横山社長は「マリ探」へ調査を依頼する。痛快ユーモア・ミステリー「マリア探偵社」シリーズ。

『怪人フェスタ』　川北亮司作，大井知美画　岩崎書店　2012.5　149p　18cm　（フォア文庫―マリア探偵社 16）600円　①978-4-265-06456-4
[内容] 日曜日，たくさんの人でにぎわう遊園地で，小学五年生の弘がおそわれた。なぜ!?　調査を依頼されたカオリンたちは，『おばけ屋敷 怪人フェスタ』の看板がかかる，古い建物の前にあつまった。タキシードの男が近づくと，「本日最後のお客さま三人，ご入場～」。鉄の扉がひらく…愛と正義のために。痛快ユーモア・ミステリー「マリア探偵社」シリーズ。

『奇妙なコンサート』　川北亮司作，大井知美画　岩崎書店　2012.5　146p　18cm　（フォア文庫―マリア探偵社 20）600円　①978-4-265-06460-1
[内容] 芸能プロダクション『遊』のライブハウスは，女の子たちの熱気でいっぱいだった。カオリンも桂子もいる。アイドル歌手・夕香と真弓のコンサートがはじまった。…突然，照明が消えた！　会場はパニックになった。おびえる真弓。なぜ!?　カオリンは，芸能界の謎にいどむ。愛と正義のために！痛快ユーモア・ミステリー「マリア探偵社」シリーズ。

『桂子のパオパオおかしグルメ』　川北亮司作，大井知美画　岩崎書店　2012.5　140p　18cm　（フォア文庫―マリア探偵社 17（特別編））600円　①978-4-265-06457-1
[内容] 12のおかし事件，みんな，チャレンジしてね。おかし事件9「マリア探検隊」で

川北亮司

は、カオリンたちは、金塊をさがして、ジャングルの奥へ…甘い白い泡のなかで、巨大な怪獣に遭遇!? こんどの特別編は、おかしグルメ桂子の、楽しく作れるおかしレシピがいっぱい。味はパオパオだよ。痛快ユーモア・ミステリー「マリア探偵社」特別編。

『廃墟のアルバム』　川北亮司作，大井知美画　岩崎書店　2012.5　145p　18cm　（フォア文庫―マリア探偵社 13）600円　①978-4-265-06453-3

[内容]　カオリンたちは、超高層マンションの38階の有名なフォトグラファー、村山栄美のアトリエにかけつけた。盗まれた貴重な写真は、山奥の廃墟の村で撮られたものだ。「心霊写真」だと、声をひそめていわれたとたん、桂子はほとんど失神していた。大変だ…。愛と正義のために！　冴えるカオリンの推理。痛快ユーモア・ミステリー「マリア探偵社」シリーズ。

『秘密のマニュアル』　川北亮司作，大井知美画　岩崎書店　2012.5　145p　18cm　（フォア文庫―マリア探偵社 18）600円　①978-4-265-06458-8

[内容]　小学五年生の典広は、さいきん気になることがあった。学校や塾の帰りに立ち寄る、コンビニや本屋で、だれかに監視されているみたいなのだ。マリア探偵社は、典広からの調査依頼を受けた。子どもの依頼はお金にならないと乗り気でない亀代をよそに、カオリンたちは調査を開始した。愛と正義のために！　痛快ユーモア・ミステリー「マリア探偵社」シリーズ。

『亡霊ホテル』　川北亮司作，大井知美画　岩崎書店　2012.5　146p　18cm　（フォア文庫―マリア探偵社 14）600円　①978-4-265-06454-0

[内容]　桜並木が美しい、山奥の谷間。渓流ぞいに、百年の歴史をもつ温泉旅館が建っていた。その『遊人館』ホテルで、真夜中、連続事件がおきた。先代の女将の亡霊が…。マリア探偵社のカオリンたちと赤間竜介は、全員女性客となって!?　ひそかに調査開始。愛と正義のために！　カオリンの推理が冴える。痛快ユーモア・ミステリー「マリア探偵社」シリーズ。

『魔界ハロウィン』　川北亮司作，大井知美画　岩崎書店　2012.5　143p　18cm　（フォア文庫―マリア探偵社 21）600円　①978-4-265-06461-8

[内容]　だれかが、カボチャのようなものにおそわれた…。ハロウィンでにぎわう商店街で、奇妙なウワサが広がっていた。ウワサの調査を引き受けた亀代。一方、カオリンたちも、ほんとうにカボチャにおそわれた少女の依頼を受け、現場へむかう。そのころ、探偵社には、謎の人物からのメールが届いていた…。痛快ユーモア・ミステリー「マリア探偵社」シリーズ。

『マリア探偵社　死神カレンダー』　川北亮司作，大井知美画　岩崎書店　2012.5　149p　18cm　（フォア文庫 B436）600円　①978-4-265-06437-3

[内容]　板垣病院の敷地内にある、古い土蔵。カオリンたちは、その中から死神のうめき声を聞いたという院長の息子・新也のボディーガードをすることに。しかし報酬となるはずだった土蔵の美術品が消えてしまった！　いったい誰が盗みだしたのか？　そして、新也を死神から守ることができるのか？　痛快ユーモア・ミステリー「マリア探偵社」シリーズ。

『闇夜のファンタジー』　川北亮司作，大井知美画　岩崎書店　2012.5　140p　18cm　（フォア文庫―マリア探偵社 19）600円　①978-4-265-06459-5

[内容]　夢の中で、長い髪の女の子が、悲しそうな目で亜弥を見上げている…。亜弥は、気味の悪い黒い封筒と手紙のことをおもいだした。―きのう、アンティーク・ショップ『童夢』で、江戸時代の日本人形の話を聞いたからだ。「人形の呪い!?」ふるえる亜弥を、カオリンがはげます。愛と正義のために、調査開始。痛快ユーモア・ミステリー「マリア探偵社」シリーズ。

『妖怪フレンド』　川北亮司作，大井知美画　岩崎書店　2012.5　147p　18cm　（フォア文庫―マリア探偵社 12）600円　①978-4-265-06452-6

[内容]　七夕が近づいたある日、小学五年生の娘・美咲が、だれかに脅されているらしいと、戸板広子はマリア探偵社をたずねた。

美咲に、なにがおきたのか？ 探偵モードのカオリンの脳みそに『イジメ』『失恋』の文字が浮かんだ。変装したカオリン、将道、桂子たちは、美咲の学校へ危険な潜入調査を開始する。痛快ユーモア・ミステリー「マリア探偵社」シリーズ。

『消えたCMタレント』　川北亮司作，大井知美画　岩崎書店　2012.1　143p　18cm　（フォア文庫—マリア探偵社 1）　600円　①978-4-265-06441-0

[内容]　クラスメートの勝一が行方不明になった！　机の上には花と死んだカエルが…。そこに「一億円もってくるんだ」という脅迫電話。CMタレントとして人気の彼になにがおきたのか？　少女探偵カオリンはひそかに仲間たちにサインをおくった。マリア探偵社にあつまれ！　愛と正義のために―。痛快ユーモア・ミステリー「マリア探偵社」シリーズ。

『奇怪なマンション』　川北亮司作，大井知美画　岩崎書店　2012.1　149p　18cm　（フォア文庫—マリア探偵社 6）　600円　①978-4-265-06446-5

[内容]　マリア探偵社でるすばんをしていた桂子がいない。白いメモに残されていた「おばけがでた」…こわがりの桂子がおばけの調査に!?　おどろいたカオリンたちは車で追う。そこは古いマンションだった。月明かりに浮かびあがる黒々とした不気味な建物。カオリンは身ぶるいした。桂子はどこに消えたのか。痛快ユーモア・ミステリー「マリア探偵社」シリーズ。

『危険なクリスマス』　川北亮司作，大井知美画　岩崎書店　2012.1　155p　18cm　（フォア文庫—マリア探偵社 9）　600円　①978-4-265-06449-6

[内容]　クリスマスが近づいたある夜、うきうきした気分でマリア探偵社にむかうカオリンは、いきなりおそわれ、誘拐された。なぜ!?　…心配する亀代たちに一通のはがきが届いた。じっと見つめる桂子はひらめいた。これは暗号では？　謎の事件にまきこまれたカオリンを救おうと、将道と桂子はがんばる！　痛快ユーモア・ミステリー「マリア探偵社」シリーズ。

『恐怖スクール』　川北亮司作，大井知美画　岩崎書店　2012.1　143p　18cm　（フォア文庫—マリア探偵社 4）　600円　①978-4-265-06444-1

[内容]　ある日、マリア探偵社に一本の電話がかかってきた。第一小学校の、清水沙織という女の子からだった。「学校のウサギが、だれかに殺されちゃったの。すぐに調べにきてほしいんです」―沙織のさけび声に、少女探偵カオリンは飛びだしていった。愛と正義のために、事件のなぞを追う。痛快ユーモア・ミステリー「マリア探偵社」シリーズ。

『死界からのメッセージ』　川北亮司作，大井知美画　岩崎書店　2012.1　147p　18cm　（フォア文庫—マリア探偵社 3）　600円　①978-4-265-06443-4

[内容]　マリア探偵社に、みすぼらしい姿の中年の男がふらりと入ってきた。怪しむ少女探偵カオリン。が、金城東一は悩んでいた。行方不明の大金持ちの父親をさがしてほしいと、一通の手紙を見せる。手紙には『わしが死んでも、おまえにわたす金はない』とあった。愛と正義のために、立ちあがるカオリンたち。痛快ユーモア・ミステリー「マリア探偵社」シリーズ。

『地獄のバスツアー』　川北亮司作，大井知美画　岩崎書店　2012.1　163p　18cm　（フォア文庫—マリア探偵社 10）　600円　①978-4-265-06450-2

[内容]　カオリンたちは、観光バスツアーに出発してはしゃいでいた。しかし、社長の亀代だけは、緊張していた。このバスツアーの本当の目的は、呪いのわら人形がからんだ、不気味な事件の調査だったのだ！　うす暗い森の中をぬけ、ほそい坂道がつづく―と、目の前に、神社の大きな鳥居がたっていた…。痛快ユーモア・ミステリー「マリア探偵社」シリーズ。

『謎のダイアモンド』　川北亮司作，大井知美画　岩崎書店　2012.1　147p　18cm　（フォア文庫—マリア探偵社 7）　600円　①978-4-265-06447-2

[内容]　ある日、マリア探偵社の四人は、白川社長の家によばれた。まるで美術館のような豪華な廊下に目をみはった。白川社長は何より大切な一億円のダイアモンドの指輪

川北亮司

がぬすまれたと話した。カギをかけた宝石箱には、たくさんの宝石が入っていたのに…。なぜ？　謎だらけの事件にカオリンの推理がさえる。痛快ユーモア・ミステリー「マリア探偵社」シリーズ。

『呪いのEメール』　川北亮司作，大井知美画　岩崎書店　2012.1　145p　18cm　（フォア文庫—マリア探偵社 2）　600円　①978-4-265-06442-7

内容　七夕の夜、大学生の大和田流夏は、パソコンの画面を見て心ぞうがこおりつく。送信者は、死のキューピッド。なぜ!?　流夏は親友の直美とマリア探偵社に助けをもとめた。少女探偵カオリンは、流夏にしのびよるぶきみなストーカーを追いつめていく。マリア探偵社にあつまれ！　愛と正義のために—痛快ユーモア・ミステリー「マリア探偵社」シリーズ。

『魔女のクロスワード』　川北亮司作，大井知美画　岩崎書店　2012.1　141p　18cm　（フォア文庫—マリア探偵社 5）　600円　①978-4-265-06445-8

内容　子どもたちをふしぎな冒険につれていってくれる魔女ネデロ。人気のテレビアニメ『魔女伝説』ブームが、子どもたちの間に広がっていたとき、デパート『LIV』で奇妙な事件がおきた。五階の売り場で女の子のマネキンが消えた。そのあとに魔女ネデロの人形が…。事件のなぞにいどむ少女探偵カオリン。痛快ユーモア・ミステリー「マリア探偵社」シリーズ。

『迷宮アイランド』　川北亮司作，大井知美画　岩崎書店　2012.1　153p　18cm　（フォア文庫—マリア探偵社 8）　600円　①978-4-265-06448-9

内容　海に浮かぶ小さな「鬼の島」。ペンションで夏休みを楽しむカオリンたち。そこに、マリア探偵社の亀代社長にあこがれる警察官、赤馬があらわれる。彼は、キャンプ場にテントを張っていたのだ。よく朝、テントに太い骨がちらばっていた！　殺人事件!?　鬼の伝説がつたわる島で、謎は深まっていく…。痛快ユーモア・ミステリー「マリア探偵社」シリーズ。

『マリア探偵社　暴走ピエロ』　川北亮司作，大井知美画　岩崎書店　2011.11　148p　18cm　（フォア文庫 B430）　600円　①978-4-265-06432-8

内容　ピエロの正体はだれなのか？　駅前で菜緒に声をかけたカメラマンか？　ドラッグストアでピエロ役をしていた店員なのか？　それとも？　カオリンたちの調査がすすむ。

『おやおやジャムクッキー—ラブラブちゃるひめ』　川北亮司さく，rikkoえ　そうえん社　2011.2　61p　20cm　（まいにちおはなし 8）　1000円　①978-4-88264-477-4

内容　ねえ、しってる？　ジャムクッキーって、なかなおりのまほうのクッキーなんだよ。かなえちゃんとあやのちゃんは、なかよししまい。でもある日、けんかになっちゃった。むかしのくにやってきたちゃるひめは、ふたりのためにいろんなほうをかんがえますが…？　「ちゃるひめ」シリーズ、ワクワクのだい3だん。

『マリア探偵社　魔界ハロウィン』　川北亮司作，大井知美画　理論社　2010.9　143p　18cm　（フォア文庫 B412）　600円　①978-4-652-07505-0

内容　だれかが、カボチャのようなものにおそわれた…。ハロウィンでにぎわう商店街で、奇妙なウワサが広がっていた。ウワサの調査を引き受けた亀代。一方、カオリンたちも、ほんとうにカボチャにおそわれた少女の依頼を受け、現場へむかう。そのころ、探偵社には、謎の人物からのメールが届いていた…。

『マリア探偵社　魔界ハロウィン』　川北亮司作，大井知美画　理論社　2010.9　143p　18cm　1000円　①978-4-652-07347-6

内容　だれかが、カボチャのようなものにおそわれた…。ハロウィンでにぎわう商店街で、奇妙なウワサが広がっていた。ウワサの調査を引き受けた亀代。一方、カオリンたちも、ほんとうにカボチャにおそわれた少女の依頼を受け、現場へむかう。そのころ、探偵社には、謎の人物からのメールが届いていた…。

『でかでかバースデイケーキ—ラブラブ

『ちゃるひめ』　川北亮司さく，rikkoえ　そうえん社　2010.6　62p　20cm　（まいにちおはなし　2）　1000円　①978-4-88264-471-2
内容　おたんじょうびなのに、ともだちとけんかしちゃった…。そんなときもちゃるひめにおまかせ！　ひみつのアイテムをつかって、げんきいっぱいかいけつするちゃる！　「ちゃるひめ」シリーズ、ドキドキのだい2だん。

『おほほプリンセス　これって初恋なのかしら』　川北亮司作，魚住あお絵　ポプラ社　2010.2　149p　18cm　（ポプラポケット文庫　038-2）　570円　①978-4-591-11525-1
内容　エリナのまえにあらわれた、すてきな西園寺ジェファーソンくん。ドキドキするこの気もちは、もしかして初恋!?　でも、テストをかえしてもらうときもドキドキするし、運動会のときも、ドキドキする。恋って、いったいどういう気もちのことをいうのかしら？　エリナのときめき第二巻！　小学校中級から。

『すきすきチョコレート―ラブラブちゃるひめ』　川北亮司さく，rikkoえ　そうえん社　2010.1　63p　20cm　（まいにちおはなし　1）　1000円　①978-4-88264-470-5
内容　月のかがみと日のかがみ…。ふしぎなかがみにうつるのはだれ？　ときをこえてやってきた、あいとゆうきのスーパーパワフルおひめさま・ちゃるひめがみんなのなやみをかいけつしちゃる。

『マリア探偵社　奇妙なコンサート』　川北亮司作，大井知美画　理論社　2009.11　146p　18cm　（フォア文庫　B399）　600円　①978-4-652-07499-2
内容　芸能プロダクション『遊』のライブハウスは、女の子たちの熱気でいっぱいだった。カオリンも桂子もいる。アイドル歌手・夕香と真弓のコンサートがはじまった。…突然、照明が消えた！　会場はパニックになった。おびえる真弓。なぜ!?　カオリンは、芸能界の謎にいどむ。愛と正義のために！　痛快ユーモア・ミステリー「マリア探偵社」シリーズ。

『マリア探偵社　奇妙なコンサート』　川北亮司作，大井知美画　理論社　2009.11　146p　18cm　1000円　①978-4-652-07346-9
内容　芸能プロダクション『遊』のライブハウスは、女の子たちの熱気でいっぱいだった。カオリンも桂子もいる。アイドル歌手・夕香と真弓のコンサートがはじまった。…突然、照明が消えた！　会場はパニックになった。おびえる真弓。なぜ!?　カオリンは、芸能界の謎にいどむ。愛と正義のために。

『おほほプリンセス　わたくしはお嬢さま！』　川北亮司作，魚住あお絵　ポプラ社　2009.10　141p　18cm　（ポプラポケット文庫　038-1）　570円　①978-4-591-11156-7
内容　「すてきなお嬢さまになって、ハンサムなプリンスと恋をしたい！」そうゆめみるラーメン屋のむすめ、エリナは、おしとやかなマナーやことばづかいを練習中。ある日、本物のお嬢さまにであい、はなやかなパーティーにつれていってもらうことに。

『Shogi kids！―将棋キッズ！　真夏のハードバトル』　川北亮司作，岩村俊哉絵　そうえん社　2009.8　135p　20cm　（ホップステップキッズ！　12）　950円　①978-4-88264-441-5
内容　光小ゲームクラブ・純也の前にあらわれた、謎のサングラス少女たち。今、熾烈な将棋バトルがはじまる…。将棋を知らない人でも楽しく読める、わくわくドキドキの少年少女物語。将棋の情報も満載。

『マリア探偵社　闇夜のファンタジー』　川北亮司作，大井知美画　理論社　2009.6　140p　18cm　（フォア文庫　B393）　600円　①978-4-652-07495-4
内容　夢の中で、長い髪の女の子が、悲しそうな目で亜弥を見上げている…。亜弥は、気味の悪い黒い封筒と手紙のことを思いだした。―きのう、アンティーク・ショップ『童夢』で、江戸時代の日本人形の話を聞いたからだ。「人形の呪い!?」ふるえる亜弥を、カオリンがはげます。愛と正義のために、

調査開始。痛快ユーモア・ミステリー「マリア探偵社」シリーズ。

『マリア探偵社 闇夜のファンタジー』 川北亮司作，大井知美画 理論社 2009.6 140p 18cm 1000円 ⓐ978-4-652-07345-2
[内容] 夢の中で、長い髪の女の子が、悲しそうな目で亜弥を見上げている…。亜弥は、気味の悪い黒い封筒と手紙のことを思い出した。一きのう、アンティーク・ショップ『童夢』で、江戸時代の日本人形の話を聞いたからだ。「人形の呪い!?」ふるえる亜弥を、カオリンたちがはげます。愛と正義のために、調査開始。

『Shogi kids！―将棋キッズ！ 謎のグラサン・レディス』 川北亮司作，岩村俊哉絵 そうえん社 2009.4 119p 20cm （ホップステップキッズ！ 9） 950円 ⓐ978-4-88264-438-5
[内容] 光小ゲームクラブの純也は、将棋大好き小学4年生。ある日、謎のサングラスの少女たちが現れ、純也たちは信じられない命令を受ける。将棋情報満載のコラム付き。

『マリア探偵社 秘密のマニュアル』 川北亮司作，大井知美画 理論社 2009.1 145p 18cm 1000円 ⓐ978-4-652-07344-5
[内容] 小学五年生の典広は、さいきん気になることがあった。学校や塾の帰りに立ち寄る、コンビニや本屋で、だれかに監視されているみたいなのだ。マリア探偵社は、典広からの調査依頼を受けた。子どもの依頼はお金にならないと乗り気でない亀代をよそに、カオリンたちは調査を開始した。愛と正義のために。

『マリア探偵社 秘密のマニュアル』 川北亮司作，大井知美画 理論社 2009.1 145p 18cm （フォア文庫 B381） 600円 ⓐ978-4-652-07492-3
[内容] 小学五年生の典広は、さいきん気になることがあった。学校や塾の帰りに立ち寄る、コンビニや本屋で、だれかに監視されているみたいなのだ。マリア探偵社は、典広からの調査依頼を受けた。子どもの依頼はお金にならないと乗り気でない亀代をよそに、カオリンたちは調査を開始した。愛と正義のために！ 痛快ユーモア・ミステリー「マリア探偵社」シリーズ。

『桂子のパオパオおかしグルメーマリア探偵社・特別編』 川北亮司作，大井知美画 理論社 2008.7 140p 18×12cm （フォア文庫） 560円 ⓐ978-4-652-07488-6
[目次] 謎のバナナ男，タローちゃんの命，七五三の真実，天国からのプレゼント，デザートの秘密，五枚のカード，サンタクロースの調査，雨の日の恐怖，マリア探検隊，涙の理由，置きざりの赤ちゃん，黒いストッキング男
[内容] 12のおかし事件、みんな、チャレンジしてね！ おかし事件9「マリア探検隊」では、カオリンたちは、金塊をさがして、ジャングルの奥へ…甘い白い泡のなかで、巨大な怪獣に遭遇!? こんどの特別編は、おかしグルメ桂子の、楽しく作れるおかしレシピがいっぱい。味はパオパオだよ！ 痛快ユーモア・ミステリー「マリア探偵社」シリーズ。

『桂子のパオパオおかしグルメーマリア探偵社・特別編』 川北亮司作，大井知美画 理論社 2008.7 140p 18cm 1000円 ⓐ978-4-652-07343-8
[目次] 謎のバナナ男，タローちゃんの命，七五三の真実，天国からのプレゼント，デザートの秘密，五枚のカード，サンタクロースの調査，雨の日の恐怖，マリア探検隊，涙の理由，置きざりの赤ちゃん，黒いストッキング男
[内容] 12のおかし事件、みんな、チャレンジしてね。おかし事件（9）「マリア探検隊」では、カオリンたちは、金塊をさがして、ジャングルの奥へ…甘い白い泡のなか、巨大な怪獣に遭遇！ こんどの特別編は、おかしグルメ桂子の、楽しく作れる、おかしレシピがいっぱいなんだ。味は、パオパオだよ。

『おほほプリンセス 恋する心はクリスタル』 川北亮司作，魚住あお絵 ポプラ社 2008.5 126p 21cm （ポプラ物語館 16） 1000円 ⓐ978-4-591-10329-6
[内容] 『お嬢さまに大切なのは、クリスタルのような、かがやく上品さです。どんなことがあっても、しずかにおちついた平常心で

いられるようにしましょう』そう教えられたエリナは、真紀といっしょに、トレーニング。でも、おどろいたり、おこったり、恋しちゃったり、エネルギーいっぱいのエリナに、平常心はむずかしい！ プリンセスに、恋にあこがれる、エリナのときめき第三巻。

『マリア探偵社 怪人フェスタ』 川北亮司作，大井知美画 理論社 2008.3 149p 18cm （フォア文庫）560円
①978-4-652-07485-5
[内容]日曜日、たくさんの人でにぎわう遊園地で、小学五年生の弘がおそわれた。なぜ!?調査を依頼されたカオリンたちは、『おばけ屋敷 怪人フェスタ』の看板がかかる、古い建物の前にあつまった。タキシードの男が近づくと、「本日最後のお客さま三人、ご入場一」。鉄の扉がひらく…愛と正義のために！ 痛快ユーモア・ミステリー「マリア探偵社」シリーズ。

『マリア探偵社 怪人フェスタ』 川北亮司作，大井知美画 理論社 2008.3 149p 19cm 1000円 ①978-4-652-07341-4
[内容]日曜日、たくさんの人でにぎわう遊園地で、小学五年生の弘がおそわれた。なぜ!?調査を依頼されたカオリンたちは、『おばけ屋敷怪人フェスタ』の看板がかかる、古い建物の前にあつまった。タキシードの男が近づくと、「本日最後のお客さま三人、ご入場〜」。鉄の扉がひらく…。愛と正義のために。

『おほほプリンセス これって初恋なのかしら』 川北亮司作，魚住あお絵 ポプラ社 2008.1 126p 21cm （ポプラ物語館 12） 1000円 ①978-4-591-10050-9
[内容]エリナのまえにあらわれた、すてきな西園寺ジェファーソンくん。ドキドキするこの気もちは、もしかして初恋!? でも、テストをかえしてもらうときもドキドキするし、運動会のときも、ドキドキする。恋って、いったいどういう気もちのことをいうのかしら？ プリンセスに、恋あこがれるラーメン屋のむすめ、エリナのときめき第二巻。

『うちゅうでいちばん』 川北亮司作，藤本四郎絵 岩崎書店 2007.11 76p 22cm （おはなしトントン 8） 1000円 ①978-4-265-06273-7
[内容]うみにはおそろしいおばけ、ウミンバがすんでいて、ふねをおそうっていわれている。ちゅういちは、ウミンバとたたかうりょうしのとうさんのすがたを、くらいみのなかに見たきがした。

『マリア探偵社 悪魔のダイアリー』 川北亮司作，大井知美画 理論社 2007.9 147p 18cm （フォア文庫）560円
①978-4-652-07481-7

『マリア探偵社 悪魔のダイアリー』 川北亮司作，大井知美画 理論社 2007.9 147p 18cm 1000円 ①978-4-652-07339-1
[内容]はずむようなふんいきのなか、ファッションショーがはじまった。モデルの子どもたちが、元気いっぱいに、ステージをあるいていく。最後に、ぎこちない表情の女の子が登場した。岩井綾だった。綾のケイタイ・メールに「悪魔のダイアリー」が、着信！ なぜ!? 横山社長は「マリ探」へ調査を依頼する。

『おほほプリンセス わたくしはお嬢さま！』 川北亮司作，魚住あお絵 ポプラ社 2007.8 115p 21cm （ポプラ物語館 7） 1000円 ①978-4-591-09869-1
[内容]「すてきなお嬢さまになって、ハンサムなプリンスと恋をしたい！」そうゆめみる、ラーメン屋のむすめ、エリナは、おしとやかなマナーやことばづかいを練習中。ある日、本物のお嬢さまにであい、はなやかなパーティーにつれていってもらうことに！ あなたもいっしょに、プリンセスレッスン、してみない―。

『月夜のコマンド・メール―ラブユニット』 川北亮司作 金の星社 2007.5 138p 18cm （フォア文庫）560円
①978-4-323-09055-9 〈画：大井知美 2005年刊の増訂〉
[内容]彩奈にモカポンから電話がきた。ヨネばあさんのお店が大変なのだ。ふたりが店に行くと、閉店のはり紙が出ている。太一と浩二もやってきて、ラブユニットのメンバーがそろった。そのとき、太一のケイタイ

川北亮司

に、コマンド・メールがとどいた！ ハートフル・サスペンス「ラブユニット」第二弾。

『ガラスの城』 川北亮司作，ふりやかよこ画 童心社 2007.3 126p 18cm （ふたごの魔法つかい） 1000円 ①978-4-494-01366-1,978-4-494-04240-1

『月光の森』 川北亮司作，ふりやかよこ画 童心社 2007.3 122p 18cm （ふたごの魔法つかい） 1000円 ①978-4-494-01365-4,978-4-494-04240-1 〈「ふたごの魔法つかいSOS！」(1995年刊)の改題〉

『空のウサギ』 川北亮司作，ふりやかよこ画 童心社 2007.3 120p 18cm （ふたごの魔法つかい） 1000円 ①978-4-494-01369-2,978-4-494-04240-1

『虹色の花』 川北亮司作，ふりやかよこ画 童心社 2007.3 122p 18cm （ふたごの魔法つかい） 1000円 ①978-4-494-01367-8,978-4-494-04240-1 〈「ふたごの魔法つかいの花ことば」(1997年刊)の改題〉

『人魚のうた』 川北亮司作，ふりやかよこ画 童心社 2007.3 122p 18cm （ふたごの魔法つかい） 1000円 ①978-4-494-01368-5,978-4-494-04240-1

『光る船』 川北亮司作，ふりやかよこ画 童心社 2007.3 122p 18cm （ふたごの魔法つかい） 1000円 ①978-4-494-01370-8,978-4-494-04240-1

『魔法のかがみ』 川北亮司作，ふりやかよこ画 童心社 2007.3 122p 18cm （ふたごの魔法つかい） 1000円 ①978-4-494-01371-5,978-4-494-04240-1

『魔法のタネ』 川北亮司作，ふりやかよこ画 童心社 2007.3 121p 18cm （ふたごの魔法つかい） 1000円 ①978-4-494-01362-3,978-4-494-04240-1 〈「ふたごの魔法つかい」(1991年刊)の改題〉

『マリア探偵社 亡霊ホテル』 川北亮司作，大井知美画 理論社 2007.3 146p 18cm （フォア文庫） 560円 ①978-4-652-07478-7
内容 桜並木が美しい、山奥の谷間。渓流ぞいに、百年の歴史をもつ温泉旅館が建っていた。その『遊人館』ホテルで、真夜中、連続事件がおきた。先代の女将の亡霊か…。マリア探偵社のカオリンたちと赤馬竜介は、全員女性客となって!? ひそかに調査開始。愛と正義のために！ カオリンの推理が冴える。痛快ユーモア・ミステリー「マリア探偵社」シリーズ。

『マリア探偵社 亡霊ホテル』 川北亮司作，大井知美画 理論社 2007.3 146p 18cm 1000円 ①978-4-652-07337-7
内容 桜並木が美しい、山奥の谷間。渓流ぞいに、百年の歴史をもつ温泉旅館が建っていた。その『遊人館』ホテルで、真夜中、連続事件がおきた。先代の女将の亡霊か…。マリア探偵社のカオリンたちと赤馬竜介は、全員女性客となって!? ひそかに調査をはじめた。愛と正義のために、カオリンの推理が冴える。

『女神の星』 川北亮司作，ふりやかよこ画 童心社 2007.3 126p 18cm （ふたごの魔法つかい） 1000円 ①978-4-494-01363-0,978-4-494-04240-1 〈「ふたごの魔法つかいと女神の星」(1993年刊)の改題〉

『夢じかん』 川北亮司作，ふりやかよこ画 童心社 2007.3 124p 18cm （ふたごの魔法つかい） 1000円 ①978-4-494-01364-7,978-4-494-04240-1 〈「ふたごの魔法つかいと夢じかん」(1994年刊)の改題〉

『恐怖のコマンド・メール─ラブユニット』 川北亮司作 金の星社 2007.1 130p 18cm （フォア文庫） 560円 ①978-4-323-09052-8 〈画：大井知美〉
内容 ある日、彩奈のケイタイに不思議なメールがきた。「楽しいことをしたい人は、アンケートに答えてね」というメッセージ

川北亮司

だった。送信者の名前は、『ラブユニット』。気がるにアンケートに答えてしまった彩奈に、やがて、恐怖のメールがとどきはじめる…。『ラブユニット』のねらいは、なんなのか⁉ ハートフル・サスペンス「ラブユニット」第一弾。

『マリア探偵社 廃墟のアルバム』 川北亮司作,大井知美画 理論社 2006.9 145p 18cm 1000円 ①4-652-07335-6
内容 カオリンたちは、超高層マンションの38階の有名なフォトグラファー、村山栄美のアトリエにかけつけた。盗まれた貴重な写真は、山奥の廃墟の村で撮られたものだ。「心霊写真」だと、声をひそめていわれたとたん、桂子はほとんど失神していた。大変だ…。愛と正義のために！ 冴えるカオリンの推理。

『マリア探偵社 廃墟のアルバム』 川北亮司作,大井知美画 理論社 2006.9 145p 18cm （フォア文庫）560円 ①4-652-07475-1
内容 カオリンたちは、超高層マンションの38階の有名なフォトグラファー、村山栄美のアトリエにかけつけた。盗まれた貴重な写真は、山奥の廃墟の村で撮られたものだ。「心霊写真」だと、声をひそめていわれたとたん、桂子はほとんど失神していた。大変だ…。愛と正義のために！ 冴えるカオリンの推理。痛快ユーモア・ミステリー「マリア探偵社」シリーズ。

『おとめ座の女神』 川北亮司作,鵺りつき画 金の星社 2006.6 172p 18cm （フォア文庫―パルサー宇宙戦記）560円 ①4-323-09047-1
内容 翔を休息させるために、パルサーが着陸したのは、おとめ座の星。翔はスピカたちと楽しい時をすごすが、そこには不気味な陰謀が…。翔たちは光を奪われた星を救えるか。

『マリア探偵社 妖怪フレンド』 川北亮司作,大井知美画 理論社 2006.3 147p 18cm （フォア文庫）560円 ①4-652-07472-7
内容 七夕が近づいたある日、小学五年生の娘・美咲が、だれかに脅されているらしいと、戸板広子はマリア探偵社をたずねた。美咲に、なにがおきたのか？ 探偵モードのカオリンの脳みそに『イジメ』『失恋』の文字が浮かんだ。変装したカオリン、将道、桂子たちは、美咲の学校へ危険な潜入調査を開始する！ 痛快ユーモア・ミステリー「マリア探偵社」シリーズ。小学校中・高学年向き。

『マリア探偵社 妖怪フレンド』 川北亮司作,大井知美画 理論社 2006.3 147p 18cm 1000円 ①4-652-07333-X
内容 七夕が近づいたある日、小学五年生の娘・美咲が、だれかに脅されているらしいと、戸板広子はマリア探偵社をたずねた。美咲に、なにがおきたのか？ 探偵モードのカオリンの脳みそに『イジメ』『失恋』の文字が浮かんだ。変装したカオリン、将道、桂子たちは、美咲の学校へ危険な潜入調査を開始する。

『みずがめ座の剣』 川北亮司作,鵺りつき画 金の星社 2006.3 165p 20cm （パルサー宇宙戦記）1200円 ①4-323-07074-8
内容 宇宙船パルサーは、地球生命体を救助するため、みずがめ座の星にワープした。だが、その星では、森林が枯れはて、人びとはたおれていた。死者の手ににぎられていた謎のメモ。金の剣、銀の壺とは、いったい何なのか…。

『おひつじ座の竜』 川北亮司作,鵺りつき画 金の星社 2005.11 156p 18cm （フォア文庫―パルサー宇宙戦記）560円 ①4-323-09043-9
内容 パルサーは、おひつじ座の星ボテインからライフパルスを受信した。奇妙な形の岩山の城に潜入した翔は、カルナパという少年に出会う。やがて、翔は、王家に隠された秘密を知るのだが…。宇宙船パルサー、地球生命体の命を救え！ スリルと感動のスペース・アドベンチャー。大好評の「パルサー宇宙戦記」シリーズ第5弾。

『ふたご座の戦士』 川北亮司作,鵺りつき画 金の星社 2005.6 156p 18cm （フォア文庫―パルサー宇宙戦記）560円 ①4-323-09039-0
内容 宇宙船パルサーはエンジンをとめて、

川崎　洋
かわさき・ひろし
《1930〜2004》

無数の岩が浮かぶ宇宙空間をただよっていた。無理に脱出しようとすると、船体への衝撃が大きく危険なのだ。だが、そのとき、大きな岩がパルサーを直撃した！　宇宙船パルサー、地球生命体の命を救え！　スリルと感動のスペース・アドベンチャー。大好評の「パルサー宇宙戦記」シリーズ第4弾！　小学校中・高学年向き。

『月夜のコマンド・メール―ラブユニット』　川北亮司作，大井知美絵　金の星社　2005.3　124p　22cm　（キッズ童話館）1200円　①4-323-05236-7
内容　彩奈にモカポンから電話が来た。ヨネばあさんのお店が大変なのだ。ヨネばあさんは、『ラブユニット』という秘密の会を作った人だ。ふたりが店に行くと、閉店のはり紙が出ていた。太一と浩二もやって来て、ラブユニットの四人のメンバーがそろった。そのとき、太一のケイタイに、コマンド・メールがとどいたのだ！　大好評の「ラブユニット」シリーズ第二弾。小学校3・4年生から。

『マリア探偵社　地獄のバスツアー』　川北亮司作，大井知美画　理論社　2005.3　163p　18cm　（フォア文庫 B302）560円　①4-652-07465-4
内容　カオリンたちは、観光バスツアーに出発してはしゃいでいた。しかし、社長の亀代だけは、緊張していた。このバスツアーの本当の目的は、呪いのわら人形がからんだ、不気味な事件の調査だったのだ！　うす暗い森の中をぬけ、ほそい坂道がつづく―と、目の前に、神社の大きな鳥居が立っていた…。痛快ユーモア・ミステリー「マリア探偵社」シリーズ。小学校中・高学年向き。

『マリア探偵社　地獄のバスツアー』　川北亮司作，大井知美画　理論社　2005.3　163p　18cm　1000円　①4-652-07330-5
内容　カオリンたちは、観光バスツアーに出発してはしゃいでいた。しかし、社長の亀代だけは、緊張していた。このバスツアーの本当の目的は、呪いのわら人形がからんだ、不気味な事件の調査だったのだ！　うす暗い森の中をぬけ、ほそい坂道がつづく―と、目の前に、神社の大きな鳥居が立っていた…。

『海があるということは―川崎洋詩集』
川崎洋著，水内喜久雄選・著，今成敏夫絵　理論社　2005.3　128p　21cm　（詩と歩こう）1400円　①4-652-03850-X
目次　いま始まる新しいいま（いま始まる新しいいま，新緑，地下水　ほか），海がある（海，遠い海，海がある　ほか），ジョギングの唄（こもりうた，抹殺，五月　ほか），愛の定義（ことば，美の遊び歌，ウソ　ほか）
内容　海を、そして人間を深く愛した詩人、川崎洋の作品を数多く収録しました。

『ワンダフルライフ―地球の詩』　飛鳥童絵，川崎洋詩　小学館　2000.1　1冊　27×22cm　1600円　①4-09-727246-2
内容　地球にはこんなにも生命が溢れている。

『ママに会いたくて生まれてきた』　川崎洋著　読売新聞社　1996.4　330p　19cm　1300円　①4-643-96045-0

『方言の原っぱ』　川崎洋著　草土文化　1990.2　191p　21cm　980円　①4-7945-0354-7

『トシオの船』　川崎洋さく，太田大八え　偕成社　1986.4　140p　22cm　（創作こどもクラブ）780円　①4-03-530150-7
内容　小さな島ほどもある船にのって、トシオは、船長やカオルたちといっしょに夢の国ニライカナイをめざす。竜にであい、かずかずの危機をのりこえて、ゆくてになにがまちうけているかわからない航海はつづく。

『しかられた神さま―川崎洋少年詩集』
川崎洋著，杉浦範茂絵　理論社　1981.12　141p　21cm　（詩の散歩道）1500円

『ぼうしをかぶったオニの子』　川崎洋作，

```
川端　康成
かわばた・やすなり
《1899〜1972》
```

『伊豆の踊子』　川端康成作，名取満四郎画　金の星社　2012.1　298p　18cm　（フォア文庫）　660円　①978-4-323-01012-0　〈第15刷〉
目次　伊豆の踊子，母の初恋，十六歳の日記，花のワルツ
内容　旧制高校生である「私」は、孤独を抱いてひとり伊豆の旅に出る。偶然旅芸人の一行とみちづれになり、私は美しい踊子にひかれてゆく。下田に発つ日、踊子が自分のことを「いい人ね」というのを聞く。その明るい物言いに、私は、自分をいい人だと素直に感じることができた―。表題作の他、『母の初恋』『十六歳の日記』『花のワルツ』を収録。

『伊豆の踊子　野菊の墓』　川端康成，伊藤左千夫作，牧村久実絵　講談社　2011.5　162p　18cm　（講談社青い鳥文庫 154-2）　580円　①978-4-06-285217-3
目次　伊豆の踊子，野菊の墓
内容　「初恋」は清く、せつなく、美しいもの―。日本の文学史上に燦然と輝く2作品を、牧村久実先生の挿絵で。伊豆を旅する旅回りの踊り子と、一人の男子学生の淡い初恋を描いた『伊豆の踊子』。もうすぐ都会の学校へ行ってしまう政夫と、いとこの民子の一途な思いを描いた『野菊の墓』。時間がたってもけっして色あせない、初恋の物語を2編収録。小学上級から。

『21世紀版少年少女日本文学館　9　伊豆の踊子・泣虫小僧』　川端康成，林芙美子著　講談社　2009.2　277p　20cm　1400円　①978-4-06-282659-4　〈年譜あり〉
目次　伊豆の踊子（川端康成），百日堂先生（川端康成），掌の小説・抄（川端康成），風琴と魚の町（林芙美子），泣虫小僧（林芙美子）
内容　二十歳の私が、一人旅をする伊豆で出会った踊子へ抱いた淡い思慕。無垢な青春の哀傷を描いたノーベル文学賞作家・川端康成の「伊豆の踊子」ほか、貧しい現実を見つめながらも、明るさを失わない独自の作風で愛された林芙美子の「泣虫小僧」などを収録。ふりがなと行間注で、最後までスラスラ。児童向け文学全集の決定版。

```
川端　律子
かわばた・りつこ
《1919〜》
```

『日照時間―川端律子詩集』　川端律子著　川崎　てらいんく　2009.12　87p　22cm　（子ども詩のポケット 38）　1400円　①978-4-86261-064-5

『地球の星の上で―川端律子詩集』　川端律子詩，若山憲絵　教育出版センター　1997.2　95p　22cm　（ジュニア・ポエム双書 121）　1200円　①4-7632-4340-3　〈企画編集：銀の鈴社〉

```
神沢　利子
かんざわ・としこ
《1924〜》
```

『神沢利子のおはなしの時間　5』　神沢利子作，かわかみたかこ絵　ポプラ社　2011.3　138p　21cm　1200円　①978-4-591-12284-6
目次　こねこのルナ，リコとコブタのはなし，わたしのおうち，いいことってどんなこと，キミちゃんとカッパのはなし，バーブとおばあちゃん，ゆうくんとぼうし，パパがくまになるとき

『神沢利子のおはなしの時間　4』　神沢利子作，はたこうしろう絵　ポプラ社　2011.3　138p　21cm　1200円　①978-

神沢利子

4-591-12283-9
|目次| ふらいぱんじいさん，みるくぱんぼうや，はらぺこおなべ，チコと雪のあひる，しあわせなワニくん

『神沢利子のおはなしの時間 3』 神沢利子作，あべ弘士絵 ポプラ社 2011.3 146p 21cm 1200円 ①978-4-591-12282-2
|目次| いたずらラッコのロッコ，うさぎのモコ，ゴリラのりらちゃん

『神沢利子のおはなしの時間 2』 神沢利子作，片山健絵 ポプラ社 2011.3 138p 21cm 1200円 ①978-4-591-12281-5
|目次| あなぐまのなあくん，となりのモリタ，くまの子まこちゃん

『神沢利子のおはなしの時間 1』 神沢利子作，井上洋介絵 ポプラ社 2011.3 146p 21cm 1200円 ①978-4-591-12280-8
|目次| ウーフはおしっこでできてるか??，ちょうちょだけになぜなくの，おっことさないものなんだ？，???，くま一ぴきぶんはねずみ百ぴきぶんか，おかあさんおめでとう，ウーフはあかちゃんみつけたよ，ぴかぴかのウーフ，たんじょう会みたいな日

『ゴリラのごるちゃん』 神沢利子作，あべ弘士絵 ポプラ社 2010.5 70p 21cm （ポプラちいさなおはなし 37） 900円 ①978-4-591-11820-7
|内容| 「これがおとうとのごるちゃんよ。」おとうとがうまれて、ゴリラのりらちゃんはおねえちゃんになりました。りらちゃんはうれしくて、ごるちゃんをだっこして、おさんぽにでかけますが、オウムのまーこがやってきて…？ おさないゴリラの姉弟のよろこびあふれる日々―『くまの子ウーフ』の神沢利子、待望の新作。

『ぷぶぷうプウタもくろパンツ』 神沢利子作，久本直子絵 講談社 2009.4 73p 22cm （どうわがいっぱい 76） 1100円 ①978-4-06-198176-8
|内容| きゅうしょくもかけっこもなんでもおそいキイコちゃん。あるときすべりだいで

あそんでいたらプウタとごっつんこして…。小学一年生から。

『立たされた日の手紙―神沢利子詩集』 神沢利子作，宇野亜喜良絵 理論社 2008.7 141p 21cm （詩の風景） 1400円 ①978-4-652-03863-5
|目次| 1 表札（オギャーヤッホー，立たされた日の手紙 ほか），2 おひるねねこちゃん（ちいさくなって，おひるねねこちゃん ほか），3 青のランプ（はる，五月 ほか），4 銀河（春の星，食膳 ほか），5 門出の夜に（俳句（十二句），りんご ほか）
|内容| 少女はおばあさんになったけれど，詩の心は凛としてみずみずしい。神沢利子、10代から80代の未刊の少年・少女詩を収録。

『ぷぶぷうプウタは一年生』 神沢利子作，久本直子絵 講談社 2008.3 76p 22cm （どうわがいっぱい 70） 1100円 ①978-4-06-198170-6
|内容| こぶた小学校の一年生は、みんなげんき。いろんなともだちがいっぱいだ。なにをやってもめだたない、ちびのプウタは、うんどうがにがて。だけど、かっこいいとこみせたくて、てつぼうやってみたけれど…。小学1年生から。

『ぷぶぷうプウタのすてきなみみ』 神沢利子作，久本直子絵 講談社 2007.6 76p 22cm （どうわがいっぱい 65） 1100円 ①978-4-06-198165-2
|内容| こぶたのプウタはお母さんにいいました。「ねえなんかいた？ ぼくの耳のなかに、てんとうむしとか、あのさ、ひょっとすると、こびとかなんか…」。小学校1年生から。

『タランの白鳥』 神沢利子作，大島哲以画 福音館書店 2007.3 193p 17cm （福音館文庫） 650円 ①978-4-8340-2261-2
|内容| タランの湖底に沈む青い玉、それはモコトルの父祖が退治した大トドの片目だという。「わしはタランの湖の底、泥に埋もれし青い玉。わしをさがし、ひろいあげてまつれ。さすればやがて大地の水もひき、タランの村によき日がおとずれよう」その役目が、いまモコトルに命じられた。少年少女に送る愛と甦りの物語。

『こぶたのブウタ』　神沢利子文・え　復刻版　理論社　2006.3　107p　23cm　1200円　①4-652-01202-0〈原本：1971年刊〉
内容　こぶたのブウタは、くいしんぼうで知りたがりや。「たまごのからをわらないで、まあるいきみを、どうやって入れたの？」ある日、めんどりにききました。そんなブウタが、はいいろの毛のおおかみのうちにつれていかれて…。いのちの尊さ、深さを子どもに問いかけるメルヘンの世界。

『空色のたまごは』　神沢利子著　あかね書房　2006.2　285p　20cm　（神沢利子コレクション　普及版 5）　1700円　①4-251-03045-1〈画：山内ふじ江〉
目次　誕生日、むかしむかしおばあちゃんは、空色のたまご、いないいないばあや、さようなら熊、川のうた、白鳥

『おなべの星と天のくぎ』　神沢利子著　あかね書房　2006.1　245p　20cm（神沢利子コレクション　普及版 3）　1500円　①4-251-03043-5〈画：長新太〉
目次　天のくぎをうちにいったはりっこ、ヌーチェのぼうけん、いたずらラッコのロッコ

『おはなしバスケット』　神沢利子著　あかね書房　2006.1　235p　20cm　（神沢利子コレクション　普及版 4）1500円　①4-251-03044-3〈画：田畑精一ほか〉
目次　かくれんぼ、わたしのおうち、こねこのルナ、テーブルの下から、マナちゃんとくまとりんごの木、キミちゃんとカッパのはなし、空いろのことり、あさ・ひる・ばん、麦わらのうた、パパがくまになるとき、雪のくま

『毛皮をきたともだち』　神沢利子著，井上洋介，片山健，渡辺洋二絵　普及版　あかね書房　2005.12　243p　19cm（神沢利子コレクション 1）　1500円　①4-251-03041-9
目次　あなぐまのなあくん、うさぎのモコ、くまの子ウーフ、バーブとおばあちゃん、たんじょう日をさがせ、となりのモリタ、ゆきがくる、ぽとんぽとんはなんのおと

『とおくへ！』　神沢利子著，佐野洋子画　普及版　あかね書房　2005.12　229p　19cm　（神沢利子コレクション 2）　1500円　①4-251-03042-7
目次　もじゃもじゃあたまのナナちゃん、チコと雪のあひる、みるくぱんぼうや、ふらいぱんじいさん、はらぺこおなべ、あなじゃくしのおたまちゃん、ちびのめんどり、リコとコブタのはなし、こねこちゃんはどこへ

『うさぎのモコ』　神沢利子作　ポプラ社　2005.10　190p　18cm　（ポプラポケット文庫　001-4）　570円　①4-591-08873-1〈絵：渡辺洋二　1978年刊の新装改訂〉
目次　うさぎのモコ、うさぎのモコつづきのお話、はねるの好きな子、ゆきの中の白い白いうさぎたち、はねるのだいすき
内容　ぽーんぽーんぽーん、元気な子うさぎのモコはとぶのがだいすき。山のてっぺんでとびあがったら、海が見えるかな？　なかよしのミミちゃんとぽーん。もぐらのグラさんになにが見えたかおしえてあげよう！―表題作ほか四編を収録。

『ウーフとツネタとミミちゃんと』　神沢利子作　ポプラ社　2005.10　174p　18cm　（ポプラポケット文庫 001-3―くまの子ウーフの童話集）　570円　①4-591-08872-3
目次　ゆでたまごまーだ、うさぎの花、きょうはいい日、まいごのまいごのフーとクー、ウーフの海水よく、赤いそりにのったウーフ、かあちゃんのカレーは日本一、まかしときっきのキンピラゴボウ、たんじょう会みたいな日

『くまの子ウーフ』　神沢利子作　ポプラ社　2005.10　158p　18cm　（ポプラポケット文庫 001-1―くまの子ウーフの童話集）　570円　①4-591-08870-7〈絵：井上洋介〉
目次　さかなにはなぜしたがない、ウーフはおしっこでできてるか??、いざというときってどんなとき？、きつつきのみつけたから、ちょうちょだけになぜなくの、たからがふえるといそがしい、おっことさない

ものなんだ？，???，くま一ぴきぶんはねずみ百ぴきぶんか
[内容] ぼくはくまの子。うーふーってうなるから、名前がくまの子ウーフ。あそぶのがだいすき、なめるのとたべるのがだいすき。それから、いろんなことをかんがえるのもね。どんなことかって？ うーふー、さあよんでみてくれよ。

『こんにちはウーフ』 神沢利子作 ポプラ社 2005.10 166p 18cm （ポプラポケット文庫 001-2―くまの子ウーフの童話集）570円 ①4-591-08871-5〈絵：井上洋介〉
[内容] ぼくはくまの子ウーフ。うまれたときはポケットにはいるくらいのあかちゃんだったって。いまはもしゃもしゃ毛のこーんなに大きなくまの子だい。

『ゴリラのりらちゃん』 神沢利子作，あべ弘士絵 ポプラ社 2005.5 78p 22cm （おはなしボンボン 25）900円 ①4-591-07807-8
[内容] いいものがふってきた。てんからふってきたたからもの。それはかわいいりらちゃんだ。とってもおおきなゴリラのおとうさんとちいさなりらちゃんのぴかぴかのまいにち。

菊池 寛
きくち・かん
《1888～1948》

『心の王冠』 菊池寛著 真珠書院 2013.6 239p 19cm （パール文庫）800円 ①978-4-88009-600-1〈「少年小説大系 第25巻」（三一書房 1993年刊）の抜粋〉
[内容] 貧しいけれど、美しく可憐な少女町子。同級生で高慢な性格の典子の陰湿な嫌がらせにもめげることなく、強い意志で自分の夢をかなえていく。

『一郎次、二郎次、三郎次』 菊池寛著，赤い鳥の会編，田代三善絵 小峰書店 1982.9 63p 22cm （赤い鳥名作童話）780円 ①4-338-04805-0

『三人兄弟』 こさかしげる画，菊池寛著 あかね書房 1981.5 227p 22cm （日本児童文学名作選 15）980円〈解説：菅忠道 図版〉
[目次] 三人兄弟〔ほか9編〕

『恩讐の彼方に』 菊池寛作，川田清実え 集英社 1975 300p 20cm （日本の文学 ジュニア版 34）

『恩讐の彼方に』 菊池寛文，須田寿絵 偕成社 1970 312p 19cm （ホーム・スクール版 日本の文学 40）

『心の王冠』 菊池寛文，武部本一郎絵 ポプラ社 1967 270p 19cm （ジュニア小説シリーズ 15）

『父帰る 恩讐の彼方に』 菊池寛文，加藤敏郎絵 ポプラ社 1966 310p 20cm （アイドル・ブックス 35）

『恩讐の彼方に』 菊池寛文，須田寿絵 偕成社 1965 310p 19cm （日本文学名作選 ジュニア版 25）

『三人兄弟』 菊池寛文，小坂茂絵 あかね書房 1965 234p 22cm （日本童話名作選集 10）

『三人兄弟』 菊池寛文，太田大八絵 偕成社 1965 176p 23cm （新日本児童文学選 8）

『菊池寛名作集』 菊池寛文，御正伸絵 偕成社 1963 308p 23cm （少年少女現代日本文学全集 13）

『三人兄弟』 菊池寛文，小坂茂絵 三十書房 1962 234p 22cm （日本童話名作選集 10）

『心の王冠』 菊池寛文，辰巳まさ江絵 ポプラ社 1961 235p 22cm （少女小説名作全集 14）

『菊池寛集』 菊池寛文 東西五月社 1960 164p 22cm （少年少女日本文

『菊池寛集』 菊池寛文,斎藤喜門編 新紀元社 1956 283p 18cm (中学生文学全集 13)

『菊池寛名作集』 菊池寛文,瀬沼茂樹編,御正伸絵 あかね書房 1956 253p 22cm (少年少女日本文学選集 15)

『三人兄弟』 菊池寛文,松野一夫絵 三十書房 1953 216p 22cm (日本童話名作選集)

『珠を争う』 菊池寛文,糸井俊二絵 ポプラ社 1951 290p 19cm

岸田　衿子
きしだ・えりこ
《1929〜》

『たいせつな一日—岸田衿子詩集』 岸田衿子著,水内喜久雄選・著,古矢一穂絵 理論社 2005.3 123p 21cm (詩と歩こう) 1400円 ①4-652-03849-6
目次 だれもいそがない村(だれもいそがない村,空にかざして ほか),十二か月の窓(冬の林—一月,スノードロップ—二月 ほか),なぜ花はいつも(小鳥が一つずつ,一生おなじ歌を歌い続けるのは ほか),たいせつな一日(かぜとかざぐるま,かぜと木 ほか)
内容 優しく導くような言葉を紡ぎ出す詩人、岸田衿子の選び抜かれた全51編。子どもたちから大人まで、すべての人に読んでもらいたい…そんな想いをこめて贈ります。

『ジオジオのたんじょうび』 岸田衿子作,中谷千代子絵 あかね書房 1999.4 90p 21cm 950円 ①4-251-00650-X
内容 らいおんのジオジオは、せかいじゅうでいちばんおかしがだいすき。七十さいのたんじょうびのおいわいに、ケーキをちゅうもんしました。そのケーキは、とくべつおおきいこと、とくべつおいしいこと、いろんなきのみやくだものをたくさんつかって、あじとかおりをよくすること。さあたいへん！ どうぶつたちは、ざいりょうあつめにおおいそがし。5〜7歳向。

『ジオジオのパンやさん』 岸田衿子作,中谷千代子画 あかね書房 1999.4 77p 21cm 950円 ①4-251-03535-6
内容 らいおんのジオジオがパンやさんをひらきました。しまうまパンにきりんパン、どせいパンにほうきぼしパン、ひなぎくパンにはちみつパン。どうぶつたちは、ジオジオのやくパンがだいすき。

『へんなかくれんぼ—子どもの季節とあそびのうた』 岸田衿子詩,織茂恭子絵 のら書店 1990.7 101p 20cm 980円 ①4-931129-62-5
目次 おぼえてるかな,とんとんとーもろこし,くりひろい,りんりりん

『だれもいそがない村』 岸田衿子詩,中谷千代子絵 教育出版センター 1980.12 132p 22cm (ジュニア・ポエム双書) 1000円

『ジオジオのパンやさん』 岸田衿子作,中谷千代子画 あかね書房 1975 78p 23cm (あかね新作幼年童話 15)

『ジオジオのたんじょうび』 岸田衿子作,中谷千代子絵 あかね書房 1970 90p 22cm (日本の創作幼年童話 20)

『ひとこぶらくだがまっていた』 岸田衿子文,長新太絵 小峯書店 1968 78p 27cm (創作幼年童話 18)

北原　白秋
きたはら・はくしゅう
《1885〜1942》

『日本語を味わう名詩入門 7 北原白秋』 北原白秋著,萩原昌好編,メグホソキ画 あすなろ書房 2011.10 87p 20cm 1500円 ①978-4-7515-2647-7
目次 「わが生いたち」より,空に真っ赤な,片恋,海雀,薔薇二曲,雪に立つ竹,雪後,

雪後の声，庭の一部，雀よ，風，落葉松，露，あてのない消息，言葉，五十音，空威張，赤い鳥小鳥〔ほか〕
[内容] 雑誌「赤い鳥」に創刊から関わり，「赤い鳥小鳥」など，今なお歌いつがれる，多くの童謡を残した北原白秋。詩，短歌，童謡と幅広い分野で活躍した詩人の代表作をわかりやすく紹介します。

『とんぼの眼玉』　北原白秋著　日本図書センター　2006.4　131p　21cm　（わくわく！　名作童話館　2）　2400円
①4-284-70019-7〈画：清水良雄ほか〉
[目次] 蜻蛉の眼玉，夕焼とんぼ，八百屋さん，お祭，のろまのお医者，ほうほう螢，鳩の浮巣，金魚，雨

紀　貫之
きの・つらゆき
《872頃～946頃》

『土佐日記』　紀貫之作，市毛勝雄監修，西山悦子やく　明治図書出版　2007.3　32p　21cm　（朝の読書日本の古典を楽しもう！　4）　①978-4-18-329811-9

木下　順二
きのした・じゅんじ
《1914～2006》

『21世紀版少年少女日本文学館　13　ごんぎつね・夕鶴』　新美南吉，木下順二著　講談社　2009.3　247p　20cm　1400円
①978-4-06-282663-1〈年譜あり〉
[目次] 新美南吉（ごんぎつね，手袋を買いに，赤い蠟燭，ごんごろ鐘，おじいさんのランプ，牛をつないだ椿の木，花のき村と盗人たち），木下順二（夕鶴，木竜うるし，山の背くらべ，夢見小僧）
[内容] ひとりぼっちの子ぎつねごんは川の中でうなぎをとる兵十をみてちょいと，いたずらを…。豊かな情感が読後にわき起こる新美南吉の「ごんぎつね」のほか，鶴の恩返しの物語を美しい戯曲にした木下順二の「夕鶴」など十一作を収録。

『わらしべ長者―日本の民話二十二編』　木下順二作　新装版　岩波書店　2003.5　357p　20cm　（岩波世界児童文学集）
①4-00-115715-2
[目次] かにむかし，ツブむすこ，こぶとり，腰折れすずめ，ガニガニコソコソ，見るなのざしき，豆こばなし，わらしべ長者，大工と鬼六，あとかくしの雪，瓜コ姫コとアマンジャク，ききみみずきん，なら梨とり，うばっ皮，木竜うるし，みそ買い橋，たぬきと山伏，びんほうがみ，山のせいくらべ，彦市ばなし，三年寝太郎，天人女房

『わらしべ長者―日本民話選』　木下順二作，赤羽末吉画　岩波書店　2000.8　383p　18cm　（岩波少年文庫）　760円
①4-00-114057-8
[目次] かにむかし―さるかに，ツブむすこ，こぶとり，腰折れすずめ，ガニガニコソコソ，見るなのざしき，豆こばなし，わらしべ長者，大工と鬼六，あとかくしの雪，瓜コ姫コとアマンジャク，ききみみずきん，なら梨とり，うばっ皮，木竜うるし，みそ買い橋，たぬきと山伏，びんほうがみ，山のせいくらべ，彦一ばなし，三年寝太郎，天人女房
[内容] 昔から人びとの間に語りつがれてきた民話を，その語り口をいかして再話。おなじみの「かにむかし」「こぶとり」「彦市ばなし」をはじめ，味わいぶかい「天人女房」「あとかくしの雪」など22編を収める。

『夕鶴・彦市ばなし―おんにょろ盛衰記，他三編』　木下順二著　旺文社　1997.4　300p　18cm　（愛と青春の名作集）　950円

『わらしべ長者―日本の民話二十二編』　木下順二作　岩波書店　1994.2　357p　20cm　（岩波世界児童文学集　15）　1600円　①4-00-115715-2
[目次] かにむかし―さるかに，ツブむすこ，こぶとり，腰折れすずめ，ガニガニコソコソ，見るなのざしき，豆こばなし，わらしべ長者，大工と鬼六，あとかくしの雪，瓜コ姫コとアマンジャク，ききみみずきん，なら梨とり，うばっ皮，木竜うるし，みそ買い橋，

たぬきと山伏，びんぼうがみ，山のせいくらべ，彦市ばなし，三年寝太郎，天人女房
[内容] わたしたちの祖先の生活の知恵や深い愛情がこめられた民話のなかから，かにむかしやこぶとりなど代表作二十二編を美しい文で再現。

『夕鶴』 木下順二作，かみやしん画 金の星社 1980.8 283p 18cm （フォア文庫）430円

『夕鶴・彦市ばなし』 木下順二著 偕成社 1978.12 242p 19cm （偕成社文庫）390円

『夕鶴』 木下順二著 ポプラ社 1978.7 197p 18cm （ポプラ社文庫）390円

『夕鶴』 木下順二著，上矢津絵 金の星社 1974 298p 20cm （ジュニア版日本の文学 10）

『夕鶴 彦市ばなし』 木下順二文，岡野和絵 偕成社 1966 176p 23cm （新日本児童文学選 14）

『木下順二名作集』 木下順二文，岡野和絵 偕成社 1965 310p 23cm （少年少女現代日本文学全集 39）

『わらしべ長者—日本の民話22編』 木下順二文，赤羽末吉絵 岩波書店 1962 340p 23cm

『木下順二集』 木下順二作，織田音也絵 ポプラ社 1960 309p 22cm （新日本少年少女文学全集 34）

『日本民話選』 木下順二文，吉井忠絵 岩波書店 1958 262p 18cm （岩波少年文庫 179）

儀府　成一
ぎふ・せいいち
《1909～2001》

『リルラの手袋』 儀府成一著，市瀬淑子絵 未知谷 2011.11 127p 20cm 1600円 ①978-4-89642-358-7
[目次] 口笛ドルニョオン，リルラの手袋，河馬の名刺

『終着駅の小鳥たち』 儀府成一作，中島保彦え 理論社 1976.4 204p 22cm （つのぶえシリーズ）920円

『お菓子の話—儀府成一少年詩集』 儀府成一文，中島保彦絵 理論社 1975 141p 23cm （現代少年詩プレゼント）

『雪いろのペガサス』 儀府成一作，中島保彦え 理論社 1974 245p 23cm （Junior Library）

木村　裕一
きむら・ゆういち
《1948～》

『きむらゆういちおはなしのへや　5』 きむらゆういち作，はたこうしろう絵 ポプラ社 2012.3 146p 21cm 1200円 ①978-4-591-12760-5
[目次] あしたのねこ，はしれ！　ウリくん，いつもぶうたれネコ，ひとりぼっちのアヒル，風切る翼，うそつきいたちのプウタ，モグルはかせのひらめきマシーン，シチューはさめたけど，すごいよねずみくん，コロコロちゃんはおいしそう，あめあがり
[内容] いつも近くにいるひとを，遠くかんじてしまったり，はじめて会ったひとを，なつかしくかんじたり…。ひととひとのつながりは，ふしぎがいっぱい。下をむいちゃうような日も，空をとんでる気分の日も，ここちよいむすびつきが広がる，「おはなしのへや5」。

『きむらゆういちおはなしのへや　4』 きむらゆういち作，ささめやゆき絵 ポプラ社 2012.3 147p 21cm 1200円 ①978-4-591-12759-9
[目次] ごあいさつはすごいぞ，ちょっとタイムくん，かいじゅうでんとう，でたぞ！　かいじゅうでんとう，またまたかいじゅうで

んとう，アイスクリームがなんだ！，どうぶつニュースのじかんです
[内容] まじょにオオカミにかいじゅう…。出会っただけでドキドキしちゃう，そんなともだちとの毎日はどんなふうでしょう。なかよくなれるかな？ けんかしちゃうかな？ ふしぎなともだちとの楽しい世界が広がる，「おはなしのへや4」。

『きむらゆういちおはなしのへや 3』 きむらゆういち作，田島征三絵 ポプラ社 2012.3 147p 21cm 1200円 ①978-4-591-12758-2
[目次] オオカミグーのはずかしいひみつ，こぞうのパウのたびだち，こぞうのパウのだいぼうけん，こぞうのパウのたたかい，いいかげんにしないか，いやだ！ いやだ！
[内容] たとえ，ちがうしゅるいどうしだとしても，たとえ，会えない時間がすぎていったとしても，ずっとずっと親と子で，ずっとずっとつながっていて…。親子のあたたかなきずなが広がる，「おはなしのへや3」。

『きむらゆういちおはなしのへや 2』 きむらゆういち作，高畠純絵 ポプラ社 2012.3 147p 21cm 1200円 ①978-4-591-12757-5
[目次] だだっこライオン，ぼくだってライオン，やっとライオン，へんしんぶうたん！ ぶたにへんしん！，へんしんぶうたん！ ライオンマンたんじょう！，へんしんぶうたん！ ぼくだけライオン
[内容] 「どうぶつの王さま」とよばれるライオン。その名前だけで，こわがるまわりのみんな…。だから，ライオンはしんぱいもなく，毎日しあわせ？ というと，どうやらそうでもないようす…。強いといわれるもの，の，なやみやおかしみが広がる，「おはなしのへや2」。

『きむらゆういちおはなしのへや 1』 きむらゆういち作，あべ弘士絵 ポプラ社 2012.3 146p 21cm 1200円 ①978-4-591-12756-8
[目次] あらしのよるに，しろいやみのはてで，今夜は食べほうだい！—おおかみ・ゴンノスケの腹ペコ日記，もしかして先生はおおかみ!?，にげだしたおやつ，こぶたのポーくん おっとあぶないペロペロキャンディ，

こぶたのポーくん 3じのおやつはきょうふのじかん
[内容] オオカミとヤギ，オオカミとウサギ，オオカミとブタ…。ほんとうならば，けっしてなかよくなれないかんけい。けれど，ひょんな出会い，ちょっとしたできごとから，あいてがぐっと近いそんざいになることも…。敵と味方の，ハラハラドキドキする世界が広がる，「おはなしのへや1」。

『うさぎを食べないわけ』 きむらゆういち作，山下ケンジ絵 講談社 2011.7 56p 20cm （おおかみ・ゴンノスケの腹ペコ日記）1000円 ①978-4-06-217004-8
[内容] おおかみがうさぎを食べない、そのわけは…!? 腹ペコおおかみと、賢いうさぎのとっても楽しい2人劇。

『ロボロボーロンとゆかいなおてつだいロボット』 きむらゆういち作，中山大輔絵，西田シャトナー原案 小学館 2011.4 158p 21cm 1200円 ①978-4-09-289730-4
[内容] アイロンロボットのロン、お料理ロボットのグルメ、子もりロボットのララ…。ロボットショーにだす、最新のおてつだいロボットたちが、ロボロボが、とつぜん消えてなくなっちゃった!! さあ、ロボロボの大冒険のはじまりだ。

『うさぎは食べごろ』 きむらゆういち作，山下ケンジ絵 講談社 2011.3 56p 20cm （おおかみ・ゴンノスケの腹ペコ日記）1000円 ①978-4-06-216839-7
[内容] 生まれてはじめて、うさぎから「だいすきよ」なんて言われて、まいあがるおおかみ・ゴンノスケ。おおかみとうさぎの恋のゆくえは…。

『たれ耳おおかみのジョン』 きむらゆういち作，高畠那生絵 主婦の友社 2011.1 158p 22cm 1400円 ①978-4-07-275889-2
[内容] 強くてかっこいい、おおかみにあこがれるたれ耳犬のジョン。家から飛び出して、目指すはおおかみたちがいるあの森。さあ、大ぼうけんのはじまりだ。感動のファン

木村裕一

タジー。

『すごいうさぎに気をつけろ』 きむらゆういち作，山下ケンジ絵　講談社　2010.3　56p　20cm　(おおかみ・ゴンノスケの腹ペコ日記)　1000円　①978-4-06-216057-5
内容 うさぎが大こうぶつのゴンノスケ。でも、いつもいつも、きぼうどおりのうさぎがあらわれるとはかぎらない…。クスッと笑えてホロッと泣けるうさぎとおおかみの2人劇。大きくて強引な"すごいうさぎ"に言い寄られて、おおかみのゴンノスケは!?

『ボクは山ねこシュー　はじめまして人間たち』 きむらゆういち作・絵　角川学芸出版　2010.3　141p　22cm　(カドカワ学芸児童名作)　1300円　①978-4-04-653401-9〈発売：角川グループパブリッシング〉
内容 人間の暮らしって、実は、とっても変!?　大自然から来た山ねこが都会で大ぼうけん。

『気がつけばカラス』 きむらゆういち作，織茂恭子絵　佼成出版社　2009.10　96p　22cm　(どうわのとびらシリーズ)　1300円　①978-4-333-02393-6
内容 思いがけず、カラスになってしまったボク。カラスの目線で人間社会を見てみたら、今まで見えなかったものが見えてきた―。小学校3年生から。

『やっとライオン』 きむらゆういち作，中谷靖彦絵　小学館　2009.6　60p　21cm　(すきすきレインボー)　1000円　①978-4-09-289782-3
内容 ビクビク森のライオンは、ものすごくよわ虫で、ゴキブリを見ただけでふるえあがるほどです。ある日、森のみんなにけしかけられてトラとたたかうことになりました。さあ、どうしよう～。

『うさぎなんて食べたくない』 きむらゆういち作，山下ケンジ絵　講談社　2008.10　56p　20cm　(おおかみ・ゴンノスケの腹ペコ日記)　1000円　①978-4-06-215038-5
内容 いつもうさぎににげられ、くやしいゴンノスケ。もううさぎなんて追いかけない！と決めたら…、あら？　かえって、うさぎがよってきて。

『へんしんぶうたん！　ぼくだけライオン』 きむらゆういち作，きたがわめぐみ絵　ポプラ社　2008.2　78p　21cm　(ポプラちいさなおはなし　17―へんしんぶうたん！　3)　900円　①978-4-591-10171-1
内容 こんにちは。ぼく、ぶたのぶうたんです。え？　ライオンにみえるって？　うん…。だって、ぼく、ないしょだけど、ほんとはライオンなんだもの。でもね、かぞくもともだちもやさしくて、ぼく、とってもしあわせ！　…だったんだ。そう、あのひまでは…。小学校低学年向。

『おじょうさまうさぎに気をつけろ』 きむらゆういち作，山下ケンジ絵　講談社　2007.9　56p　20cm　(おおかみ・ゴンノスケの腹ペコ日記)　1000円　①978-4-06-214298-4
内容 おおかみを見たことがないおじょうさまうさぎが、目のまえに…。こんなにおいしい話って、あり!?いつもうさぎを食べそこねてばかりのおおかみ・ゴンノスケ、人生最大のチャンスです。

『へんしんぶうたん！　ライオンマンたんじょう！』 きむらゆういち作，きたがわめぐみ絵　ポプラ社　2007.8　80p　21cm　(ポプラちいさなおはなし　9―へんしんぶうたん！　2)　900円　①978-4-591-09888-2
内容 こんにちは。ぼく、ぶたのぶうたんです。いまね、ちょっとふてくされてるの。だって、だって、きょうだいもともだちも、ぼくをなかまはずれにするみたいに、こそこそ…なんかへんなんだよ。それって、ぼくが、ほんとはぶたじゃなくて、ライオンだからなの!?　小学校低学年向。

『テツガクうさぎに気をつけろ』 きむらゆういち作，山下ケンジ絵　講談社　2007.1　56p　20cm　(おおかみ・ゴンノスケの腹ペコ日記)　1000円　①978-

4-06-213809-3
[内容] "テツガクのあるおおかみ"になれば、もう、うさぎなんか食べほうだい…!?「あらしのよるに」のきむらゆういち、最新シリーズ！待望の第3弾!! うさぎにふりまわされるおおかみ・ゴンノスケのちょっとなさけなくて、グフッと笑えるおはなし。

『へんしんぶうたん！ ぶたにへんしん！』 きむらゆういち作，きたがわめぐみ絵 ポプラ社 2007.1 76p 21cm （ポプラちいさなおはなし 2） 900円 ①978-4-591-09567-6
[内容] はじめまして。ぼく、ぶたのぶうたんです。ぶたのママときょうだいたちとくらしているよ。とってもしあわせ！ …だったんだけど…。ぼくにはびっくりのひみつがあったんだねえ、みんな、きいてくれる？ 小学校低学年向。

『涙のタイムトラベル—事件ハンターマリモ』 きむらゆういち作 金の星社 2006.5 164p 18cm （フォア文庫） 560円 ①4-323-09046-3〈絵：三村久美子〉
[内容] マリモとケイタは秘密の地下室で、古びた柱時計の文字盤の下にとびらを見つけた。その奥には操縦席がある。赤く光るボタンを押すと、ふたりは光に包まれた。気がつくとそこは…。パパの秘密を知ってしまったマリモとケイタは、悪いやつらに追いかけられ、絶体絶命のピンチ！ はらはらドキドキの、おもしろミステリー。「マリモ」第六弾、感動のクライマックス！ 小学校中・高学年向。

『まんげつのよるに』 木村裕一作，あべ弘士絵 講談社 2005.11 64p 20×16cm （シリーズあらしのよるに 7） 1000円 ①4-06-252878-9
[内容] オオカミのガブとヤギのメイがたどりついたのは希望の森か、それとも哀しみのはてなのか…。

『光れ！ アタッシュケース—事件ハンターマリモ』 きむらゆういち作 金の星社 2005.10 148p 18cm （フォア文庫） 560円 ①4-323-09040-4〈画：三村久美子〉
[内容] 秘密の地下室で二つのアタッシュケースを発見したマリモは「これはマジックボックスよ」といって、一つはケイタに預け、青森に行く。だが、怪しいカラオケ道場の実態を知り、監禁されてしまう…。マリモの命が危ない！ そのとき、アタッシュケースが光った！ はらはらドキドキの、おもしろミステリー。大好評「事件ハンターマリモ」シリーズ第五弾。小学校中・高学年対象。

『ひみつのケイタイ—事件ハンターマリモ』 きむらゆういち作，三村久美子画 金の星社 2005.3 189p 20cm 1100円 ①4-323-07061-6
[内容] マリモのクラスに転校生のリュウが入ってきた。リュウの家は大きくて豪華だが、どこか変だ。ひみつの地下室で、人の心の声を聞けるふしぎなケイタイを見つけたマリモは、真相を知った。みんなの命が危ない！ 女の子も男の子も、読みはじめたら止まらない。はらはらドキドキの連続、ノンストップ・おもしろミステリー。

『メモリーカードのなぞ—事件ハンターマリモ』 きむらゆういち作，三村久美子画 金の星社 2005.3 158p 18cm （フォア文庫 B287） 560円 ①4-323-09034-X
[内容] 交差点で高校生にぶつかり、ケイタイを落としたことがきっかけで、マリモとケイタは犯罪組織の秘密を知ってしまう。命をねらわれ、絶体絶命のピンチに！ パパ、助けて…。小学校中・高学年向き。

『うさぎのおいしい食べ方』 きむらゆういち作，山下ケンジ絵 講談社 2003.4 56p 20cm （おおかみ・ゴンノスケの腹ペコ日記） 1000円 ①4-06-211843-2
[内容] うさぎをつかまえたからって、すぐに食べられるとはかぎらない。おおかみとうさぎのおもしろくて、ちょっとなさけないおはなし。

『今夜は食べほうだい！』 きむらゆういち作，山下ケンジ絵 講談社 2003.1 60p 20cm （おおかみ・ゴンノスケの腹ペコ日記） 1000円 ①4-06-211656-1

[内容] おおかみってやつは、いつだってうさぎを食べたいと思ってる。でも…。

曲亭 馬琴
⇒滝沢馬琴（たきざわ・ばきん）を見よ

草野　心平
くさの・しんぺい
《1903～1988》

『日本語を味わう名詩入門　12　草野心平』　草野心平著，萩原昌好編，秦好史郎画　あすなろ書房　2012.5　103p　20cm　1500円　①978-4-7515-2652-1
[目次] 秋の夜の会話，ヤマカガシの腹の中から仲間に告げるゲリゲの言葉，えぼ，おれも眠ろう，春殖，ぐりまの死，ごびらっふの独白，青い水たんぽ，エレジーあるもりあおがえるのこと，石〔ほか〕
[内容] 「蛙の詩人」「天の詩人」「富士山の詩人」などさまざまな異名を持つ詩人、草野心平。その独自の世界観とリズミカルな言葉を味わう。味わい、理解を深めるための名詩入門。

『げんげと蛙』　草野心平詩，長野ヒデ子絵　教育出版センター　1984.7　143p　22cm　（ジュニア・ポエム双書）　1200円

『ばあばらぶう』　草野心平著　筑摩書房　1977.12　201p　20cm　1400円

楠山　正雄
くすやま・まさお
《1884～1950》

『ジャックと豆の木』　楠山正雄著，薙梛緒挿絵・イラスト　江戸川区立東葛西図書館　2011.6　83p　7.6cm　（東葛西豆本シリーズ）

『日本の昔話　10』　楠山正雄著，フロンティアニセン編　フロンティアニセン　2005.6　213p　15cm　（フロンティア文庫 310―風呂で読める昔話・童話選集）　1000円　①4-86197-310-4〈絵：やまおかかつじ　ルーズリーフ〉
[目次] 世界の誕生，夜見の国，闇と光，素盞嗚命，大国主命とその兄弟，大国主命と素盞嗚命，あけぼのの国

『日本の昔話　9』　楠山正雄著，フロンティアニセン編　フロンティアニセン　2005.6　169p　15cm　（フロンティア文庫 309―風呂で読める昔話・童話選集）　1000円　①4-86197-309-0〈絵：吉田迪彦　ルーズリーフ〉
[目次] 七福神，耳切り団一，金の鶏，赤い玉，玉とり，生田川，中将姫

『日本の昔話　8』　楠山正雄著，フロンティアニセン編　フロンティアニセン　2005.6　171p　15cm　（フロンティア文庫 308―風呂で読める昔話・童話選集）　1000円　①4-86197-308-2〈絵：宮前やすひこ　ルーズリーフ〉
[目次] 瓜子姫子，姥捨山，物臭太郎，山姥の話，お猿のお嫁，大うそつき，椎の実拾い

『日本の昔話　7』　楠山正雄著，フロンティアニセン編　フロンティアニセン　2005.6　172p　15cm　（フロンティア文庫 307―風呂で読める昔話・童話選集）　1000円　①4-86197-307-4〈絵：やまおかかつじ　ルーズリーフ〉
[目次] たなばた，腰折りすずめ，牛若島めぐり，わざくらべ，魚鳥平家

『日本の昔話　6』　楠山正雄著，フロンティアニセン編　フロンティアニセン　2005.6　160p　15cm　（フロンティア文庫 306―風呂で読める昔話・童話選集）　1000円　①4-86197-306-6〈絵：近藤周平　ルーズリーフ〉
[目次] 一寸法師，瘤とり，福富長者，しみのすみか

『日本の昔話　5』　楠山正雄著，フロンティアニセン編　フロンティアニセン　2005.6　168p　15cm　（フロンティア文庫305─風呂で読める昔話・童話選集）　1000円　①4-86197-305-8　〈絵：やまおかかつじ　ルーズリーフ〉
|目次| かぐや姫，一本のわら，はまぐり姫，黒い石

『日本の昔話　4』　楠山正雄著，フロンティアニセン編　フロンティアニセン　2005.6　148p　15cm　（フロンティア文庫304─風呂で読める昔話・童話選集）　1000円　①4-86197-304-X　〈絵：宮前やすひこ　ルーズリーフ〉
|目次| 文福茶がま，牛若と弁慶，長い名，三輪の麻糸，忠義な犬，大江山，夢占，殺生石

『日本の昔話　3』　楠山正雄著，フロンティアニセン編　フロンティアニセン　2005.6　158p　15cm　（フロンティア文庫303─風呂で読める昔話・童話選集）　1000円　①4-86197-303-1　〈絵：高瀬のぶえ　ルーズリーフ〉
|目次| 舌切りすずめ，金太郎，葛の葉狐，安達が原，鬼六，春山秋山

『日本の昔話　2』　楠山正雄著，フロンティアニセン編　フロンティアニセン　2005.3　160p　15cm　（フロンティア文庫302─風呂で読める昔話・童話選集）　1000円　①4-86197-302-3　〈絵：やまおかかつじほか　ルーズリーフ〉
|目次| 浦島太郎，花咲かじじい，松山鏡，たにしの出世，雷のさずけもの，白い鳥，和尚さんと小僧

『日本の昔話　1』　楠山正雄著，フロンティアニセン編　フロンティアニセン　2005.3　153p　15cm　（フロンティア文庫301─風呂で読める昔話・童話選集）　1000円　①4-86197-301-5　〈絵：やまおかかつじ　ルーズリーフ〉
|目次| 桃太郎，かちかち山，猿かに合戦，くらげのお使い，猫の草紙，ねずみの嫁入り

工藤　直子
くどう・なおこ
《1935〜》

『あっぱれのはらうた』　くどうなおこ詩・文，ほてはまたかし絵　童話屋　2014.5　158p　19cm　1800円　①978-4-88747-121-4
|目次|「し」をかくひ（かぜみつる），とおりすがりに（かぜみつる），ぼくの夢（かぜみつる），おと（いけしずこ），えがお（いけしずこ），ドーナツ・めいそう（いけしずこ），はなのみち（あげはゆりこ），うまれたて（あげはゆりこ），ある日のあげはゆりこさん（あげはゆりこ），にらめっこ（いしころかずお）〔ほか〕
|内容| くどうなおこのあっぱれ自慢ばなし。かまきりりゅうじはじめのはらむらの詩人24人の書下ろしエッセーと名詩48編。

『日本語を味わう名詩入門　18　工藤直子』　工藤直子著，萩原昌好編，おーなり由子画　あすなろ書房　2013.12　103p　20cm　1500円　①978-4-7515-2658-3
|目次| こどものころにみた空は，風景，いきもの，麦，夕焼け，ひかる，みえる，花，海の地図，うみとなみ　くじら作・子守歌のような詩〔ほか〕
|内容| すぐれた詩人の名詩を味わい，理解を深めるための名詩入門シリーズです。麦や，みみずなど，さまざまなものになりきって，読み手に語りかける，ユニークな詩風で知られる詩人，工藤直子。その，ユーモアの奥に光る真理を，やさしく解き明かします。

『版画 のはらうた　5』　くどうなおことのはらみんな詩，ほてはまたかし画　童話屋　2013.7　109p　16×16cm　1300円　①978-4-88747-119-1
|目次| おはよう　こうしたろう，ウキウキがいっぱい，はるのうた　おたまじゃくしわたる，いっしょうけんめい　こうさぎきょうへい，ありんことあそんだ　すみれほのか，ものさし　しゃくとりむしべえ，ぼくのてのひら　もぐらたけし，だんごダンス　だんごむしごん，はしれ！　ちびとら　ちびとらたか

あき，どこまでも こうのとりけいた〔ほか〕

『おいで、もんしろ蝶』 工藤直子作，佐野洋子絵　理論社　2013.3　150p　21cm　（名作童話集）1500円　①978-4-652-20006-3〈筑摩書房 1987年刊の加筆，復刊〉
目次 ふきのとう，ねむる梅・猫，うめの花とてんとうむし，すいせんのラッパ，春・ぽちり，春の友だち，菜の花の発表会，ちいさなはくさい，とかげとぞう，おいで、もんしろ蝶，子猫のさんぽ，いつかいつかある日，ぼくの中をあの子がとおる，ゆれる少女たち（どこ？　どこ？，もういいかい，おおきくなったら，もうひとりの「わたし」が，けさ，鏡をみたら）
内容 ふきのとうは雪のしたでふんばり、梅の木しみじみ、じいさんをおもう。てんとうむしはマフラーをもらい、こねこはお月さまにだっこしてもらった。そして、あんなふうだったり、こんなふうだったりするたくさんのおんなの子たち。「しぜん」と「ひと」と…おなじたましいがひびきあう童話集。小学校国語教科書に出てくる本。

『わっしょいのはらむら』 工藤直子詩・絵　童話屋　2010.8　133p　16cm　1450円　①978-4-88747-103-0
目次 「し」をかくひ かぜみつる，どんぐりこねずみしゅん，あきのそら こねずみしゅん，いのち けやきだいさく，ひかりとやみ ふくろうげんぞう，おいで ふくろうげんぞう，くぬぎ・じかん くぬぎみつくに，みらい やまばとひとみ，えへん！　くりのみしょうへい，まっすぐについて いのししぶんた〔ほか〕

『ピアノは夢をみる』 工藤直子詩，あべ弘士絵　偕成社　2009.6　36p　21cm　1200円　①978-4-03-232320-7
内容 あるまぶしい朝、そのおじいさんのようなピアノは、ごつごつと、しずしずと、そして威風堂々と、わたしのところにやってきました。昔々ドイツのノイマン社で「ピアノ」になり、はるばる日本にわたってきたピアノなので、わたしは「ノイマンじいさん」と呼んでいます。話せば長いいきさつとご縁があって、「ノイマンじいさん」は、余生をわたしのところで過ごすことになりました。この本は「ノイマンじいさん」がうとうとしながら語ってくれた物語を、ゆっくりゆっくりきいて、ゆっくりゆっくり詩と絵にしたものです。

『のはらうた　5』 工藤直子作　童話屋　2008.7　155p　16cm　1250円　①978-4-88747-083-5

『版画 のはらうた　4』 くどうなおこ詩，ほてはまたかし画　童話屋　2008.6　109p　16×16cm　1300円　①978-4-88747-082-8
目次 あしたこそ（たんぽぽはるか），まぶしくて！，おはよう（こざるいさむ），こぶなきらきら（こぶなようこ），めだかおどり（ぐるーぷ・めだか），おいけのボート（あめんぼあきら），なかよし（いけしずこ），パピプペポれんしゅう（あひるひよこ），すみれとあそんだ（ありんこたくじ），ひかりのふね（あげはゆりこ）〔ほか〕
内容 こねずみしゅんの「あきのそら」など新作も5点入って、わーい、にぎやかだ！版画で詩う『のはらうた』。

『ともだちは緑のにおい』 工藤直子作，長新太絵　理論社　2008.5　229p　19cm　（名作の森）1500円　①978-4-652-00533-0
目次 であいのはじまり，「このゆびとまれ」のあと，朝の光のなかで，おでこ，風になる，だっこ，すきなもの，すき・プラス・すき，文鎮かたつむり，ウレシ・カナシ・？（ハテナ）
内容 だれかといっしょに散歩するって、いいもんだなー。草原で生まれた、えいえんのゆうじょう。「てつがくのライオン」「ゆううつなかたつむり」所収。

『であってどっきり』 工藤直子作，和田誠絵　文渓堂　2006.5　61p　22cm　（おはなしスキップ―リュックのりゅう坊 3）1500円　①4-89423-430-0
目次 色いろいろ，いっぱいあふれた日，リンリン・チリリン・バランの日，3 いってきます・いってらっしゃいの日，4 りゅう坊が、ぽっ、とあかくなった日
内容 りゅう坊は、げんきなりゅうのぼうやです。りゅう坊はきょうも、リュックを

しょっておでかけです。むささびのにいちゃんがこえをかけました。「きょうのリュックのなかみはなんだい」。

『くんれんばっちり』 工藤直子作，長新太絵 文渓堂 2005.9 61p 21cm （おはなしスキップ—リュックのりゅう坊 2） 1500円 ①4-89423-429-7
[目次] かけごえいっぱい，フレーフレーの日，しずしず・しみじみ，ていねいな日，ヒゲがぴんぴん「いちにんまえ」の日，くるんくるんと，目がまわった日
[内容] りゅう坊はきょうも，リュックをしょっておでかけです。もぐらのかあさんがこえをかけました。「きょうのリュックのなかみはなんだい？」―おはなしスキップは，オールカラーの楽しい絵童話です。

『ともだちいっぱい』 工藤直子作，長新太絵 文渓堂 2005.4 61p 21cm （おはなしスキップ—リュックのりゅう坊 1） 1500円 ①4-89423-428-9
[内容] りゅう坊は，げんきなりゅうのぼうやです。りゅう坊はきょうも，リュックをしょっておでかけです。とかげじいさんがこえをかけました。「きょうのリュックのなかみはなんだい」。

『のはらうた わっはっは』 工藤直子作 童話屋 2005.2 157p 16cm 1450円 ①4-88747-043-6
[目次] つんつん つくしてるお，はるのうた おたまじゃくしわたる，ケロケロうたえば かえるたくお，ひかりかがやく あげはゆりこ，こぶなきらきら こぶなようこ，もこもこたんか けむしじんべえ，ゆらゆらたんか かげろうたつのすけ，たびだち たんぽぽはるか，ゆめいっぱい こひつじあや，すみれとあそんだ ありんこたくじ〔ほか〕

国木田　独歩
くにきだ・どっぽ
《1871～1908》

『21世紀版少年少女日本文学館 3 ふるさと・野菊の墓』 島崎藤村，国木田独歩，伊藤左千夫著 講談社 2009.2 263p 20cm 1400円 ①978-4-06-282653-2 〈年譜あり〉
[目次] 島崎藤村（ふるさと，伸び支度），国木田独歩（鹿狩，忘れえぬ人々），伊藤左千夫（野菊の墓）
[内容] 「民さんは野菊のような人だ。」政夫と民子の淡い恋心と悲しい別れを描き，映画やドラマでもたびたび取り上げられた伊藤左千夫の代表作「野菊の墓」。牧歌的な郷愁を誘う藤村の「ふるさと」。初めての狩りにのぞむ，少年の感性の目覚めを描いた独歩の「鹿狩」などを収録。

兼好法師
⇒ 吉田兼好（よしだ・けんこう）を見よ

幸田　露伴
こうだ・ろはん
《1867～1947》

『五重塔』 幸田露伴作 小学館 2005.4 302p 21cm （齋藤孝の音読破 4 斎藤孝校注・編） 800円 ①4-09-837584-2
[目次] 前書き―音読破のすすめ，五重塔あらすじ，五重塔，解説，五重塔クイズ，作者紹介
[内容] 本書に取り上げた幸田露伴作の小説「五重塔」は，岩波書店刊『露伴全集第五巻』をもとに，筑摩書房刊『現代日本文学大系4 幸田露伴集』岩波書店刊『岩波文庫五重塔』なども参考にしながら，音読しやすいように，さまざまな工夫を加えたものである。

香山　美子
こうやま・よしこ
《1928～》

『赤いマントをほどいた日』 香山美子作，鈴木義治絵 新装版 フレーベル館 2012.12 76p 22cm 1000円 ①978-

4-577-04027-0
[内容] まほうをかけるのにあきてしまった、まほうつかいのおばあさんは、まほうをとく、おばあさんになってみました。どんどんまほうをといていくと、まあびっくり。いえの中はみんな、まほうをかけられていたのです。小学校1・2年生から。

木暮 正夫
こぐれ・まさお
《1939〜2007》

『やけあとの競馬うま』 木暮正夫文，おぽまこと絵　国土社　2012.3　110p　22cm　（語りつぐ戦争平和について考える）　1400円　①978-4-337-07125-4
[目次] やけあとの競馬うま，タバコとつけ木，石うすでひいたコーヒー豆，モンペのおすすめ，アリは正直，千人針，アメリカの缶づめ，尺祝い，燃えおちた本堂，十一ひく九
[内容] 愛する者と引きはなされ、食べるものもなく、住むところを失い、人が人を信じられなくなる、そんな戦争の悲惨な現実のあれこれを語りつぎ、平和について考えるためのつぶよりのお話集。

『ピンコうさぎのふしぎなくすり』 こぐれまさお作，つちだよしはる絵　小峰書店　2009.12　54p　25cm　（はじめてよむどうわ）　1400円　①978-4-338-24709-2〈『ピンコうさぎはかんごふさん』（1985年刊）の新装版〉
[内容] ひみつの "うさぎのもり" びょういんへいそげ、いそげ。やさしいってことは、とってもたいせつなことなんだよ。

『クゥと河童大王』 木暮正夫作，こぐれけんじろう絵　岩崎書店　2008.3　175p　19cm　900円　①978-4-265-82010-8〈年譜あり〉
[内容] 河童のなかまさがしの旅からもどってきたクゥは、ある日、康一くんや達ちゃんたちと、群馬県の山里へつりに出かけた。そこでクゥは、一の坊とよばれるてんぐと出会い、西のほうにすんでいる河童大王の一族がなかまを集めていることを知る。ふたたび、クゥの冒険がはじまる。大好評『河童のクゥと夏休み』続編。巻末に解説・著者の年譜収録。

『河童のクゥと夏休み』 木暮正夫作，こぐれけんじろう絵　岩崎書店　2007.6　212p　19cm　900円　①978-4-265-82006-1
[目次] 河童大さわぎ，河童びっくり旅
[内容] 小学四年生の康一は河原でふしぎな石を見つけた。その石を割って水をかけたところ、中からあらわれてきたのはなんと河童だった！　康一と河童のクゥの友情、なかまをさがすクゥの冒険の旅を描く。「河童大さわぎ」「河童びっくり旅」の二作収録。アニメ映画「河童のクゥと夏休み」原作。

『両手ばんざいのまねきねこ』 木暮正夫作　大阪　どりむ社　2006.7　143p　22cm　1300円　①4-925155-64-4〈絵：こぐれけんじろう〉
[内容] 小学4年生の周平くんにナイスキャッチされた「わたし」は、せともの屋さんのショーウィンドーでお客さんをまねきます。そして、真夜中の散歩で出会ったのは…。お日さまがシンボルマークの「にこにこ商店街」が "奇蹟のごりやく" で活気づきます。おもしろくて心うきたつ物語。

『冬のさくら』 木暮正夫作，野村たかあき絵　大阪　どりむ社　2004.12　61p　22cm　1200円　①4-925155-62-8
[内容] 都会から月岡村へ引っこしてきた理奈と両親。ヤマネがふとんにもぐりこんできたり、大きなマイタケにびっくりしたり。理奈の毎日は、新しい発見がいっぱいです。ひとりぐらしの源右衛門さんの異変をつげるなぞの電話の声はだれなのか？　理奈と源右衛門さんの心温まる感動の物語。

『そろりとんちばなし』 木暮正夫ぶん，吉見礼司え　PHP研究所　2004.7　78p　22cm　（とっておきのどうわ）　950円　①4-569-68482-3
[内容] わては、だじゃれやとんちが大好きなんや。ある日、秀吉さんをからかう歌をはってあるいとったら、つかまってしもうた…。小学1〜3年生向。

『ゲハゲハゆかいなわらい話』 木暮正夫文，原ゆたか絵　岩崎書店　2004.2　141p　18cm　（フォア文庫愛蔵版）1000円　①4-265-01206-X
[目次]だんごどっこいしょ，れんこんのあな，ねこのまねしたおよめさん，むこどんのひとつおぼえ，はじめてのこたつ，うまのしりに，おふだ，ちょうずをまわせ，ろうそくちくわ，カニのふんどし，とこをとれ，ねぎちがい，こまったむすこ，かいだんのおりかた，めじるしの犬，わかがえりの水，きんちゃくきりに，ごようじん，どうぐやのみせばん，カツオぶしの絵，絵ときのくすりぶくろ，ごゆっくり，オニのたまご，そこつのかさうり，カエルのぼたもち，さかさまのかめ，みょうがやど，オオカミのしっぱい，つなみのひとだま，はんごろしとみなごろし，たこあげ，せんこうそば

『ピピッとひらめくとんち話』　木暮正夫文，原ゆたか絵　岩崎書店　2004.1　142p　18cm　（フォア文庫）560円　①4-265-06349-7
[目次]目からはなへぬける，ぞうきんとおとしだま，みそのにおい，しょうばいなかま，なまえをかえた小ぞうたち，およぐかみそり，おしょうのやくそく，ぼたもちとほとけさま，どくの水あめ，まんじゅうのなきが，タイのかわり，"し"の字ぎらい，八ひきのうし，金のなすび，彦市のうなぎつり
[内容]とんち話には，みんなの願いやあこがれがこめられています。うっぷんを晴らし，あすに生きる力となります。とんちの王さま，一休さんも登場します。小学校低・中年向き。

『大きなタブノキ』　木暮正夫作，野村たかあき絵　教育画劇　2002.8　62p　24cm　（わくわくbooks）1200円　①4-7746-0546-8
[内容]村の人たちから『千年タブノキ』とよばれて，えだ一本，葉っぱ一まい，かまどにいれてはならないといって，うやまってきた大きなタブノキ。でも，ダムができると，水のそこにしずんでしまう…。「ひどいよ，そんなの」「先生，この木をたすけてやれないの？　人間ならどこへでも引っこせるけど，木はうごけないんだよ」子どもたちの思いよ，タブノキにとどけ。

『あっぱれ！　わかとの天福丸　海ぞく島の巻』　木暮正夫作，吉見礼司絵　金の星社　2002.2　125p　22cm　（みんなのワンダーランド 11）1200円　①4-323-05041-0
[内容]ある朝，天福丸はふしぎなタコをつりあげた。そいつは，な，なんと！　人のことばをしゃべるのだ。話をきくと，にっくき海ぞくが海をあらしまわっているという。そこで天福丸は，勇気あるなかまたちと，海ぞくたいじにのりだした。たぬきの権之助におそわった剣術"はらづつみポンポコ流"をひっさげて，いざ，海ぞく島へ出発！　2・3・4年生から。

『ゲハゲハゆかいなわらい話』　木暮正夫文，原ゆたか絵　岩崎書店　2001.6　141p　18cm　（フォア文庫）560円　①4-265-06338-1
[目次]だんごどっこいしょ，れんこんのあな，ねこのまねしたおよめさん，むこどんのひとつおぼえ，はじめてのこたつ，うまのしりに，おふだ，ちょうずをまわせ，ろうそくちくわ，カニのふんどし，とこをとれ，ねぎちがい，こまったむすめ，かいだんのおりかた，めじるしの犬，わかがえりの水，きんちゃくきりに，ごようじん，どうぐやのみせばん，カツオぶしの絵，ごゆっくり，オニのたまご，そこつのかさうり，カエルのぼたもち，さかさまのかめ，みょうがやど，オオカミのしっぱい，つなみのひとだま，はんごろしとみなごろし，ごんすけのおつかい，たこあげ，せんこうそば
[内容]だんごどっこいしょ/むこどんのひとつおぼえ/うまのしりにおふだなど，おへそが茶をわかしてしまうようなゆかいな「わらい話」を，31話収録。

『あっぱれ！　わかとの天福丸　お国がえの巻』　木暮正夫作，吉見礼司絵　金の星社　2000.11　125p　21cm　（みんなのワンダーランド 10）1200円　①4-323-05040-2
[内容]「えっ!?　お国がえって，なんのこと？」「それは，べつの城へおひっこしすることです」「うわっ，そりゃ，たいへんだァ！」…というわけで，天福丸は，ゆかいななかまた

ちと、あたらしい城まで、冒険の旅をすることに。だが、かれらのまえに、なんとおっそろしい三つ目の大入道がたちふさがった。ドキドキの超おもしろ珍道中。小学校2・3・4年生から。

『おとなもブルブルようかい話』　木暮正夫文，原ゆたか絵　岩崎書店　2000.11
134p　18cm　（フォア文庫）　560円
①4-265-06336-5
目次　カラリンおばけ，もちのすきなやまんば，ようかいのおんがえし，山おやじとよるのクモ，ようかいのすみかへいったさむらい，うしおにのでるはま，『しゅのばん』のばけもの，三つ目の大入道，あだちがはらのおにばば，かりうどとおばけ虫，藤太のムカデたいじ，ごはんをたべないおよめさん，ちゅうにうかぶかんおけ，ひとつ目のおに女，しゅてんどうのくび
内容　『しゅのばん』のばけもの/ひとつ目のおに女/しゅてんどうじのくびなど、おとなでもブルブルとふるえてしまうような「ようかい話」を、15話収録。

『せすじゾクゾクようかい話』　木暮正夫文，原ゆたか絵　岩崎書店　2000.6
133p　18cm　（フォア文庫）　560円
①4-265-06335-7
目次　わらうなまくび，おわかれにきたむすめ，ふたりゆうれい，ゆうれいのそでかけマツ，かえってきたなきがら，おさかべひめ，耳なし芳一，きこりのばけものたいじ，とうげのばけもの，しまのきものをきたばけもの，千びきおおかみ，かじやのばば，きょうだいとおにばば，うまかたとやまんば，きもだめしのばん
内容　読みはじめたら、とまらない！そして、ねむれない…こわーいようかい話がゾクゾク！小学校低・中学年向き。

『ガタガタふるえるゆうれい話』　木暮正夫文，原ゆたか絵　岩崎書店　2000.5
132p　18cm　（フォア文庫）　560円
①4-265-06334-9
目次　ゆうれいのでるやしき，はかばへいくむすめ，めいどからかえってきたおくさん，おどるしかばね，ゆうれいのしかえし，舌をぬくおばけ，さんぽするひとだま，しかられたゆうれい，うたうがいこつ，もうはんぶん…〔ほか〕
内容　読みはじめたら、とまらない！そして、ねむれない…こわーいゆうれい話がゾクゾク！小学校低・中学年向き。

『ドキッとこわいおばけの話』　木暮正夫文，原ゆたか絵　岩崎書店　2000.1
150p　18cm　（フォア文庫）　560円
①4-265-06331-4

『ブルッとこわいおばけの話』　木暮正夫文，原ゆたか絵　岩崎書店　1999.10
148p　18cm　（フォア文庫 A137）　560円　①4-265-06330-6
目次　ばけものべい，さとりのばけもの，たからばけもの，とっつくひっつく，あきやのゆうれい，きのこのばけもの，うたよみゆうれい，へなへなへな…，だいくさんと大にゅうどう，おくびょうな男とゆうがおばけ，ひるまのゆうれい，あかんべえおばけ，ばけものたいじ，ひとえのゆうれい，きえた小判，とっくりゆうれい，うみぼうず，水グモの糸，おんぼろ寺のかにもんどう，こんなかお，らんまのろくろっくび，がらくたおばけ，絵からとびだしたねこ
内容　くすくす笑いたくなったり、吹きだしたくなるような、こっけい味のあるものがほとんど。小学校低・中学年向き。

『あっぱれ！わかとの天福丸』　木暮正夫作，吉見礼司絵　金の星社　1999.7
125p　22cm　（みんなのワンダーランド 9）　1200円　①4-323-05039-9
内容　ある夜、天福丸のだいじな刀がぬすまれた。石川ひまござえもんと名のる、おそろしい大どろぼうのしわざだ。天福丸は、三年まえまでお乳をのませてもらっていた乳母・おとらにつれられ、刀をとりかえしに冒険の旅をはじめた。はたして、大どろぼうをやっつけることができるのか？　ウハウハコンビがくりひろげる、超おもしろ珍道中。2・3・4年生から。

『妖怪たちはすぐそこに』　木暮正夫作，こぐれけんじろう絵　旺文社　1998.4
142p　22cm　（旺文社創作児童文学）　1238円　①4-01-069544-7

『せんせいマッツァオこわーい話』　木暮

正夫文,原ゆたか絵　岩崎書店　1997.3　95p　22cm　(新・日本のおばけ話・わらい話 10)　980円　①4-265-02450-5
[目次]理科じゅんび室のがいこつ,しょくいんトイレのかがみ,絵のすきな女の子,こっちへ,いらっしゃい,体いくかんのゆうれいたち,A子先生とねこ,ま夜なかの人面犬,走ってきたおばあちゃん

『ともだちビクビクこわーい話』　木暮正夫文,原ゆたか絵　岩崎書店　1997.2　95p　22cm　(新・日本のおばけ話・わらい話 9)　980円　①4-265-02449-1
[目次]1 写真たてがおちた夜,2 死神のつかい,3 そでずり坂,4 わすれもの,5 足あとのないおじさん,6 きもだめしの夜,7 おばけやしきたんけん,8 うわさの自動はんばい機,9 ゆうれいがでた!

『あたまのドリンクなぞなぞ話』　木暮正夫文,原ゆたか絵　岩崎書店　1996.12　95p　22cm　(新・日本のおばけ話・わらい話 8)　980円　①4-265-02448-3

『あたまのミネラルだじゃれ話』　木暮正夫文,原ゆたか絵　岩崎書店　1996.10　95p　22cm　(新・日本のおばけ話・わらい話 7)　980円　①4-265-02447-5
[目次]こまりきったクマ,ばんしゃくのきまり,こだまのへんじ,スイカちがい,ドッグとキャット,ナマズのなげき,ヒーロー・インタビューへ,つみなケーキ,さらわれたおべんとう,おおいた県〔ほか〕
[内容]あたまのえいようになる45のだじゃれ話。低・中学年向き。

『こがね谷の秘密』　木暮正夫作,渡辺有一画　金の星社　1996.9　185p　18cm　(フォア文庫 C133)　550円　①4-323-01975-0
[内容]トシユキは夏休み,牧場に帰る花山さんとともに,オンボロトラックで北海道に渡った。はじめての牧場生活は,トシユキにとっておどろきの連続だった。そんなある日,ひとりの男が雨の中でずぶぬれのまま倒れているのを発見された。男はその後「マンモスだ…」というナゾの言葉と砂金を残して死んでいった。やがて,事件は意外な結末をむかえる。小学校高学年・中学向き。

『おかしさドッカンわらい話』　木暮正夫文,原ゆたか絵　岩崎書店　1996.7　95p　22cm　(新・日本のおばけ話・わらい話 6)　980円　①4-265-02446-7
[目次]首うり,えんまのかんがえ,一人前,やくにたたないかぎ,うらやましい,借金とり,おいはぎ,富士山,へんなりくつ,こまったくせ,あぶらあげ,毛はえぐすり,へほ易者,おいしい目ぐすり,くすりのきき,はりすぎ,気のききすぎ,かべのあな,くらいみとおし,おやじをやいたせがれ,よっぱらいのばけものたいじ,三つのあて,サルがおとのさま
[内容]この本をよめば,きみはクラス一のにんきものになれるよ。低・中学年向。

『おばけが銀座にあつまって』　木暮正夫作,伊東美貴絵　ポプラ社　1996.7　150p　21cm　(ポプラ怪談倶楽部 3)　980円　①4-591-05136-6
[内容]「増山くん,きょうおばけに会うよ」そういってトンコはふふっとわらった─。じょうだんキツいぜ。銀座のまん中で,おばけなんかに…。「げげーっ!!」。

『おなかがヨジヨジわらい話』　木暮正夫文,原ゆたか絵　岩崎書店　1996.3　95p　22cm　(新・日本のおばけ話・わらい話 5)　980円　①4-265-02445-9
[目次]おれじゃあない,むりなねがい,びんぼう神のアイディア,むちゃな先生,さけなめおや子,へんなおねがい,つかのまの二万両,ものわすれのめいじんたち,こごとのいわれかた,うわばみのとろかし草,よっぱらいのおとしもの,歯のあるこたつ,タコのだしがえ,てんぐのさいなん,ひっぱりあいず,とんちんかん,まぬけなはつめい,みこし入道をやっつけるには,手と足のけんか,はんじょうのひみつ,たいこもちと三つ目の大入道
[内容]ますますカゲキになる21のわらい話。低・中学年向。7・8才より。

『七ちょうめのおばけ大集合』　木暮正夫作,渡辺有一絵　岩崎書店　1996.3　78p　22cm　(いわさき創作童話 28)　1100円　①4-265-04128-0

木暮正夫

内容 七ちょうめの永善寺のお墓のひっこし計画ができてから、ゆうれいタクシーに乗ったという人があらわれたんだ。すると、クリーニング屋に"百目のおばけ"がオートバイでやってきたり、おくさんがろくろっくびになったという人もでて、町は大さわぎ。タツヤも死んだおばあちゃんから永善寺のお墓にきなさいというおつげをうけて、夜行ってみると…。

『ゆかいにガハガハわらい話』 木暮正夫文，原ゆたか絵 岩崎書店 1995.11 95p 22cm （新・日本のおばけ話・わらい話 4） 980円 ①4-265-02444-0
目次 かえるのおしょうさん、ぬかよろこび、へびになったぜに、ねどしのさむらい、富くじをあてるひけつ、おかざりのけんか、ねずみたいじのめいあん、ただの年、福禄寿のあたま、のどかな春、みょうがのききめ、じまんのいきすぎ、なげきのゆうれい、めんどうくささり、うそもほうべん、ふんどしの天気よほう、さらし首のたのみ、あせのひっこし、かわったこたつ、やかんどろぼう、すげがさのわすれもの、カメは万年、そのごのももたろう
内容 低・中学年向。

『一ちょうめのおばけねこ』 木暮正夫作，渡辺有一画 岩崎書店 1995.7 141p 18cm （フォア文庫 A113）550円 ①4-265-01099-7
目次 一ちょうめのおばけねこ、ドタバタかんこう宇宙船
内容 タツヤのともだちのミカの家でかっている柴犬のロッキーが、さいきん元気も食欲もない。ミカの話だと、「ねこのおばけがこわくて、ノイローゼになっているみたい。きのうの夜中に、原因をつきとめなくちゃって、ライトをもってロッキーの小屋にいったら、ゆうれいのポーズをしたとらねこが、らんらんと目を光らせていたの…」一ちょうめから五ちょうめまで「おばけ横町」せいぞろい。

『ちのけがヒクヒクばけもの話』 木暮正夫文，原ゆたか絵 岩崎書店 1995.3 95p 22cm （新・日本のおばけ話・わらい話 3） 980円 ①4-265-02443-2
目次 ふたりのゆうれい、まもののふろしきづつみ、むねんじゃあ！、ねこのじょうるりかたり、みたなっ！、きこり小屋にきた女、やしきのひとつ目こほうず、おきあがるがいこつ、橋のうえのひとつ目に、あめ屋と子なきじじい、おばがみねの一本たたら、長崎のゆうれい寺、おそいかかるろくろくび
内容 無敵のおまもりパワー・オン。さすがのばけものもいまやたじたじ。低・中学年向き。

『六ちょうめのまひるのゆうれい』 木暮正夫作，渡辺有一絵 岩崎書店 1995.3 78p 22cm （あたらしい創作童話 59）1100円 ①4-265-91659-7

『ひざがガクガクばけもの話』 木暮正夫文，原ゆたか絵 岩崎書店 1995.2 95p 22cm （新・日本のおばけ話・わらい話 2） 980円 ①4-265-02442-4
内容 ばけものがゾロゾロ大集合。きみはもう、ばけもの軍団のとりこだ。低・中学年向。

『こんやもワナワナばけもの話』 木暮正夫文，原ゆたか絵 岩崎書店 1994.11 95p 22cm （新・日本のおばけ話・わらい話 1） 980円 ①4-265-02441-6
目次 百目足のおばけ、ばけものおや子、へいのうえの大にゅうどう、ゆうれいの道あんない、ゆうれいぶね、にげかえったひとだま、かりうどとくろほうず、はいらず山のおにばんば、かのけからのびる手、お金をとりにきたゆうれい、まもののしかえし、ばけものやしきをもらったさむらい、じいさまのがいこつ
内容 新シリーズ〈1〉低・中学年向。

『ふしぎ村へようこそ』 木暮正夫作，渡辺有一絵 小峰書店 1994.7 132p 22cm （赤い鳥文庫 15）1300円 ①4-338-07815-4〈叢書の編者：赤い鳥の会〉

『五ちょうめのゆうれいマンション』 木暮正夫作，渡辺有一画 岩崎書店 1994.5 136p 18cm （フォア文庫 A093）550円 ①4-265-01090-3
内容 夏休みにはいって、一週間ぐらいし

木暮正夫

た、ある日。タツヤのクラスメートの坂本くんは、まい晩こわいゆめを見たり、かなしばりにあったみたいに、声もだせないし、からだもうごかせなくなったりするそうです。どうやら、おばけらしいのです。それも、坂本くんのすむマンションと関係がありそうです。その正体をつきとめようと、タツヤとミカは坂本くんの家にとまりにいきました。小学校低・中学年向。

『こぶたのぷうのどようびはたからさがし』 木暮正夫作，久住卓也絵　PHP研究所　1993.10　62p　23×19cm　（PHPどうわのポケットシリーズ）　1200円　①4-569-58852-2
[内容] ひみつのちずによると、たからは「がいこつ山」にあるらしい…。ぷうとおとうさんは、たからさがしにしゅっぱつ。小学1・2年生むき。

『四ちょうめのようかいさわぎ』 木暮正夫作，渡辺有一画　岩崎書店　1993.5　144p　18cm　（フォア文庫）　520円　①4-265-01086-5
[目次] 四ちょうめのようかいさわぎ，ふしぎなごきげん草
[内容] 1学期もおわり、まちにまった夏休みです。タツヤは少年野球の合宿のため、山おくのお寺にとまることになりました。ところが、聞くところによると、そこは「おばけ寺」といわれていて、妖怪たちのすみかだというのです。ほんとうでしょうか。タツヤはちょっと気になります。さて…。小学校低・中学年向き。

『こぶたのぷうのにちようびはさかなつり』 木暮正夫作，久住卓也絵　PHP研究所　1993.2　62p　23×19cm　（PHPどうわのポケットシリーズ）　1200円　①4-569-58818-2
[内容] こぶたのぷうが、さかなつりにでかけます。ぶじに「なぞなぞの森」をぬけて、さらさら川にたどりつけるかな？　小学1・2年生むき。

『ゆうれいのおとしもの』 木暮正夫作，渡辺有一絵　ポプラ社　1993.2　87p　23cm　（こどもおはなしランド　38）　980円　①4-591-04290-1
[内容] ミホのおとうさんは、しんじゅくのこうそうビルのガードマン。そのおとうさんが、よるのビルに、ゆうれいがでるといいだした。ミホは、いつもあそんでいるビルに、もういかれないとがっかりしたが、おにいちゃんは大よろこび。さっそく、ゆうれいにあいにでかけたが…。

『三ちょうめのおばけ事件』 木暮正夫作，渡辺有一画　岩崎書店　1992.1　142p　18cm　（フォア文庫）　520円　①4-265-01080-6
[目次] 三ちょうめのおばけ事件，鳥山村の火の玉さわぎ、へちま沼のかっぱ事件、おばあちゃんはすてきな友だち、久志のひろいもの
[内容] 野球のだいすきなタツヤは3年生です。ある日、おとうさんが、かえってくるなり「ゆうれいをみた」といったのには、びっくりしました。そのゆうれいは、顔じゅうマスクをかけた、のっぺらぼうだという。しんじがたいのですが、おなじように、ゆうれいをみたという人が、ほかにもいました。タツヤの野球チームのコーチです。『二ちょうめのおばけやしき』の続編。ほかに、短編の"おばけもの"や心あたたまる作品を収録。

『おにいちゃんのたからもの』 木暮正夫作，ユノセイイチ絵　文渓堂　1991.10　55p　22cm　（ぶんけい創作児童文学館）　980円　①4-938618-30-3
[内容] おにいちゃんはえらい。つよい。すごい。タツユキは、おにいちゃんのおとうとでよかったと思う。タツユキは、むし歯がいたくて、ほおをおさえながら家へかえった。歯いしゃさんへいったほうがいいにきまっているが、おそろしくていきたくなかった。歯いしゃさんへいくかわりに、おにいちゃんのたからものをもらうやくそくをした。『たからのはこ』には、いったいなにが、はいっているんだろう。小学初級以上。

『なかよし二ひきのおっちゃんさがし』 木暮正夫作，関屋敏隆絵　学習研究社　1991.7　79p　23cm　（学研の新しい創作）　920円　①4-05-104322-3

『いちごおいしいね』 木暮正夫作，三井小夜子絵　佼成出版社　1991.6　62p

22cm （どうわほのぼのシリーズ）
1000円　①4-333-01522-7
内容　早くいちごの花をみたいな。いちごの花ってどんないろ？　小学校低学年から。

『なかよし二ひきのおっちゃんさがし』
木暮正夫作，関屋敏隆絵　学習研究社　1990.10　79p　24×19cm　（学研の新しい創作）920円　①4-05-104322-3
内容　ある日、おっちゃん先生が朝になっても帰ってこなかった。おっちゃんにかわれている、イヌのムサシとネコのマヨは、おっちゃんのかすかなにおいをたよりに、おっちゃんさがしに出かけたが…。なかよしイヌ・ネココンビの楽しいぼうけん。小学中級から。

『一ちょうめのおばけねこ』
木暮正夫作，渡辺有一絵　岩崎書店　1990.8　78p　22cm　（あたらしい創作童話 52）980円　①4-265-91652-X
内容　一ちょうめにあらわれるおばけねこのなぞとは？　犬がノイローゼになったって話、きいたことがあるかい？　そんなバカな！　と思うだろ。ところが、ほんとにあるんだよ、これが。タツヤのともだちのミカの家でかっている犬のロッキーが、さいきんノイローゼぎみで、元気も食欲もなく、いつもグターッとなっているんだそうだ。ミカの話だと、毎晩、おばけねこにおびやかされているのが原因らしい。

『あいうえおばけ学校』
木暮正夫作，渡辺有一絵　ポプラ社　1990.5　79p　24cm　（こどもおはなしランド 26）910円　①4-591-03550-6
内容　ともみは転校した小学校で、ざしきわらしのやえちゃんとともだちになった。やえちゃんにいじめっ子のてつまくんのはなしをするとー。てつまくんがひとりでおふろにはいっているときだった。つぎからつぎへこわ〜いおばけがでてきたんだ!!

『三年二組の転校生』
木暮正夫作，福田岩緒絵　教育画劇　1989.7　78p　23cm　（スピカの創作童話 7）980円　①4-905699-76-2
内容　月曜日の朝のことです。三年二組の教室に、転校生がやってきました。名前は、山田タツヨシ。口をキュッとむすんで、気の強そうな顔をしています。りょう子は、山田くんを見て、思わず声をあげそうになりました。山田くんは、おとといの夕方、トキワ病院の階だんでぶつかった男の子だったのです…。小学2〜3年から。

『東京幽霊物語』
木暮正夫作，西村郁雄絵　旺文社　1989.4　179p　22cm　（旺文社創作児童文学）1100円　①4-01-069503-X
内容　小学上級以上向き。

『ぼくんちおばけやしき』
木暮正夫作，渡辺有一絵　ポプラ社　1989.3　79p　23cm　（こどもおはなしランド）880円　①4-591-02940-9
内容　きょう、ぼくはひとりでおるすばん。よるねていると、へんなおとがする。なんだ？　よくみると、てんじょうにふとんがういている。ワアーっとまたみると女のひとが…。ぼくのいえはおばけやしきだったのか！

『五ちょうめのゆうれいマンション』
木暮正夫作，渡辺有一絵　岩崎書店　1988.12　78p　22cm　（あたらしい創作童話）880円　①4-265-91644-9
内容　夏やすみにはいって、ちょうど一週間めのゆうがた。きょうは、クラスメイトの坂本くんたちと、花火大会をすることになっていました。タツヤがやくそくどおり、坂本くんのすむ『やよいハイピアート』へはいっていくと、とつぜん、ろうかのあかりが消えかかり、うすぐらくなってきました。そして、四、五メートルさきのドアのすきまから、白っぽいけむりのようなものがあらわれ、女の人のようなかたちになっていったのです…。「おばけ・ようかい」シリーズの4作目。ゆうれいがでるマンションのなぞとは？

『自転車あずかります』
木暮正夫作，篠崎三朗絵　佼成出版社　1988.11　93p　22cm　（いちご文学館）980円　①4-333-01332-1
内容　男の子どうしのケンカには、必ず首をつっこんでくる文子には、"でしゃばりブン

子"のあだ名がついている。今日も学校がえりにケンカを目にしたブン子は、またまた足がそっちの方へむいてしまった。小学中級向き。

『てっちゃんのトンカツ』　木暮正夫，篠崎三朗画　草土文化　1988.8　86p　22cm　950円　④4-7945-0289-3

『ちからごんべえ』　木暮正夫作，梶山俊夫絵　あすなろ書房　1988.4　55p　23cm　（あすなろ心の絵ぶんこ）980円　④4-7515-1248-X

『シャクシャインの戦い』　木暮正夫作，久米宏一画　童心社　1987.12　334p　19cm　1200円　④4-494-01928-3
内容　380年ほどむかし―。少年テウレシコルのすむコタンの平和がやぶられる日がきた。コタンの人たちが『アイヌモシリ』と呼ぶ、めぐみゆたかな大地に、松前のさむらいや商人が黒い手をのばしてきたのだ。彼らにあやつられている宿敵オンネベシをたおしたシャクシャインは、民族のほこりをかけてたちあがり、大軍をひきいて松前への進軍をはじめる！

『四ちょうめのようかいさわぎ』　木暮正夫作，渡辺有一絵　岩崎書店　1987.8　78p　22cm　（あたらしい創作童話）880円　④4-265-91634-1
内容　ことしの夏やすみ、タツヤは少年野球チームの合宿で、山おくのお寺「万松寺」にいくことになっています。ところが、このお寺は、「おばけ寺」ともいわれていて…。2・3年むき。

『てっちゃんのトンカツ』　木暮正夫作，篠崎三朗画　草土文化　1987.7　86p　21cm　950円　④4-7945-0289-3

『ほのぼの温泉ぼんやりタケシ』　木暮正夫作，西村郁雄絵　ひさかたチャイルド　1987.3　127p　22cm　（ひさかた子どもの文学）1000円　④4-89325-408-1
内容　タケシのあだ名は、ぼんやりタケシ。マンガ家志望で、宇宙をぶたいに、SFマンガをかくことが、大好きな四年生。温泉街で、旅館を経営しているタケシの家に、ある日、うれしい知らせが届くが…。まさか！という事件が起こった。小学校中級以上。

『はだかの山脈』　木暮正夫著，小林与志画　岩崎書店　1986.12　180p　22cm　（現代の創作児童文学）980円　④4-265-92824-2
内容　まずしい環境にありながらも、けなげに、ひたむきに生きる少年昭夫の日々。

『やけあとの競馬うま』　木暮正夫文，おぽまこと絵　国土社　1986.8　110p　22cm　（現代の民話・戦争ってなあに）880円　④4-337-07106-7
目次　やけあとの競馬うま，タバコとつけ木，石うすでひいたコーヒー豆，モンペのおすすめ，アリは正直，千人針，アメリカの缶づめ，尺祝い，燃えおちた本堂，十一ひく九

『三ちょうめのおばけ事件』　木暮正夫作，渡辺有一絵　岩崎書店　1986.7　78p　22cm　（あたらしい創作童話）880円　④4-265-91631-7
内容　ツユも後半にはいったある夜、タツヤのおとうさんは、竜宝寺の横の道の、のっぺらぼうのゆうれいにでくわした。ところが、その日は、おとうさんのほかにも、野球チームのコーチの峰岸さんをはじめ、何人もの人が、ゆうれいを見たという。そんなおり、3ちょうめのあき地で、見せもののおばけやしき『オカルトのやかた』が、有料公開されることに…。人気童話『二ちょうめのおばけやしき』に続く第2作！

『街かどの夏休み』　木暮正夫作，菅輝男絵　旺文社　1986.6　159p　22cm　（旺文社創作児童文学）980円　④4-01-069450-5
内容　5年2組の豊田淳司は新聞販売店の長男。配達員の橋本さんが交通事故で入院。淳司は、配達ピンチランナーとして活躍する。人情味豊かな東京の下町、十条を舞台に、夏休みの少年少女をいきいきと描いた作品。

『ドタバタかんこう宇宙船』　木暮正夫作，田中秀幸絵　岩崎書店　1986.4　79p　22cm　（あたらしいSFどうわ）880円　④4-265-95118-X
内容　宇宙りょこうに、おかしはもってけ

ない…？　ここは、22世紀の「エスペランサ8号」─ロボット犬しか手にはいらない宇宙都市。だから、地球うまれのほんものの犬をプレゼントされて、ハヤトは大よろこび。…その愛犬ムクと、ハヤトと、おとうさんと、おかあさんと、かいぞくのガルバンが、ドッタンバッタン！

『ともだちができた日』　木暮正夫作，太田大八絵　佼成出版社　1986.3　63p　22cm　（どうわランド）850円　①4-333-01217-1
内容　炭坑の町・夕張から、東京に来たばかりのトシユキには友達がいない。そんなトシユキが、作文に事故で石炭のヤマがつぶれたことや、夕張の友達のことを書いて発表したことから…。

『クウとてんぐとかっぱ大王』　木暮正夫作，渡辺有一絵　旺文社　1985.11　146p　22cm　（旺文社創作児童文学）930円　①4-01-069478-5

『ピンコうさぎはかんごふさん』　こぐれまさお作，つちだよしはる絵　小峰書店　1985.9　55p　25cm　（こみね幼年どうわ）880円　①4-338-05122-1

『日の出マーケットのマーチ』　木暮正夫作，菅輝男絵　あかね書房　1985.7　181p　21cm　（あかね創作文学シリーズ）980円　①4-251-06135-7

『また七ぎつね東京へいく』　木暮正夫作，渡辺有一画　岩崎書店　1985.3　205p　18cm　（フォア文庫）390円　①4-265-01045-8

『昆虫パトロール隊ゆうかい事件』　木暮正夫作，西村郁雄絵　小峰書店　1985.1　126p　22cm　（創作こどもの文学）950円　①4-338-05212-0

『東京ワルがき列伝』　木暮正夫作，長谷川知子絵　ポプラ社　1984.12　222p　22cm　（こども文学館）780円　①4-591-01656-0

『三毛ねこ4ひき大さわぎ』　木暮正夫作，西村郁雄絵　ポプラ社　1984.9　119p　22cm　（わたしの動物記）780円

『ふしぎなごきげん草』　木暮正夫作，渡辺有一絵　岩崎書店　1984.8　78p　22cm　（あたらしい創作童話）880円

『チョコレートのたねあげます』　木暮正夫作，黒井健絵　岩崎書店　1984.6　68p　22cm　（現代の創作幼年童話）580円　①4-265-00103-3

『ズングリ林のけん玉大会』　木暮正夫作，水野二郎絵　ひさかたチャイルド　1983.9　77p　22cm　（ひさかた童話館）800円　①4-89325-357-3

『まいごのきょうりゅうマイゴン』　木暮正夫作，永島慎二絵　金の星社　1983.3　77p　22cm　（新・創作えぶんこ）880円　①4-323-00421-4

『どんじりチームのVサイン』　木暮正夫作，市川禎男絵　偕成社　1982.10　158p　23cm　（子どもの文学）880円　①4-03-626540-7

『お父さんはゆうれいを待っていた』　木暮正夫さく，渡辺有一え　学校図書　1982.8　121p　22cm　（学図の新しい創作シリーズ）900円

『こがね谷の秘密』　木暮正夫作，渡辺有一画　金の星社　1982.2　196p　21cm　（文学の扉）880円　①4-323-00891-0

『びりっかす』　木暮正夫著　ポプラ社　1982.1　206p　18cm　（ポプラ社文庫）390円

『おさむとのらねこタイガース』　木暮正夫作，西村郁雄画　佼成出版社　1981.7　62p　24cm　（創作童話シリーズ）880円　①4-333-01021-7

『二ちょうめのおばけやしき』　木暮正夫作，渡辺有一画　岩崎書店　1981.7　196p　18cm　（フォア文庫）390円

『虹のかかる村』 黒井健え，木暮正夫ぶん サンリオ 1981.6 31p 22cm 880円

『こちら事件クラブ』 木暮正夫作，倉石琢也絵 偕成社 1981.5 158p 23cm （子どもの文学） 780円 ①4-03-626450-8

『あのこも一ねんせい』 木暮正夫さく，中村有希え 京都 PHP研究所 1981.4 55p 23cm （こころの幼年童話） 940円

『ドブネズミ色の街』 木暮正夫作，菅輝男絵 理論社 1980.12 237p 23cm （理論社名作の愛蔵版） 940円

『ゴリラくんのひみつ』 木暮正夫作，赤星亮衛絵 大阪 教学研究社 1980.10 63p 22×19cm （教学研究社の絵物語シリーズ 12） 750円

『おばあちゃんはすてきな友だち』 木暮正夫作，斎藤としひろえ 中央共同募金会 1980.6 31p 19cm

『かっぱびっくり旅』 木暮正夫作，渡辺有一絵 旺文社 1980.6 173p 22cm （旺文社創作児童文学） 880円

『おばけのにこにこ』 木暮正夫作，藤島生子絵 太平出版社 1980.5 60p 22cm （太平ようねん童話—おはなしピッコロ） 780円

『もぐらのひこうき』 こぐれまさおさく，にしむらいくおえ 小峰書店 1980.3 1冊 23cm （はじめてのどうわ） 680円

『へぼ川くんとダンプちゃん』 木暮正夫作，今井弓子絵 講談社 1979.11 92p 22cm （講談社の新創作童話） 650円

『イジケムシとがんばりクラブ』 木暮正夫作，花之内雅吉絵 京都 PHP研究所 1979.9 158p 22cm 950円

『二ちょうめのおばけやしき』 木暮正夫作，渡辺有一絵 岩崎書店 1979.8 78p 22cm （あたらしい創作童話） 780円

『あしたへ飛んでいけ』 木暮正夫作，赤星亮衛画 小学館 1979.6 142p 22cm （小学館の創作児童文学シリーズ） 780円

『ひまねこさんこんにちは』 こぐれまさおさく，わたなべようじえ 小峰書店 1979.2 1冊 23cm （はじめてのどうわ） 680円

『かっぱ大さわぎ』 木暮正夫作，渡辺有一絵 旺文社 1978.5 156p 23cm （旺文社ジュニア図書館） 750円

『町にみどりの風がふく』 木暮正夫作，下河辺史子画 童心社 1978.5 125p 22cm （現代童話館） 780円

『きつねの九郎治』 木暮正夫作，石倉欣二絵 国土社 1977.11 79p 23cm （国土社の創作どうわ） 850円

『とんだシャチホコ』 木暮正夫文，ヒサクニヒコ絵 ポプラ社 1977.11 118p 22cm （どうわのまど） 800円

『二人のからくり師』 木暮正夫作 金の星社 1977.2 182p 22cm （現代・創作児童文学） 850円

『また七ぎつね自転車にのる』 木暮正夫作，渡辺有一絵 小峰書店 1977.2 126p 22cm （こみね創作童話） 880円

『くるみやしきのにちようび』 えんどうてるよえ，木暮正夫ぶん 金の星社 1975 58p 27cm （創作えぶんこ 15）

『ふくろう横町のなかまたち』 木暮正夫作，かみやしんえ 金の星社 1975 173p 22cm （創作こどもの本 15）

『オリオン通りのなかまたち』 木暮正夫作，鈴木琢磨絵 小峰書店 1974 174p 23cm （創作童話 11）

『タケシとのねずみ小学校』 木暮正夫作，石倉欣二画　高橋書店　1974　126p　22cm　（たかはしの創作童話）

『ブタのいる町』 木暮正夫著，田代三善絵　新日本出版社　1973　222p　22cm　（新日本創作少年少女文学　20）

『焼きまんじゅう屋一代記』 木暮正夫作，斎藤博之絵　偕成社　1973　154p　22cm　（創作子どもの文学）

『海にはあしたがある』 木暮正夫作，北島新平絵　牧書店　1972　243p　22cm　（新少年少女教育文庫　48）

『時計は生きていた』 木暮正夫文，桜井誠絵　偕成社　1971　222p　21cm　（少年少女創作文学）

『赤とんぼの歌』 木暮正夫文，福田庄助絵　三十書房　1964　192p　22cm　（日本少年文学選集　9）

『ドブネズミ色の街』 木暮正夫文，久米宏一絵　理論社　1962　174p　23cm　（少年少女長篇小説）

小酒井　不木
こさかい・ふぼく
《1890〜1929》

『少年科学探偵』 小酒井不木著　真珠書院　2013.8　192p　19cm　（パール文庫）　800円　①978-4-88009-602-5　〈「少年小説大系　第7巻」（三一書房　1986年刊）の抜粋〉
[目次] 紅色ダイヤ，暗夜の格闘，髭の謎，頭蓋骨の秘密，白痴の智慧，紫外線，塵埃は語る，玉振時計の秘密
[内容] 12歳の天才少年・塚原俊夫が，柔道三段の屈強な助手とタッグを組んで，難事件に取り組む。「物事を科学的に巧みに応用して探偵する」大人顔負けの少年探偵が活躍する連作小説。

後藤　竜二
ごとう・りゅうじ
《1943〜2010》

『後藤竜二童話集　5』 後藤竜二作，小泉るみ子絵，あさのあつこ責任編集　ポプラ社　2013.3　138p　21cm　1200円　①978-4-591-13314-9
[目次] 17かいのおんなのこ，おつかいへっちゃら，てんこうせいのてんとう虫，じてんしゃデンちゃん
[内容] てんこうしてきたのは，なまいきな女の子。ぜったい，口なんかきかないぞ！―けれど，あたらしい出会いは，あたらしい，キラキラした時間をつれてくる。ふとした出会いから，心がひとつつよくなる。そんな瞬間のよろこびがつまった「後藤竜二童話集5」。

『後藤竜二童話集　4』 後藤竜二作，武田美穂絵，あさのあつこ責任編集　ポプラ社　2013.3　150p　21cm　1200円　①978-4-591-13313-2
[目次] おかあさん，げんきですか。，ぼくはほんとはかいじゅうなんだ，おかあさんのスリッパ，おにいちゃん，どろんこクラブのゆうれいちゃん
[内容] お母さんなんか，大きらい！―かぞくだから，ぶつかりあって，いっぱいけんかをしてしまう。けれど，だいじなとき，「ひし！」とだきあえるのも，かぞくだから。ぶつかりながらそだつ，かぞくの絆があたたかい「後藤竜二童話集4」。

『後藤竜二童話集　3』 後藤竜二作，石井勉絵，あさのあつこ責任編集　ポプラ社　2013.3　150p　21cm　1200円　①978-4-591-13312-5
[目次] りんごの花，りんご畑の九月，りんごの木，紅玉，くさいろのマフラー，ないしょ！，さみしくないよ
[内容] 秋は，まっ赤なりんごがみのる，しゅうかくの季節。ツヤツヤとうつくしいりんごには，一年中，まい日まい日，心をこめてせわをした，かぞくみんなの思いがこもっている…。ふるさとの大地に，足をふんばっ

後藤竜二

て生きる子どもたち。そのたくましい姿が、まぶしくかがやく「後藤竜二童話集3」。

『後藤竜二童話集　2』　後藤竜二作，佐藤真紀子絵，あさのあつこ責任編集　ポプラ社　2013.3　142p　21cm　1200円　①978-4-591-13311-8
目次　ひみつのちかみちおしえます！，やまんばやかたたんけんします！，しゅくだい、なくします！，かみなりドドーン！
内容　1ねん二くみのごんちゃんは、やんちゃだけれど、だれよりも元気いっぱい。クラスの友だちや先生は、ごんちゃんといると、ちょっとふしぎなできごとに出会うのです。日常の中の大きな冒険に心がはずむ「後藤竜二童話集2」。

『後藤竜二童話集　1』　後藤竜二作，長谷川知子絵，あさのあつこ責任編集　ポプラ社　2013.3　158p　21cm　1200円　①978-4-591-13310-1
目次　1年1くみ1ばんワル，1ねん1くみ1ばんげんき，1ねん1くみ1ばんゆうき，1ねん1くみ1ばんサイコー！
内容　くろさわくんは、1ねん1くみで1ばんワル。だけど、いつでも元気いっぱいで、ほんとうは、1ばんいいやつ。そんなくろさわくんと、しんくん、そして、クラスのみんなの友情がたっぷりつまった「後藤竜二童話集1」。

『1ねん1くみ1ばんサイコー！』　後藤竜二作，長谷川知子絵　ポプラ社　2009.10　70p　23cm　(こどもおはなしランド　80)　1000円　①978-4-591-11174-1
内容　あさ、1ねん1くみにくろさわくんがいない!!　なぜ？　どうして？　すると、しらかわ先生がおこったようにいったんだ。くろさわくんがとつぜん、ほっかいどうにてんこうしたって!!　ぼくはどうしたらいいかわからない…。

『のんびり転校生事件』　後藤竜二作，田畑精一絵　新日本出版社　2009.9　187p　20cm　(5年3組事件シリーズ　3)　1400円　①978-4-406-05274-0〈1985年刊の新装版〉
内容　5年3組―友情組！　いじめなんかぶっ

とばせ！　ナイーブな思春期たちの深い思いを生き生きと描きあげた傑作。

『算数病院事件』　後藤竜二作，田畑精一絵　新日本出版社　2009.8　204p　20cm　(5年3組事件シリーズ　2)　1400円　①978-4-406-05267-2〈1975年刊の新装版〉
内容　算数病院は、「みんなが算数ができるように」と、とも子先生が発明した病院です―。楽しくて、わくわくして、人なつかしくなる物語。

『(秘)発見ノート事件』　後藤竜二作，田畑精一絵　新日本出版社　2009.6　220p　20cm　(5年3組事件シリーズ　1)　1400円　①978-4-406-05250-4〈『歌はみんなでうたう歌』(1973年刊)の新装版〉
内容　人情味あふれる、とも子先生とともに、ぶつかりあいながら育つ子どもたちを個性ゆたかに描いた傑作シリーズ、新装版。

『ひかる！　3　本気(マジ)。走る！』　後藤竜二作，スカイエマ絵　そうえん社　2009.5　117p　20cm　(ホップステップキッズ！　10)　950円　①978-4-88264-439-2
内容　わたし尾関ひかる。4年1組のみんな、大好き!!　「思いをつなぐ」全校駅伝大会、よ～い、スタート！　「ひかる！」シリーズ第3弾。

『ドンマイ！』　後藤竜二作，福田岩緒絵　新日本出版社　2009.2　91p　21cm　(3年1組ものがたり　5)　1200円　①978-4-406-05214-6
内容　春に咲く花は冬にぐんぐん根を張ってエネルギーをためる―冬こそ命。チューリップを新入生や卒業生への贈り物にするため、畑に植えた百個の球根。チューリップは本当に芽をだすのだろうか。

『白赤だすき小〇(こまる)の旗風―幕末・南部藩大一揆』　後藤竜二著　新日本出版社　2008.12　348p　20cm　2000円　①978-4-406-05216-0
内容　636ヶ村がいっせいに蜂起、勝利した幕末・南部藩の大一揆をダイナミックに

描く。

『1ねん1くみ1ばんジャンプ！』 後藤竜二作，長谷川知子絵　ポプラ社　2008.11　61p　24cm　（こどもおはなしランド　78）1000円　①978-4-591-10579-5
内容 1ねん1くみでは、たいいくでなわとびをやることになったんだよ。くろさわくんは「おれは、五じゅうとびやる！」なんていってるけど…。

『十一月は変身！』 後藤竜二作，福田岩緒絵　新日本出版社　2008.11　92p　21cm　（3年1組ものがたり　4）1200円　①978-4-406-05179-8
内容 パワー全開！　ドジでも、ヘボでも、ドンマイ！　ドンマイ！　仲間を信じて、待ちます。―3年1組、うわさになんか、負けない。

『ひかる！　2　本気。怒る！』 後藤竜二作，スカイエマ絵　そうえん社　2008.10　111p　20cm　（ホップステップキッズ！　3）950円　①978-4-88264-432-3
内容 サッカーゴールはみんなのもの。6年生だけがつかうなんて、ぜったいにゆるせないっ。

『おにいちゃん』 後藤竜二さく，小泉るみ子え　佼成出版社　2008.8　63p　21cm　（おはなしドロップシリーズ）1100円　①978-4-333-02337-0
内容 いもうとは、なまいきです。いもうとは、あまえんぼうです。いもうとは、なきむしです。いもうとは、すごく、うるさいです。だけど、たまーに、ちょっと、かわいいです。

『ま夏の夜は、たんけん！』 後藤竜二作，福田岩緒絵　新日本出版社　2008.8　93p　21cm　（3年1組ものがたり　3）1200円　①978-4-406-05159-0
内容 だれもいない学校はこわい。3年1組たんけん隊、出発します。

『ひかる！　1　本気。負けない！』 後藤竜二作，スカイエマ絵　そうえん社　2008.7　109p　20cm　（ホップステップキッズ！　1）950円　①978-4-88264-430-9
内容 いよいよ、きょうは全校ドッジボール大会。史上初の4年生による優勝、ねらってくよ。

『五月は花笠！』 後藤竜二作，福田岩緒絵　新日本出版社　2008.5　93p　21cm　（3年1組ものがたり　2）1200円　①978-4-406-05134-7
内容 「運動会のダンスは、花笠音頭です」「なにそれー！」「ダサー！」ブーイングの嵐―!?　カッコつけてないで、気どってないで、ほんとの気持ちをはじけさせよう。

『ジュン先生がやってきた！』 後藤竜二作，福田岩緒絵　新日本出版社　2008.4　92p　21cm　（3年1組ものがたり　1）1200円　①978-4-406-05127-9
内容 元気もりもり、3年1組。パワー全開、ジュン先生。―新シリーズスタート。

『1ねん1くみ1ばんくいしんぼう』 後藤竜二作，長谷川知子絵　ポプラ社　2007.9　68p　24cm　（こどもおはなしランド　77）1000円　①978-4-591-09897-4
内容 きょうのきゅうしょくは、みんながだいすきなカレーライス！　くいしんぼうのくろさわくんは、なんかいもおかわりをして…。―げんきいっぱい、おなかもいっぱい！　のおはなしです。小学校1年生向。

『風景』 後藤竜二作，高田三郎絵　岩崎書店　2007.7　117p　22cm　（新・わくわく読み物コレクション　1）1200円　①978-4-265-06071-9
内容 空が高く青かった。黒土の高台には、熟した黄褐色の麦畑がうねるように広がり、いく千匹ものトンボの群れが、つんととがった大麦の穂先から穂先へと、銀色の羽をきらめかせて飛び交っていた。朝日がまぶしかった。眼下に、りんご畑、ぶどう畑、トマトやナスなど十数種の野菜畑が美唄川の岸辺まで続いていた。後藤竜二文学の原風景。

『キャプテンはつらいぜ』 後藤竜二著　講談社　2006.12　211p　18cm　（講談

社青い鳥文庫）580円 ①4-06-147024-8〈第49刷〉

内容 六年生は受験でぬけるというし、エースの吉野くんはやめたいというし…。町内会の少年野球チーム「ブラック＝キャット」をおそった危機に、キャプテンの勇は大弱り。ぐれていた友だちの秀治をさそい、剛速球のエースにするが…。野球をとおして現代の子どもたちを生き生きとえがいた力作。小学上級から。

『1ねん1くみ1ばんあったか〜い！』 後藤竜二作，長谷川知子絵 ポプラ社 2006.10 61p 23cm （こどもおはなしランド 75） 1000円 ①4-591-09453-7

内容 大ゆきがふった日。さむくてないているマリアちゃんに、くろさわくんは、いまにもなりだしそうなかおして、ドカドカッとちかづいて…。一いちばんさむ〜い日の、いちばんあったか〜いおはなしです。1年生向き。

『キャプテンがんばる』 後藤竜二作 講談社 2006.8 173p 22cm （講談社文学の扉）1300円 ①4-06-283205-4 〈絵：杉浦範茂 1995年刊の改装版〉

内容 少年野球チーム「ブラック＝キャット」はキャプテン・勇の奮闘でじょじょにまとまりがでてきた。勇たちが通う、麦塾のゴロさんを監督にむかえ、実力もめきめきアップ。夏の野球大会も順調に勝ち進んだが、いいことばかりはなくて…。

『キャプテン、らくにいこうぜ』 後藤竜二作 講談社 2006.8 173p 22cm （講談社文学の扉）1300円 ①4-06-283204-6〈絵：杉浦範茂 1995年刊の改装版〉

内容 夏の大会に向け「ブラック＝キャット」は河原で一泊の合宿を敢行。チームを離れていた吉野君も参加、キャプテンの勇を中心に猛練習にはげむが、いつもチームを応援してくれていたケンを誘わなかったことで、チームワークにほころびが見え始める…。

『キャプテンはつらいぜ』 後藤竜二作 講談社 2006.8 188p 22cm （講談

社文学の扉）1300円 ①4-06-283203-8〈絵：杉浦範茂 1995年刊の改装版〉

内容 受験で6年生がやめ、エースの吉野君もやめたいといいだし、少年野球チーム「ブラック＝キャット」は解散の危機。新しくキャプテンに選ばれた勇は、運動神経抜群だが、ぐれて仲間はずれだった友達の秀治をチームに誘い、剛速球のエースにしようとするが…。

『1ねん1くみ1ばんあまえんぼう』 後藤竜二作，長谷川知子絵 ポプラ社 2005.9 61p 23cm （こどもおはなしランド 73） 1000円 ①4-591-08811-1

内容 一ねん一くみに、てんこうせいがきた。なまえは、あべマリアちゃん。マリアちゃんは、とってもあまえんぼうで、みんなはあきれたり、おこったり。だけど、くろさわくんだけは…。

『アイスクリーム、つくります！』 ごとうりゅうじさく，さとうまきこえ ポプラ社 2005.7 70p 20cm （ママとパパとわたしの本 33）800円 ①4-591-08715-8

内容 1ねん2くみでは、みんなでアイスクリームをつくることになりました。ごんちゃんは、はりきって、とくべつなたまごをもってきたのだけれど…。

『のんびり転校生事件』 後藤竜二作 新日本出版社 2005.2 182p 22cm （新日本少年少女の文学）1359円 ①4-406-01191-9〈第19刷〉

内容 「バカマツ」、「タコマツ」どんなにからかわれても、転校生の若松くんはへへへと笑ってマイペース。鉄二はそんな若松くんを必死でかばうが、からかいは、やがてクラス全体をまきこむいじめへとエスカレート…。いじめをなくそうと本音でぶつかりあう中で、クラスが団結をとりもどしていくまでを、さわやかに描く。

『1ねん1くみ1ばんふしぎ？』 後藤竜二作，長谷川知子絵 ポプラ社 2001.1 63p 23cm （こどもおはなしランド 64）1000円 ①4-591-06626-6

小松　左京
こまつ・さきょう
《1931〜2011》

『すぺるむ・さぴえんすの冒険—小松左京コレクション』　小松左京著，杉山実画　福音館書店　2009.11　509p　18cm　（ボクラノSF 04）1800円　①978-4-8340-2477-7

[目次]夜が明けたら，お召し，すぺるむ・さぴえんすの冒険—SPERM SAPIENS DUNAMAIの航海とその死，牛の首，お糸，結晶星団

[内容]もしかしたらありえたかもしれない，もう一つの世界の可能性について巨人小松左京が壮大なスケールで問いかける。脳がふるえる全6篇。

『復活の日—人類滅亡の危機との闘い』　小松左京原作，新井リュウジ文　ポプラ社　2009.9　318p　20cm　（Teens' entertainment 11）1400円　①978-4-591-11137-6

[内容]二〇〇九年，ヨーロッパで流行しだした恐ろしい"悪魔風邪"は，脅威の感染力で瞬く間に世界中に広がり，やがて，人類は死滅してしまった。極寒の地，南極にいた約一万人を残して—。人類滅亡の恐怖と，立ち向かう勇気を描いた，壮大な物語。

『宇宙人のしゅくだい』　小松左京作，堤直子絵　講談社　2009.6　187p　18cm　（講談社青い鳥文庫）580円　①4-06-147074-4〈第72刷〉

[目次]算数のできない子孫たち，つりずきの宇宙人，宇宙人のしゅくだい，"ぬし"になった潜水艦，アリとチョウチョウとカタツムリ，キツネと宇宙人，雪のふるところ，地球からきた子，タコと宇宙人，理科の時間，つゆあけ，にげていった子，ロボット地蔵，地球を見てきた人，空をとんでいたもの，赤い車，お船になったパパ，大型ロボット，ガソリンどろぼう，六本足の子イヌ，冥王星に春がきた，未来をのぞく機械，宇宙のもけい飛行機，宇宙のはてで，小さな星の子

[内容]「ちょっとまって！　わたしたちがおとなになったら，きっと戦争のない星にして，地球をもっともっと，たいせつにするわ…。」ヨシコのした宇宙人とのやくそくは，はたして実現されるでしょうか。表題作「宇宙人のしゅくだい」ほか，次代を担う子どもたちへの期待をこめておくる25編のSF短編集。

『青い宇宙の冒険』　小松左京作，安倍吉俊絵　講談社　2004.9　333p　18cm　（青い鳥文庫fシリーズ）720円　①4-06-148661-6

[内容]夜の11時になると，まもるの家の下から聞こえてくる怪しい震動音！　古文書などから，こうじが丘では，この不思議な現象が何百年も前から60年ごとにおきていたことを知ったまもるたちは，その怪現象の中心地に調査にむかう。古い子守歌どおりのねじれた松葉，強い磁性をおびたくぎ…謎はますます深まっていく。壮大なスケールのSF冒険物語。小学上級から。

『宇宙人のしゅくだい』　小松左京作，堤直子絵　講談社　2004.3　187p　18cm　（講談社青い鳥文庫—SLシリーズ）1000円　①4-06-274702-2

[目次]算数のできない子孫たち，つりずきの宇宙人，宇宙人のしゅくだい，"ぬし"になった潜水艦，アリとチョウチョウとカタツムリ，キツネと宇宙人，雪のふるところ，地球からきた子，タコと宇宙人，理科の時間，つゆあけ，にげていった子，ロボット地蔵，地球を見てきた人，空をとんでいたもの，赤い車，お船になったパパ，大型ロボット，ガソリンどろぼう，六本足の子イヌ，冥王星に春がきた，未来をのぞく機械，宇宙のもけい飛行機，宇宙のはてで，小さな星の子

[内容]「ちょっとまって！　わたしたちがおとなになったら，きっと戦争のない星にして，地球をもっともっと，たいせつにするわ…。」ヨシコのした宇宙人とのやくそくは，はたして実現されるでしょうか。表題作「宇宙人のしゅくだい」ほか，次代を担う子どもたちへの期待をこめておくる25編のSF短編集。小学中級から。

『空中都市008—アオゾラ市のものがたり』　小松左京作，和田誠絵　講談社　2003.6　277p　18cm　（青い鳥文庫fシ

リーズ）620円 ①4-06-148620-9
[内容] 空中都市008に引っ越してきた、ホシオくんとツキコちゃん。ここはいままで住んでいた街とはいろんなことがちがうみたい。アンドロイドのメイドさんがいたり、ふしぎなものがいっぱい…。じつはこのお話、1968年に作者が想像した未来社会、21世紀の物語なのです。さあ、今と同じようで少しちがう、もうひとつの21世紀へ出かけてみましょう！ 小学中級から。

『おちていた宇宙船』 小松左京著，三本桂子絵 講談社 1990.9 165p 18cm （講談社青い鳥文庫）430円 ①4-06-147286-0
[目次] おちていた宇宙船，SF日本おとぎ話
[内容] 「あれ、なんだろ？」「おうちかしら？」ヨッちゃんたちが森の中で見つけたのは、銀色に光る宇宙船です。中には、大ウサギやかいじゅうみたいな宇宙人が…！ヨッちゃんたちのおかしなぼうけんをえがく表題作のほか、キンタロウやカチカチ山などのけっさくパロディー「SF日本おとぎ話」をおさめた、ゆかいな短編集。

『空中都市008―アオゾラ市のものがたり』 小松左京著，和田誠絵 講談社 1985.6 268p 18cm （講談社青い鳥文庫）450円 ①4-06-147170-8

『宇宙人のしゅくだい』 小松左京著，堤直子絵 講談社 1981.8 187p 18cm （講談社青い鳥文庫）390円

『宇宙人のしゅくだい』 小松左京文，ウノカマキリ等絵 講談社 1974 158p 19cm （少年少女講談社文庫 A-39）

『青い宇宙の冒険』 小松左京著，北山泰斗絵 筑摩書房 1972 300p 20cm （ちくま少年文学館 2）

『おちていたうちゅうせん』 小松左京文，和田誠絵 フレーベル館 1972 71p 24cm （こどもSF文庫 5―宇宙シリーズ）

『見えないものの影』 小松左京文，赤坂三好絵 鶴書房盛光社 1972 257p 18cm （SFベストセラーズ）

『宇宙漂流』 小松左京文，早川博唯絵 毎日新聞社 1970 155p 22cm （毎日新聞SFシリーズ ジュニア版 16）

『空中都市008―アオゾラ市のものがたり』 小松左京文，和田誠絵 講談社 1969 266p 22cm

西条 八十
さいじょう・やそ
《1892〜1970》

『西條八十…100選―名作童謡』 西條八十著，上田信道編著 春陽堂書店 2005.8 278p 20cm 2800円 ①4-394-90234-7 〈年譜あり〉
[目次] かなりや，手品，雪の夜，蝶々，あしのうら，小人の地獄，鉛筆の心，きりぎりす，夕顔，たそがれ〔ほか〕
[内容] 煌きの童謡集まるごと八十！「唄を忘れたカナリヤ」は八十自身の姿であった!?…多彩な才能から紡ぎだされる童謡は、読むものをエキゾチックな幻想の世界へと誘う。児童文学研究家・上田信道が原曲を検証、全編を解説した決定版。評伝年譜つき。

斎藤 惇夫
さいとう・あつお
《1940〜》

『哲夫の春休み』 斎藤惇夫作，金井田英津子画 岩波書店 2010.10 373p 22cm 2500円 ①978-4-00-115641-6
[内容] 中学校入学を目前に、父の故郷、長岡にひとり旅をすることになった哲夫。行きの列車の中から次々と不思議なことが起こります。哲夫は同い年の少女みどりとともに、自分たちを取り巻く大人の様々な過去に向きあうことになりますが…。冬から春へと移りゆく長岡を舞台に、子どもから大人へと成長していく少年の繊細な心を描く、

斎藤惇夫

感動のタイム・ファンタジー。「ガンバの冒険シリーズ」の作者による清冽な、少年の成長の物語。

『ガンバとカワウソの冒険』　斎藤惇夫著　改版　岩波書店　2007.10　546p　23cm　2440円　①4-00-110528-4〈第24刷〉

『冒険者たち―ガンバと15ひきの仲間』　斎藤惇夫著　新版　岩波書店　2005.11　394p　18cm　（岩波少年文庫）　760円　①4-00-114044-6〈8刷〉
内容　イタチと戦う島ネズミを助けに、ドブネズミのガンバと仲間たちは夢見が島へ渡りました。どうもうな白イタチのノロイの攻撃をうけ、ガンバたちは知恵と力のかぎりをつくして戦います。胸おどる冒険ファンタジーの大作。小学4・5年以上。

『グリックの冒険』　斎藤惇夫著　岩波書店　2004.11　346p　23cm　1800円　①4-00-110526-8〈第21刷〉

『ガンバとカワウソの冒険』　斎藤惇夫作，藪内正幸画　新版　岩波書店　2000.9　577p　18cm　（岩波少年文庫）　840円　①4-00-114046-2
内容　ゆくえ不明のネズミをたずねて四の島の渡ったガンバと仲間たちは、絶滅したはずの二匹のカワウソを見つけます。野犬と戦いながら、カワウソの仲間が生き残っているかもしれない伝説の川「豊かな流れ」をめざす冒険がはじまりました。小学4・5年以上。

『グリックの冒険』　斎藤惇夫作，藪内正幸画　新版　岩波書店　2000.7　357p　18cm　（岩波少年文庫）　760円　①4-00-114045-4
内容　飼いリスのグリックは、北の森でいきいきとくらす野生リスの話を聞き、燃えるようなあこがれをいだきます。カゴから脱走したグリックはガンバに助けられ、動物園で知りあっためすリスののんのんといっしょに、北の森をめざします。小学4・5年以上。

『冒険者たち―ガンバと15ひきの仲間』　斎藤惇夫作，藪内正幸画　新版　岩波書店　2000.6　394p　18cm　（岩波少年文庫）　760円　①4-00-114044-6

『ガンバとカワウソの冒険』　斎藤惇夫作，藪内正幸画　岩波書店　1990.7　570p　18cm　（岩波少年文庫）　800円　①4-00-112123-9
内容　ゆくえ不明のネズミをたずねて四の島に向かったガンバと仲間たちは、絶滅したはずの二ひきのカワウソを見つけました。そして狂暴な野犬と戦いながら、伝説の河「豊かな流れ」をめざします。小学上級以上。

『グリックの冒険』　斎藤惇夫作，藪内正幸画　岩波書店　1990.7　351p　18cm　（岩波少年文庫）　670円　①4-00-112122-0
内容　飼いリスのグリックは、野生のリスの住む北の森にあこがれ、カゴから脱走します。町でドブネズミのガンバと親しくなり、動物園で知りあった雌リスののんのんといっしょに、北の森をめざします。小学上級以上。

『冒険者たち―ガンバと15ひきの仲間』　斎藤惇夫作，藪内正幸画　岩波書店　1990.7　388p　18cm　（岩波少年文庫）　670円　①4-00-112121-2
内容　イタチと戦う島ネズミを助けに、ドブネズミのガンバと仲間たちは夢見が島へ渡りました。しかし、どうもうな白イタチのノロイの攻撃をうけ、ガンバたちは知恵と力のかぎりをつくして戦います。小学上級以上。

『ガンバとカワウソの冒険』　斎藤惇夫作，藪内正幸画　岩波書店　1982.11　546p　23cm　2200円

『グリックの冒険』　斎藤惇夫作，藪内正幸画　岩波書店　1982.11　346p　23cm　1600円

『冒険者たち―ガンバと十五ひきの仲間』　斎藤惇夫作，藪内正幸画　岩波書店　1982.11　378p　23cm　1700円

『冒険者たち―ガンバと十五匹の仲間』　斎藤惇夫作，藪内正幸絵　牧書店　1972　372p　22cm

『グリックの冒険』　斎藤惇夫作，藪内正幸画　牧書店　1970　343p　22cm

(新少年少女教養文庫 27)

斎藤　隆介
さいとう・りゅうすけ
《1917〜1985》

『ちょうちん屋のままッ子』　斎藤隆介作, 滝平二郎絵　理論社　2010.2　251p　23cm　（日本の児童文学よみがえる名作）2200円　①978-4-652-00058-8〈1970年刊の復刻新装版〉

酒井　朝彦
さかい・あさひこ
《1894〜1969》

『木馬のゆめ』　酒井朝彦著　日本図書センター　2006.4　129p　21cm　（わくわく！　名作童話館 3）2200円　①4-284-70020-0　(画：初山滋)
目次　木馬のゆめ，雪のあさ，お日さまと石，やぎの子とふえ，おちたひなどり，ほたるとせみ，お庭のすずめ，黒いちょうとにじ，夜の花，ありと水，小さな木馬，空をとびたい魚

『ひらかな童話集』　酒井朝彦文，大石哲路等絵　金の星社　1957　200p　22cm

『母のふるさと』　酒井朝彦文，山下大五郎絵　泰光堂　1956　200p　21cm（初級童話 4）

『酒井朝彦童話』　酒井朝彦文，山下大五郎絵　金子書房　1952　214p　22cm（童話名作選集 4年生）

阪田　寛夫
さかた・ひろお
《1925〜2005》

『きつねうどん』　阪田寛夫詩　童話屋　2011.2　156p　16cm　1250円　①978-4-88747-106-1
目次　きつねうどん，まんじゅうとにらめっこ，たべちゃえたべちゃえ，おなかのへるうた，やきいもグーチーパー，おしっこのタンク，朝いちばん早いのは，おとなマーチ，マンモス，はぶらしくわえて ［ほか］
内容　涙あり，笑いあり，恋ごころ，スケベエあり。「サッちゃん」の阪田寛夫（芥川賞受賞作家）による抱腹絶倒詩集。

『カステラへらずぐち』　まど・みちお，阪田寛夫詩，かみやしんえ　小峰書店　2004.6　54p　25cm　（まどさんとさかたさんのことばあそび 5）1300円　①4-338-06023-9
目次　まどさんのことばあそび（からだ，グチ，いいよ，ロボットのうけごたえ，もけいのサクランボ ほか），さかたさんのことばあそび（マリアとマラリア，ぐじとタラ，やしのみひとつ，漢字のおけいこ，しんこんさん ほか）

佐藤　さとる
さとう・さとる
《1928〜》

『机の上の仙人―机上庵志異』　佐藤さとる著　武蔵野　ゴブリン書房　2014.6　212p　20cm　1400円　①978-4-902257-29-8〈画：岡本順　「新仮名草子」（講談社　1982年刊）の改題，加筆・修正〉
内容　童話作家の机の上に突如あらわれた，身の丈およそ二寸余りの小さな仙人一名は，机上庵方丈。中国の奇譚集『聊斎志異』をもとに，「コロボックル物語」の作家が描く，机上のファンタジー。

佐藤さとる

『だれも知らない小さな国—新日本伝説』
佐藤さとる著　私家版復刻　〔横浜〕
コロボックル書房　2013.2　2冊（特別
付録とも）　18cm　全1600円　Ⓘ978-4-907168-00-1〈特別付録：32p：ブドウ
屋敷文書の謎　外箱入　原本：コロ
ボックル通信社昭和34年刊　発売：あか
つき（横浜）〉

『宇宙からきたかんづめ』　佐藤さとる作，
岡本順絵　武蔵野　ゴブリン書房
2011.11　126p　21cm　1300円　Ⓘ978-4-902257-23-6〈盛光社1967年刊の加
筆、修正〉
|内容|ぼくがスーパーマーケットで出会った
のは、おしゃべりをする不思議な「かん
づめ」。地球を調査するために、遠い宇宙から
やってきたらしい。かんづめがぼくに話して
聞かせてくれるのは、奇想天外なお話の数々
—。だけど、かんづめの中は、いったいどう
なっているんだろう…？　ゆかいなSF童話。

『佐藤さとるファンタジー全集　16　佐
藤さとるの世界』　佐藤さとる著，長崎
源之助, 神宮輝夫, 西本鶏介編　講談社
2011.4　241p　18cm　2000円　Ⓘ978-4-8354-4558-8〈1983年刊の復刊　年譜
あり　発売：復刊ドットコム〉
|目次|随筆集，私の出会った人々，あとがき
集，年譜

『佐藤さとるファンタジー全集　15
ファンタジーの世界』　佐藤さとる著，
長崎源之助, 神宮輝夫, 西本鶏介編　講
談社　2011.4　229p　18cm　2000円
Ⓘ978-4-8354-4557-1〈1983年刊の復刊
発売：復刊ドットコム〉
|目次|ファンタジーの世界（私のコロボック
ル，空想からファンタジーへ，ファンタジー
とは，ファンタジーの創り方，ファンタジー
を読む，児童文学について，おわりに），
ファンタジーの周辺—対談＝佐藤さとる・
長崎源之助

『コロボックル童話集』　佐藤さとる作，
村上勉絵　講談社　2011.3　205p
18cm　（講談社青い鳥文庫）580円
Ⓘ4-06-147037-X〈第38刷〉
|目次|コロボックルと時計，コロボックルと
紙のひこうき，コロボックル空をとぶ，トコ
ちゃんばったにのる，コロボックルふねに
のる，そりにのったトコちゃん，ヒノキノヒ
コのかくれ家，人形のすきな男の子，百万人
にひとり，へんな子
|内容|コロボックルの子ども、トコちゃんを
主人公とする「コロボックル空をとぶ」「ト
コちゃんばったにのる」などコロちゃんシ
リーズをはじめ、「だれも知らない小さな
国」執筆以来、著者が心にあたため続け折々
に発表してきた、コロボックルと人間との
友情を描いた短編10話を収録。

『佐藤さとるファンタジー全集　14　名
なしの童子』　佐藤さとる著，長崎源之
助, 神宮輝夫, 西本鶏介編　講談社
2011.3　271p　18cm　2000円　Ⓘ978-4-8354-4556-4〈1983年刊の復刊　発
売：復刊ドットコム〉
|目次|大男と小人，名なしの童子，ネムリコ
の話，不思議な音がきこえる，太一くんの工
場，おじいさんの石，大きな木がほしい，椿
の木から，海が消える，小鬼がくるとき，
ヨットのチューリップ号，お母さんの宝も
の，夢二つ，魔法のはしご，かくれんぼ，グ
ラムくん，ポケットだらけの服，壁の中，ぼ
くのおもちゃばこ

『佐藤さとるファンタジー全集　13　ぼ
くは魔法学校三年生』　佐藤さとる著，
長崎源之助, 神宮輝夫, 西本鶏介編　講
談社　2011.3　293p　18cm　2000円
Ⓘ978-4-8354-4555-7〈1983年刊の復刊
発売：復刊ドットコム〉
|目次|だいだらぼっち，帰ってきた大男，ポ
ストの話，風の子と焚き火，タケオくんの電
信柱，あっちゃんのよんだ雨，友だち，角ン
童子，不思議なおばあさん，魔法の町の裏通
り，鬼の話，この先ゆきどまり，水のトンネ
ル，ぼくは魔法学校三年生，魔法のチョッ
キ，かぜにもらったゆめ，里謡二題

『佐藤さとるファンタジー全集　12　い
たちの手紙』　佐藤さとる著，長崎源之
助, 神宮輝夫, 西本鶏介編　講談社

2011.2 260p 18cm 2000円 ①978-4-8354-4554-0〈1982年刊の復刊　発売：復刊ドットコム〉

目次 とりかえっこ, こおろぎとお客さま, ぼくの家来になれ, 散歩にいこうよ, どんぐりたろう, いじめっ子が二人, 箱の中の山, いたちの手紙, 雨降り小僧, わすれんぼの話, くりみたろう, 開かずの間, ぼくのイヌくろべえ

『佐藤さとるファンタジー全集　11　わんぱく天国』　佐藤さとる著, 長崎源之助, 神宮輝夫, 西本鶏介編　講談社　2011.2　259p　18cm　2000円　①978-4-8354-4553-3〈1983年刊の復刊　発売：復刊ドットコム〉

目次 わんぱく天国, 井戸のある谷間, 秘密のかたつむり号

『佐藤さとるファンタジー全集　10　ジュンと秘密の友だち』　佐藤さとる著, 長崎源之助, 神宮輝夫, 西本鶏介編　講談社　2011.1　274p　18cm　2000円　①978-4-8354-4552-6〈1983年刊の復刊　発売：復刊ドットコム〉

目次 ジュンと秘密の友だち, 寓話, じゃんけんねこ(負け話), じゃんけんねこ(勝ち話), 口笛を吹くねこ, まいごのおばけ, ぼくのおばけ, タツオの島, まいごのかめ

『佐藤さとるファンタジー全集　9　赤んぼ大将』　佐藤さとる著, 長崎源之助, 神宮輝夫, 西本鶏介編　講談社　2011.1　246p　18cm　2000円　①978-4-8354-4551-9〈1983年刊の復刊　発売：復刊ドットコム〉

目次 海へいった赤んぼ大将, 赤んぼ大将山へいく

『佐藤さとるファンタジー全集　8　おばあさんの飛行機』　佐藤さとる著, 長崎源之助, 神宮輝夫, 西本鶏介編　講談社　2010.12　279p　18cm　2000円　①978-4-8354-4550-2〈1982年刊の復刊　発売：復刊ドットコム〉

目次 おばあさんの飛行機, なまけものの時計, 竜宮の水がめ, はごろも, 机の上の運動会, タッちゃんと奴だこ, マコト君と不思議な椅子, 机の神さま, おしゃべり湯わかし, 百番めのぞうがくる, 不思議な不思議な長靴, 太一の机, 小さな竜巻, ぼくの机はぼくの国, はさみが歩いた話, 机の上の古いポスト, イサムの飛行機, えんぴつ太郎の冒険

『佐藤さとるファンタジー全集　7　てのひら島はどこにある』　佐藤さとる著, 長崎源之助, 神宮輝夫, 西本鶏介編　講談社　2010.12　277p　18cm　2000円　①978-4-8354-4549-6〈1983年刊の復刊　発売：復刊ドットコム〉

目次 てのひら島はどこにある, コロボックルと時計, コロボックルと紙の飛行機, コロボックルのトコちゃん, ヒノキノヒコのかくれ家, 人形のすきな男の子, 百万人にひとり, へんな子

『佐藤さとるファンタジー全集　6　そこなし森の話』　佐藤さとる著　講談社　2010.11　271p　19cm　2000円　①978-4-8354-4548-9〈発売：復刊ドットコム〉

目次 そこなし森の話, まめだぬき, 山寺のおしょうさん, ネコの盆踊り, 富士山を見にきた魔法使い, 四角い虫の話, きつね三吉, お化けのかんづめ, 遠い星から, カラッポの話, 天からふってきた犬, 竜のたまご, 宇宙からきたかんづめ, 宇宙からきたみつばち, ねずみの町の一年生, カッパと三日月, ろばの耳の王様後日物語

『佐藤さとるファンタジー全集　5　小さな国のつづきの話』　佐藤さとる著　講談社　2010.11　233p　19cm　2000円　①978-4-8354-4547-2〈発売：復刊ドットコム〉

内容 図書館につとめる「ヘンな子」の正子とコロボックルの娘「かわった子」ツクシンボはどんなふうにしてトモダチになったのか。コロボックル物語完結編。

『佐藤さとるファンタジー全集　4　ふしぎな目をした男の子』　佐藤さとる著, 長崎源之助, 神宮輝夫, 西本鶏介編　講談社　2010.10　220p　18cm　2000円　①978-4-8354-4546-5〈1983年刊の復刊

発売：復刊ドットコム〉
内容 コロボックルが本気で走れば、人間の目になんか見えるはずがない。ところが、ふしぎな目をした男の子タケルには、そのすがたが見えるのだ。コロボックルと友だちになった人間の物語。

『佐藤さとるファンタジー全集 3 星からおちた小さな人』 佐藤さとる著, 長崎源之助, 神宮輝夫, 西本鶏介編 講談社 2010.10 241p 18cm 2000円 ①978-4-8354-4545-8 〈1983年刊の復刊 発売：復刊ドットコム〉
内容 コロボックル小国は人間の世界からいろいろな事を学びめざましく変わりはじめていました。そして新型飛行機の試験飛行の日にひとりのコロボックルが人間の少年に見つかってしまいます。

『佐藤さとるファンタジー全集 2 豆つぶほどの小さないぬ』 佐藤さとる著, 長崎源之助, 神宮輝夫, 西本鶏介編 講談社 2010.9 278p 18cm 2000円 ①978-4-8354-4544-1 〈1982年刊の復刊 発売：復刊ドットコム〉
内容 ずっと昔にコロボックルが飼っていたという伝説のマメイヌを探しに五人のコロボックルたちが大活躍。

『佐藤さとるファンタジー全集 1 だれも知らない小さな国』 佐藤さとる著, 長崎源之助, 神宮輝夫, 西本鶏介編 講談社 2010.9 250p 18cm 2000円 ①978-4-8354-4543-4 〈1982年刊の復刊 発売：復刊ドットコム〉
内容 "こぼしさま"の伝説が伝わる小山で見た小指ほどしかない小さな人。小さな国のコロボックル物語。

『21世紀版少年少女古典文学館 第19巻 雨月物語』 興津要, 小林保治, 津本信博編 司馬遼太郎, 田辺聖子, 井上ひさし監修 上田秋成原作, 佐藤さとる著 講談社 2010.2 277p 20cm 1400円 ①978-4-06-282769-0
目次 菊の節句の約束―「菊花の約」より, 真間の故郷―「浅茅が宿」より, 鯉になったお坊さま―「夢応の鯉魚」より, 大釜の占い―「吉備津の釜」より, 幽霊の酒盛り―「仏法僧」より, 蛇の精―「蛇性の婬」より, 白峯山の天狗―「白峯」より, 鬼と青い頭巾―「青頭巾」より, ふしぎなちびのじいさま―「貧福論」より
内容 士農工商の身分制度こそあったものの, 生産力は増大し, 人々も合理的な考え方を身につけ始めた時代だった。しかし, 合理主義をおし進めればおし進めるほど, 人間にとって未知の世界に対しての探究心も強まり, 現世の外にある闇の世界にひかれていくものでもある。上田秋成の『雨月物語』は, 人の心の中の闇を, 厳しく美しく描いた小説集である。怨霊と生者の対話を通して, 人間の愛憎や執着, 欲望や悔恨をあますところなく表現し, 近世怪奇文学の最高峰といわれている。

『つくえのうえのうんどうかい』 佐藤さとる作, 村上勉絵 新装版 小峰書店 2009.9 59p 25cm （はじめてよむどうわ） 1400円 ①978-4-338-24705-4
内容 つくえのうえしょうがっこう？ おもしろいなまえだね。どこにあるの？ それはね, よるになるとね, わかる…とってもふしぎながっこうなのさ。

『ヒノキノヒコのかくれ家 人形のすきな男の子』 佐藤さとる作, 村上勉絵 講談社 2009.9 55p 25cm （もうひとつのコロボックル物語） 1500円 ①978-4-06-215785-8
目次 ヒノキノヒコのかくれ家, 人形のすきな男の子
内容 読みつがれている名作から「コロボックル物語」シリーズに所収されていない珠玉の短編を選び抜き, 新たに村上勉の描きおろした絵と佐藤さとるのあとがきを添えた「コロボックル物語」誕生五十周年記念作。

『百万人にひとり へんな子』 佐藤さとる作, 村上勉絵 講談社 2009.9 55p 25cm （もうひとつのコロボックル物語） 1500円 ①978-4-06-215784-1
目次 百万人にひとり, へんな子
内容 読みつがれている名作から「コロボックル物語」シリーズに所収されていない珠玉

の短編を選び抜き、新たに村上勉の描きおろした絵と佐藤さとるのあとがきを添えた「コロボックル物語」誕生五十周年記念作。

『本朝奇談(にほんふしぎばなし)天狗童子―完全版』 佐藤さとる著, 村上豊画 軽装版 あかね書房 2009.2 351p 19cm 1300円 ①978-4-251-09839-9
[内容] 数奇な運命に生きる相模大山のカラス天狗・九郎丸が、戦国時代の関東の夜空を翔る、壮大な歴史ファンタジー。二〇〇七年、「赤い鳥文学賞」「赤い鳥さしえ賞」受賞の『本朝奇談天狗童子』の結末が増補されて、軽装版で出版。

『だれも知らない小さな国』 佐藤さとる著 講談社 2007.1 245p 18cm (講談社青い鳥文庫) 620円 ①4-06-147032-9〈第69刷〉
[内容] こぼしさまの話が伝わる小山は、ぼくのたいせつにしている、ひみつの場所だった。ある夏の日、ぼくはとうとう見た―小川を流れていく赤い運動ぐつの中で、小指ほどしかない小さな人たちが、ぼくに向かって、かわいい手をふっているのを! 日本ではじめての本格的ファンタジーの傑作。小学上級から。毎日出版文化賞。

『天狗童子―本朝奇談』 佐藤さとる著 あかね書房 2006.6 311p 22cm 1600円 ①4-251-09837-4〈画:村上豊〉
[内容] 佐藤さとるファン待望の新作ファンタジー! 相模大山のカラス天狗・九郎丸が、戦国時代の夜空を翔る壮大な物語。

『カラッポのはなし』 佐藤さとる作, 村上勉画 あかね書房 2006.4 77p 23cm 950円 ①4-251-03523-2〈第16刷〉
[内容] タツオはかたづけをしないで、おかあさんにしかられました。こまっていると、目のまえの本ばこがひとりでにかたづいていきます!

『星からおちた小さな人』 佐藤さとる著 講談社 2006.2 219p 21cm (コロボックル物語 3) 1200円 ①4-06-119077-6〈15刷〉

『小さな人のむかしの話』 佐藤さとる作, 村上勉絵 講談社 2005.4 184p 18cm (講談社青い鳥文庫 18-8―コロボックル物語 別巻) 580円 ①4-06-148683-7
[目次] スクナヒコとオオクルヌシ, 水あらそいとヒコ, アシナガのいましめ, 虫づくし, 長者さまの姉ひめむすめ, モモノヒコ=タロウ, 虫守りのムシコヒメ, ふたりの名人, 藤助の伝記
[内容] せいたかさんがツムジのじいさまから聞いたコロボックルたちのむかしの話を、古いと思われる順にならべ、神話風のふしぎな話や民話のようなエピソード、また人物伝など、さまざまな形で再現。「コロボックル物語」完結後に、別巻として書かれた作品、待望の青い鳥文庫化です。小学上級から。

『ふしぎな目をした男の子』 佐藤さとる著 講談社 2004.12 201p 21cm (コロボックル物語 4) 1200円 ①4-06-119078-4〈新版12刷〉
[内容] コロボックルが本気で走れば、人間の目になんか見えるはずがない。ところが、ふしぎな目をした男の子タケルには、そのすがたが見えるのだ。へそまがりの、がんこもののじいさまコロボックルは、タケルにみつけられ、二人のあいだにきみょうな友情がめばえてくる。コロボックルと友だちになった人間の物語。

『豆つぶほどの小さないぬ』 佐藤さとる著 講談社 2004.12 241p 22cm (コロボックル物語 2) 1200円 ①4-06-119076-8〈第14刷〉
[内容] 小山にすむ小人の一族、コロボックルたちは、むかし豆つぶほどの小さないぬを飼っていた。コロボックルよりも、もっとすばしこくて、りこうな動物だったという。ところが、死にたえたといわれていたそのマメイヌが、いまでも生き残っているらしい。マメイヌさがしに、コロボックルたちの大かつやくがはじまった。「だれも知らない小さな国」の続編。

サトウ・ハチロー
《1903〜1973》

『日本語を味わう名詩入門 11 サトウハチロー』 サトウハチロー著，萩原昌好編，つちだのぶこ画 あすなろ書房 2012.11 95p 20cm 1500円 ①978-4-7515-2651-4
[目次] 風船，のどかなとき，おかあさんの匂い，母という字を書いてごらんなさい，おふくろがつめてくれた弁当は，うぐいすの卵はチョコレート，むかしの家の垣根には，しょうがやみょうがはきらいだよ，いつでもおかあさんはおかあさん，でんでん虫にも〔ほか〕
[内容] 数々の「おかあさん」の詩や，「ちいさい秋みつけた」などの童謡で知られるサトウハチロー。そのユーモアと郷愁あふれる詩の世界を味わってみましょう。

佐藤　春夫
さとう・はるお
《1892〜1964》

『21世紀版少年少女日本文学館 7 幼年時代・風立ちぬ』 室生犀星，佐藤春夫，堀辰雄著　講談社　2009.2　311p　20cm　1400円　①978-4-06-282657-0〈年譜あり〉
[目次] 幼年時代（室生犀星），西班牙犬の家（佐藤春夫），実さんの胡弓（佐藤春夫），おもちゃの蝙蝠（佐藤春夫），わんぱく時代・抄（佐藤春夫），風立ちぬ（堀辰雄）
[内容] 複雑な家庭に育った著者の少年時代をもとにした室生犀星の自伝小説「幼年時代」。現実と空想の世界とがないまぜとなった佐藤春夫の「西班牙犬の家」。胸を病む少女と青年との悲しい恋を描いた堀辰雄の代表作「風立ちぬ」など，詩人でもある三作家の詩情あふれる短編集。ふりがなと行間注で，最後までスラスラ。児童向け文学全集の決定版。

さとう　まきこ
《1947〜》

『千の種のわたしへ―不思議な訪問者』 さとうまきこ作　偕成社　2013.10　253p　20cm　1600円　①978-4-03-727170-1
[内容] 中一の春から不登校になった千種はある夜，奇妙な夢をみる。そして次の日から，夢のとおり「不思議なものたち」がやってきて，千種は身の上話をきくことに…。小学校高学年から。

『犬と私の10の約束―バニラとみもの物語』 さとうまきこ作，牧野千穂絵　ポプラ社　2013.7　166p　18cm　（ポプラポケット文庫 088-1）　620円　①978-4-591-13523-5〈2008年刊の再刊〉
[内容] みものの家に，初めて子犬がやってきました！ バニラ色のゴールデン・レトリバー。名前はバニラ。ずっといっしょに仲良く暮らしたいから，お母さんはみもに「犬と私の10の約束」を教えてくれました。小学校中級〜。

『ふたりは屋根裏部屋で』 さとうまきこ作，牧野鈴子絵　復刊ドットコム　2013.4　259p　22cm　2400円　①978-4-8354-4914-2〈あかね書房 1985年刊の一部改訂　文献あり〉
[内容] 「あなた，だあれ。あなたもこの家に住んでいたの？」劇のせりふのようにいって，エリは少女の絵の前で肩をすくめた一つのからまる西洋館を舞台に，「過去」と「現在」，時空を越えて出会った，ふたりの少女のふしぎな交流を描く。ガラス細工のように繊細で透明な少女たちの，切なくも美しいタイムトラベル・ミステリー。

『9月0日大冒険』 さとうまきこ作　偕成社　2012.7　233p　19cm　（偕成社文庫 3275）　800円　①978-4-03-652750-2〈画：田中槇子　1989年刊の再刊〉
[内容] 夏休みなのに，ぜんぜん遊べなかった子にやってくる特別な日，それが9月0日。真夜中，家のまわりはジャングルになって，

さとうまきこ

ぼくらは、冒険にでかけたんだ！ 世代をこえて、愛されてきた名作を文庫化。小学上級から。

『ジョイ子とサスケ―初めてのともだち』 さとうまきこ作, 牧野千穂絵 ポプラ社 2012.6 135p 21cm 1100円 ①978-4-591-12944-9
[内容] 内気なジョイ子と、やんちゃなサスケ―。同じ日に生まれたのに、正反対のふたりが、初めてのお散歩で出会って、ともだちになりました！ 日々成長していく子犬たちの目にうつる世界、子犬たちの本当の気持ちを、あざやかに描き出した物語。

『宇宙人のいる教室』 さとうまきこ作, 勝川克志絵 新装版 金の星社 2012.3 141p 22cm 1200円 ①978-4-323-04971-7
[内容] 運動神経はゼロ、ジョーシキもゼロ、いじめられてもそれに気づかないなんていう、へんな転校生、星レオナ。みんなはバカにしてわらったり、いじめたりするけど、ぼくは見てしまったんだ。あいつの家にあるテレビゲームのカセットに、クラス全員の身上調査がインプットされてあるのをさ。ぼくは、ピンときたね。あいつは宇宙人にちがいない、地球をしんりゃくしようとしているにちがいない、ってね！―。

『クッキーとコースケ―犬と走る日』 さとうまきこ作, 牧野鈴子絵 小峰書店 2011.12 131p 22cm （おはなしメリーゴーラウンド） 1300円 ①978-4-338-22208-2
[内容] あたしは、ゴールデンレトリヴァーの女の子。ふかだクッキー。あたしが子犬のときは、もっと白くて、だいすきなお母さんがつくる、おいしいクッキーの色に、そっくりだったの。だから、コースケが、あたしの名をキックって決めたんだって。

『ぼくらの輪廻転生（てんせい）』 さとうまきこ著 角川書店 2010.5 269p 20cm （カドカワ銀のさじシリーズ） 1600円 ①978-4-04-874041-8〈発売：角川グループパブリッシング 文献あり〉
[内容] 向山授・17歳は勉強も運動も人づきあいも"そこそこ"な平凡男子。自分よりも女子に人気があって大人びた存在感を持つ同級生・西村滋雄にジェラシーを感じたりする日々。そんなある日、不思議なクリニックに迷い込んだ授は、突然自分の前世にトリップする。ある時は中世のイタリアで貴族となり、ある時はナポレオンの側近として軍人となり。おまけに、そこで出会うのはどこか見覚えのある人物ばかりで…？ 過去から現代へとつながる絆の謎を解くために、授は前世への旅に挑む―！ 時空を超えた、青春ファンタジー。

『おやつにまほうをかけないで』 さとうまきこ作, いせひでこ絵 新装版 小峰書店 2009.10 62p 25cm （はじめてよむどうわ） 1400円 ①978-4-338-24707-8
[内容] しろいクリーム、おおきなイチゴ。うーん、おいしそう！ まほうのおやついかがですか。

『14歳のノクターン』 さとうまきこ作 ポプラ社 2009.5 325p 20cm （Teens' best selections 19） 1300円 ①978-4-591-10953-3
[内容] 小説家の章子が、ふと見つけたのは、中学二年の時の文集、『学園の丘昭和三十五年度』。そして、なつかしい親友の写真。―ああ、チーコ、あれから、どんな人生を歩んできたの？ 五十年の年月を越え、十四歳の章子が立ちあがり、動きだす。思春期の入り口に立ちつくす少女の心、激しく優しい友情、苦い初恋…昭和三十年代の青春を、今の時代への願いと希望をこめて、熱く描く。

『犬と私の10の約束―バニラとみもの物語』 さとうまきこ作, 牧野千穂絵 ポプラ社 2008.1 151p 21cm 1100円 ①978-4-591-10041-7
[内容] みもの家に、初めて子犬がやってきました。バニラ色のゴールデン・レトリバー。名前はバニラ。ずっとずっと、いっしょに仲良く暮らしたいから…。お母さんはみもに、「犬と私の10の約束」をおしえてくれました…。バニラとみもの、友情と成長の物語。

『ぼくらの初恋 3 days』 さとうまきこ

作，やまだないと絵　ポプラ社　2007.9　303p　19cm　（Dreamスマッシュ！　23）　840円　①978-4-591-09902-5
内容　和菓子やのアルバイトの女の子に恋をしている雄介。親友の恋を応援するはずが、いつの間にか自分も彼女が気になっている省吾。恋か，友情か!?　心ふるえる中学生の初恋冒険ストーリー。「3days」シリーズ、待望の完結編。

『ぼくらの家出 3 days』　さとうまきこ作　ポプラ社　2006.4　301p　19cm　（Dreamスマッシュ！　11）　840円　①4-591-09215-1　〈絵：やまだないと〉
内容　「小学校卒業記念に，なにかしたい」省吾と雄介は塾の春期講習をサボって、期限つき家出に出発します。小田急線に乗り、箱根湯本についたが、改札をぬける前に、ひと騒動！　そのうえ、省吾が食料バッグをなくしてしまい…。どうなる省吾!?　どうする雄介。

『ぼくらのケータイ 3 days』　さとうまきこ作　ポプラ社　2005.9　193p　19cm　（Dreamスマッシュ！　7）　840円　①4-591-08821-9　〈絵：やまだないと〉
内容　町でひろったケータイにかかってくる謎の電話。着信名は「女王さま」、アドレスには「女神さま」。この持ちぬしはいったいなにもの…？　省吾と雄介は、ケータイの持ちぬしをさがしはじめる。もうしかいない12歳、忘れられない3日間の冒険。

『黒い塔―ロータスの森の伝説』　さとうまきこ作，たかはしあきら画　理論社　2004.1　172p　18cm　（フォア文庫）　560円　①4-652-07458-1
内容　―絶対的な悪が、すぐそこまで迫ってきている。シルのおじいさんは、死のまぎわに、そう言い残した。もう逃げるわけにはいかない！　光の戦士ミド、魔力がよみがえったシル、そして黒犬チト。三人は「絶対的な悪」との戦いを誓って、さらに旅をつづける…。ファンタジー「ロータスの森の伝説」シリーズ第4巻。小学校中・高学年向き。

『最後の決戦―ロータスの森の伝説』　さとうまきこ作，たかはしあきら画　理論社　2004.1　207p　18cm　（フォア文庫）　600円　①4-652-07460-3
内容　ロータスの木の精霊を救い出すまで、家には帰らない。そう決心した、光の戦士ミド。もっと強い魔法使いになりたいと願う、シル。そして、黒犬チト。三人のまえに、黒い塔に住む「絶対的な悪」が、ついにその正体を現そうとしていた…。ファンタジー「ロータスの森の伝説」シリーズ最終巻。小学校中・高学年向き。

『東京サハラ』　さとうまきこ著，杉田比呂美画　理論社　2001.12　187p　19cm　1500円　①4-652-07708-4
目次　西へ、ぼくの援助交際、黄金バット、「ゾ」のくる日、帰り道
内容　ここではない、どこか。今とはちがう何かを夢見て―5つの連環短編集。

さねとう　あきら
《1935〜》

『東京石器人戦争』　さねとうあきら作，長谷川集平さしえ　復刻版　理論社　2010.1　338p　21cm　（理論社の大長編シリーズ 復刻版）　2400円　①978-4-652-00544-6
内容　小学生・広志の住む町にある日突然、石器人と古代・原始の森が出現した！　広志は石器人の家族と交流を始めるが、騒ぎはマスコミ・警察をまきこみ、やがて大事件へと発展してしまう！　強烈なメッセージを放つ、奇想天外で壮大な物語。産経児童出版文化賞受賞作品。

『ゆきこんこん物語』　さねとうあきら作，井上洋介え　復刻版　理論社　2006.1　97p　23cm　1200円　①4-652-01208-X　〈原本：1972年刊〉
目次　ゆきんこ十二郎，おにひめさま，ベッカンコおに
内容　ゆきおんなの末っ子で、ゆきをふらせるのがヘタな「ゆきんこ十二郎」。おにになってしまったおひめさまの「おにひめさま」。目のみえないむすめユキにつくす心やさしい「ベッカンコおに」。人間の心の美しさとかなしさを描く、さねとうあきらの創

作民話。

『福餅天狗餅―創作民話部落の夜ばなし』
さねとうあきら作，井上洋介絵　大阪解放出版社　2005.5　191p　21cm　2000円　①4-7592-5030-1
[目次] お山の七福神，獅子頭の神さま，角折り茂平，団子っ鼻の旗，竜神走りの夜，神馬が行く，鶏供養，猿聟ばなし，赤玉のついた髪飾り，福餅天狗餅
[内容] 峠にまつわる部落の夜ばなし。たくましくしたたかに生きた見えない人間群像珠玉の10篇―。

佐野　洋子
さの・ようこ
《1938〜2010》

『おとうさんおはなしして』　佐野洋子作・絵　理論社　2013.7　101p　21cm　（名作童話集）1400円　①978-4-652-20020-9〈1999年刊の新装復刊〉
[目次] おはなしなんかしらないよ，とても小さいお城で，毛がはえている，ジンセイのヨロコビ，てんらんかいの絵，ほんとのはなし
[内容] 雨がふって，ひまになったおとうさんが話してくれたのは，たった一人で住んでいる男の子のヘンテコでゆかいなお話。おとうさんとルルくんのすてきな時間があふれだす。「とても小さいお城で」「ジンセイのヨロコビ」などひときわ輝く6つのお話。佐野洋子の珠玉の童話待望の復刊。

『あっちの豚こっちの豚』　佐野洋子作・絵　小学館　2012.10　73p　20cm　1300円　①978-4-09-388271-2〈小峰書店　1987年刊を佐野洋子の絵で再刊〉
[内容] くさい？　文化的？　仕事？　お金？　家族？　自由ってなんだ？　幸せってどこにある？　ヨーコさんが遺した30点の絵を初公開。大人と子どものための名作絵物語が甦る。

『あの庭の扉をあけたとき』　佐野洋子著　偕成社　2009.4　162p　20cm　1200円　①978-4-03-643050-5〈ケイエス企画　1987年刊の新装，修正〉
[目次] あの庭の扉をあけたとき，金色の赤ちゃん
[内容] すべての強情っぱりたちへ心をこめて贈る物語。5歳の「わたし」と70歳の「おばあさん」。似たもの同士の心が通い合い，小さな奇跡がおこった。「わたし」がそのとき目にしたのは，強情だった少女と，強情だった少年の，ひそやかな歴史―ユーモラスで，力強く，ほろ苦くて，やさしい珠玉の言葉をつめこんだ，佐野洋子のファンタジー小説。

『おとうさんおはなしして』　佐野洋子作・絵　理論社　1999.1　101p　21cm　（おはなしランドくじらの部屋　7）1300円　①4-652-00287-4

『ふつうのくま』　佐野洋子著　講談社　1994.11　77p　19cm　1000円　①4-06-207247-5
[内容] いまのいまがしあわせだね。たいせつなだれかをおもうれしさとせつなさ―「100万回生きたねこ」の佐野洋子が描くもうひとつの静かな愛の物語。

『みちこのダラダラ日記』　佐野洋子作，沢野ひとし絵　理論社　1994.2　91p　22cm　（童話パラダイス　15）1200円　①4-652-00485-0

『あっちの豚こっちの豚』　佐野洋子作，広瀬弦絵　小峰書店　1988.3　62p　20cm　720円　①4-338-06407-2

『あの庭の扉をあけたとき』　佐野洋子作・絵　ケイエス企画　1987.7　180p　18cm　（モエノベルス・ジュニア）500円〈発売：偕成社〉

『ぼくの鳥あげる』　佐野洋子作絵　フレーベル館　1984.9　93p　22cm　（フレーベル館の新創作童話）900円

『ふつうのくま』　佐野洋子作　文化出版局　1984.7　77p　21cm　（日本の童話）850円

『わたしが妹だったとき』　佐野洋子著　偕成社　1982.11　109p　22cm　880円

①4-03-528010-0

『あのひの音だよおばあちゃん』 佐野洋子作・絵 フレーベル館 1982.9 85p 23cm （フレーベル幼年どうわ文庫） 950円

志賀　直哉
しが・なおや
《1883〜1971》

『21世紀版少年少女日本文学館　5　小僧の神様・一房の葡萄』 志賀直哉,武者小路実篤,有島武郎著　講談社　2009.2　253p　20cm　1400円　①978-4-06-282655-6〈年譜あり〉
|目次| 志賀直哉（小僧の神様，網走まで，母の死と新しい母，正義派，清兵衛と瓢箪，城の崎にて，雪の遠足，焚火，赤西蠣太），武者小路実篤（小学生と狐，ある彫刻家），有島武郎（一房の葡萄，小さき者へ）
|内容| 仙吉が奉公する店に、ある日訪れた一人の客。まるで自分の心を見透かすように鮨屋に連れていってくれたこの客の正体に、仙吉は思いをめぐらせー。少年の心情を鮮やかに切り取った「小僧の神様」をはじめ、白樺派を代表する作家三人の作品を収録。

十返舎　一九（1世）
じっぺんしゃ・いっく
《1765〜1831》

『東海道中膝栗毛―弥次さん北さん、ずっこけお化け旅』 十返舎一九原作，越水利江子著，十々夜絵　岩崎書店　2014.2　178p　22cm　（ストーリーで楽しむ日本の古典 9）　1500円　①978-4-265-04989-9

『21世紀版少年少女古典文学館　第20巻　東海道中膝栗毛』 興津要，小林保治，津本信博編，司馬遼太郎，田辺聖子，井上ひさし監修　十返舎一九原作，村松友視著　講談社　2010.2　301p　20cm　1400円　①978-4-06-282770-6
|内容| ここに登場するのは、名コンビ弥次さんと喜多さん。花のお江戸をあとにして、のんびり観光旅行としゃれこむはずが、小田原では風呂の底をぬき、浜松では幽霊に腰をぬかす。宿場宿場で大騒動をくりひろげ、こりずにドジをふみつづけながら、各地の名物にはちゃんと舌づつみを打って、東海道を一路西へとむかうのであります。あまりのおもしろさに、江戸時代の読者たちもつぎへつぎへとつづきをのぞみ、作者十返舎一九も期待にこたえて、あとからあとから続編を書きついだという大ベストセラー。

『東海道中膝栗毛』 十返舎一九原著，来栖良夫文，二俣英五郎絵　童心社　2009.2　212p　20cm　（これだけは読みたいわたしの古典　西尾実監修）　2000円　①978-4-494-01984-7,978-4-494-07167-8（set）
|目次| お江戸日本橋七つだち，小田原の五右衛門風呂，箱根八里は馬でもこすが，スッポンとごまの灰，こすにこされぬ大井川，にせざむらいと座頭の巻，掛川宿の酒とお茶，乗り合い船のヘビつかい，御油の松原，古ギツネ，その手は桑名のやき蛤，街道あらしの手品師，罰もあてます伊勢の神風，淀の川瀬の水車，大仏殿の柱の穴，京みやげ梯子の巻，おちていた富札，大阪のゆめ，百両のゆめ

柴野　民三
しばの・たみぞう
《1909〜1992》

『山ねこホテル―絵童話』 柴野民三文，茂田井武絵　ビリケン出版　2009.9　64p　20cm　（Billiken books）　1400円　①978-4-939029-49-3

『ねずみ花火―童話集』 柴野民三文，茂田井武絵　ビリケン出版　2008.11　201p　20cm　（Billiken books）　1400円　①978-4-939029-48-6

島崎藤村

[目次] たろうとすぐいす，でんしゃにのったちょうちょ，まちへきたロビンちゃん，三りんしゃ，おちば，クリスマスのおくりもの，ゆきとぎん笛，青いさかな，ねずみ花火，ふたりのおばあさん，みんなでつくったおかしパン，小さい小さいかねのおと，みなさんクリスマスおめでとう，ゆきみにいったぞう，はるがきた，うさぎとながぐつ，おれいにもらった赤いきれ，ホテルにとまったぞう，たんぽぽのたび，たこのぼっちゃん

島崎　藤村
しまざき・とうそん
《1872〜1943》

『21世紀版少年少女日本文学館　3　ふるさと・野菊の墓』　島崎藤村，国木田独歩，伊藤左千夫著　講談社　2009.2　263p　20cm　1400円　①978-4-06-282653-2〈年譜あり〉

[目次] 島崎藤村（ふるさと，伸び支度），国木田独歩（鹿狩，忘れえぬ人々），伊藤左千夫（野菊の墓）

[内容] 「民さんは野菊のような人だ。」政夫と民子の淡い恋心と悲しい別れを描き，映画やドラマでもたびたび取り上げられた伊藤左千夫の代表作「野菊の墓」。牧歌的な郷愁を誘う藤村の「ふるさと」。初めての狩りにのぞむ，少年の感性の目覚めを描いた独歩の「鹿狩」などを収録。

『ふるさと―少年の読本』　島崎藤村著，北島新平絵　小金井　ネット武蔵野　2003.11　139p　27cm　1400円　①4-944237-51-0

清水　かつら
しみず・かつら
《1898〜1951》

『靴が鳴る―清水かつら童謡集』　清水かつら著，上笙一郎，別府明雄編，海沼実解説　小金井　ネット武蔵野　2008.3 163p　19×19cm　1524円　①978-4-944237-46-3〈絵：竹久夢二〉

庄野　英二
しょうの・えいじ
《1915〜1993》

『海のシルクロード―小説』　庄野英二作，大古尅己絵　復刻版　理論社　2010.1　233p　21cm　（理論社の大長編シリーズ　復刻版）2000円　①978-4-652-00543-9〈文献あり〉

[内容] コロンブスやマゼランよりも昔、大航海を成し遂げた者がいた。1400年代初頭の、中国の明朝時代。西洋未開の国々との友好親善をはかり交易を行うために、宝船派遣団を率いて7回の大航海を行った鄭和の、史上最古の海の大冒険物語。

新川　和江
しんかわ・かずえ
《1929〜》

『日本語を味わう名詩入門　17　新川和江』　新川和江著，萩原昌好編，網中いづる画　あすなろ書房　2013.5　103p　20cm　1500円　①978-4-7515-2657-6

[目次] 可能性，ノン・レトリック1，記事にならない事件，わたしを束ねないで，母音―ある寂しい日私に与えて，どこかで、海への距離，地球よ，わたしの庭の…，青草の野を〔ほか〕

[内容] 現代を代表する女性詩人の一人、新川和江。その、母としてのまなざしと、未来への祈りがこめられた美しい詩を味わってみましょう。

『名づけられた葉なのだから』　新川和江著　大日本図書　2011.3　123p　20cm　1200円　①978-4-477-02375-5

[目次] モンゴルの子ども歌1，モンゴルの子ども歌2，帰りそびれた　つばめ，ゆきがふる，夏の光がかがやいているうちに，元旦の

ツル，冬の海辺で，飛ぶ，飛ばずにはいられない，ハトよわたしも〔ほか〕
内容 自然と一体のみずみずしさ、母につつみこまれる優しさ。それが、新川和江の詩の世界！　表題作「名づけられた葉」は教科書や合唱歌で全国の中学生に親しまれています。

末吉　暁子
すえよし・あきこ
《1942〜》

『おばあちゃんのねがいごと』　末吉暁子作，武田美穂絵　講談社　2013.11　68p　22cm　（新・ざわざわ森のがんこちゃん）　1100円　①978-4-06-218569-1
内容 もういっぺん、ちっちゃな子どもになって、あそびたい！　家族で読みたい人気シリーズ最新作。一年生から。

『ぞくぞく村の魔法少女カルメラ』　末吉暁子作，垂石真子絵　あかね書房　2013.7　75p　22cm　（ぞくぞく村のおばけシリーズ 17）　900円　①978-4-251-03657-5
内容 半分だけ吸血女のカルメラは、りっぱな吸血女になろうといっしょうけんめい。ちびっこおばけのグーちゃん、スーちゃん、ピーちゃんといっしょに、魔女のオバタンにたのみに行きました。するとオバタンは、「魔法の薬を作るためには、おばけの女の子30人の髪の毛が必要」と言うのですが…!?　小学中級以上向。

『うんちしたの、だーれ？』　末吉暁子作，武田美穂絵　講談社　2013.5　64p　22cm　（新・ざわざわ森のがんこちゃん）　1100円　①978-4-06-218359-8
内容 学校でうんちがしたくなっちゃった。NHK Eテレで放送中。一年生から。

『がんこちゃんはアイドル―新・ざわざわ森のがんこちゃん』　末吉暁子作，武田美穂絵　講談社　2012.11　68p　22cm　1100円　①978-4-06-217994-2
内容 きょうりゅうのがんこちゃんたちは、がくげいかいでげきをやることに。がんこちゃんは、いったいなんのやく!?　小学一年生から。

『ぞくぞく村のかぼちゃ怪人』　末吉暁子作，垂石真子絵　あかね書房　2011.9　76p　22cm　（ぞくぞく村のおばけシリーズ 16）　900円　①978-4-251-03656-8
内容 ぞくぞく村のおばけシリーズ、今回は、ぶきみな顔のおばけかぼちゃかぼちゃ怪人が主人公！　ふしぎなラッパ「ウルセーラ」をふきながら、かぼちゃ怪人がぞくぞく村を歩きまわると…!?　小学中級以上向。

『にんぎょのいちごゼリー』　末吉暁子作，黒井健絵　新装版　フレーベル館　2011.7　77p　22cm　1000円　①978-4-577-03920-5
内容 にんぎょのチッチがつくるゼリーは、青いうみのいろをしたうみいちごのゼリー。おいしいゼリーのうわさに、おきゃくさんがたくさんやってきて、チッチは大いそがし。小学校1・2年生から。

『魔法のおふだをバトンタッチ』　末吉暁子作，多田治良絵　武蔵野　ゴブリン書房　2010.8　94p　21cm　（クルミ森のおはなし 4）　1200円　①978-4-902257-18-2
内容 春の連休。おじいちゃんに同窓会のお知らせがとどき、コータは、家族みんなでクルミ森へ。クルミおばばと再会し、ヘータロの結婚式（！）に出席するのですが…。さらわれた花よめ、滝つぼに消えた"魔法のおふだ"、そして、いよいよ明かされるカズの正体は…。

『赤い髪のミウ』　末吉暁子著　講談社　2010.7　268p　20cm　1400円　①978-4-06-216378-1〈画：平沢朋子〉
内容 不登校の僕は小6の春、「神が宿る島」にやって来た。神秘の島を舞台に悩みを抱える子どもたちの成長と再生を描いた感動作。

『ママの黄色い子象』　末吉暁子作，結布絵　講談社　2010.3　189p　18cm　（講談社青い鳥文庫 114-2）　580円

①978-4-06-285144-2
内容 ぼくが学校から帰ると、車庫には見たこともない車が入っていた。うちは、パパがいない。いるのはぼくと、妹のななと、ママだけ。よって、その黄色い小さな子象そっくりの車を運転するのは、ママ。ぼくははっきりいって、おそろしかった。だって、ママは、ちょっとありえないくらいのおっちょこちょいなんだ。ああ、ぼくたち、無事でいられるのだろうか…？

『森の葉っぱのジグソーパズル』　末吉暁子作，多田治良絵　武蔵野　ゴブリン書房　2010.3　94p　21cm　（クルミ森のおはなし 3）1200円　①978-4-902257-17-5
内容 冬の日曜日。おじいちゃんと散歩していたコータは、"魔法のおふだ"の力で、とつぜんクルミ森に引きよせられます。そこには、ソカイ先でひとりぼっちのカズがいました。カズって、いったいだれ？　コータは無事にうちへ帰れるのでしょうか。

『とらざえもんはまじょのねこ？』　末吉暁子作，村上勉絵　新装版　小峰書店　2009.12　63p　25cm　（はじめてよむどうわ）1400円　①978-4-338-24710-8
目次 おおきいっていいことだなあ，ようちえんでおべんとうたべよう，とらざえもんはまじょのねこ？
内容 ずず、ずーんとおおきくなって…。みんな、どけどけ、ぼくがとおるぞ。とらざえもんはおおきくなりたくって、たべる、たべる。すると…あら、たいへん!?

『クルミまつりは大さわぎ！』　末吉暁子作，多田治良絵　武蔵野　ゴブリン書房　2009.11　94p　21cm　（クルミ森のおはなし 2）1200円　①978-4-902257-16-8
内容 実りの秋。クルミ森には、森の生き物―小てんぐや森の精、けものたち―が集まって、秋まつりのまっさい中です。クルミっこといっしょに、コータも大はしゃぎ！　でも、と中で"魔法のおふだ"をなくしてしまいます。そこへ、ふしぎな少年・カズがあらわれて…。

『クルミおばばの魔法のおふだ』　末吉暁子作，多田治良絵　武蔵野　ゴブリン書房　2009.6　78p　21cm　（クルミ森のおはなし 1）1200円　①978-4-902257-15-1
内容 夏休み。おじいちゃんにつれてきてもらった「クルミ森」で、コータは不思議な女の子・クルミっこと出会います。「クルミおばば」からあずかった大事なトックリをわってしまい、泣いているクルミっこ。コータは水とうをかしてあげるのですが…。

『おばけのおはるさんととらねこフニャラ』　末吉暁子作，岡本颯子絵　日本標準　2009.4　77p　22cm　（シリーズ本のチカラ）1400円　①978-4-8208-0395-9
内容 おばけに、なついてしまったのらねこがいるってしんじますか？　ほら、そこのねこ、おばけのあとにくっついて、あるいてるでしょ！

『ぞくぞく村ののっぺらぼうペラさん』　末吉暁子作，垂石真子絵　あかね書房　2009.2　72p　22cm　（ぞくぞく村のおばけシリーズ 15）900円　①978-4-251-03655-1
内容 ぞくぞく村のおばけシリーズ、今回の主人公はカフェテリアの店主、のっぺらぼうペラさん！　妖精レロレロさんの髪の毛のなぞをめぐり、ないたり、わらったり、大かつやく…？　小学中級以上向き。

『チップとなぞのビー玉めいろ』　末吉暁子作，岡本颯子絵　あかね書房　2009.1　72p　22cm　（くいしんぼうチップ 5）1000円　①978-4-251-03225-6
内容 あたしは、ねずみのチップ！　ともだちのチートといっしょに、おいしいものをたべてるときが、しあわせ！　ろじうらには、ふしぎなこともたくさんあって、きょうなんか、こんな「まほう」でね…。

『やまんば妖怪学校　3　クンがじゅもんをとなえたら』　末吉暁子作，おかべりか絵　偕成社　2009.1　92p　22cm　1000円　①978-4-03-439530-1
内容 りっぱなばけいぬになるため、やまんば妖怪学校で修業にはげむこいぬのクン。

校長たちがでかけて自習になり、かいぬしのみかちゃんに会いに行くのですが…。小学校低学年から。

『やまんば妖怪学校 2 魔法のおたまをとりかえせ！』 末吉暁子作，おかべりか絵 偕成社 2008.11 92p 22cm 1000円 ①978-4-03-439520-2
内容 妖怪学校で、ばけいぬになるため、修業中のこいぬのクン。でも、おいしい給食をつくりだす魔法のおたまがなにものかにぬすまれてしまったのです…。小学校低学年から。

『水のしろたえ』 末吉暁子作 理論社 2008.6 303p 19cm 1500円 ①978-4-652-07929-4 〈画：丹地陽子〉
内容 亡くなった母が残した"水のしろたえ"とは？ 真実を知る父はエミシ討伐に旅立ってしまった。水の屋敷が燃えて以来、真玉の運命は大きく動き出す…。父のゆくえは？ 母のふるさとは？ 自らのルーツを求め、生きる場所を探す少女の半生。「羽衣伝説」を下じきにした平安朝歴史ロマン。

『やまんば妖怪学校 1 こいぬのクンは一年生』 末吉暁子作，おかべりか絵 偕成社 2008.6 85p 22cm 1000円 ①978-4-03-439510-3
内容 お手もできないこいぬのクン。かいぬしのみかちゃんをこまらせてばかり。そんなクンがふしぎな学校に入学することになりました。小学校低学年から。

『おばけのおはるさん』 末吉暁子作，岡本颯子絵 日本標準 2008.4 45p 22cm （シリーズ本のチカラ） 1300円 ①978-4-8208-0315-7
内容 おばあさんおばけのおはるさん、家をもとめて町をさまようのですが…。おばけは、みんなこわい？ こわいばかりがおばけじゃありません。やさしい「おばあさんおばけ」だっているんですよ。小学校低学年から。

『本の妖精リブロン』 末吉暁子作 あかね書房 2007.10 123p 21cm （あかね・新読み物シリーズ 25） 1100円 ①978-4-251-04155-5 〈絵：東逸子〉
内容 「図書室は、とてもふしぎな空間よ。ただ、本が並んでいるだけじゃない。一冊一冊の本には、作者の思いのたけがこめられているし、本を開けば、まったくちがう世界に入りこめるしね。…」転校生のアミは、はじめて行った図書室で、羽のあるきみょうな小さな男の子に出会い、ふしぎな世界につれてゆかれました…。

『フーフーまるがやってくる！』 末吉暁子文，武田美穂絵 講談社 2007.7 74p 22cm （ざわざわ森のがんこちゃん） 1000円 ①978-4-06-214099-7
内容 まちにまったえんそくの日。でも、とおくのほうから大きな台風がやってきた！ みんなはひなんしたけど、あれっ、バンバンが…。

『黒ばらさんの魔法の旅だち』 末吉暁子作，牧野鈴子絵 偕成社 2007.3 301p 22cm （偕成社ワンダーランド 35） 1200円 ①978-4-03-540350-0
内容 魔法つかい黒ばらさんは、ほんものの魔法つかいです。つかえる魔法は飛行術と変身術。でも、ちかごろは本業をよそに人生相談やら占いやら、テレビやラジオにひっぱりだこ。はたらきすぎのせいでしょうか魔法の力にもにぶっているみたい。そんなおり、ヨーロッパの魔法学校へ留学したまま音信不通の青年をさがしに出かけるはめになりました。ところが、魔法学校にむかうはずが妖精世界にまよいこみ…。

『森のキノコまじょ』 末吉暁子文，武田美穂絵 講談社 2006.3 75p 22cm （ざわざわ森のがんこちゃん） 1000円 ①4-06-213294-X
内容 ざわざわ森に出てきたキノコまじょは、子どもたちをさらおうとわるだくみ。マンナカ小のみんな、気をつけて。

『ホラーゾーン小学校』 末吉暁子作，中川大輔絵 旺文社 〔2006.1〕 172p 21cm （旺文社創作児童文学） 1200円 ①4-01-069526-9 〈重版〉

『テーブルがおかのこうめちゃん』 末吉暁子作，仁科幸子絵 岩崎書店 2005.12 74p 21cm （おはなし・ひろば）

1000円　①4-265-06261-X
[内容] こうめちゃんは、赤い小さなうめぼしの女の子です。わりばし森にわたあめの花がさいたので、きょうはお花見。そこへ、いたずらなとうがらしこぞうがあらわれて…。

『かいじゅうぼうやも一年生』　すえよしあきこ作，山口みねやす絵　改訂　小学館　2005.4　79p　22cm　（児童よみもの名作シリーズ）　838円　①4-09-289626-3
[内容] かいじゅうぼうやは新一年生。ドキドキの入学前から、初登校、記念撮影…とあらゆるところで大騒動をまきおこします。一年生がよむのにぴったりの楽しい創作よみものです。

『チップとまほうのフラッペ山』　すえよしあきこ作，おかもとさつこ絵　あかね書房　2005.2　74p　22cm　（くいしんぼうチップ　4）　1000円　①4-251-03224-1
[内容] あたしは、ねずみのチップ！　おいしいものをたべるためなら、ブッチャンのじゃまなんて、なんのその。かみひこうきにのって、どこまでもとんでいくわ。いちごフラッペは、どこにあるのかしら…。

『ぞくぞく村のゾンビのビショビショ』　末吉暁子作，垂石眞子絵　あかね書房　2002.10　76p　22cm　（ぞくぞく村のおばけシリーズ　13）　900円　①4-251-03653-0

菅原孝標女
すがわらたかすえのむすめ
《1008～1059以降》

『更級日記』　菅原孝標女原著，平塚武二文，竹山博絵　童心社　2009.2　197p　20cm　（これだけは読みたいわたしの古典　西尾実監修）　2000円　①978-4-494-01977-9,978-4-494-07167-8（set）
[目次] わたくしの父、おさないねがい、いまたち、竹芝の昔話、足柄山、富士川、京の都へ、都のくらし、かわいい子ねこ、ひっこした家、父との分かれ、父のいないくらし、宮づかえ、おそいおよめいり、初瀬まいり、夫とのくらし、和泉への旅、夫の死、さらしなの里

『枕草子　更級日記』　清少納言，菅原孝標女原作，大沼津代志文，河伯りょうイラスト　学習研究社　2008.2　195p　21cm　（超訳日本の古典　3　加藤康子監修）　1300円　①978-4-05-202861-8
[目次] 枕草子（四季の美しさ、和歌にまつわる昔話、心ときめきするもの、わたしが好きな鳥の話、好きな花ランキング（草花編）、「無名」という名の琵琶、ホトトギスの声を聞きに行って、楽しいお寺詣で、碁の対局、心もとなきもの、大きい方がよいもの）、更級日記（あこがれの都へ、都の生活、宮仕えから結婚へ、物詣での日々、晩年の日々）

杉　みき子
すぎ・みきこ
《1930～》

『小さな町の風景』　杉みき子作，佐藤忠良絵　偕成社　2011.3　215p　19cm　（偕成社文庫　3269）　700円　①978-4-03-652690-1
[目次] 坂のある風景、商店のある風景、塔のある風景、木のある風景、電柱のある風景、鳥のいる風景、橋のある風景、海のある風景
[内容] 作者が生まれた町、そして愛してやまない町、新潟県の高田をモデルにした作品集です。「坂のある風景」から「海のある風景」まで8章、合わせて45編の物語と小品。「乳母車」「あの坂をのぼれば」「月夜のバス」「風船売りのお祭り」など、教科書関連図書にも登場する渋い宝石箱のような一冊です。赤い鳥文学賞受賞作。小学上級以上向。

『杉みき子選集　8　夕やけりんご』　杉みき子著　新潟　新潟日報事業社　2010.9　261p　22cm　2500円　①978-4-86132-419-2
[目次] 雪おろしの話、赤いマントの女の子、春のにおいのする夜、空いろの小さなかさ、

ふうりん横町，月夜のテトラポッド，キマブコのウドンコ，あわてん母・わすれん母，二階がほしい，百ワットの星，白い夜のなかを，夜の雪おろし，まぼろしの声，山の上のレルヒさん，おばあちゃん，雪女に会う，夕やけりんご，風の橋

『杉みき子選集　7　火をありがとう』　杉みき子著　新潟　新潟日報事業社　2009.11　263p　22cm　2500円　①978-4-86132-374-4
[目次] 火をありがとう，おばあちゃん，ゆうびんです，きたかぜどおりのおじいさん，こんやはおまつり，レモンいろのちいさないす，はんの木のみえるまど，白い花のさく木，おとしたのはだぁれ，しろいセーターのおとこの子，やねの上のふしぎなまど，なんにもだいらのこだまたち，コスモスさんからのおでんわです，おにわらい，ふうせんのおくりもの，おばあちゃんのポスト，おばあちゃんとわたしのふしぎな冬

『杉みき子選集　6　ぼくとあの子とテトラポッド』　杉みき子著　新潟　新潟日報事業社　2009.5　280p　22cm　2500円　①978-4-86132-337-9
[目次] ぼくとあの子とテトラポッド，レストラン・サンセットの予約席，人魚のいない海，雪のテトラポッド，十一本めのポプラ，防風林のできごと，冬の海から，ふしぎなバックミラー

『杉みき子選集　5　カラスのいるゆうびん局』　杉みき子著　新潟　新潟日報事業社　2008.11　287p　22cm　2500円　①978-4-86132-312-6
[目次] カラスのいるゆうびん局，そこにある木たち，白いやねから歌がきこえる，あの木はいまもそこにある，白い手ぶくろ

『小さな町のスケッチ』　杉みき子作，村山陽絵　上越　上越タイムス社　2008.11　147p　26cm　1900円　①978-4-902068-06-1
[目次] まゆ玉，おいらはカラス.その1，ごあいさつ，白い夜道，十本の木のものがたり，空とぶカニ，おいらはカラス.その2，呼んでいる，馬よ，馬よ，ポピー畑で，写真，なんなん菜の花，二十四色のチューリップ，さくらばなし.その1－その3，ポプラ！　ポプラ！，たけのこの引っこし，麦笛，ふくろうの木，時は五月，山の神さま，梅の実ころころ，えんどうちゃん，雨の鳥，あじさいの宿，朝顔は空のいろ，ころりんとん，希望，月夜のクジャク，おじいちゃんとイカ，とうきび畑の風，空きべやあります，夜のダンス，空いっぱいのとんぼ，秋の海，ことばあそびの木，大きな栗の木の下で，舞台にあがる前，月夜の海，夕日さんのお気に入り，おばあちゃんどこにいたの，山の神さま，トウガンくんこんにちは，海鳴り，レンコンの花，冬のはじめに，約束，もうすぐお正月，雪がふる，白い服のサンタクロース，みかん掘り，飛んだりもぐったり，冬晴れ，キュッキュッキュッ，雪おろしのあとで，おかしなバレンタイン，根びらき，どこかで笑っている，おーいおーい，きぃちゃん，冬の終わり，また会う日まで

『杉みき子選集　4　朝やけまつり』　杉みき子著　新潟　新潟日報事業社　2008.3　295p　22cm　2500円　①978-4-86132-261-7
[目次] さよならを言わないで，朝やけまつり，森の王者　イヌワシ物語

『くびき野ものがたり』　杉みき子作，村山陽絵　上越　上越タイムス社　2006.8　207p　26cm　1900円　①4-902068-05-2
[目次] 赤い橋の上で，ふしぎな笠，風見鶏ごっこ，海鳴り，雪がこいをしなかったら，長い長いがんぎ，十字路，雪の花，三月の雪，まわれまわれ，春の川，けやきの木の下から，さくらがいっぱい，庭のできごと，馬が走る，水族館で，夜のテトラポッド，坂のむこうの海，緑の川，ブロンズ・プロムナードで，タチアオイの駅，白い花が散る，夜のおしゃべり，シラサギが立っている，おじぞう様といっしょに，のほれのほれ，いたずらポスト，夏のカラス，棚田の風景，山の声，はすまつり，追分地蔵の前で，虫の天国，白い観覧車，台風のあと，ふしぎな散歩みち，安寿と厨子王，あき地の白い花，コスモスの道，花ロードの日，ひっつき虫に好かれて，カラスなぜ鳴くの，おまじない，おしゃべりの季節，いたずら信号機，変身ごっこ，旅する葉っぱ，ダイコン行進曲，星がいっぱい

『杉みき子選集　3　小さな雪の町の物語

『小さな町の風景』 杉みき子著 新潟 新潟日報事業社 2006.1 321p 22cm 2500円 ⓘ4-86132-152-2
|目次| 小さな雪の町の物語(冬のおとずれ,きまもり,風と少女,マンドレークの声,走れ老人 ほか),小さな町の風景(坂のある風景,商店のある風景,塔のある風景,木のある風景,電柱のある風景 ほか)

『杉みき子選集 2 白いとんねる』 杉みき子著 新潟 新潟日報事業社 2005.7 283p 22cm 2500円 ⓘ4-86132-127-1
|目次| 加代の四季,春,生きものたち,はと,アヤちゃんといっしょに,アヤちゃん,へんだなあこまるなあ,るすばん,いいことみつけた,夜,学校ゆきかえり,一年生,キコちゃんとあそぼう,新しい友だち,ふしぎだな,たまご屋さん,新しい世界へ,うずまき〔ほか〕

『杉みき子選集 1 わらぐつのなかの神様』 杉みき子著 新潟 新潟日報事業社 2005.1 278p 22cm 2500円 ⓘ4-86132-091-7
|目次| 電柱ものがたり,かくまきの歌,ある冬のかたすみで,わらぐつのなかの神様,屋上できいた話,シロウマとうげのとこやさん,春さきのひょう,地平線までのうずまき,おばあさんの花火,アヤの話,雪小屋の屋根,おばあちゃんの白もくれん

鈴木　喜代春
すずき・きよはる
《1925～》

『鈴木喜代春児童文学選集 第14巻 ハーモニカ 下巻』 鈴木喜代春著 本間ちひろ絵 らくだ出版 2013.9 167p 22cm 1400円 ⓘ978-4-89777-520-3
|内容| 「ハーモニカ」は、一九五〇年代六〇年代の日本の高度経済成長期、まだ東京近郊の農村地帯の農民の生活がたいへん苦しかった状況をリアルに描いた児童文学です。児童の状況も、大人の生活を反映してすさんだものであった反面、人間本来の互助、心情理解が色濃く存在しておりました。「ハーモニカ」は、過ぎた時代の実相を伝えると同時に、情感希薄時代とも言える現代を見直す動機を与えてくれる作品です。

『鈴木喜代春児童文学選集 第13巻 ハーモニカ 上巻』 鈴木喜代春著 本間ちひろ絵 らくだ出版 2013.9 159p 22cm 1400円 ⓘ978-4-89777-519-7
|内容| 「ハーモニカ」は、一九五〇年代六〇年代の日本の高度経済成長期、まだ東京近郊の農村地帯の農民の生活がたいへん苦しかった状況をリアルに描いた児童文学です。児童の状況も、大人の生活を反映してすさんだものであった反面、人間本来の互助、心情理解が色濃く存在しておりました。「ハーモニカ」は、過ぎた時代の実相を伝えると同時に、情感希薄時代とも言える現代を見直す動機を与えてくれる作品です。

『鈴木喜代春児童文学選集 第5巻 二つの川』 鈴木喜代春著 斎藤博之画 らくだ出版 2009.7 220p 22cm 1400円 ⓘ978-4-89777-466-4
|内容| 金、銀、銅などの採掘による"鉱毒"は江戸時代からありましたが、それは局部的なものでした。それが明治時代になり、重機械による大量採掘が始まると、"鉱毒"は大規模かつ深刻なものになりました。その典型が足尾銅山による渡良瀬川の汚染がもたらした甚大な稲作被害です。本書は、足尾銅山による汚染に命がけで反対した農民たちと、田中正造の物語りです。なお、「二つの川」の一方は"いたいいたい病"をひきおこした富山県の神通川を描いています。

『鈴木喜代春児童文学選集 第3巻 ほおずき忠兵衛』 鈴木喜代春著 渡辺和政画 らくだ出版 2009.7 223p 22cm 1400円 ⓘ978-4-89777-464-0
|内容| 江戸時代の末期、文化、文政、天保時代(1820・30年代)は米の凶作が続き、それが原因で幕府の財政が圧迫されました。幕府は、財政難の打開策として、米、綿、灯油などの売買の利権を少数の大商人に与え、農民からの仕入原価を引き下げ、逆に販売価格をつり上げ、利益を増大させ、その利益を吸い上げる政策をとりました。これに対して猛反発し、ついに天保8年(1837)に反乱を起こした大塩平八郎とその門弟たちの

壮絶な物語りです。

『鈴木喜代春児童文学選集　第1巻　北海の道』　鈴木喜代春著　小林与志画　らくだ出版　2009.7　215p　22cm　1400円　①978-4-89777-462-6
内容　今、北海道は豊かな自然に恵まれ、川にサケがのぼり、山にエゾジカがあそぶ土地です。かつて、この地はアイヌの人々の生活の楽園でもありました。しかし、江戸時代、蝦夷地（北海道）を支配した松前藩の政策によって、アイヌの人々の生活は圧迫されます。ロシアの南下政策を含め、蝦夷地の実態調査のため、本書の主人公"最上徳内"を交えた調査団が派遣されます。徳内の目を通して、アイヌの人々の心・生活の実相、そしてついに反乱にいたる経緯を温かく描写した歴史文学です。

『鈴木喜代春児童文学選集　第6巻　野の天文学者前原寅吉』　鈴木喜代春著　三浦福寿絵　らくだ出版　2009.6　191p　22cm　1400円　①978-4-89777-467-1
内容　人間がものごとに興味をもつとは、どういうことか、この本からよくわかります。つまり、何らかの「きっかけ」があること。それが、「番がさ」が開くしかけであったり、「風」をみつけることであったりするのです。そのきっかけを笑わず、見守る暖かい「目」があること。それが父親であったり、学校の先生であったりするわけです。その「目」は「芽」になります。「芽」を大きく伸ばすものは、本人の関心の強さであり、事実を確認する探究心の強さなのだということが、自然に納得できる本。それが「野の天文学者・前原寅吉」。

『鈴木喜代春児童文学選集　第4巻　空を泳ぐコイ』　鈴木喜代春著　久米宏一絵　らくだ出版　2009.6　223p　22cm　1400円　①978-4-89777-465-7
内容　今から180年ほど前、現在の千葉県の旭市周辺で実際にあったできごとを物語りにした本です。主役は、社会改革家といいますか、大原幽学という人です。当時、この一帯は、しょう油や酒の生産によって、純農村から家内商工業に変わりつつあり、やくざの出入りや、ばくちも盛んでした。こういう中、ばくちで身をもちくずす百姓も多かったのです。こういう状況をうれい、今日の生活協同組合を導入し、生活改善の指導をしたのが、大原幽学でした。しかし、悲劇に見舞われます。

『鈴木喜代春児童文学選集　第2巻　飢餓の大地三本木原』　鈴木喜代春著　山口晴温画　らくだ出版　2009.6　223p　22cm　1400円　①978-4-89777-463-3
内容　人々が暮らしていくためには、土地・水・畑・食べもの・寒さをしのぐ家などが必要ですね。現在、それらのものは、ほとんどそろっていて、無から生活基盤をつくりあげることは、まずありません。しかし、中世から近代にかけ、新しく農地を作り、集団で移住することがよくありました。その中で、最も大切で、最もむずかしい仕事は、水の確保でした。本書の「三本木原」は、青森県の十和田湖に発する奥入瀬川の水系にあり、水を引くために山にトンネルを掘らねばなりませんでした。本書は、その工事の中に見える飢餓の状況を描いたものです。

『鈴木喜代春児童文学選集　第11巻　一郎地蔵　動く砂山』　鈴木喜代春著　岩淵慶造,太田大輔画　らくだ出版　2009.5　175p　22cm　1400円　①978-4-89777-472-5
目次　トメおばあさんのこと，一郎地蔵のこと
内容　小学校6年生の光子は、夏休みに母の実家の青森に、一人で旅行します。そこで見たものは、ばらばら髪で目の血走った「鬼ばば」でした。おばあちゃんにいろいろたずね、その人が戦争で夫と一人息子を失ったトメばあさんだということがわかります。光子の夏の自由研究という形で物語りが進行していきます。『一郎地蔵』。秋田県能代地方は、冬の季節風がたいへん強い地域です。海岸の砂がまき上げられ、一夜にして家屋が砂に埋められるほどです。そこに砂防林を育てた人々と、少年寅松の物語りです（『動く砂山』）。

『鈴木喜代春児童文学選集　第8巻　十三湖のばば』　鈴木喜代春著　山口晴温画　らくだ出版　2009.5　167p　22cm　1400円　①978-4-89777-469-5
内容　青森県の津軽半島にある「十三湖」が

舞台です。腰切り田といわれる深い泥田に生きるばばは、男5人、女6人の計11人の子をもうけるものの、赤児がみぞに沈んで、長女が腰切り田で、次男が水車で、夫も不慮の事故で、そうして長男も戦争で次々と死んでいきます。ばばが直面した死を、感傷を取り去って克明に描くことで、大正・昭和の北国の過酷さが映し出されます。1925年青森県生まれの著者は、体験と取材により、ばばの津軽方言で真実を語ります。

『鈴木喜代春児童文学選集　第7巻　北の海の白い十字架』　鈴木喜代春著　高田三郎画　らくだ出版　2009.5　167p　22cm　1400円　①978-4-89777-468-8

目次　第1章 チェス・ボロー号，第2章 吹きあれる海，第3章 浜の人たち，第4章 青い目に赤い髪の人，第5章「死ぬでねえど」，第6章 ふたりは走る，第7章 四人の出立，終章 アメリカなし

内容　1889年（明治22年）10月30日、青森県津軽半島の海岸で、アメリカの貨物帆船チェスボロー号が座礁。現地の車力村の人々の努力で4名が救助されますが、20名が亡くなりました。亡くなった20人の慰霊のため、車力村の海をのぞむ高台に十字架が建てられています。本書は、村人が一丸となって船員を救助する細かい描写に感動させられますが、同時にわずか120年前の出来ごとにもかかわらず、アメリカ船の事故を県庁に伝える通信手段がなく、63キロの道を、二人の若者が走り通して伝達したという記録に驚かされます。

『鈴木喜代春児童文学選集　第12巻　いのちの歌声—医師・岩淵謙一のたたかい』　鈴木喜代春著　山口晴温絵　らくだ出版　2009.4　143p　22cm　1400円　①978-4-89777-473-2〈あすなろ書房1992年刊の改訂版〉

目次　死んだ子をおぶってきた女の人，いなくなった女の子，ハーモニカ，若いおばあさん，ツル子の病気，「医者様、どうするだ」，四郎との約束，神様のフダコ，米をつくる人びと，働きにいったハナ子，「おらが医者だ」，昭和の新しい年，やみを通って広野原，その後のこと

内容　病気やけがをすると、健康保険によって治療を受けることは、いま、当たり前です。しかし、昭和の初めまで健康保険はありませんでした。病気やけがは、本人の不注意でおこる。だから、本人のお金で治す。かつては、そう考えられていました。そうすると、お金がなければ死んでしまいますし、伝染病の場合は、一村全滅ということもあります。それを救うためには、医師の無償の働きにまつしかありませんでした。この本は、青森県の寒村で、そういうきびしい情況に直面した医師、岩淵謙一の物語りです。

『鈴木喜代春児童文学選集　第10巻　五木の子守歌物語』　鈴木喜代春著　三谷朝彦画　らくだ出版　2009.4　135p　22cm　1400円　①978-4-89777-471-8

内容　十二歳の娘お里にとって、村の地主さまの家に、三年間住み込みで働く子守奉公は、とてもつらいものでした。主人は、きれいな着物で、おいしいものを食べ、自分はそまつな着物に、冷たいご飯。その上、子守する赤ん坊は泣いてばかりで、風邪をひけば熱も出します。そのたびに奥さんから叱られるのです。しかし、お里は善意に満ち、繊細な感性の持ち主でもあるのです。つらい、切ない思いをこめて口ずさんだ歌が、やがてみんなの口にのぼり、「五木の子守歌」として歌いつがれます。

『鈴木喜代春児童文学選集　第9巻　津軽ボサマの旅三味線』　鈴木喜代春著　山口晴温絵　らくだ出版　2009.4　215p　22cm　1400円　①978-4-89777-470-1

内容　「津軽ボサマ」とは、お寺のお坊さんのことではありません。三味線を弾き、民謡を歌って歩く、盲目のさすらい人のこと。幼い頃、「はしか」で失明した人が多いのです。省二郎も、その一人です。小作農の次男ですから、自分の力で働いて食っていかねばなりません。ですが、盲目の人に、働き口はありません。省二郎は、すすんでボサマになります。家々の門口で三味線を弾き、民謡を歌い、わずかの米をもらいます。でも、こじきではありません。音楽という、人の心をゆさぶる立派な「芸術」を提供します。本書は、省二郎を、愛情をもって描く名作です。

『けがづの子—生命をつづる津軽の詩』　鈴木喜代春作，山口晴温画　国土社　2005.3　377p　22cm　1800円　①4-

337-33051-8

内容 昔も今も、「生きる」ことは、すばらしいこと、尊いことです。そこには「古い」「新しい」などはありません。この物語は一人の教師と四六人の子どもたちが「けがづ」（飢饉・大凶作）で食べ物が無いなかを、人間の誇りと尊厳をすてることなく、生きる喜びを求めて、懸命に「学び」「生きた」証しをつづったものです。

鈴木　三重吉
すずき・みえきち
《1882～1936》

『古事記物語』　鈴木三重吉著　PHP研究所　2009.4　255p　18cm　700円　①978-4-569-70731-0〈『鈴木三重吉童話全集　第7巻』（文泉堂書店1975年刊）の加筆・修正〉
目次 古事記物語上巻（女神の死，天の岩屋，八俣の大蛇，むかでの室，蛇の室，雉のお使，笠沙のお宮，満潮の玉，干潮の玉，八咫烏，赤い楯，黒い楯，啞の皇子），古事記物語下巻（白い鳥，朝鮮征伐，赤い玉，宇治の渡し，難波のお宮，大鈴小鈴，鹿の群。猪の群，蜻蛉のお謡，牛飼馬飼）
内容 日本人の始まりを伝える神々の物語。日本文学史上に不朽の功績を残した著者により、わかりやすく端正な言葉で綴られた名作がいまここに甦る。

『21世紀版少年少女日本文学館　4　小さな王国・海神丸』　谷崎潤一郎，鈴木三重吉，野上弥生子著　講談社　2009.2　233p　20cm　1400円　①978-4-06-282654-9〈年譜あり〉
目次 谷崎潤一郎（小さな王国，母を恋うる記），鈴木三重吉（おみつさん），野上弥生子（海神丸）
内容 強い個性と独自の才覚で、級友たちを支配する少年を描く「小さな王国」。実際に起きた事件を題材に、漂流する船のなかでの人間の葛藤をあつかった「海神丸」。だれもが抱える心の闇に迫った両作品のほか、少年の女性への思慕をあたたかくとらえた鈴木三重吉の「おみつさん」などを収録。

砂田　弘
すなだ・ひろし
《1933～》

『悪いやつは眠らせない』　砂田弘作　ポプラ社　2007.10　191p　22cm　（ポプラの森　18）　1300円　①978-4-591-09943-8〈絵：藤田新策〉
内容 東京の高層ビルの谷間にひっそりとたずむお地蔵さん。そのお地蔵さんには、第二次世界大戦の無差別爆撃で亡くなった少女の魂が…小さな女の子は、「悪いやつは眠らせない！」とさけぶと、さっと消えた—。それが、ふしぎな、おそろしい出来事が次つぎと起こる最初の事件になるとは、だれも考えなかった。

清少納言
せいしょうなごん
《966頃～1025頃》

『枕草子—清少納言のかがやいた日々』　清少納言原作，時海結以文，久織ちまき絵　講談社　2014.3　157p　18cm　（講談社青い鳥文庫　262-8）　600円　①978-4-06-285418-4〈文献あり〉
内容 宮中で働くことになった清少納言が、実際に起きたことや、親しくなった男友だちとのやりとり、自分の考えなどを書いた日記が『枕草子』です。清少納言は、能力を認められる一方、悪口を言われたり、いじめにあったりもしました。きっと共感できるところが見つかるはず。『枕草子』をベースに、清少納言の宮中での日々を1冊にまとめました。小学中級から。

『21世紀版少年少女古典文学館　第4巻　枕草子』　興津要，小林保治，津本信博編，司馬遼太郎，田辺聖子，井上ひさし監修　清少納言原作，大庭みな子著　講談社　2009.11　317p　20cm　1400円　①978-4-06-282754-6
目次 第1段　四季の美しさ—春はあけぼの，

第8段 中宮がお産のために―大進生昌が家に，第9段 命婦のおとどという名のねこ―うえにさぶらう御ねこは，第23段 清涼殿のはなやかさ―清涼殿の丑寅のすみの，第24段 女の生き方―おいさきなく，第25段 興ざめなものは―すさまじきもの，第28段 いやな，にくらしいもの―にくきもの，第29段 どきどきするもの―こころときめきするもの，第30段 過ぎた日の恋しくなつかしいもの―すぎにしかた恋しきもの，第36段 七月のある朝のこと―七月ばかりいみじうあつければ〔ほか〕

内容 『枕草子』は，平安時代宮中に仕えた女房，清少納言が書いた随筆である。日本の古典の中で「徒然草」とならんで最もすぐれた随筆文学とされている。宮中でのセンスあふれる会話や歌のやりとり，宮廷人の遊びや男女のファッションなどをみずみずしやかに描いた段，現代的ともいえる女性感覚で切りとった自然や風物，そして，みずからの体験をふまえた恋愛模様，人間模様などをつづった段と内容はさまざまである。千年の時を経てなお読みつがれる魅力，それは人間の心を深く見すえる目と，四季や風物に対するたぐいまれな感受性にほかならない。

『枕草子　更級日記』　清少納言，菅原孝標女原作，大沼津代志文，河伯りょうイラスト　学習研究社　2008.2　195p　21cm　（超訳日本の古典 3　加藤康子監修）1300円　①978-4-05-202861-8

目次 枕草子（四季の美しさ，和歌にまつわる昔話，心ときめきするもの，わたしが好きな鳥の話，好きな花ランキング（草花編），「無名」という名の琵琶，ホトトギスの声を聞きに行って，楽しいお寺行，碁の対局，心もとなきもの，大きい方がよいもの），更級日記（あこがれの都へ，都の生活，宮仕えから結婚へ，物詣での日々，晩年の日々）

『枕草子』　清少納言作，市毛勝雄監修，大木真智子やく　明治図書出版　2007.3　31p　21cm　（朝の読書日本の古典を楽しもう！ 2）①978-4-18-329811-9

『枕草子』　清少納言原作，長尾剛文，若菜等，Ki絵　汐文社　2006.9　125p　27cm　（これなら読めるやさしい古典大型版）1600円　①4-8113-8111-4

目次 かわいらしいものアレコレ，なつかしい思い出をよび起こしてくれるものアレコレ，めったにないものアレコレ，虫のアレコレ，あせった思い出，もっともつらいこと，うれしいこと，おどろきのお耳，牛車にゆられて，牛車にゆられて・月明かりバージョン，美しい時刻，クラゲの骨，神仏に仕える人々のお気の毒さ，急にしらけてしまう時，定子さまと乳母さまとのお別れ，雪の日の思い出，定子さまと私との絆

瀬田　貞二
せた・ていじ
《1916～1979》

『お父さんのラッパばなし』　瀬田貞二作，堀内誠一画　福音館書店　2009.6　185p　17cm　（福音館文庫 S-56）700円　①978-4-8340-2458-6

目次 富士山の鳥よせ，ミスタ・レッドクロス，ふりこ一発，ビーバーの谷，パンパのラッパ，きじの花たば，名前をかえた山，指輪をもらった時計像，アフリカのたいこ，バグダッドのおおどろぼう，インドの夢うらない，大きい石と大きいとかげ，プアプアのくじら舟，海賊たいじ

内容 子どもたちはお父さんのラッパ（ほら）ばなしが大好き。晩ごはんのあと，きまってお父さんに「ねえ，うんと大きいラッパ吹いてみて。」とさいそくします。するとお父さんは，「なにが，ラッパなもんか，ほんともほんと，お父さんが…。」さて，今日はどんなにゆかいな冒険話が聞けるかな？小学校中級以上。

妹尾　河童
せのお・かっぱ
《1930～》

『少年H　下』　妹尾河童作　新装版　講談社　2013.6　467p　18cm　（講談社青い鳥文庫 226-4）760円　①978-4-06-285361-3

宗田 理
そうだ・おさむ
《1928～》

『2年A組探偵局 〔3〕 ぼくらの仮面学園事件』 宗田理作，はしもとしん絵 KADOKAWA 2014.8 286p 18cm （角川つばさ文庫 Bそ1-53） 660円 ①978-4-04-631416-1 〈「仮面学園殺人事件」（角川文庫 1999年刊）の改題、加筆修正〉
内容 いじめられていた少年が仮面マスクをして中学校にやってきた。すると、別の人になったように明るい性格に変わっていた！ニュースとなり、マスクは全国の学校に大流行!? ところが、殺人事件が発生して…。有季と貢は、仮面の集会にもぐりこみ、裏にかくされた陰謀を探る。ぼくらの英治と相原たちも捜査に協力！ 宗田理のミステリー2A探偵局、第3弾。小学上級から。

『ぼくらのコブラ記念日』 宗田理作 ポプラ社 2014.7 293p 20cm （「ぼくら」シリーズ 20） 1200円 ①978-4-591-14061-1 〈角川文庫 1996年刊の加筆修正〉
内容 いよいよ具合が悪化してきた瀬川老人は、見舞いに来た英治たちに、息子に会いたいと告げた。ずっと隠してきた秘密を打ち明けるためだ。瀬川さんが今まで身を潜めていたのは、いったい何のためか。今新たに迫り来る危険に、ぼくらが立ち向かう！「七日間戦争」からの仲間、瀬川老人といよいよお別れ。「ぼくら」シリーズ第20巻!!

『ぼくらの太平洋戦争』 宗田理作，はしもとしん絵 KADOKAWA 2014.7 239p 18cm （角川つばさ文庫） 640円 ①978-4-04-631413-0
内容 夏休み、兵器工場の跡地を見学にいった英治、ひとみたちは、不思議なことから、1945年にタイムスリップ!? そこは戦争の真っ最中。男子は丸坊主、男女の会話禁止、食べものもなくて、ノミで眠れない!? でも、ぼくらは防空壕パーティーや、いやな大人

内容 中学校の軍事教官ににらまれ、死ぬほど殴られたHは、教練射撃部に入部し、難を逃れようとする。その後、戦火はいよいよ身近にせまり、米軍の空襲は日本全国におよぶ。ある夜、ついに神戸が大空襲を受け、Hと母は、爆弾の雨の中を逃げまどう…。昭和20年8月15日、日本は敗戦を迎え、そこでHが見たものは！ 小学上級から。

『少年H 上』 妹尾河童作 新装版 講談社 2013.6 445p 18cm （講談社青い鳥文庫 226-3） 740円 ①978-4-06-285360-6 〈年表あり〉
内容 少年Hは、毎日遊ぶことに大いそがし。熱心すぎるクリスチャンのお母さんには参るけど、洋服仕立て職人のお父さん、やさしい妹、ゆかいな友だちに囲まれる、楽しい毎日。それなのに最近、おかしなことが増えてきた。…これって戦争のせい!? 70年前の日本を少年の目で描いた、感動の大ベストセラー！ 小学上級から。

『少年H 下』 妹尾河童作 講談社 2002.6 461p 18cm （講談社青い鳥文庫） 720円 ①4-06-148591-1
内容 中学校の軍事教官ににらまれ、殺されそうになったHは、教練射撃部に入部し、難を逃れようとする。その後、戦火はいよいよ身近にせまり、米軍の空襲は日本全国におよぶ。ある夜、ついに神戸が大空襲を受け、Hと母は、爆弾の雨の中を逃げまどう…。昭和20年8月15日、日本は敗戦を迎え、そこでHが見たものは！ 小学上級から。

『少年H 上』 妹尾河童作 講談社 2002.6 442p 18cm （講談社青い鳥文庫） 720円 ①4-06-148590-3
内容 少年Hは、毎日遊ぶことに大いそがし。熱心すぎるクリスチャンのお母さんには参るけど、洋服仕立て職人のお父さん、やさしい妹、ゆかいな友だちに囲まれる、楽しい毎日。それなのに最近、おかしなことが増えてきた。…これって戦争のせい! 60年前の日本を少年の目で描いた、大ベストセラー、青い鳥文庫に登場！ 小学上級から。

にはいたずら！ 戦争の悲惨さを体験する笑いと涙の物語。つばさ文庫書きおろし、ぼくらシリーズ第15弾!! 小学上級から。

『ぼくらの体育祭』　宗田理作，はしもとしん絵　KADOKAWA　2014.3　223p　18cm　（角川つばさ文庫 Bそ1-14）　620円　①978-4-04-631383-6
[内容] ぼくらが楽しみにしていた体育祭を前に、「体育祭を中止しなければ、十人を殺す」と脅迫電話が！ 先生たちは、また、いたずらだと思い…。ぼくらと先生の仮装パーティーや、ひとみと英治のリレー、棒倒しの戦い。ところが、パン食い競走のパンに毒が入っている!? 犯人はだれ？ 大爆笑＆スリル満点の体育祭！ つばさ文庫書きおろし、ぼくらシリーズ第14弾!! 小学上級から。

『2年A組探偵局〔2〕 ぼくらの魔女狩り事件』　宗田理作，はしもとしん絵　KADOKAWA　2013.12　286p　18cm　（角川つばさ文庫 Bそ1-52）　660円　①978-4-04-631350-8 〈「魔女狩り学園」（角川文庫　1992年刊）の改題・加筆修正〉
[内容] クラスの生徒の持ち物がつぎつぎと盗まれ、犯人にされたのは勉強も体育もだめな、いじめられっ子のみさ子。2A＆ぼくらの英治や安永は、みさ子を助けようとするが、家からも消えてしまう。そして、成績トップクラスの4人に殺人脅迫状が届いて…。みさ子の命があぶない!? 知恵と勇気で事件解決に挑む。犯人は意外な人物!? 宗田理の2A探偵局、第2弾！ 小学上級から。

『悪ガキ7─モンスター・デスマッチ！』　宗田理著　静山社　2013.10　242p　20cm　1100円　①978-4-86389-224-8
[目次] 先生デスマッチ，不思議な落としもの，キューピッド作戦，消えた少女，モンスターママ退治

『ぼくらのテーマパーク決戦』　宗田理作，はしもとしん絵　角川書店　2013.7　255p　18cm　（角川つばさ文庫 Bそ1-13）　640円　①978-4-04-631331-7 〈文献あり　発売：KADOKAWA〉
[内容] 転校生の小林は、福島県に子どもしか入れないテーマパークがあると言う。英治たちが行ってみると、本物そっくりの恐竜や巨大迷路、透明な銀河特急など、まさにここは、子どもだけのワンダーランド！ ところが、金もうけをたくらむ大人たちが乗っとろうと侵入してきて…!? ぼくらと悪い大人との大決戦！ つばさ文庫書きおろし、ぼくらシリーズ第13弾!! 小学上級から。

『ぼくらの悪校長退治』　宗田理作　ポプラ社　2013.7　286p　20cm　（「ぼくら」シリーズ　19）　1200円　①978-4-591-13533-4 〈「ぼくらの校長送り」（角川文庫　1995年刊）の改題、加筆修正〉
[内容] ひとみの友人のお姉さん、あすかさんは青森の中学校の新米先生だ。熱意があって、生徒に慕われるいい先生なのに、いじめにあっているという。だれにって、その学校の校長たちからだというから驚きだ。そんなことが許せるわけがない。ぼくらが行って、悪い校長を退治してやるぞ！

『2年A組探偵局─ラッキーマウスと3つの事件』　宗田理作，はしもとしん絵　角川書店　2013.6　292p　18cm　（角川つばさ文庫 Bそ1-51）　660円　①978-4-04-631312-6 〈「ラッキーマウスの謎」（角川文庫　1991年刊）の改題・加筆修正　発売：角川グループホールディングス〉
[内容] ぼくらの仲間、前川有季は、中学2年になり、探偵事務所を始めた。それが2年A組探偵局。略して2A探偵局！ 所長は有季で、助手は、アッシーこと足田貢。会社会長の子ども誘拐、金持ち専門家庭教師の日記帳の盗難、中学校の幽霊＆学校占領計画と事件発生！ 解決は有季におまかせ!! 3つの事件は驚くべき犯人だった!? 宗田理の新ミステリー第1巻！

『ぼくらの修学旅行』　宗田理作，はしもとしん絵　角川書店　2013.3　300p　18cm　（角川つばさ文庫 Bそ1-12）　680円　①978-4-04-631297-6 〈角川文庫　1990年刊の改訂　発売：角川グループパブリッシング〉
[内容] ぼくらも、ついに3年生になり、高校受験のことばかり言われる。そこで、相原は、自分たちだけで修学旅行をやると言い

だした。先生をだまして、勉強合宿を実行させ、そこから修学旅行へ逃げだす計画を立てる。ところが黒い手帳の恨みを持つ大人が、ぼくら13人を交通事故に見せかけて殺しにきた！ 命をかけた最大の戦い！ ぼくらシリーズ第12弾。小学上級から。

『悪ガキ7―いたずらtwinsと仲間たち』
宗田理著　静山社　2013.3　271p　20cm　1100円　①978-4-86389-212-5
目次 スーパーがやって来る，悪ガキ7誕生，幽霊大作戦，秋葉神社の決闘，不思議な転校生，スーパー開店，幸せって何？
内容 大人も子どものんきに暮らす小さな町、葵町。ところがある日、事件が起こる。この町の危機に立ち向かうのは、いたずら大好きな小学5年生、双子のマリとユリと仲間たち。いじめっこをやっつける「幽霊大作戦」、隣町のワルボスに挑む「秋葉神社の決闘」など、元気いっぱいな7話。

『ぼくらの黒（ブラック）会社戦争』　宗田理作，はしもとしん絵　角川書店　2012.12　252p　18cm　（角川つばさ文庫　Bそ1-11）640円　①978-4-04-631284-6〈発売：角川グループパブリッシング〉
内容 とんでもない最強いたずらばあさんが、ぼくらの家にやってきた!?　会社の不正を知ったことで、命を落とした息子のため、ぼくらとばあさんは、悪い大人たちの企業と大戦争！　パソコンを使えなくして、会社は大さわぎ。暗号をとき、秘密文書を手に入れ…。英治の家を要塞にして悪いやつらを迎え撃つ。つばさ文庫書きおろし、「ぼくら」シリーズ第11弾。小学上級から。

『ぼくらの秘密結社』　宗田理作　ポプラ社　2012.7　297p　20cm　（「ぼくら」シリーズ　18）1200円　①978-4-591-12865-7〈角川文庫　1994年刊の加筆修正〉
内容 「ぼくら」が秘密結社を結成。その名は「KOBURA」。

『ぼくらの怪盗戦争』　宗田理作，はしもとしん絵　角川書店　2012.6　234p　18cm　（角川つばさ文庫　Bそ1-10）640円　①978-4-04-631246-4〈発売：角川グループパブリッシング〉
内容 夏休み、ぼくらは、有季のアイディアで、ミステリーツアーに行くことになった。英治、相原、安永、ひとみたち16人は、幽霊船がでるという死の島でキャンプ!?　洞くつを発見、国際的怪盗団に出くわし、久美子たちが捕まって…。怪盗たちとの大戦争に、無人島での大冒険、かくされた宝さがし。「ぼくら」シリーズ第10巻記念、イラスト66点の豪華スペシャル本。小学上級から。

『ぼくらのC（クリーン）計画』　宗田理作，はしもとしん絵　角川書店　2012.3　287p　18cm　（角川つばさ文庫　Bそ1-9）660円　①978-4-04-631225-9〈1990年刊の改筆、加筆　発売：角川グループパブリッシング〉
内容 中学2年の3学期。ぼくらは、心やお金にきたない大人をやっつけようと、C計画委員会を結成する。悪い政治家が書かれているマル秘の"黒い手帳"を武器に、大人との知恵くらべ大会を実行！　手帳を奪おうとする殺し屋三人組とスクープをねらうマスコミが押しよせて、予想をこえる大ハプニングに…!?　笑いとスリルと恋の大人気「ぼくら」シリーズ第9弾！　小学上級から。

『ぼくらの（ヤ）バイト作戦』　宗田理作，はしもとしん絵　角川書店　2011.12　314p　18cm　（角川つばさ文庫　Bそ1-8）680円　①978-4-04-631208-2〈『ぼくらの（危）バイト作戦』（1989年刊）の改筆、加筆、改題　発売：角川グループパブリッシング〉
内容 中学2年の2学期、安永は、交通事故で働けない父親にかわり、肉体労働のバイトをして、学校を休んでいる。ぼくらは、安永を助けるため、お金もうけ作戦を実行。占い師や探偵になったり、教師の暴力から子どもを守るアンポ・クラブを結成したり…。ところが、本当の殺人事件に出くわし、政界をゆるがす黒い手帳を手に入れる！　大人気「ぼくら」の第8弾！　小学上級から。

『ぼくらのメリークリスマス』　宗田理作　ポプラ社　2011.11　297p　20cm　（917）1200円　①978-4-591-12703-2〈角

川書店1992年刊の加筆修正〉
[内容] 聖夜に「ぼくら」が大暴れ！ 元泥棒チームとタッグを組んで、大人たちの陰謀をぶっつぶせ！ 絶好調！ 高校生編。

『ぼくらの南の島戦争』 宗田理作，はしもとしん絵 角川書店 2011.9 287p 18cm （角川つばさ文庫 Bそ1-7） 660円 ①978-4-04-631183-2〈『ぼくらの秘島探険隊』(1991年刊)の加筆、改題 文献あり 発売：角川グループパブリッシング〉
[内容] 中学2年の夏休み、1年前の「七日間戦争」と同じように、ぼくらは大人たちに戦いを挑む。こんどの敵は、美しい自然を壊す桜田組。やつらは、数家族だけが住む南の島を買いしめ、ゴルフ場にしようとしている。ぼくらは島の学校に立てこもり、勇気といたずらで、悪い大人と大戦争。組長、殺し屋までやってきて…!? 大人気「ぼくら」シリーズ第7弾。小学上級から。

『ぼくらの恐怖ゾーン』 宗田理作 ポプラ社 2011.7 303p 20cm （「ぼくら」シリーズ 16） 1200円 ①978-4-591-12503-8〈角川書店1992年刊の加筆修正〉
[内容] 次々と館で起きる変死事件の謎を解明せよ！ 「ぼくら」シリーズ最新刊。

『ぼくらの大脱走』 宗田理作 ポプラ社 2011.7 292p 20cm （「ぼくら」シリーズ 15） 1200円 ①978-4-591-12502-1〈角川書店1992年刊の加筆修正〉
[内容] とんでもない学校から奇跡の大脱走をせよ！ 「ぼくら」シリーズ最新刊。

『ぼくらのデスゲーム』 宗田理作，はしもとしん絵 角川書店 2011.7 287p 18cm （角川つばさ文庫 Bそ1-6） 640円 ①978-4-04-631173-3〈『ぼくらのデスマッチ』(1989年刊)の改筆、改題 発売：角川グループパブリッシング〉
[内容] 新しい校長・大村と担任・真田がやってきた。手本は二宮金次郎、2年1組にきびしい規則がつぎつぎと決められ、破るとおそろしい罰則が…。ぼくらは、いたずらで新担任と攻防戦。ところが、真田先生に殺人予告状がとどき、純子の弟・光太が誘拐されてしまう。ぼくらは、殺人犯との死をかけた戦いにいどむ。大人気「ぼくら」シリーズ第6弾。小学上級から。

『ぼくらの学校戦争』 宗田理作，はしもとしん絵 角川書店 2011.3 222p 18cm （角川つばさ文庫 Bそ1-5） 620円 ①978-4-04-631150-4〈発売：角川グループパブリッシング〉
[内容] 大人気「ぼくら」シリーズに書きおろし新刊！ 『ぼくらの七日間戦争』の続編！ こんどは学校が解放区！ 英治たちが卒業した小学校が廃校になり壊される!? ぼくらは廃校を幽霊学校にする計画を立て、おばけ屋敷、スーパー迷路を作る。ところが、本物の死体を発見!? 凶悪犯があらわれ、ぼくらと悪い大人との大戦争がはじまる。「ぼくら」シリーズ第5弾。小学上級から。

『ぼくらの最後の聖戦』 宗田理作 ポプラ社 2010.12 230p 20cm 1200円 ①978-4-591-12209-9
[内容] 赤い靴をはいた子どもが次々に失踪する事件が起きた。公園の赤い靴の女の子像の前には、犯行予告が。一体の誰が、何の目的で？ 魔石「天使の泪」をめぐる闘いがクライマックス。絶対に、あの石をやつらに渡してはならない。市長、警察も巻き込んだ大混乱のなか、「ぼくら」は石を守り通せるか？ 大人気シリーズ完結。

『ぼくらと七人の盗賊たち』 宗田理作，はしもとしん絵 角川書店 2010.10 284p 18cm （角川つばさ文庫 Bそ1-4） 660円 ①978-4-04-631128-3〈発売：角川グループパブリッシング〉
[内容] 「ぼくらの七日間戦争」を戦った英治と相原たちは、遊びに行った山で、泥棒たちのアジトを発見する！ 「七福神」と名のる七人の泥棒は、アジトに盗んだ品をかくし、催眠商法をつかって老人に高く売りつけていた！ ぼくらは盗品をうばい返し、貧しい人にバラまく計画を立てる。手強い泥棒集団との攻防戦！ スリルと冒険の大人気「ぼくら」シリーズ第4弾！ 小学上級から。

『おばけカラス大戦争―東京キャッツタウン』　宗田理作，加藤アカツキ絵　角川書店　2010.7　223p　18cm　（角川つばさ文庫 Aそ1-3）　620円　①978-4-04-631111-5〈発売：角川グループパブリッシング〉

内容　祐司と祥子は、秘密の道具・ネコカブリで、ネコになることができるネコ一族！塾に行っていない祐司たちを、母親たちは天神アカデミーという塾に無理矢理つれていく。そこでは、謎のシールで、だれでも天才になることができる!? そんなシールがあったらいいけど、その裏には、悪だくみするおばけカラスの存在が…。「ぼくら」の宗田理、人気シリーズ第3弾。小学上級から。

『ぼくらの『最強』イレブン』　宗田理作　ポプラ社　2010.7　304p　20cm　（「ぼくら」シリーズ 14）　1200円　①978-4-591-11960-0〈角川書店1994年刊の加筆修正〉

内容　ぼくらがサッカーを!? 全員攻撃、全員守備、ぼくらだって絶対に負けられない。

『ぼくらの『第九』殺人事件』　宗田理作　ポプラ社　2010.7　293p　20cm　（「ぼくら」シリーズ 13）　1200円　①978-4-591-11959-4〈角川書店1993年刊の加筆修正〉

内容　一糸乱れぬぼくらのハーモニーを乱すのは誰だ？

『ぼくらのミステリー列車』　宗田理作　ポプラ社　2010.7　308p　20cm　（「ぼくら」シリーズ 12）　1200円　①978-4-591-11958-7〈角川書店1993年刊の加筆修正〉

内容　夏休み、鈍行列車の旅でぼくらが遭遇した謎の敵とは？

『ぼくらのアラビアン・ナイト―アリ・ババと四十人の盗賊シンドバッドの冒険』　宗田理文，はしもとしん絵　角川書店　2010.6　220p　18cm　（角川つばさ文庫 Eそ1-1）　600円　①978-4-04-631099-6〈発売：角川グループパブリッシング〉

内容　財宝がかくされた、岩の部屋の扉をひらく、ひみつの呪文を手にいれたアリ・ババは…?! 海から海へと、気のむくまま、仲間と航海をつづけるシンドバッドの冒険…。宗田理さんが、小学生のとき、夢中になった『アラビアン・ナイト』を、『ぼくら』読者のきみに！　とびっきりのワクワク保証つきの新・大冒険物語。小学上級から。

『ぼくらの大冒険』　宗田理作，はしもとしん絵　角川書店　2010.2　318p　18cm　（角川つばさ文庫 Bそ1-3）　680円　①978-4-04-631080-4〈発売：角川グループパブリッシング〉

内容　「ぼくらの七日間戦争」を戦った東中元1年2組の彼らの前に、アメリカから木下が転校してきた。木下はUFOを見ることができるという。見に行った英治たち15人のうち、宇野と安永がUFOにつれ去られたように消えてしまう。英治たちは、二人の大救出作戦を開始。背後に宗教団体や埋蔵金伝説が!? インチキ大人と戦う「ぼくら」シリーズ第3弾！　小学上級から。

『白いプリンスとタイガー―東京キャッツタウン』　宗田理作，加藤アカツキ絵　角川書店　2009.12　254p　18cm　（角川つばさ文庫 Aそ1-2）　620円　①978-4-04-631068-2〈発売：角川グループパブリッシング〉

内容　秘密の道具・ネコカブリで、ネコになることができる黒ネコ一族の女の子、祥子の前に、伝説の白ネコ一族があらわれた。しかも、人気モデルのイケメン男子。ところが、白ネコ一族の長は、黒ネコ一族をだまし、おそろしい計画を…。祥子の弟の祐司は、巨大なサーベルタイガーのネコカブリをつくり、白ネコ一族の白虎に立ち向かう！　人気シリーズ第2弾。小学上級から。

『ぼくらの天使ゲーム』　宗田理作，はしもとしん絵　角川書店　2009.9　354p　18cm　（角川つばさ文庫 Bそ1-2）　720円　①978-4-04-631046-0〈発売：角川グループパブリッシング〉

内容　「ぼくらの七日間戦争」を戦った東中1年2組の彼らは、こんどは"天使ゲーム"を始

めた。それは、父さんのタバコに水をかけ、酒にしょうゆを入れ、つぶれかけた幼稚園を老稚園にしたり…つまり、1日1回、いたずらをするのだ。ある日、東中の美少女が学校の屋上から落ちて死んでいるのが見つかった。犯人は大人？ 大人気「ぼくら」シリーズ第2弾！ 小学上級から。

『おばけアパートの秘密─東京キャッツタウン』 宗田理作，加藤アカツキ絵　角川書店　2009.4　238p　18cm　（角川つばさ文庫 Aそ1-1）　620円　①978-4-04-631019-4〈発売：角川グループパブリッシング〉
内容 1300万人がくらす大都市・東京に異世界へと通じるネコの町があった。そこでは、10歳の誕生日にネコカブリがわたされ、黒ネコに変身することができる。ネコになると夜でも明るく見え、夜の猫学園で、ネコの特技を身につけ自由に生きることができるのだ。代々、秘密は守られてきたのだが、事件がつぎつぎと起こり…。人気作家・宗田理のファンタジーシリーズがはじまる。

『ぼくらのモンスターハント』 宗田理作　ポプラ社　2009.4　254p　20cm　1200円　①978-4-591-10883-3
内容 ある日、本好きの摩耶は書店で「モンスター辞典」を見つける。次々と町のモンスターたちが現れる不思議な本。学園を退学になった「ぼくら」と手を組み、町に溢れるモンスターたちを次々にやっつけていく。学園では、新しく迎えた校長が改革を進めているが、何か怪しい…100年前に横浜にやってきた白船来航に何か秘密があるようだが…痛快！ シリーズ第二弾。

『ぼくらの七日間戦争』 宗田理作，はしもとしん絵　角川書店　2009.3　390p　18cm　（角川つばさ文庫 Bそ1-1）　740円　①978-4-04-631003-3〈発売：角川グループパブリッシング　1985年刊の修正〉
内容 明日から夏休みという日、東京下町にある中学校の1年2組男子全員が姿を消した。事故？ 集団誘拐？ じつは彼らは廃工場に立てこもり、ここを解放区として、大人たちへの"叛乱"を起こしたのだった！ 女子生徒たちとの奇想天外な大作戦に、本物の誘拐事件がからまり、大人たちは大混乱…息もつかせぬ大傑作エンタテインメント！「ぼくら」シリーズの大ベストセラー！ 小学上級から。

『スーパーマウスJの冒険』 宗田理著　中日新聞社　2008.10　191p　19cm　1333円　①978-4-8062-0577-7
内容 人間並みの頭脳を持つスーパーマウス・次郎吉、次郎吉とケータイで交信できるオリビア、いじめに悩み家出し東京から幡豆町にたどり着いた少年・智也たちを待ち受けていたものは！ 次郎吉の命は！ 「そうだ村」はどこに！　愛知県幡豆町ホームページに掲載された短編小説「ミカワ・エクスプレス」に加筆。

『ぼくらの奇跡の七日間』 宗田理作　ポプラ社　2008.7　315p　20cm　1200円　①978-4-591-10429-3
内容 メディアを武器に、大人たちをやっつけろ。ぼくらの解放区はどこにある。

『いじめられっ子ノラ』 宗田理著　PHP研究所　2007.6　261p　20cm　1400円　①978-4-569-68691-2〈「あたしのノラ猫日記」(青樹社1997年刊)の増訂〉
内容 友だちって、クラスに一人か二人はいるもんだけど、あたしにはいなかった。先生にもきらわれてた─。実在の少女・典子の告白をもとに描く、「いじめ」とたたかった女子中学生と不思議な猫たちの物語。

『ぼくらと七人の盗賊たち』 宗田理作　ポプラ社　2007.3　245p　20cm　（「ぼくら」シリーズ 4）　1200円　①978-4-591-09678-9
内容 中学一年の春休み。「ぼくら」はアラビアンナイトの『アリババと四十人の盗賊』そっくりの体験をした。といっても、盗賊は七人で、「福祉法人七福神」と称し、老人相手に盗みとマルチ商法でもうけている泥棒集団だった。ハイキング先の丹沢の山中で、偶然「七福神」のアジトを発見してしまった「ぼくら」は、かくしてあった盗品の山を、貧しいお年寄りたちにバラまいてしまう。どこか間の抜けた七福神と攻防戦をくり返すうち、両者には奇妙な友情が芽生

えはじめて―。

『ぼくらのC（クリーン）計画』　宗田理作　ポプラ社　2007.3　251p　20cm　（「ぼくら」シリーズ 8）　1200円　①978-4-591-09675-8

内容　中学二年の三学期。21世紀に向け、「ぼくら」は地球環境を美化するために、C計画委員会を結成した。環境をクリーンにするにはまず人間から。心やお金にきたない人間をやっつけようと、贈収賄政治家リストがのっている極秘の「黒い手帳」をかけたコンペを開催することに。マスコミ各社に手紙を送りつけ、「ぼくら」と大人との知恵くらべ大会が始まった。手帳を奪おうとする殺し屋一味と、スクープを狙うマスコミ連中がどっと押しよせて、謎解きは大混乱…。

『ぼくらの最終戦争』　宗田理作　ポプラ社　2007.3　327p　20cm　（「ぼくら」シリーズ 11）　1200円　①978-4-591-09680-2

内容　中学三年の三学期、いよいよ英治たちも卒業間近となった。なにかやらかすに違いないと、教師たちが厳戒態勢をしくなか、卒業式をどう盛り上げるかの策略を練る「ぼくら」。そんな折、ようやく出所してきたルミの父親が、刑務所で仕入れた謎めいた殺人話をしたのち失踪してしまう。真相究明に奔走しつつ、せまる卒業式に向けての準備も万端。いったい「ぼくら」は最後にどんなことをやってみせてくれるのか…。英治・相原と仲間たちの、熱くて痛快なイタズラ列伝、中学生編ついに最終巻。

『ぼくらの修学旅行』　宗田理作　ポプラ社　2007.3　260p　20cm　（「ぼくら」シリーズ 9）　1200円　①978-4-591-09676-5

内容　中学三年になり、クラスに転校生がやってきた。聴覚障害をもつ佐山は、急だったため修学旅行に参加できない。そこで「ぼくら」は佐山のために、「自分たちだけの修学旅行」を計画することに。受験勉強にかこつけて避暑地でサマースクールを開催させ、途中で抜け出して思いっきり楽しもうとひそかにもくろんだ。しかし、「黒い手帳事件」で大恥をかかされたヤクザが、復讐をはかって「ぼくら」を追う。バスごと谷底に突き落とされかけた「ぼくら」は、無事に生還できるのか。

『ぼくらのデスマッチ』　宗田理作　ポプラ社　2007.3　244p　20cm　（「ぼくら」シリーズ 5）　1200円　①978-4-591-09673-4

内容　「ぼくら」の仲間はいよいよ二年生に進級。新しくきた校長と担任真田の教育方針は、いまどき「手本は二宮金次郎」。厳しい規則をつくって生徒を取り締ろうとする教師たちに反発する英治たちは、「サナダ虫退治」を開始する。そんな中、真田に「殺人予告状」が届いて襲われた。さらに純子の弟光太が誘拐。だれが、なんのために？　光太はどこに？　英治や相原らは真相をさぐるべく、見えない敵との戦いに立ち上がる―。大人気痛快学園ストーリー第5弾。

『ぼくらの秘島探険隊』　宗田理作　ポプラ社　2007.3　236p　20cm　（「ぼくら」シリーズ 6）　1200円　①978-4-591-09679-6

内容　中学二年の夏休み、英治たちは船で沖縄に向かった。銀鈴荘の金城まさから、故郷の美しい自然がアコギなリゾート開発業者の手にわたり、骨も埋められないと聞いたのがきっかけだ。本島からさらに船で半日ほど離れた小さな島を訪れた「ぼくら」。地元の中学生たちと協力し、イタズラ大作戦をくりひろげるが、手ごわい土建業者に加え東京からやってきた殺し屋までからんできて…。青空の下、サンゴと白浜とマングローブ林に囲まれた秘島で、元気いっぱい戦った真夏の思い出―。

『ぼくらの㊙学園祭』　宗田理作　ポプラ社　2007.3　259p　20cm　（「ぼくら」シリーズ 10）　1200円　①978-4-591-09677-2

内容　中学三年の二学期。学園祭での「ぼくら」の演し物は、「赤ずきん」に決まった。どうすればおもしろくできるかと知恵をしぼるなか、相談にのっていた登校拒否の女の子が、精神病院に送られてしまった。なんとか彼女を取り返そうとする一方で、「ぼくら」はテレビレポーターの矢場から預かったイタリア人少年、ヴィットリオにからんだ絵画贋作事件に巻きこまれ、イタリ

アマフィアと対決することに。少女の奪還、そして学園祭はどうなるのか、「ぼくら」のチームプレーが冴えわたる。

『ぼくらの(危)バイト作戦』　宗田理作　ポプラ社　2007.3　267p　20cm　(「ぼくら」シリーズ 7)　1200円　①978-4-591-09674-1

内容　中学二年二学期の秋、安永は療養中の父親のかわりに、きついバイトで家計を支えていた。それを知った相原、英治、久美子らは一致団結、「安永を助けよう」と、自分たちでもできるお金もうけ作戦を練りはじめる。占い師になりすましたり、生徒を守るアンポ・クラブを結成して会費を集めたり、なにかとヤバいバイトをこなしていたある日、なんと、本物の殺人事件に出会ってしまった…。笑いとスリルと冒険がいっぱいの、大人気痛快学園ストーリー第7弾。

『ぼくらの大冒険』　宗田理作　ポプラ社　2007.1　284p　20cm　(「ぼくら」シリーズ 3)　1200円　①978-4-591-09579-9

内容　春休みも近い3月下旬。「ぼくら」の中学にアメリカから転校生が来た。自分は病気のためあと3年の命で、信仰のおかげでUFOを呼ぶことができるという彼に誘われ、見物に行った英治らだが、そこで2人が突然、消えてしまう。まさか、UFOに連れ去られた？　英治らはTV局の矢島や瀬川老人に応援をたのみ、2人の奪還に向かう。やがて、ある宗教団体の悪だくみが明るみに…。「インチキな大人」ととことん戦う中学生の、大人気痛快学園ストーリー第3弾。

『ぼくらの天使ゲーム』　宗田理作　ポプラ社　2007.1　311p　20cm　(「ぼくら」シリーズ 2)　1200円　①978-4-591-09578-2

内容　夏休みに、廃工場に1週間立てこもった旧1年2組の仲間たちは、2学期になると新しい活動を開始した。その名も"一日一善運動"。彼らが次々実行する「いいこと」に、おとなたちは閉口するばかり。そのさなか、美人で有名な三年生の先輩が、校舎の屋上から落ちて死んだ。自殺か、他殺か？　老稚園計画を妨害する悪質な地上げ屋と闘い、先輩の事件の真相を追及する彼らは、やがて意外な事実を知る。「ぼくらの七日間戦争」につづく、大人気痛快学園ストーリー。

『ぼくらの七日間戦争』　宗田理作　ポプラ社　2007.1　343p　20cm　(「ぼくら」シリーズ 1)　1200円　①978-4-591-09577-5

内容　夏休みを前にした、1学期の終業式の日、東京下町にある中学校の、一年2組の男子生徒全員が、姿を消した。いったいどこへ…？　FMラジオから聞こえてきたのは、消えた生徒たちが流す"解放区放送"。彼らは河川敷の廃工場に立てこもり、ここを解放区として、大人たちへの"叛乱"を起こしたのだ。PTAはもちろん、テレビや警察、市長選挙汚職事件までも巻き込んだ、七日間に及ぶおとなたちとの大戦争。中高生たちの熱い支持を受けつづける大ベストセラー。

『なぞなぞベビー』　宗田理著，山下一徳画　学習研究社　1995.6　132p　19cm　(悪ガキ同盟 5)　580円　①4-05-200582-1

目次　チビガキをやっつけろ，なぞなぞベビー

内容　担任の先生の家になぞの赤ちゃんがすてられていた。この子の親はだれだろう。悪ガキ同盟はこのなぞを調べていくうちに意外な事実をつきとめた。でもそのために殺し屋と対決することになった。彼らの運命はどうなるのか。もう1作は「チビガキをやっつけろ」悪ガキ同盟も手をやく年下のチビガキが出現。いじめるわけにもいかなくて大弱り。

『家なきパパ』　宗田理著，山下一徳画　学習研究社　1995.2　132p　19cm　(悪ガキ同盟 4)　580円　①4-05-200417-5

目次　美左子が殺された!?，家なきパパ

内容　いつもヨッパラッテ帰ってきては、いろいろ文句を言うパパ。こんなパパをこらしめようと、悪ガキ同盟はイタズラを計画した。ヨッパラッテ帰ってきたパパは家がなくなっているのに大ショック。カワイソーすぎる。もう1作は「美左子が殺された」学校に来なくなった美左子の家に行ってみた悪ガキ同盟に美左子の父親は暴力をふるう。美左子はどうなったんだ。

『えッ恐竜料理店』　宗田理著，山下一徳

画　学習研究社　1994.10　132p　19cm　（悪ガキ同盟 3）　580円　①4-05-200416-7
[目次] えッ恐竜料理店，結婚式はぼくらで，『悪ガキ同盟10のおきて』
[内容] 殺人犯をつかまえて有名になった悪ガキ6人組。ところが悪ガキ同盟を名のるニセ物が出て，悪質な事件を起こす。困ったメンバーは悪ババ組というおばあさんたちの知恵を借りてマル秘作戦で，リーダーのドラゴンを倒そうとする。その作戦とは何と恐竜料理なのだ…。ほか1作は，「結婚式はぼくらで」。

『恐怖の校内感染』　宗田理著，山下一徳画　学習研究社　1994.7　132p　19cm　（悪ガキ同盟 1）　580円　①4-05-200414-0

『どうくつのミイラ』　宗田理著，山下一徳画　学習研究社　1994.7　132p　19cm　（悪ガキ同盟 2）　580円　①4-05-200415-9

『ぼくたちの秘宝伝説』　宗田理作，奥田孝明画　学習研究社　1993.7　271p　22cm　（学研の新・創作シリーズ）　1300円　①4-05-105521-3
[内容] 一億円の黄金のねむる場所が示された古地図を，父さんが手に入れた。男のロマンをかけて，ぼくと父さんの宝さがしが始まった。しかし，そうかんたんに一億円が見つかるわけはなかった。小学中級から。

相馬　御風
そうま・ぎょふう
《1883～1950》

『良寛坊物語』　相馬御風著　新装版　新潟　新潟日報事業社　2008.1　226p　21cm　1200円　①978-4-86132-251-8
[内容] 人の世のはかなさ，悲しみ，喜び，楽しみ。四季に彩られ移ろう人生，命あるものへの慈しみ…平易な文章で御風がつづる良寛の心情。

『良寛さま童謡集』　相馬御風著　新潟バナナプロダクション　2007.4　121p　21cm　1429円　①978-4-87499-677-5　〈発売：考古堂書店（新潟）　年譜あり〉
[目次] 童謡（良寛さま）（しあん顔，良寛さまのいけどり　ほか），童謡（続良寛さま）（良寛さまと雁，雨のふる日はあわれなり良寛坊　ほか），CD（歌詞）（てんてん手毬，しあん顔　ほか），解説（良寛さま，相馬御風　ほか）

高井　節子
たかい・せつこ
《1929～》

『ハルナさんとふしぎなおと？』　たかいせつこさく，みやもとただおえ　そうえん社　2007.4　62p　20cm　（そうえん社ハッピィぶんこ）　1100円　①978-4-88264-204-6
[内容] ハルナさんとジョージさんは，冬のある日，ハクサイの葉っぱについていた小さな虫をえりまきで守ってあげたのです。やがて，あたたかい五月の風にのって，ふしぎなおとがひびいてきました。なんと，みどりのマントをきた，バイオリンの少年が，あらわれたのです。

『一ちょうめ七ばんちのハルナさん』　たかいせつこさく，みやもとただおえ　草炎社　2005.7　62p　20cm　（そうえんしゃハッピィぶんこ 1）　1100円　①4-88264-193-3
[内容] おいもほりって，たのしいよね。なが一いつるをひっぱれば，ほら，大きなサツマイモが顔を出す…。ところが，あれれおいもがないっ！　と，どこからか，声がしてきました。「ハルナさん，おふくわけ，ありがとう」一ちょうめ七ばんちでおこった，ふしぎでハッピィなものがたり。

高木　彬光
たかぎ・あきみつ
《1920〜1995》

『蝙蝠館の秘宝』　高木彬光作　ポプラ社　2006.2　238p　18cm　（ポプラポケット文庫 652-2―名探偵神津恭介 2）570円　①4-591-09122-8　〈絵：Haccan〉
[内容] 神奈川県の郊外に、「蝙蝠館」と呼ばれる不気味なお屋敷がありました。少女玲子が、謎の黒マントの男に声をかけられた日から、屋敷の付近では、奇妙な出来事がつぎつぎと起こります。名探偵神津恭介の推理がさえる、待望のシリーズ二作目！　小学校上級〜。

『悪魔の口笛』　高木彬光作　ポプラ社　2005.10　206p　18cm　（ポプラポケット文庫 652-1―名探偵神津恭介 1）570円　①4-591-08887-1　〈絵：Haccan〉
[内容]「鳥、鳥、薔薇屋敷、園真理子…」という言葉を残して、男が死んだ。男の死の真相をあばくために、立ちあがったのは―さえわたる推理力、みなぎる気品と英知をそなえた美青年、その名も、名探偵神津恭介。明智小五郎、金田一耕助と並ぶ名探偵、登場。

高木　敏子
たかぎ・としこ
《1932〜》

『ガラスのうさぎ』　高木敏子著，武部本一郎画　金の星社　2006.5　174p　18cm　（フォア文庫）540円　①4-323-01007-9〈第108刷〉
[目次] ちいさな事件ではない，再会を約束して，特攻隊の兄，妹たちは東京へ，母と妹たちはどこに，ガラスのうさぎ，父の死，死のうとしていたんだ，火葬場，兄が帰ってきた，わたし一人は仙台，二人だけの秘密，わたしの両国，長い冬から春へ，新しき出発，太陽の文面
[内容] 一九四五年三月十日の東京大空襲で、敏子は母と二人の妹を失った。工場の焼け跡から、形のかわったガラスのうさぎを敏子は掘り出す。敏子は、戦争のおそろしさをみせつけられた。さらに、八月五日、新潟へむかうため、敏子と父は、二宮駅で列車を待っていた。そこへ、P51米軍機の機銃掃射が。父は敏子の目の前で…。戦争の中を生きぬいた著者が、平和への祈りをこめて、少女時代の体験をつづった、感動のノンフィクション。第20回厚生省児童福祉文化奨励賞受賞。

『ガラスのうさぎ』　高木敏子作，武部本一郎画　新版　金の星社　2005.6　190p　18cm　（フォア文庫）560円　①4-323-09042-0
[内容] 一九四五年三月十日の東京大空襲で、十二歳の敏子は母と二人の妹を失った。焼け跡には、敏子の家にあったガラスのうさぎが、変わりはてた姿でころがっていた。うさぎは、燃えさかる炎に身を焼かれながらも、戦争の悲惨さを見つめ続けていたのだった…。戦争の中を生きぬいた著者が、平和への祈りをこめて少女時代の体験をつづった感動のノンフィクション。戦時用語など語句の解説を増やした待望の新版。小学校高学年・中学校向き。

『ガラスのうさぎ―アニメ版』　高木敏子原作　金の星社　2005.5　93p　22cm　1200円　①4-323-07062-4
[目次] 下町のガラス工場，お国のために戦場へ，生きて帰っておいで，お母さんのもとをはなれて，ほのおにのまれた東京，ガラスのうさぎがとけた，弾丸の雨，わたしはひとりぼっち，水くみの日々，焼け跡の希望と涙，もう二度と戦争はしない
[内容] 一九四五（昭和二十）年三月十日。東京都上空にアメリカの爆撃機B29の大編隊があらわれました。雨あられのようにふりそそぐ焼夷弾。東京大空襲です。十二歳の敏子は、この空襲でお母さんとふたりの妹をうしないます。さらに、目の前でお父さんもなくしてしまいます。ふたりのお兄さんは戦争にいっていました。たったひとりになってしまった敏子にのこされたのは、半分とけて形のくずれたお父さんの形見、「ガラスのうさぎ」でした。小学校3・4年生から。

『ガラスのうさぎ』　高木敏子作，武部本

一郎画　新版　金の星社　2000.2　189p　22cm　1100円　①4-323-07012-8
内容　1945年3月10日、東京大空襲。東京の町は、戦火につつまれた。焼け跡には、敏子の家にあった「ガラスのうさぎ」が、ぐにゃぐにゃになって、ころがっていた。うさぎは、燃えさかる炎に身を焼かれながらも、戦争の悲惨さを、みつめつづけていたのだった―。東京大空襲で母と妹をうしない、その後、機銃掃射で父をも―。戦争の中を生きぬいた著者が、平和への祈りをこめて、少女時代の体験をつづった、感動のノンフィクション。

『けんちゃんとトシせんせい』　高木敏子ぶん，狩野ふきこえ　金の星社　1994.12　93p　22cm　1300円　①4-323-01871-1
内容　おーい、日本のへいたいさん、はやくせんそうやめてくれ。50年前にほんとうにあった、保育園児の疎開のおはなし。「ガラスのうさぎ」の著者がおくる、平和をねがう幼年童話。小学校1・2・3年生むき。

『ガラスのうさぎ』　高木敏子作，武部本一郎画　金の星社　1979.10　174p　18cm　（フォア文庫）390円

『ガラスのうさぎ』　高木敏子作，武部本一郎画　金の星社　1977.12　169p　22cm　（現代・創作児童文学）850円

たかし　よいち
《1928～》

『狩人タロのぼうけん』　たかしよいち作，高士登絵　理論社　2010.2　253p　23cm　（日本の児童文学よみがえる名作）2200円　①978-4-652-00052-6　〈1962年刊の復刻新装版〉

『鬼』　たかしよいち作，茂利勝彦画　ポプラ社　2007.11　59p　21cm　（妖怪伝　巻の3）1100円　①978-4-591-09942-1
内容　満月の光にさらされ、巨木の幹にはりつく一匹の青鬼。その背がまっすぐにわれて、中からあらわれたのは―。奇想天外のおもしろさ。たかしよいちの妖怪物語。

『天狗』　たかしよいち作，茂利勝彦画　ポプラ社　2007.7　57p　21cm　（妖怪伝　巻の2）1100円　①978-4-591-09714-4
内容　黒沼からあらわれた、妖怪「手長の目」。大天狗はおおぜいの天狗守をしたがえ、戦いをいどんだが―。奇想天外のおもしろさ！　たかしよいちの妖怪物語。

『河童』　たかしよいち作，茂利勝彦画　ポプラ社　2006.12　63p　21cm　（妖怪伝　巻の1）1100円　①4-591-09523-1
内容　九千坊が、999匹の河童とともに万人力の屁をひると、天狗は負けじと千畳敷の大うちわで風をおこす。戦いは、30日におよんだ―。天に地に、妖怪たちが大活躍。壮大なスケールで描く、たかしよいちの妖怪物語。

高田　桂子
たかだ・けいこ
《1945～》

『あしたもきっとチョウ日和』　高田桂子作，亀岡亜希子絵　文渓堂　2012.4　125p　22cm　1300円　①978-4-89423-757-5
内容　小学校四年生の奈美は、いそがしい両親のかわりに、妹のミチルの世話で毎日大いそがし。ミチルはかわいいけれど、自分の時間もたまにはほしい。でも、それをなかなか口にだせない…。そんな奈美の日常を変えたのは、物語の登場人物「虫愛ずる姫君」？日常と非日常をゆれ動きながら、少しずつ成長していく少女の成長がまぶしい物語。

『つのかくし』　高田桂子作，杉浦範茂絵　文渓堂　2011.1　61p　22cm　（おはなしスキップ―くすのきじいさんのむかしむかし　2）1500円　①978-4-89423-288-4
内容　山ではどんなふしぎもふしぎではない…雪の山から旅人がかけおりてきた。「たいへんだ。け、けやきの下で…」里のしゅうがかけつけると、あかんぼうがきゃっ

『ひあたり山とひつじのヒロシ』　高田桂子作，仁科幸子絵　国土社　2009.8　93p　22cm　1300円　①978-4-337-33074-0
[内容]校庭の「ひあたり山」をけずることになった。みんなであそんだ大きなくすの木も切ることに…。すると、りょう太のまわりでつぎつぎと、おかしなことがおきはじめる。カンニングをうたがわれたり、ふしぎなひつじがあらわれたり…。いったいどうして？　りょう太、ヒロシ、冴子、なかよし三人組の友達再発見の物語。

『みかえり橋をわたる』　高田桂子著　文渓堂　2006.8　189p　20cm　1200円　①4-89423-479-3
[内容]この橋の向こうになにがある？　そんなこと、きつねに聞かなきゃわからない…。

『かみかくし』　高田桂子作，杉浦範茂絵　文渓堂　2002.6　61p　21cm　（おはなしスキップーくすのきじいさんのむかしむかし　1）　1500円　①4-89423-287-1

『海辺のモザイク』　高田桂子著　横浜てらいんく　2001.2　322p　19cm　1524円　①4-925108-40-9
[内容]とつぜんの転勤で、北の海辺にやってきた松崎一家。なまり色の海に黒い砂。それまで住んでいた明るい瀬戸の海辺と比べては、気を滅入らせる。小六の卓は不登校に。中三の明日香はあやしげなグループに。父さんはつまずきかけ、母さんはヤキモキして…。そんな中でも、新しいたくさんの出会いがあり、また別れもあった。いま、親と子は、それぞれに言葉をさがしはじめる。語り合いたい！　わかり合いたい！　と。ヤング・アダルトに贈る文芸シリーズ第一作。

『うさぎ月』　高田桂子作，長新太画　文渓堂　1996.9　140p　20cm　（おはなしメリーゴーランド）　1400円　①4-89423-147-6
[内容]「十日の月」の夜、うさぎと迷路にご・よ・う・じ・ん。

『雨のせいかもしれない』　高田桂子作　偕成社　1995.8　229p　19cm　1200円　①4-03-744120-9
[内容]陽子と和美が、本音でぶつかれるようになったのも、ハハたちの世界が、くるんとひらけたのも、陽子がアイツの手の熱い思い出をないしょにしてたのも、もしかすると、みんな、雨のせいかもしれない。激しくて、もろくて、しなやかな、少女たちのドラマ。

『かごめかごめかごめがまわる』　高田桂子著，宇野亜喜良絵　あかね書房　1991.11　221p　21cm　（あかね創作文学シリーズ）　1200円　①4-251-06148-9
[内容]うしろの正面にいたのは、すきとおったような乳白色の着物に、あかい帯をしめた奇妙な女の子だった。―あなたはだあれ。どこからきたの。かごめの歌にさそわれて、待子は心の旅に出る…。

『ざわめきやまない』　高田桂子著，永井泰子絵　理論社　1989.3　287p　19cm　（地平線ブックス）　1200円　①4-652-01626-3
[内容]15歳の夏の終わり、短い置手紙を残して突然母が家を出た。"時間をください3ヵ月"。父は地方に単身赴任していた。東京にひとり残された里子を、京都からかけつけた祖母が支えてくれる…。そんな時、ひとりのふうがわりな転校生があらわれた。海外帰国子女、佐藤千佳。まっ赤なピアスをつけ、にこりともしない彼女に里子はひきつけられてゆく。おとなたちのつくるさまざまな事情にふりまわされながら、"自分たちのことは自分でなんとかしなくっちゃ"という思いが彼女たちをつき動かしてゆく。

『あの子がぞろぞろ』　高田桂子作，杉浦範茂絵　国土社　1988.4　79p　22cm　（どうわのいずみ）　880円　①4-337-13810-2
[内容]「まてーっ、いちろうーっ」ゆうすけも、だっと、いちょうなみきにはしりこみました。昼でもうすぐらい、いちょうの木の下で、体がみどり色にそまります。ゆうすけは、ちょっとドキドキしながらおいかけます。ミステリアスな作風で、とぎすまされた少女像を追求してきた知性派作家が、想いあらたに、ユーモアあふれる子どもたちの冒険を描く。

『ふりむいた友だち』 高田桂子作，佐野洋子絵　理論社　1985.5　226p　20cm　（きみとぼくの本）　960円　①4-652-01224-1

『透きとおった季節』 高田桂子作，宇野亜喜良絵　理論社　1983.7　253p　21cm　960円

『ぼく、おにっ子でいくんだ』 高田桂子作，長谷川集平絵　文研出版　1981.11　46p　24cm　（文研の創作えどうわ）　880円　①4-580-80375-2

『メリー・メリーを追いかけて』 高田桂子作，宇野亜喜良え　理論社　1978.3　182p　23cm　（つのぶえシリーズ）　920円

高田　敏子
たかだ・としこ
《1914〜1989》

『日本語を味わう名詩入門　13　高田敏子』 高田敏子著，萩原昌好編，中島梨絵画　あすなろ書房　2012.10　103p　20cm　1500円　①978-4-7515-2653-8
|目次| 赤ちゃんの目，小鳥と娘，橋，しあわせ，イス，忘れもの，橋のうえ，子どもによせるソネット，母と子，じっと見ていると〔ほか〕

『枯れ葉と星』 高田敏子詩，若山憲絵　教育出版センター　1980.10　158p　22cm　（ジュニア・ポエム双書）　1000円

『枯れ葉と星』 高田敏子詩，若山憲絵　教育出版センター　1978.4　158p　22cm　（少年少女のための詩集シリーズ）　800円

『とんでっちゃったねこ』 高田敏子作，山本まつ子絵　講談社　1972　76p　24cm　（講談社の創作童話　15）

『おやすみなさい子どもたち　1,2』 高田敏子文，わかやまけん等絵　あすなろ書房　1967　2冊　19×27cm

高村　光太郎
たかむら・こうたろう
《1883〜1956》

『日本語を味わう名詩入門　8　高村光太郎』 高村光太郎著，萩原昌好編，田中清代画　あすなろ書房　2011.10　103p　20cm　1500円　①978-4-7515-2648-4
|目次| 根付の国，父の顔，冬が来た，道程，あたり前，ほろほろな駝鳥，火星が出ている，秋を待つ，母をおもう，詩人〔ほか〕
|内容| 「真の芸術家」として生きぬこうとした若き日の魂の叫びから、自然の中でのおだやかな暮らしから生まれた晩年の作品まで、わかりやすく紹介します。

『智恵子抄』 高村光太郎作，赤坂三好え　集英社　1975　300p　20cm　（日本の文学　ジュニア版　41）

『智恵子抄』 高村光太郎文，吉井忠絵　偕成社　1969　304p　19cm　（日本の名作文学　ホーム・スクール版　28）

『智恵子抄』 高村光太郎文，吉井忠絵　偕成社　1968　302p　19cm　（日本文学名作選　ジュニア版　47）

『智恵子抄　道程』 高村光太郎文　ポプラ社　1965　302p　20cm　（アイドル・ブックス　10）

『高村光太郎名作集』 高村光太郎文，伊藤和子絵　偕成社　1964　308p　23cm　（少年少女現代日本文学全集　30）

滝沢　馬琴
たきざわ・ばきん
《1767〜1848》
別名：曲亭馬琴

『南総里見八犬伝』　滝沢馬琴作，こぐれ京文，永地絵　角川書店　2013.2　287p　18cm　（角川つばさ文庫 Fた2-1）　680円　①978-4-04-631299-0〈キャラクター原案：久世みずき　発売：角川グループパブリッシング〉

[内容]「おまえ、このあざ…！」誇り高き武士・信乃は、自分と同じあざが使用人の荘介にもあることを発見した。「きっとぼくらは兄弟なんだ!!」信乃はこの世に8人いるという義兄弟・八犬士を探す旅に出た！　しかし旅の途中には、信乃が持つ名刀・村雨と八犬士の命をねらう大きな闇が…!?　果たして八犬士は全員集合し、無事に村雨を守り抜けるのか—!?　全ページが大・冒・険!!　最強の8男子による、日本一面白い超大作！　小学上級から。

『新八犬伝　下の巻』　滝沢馬琴原作，石山透著　復刊ドットコム　2012.2　426p　19cm　2800円　①978-4-8354-4811-4

[内容] 昭和48年放送のNHK人形劇ドラマ「新八犬伝」をノベライズ。

『新八犬伝　中の巻』　滝沢馬琴原作，石山透著　復刊ドットコム　2012.2　381p　19cm　2800円　①978-4-8354-4810-7

[内容] 昭和48年放送のNHK人形劇ドラマ「新八犬伝」をノベライズ。

『新八犬伝　上の巻』　滝沢馬琴原作，石山透著　復刊ドットコム　2012.2　405p　19cm　2800円　①978-4-8354-4809-1

[内容] 昭和48年放送のNHK人形劇ドラマ「新八犬伝」をノベライズ。

『21世紀版少年少女古典文学館　第21巻　里見八犬伝』　興津要，小林保治，津本信博編，司馬遼太郎，田辺聖子，井上ひさし監修　曲亭馬琴原作，栗本薫著　講談社 2010.3　307p　20cm　1400円　①978-4-06-282771-3

[内容] 南総里見家の息女伏姫の胎内から八方にとびちった八個の玉にしるされた八つの文字。その玉をもって生まれ出た八人の勇士が、運命の糸に引き寄せられるように出会い、ともに戦い、また別れていく。『里見八犬伝』は、江戸時代の読本作家・曲亭馬琴が、二十八年の年月と失明の不運をのりこえて完成させた全百六冊にも及ぶ大伝奇小説である。悪と戦う正義の犬士たち、義のために犠牲となる女たちが織りなす波瀾万丈の物語は、エンターテイメント小説の原点として尽きない魅力を放っている。

『南総里見八犬伝』　滝沢馬琴原著，猪野省三文，久米宏一絵　童心社　2009.2　229p　20cm　（これだけは読みたいわたしの古典　西尾実監修）　2000円　①978-4-494-01985-4,978-4-494-07167-8（set）

[目次] 第1章　空とぶ白竜，第2章　安房の暗雲，第3章　正義の火の手，第4章　残忍城の落城，第5章　悲劇は七夕の夜に，第6章　犬をつれたお姫さま，第7章　怪犬のてがら，第8章　伏姫のかなしみ，第9章　父と子の断絶

『里見八犬伝　下』　滝沢馬琴原作，しかたしん文　ポプラ社　2006.8　382p　18cm　（ポプラポケット文庫 376-2）　660円　①4-591-09381-6〈1993・1994年刊の新装改訂〉

[内容] 仁義礼智忠信孝悌と記された八つの不思議な玉の導きで、犬士は一人、また一人と集い、結束していった。妖怪たちの陰謀うずまく安房の国を救うため、運命の絆で結ばれた八人の兄弟たちは、いま、最後の決戦のときを迎える—。小学校上級。

『里見八犬伝　上』　滝沢馬琴原作，しかたしん文　ポプラ社　2006.6　314p　18cm　（ポプラポケット文庫 376-1）　660円　①4-591-09297-6〈1992年刊の新装改訂〉

[内容] うす青い衣をまとった美しい姫君が、白い腕を夕焼けの空にむかってさしのべたかと思うと、色とりどりの八つの玉が、まるで流星のように天空に飛び散った—。房総

半島安房の国、里見城を舞台に、くりひろげられる壮大な物語。散り散りになった八犬士が集うのはいつの日か。小学校上級〜。

竹下　文子
たけした・ふみこ
《1957〜》

『ちいさなおはなしやさんのおはなし』
竹下文子作，こがしわかおり絵　小峰書店　2012.12　63p　22cm　（おはなしだいすき）　1100円　①978-4-338-19225-5

『青い羊の丘』　竹下文子著　角川書店　2011.7　118p　21cm　1700円　①978-4-04-874232-0〈発売：角川グループパブリッシング〉
目次 虹の娘，夜の深さ，翡翠沼，いつか別の場所で，旅からの手紙，幸せのパン，天使がひとやすみ，白い羽，とうもろこし畑，宇宙の時計，風工場，眠り野，サンクチュアリ，胡桃の夢，笛を吹く少年，カレイドスコープ，ころがるプラムのポルカ，薔薇迷路，ユズリハ森で，木の葉の凧，冬の手品師，ディアボロ，眠れない子，丘を越えて
内容 青い羊の丘にたたずむ「僕」が日々出会うのは、不思議で素敵なモノたちばかりだ。たとえば天使の子供、旅人に手品師、人語をはなす銀色狼、それから千年プラタナス。夏の間だけひらく風工場や、宝物をつめた万華鏡、宇宙の時計に、星のかけらの魔除け。誰にも姿をみせないシ書と、図書館で羽ばたく本の鳥たち—。綺麗でかわいい、ずっと手元に置いておきたい。眠る前にひとつずつ、ゆっくり読んで夢をみたい。優しくも繊細な世界をつむぐ童話作家・竹下文子が贈る、24粒の宝石掌篇。

『旅するウサギ』　竹下文子作，大庭賢哉絵　小峰書店　2010.12　176p　20cm　（Green Books）　1400円　①978-4-338-25001-6
内容 こんどはどんな旅になるだろう。どんなことに出会えるだろう。旅先での出会いや風景を少年の視点でさわやかに描く。

『アリクイにおまかせ』　竹下文子作，堀川波絵　小峰書店　2010.5　78p　22cm　（おはなしだいすき）　1100円　①978-4-338-19221-7
内容 ココちゃんはげんきでかわいいおんなのこ。だけど、にがてなものがひとつだけあります。ココちゃんのにがてなものはなんでしょう？　それはね…。せっかくのにちようびに、ひとりでるすばんでおかたづけなんて。だれかてつだってくれないかなあ。まほうつかいがきて、まほうのつえでぱぱっとやってくれたらいいのになあ…ひとりで読める楽しいおはない。

『ひらけ！　なんきんまめ』　竹下文子作，田中六大絵　小峰書店　2008.11　52p　22cm　（おはなしだいすき）　1100円　①978-4-338-19216-3
内容 あすかちゃんとけんかしたひ、ふしぎなおばあさんからかったなんきんまめ。とびっきりうんのいいなんきんまめといわれて、ためしにじゅもんをとなえてみたら…。

『そいつの名前はエメラルド』　竹下文子作，鈴木まもる画　金の星社　2008.10　172p　20cm　1300円　①978-4-323-07143-5
内容 そいつが、ぼくの家にやってきたのは、ふうちゃんの七さいのたんじょう日。プレゼントのハムスターを買いに出かけたぼくは、知らない商店街のきみょうな小鳥屋にまよいこんだ。そこで、ぼくは、そいつと出会ったんだ…。

『しっぽ！』　竹下文子作，長野ともこ絵　学習研究社　2007.10　1冊（ページ付なし）　23cm　（新しい日本の幼年童話）　1200円　①978-4-05-202825-0
内容 あるあさおきてみると、なんとなんと！　ぼくのおしりに、しっぽがはえている‼　ふわふわのクッションみたいなりすのしっぽ。…どうしてこんなことになったんだろう。読んであげるなら幼稚園〜自分で読むなら小学校一・二年生向。

『光のカケラ』　竹下文子作，鈴木まもる絵　岩崎書店　2007.10　173p　22cm　（わくわく読み物コレクション　16—ド

ルフィン・エクスプレス）1200円 ①978-4-265-06066-5
内容 テールは、海の特急貨物便、ドルフィン・エクスプレスの配達員。三日月島では、もうすぐジュエルの祭。家族や親しい者どうしで贈り物をしあうので、ドルフィンのいそがしさもはんぱじゃない。今日の最後の荷物をとどけに、アーケードへむかうが、そこでテールは、思わぬ人に助けられることに。「ドルフィン・エクスプレス」シリーズ第五作。

『アイヴォリー』 竹下文子作, 坂田靖子絵 ブッキング 2007.8 198p 18cm 1400円 ①978-4-8354-4328-7
内容 幽霊になりたての女の子「アイヴォリー」の淡くせつない想い。ゆうれいの恋のものがたり。

『クッキーのおうさまえんそくにいく』 竹下文子作, いちかわなつこ絵 あかね書房 2007.3 60p 22cm (わくわく幼年どうわ 18) 900円 ①978-4-251-04028-2
内容 クッキーのおうさまは、たかいたかいやまにむかって、こえだをむすんだひもを「えいっ!」となげて…!? 5～7歳向き。

『波のパラダイス』 竹下文子作, 鈴木まもる絵 岩崎書店 2006.2 164p 22cm (わくわく読み物コレクション 10―ドルフィン・エクスプレス) 1200円 ①4-265-06060-9
内容 テールは、海の特急貨物便、ドルフィン・エクスプレスの配達員。ある日、アケビ島でうけとった小さな荷物。いやな予感は的中し、トラブル発生のあげく、じぶんの船に傷をつけてしまった。配達からはずされ、社会勉強にきた子どもの訓練をすることになったのだが…。『ドルフィン・エクスプレス』シリーズ第四作。小学校中・高学年向き。

『うみのないしょだけどほんとだよ』 竹下文子作, 高畠純絵 ポプラ社 2005.7 79p 22cm (おはなしボンボン 27) 900円 ①4-591-08716-6
目次 ねぼすけのサメのはなし, うたのにが

てなイルカのはなし, あわてんぼうのトビウオのはなし, はずかしがりやのオオカミウオのはなし, いたずらのすきなエビのはなし
内容 うみにはないしょばなしがいっぱい。ねぼすけのサメのはなしでしょ, うたのにがてなイルカのはなしでしょ, いたずらっこのエビのはなしでしょ…。どのないしょからきいてみたい? ねえ, みみかして, こしょこしょこしょ…。一年生から。

『クッキーのおうさまそらをとぶ』 竹下文子作, いちかわなつこ絵 あかね書房 2005.4 74p 22cm (わくわく幼年どうわ 14) 900円 ①4-251-04024-4
内容 「そうか! ひこうきだ。ひこうきをつくろう。」クッキーのおうさまは, からすにさらわれたピヨおうじをたすけだすため, ひこうきでとびだします! 5～7歳向き。

竹久 夢二
たけひさ・ゆめじ
《1884～1934》

『春―童話』 竹久夢二著・画 日本図書センター 2006.4 225p 21cm (わくわく! 名作童話館 4) 2400円 ①4-284-70021-9
目次 都の眼, クリスマスの贈物, 誰が・何時・何処で・何をした, たどんの与太さん, 日輪草, 玩具の汽缶車, 風, 先生の顔, 大きな蝙蝠傘, 大きな手, 最初の悲哀, おさなき灯台守, 街の子, 博多人形, 朝, 夜, 人形物語, 少年・春, 春

竹山 道雄
たけやま・みちお
《1903～1984》

『21世紀版少年少女日本文学館 14 ビルマの竪琴』 竹山道雄著 講談社 2009.3 253p 20cm 1400円 ①978-4-06-282664-8 〈年譜あり〉
内容 戦争で命を落とした同志たちのため,

水島は一人、ビルマに残った。戦死者をとむらうことに、人生を捧げた彼の思いは、そのまま、戦争の悲惨を問う著者の思いでもあった。

『ビルマの竪琴』 竹山道雄著 改訂版 偕成社 2008.6 261p 19cm （偕成社文庫） 700円 ①978-4-03-650210-3 〈第18刷〉
[内容] 戦争への反省と平和の希求という大きなテーマに真正面からとりくみ、格調の高い文体によって人びとに大きな感動をあたえた戦後児童文学作品の記念碑的名作。毎日出版文化賞。芸術選奨文部大臣賞。

太宰 治
だざい・おさむ
《1909〜1948》

『斎藤孝のイッキによめる！ 小学生のための夏目漱石×太宰治』 夏目漱石,太宰治著,斎藤孝編 講談社 2012.3 283p 21cm 1000円 ①978-4-06-217575-3
[目次] 坊っちゃん（夏目漱石），夢十夜（夏目漱石），永日小品（夏目漱石），吾輩は猫である（夏目漱石），走れメロス（太宰治），葉桜と魔笛（太宰治），黄金風景（太宰治），眉山（太宰治），斜陽（太宰治）
[内容] 朝の10分間読書にぴったり。「坊っちゃん」「走れメロス」ほか、全9作品を収録。

『走れメロス―太宰治名作選』 太宰治作,藤田香絵 アスキー・メディアワークス 2010.2 237p 18cm （角川つばさ文庫 Fた1-1） 560円 ①978-4-04-631069-9 〈発売：角川グループパブリッシング〉
[目次] 走れメロス，畜犬談，葉桜と魔笛，黄金風景，駈込み訴え，眉山，灯籠，善蔵を思う，桜桃，トカトントン，心の王者
[内容] 友情と信頼をまもろうと命がけで走る青年の姿をえがいた「走れメロス」など、太宰の本当の良さがわかる感動的な11の短編。犬がこわいのに犬に好かれてしまう太宰と飼い犬との交流を楽しく語る「畜犬談」、重い病の妹とその姉に起こる奇跡をミステリー風に物語る「葉桜と魔笛」、キリストへの愛ゆえの裏切りをユダが語る「駈込み訴え」のほか、「トカトントン」「桜桃」などドラマチックな物語や心にのこる名作ばかりの決定版。さし絵多数。小学上級から。

『21世紀版少年少女日本文学館 10 走れメロス・山椒魚』 太宰治,井伏鱒二著 講談社 2009.2 245p 20cm 1400円 ①978-4-06-282660-0 〈年譜あり〉
[目次] 走れメロス（太宰治），富岳百景（太宰治），晩年・抄（太宰治），雪の夜の話（太宰治），お伽草紙（太宰治），山椒魚（井伏鱒二），屋根の上のサワン（井伏鱒二），遥拝隊長（井伏鱒二）
[内容] ギリシャの古伝説を題材に友情と信頼の勝利を巧みな文章でリズミカルに表現した短編、太宰治の「走れメロス」や、ユーモラスな語り口の奥に人生に対する的確な観察眼が光る、井伏文学を代表する傑作として著名な「山椒魚」など、八編を収録。ふりがなと行間注で、最後までスラスラ。児童向け文学全集の決定版。

『走れメロス』 太宰治作 新装版 講談社 2007.10 236p 18cm （講談社青い鳥文庫 137-2） 570円 ①978-4-06-148792-5 〈絵：村上豊〉
[目次] 走れメロス，魚服記，思い出，ロマネスク，富岳百景，雪の夜の話，お伽草紙（抄），こぶ取り
[内容] シラクス市の暴君ディオニスを殺そうとして死刑を言い渡されたメロスは、たったひとりの妹の結婚式に出るために、親友セリヌンティウスに身代わりになってもらう。そして3日以内に戻ってくるという約束のもと、40キロ離れた家へ向かったのだが、再び市へと戻るべく走るメロスの前に次々と困難が襲いかかるのだった…。極限状況における友情の形を描いて日本文学の名作と謳われる表題作他、太宰治の代表作7編を収録。小学上級から。

『お伽草紙』 太宰治作 未知谷 2007.4 158p 20cm 1800円 ①978-4-89642-188-0 〈絵：スズキコージ〉
[目次] 瘤取り，浦島さん，カチカチ山，舌切雀

|内容| 劫を経て再び太宰文学に親しむために最良の書。

『走れメロス』　太宰治著　ポプラ社　2005.10　238p　18cm　（ポプラポケット文庫 374-1）　570円　①4-591-08866-9　〈1978年刊の新装改訂　年譜あり〉
|目次| 走れメロス，魚服記，猿が島，思い出，富岳百景，新樹の言葉，畜犬談
|内容| 「走れメロス」は、古くから語り継がれた伝説、著名な詩人の物語から筋書をかりているのですが、世に知られている物語を新しく甦らせることは容易なわざではなく、文章に自信のある人ではじめて出来ることです。「文章を書くのにことにたいせつなのは、題名、書き出し、結び、この三つである。」とつねづね語っていた著者がその言葉を実証してみせている作品です。

『走れメロス』　太宰治作　小学館　2004.11　318p　21cm　（齋藤孝の音読破 2　齋藤孝校注・編）　800円　①4-09-837582-6
|目次| 走れメロス，駈込み訴え，女生徒，新樹の言葉，富岳百景
|内容| 太宰治の短編5作品を収録した音読破シリーズ第二弾。

『走れメロス　富嶽百景』　太宰治作　岩波書店　2002.3　293p　18cm　（岩波少年文庫）　680円　①4-00-114553-7

```
立原　えりか
たちはら・えりか
《1937～》
```

『こたえはひとつだけ』　立原えりか作，みやこしあきこ絵　鈴木出版　2013.11　69p　22cm　（おはなしのくに）　1100円　①978-4-7902-3281-0　〈講談社 1977年刊の補筆〉
|内容| おねえちゃんなんて、いやだ。おねえちゃんになんかなりたくない。そうおもったユミのところへやってきたのは…？　なくしてしまったものをさがしに、いえをとびだしたユミが見つけたもの。5才～小学生向き。

『立原えりか自選26の花』　立原えりか著　愛育社　2013.10　478p　20cm　1800円　①978-4-7500-0431-0　〈年譜あり〉
|目次| 花くいライオン，よろこびのお菓子，町でさいごの妖精をみたおまわりさんのはなし，ユキちゃん，風のおよめさん，花園，蝶を編む人，人魚のくつ，不老不死のくすり，クモ〔ほか〕
|内容| 「人魚のくつ」（1956年作）始め数百編の作品より自ら選んだ26編の花。心にやさしく触れるファンタジーの世界。

『昼はまつり夜はうたげ』　立原えりか文，谷口周郎絵　愛育社　2007.12　132p　18×19cm　1600円　①978-4-7500-0337-5　〈タイ料理監修：山本佐和子〉
|目次| 朝の集会，お弁当箱，おこわの炊き方，花飾り，タイのおはなし，電化製品をやっつけろ，ソムタムナイフの家出，月に昇ったお母さん，昼はまつり夜はうたげ
|内容| お喋り好きで世話好きな、タイ人気質のタイ料理の道具たちが、日本の台所で織り成す物語。日タイ修好120周年に贈る立原えりかのメルヘン・ストーリー。

『大あたりアイスクリームの国へごしょうたい』　立原えりか作，北田卓史絵　旺文社　〔2006.1〕　79p　21cm　（旺文社創作童話）　1143円　①4-01-069105-0　〈重版〉
|内容| 一大あたりのあなたを、すてきな場所にごしょうたいいたします。八月三十一日、朝一番の西町行きバスにおのりください。終点でおりると、とくべつなのりものがあなたをまっています。どこにつくかは、まだひみつ。どうぞおたのしみに！―アイスクリームで大あたりをあてたダイスケに、こんなしょうたいじょうがとどきました。小学低学年向。

立原　道造
たちはら・みちぞう
《1914〜1939》

『**日本語を味わう名詩入門　5　立原道造**』
立原道造著，萩原昌好編，堀川理万子画　あすなろ書房　2011.8　95p　20cm　1500円　①978-4-7515-2645-3
[目次] 僕は，村の詩─朝・昼・夕，はじめてのものに，晩き日の夕べに，わかれる昼に，のちのおもいに，2 やがて秋…，5 真冬の夜の雨に，1 憩らい─薊のすきな子に─，2 虹の輪〔ほか〕
[内容] みごとなソネットを完成させ，建築家としても頭角を現していたものの，若くして世を去った叙情詩人，立原道造。その，甘くさわやかな世界を紹介します。

谷川　俊太郎
たにかわ・しゅんたろう
《1931〜》

『**いじめっこいじめられっこ　1**』　谷川俊太郎と子どもたち詩　童話屋　2014.7　78p　15cm　（小さな学問の書 13）　300円　①978-4-88747-122-1
[目次] おとなしい巨人（谷川俊太郎），まえがき（田中和雄），いじめっこいじめられっこ（谷川俊太郎），あんたのなかのあたし（谷川俊太郎），子どもたちへ（田中和雄）

『**日本語を味わう名詩入門　19　谷川俊太郎**』　谷川俊太郎著，萩原昌好編，渡辺良重画　あすなろ書房　2013.8　103p　20cm　1500円　①978-4-7515-2659-0
[目次] 生長，かなしみ，はる，二十億光年の孤独，ネロ─愛された小さな犬に，41，空の嘘，地球へのピクニック，海，おっかさん〔ほか〕
[内容] すぐれた詩人の名詩を味わい，理解を深めるための名詩入門シリーズです。「二十億光年の孤独」「朝のリレー」「さようなら」など，鮮烈な印象を放つ詩を多数発表している詩人，谷川俊太郎。多彩な作品群の中から厳選した二十三編の詩で，「谷川ワールド」を解き明かします。

『**ここからどこかへ**』　谷川俊太郎文，和田誠絵　角川学芸出版　2010.7　111p　22cm　（カドカワ学芸児童名作）　1600円　①978-4-04-653406-4〈発売：角川グループパブリッシング〉
[内容] もしもある日，家の中でばったりおばけに出会ったら!? おばけたちが教えてくれた世界のふしぎ，いのちのふしぎ。

『**21世紀版少年少女古典文学館　第15巻　能　狂言**』　興津要，小林保治，津本信博編，司馬遼太郎，田辺聖子，井上ひさし監修　別役実，谷川俊太郎著　講談社　2010.1　301p　20cm　1400円　①978-4-06-282765-2
[目次] 能（忠度，かきつばた，羽衣，安宅，俊寛，すみだ川，自然居士，土蜘蛛，鞍馬天狗），狂言（三本の柱，いろは，蚊相撲，しびり，附子，賽の目，鎌腹，神鳴，くさびら，居杭）
[内容] この世に思いを残して死んでいった人々の霊や，神，鬼などをとおして，現世をはなれ，幽玄の風情にひたれる詩劇 "能"。おなじみの太郎冠者や次郎冠者が登場し，生き生きとしたことばで，おおらかな笑いにつつまれる対話劇 "狂言"。能と狂言の極限まで様式化された表現方法は，欧米の演劇には類のない前衛舞台芸術として，いま世界じゅうから注目されている。

『**すてきなひとりぼっち**』　谷川俊太郎詩　童話屋　2008.7　158p　16cm　1250円　①978-4-88747-084-2
[目次] すてきなひとりぼっち，あお，まなび，シャガールと木の葉，さよならは仮のことば─少年12，九月，子どもは笑う，朝，窓のとなりに，朝のリレー〔ほか〕

『**すき─谷川俊太郎詩集**』　谷川俊太郎作，和田誠絵　理論社　2006.5　133p　21cm　（詩の風景）　1400円　①4-652-03851-8
[目次] 1 すき（きいている，いる ほか），2 ひとつのほし（やま，かわ ほか），3 はみ出

谷崎潤一郎

せこころ（いっしょうけんめい一ねんせい，かんがえるのっておもしろい ほか），4 まり（まり，まり また ほか），5 ひとりひとり（ご挨拶，子どもの情景 ほか）
内容 谷川さんから、子どもたちへのメッセージ。最新書きおろし詩集です。

『いまぼくに―谷川俊太郎詩集』 谷川俊太郎著，水内喜久雄選・著，香月泰男絵 理論社 2005.7 129p 21cm （詩と歩こう） 1400円 ①4-652-03847-X
目次 愛（魂のいちばんおいしいところ，詩，みなもと ほか），平和（くり返す，渇き，死んだ男の残したものは ほか），生きる（ネロ，朝，未知 ほか）
内容 優しさあふれる言葉で人々を魅了する谷川俊太郎の作品から厳選した30編。子どもたちから大人まで、すべての人に読んでもらいたい…そんな想いをこめて贈ります。

谷崎　潤一郎
たにざき・じゅんいちろう
《1886～1965》

『21世紀版少年少女日本文学館 4 小さな王国・海神丸』 谷崎潤一郎，鈴木三重吉，野上弥生子著 講談社 2009.2 233p 20cm 1400円 ①978-4-06-282654-9〈年譜あり〉
目次 谷崎潤一郎（小さな王国，母を恋うる記），鈴木三重吉（おみつさん），野上弥生子（海神丸）
内容 強い個性と独自の才覚で、級友たちを支配する少年を描く「小さな王国」。実際に起きた事件を題材に、漂流する船のなかでの人間の葛藤をあつかった「海神丸」。だれもが抱える心の闇に迫った両作品のほか、少年の女性への思慕をあたたかくとらえた鈴木三重吉の「おみつさん」などを収録。

『母を恋うる記』 谷崎潤一郎作，菊池貞雄え 集英社 1975 292p 20cm （日本の文学 ジュニア版 49）

近松　門左衛門
ちかまつ・もんざえもん
《1653～1724》

『21世紀版少年少女古典文学館 第18巻 近松名作集』 興津要，小林保治，津本信博編，司馬遼太郎，田辺聖子，井上ひさし監修 近松門左衛門原作，富岡多恵子著 講談社 2010.2 277p 20cm 1400円 ①978-4-06-282768-3
目次 出世景清，冥途の飛脚，博多小女郎波枕，心中天の網島，女殺油地獄
内容 元禄時代には、経済力をもった商人たちによって、日本のルネッサンスといわれるほどの、いきいきした町人文化が花開いた。そこにすい星のように出現した作家・近松門左衛門。宿命的な封建制度のなかで、人間らしく必死に生きようとする男と女の恋愛をテーマに、みごとな語りことばで描きだす義理と人情の人間ドラマの数々。『出世景清』『冥途の飛脚』『心中天の網島』など、歌舞伎や人形浄瑠璃（文楽）の舞台にのせられ、今も日本人の心をゆさぶりつづけている近松の最高傑作五編を収録する。

『近松門左衛門名作集 東海道四谷怪談』 近松門左衛門，鶴屋南北原著，菅家祐文，堀口順一朗，ただりえこイラスト 学習研究社 2008.2 195p 21cm （超訳日本の古典 11 加藤康子監修） 1300円 ①978-4-05-202869-4
目次 近松門左衛門名作集（国性爺合戦，丹波与作待夜のこむろぶし），東海道四谷怪談（血に染まった刃と二組の夫婦，盗まれた薬と贈られた薬，わがままお梅の横恋慕，お岩の無念，流れ流され隠亡堀へ，深川三角屋敷の怪，お袖のはかりごと，夢での逢いびき，伊右衛門の最期）

千葉　省三
ちば・しょうぞう
《1892～1975》

『ワンワンものがたり』　千葉省三著　日本図書センター　2006.4　111p　21cm　（わくわく！　名作童話館 5）　2200円　①4-284-70022-7〈画：川上四郎〉

都筑　道夫
つづき・みちお
《1929～2003》

『お年玉殺人事件』　都筑道夫著　岩崎書店　2006.12　188p　20cm　（現代ミステリー短編集 5）　1400円　①4-265-06775-1〈絵：東元光児〉
目次　退職刑事五七五ばやり，お年玉殺人事件，密室大安売り，メグレもどき

『燃えあがる人形』　都筑道夫著，上田紗絵画　学校図書　1982.11　211p　21cm　（パンドラの匣創作選 2）　1200円

『妖怪紳士』　都筑道夫著　朝日ソノラマ　1969.6　268p　20cm　（ヤングシリーズ―怪奇ヤング　SYS-2）　390円

筒井　敬介
つつい・けいすけ
《1917～2005》

『すらすらえんぴつ』　筒井敬介作　小峰書店　2006.8　182p　20cm　（筒井敬介おはなし本 1）　1600円　①4-338-21801-0〈絵：渡辺洋二〉
目次　おねえさんといっしょ（すらすらえんぴつ，おつかいさん，いいものあげる，およげおよげ），おはようたっちゃん，おとうさんのくるま，ながぐつ大すき，コルプス先生とこたつねこ，とらのかわのスカート，べえくん
内容　人間を見つめ、社会を見すえた文学世界。あふれるユーモアとウイットに富んだ物語は、笑いとばしながら読み、ずんと心に響きます。朝読に最適な短編がどっさり。

『ネコだまミイちゃん』　筒井敬介作　小峰書店　2006.8　191p　20cm　（筒井敬介おはなし本 2）　1600円　①4-338-21802-9〈絵：長新太，ささめやゆき〉
目次　ぺろぺろん，どらねこパンツのしっぱい，なんだろな，おやすみドン，ぺこねこブラッキー，ネコだまミイちゃんはあたし
内容　人間を見つめ、社会を見すえた文学世界。あふれるユーモアとウイットに富んだ物語は、笑いとばしながら読み、ずんと心に響きます。朝読に最適な短編がどっさり。

『もうひとりの赤ずきんちゃん』　筒井敬介作　小峰書店　2006.8　188p　20cm　（筒井敬介おはなし本 3）　1600円　①4-338-21803-7〈絵：太田大八　年譜あり〉
目次　花のくる道，ハヤガメくん，もうひとりの赤ずきんちゃん，かちかち山のすぐそばで，ピエロ
内容　人間を見つめ、社会を見すえた文学世界。あふれるユーモアとウイットに富んだ物語は、笑いとばしながら読み、ずんと心に響きます。朝読に最適な短編がどっさり。

筒井　康隆
つつい・やすたか
《1934～》

『細菌人間』　筒井康隆著　金の星社　2010.3　201p　20cm　（筒井康隆SFジュブナイルセレクション）　1600円　①978-4-323-06124-5
内容　ある晩、キヨシの家の庭に落下した巨大ないん石のせいで、おとうさんは人が変わってしまう。恐ろしい形相でキヨシに迫ってくるおとうさんをキヨシは救うことが出来るのか？

『W世界の少年』　筒井康隆著　金の星社　2010.3　236p　20cm　（筒井康隆SFジュブナイルセレクション）1600円
Ⓘ978-4-323-06125-2
目次　10万光年の追跡者，四枚のジャック，W世界の少年
内容　時代を超える、筒井康隆ライトノベル傑作選。表題作の「W世界の少年」ほか「10万光年の追跡者」「四枚のジャック」を収録。

『地球はおおさわぎ』　筒井康隆著　金の星社　2010.3　180p　20cm　（筒井康隆SFジュブナイルセレクション）1500円　Ⓘ978-4-323-06121-4
目次　かいじゅうゴミイのしゅうげき，うちゅうをどんどんどこまでも，地球はおおさわぎ，赤ちゃんかいぶつベビラ！，三丁目が戦争です
内容　時代を超える、筒井康隆ライトノベル傑作選。

『デラックス狂詩曲（ラプソディ）』　筒井康隆著　金の星社　2010.3　194p　20cm　（筒井康隆SFジュブナイルセレクション）1500円　Ⓘ978-4-323-06122-1
目次　暗いピンクの未来，デラックス狂詩曲，超能力・ア・ゴーゴー
内容　奇想天外、痛快無比、快刀乱麻、波瀾万丈。卓抜なイマジネーションで駆けめぐるエンターテインメント・パレード。表題作の「デラックス狂詩曲」ほか「暗いピンクの未来」「超能力・ア・ゴーゴー」を収録。

『ミラーマンの時間』　筒井康隆著　金の星社　2010.2　163p　20cm　（筒井康隆SFジュブナイルセレクション）1500円　Ⓘ978-4-323-06123-8
目次　白いペン・赤いボタン，ミラーマンの時間
内容　時代を超える、筒井康隆ライトノベル傑作選。

『ジャングルめがね』　筒井康隆作，にしむらあつこ絵　小学館　2010.1　47p　21cm　（すきすきレインボー）1100円　Ⓘ978-4-09-289787-8
内容　ジャングルめがねをかけると、まわりの人たちがジャングルのどうぶつに見えちゃう！　さあ、ジャングルめがねをかけて、大たんけんに出発です！　よみきかせなら3歳から、ひとりよみなら6歳から。

『緑魔の町』　筒井康隆作，白身魚絵　角川書店　2009.11　245p　18cm　（角川つばさ文庫　Bつ1-2）620円　Ⓘ978-4-04-631023-1〈発売：角川グループパブリッシング〉
目次　緑魔の町，デラックス狂詩曲
内容　仲の良かったクラスメートも、優しい家族も、みんなぼくにつめたい目を向ける。市役所の記録からもぼくのデータが消えている。ここはいったい…!?　だれも自分のことを知らない世界にいきなり放り込まれた武夫の運命は!?　「時をかける少女」の筒井康隆が描くSFジュブナイル「緑魔の町」他、仲良し女の子3人組が、魔法のテレビで夢をかなえる「デラックス狂詩曲」を収録。小学上級から。

『時をかける少女』　筒井康隆作，清原紘絵　角川書店　2009.3　158p　18cm　（角川つばさ文庫　Bつ1-1）560円　Ⓘ978-4-04-631007-1〈発売：角川グループパブリッシング〉
目次　時をかける少女，時の女神，姉弟，きつね
内容　だれもいないはずの理科実験室でガラスの割れる音がした。壊れた試験管の液体からただようあまい香り。これを嗅いだとき、和子は意識を失い、床にたおれてしまった。そして、時間と記憶をめぐる奇妙な事件がつぎつぎに起こりはじめた。時をこえて読みつがれる永遠のベストセラー「時をかける少女」他、短編「時の女神」「姉弟」「きつね」を収録。小学上級から。

『秒読み―筒井康隆コレクション』　筒井康隆著，加藤伸吉画　福音館書店　2009.2　381p　18cm　（ボクラノSF　02）1700円　Ⓘ978-4-8340-2425-8
目次　到着，マグロマル，お助け，駝鳥，蟹甲癬，時越半四郎，バブリング創世記，睡魔のいる夏，笑うな，走る取的，遠い座敷，関節話法，秒読み，熊の木本線

[内容] 過去に戻った男が、世界を救うために下した決断を、清々しく、光に満ちた10代の情景と重ねながら描く表題作「秒読み」をはじめ、筒井康隆の精髄14作品を収めた傑作集。

『三丁目が戦争です』 筒井康隆作, 熊倉隆敏絵 講談社 2003.8 172p 18cm （青い鳥文庫fシリーズ） 580円 ①4-06-148625-X
[目次] 三丁目が戦争です, 地球はおおさわぎ, 赤ちゃんかいぶつベビラ！, うちゅうをどんどんどこまでも
[内容] 小学校低学年から読めて、大人まで楽しめる、SF童話を4編収録。あなたは戦争を知っていますか？ それはふつうの生活のすぐ隣りにあります。ほら、三丁目のシンスケくんのまわりの世界を見てみよう！ほかに、石に命をあたえる石、街を破壊しまくる赤ちゃん、宇宙の果てまで飛んでっちゃう子どもたちが大活躍する楽しいお話もあります。小学初級から。

『愛のひだりがわ』 筒井康隆著 岩波書店 2002.1 295p 22cm 1800円 ①4-00-022005-5
[内容] 幼いとき左腕を犬にかまれたため片腕が不自由になってしまった少女、月岡愛。母を亡くして居場所を失った愛は、行方不明の父を捜すため旅に出る。大型犬のデンとダン、不思議な老人や同級生の片貝サトルに助けられながら、少女は危機を乗り越えてゆく。

『お助け・三丁目が戦争です』 筒井康隆著 金の星社 1986.2 284p 20cm （日本の文学 32） 680円 ①4-323-00812-0
[目次] お助け, きつね, 地下鉄の笑い, 到着, にぎやかな未来, 無風地帯, 熊の木本線, かくれんぼをした夜, 句点と読点, 風, 果てしなき多元宇宙, 三丁目が戦争です, 改札口, 現代の言語感覚〔抜粋〕
[内容] 時間のたつのが、日ごとにのろく感じられるようになった宇宙飛行士の〈悲劇〉を描く「お助け」をはじめ、筒井文学を代表する小説・戯曲・少年少女小説・童話・エッセイを収めた珠玉の作品集。

『ジャングルめがね』 筒井康隆著, 長尾みのる画 小学館 1977.12 42p 21cm （小学館の創作童話シリーズ 39） 380円

『時をかける少女』 筒井康隆文, 谷俊彦絵 鶴書房盛光社 1972 260p 18cm （SFベストセラーズ）

『三丁目が戦争です』 筒井康隆作, 永井豪絵 講談社 1971 102p 24cm （講談社の創作童話 5）

『緑魔の町』 筒井康隆文, 早川博唯絵 毎日新聞社 1970 163p 22cm （毎日新聞SFシリーズ ジュニア版 11）

壺井 栄
つぼい・さかえ
《1900〜1967》

『21世紀版少年少女日本文学館 11 二十四の瞳』 壺井栄著 講談社 2009.3 315p 20cm 1400円 ①978-4-06-282661-7 〈年譜あり〉
[目次] 二十四の瞳, 石臼の歌
[内容] 瀬戸内の小さな島の分教書。ここに赴任した、「おなご先生」が出会ったのは、十二人の子どもたちだった。戦争へと向かう激動の時代を背景に、先生と子どもたち、それぞれの人生をあたたかな目で描き、映画化もされ、人々に感動を呼びつづけてきた壺井栄の代表作と、広島の原爆にふれた「石臼の歌」を収録。

『二十四の瞳』 壺井栄著 改訂第2版 偕成社 2007.10 276p 18cm （偕成社文庫） 600円 ①978-4-03-850070-1 〈第17刷〉
[内容] 美しい自然にかこまれた瀬戸内・小豆島。分教場に赴任してきた大石先生と十二人の教え子のたどったその後の二十年間を厳しい社会情勢を織りこみながら描いた名作。

『二十四の瞳』 壺井栄作 新装版 講談社 2007.10 278p 18cm （講談社青い鳥文庫 70-4） 660円 ①978-4-06-148790-1 〈絵：武田美穂 年譜あり〉
[内容] 昭和3年春。みさきの分教場に、若い

坪田　譲治
つぼた・じょうじ
《1890～1982》

女の先生が洋服を着て、新しい自転車に乗ってきた。新米のおなご先生をいじめようと待ちぶせていた子どもたちも、びっくり！先生が受けもった1年生12人の瞳は、希望と不安でかがやいていた―。瀬戸内海の小さな島を舞台に、先生と教え子たちとの心温まる生き方をえがいた名作。小学上級から。

『二十四の瞳』　壺井栄著　光文社　2005.12　231p　19cm　1500円　①4-334-95014-0

内容　瀬戸内海べりの岬の分教場へ、若い女の先生が赴任してきた…。おなご先生と十二人の教え子とのあたたかい心の交流を通して、第二次世界大戦をはさんだ約二十年間の庶民生活を描く、生活感あふれた壺井文学の傑作。戦争否定と人間の平等を訴えた名作。光文社創業60周年記念出版。

『母のない子と子のない母と。』　壺井栄著　光文社　2005.12　256p　19cm　1500円　①4-334-95016-7

内容　戦争で家族を失ったおとらおばさんは、故郷の小豆島へ帰ってきた。母親を失った一郎少年も焼けだされて島へ帰ってきた。戦争の痛手をうけた人びとの美しい人間愛を郷土色豊かにうたいあげた『二十四の瞳』の作家、壺井栄の長編小説。第二回文部大臣賞受賞。光文社創業60周年記念出版。

『二十四の瞳』　壺井栄著　ポプラ社　2005.10　278p　18cm　（ポプラポケット文庫　373-1）　660円　①4-591-08865-0　〈1979年刊の新装版〉

内容　著者の文学の特徴としてまずあげられるのは、貧しい人びとや不幸な運命の人たちと、悲しみとよろこびをともにしながら、明るい世界をもとめていこうという姿勢だといえましょう。また、例外はありますが、子どもが読んでもおとなが読んでも、ともに楽しめるという特徴もあり、本書などは、そのよい例といえます。

『21世紀版少年少女日本文学館　12　赤いろうそくと人魚』　小川未明，坪田譲治，浜田広介著　講談社　2009.3　245p　20cm　1400円　①978-4-06-282662-4　〈年譜あり〉

目次　小川未明（赤いろうそくと人魚，月夜と眼鏡，金の輪，野ばら，青空の下の原ぱ，雪くる前の高原の話），坪田譲治（魔法，きつねとぶどう，正太樹をめぐる，善太と汽車，狐狩り），浜田広介（泣いた赤おに，ある島のきつね，むく鳥のゆめ，花びらのたび，りゅうの目のなみだ）

内容　人間の世界に憧れた人魚がせめて我が子だけでもと陸に子どもを産み落とす。人魚の娘をひろった老夫婦は神様からの授かり物としてその子を大切に育てるが…。昭和の児童文学を代表する小川未明、坪田譲治、浜田広介の童話十六編を収録。

『日本のむかし話　8　桃太郎ほか全21編』　坪田譲治著　新版　偕成社　2008.1　191p　19cm　（偕成社文庫）　700円　①978-4-03-551050-5

目次　桃太郎，馬になった男の話，むかしのキツネ，ネコとネズミ，子どもと鬼，ちいちいばかま，タカとエビとエイ，だんぶり長者，貧乏神，トラとキツネ，きっちょむさんの話，スズメのヒョウタン，絵すがた女房，ノミはくすり，宝げた，サルとカニ，サルとキジ，大木とやよい，キツネとタヌキとうさぎ，タヌキだまし，灰坊ものがたり

内容　語りつがれ愛されてきたむかし話を集大成。モモから生まれた桃太郎が、きびだんごをもって鬼ヶ島に鬼退治に出かける「桃太郎」のほか、「きっちょむさんの話」「宝げた」など二十一編を収録。総ルビ、豊富なさし絵で楽しく読みやすいシリーズ。小学中級以上向き。

『日本のむかし話　7　花さかじじいほか全21編』　坪田譲治著　新版　偕成社　2008.1　186p　19cm　（偕成社文庫）

坪田譲治

700円　①978-4-03-551040-6
[目次] ツルとカメ，キツネと小僧さん，カワズとヘビ，箕づくりと山んば，赤いおわん，オオカミのまゆ毛，鼻かぎ権次，仁王とが王，親すて山，オオカミに助けられた犬の話，海の水はなぜからい，モズとキツネ，片目のおじいさん，サケの大助，タニシ，頭にカキの木，サルとネコとネズミ，キノコのおばけ，おばけ茶釜，舌切リスズメ，花さかじじい
[内容] 語りつがれ愛されてきたむかし話を集大成。正直者のおじいさんが，枯れ木に花を咲かせる「花さかじじい」のほか，「海の水はなぜからい」「頭にカキの木」「舌切リスズメ」など二十一編を収録。総ルビ，豊富なさし絵で楽しく読みやすいシリーズ。小学中級以上向き。

『日本のむかし話　6　わらしべ長者ほか全17編』　坪田譲治著　新版　偕成社　2007.12　185p　19cm　（偕成社文庫）　700円　①978-4-03-551030-7
[目次] クラゲ骨なし，天人子，タニシ長者，アラキ王とシドケ王の話，ヤマナシの実，わらしべ長者，サル正宗，天狗のかくれみの，カメとイノシシ，松の木の伊勢まいり，ツルちょうちん，灰まきじいさん，キツネとクマの話，姉と弟，スズメ孝行，竜宮のむすめ，おじいさんとウサギ
[内容] まずしい男が，一本のわらしべをはじまりに，次々にものを交換して福を得る「わらしべ長者」のほか，「クラゲ骨なし」「天狗のかくれみの」「ヤマナシの実」など十七編を収録。総ルビ，豊富なさし絵で楽しく読みやすいシリーズです。小学中級以上向き。

『日本のむかし話　5　こぶとりじいさんほか全19編』　坪田譲治著　新版　偕成社　2007.12　183p　19cm　（偕成社文庫）　700円　①978-4-03-551020-8
[目次] 源五郎の天のぼり，犬かいさんとたなばたさん，五郎とかけわん，ヒバリ金かし，ネズミとトビ，どっこいしょ，木ぼとけ長者，ワラビの恩，古屋のもり，ミソサザイ，権兵衛とカモ，ウグイスのほけきょう，米良の上ウルシ，竜宮のおよめさん，キツネとカワウソ，こぶとりじいさん，ネズミ経，サルとお地蔵さま，歌のじょうずなカメ
[内容] ほっぺたにこぶのあるおじいさんが，天狗の歌につられておどりだす「こぶとりじいさん」のほか，「権兵衛とカモ」「ウグイスのほけきょう」「犬かいさんとたなばたさん」など十九編を収録。総ルビ，豊富なさし絵で楽しく読みやすいシリーズです。小学中級以上向き。

『日本のむかし話　4　ツルの恩がえしほか全18編』　坪田譲治著　新版　偕成社　2007.11　185p　19cm　（偕成社文庫）　700円　①978-4-03-551010-9
[目次] しんせつなおじいさん，ツルの恩がえし，親指太郎，金をうむカメ，松の木の下の老人，お地蔵さま，天狗のヒョウタン，船荷のかけ，ネコのおかみさん，三人の大力男，ヒョウタンとカッパ，唐津かんね，山んばの宝もの，山の神と子ども，たまごは白ナス，鬼六の話，豆子ばなし，金をひろったら
[内容] わなにかかったツルがおじいさんに助けられ，恩がえしに訪れる「ツルの恩がえし」のほか，「天狗のヒョウタン」「鬼六の話」「山の神と子ども」など十八編を収録。総ルビ，豊富なさし絵で楽しく読みやすいシリーズです。小学中級以上向き。

『日本のむかし話　3　浦島太郎ほか全17編』　坪田譲治著　新版　偕成社　2007.11　193p　19cm　（偕成社文庫）　700円　①978-4-03-551000-0
[目次] 人がみたらカエルになれ，灰なわ千たば，沼神の手紙，おろか村ばなし，かべのツル，牛のよめいり，千びきオオカミ，ヒョウタン長者，沢右衛門どんのウナギつり，サルとカワウソ，はなたれ小僧さま，トラの油，ものをたべない女房，かりゅうどの話，浦島太郎，山んばと小僧，ネズミのすもう
[内容] 語りつがれ愛されてきたむかし話を集大成。漁師の浦島太郎が，おとひめのいる竜宮城に招かれる「浦島太郎」のほか，「はなたれ小僧さま」「山んばと小僧」「ネズミのすもう」など十七編を収録。総ルビ，豊富なさし絵で楽しく読みやすいシリーズです小学中級以上向き。

『日本のむかし話　2　かちかち山ほか全17編』　坪田譲治著　新版　偕成社　2007.10　183p　19cm　（偕成社文庫）　700円　①978-4-03-550990-5
[目次] 豆と炭とわら，和尚さんと小僧さん，

坪田譲治

竜宮と花売り，天福地福，だんご浄土，正月神さま，矢村の弥助，カメに負けたウサギ，鬼の子小綱，かしこくない兄と，わるがしこい弟，かちかち山，うそぶくろ，タケノコ童子，金剛院とキツネ，鳥をのんだおじいさん，フクロウの染物屋，かくれ里の話

[内容] 語りつがれ愛されてきたむかし話を集大成。ムジナにおばあさんを殺されたおじいさんのかわりにウサギがムジナをこらしめる「カチカチ山」のほか，「豆と炭とわら」「フクロウの染物屋」「正月神さま」など十七編を収録。総ルビ，豊富なさし絵で楽しく読みやすいシリーズです。小学中級以上向き。

『日本のむかし話 1 一寸法師ほか全19編』 坪田譲治著 新版 偕成社 2007.10 192p 19cm （偕成社文庫） 700円 ①978-4-03-550980-6

[目次] ネズミの国，キツネとタヌキ，きき耳ずきん，うりひめこ，コウノトリの恩がえし，ものいうカメ，初夢と鬼の話，田野久と大蛇，本取山，ヒョウタンからでた金七孫七，一寸法師，腰おれスズメ，牛方と山んば，ハチとアリのひろいもの，酒の泉，山の神のうつぼ，竜宮の馬，天狗の衣，サルのおむこさん

[内容] 語りつがれ愛されてきたむかし話を集大成。指にもたりない子どもが，鬼退治をして出世する「一寸法師」のほか，「牛方と山んば」「きき耳ずきん」「田野久と大蛇」など十九編を収録。総ルビ，豊富なさし絵で楽しく読みやすいシリーズです。小学中級以上向き。

『善太三平物語』 坪田譲治著 光文社 2005.12 235p 19cm 1500円 ①4-334-95015-9

[目次] 風の中の子ども，お化けの世界，スズメとカニ，ひまわり，けしの花

[内容] 大正末から昭和初期にかけての時代を舞台に善太と三平の兄弟の日常を描いた名作。純真で明るく潑剌とした三平，思いやりがあって分別くさい四歳上の兄善太。ともにのびのびと育っていましたが…。「風の中の子ども」「お化けの世界」「スズメとカニ」「ひまわり」「けしの花」の五話収録。光文社創業60周年記念出版。

『風の中の子供』 坪田譲治作，松永禎郎絵 小峰書店 2005.2 342p 22cm （坪田譲治名作選 坪田理基男，松谷みよ子，砂田弘編）2500円 ①4-338-20404-4 〈年譜あり〉

[目次] 正太樹をめぐる，コマ，一匹の鮒，お化けの世界，風の中の子供，随筆・評論，坪田譲治によせて

『サバクの虹』 坪田譲治作，ささめやゆき絵 小峰書店 2005.2 175p 22cm （坪田譲治名作選 坪田理基男，松谷みよ子，砂田弘編）1800円 ①4-338-20403-6

[目次] 金の梅・銀の梅，ガマのゆめ，おじいさんおばあさん，サバクの虹，山の友だち，ニジとカニ，こどもじぞう，ゆめ，生まれたときもう歯がはえていたという話，エヘンの橋，馬太郎とゴンベエ，かっぱのふん，よそのお母さん，昔の子供，門のはなし，その時，歌のじょうずなカメ，だんご浄土，天狗のかくれみの

『ビワの実』 坪田譲治作，篠崎三朗絵 小峰書店 2005.2 199p 22cm （坪田譲治名作選 坪田理基男，松谷みよ子，砂田弘編）1800円 ①4-338-20402-8

[目次] 正太の海，狐狩り，リスとカシのみ，かくれんぼ，ビワの実，石屋さん，キツネのさいころ，ネズミのかくれんぼ，池のクジラ，雪ふる池，森のてじなし，きつねとぶどう，枝の中のからす，ナスビと氷山，武南倉造，ウグイスのほけきょう，サルとお地蔵さま，沢右衛門どんのウナギつり

『魔法』 坪田譲治作，石倉欣二絵 小峰書店 2005.2 168p 22cm （坪田譲治名作選 坪田理基男，松谷みよ子，砂田弘編）1800円 ①4-338-20401-X

[目次] 正太の汽車，蛙，河童の話，雪という字，小川の葦，どろぼう，お馬，異人屋敷，引っ越し，母ちゃん，村の子，魔法，権兵衛とカモ，山姥と小僧，ツルの恩がえし

鶴屋　南北（4世）
つるや・なんぼく
《1755～1829》

『**21世紀版少年少女古典文学館　第22巻　四谷怪談**』　興津要,小林保治,津本信博編　司馬遼太郎,田辺聖子,井上ひさし監修　鶴屋南北原作,高橋克彦著　講談社　2010.3　333p　20cm　1400円　①978-4-06-282772-0
内容　悪のヒーロー民谷伊右衛門、お岩の顔の変貌、亡霊となっての復讐、意表をつくさまざまな趣向など、『四谷怪談』は興味のつきない作品である。それは、まさに、日本の怪談話の最高傑作とよぶにふさわしい。

『**近松門左衛門名作集　東海道四谷怪談**』　近松門左衛門,鶴屋南北原著,菅家祐文,堀口順一朗,ただりえこイラスト　学習研究社　2008.2　195p　21cm　（超訳日本の古典　11　加藤康子監修）　1300円　①978-4-05-202869-4
目次　近松門左衛門名作集（国性爺合戦,丹波与作待夜のこむろぶし）,東海道四谷怪談（血に染まった刃と二組の夫婦,盗まれた薬と贈られた薬,わがままお梅の横恋慕,お岩の無念,流れ流され隠亡堀へ,深川三角屋敷の怪,お袖のはかりごと,夢での逢いびき,伊右衛門の最期）

手島　悠介
てじま・ゆうすけ
《1935～》

『**サングラスをかけた盲導犬**』　手島悠介作,吉崎誠絵　岩崎書店　2005.3　126p　22cm　（おはなしガーデン　7）　1200円　①4-265-05457-9
内容　秋の日の夕ぐれ、盲導犬のチャンスは歩道においてあったバイクにぶつかってしまいました。そのようすを見ていた小学三年の彩音は、あることに気づきます。そう、チャンスは目が見えなくなっていたのです。やがてチャンスは盲導犬協会にひきとられていくのですが…。季節がめぐり四年生になった彩音は、夏の雑木林で小さなサングラスをかけたチャンスとふたたび出会います。そして、ふしぎな旅がはじまるのです。かなしいけれど、あたたかい、感動のものがたり。赤い羽根アニメーション原作。

『**裁判とふしぎなねこ**』　手島悠介作,清田貴代絵　学習研究社　2005.2　202p　22cm　（学研の新・創作シリーズ）　1200円　①4-05-202307-2
内容　ぼくたちの学校で模擬裁判をすることになった。つまり裁判の劇だ。ぼくは裁判長の役となって、被告人に判決を言いわたす。人をさばくのが裁判官なのに、ぼくは自分の罪をかくしていた。小学校中学年から。

寺島　柾史
てらじま・せいし
《1893～1952》

『**怪奇人造島**』　寺島柾史著　真珠書院　2013.8　112p　19cm　（パール文庫）　800円　①978-4-88009-603-2　〈「少年小説大系　第8巻」（三一書房　1986年刊）の抜粋〉
内容　ボーイとして乗り込んだ密漁船からの脱出を試みる僕（山路健二）と陳君。次々と奇怪な事件に巻き込まれるが、年老いた科学者、生理学者との出会いが、二人の運命を変えていく。

寺村　輝夫
てらむら・てるお
《1928～2006》

『**6月31日6時30分**』　寺村輝夫作,安野光雅画　復刊ドットコム　2014.8　109p　22cm　1800円　①978-4-8354-5110-7　〈童心社　1974年刊の再刊〉

『ゆめの中でピストル』　寺村輝夫作，北田卓史絵　復刊ドットコム　2014.5　173p　22cm　1800円　①978-4-8354-5075-9〈PHP研究所 1976年刊の再刊〉
[内容]　白いセーターの女の子が，ぼくの前に立ち，「カエルのオムレツのちゅうしゃですよ。」といいながら，何かを取り出しました。とんでもない。それは，ちゅうしゃなんかではありません。ピストルなのです。「このたまをうてば，あなたのゆめが，かなえられるのよ。」かくじつに頭をねらっていました。ゆめのピストルでダダーンとうつと，新しく，ふしぎな世界が開けます。

『たまごがわれたら』　寺村輝夫作，尾崎真吾絵　新装版　フレーベル館　2011.5　77p　22cm　1000円　①978-4-577-03919-9
[内容]　ねこのみねこは，はらっぱで，ふしぎな白いたまごのみを見つけました。さあ，このたまごからなにが出てくるでしょうか。小学校低学年から。

『ノコ星ノコくん』　寺村輝夫作，和田誠絵　理論社　2010.2　141p　23cm　（日本の児童文学よみがえる名作）2200円　①978-4-652-00054-0〈1965年刊の復刻新装版〉

『ぼくは王さま』　寺村輝夫作，和歌山静子画　理論社　2009.6　219p　18cm　（フォア文庫）560円　①978-4-652-07011-6〈第98刷〉
[目次]　ぞうのたまごのたまごやき，しゃぼんだまのくびかざり，ウソとホントの宝石ばこ，サーカスにはいった王さま
[内容]　王さまはたまごやきがだいすき。めだまやきもだいすき。オムレツもだいすき。たまごがだーいすき。ある日王さまがいいだした。「ぞうのたまごのたまごやきをつくれ」だいじんもけらいもいっしょうけんめいさがしたよ。あなたのおうちにもこんな王さまがひとりいませんか？　第15回毎日出版文化賞受賞。

『王さまばんざい―おしゃべりなたまごやき』　寺村輝夫作，和歌山静子画　理論社　2009.2　186p　18cm　（フォア文庫）540円　①978-4-652-07037-6〈第79刷〉
[目次]　おしゃべりなたまごやき，木の上にベッド，くじらのズボン，金のたまごが6つある，なんでもほしいほしがりや，パクパクとバタバタ，ニセモノばんざい，わすれたわすれんぼ，いいことないしょで，一つぶころりチョコレート，王さま動物園
[内容]　王さまは，たまごやきがだいすき。めだまやきもだいすき。そして，ちゅうしゃがだいきらい。かぜで39どもねつがあるのに，「いやだっ。ちゅうしゃをしたら，おまえをピストルでうってやる」なんていうのです。こまっている大臣に「ゾウのマスクをもってこい，だめならさかなの手ぶくろ」。いいだしたら，もうたいへん。ユーモラスなお話が11編。

『おにのはなし』　寺村輝夫著，ヒサクニヒコ画　あかね書房　2007.4　111p　22cm　（寺村輝夫のむかし話）951円　①4-251-06013-X〈第50刷〉
[目次]　おにのにんじん，おにの石だん，おにのおやかた，おにのじんべえどん，おにの小づち，おにとだいく，おにのむこどん

『おばけのはなし　1』　寺村輝夫著，ヒサクニヒコ画　あかね書房　2007.4　111p　22cm　（寺村輝夫のむかし話）951円　①4-251-06011-3〈第132刷〉
[目次]　のっぺらぼう，ひとつ目こぞう，ばいろんばけもの，ばけものたいじ，かっぱのいずみ，糸ぐるまの女，こめくわぬよめさん，ばけねこおどり，目なしゆうれい

『こまったさんのカレーライス』　寺村輝夫著　あかね書房　2007.3　72p　22cm　（おはなしりょうりきょうしつ 2）840円　①978-4-251-03602-5〈第85刷〉
[内容]　今夜は，たくさんのおきゃくさま。どんどんふえるカレーをまえにこまったさんは大ふんとう。

『こまったさんのスパゲティ』　寺村輝夫著　あかね書房　2007.3　79p　22cm　（おはなしりょうりきょうしつ 1）840円　①978-4-251-03601-8〈第86刷〉
[内容]　かわいい花屋のこまったさんにアフリ

カぞうが，おしえるおいしいおいしいスパゲティ．

『日本むかしばなし 3』 寺村輝夫著，ヒサクニヒコ画 あかね書房 2007.3 111p 22cm （寺村輝夫のむかし話） 951円 ①4-251-06020-2〈第42刷〉
[目次] こぶとりじいさん，うりこひめ，カチカチ山，つるにょうぼう，サルのむこどん

『日本むかしばなし 2』 寺村輝夫著，ヒサクニヒコ画 あかね書房 2007.3 111p 22cm （寺村輝夫のむかし話） 951円 ①4-251-06019-9〈第47刷〉
[目次] さるかにばなし，かさじぞう，ちからたろう，ふるやのもる，花さかじいさん

『日本むかしばなし 1』 寺村輝夫著，ヒサクニヒコ画 あかね書房 2007.3 111p 22cm （寺村輝夫のむかし話） 951円 ①4-251-06018-0〈第58刷〉
[目次] うらしまたろう，したきりすずめ，ももたろう，とりのみじいさん，わらしべちょうじゃ

『わらいばなし』 寺村輝夫著，ヒサクニヒコ画 あかね書房 2007.3 111p 22cm （寺村輝夫のむかし話） 951円 ①4-251-06015-6〈第98刷〉
[目次] かさやのかさうり，ねこの名まえ，ほりもののねずみ，まめを二つぶずつ，さかさのかいだん，やどやのめじるし，京のかえる，かしわもち，へびになれ，大きなかぶ，おかねをひろう，くさかった，火のこもやらん，きものをぬげ，なくなったおやじ，すいかのち，おはつけるな，平林，ふるかね，だいこんのしっぽ，しろなすのおや，ねずみとり，ころがるいも，はとがきいてる，ばかのひとつおぼえ，たくわんぶろ，そこぬけのつぼ，すすきのき，あわてむこどん，山は火事，あいずのひも，おてんとうさま，小ばんにしょうべん，しりをおさえろ，とおめがね，ながあいわらじ，けちのかなづち，まんじゅう，てうちとはんごろし，耳のとおいばあさま，きなこのへ

『空とぶかいぞくせん』 寺村輝夫著 あかね書房 2006.4 103p 21cm （かいぞくポケット 2） 900円 ①4-251-03772-3〈58刷〉

『てんぐのはなし』 寺村輝夫著，ヒサクニヒコ画 あかね書房 2006.4 111p 22cm （寺村輝夫のむかし話） 951円 ①4-251-06012-1〈第43刷〉
[目次] てんぐとすみやき，てんぐのおやしろ，てんぐのうちわ，てんぐのたいこ，てんぐのかぼちゃ，てんぐのかくれみの，てんぐのおさけ

『おばけのはなし 2』 寺村輝夫著，ヒサクニヒコ画 あかね書房 2006.1 111p 22cm （寺村輝夫のむかし話） 951円 ①4-251-06016-4〈第82刷〉
[目次] ばけものやしき，かっぱの生きばり，きつねのあまさん，ばあさんねこ，目玉三つにはが二つ，さよいるか，足が目だらけ，ばかされたぬき，しゃみせん山

『王さま魔法ゲーム』 寺村輝夫作，和歌山静子画 理論社 2005.11 187p 18cm （フォア文庫） 560円 ①4-652-07470-0
[目次] 王さま魔法ゲーム，王さま魔女のひみつ
[内容] 王さまに，魔法使いのお父さんとお母さんがいたのです．一月一日朝一時．ふしぎなうたがきこえてきて，くらやみの中からあらわれます．と―．かべにかかった絵がおちて，小さな家がとびだします．まどから，レラルリロロロ…王さま魔法ゲームの始まりです．

『日本むかしばなし 4』 寺村輝夫著，ヒサクニヒコ画 あかね書房 2005.9 111p 22cm （寺村輝夫のむかし話） 951円 ①4-251-06021-0〈第37刷〉
[目次] 海の水がからいわけ，三まいのおふだ，にぎりめしごろんごろん，うばすて山，三年ね太郎

『彦一さん』 寺村輝夫著，ヒサクニヒコ画 あかね書房 2005.7 111p 22cm （寺村輝夫のとんち話） 951円 ①4-251-06003-2〈第65刷〉
[目次] とのさまのぎょうれつ，しっぽのつり，にわとり一わ，米がきらい，たぬきのし

かえし，ガワッパをまかす，生きているえ，ふしぎなはこ，てんぐのかくれみの，かくしたおかね，おいはぎと刀

『こまったさんのグラタン』 寺村輝夫著 あかね書房 2005.5 72p 22cm （おはなしりょうりきょうしつ 6）840円 ①4-251-03606-9〈第63刷〉
|内容| こまったさんは、ちゅうもんされたグラタンを大いそぎで、つくってもっていきました。でも、おきゃくさんが、つぎつぎかわって…。

『おばけのはなし 3』 寺村輝夫著，ヒサクニヒコ画 あかね書房 2004.7 111p 22cm （寺村輝夫のむかし話）951円 ①4-251-06017-2〈第80刷〉
|目次| かべぬりおばけ，たぬきの糸車，ねこのお茶，くもの糸，かぼちゃへび，きつねのあぶら，おこんぎつね，つららの女，かっぱのてがみ

戸川 幸夫
とがわ・ゆきお
《1912～2004》

『牙王物語 下』 戸川幸夫著 国土社 2011.12 197p 19cm 1500円 ①978-4-337-12252-9

『牙王物語 上』 戸川幸夫著 国土社 2011.11 189p 19cm 1500円 ①978-4-337-12251-2
|内容| ヨーロッパオオカミと猟犬との間に生まれたキバは、ある日瀕死の重傷を負い牧場の娘早苗に助けられ…。

『秋田犬物語』 戸川幸夫著 国土社 2009.3 206p 19cm （戸川幸夫動物物語 10）1300円 ①978-4-337-12240-6
|目次| 秋田犬物語，カモシカ，武尊の兄妹グマ

『吾妻の白サル神』 戸川幸夫著 国土社 2009.3 206p 19cm （戸川幸夫動物物語 9）1300円 ①978-4-337-12239-0
|目次| 吾妻の白サル神，左膳ガラス，あめ色角と三本指

『ひれ王』 戸川幸夫著 国土社 2009.2 206p 19cm （戸川幸夫動物物語 8）1300円 ①978-4-337-12238-3
|目次| ひれ王，三里番屋，爪

『野犬物語』 戸川幸夫著 国土社 2009.2 206p 19cm （戸川幸夫動物物語 7）1300円 ①978-4-337-12237-6
|目次| 野犬物語，老いたるつばさ，ゴリラ記

『荒馬物語』 戸川幸夫著 国土社 2009.1 206p 19cm （戸川幸夫動物物語 6）1300円 ①978-4-337-12236-9
|目次| 荒馬物語，北へ帰る

『政じいとカワウソ』 戸川幸夫著 国土社 2009.1 206p 19cm （戸川幸夫動物物語 5）1300円 ①978-4-337-12235-2
|目次| 政じいとカワウソ，ご用邸キツネ，生きる

『くだけた牙』 戸川幸夫著 国土社 2008.12 206p 19cm （戸川幸夫動物物語 3）1300円 ①978-4-337-12233-8
|目次| くだけた牙，東京スズメ，黒い背びれ
|内容| かませ犬から横綱になった闘犬の生涯「くだけた牙」、スズメの生態にせまる「東京スズメ」、海の王者シャチ「黒い背びれ」の3作を収録。

『高安犬物語』 戸川幸夫著 国土社 2008.12 206p 19cm （戸川幸夫動物物語 1）1300円 ①978-4-337-12231-4
|目次| 高安犬物語，火の帯
|内容| 動物というものは、かわいいものです。もし、この世の中から、動物たちがいなくなったら、わたしたちの人生は、どんなにあじけないものになってしまうでしょう。動物たちは、人生をうるおす、きれいな流れであり、いこいの木陰をつくってくれるしげみであり、ほほえみをあたえてくれる花園であります。そういう動物たちを主題とした小説が動物文学です。みなさん、動物の物語をたくさん読んで、もっと、もっと、よく動物を知ろうではありませんか。

『土佐犬物語』　戸川幸夫著　国土社　2008.12　206p　19cm　（戸川幸夫動物物語 2）1300円　①978-4-337-12232-1
[目次]　土佐犬物語，戸倉ワシ
[内容]　動物というものは、かわいいものです。もし、この世の中から、動物たちがいなくなったら、わたしたちの人生は、どんなにあじけないものになってしまうでしょう。動物たちは、人生をうるおす、きれいな流れであり、いこいの木陰をつくってくれるしげみであり、ほほえみをあたえてくれる花園であります。そういう動物たちを主題とした小説が動物文学です。みなさん、動物の物語をたくさん読んで、もっと、もっと、よく動物を知ろうではありませんか。

『ノスリ物語』　戸川幸夫著　国土社　2008.12　206p　19cm　（戸川幸夫動物物語 4）1300円　①978-4-337-12234-5
[目次]　ノスリ物語，きょうも山はなだれる，コンちゃん
[内容]　野生の鷹ノスリを間近に見つめた「ノスリ物語」、キツネの物語「コンちゃん」、金毛熊と猟師の姿を描いた「きょうも山はなだれる」の3作を収録。

『のら犬物語』　戸川幸夫作，石田武雄絵　金の星社　2006.12　180p　19cm　1200円　①4-323-07089-6
[内容]　飼い主にすてられ、のら犬となった子犬。やがて、やさしい家族にひろわれマルと名づけられますが、幸せな日々は、そう長くはつづきませんでした…。多くの危機をのりこえ、たくましく成長していくのら犬マルのすがたを、動物文学の第一人者が愛情をこめて描いた感動作。

徳田　秋声
とくだ・しゅうせい
《1871～1943》

『秋声少年少女小説集』　徳田秋声著　金沢　徳田秋声記念館　2013.7　295p　15cm　（徳田秋声記念館文庫）800円

中川　李枝子
なかがわ・りえこ
《1935～》

『いたずらぎつね』　中川李枝子文，山脇百合子絵　のら書店　2008.2　142p　21cm　（よみたいききたいむかしばなし 2のまき）1300円　①978-4-931129-35-1
[目次]　がんとかめ，ききみみずきん，いたずらぎつね，鬼と三人の子ども，かみなりのてつだい，きつねとかわうそ，五分次郎，ねずみのおむこさん，にいさんとおとうと，たにしときつね，おどるひょうたん，マミチガネのぼうけん
[内容]　明るく、楽しく、ゆかいなむかしばなしを、いきいきとした文と親しみやすい絵でおくります。「がんとかめ」「ききみみずきん」「いたずらぎつね」「鬼と三人の子ども」「かみなりのてつだい」「きつねとかわうそ」「五分次郎」「ねずみのおむこさん」「にいさんとおとうと」「たにしときつね」「おどるひょうたん」「マミチガネのぼうけん」の12編を収録。読んであげるなら5歳から。自分で読むなら7歳から。

『ねこのおんがえし』　中川李枝子文，山脇百合子絵　のら書店　2007.12　134p　21cm　（よみたいききたいむかしばなし 1のまき）1300円　①978-4-931129-34-4
[目次]　とらときつね，桃太郎，さるのきも，山伏とたぬき，犬とねことうろこ玉，とりつくひっつく，ねこのおんがえし，こんび太郎，たにしとからすのうたくらべ，ねえさんとおとうと，かみそりぎつね，せかい一のおりこうさん
[内容]　明るく、楽しく、ゆかいなむかしばなしを、いきいきとした文と親しみやすい絵でおくります。

『たんたのたんけん』　中川李枝子作，山脇百合子絵　学習研究社　2005.12　65p　24cm　900円　①4-05-104608-7　〈第73刷〉
[内容]　たんたの誕生日に、ふしぎな地図がまいこみました。矢じるしや△じるしの書いてあるたんけんの地図です。たんたは、さっそ

く出発。すると、どこからか、へんなひょうの子があらわれて…夢をみたす楽しい童話。

『たんたのたんてい』 中川李枝子作，山脇百合子絵　学習研究社　2005.11　60p　23cm　900円　①4-05-104615-X　〈第84刷〉
内容 朝早く、たんたが郵便受けにいくと、新聞がなく、かわりにでこぼこチューブが!?　字がきえかけで『に・じ・は・がき』としか読めません。さて、だれのしわざか？　さっそく虫めがねをもって、ウサギ、ネコ、キツネの家へ…なぞをときながらたんていする、楽しい童話。

『たかたか山のたかちゃん』 中川李枝子さく，中川画太え　のら書店　1992.10　109p　22cm　1100円　①4-931129-33-1
内容 はやおきたかちゃん、げんきむし。たかたか山に、とんでいけ！　たかたか山に住むふしぎな子どもたちと、たかちゃんの心はずむぼうけんの世界を、リズミカルな文と楽しい絵でえがいた、読みきかせにぴったりのおはなし。

『子犬のロクがやってきた』 中川李枝子作，中川宗弥画　岩波書店　1991.11　99p　22cm　1200円　①4-00-115964-3　〈新装版〉
内容 一郎くんがつれてかえった子犬はロクと名づけられ、家族の一員になっていきましたが…。核家族のなかにまぎれこんだ子犬をめぐって展開する日常生活のなかの静かなドラマ。

『こぎつねコンチ―こどもとお母さんのおはなし』 中川李枝子さく，山脇百合子え　のら書房　1987.4　116p　22cm　980円　①4-931129-32-3
内容 季節の移りかわりのなかで営まれる、幼い子どもとお母さんのゆたかな生活をえがいた、はじめて読んできかせるのにふさわしいおはなし。

『けんた・うさぎ』 中川李枝子さく，山脇百合子え　のら書房　1986.11　108p　22cm　（子どもとお母さんのおはなし）　980円　①4-931129-31-5

『三つ子のこぶた―子どもとお母さんのおはなし』 中川李枝子さく，山脇百合子え　のら書店　1986.6　108p　22cm　980円　①4-931129-30-7

『わんわん村のおはなし』 中川李枝子さく，山脇百合子え　福音館書店　1986.1　162p　22cm　1200円　①4-8340-0464-3

『子犬のロクがやってきた』 中川李枝子作，中川宗弥画　岩波書店　1979.11　99p　22cm　（岩波ようねんぶんこ　11）　720円

『森おばけ』 中川李枝子さく，山脇百合子え　福音館書店　1978.12　180p　22cm　（福音館創作童話シリーズ）　950円

『おひさまはらっぱ』 中川李枝子さく，山脇百合子え　福音館書店　1977.5　187p　22cm　900円

『たんたのたんてい』 中川李枝子さく，山脇百合子え　学習研究社　1975　60p　23cm　（新しい日本の幼年童話　8）

『ガブリちゃん』 なかがわりえこさく，なかがわそうやえ　福音館書店　1971　104p　21cm

『たんたのたんけん』 中川李枝子さく，山脇百合子え　学習研究社　1971　65p　23cm

『らいおんみどりの日ようび』 中川李枝子文，山脇百合子絵　福音館書店　1969　119p　22cm

『ももいろのきりん』 中川李枝子文，中川宗弥絵　福音館書店　1965　1冊　22cm　（世界傑作童話シリーズ）

『かえるのエルタ』 中川李枝子文，大村百合子絵　福音館書店　1964　108p　22cm

『いやいやえん』 中川李枝子文，大村百合子絵　福音館書店　1962　177p　22cm

長崎　源之助
ながさき・げんのすけ
《1924～》

『汽笛』　長崎源之助作，石倉欣二絵　ポプラ社　2008.6　44p　20cm　1100円　①978-4-591-10370-8

中島　敦
なかじま・あつし
《1909～1942》

『山月記』　中島敦作，小前亮現代語訳　理論社　2014.8　150p　19cm　（スラよみ！　現代語訳名作シリーズ　2）　1400円　①978-4-652-20064-3
[目次]　山月記，名人伝，李陵
[内容]　おれは、なぜ虎に変身してしまったのだろう？　わずか2年の作家人生で中島敦がこの世に残した奇跡のような文学。註釈なしでもすらすら読めて面白い！

『山月記』　中島敦作　小学館　2005.4　318p　21cm　（齋藤孝の音読破　5　齋藤孝校注・編）　800円　①4-09-837585-0
[目次]　名人伝，山月記，李陵，弟子，解説，山月記クイズ

『李陵・山月記―弟子・名人伝・狐憑』　中島敦著　旺文社　1997.4　229p　18cm　（愛と青春の名作集）　930円

中原　淳一
なかはら・じゅんいち
《1913～1983》

『七人のお姫さま―おもいでの童話の絵本』　中原淳一著，中原蒼二監修　新装版　国書刊行会　2007.8　111p　25cm　2200円　①978-4-336-04961-2
[目次]　人魚姫，白雪姫，親指姫，雪姫，白鹿姫，シンデレラ姫，ポストマニ姫
[内容]　親指姫，人魚姫，白雪姫，白鹿姫，雪姫，シンデレラ，ポストマニ…お姫さまの登場する有名な物語7編を淳一の挿画で飾った、美麗極まりない童話集。

中原　中也
なかはら・ちゅうや
《1907～1937》

『日本語を味わう名詩入門　6　中原中也』　中原中也著，萩原昌好編，出久根育画　あすなろ書房　2011.8　103p　20cm　1500円　①978-4-7515-2646-0
[目次]　サーカス，帰郷，夏の日の歌，少年時，汚れっちまった悲しみに…，生い立ちの歌1・2，羊の歌3・4，春，冬の日の記憶，湖上〔ほか〕
[内容]　早熟で多感な詩人が遺した「孤独な魂の叫び」をわかりやすく解説します。

『中原中也詩集』　小海永二編，松永禎郎絵　サンリオ　1979.6　47p　16cm　450円

名木田　恵子
なぎた・けいこ
《1949～》

『メリンダハウスは魔法がいっぱい』　名木田恵子作，サクマメイ絵　WAVE出版　2014.5　74p　22cm　（ともだちがいるよ！　10）　1100円　①978-4-87290-939-5
[内容]「メリンダハウス」のおばあさんたちが、おむかいにひっこしてきてから、みゆのまいにちは、ドキドキがいっぱい！　時間がとまる魔法の夜、にじ色のピアノのうえで、小人たちとダンスしましょ！

『ドラゴンとふたりのお姫さま』　名木田恵子作，かわかみたかこ絵　講談社　2014.4　95p　18cm　（ことり文庫）

名木田恵子

950円　①978-4-06-218904-0

内容　なんにでもすがたをかえる魔法のフライパンは、フライ王国さいごの宝物。フライ姫は、そのフライパンを頭にかぶったぺちゃんこ姫。パンばあにのろいをかけられ、頭に魔法のフライパンがくっついてしまったの。でも、りょうりをするときだけ、美しいすがたにもどるのです！　フライ王国のふっかつのために『夢の木』をさがして、『どこにもない島』をめざしますが…。

『**ラ・プッツン・エル―6階の引きこもり姫**』　名木田恵子著　講談社　2013.11　202p　20cm　1400円　①978-4-06-218703-9〈装画：三村久美子〉

内容　少女は、親と闘ってマンションに引きこもり、自分を「ラ・プッツン・エル」と名づけた。双眼鏡で「少年」を見つけたとき、止まっていたなにかが動きはじめた―。

『**百人一首―百の恋は一つの宇宙…永遠にきらめいて**』　名木田恵子著，二星天絵　岩崎書店　2012.12　187p　22cm　（ストーリーで楽しむ日本の古典 3）　1500円　①978-4-265-04983-7〈文献あり〉

目次　1 空五倍子色の序抄（藤原定家），2 薄紅色の抄（小野小町），3 萌黄色の抄（陽成院），4 瑠璃の抄（参議篁），5 東雲色の抄（清少納言，紫式部），6 菀色の抄（壬生忠見），7 伽羅色の抄（和泉式部），8 聴色の抄（式子内親王），9 真珠色の終抄（星露），抹茶と干菓子をご一緒に―あとがきにかえて，百人一首一覧

『**魔法のフライパン**』　名木田恵子作，かわかみたかこ絵　講談社　2012.11　126p　18cm　（ことり文庫）　950円　①978-4-06-217998-0

内容　さばくでくらすフライ姫は、パンばあにのろいをかけられ、頭に魔法のフライパンがくっついたぺちゃんこ姫にへんしん。フライ王国のふっかつをめざし、『夢の木』をさがす旅がはじまります。小学3年生から。

『**レネット―金色の林檎**』　名木田恵子作　講談社　2012.4　157p　18cm　（講談社青い鳥文庫 Y2-2）　680円　①978-4-06-285284-5〈絵：丹地陽子　金の星

2006年刊の加筆・訂正、再刊〉

内容　わたしは忘れない、11歳の夏を―。兄が事故で死んでから、うまくいかなくなった徳光海歌の家族のもとへ、その夏、12歳の少年・セリョージャがやってきた。チェルノブイリ原発事故で被災しながらも、明るさを失わないセリョージャに対して、冷たい態度をとりつづける海歌。どうしても素直になれなかった。セリョージャへの思いは、初恋だったのだ。生きる希望を描く、日本児童文芸家協会賞受賞作品。

『**空のしっぽ**』　名木田恵子さく，こみねゆらえ　佼成出版社　2012.2　63p　21cm　（おはなしドロップシリーズ）　1100円　①978-4-333-02523-7

内容　こしょこしょ、クスクス、キャハハ…しあわせをこぶ、空のしっぽ。小学1年生から。

『**air―だれも知らない5日間**』　名木田恵子作　講談社　2011.6　189p　18cm　（講談社青い鳥文庫 Y2-1）　680円　①978-4-06-285221-0〈絵：toi8　金の星社2003年刊の加筆・訂正〉

内容　絵亜は私立中学の2年生。「こんな家にいたくない！」一眠っていた思いが、ある日突然わきあがってきた。小学校の同級生・佐和子が絵亜を連れていった先は、謎の人物が居場所をなくした子どもたちを受け入れている「シェルター〔避難所〕」だった。絵亜はそこで、自分とはまったく違う環境で生きてきたチヒロやシュースケに出会う。ともにすごした秘密の5日間で、大きく変わっていく絵亜たちの姿を描く。中学生向け。

『**トラム、光をまき散らしながら**』　名木田恵子著　ポプラ社　2009.10　220p　20cm　（Teens' best selections 24）　1300円　①978-4-591-11181-9

内容　もう子どもではない。わたしは、でも、おとなでもない。光の箱にすべてをつみこんで、たくさんのやさしさやぬくもりを心にいだいて―今日、わたしは駆けている。

『**バースディクラブ　第6話**』　名木田恵子作，亜月裕絵　講談社　2009.5　253p　18cm　（講談社青い鳥文庫 213-18）

620円　①978-4-06-285093-3
内容 メル友の正体を知り、杜仁を必死に忘れようとするてまり。さまよう街で目撃した父の姿。となりにいる女の人はだれ？ てまりの家族になにがおきているの？ はたして"まりも"とは再会できるの？ そして、クリスの臍帯血移植は成功するの？"バースディクラブ"の仲間たちがそれぞれの人生を歩き出す。シリーズ完結編！ 小学中級から。

『バースディクラブ　第5話』　名木田恵子作，亜月裕絵　講談社　2008.11　217p　18cm　（講談社青い鳥文庫 213-17）620円　①978-4-06-285055-1
内容 新人歌手「森田マリモ」の発言がきっかけとなり、HP「バースディクラブ」の掲示板は大荒れに。母の名をかたった悪意ある書きこみに、てまりは衝撃を受ける。いったい、だれが…？ 難病とたたかうクリスも心配なのに、よそよそしい態度の親友・里鶴とはうまくいかず、里鶴の兄・杜仁への片想いは苦しくて。落ちこむてまりは、顔も知らない「メル友」に悩みをうちあけてしまう…。

『ユーレイ・ラブソングは永遠に』　名木田恵子作，かやまゆみ絵　ポプラ社　2008.6　157p　18cm　（ポプラポケット文庫 057-14—ふーことユーレイ 14）570円　①978-4-591-10373-9
内容 霊界との取り引きで和夫くんのことを忘れたふーこ。昔あこがれていた葉月剣にやさしくされるが、どうしてもなにかが心をふさぐ—。このまま二度と和夫くんを思い出せないの!? シリーズ最終巻！

『ユーレイ・ミラクルへの招待状』　名木田恵子作，かやまゆみ絵　ポプラ社　2008.5　153p　18cm　（ポプラポケット文庫 057-13—ふーことユーレイ 13）570円　①978-4-591-10340-1
内容 ふーこの指にむりやりはめられた流介との婚約指輪と、花野子の指に光る和夫くんとの結婚指輪。はずれるときを待っていたのに、まさかこんなことになるなんて—。

『ガラスのトゥシューズ』　名木田恵子作，三村久美子画　岩崎書店　2008.3　198p　18cm　（フォア文庫—バレリーナ事件簿）600円　①978-4-265-06390-1
内容 AJMバレエ学院のクリスマス公演は「シンデレラ」。三年生だけでなく、中等部全体にその緊張感は伝わってくる。オータムフェスティバルで初めてみんなと舞台に上がった聖良は、バレエが好きなことを隠さないと決心する。ジョシュア王子の目的、母の行方、良美への思い。すべての謎が今、明らかになる。バレリーナ事件簿シリーズ完結編。

『ユーレイのはずせない婚約指輪』　名木田恵子作，かやまゆみ絵　ポプラ社　2008.3　154p　18cm　（ポプラポケット文庫 057-12—ふーことユーレイ 12）570円　①978-4-591-10277-0
内容 "呪文"のせいでふーこの指にはめられた流介との婚約指輪。そして花野子の薬指に光る和夫くんの金の指輪。愛する和夫くんのそばにいたいだけなのに…二人はどうしたらいいの!? 小学校上級〜。

『知りあう前からずっと好き』　名木田恵子作，かやまゆみ絵　ポプラ社　2008.1　154p　18cm　（ポプラポケット文庫 057-11—ふーことユーレイ 11）570円　①978-4-591-09944-5
内容 時間を巻き戻せるなら、みんなは、どこに行きたい？ ふーこは、和夫くんが生きていたころに—。きっとどこかで二人は出会っていたはずだから…。小学校上級〜。

『バースディクラブ　第4話（ニャーの巻）』　名木田恵子作，亜月裕絵　講談社　2008.1　215p　18cm　（講談社青い鳥文庫 213-16）620円　①978-4-06-285007-0
内容 新人歌手「森田マリモ」の所属事務所から連絡を受け、リズとともにテレビ局を訪れたてまりは、森田こそがてまりたちの捜しているまりもだと聞かされ、人気番組の中で森田マリモと「感激の対面」をしてほしい、ともちかけられる。とまどうてまりに、トニは意外な行動に出る。今度こそまりもに会えるの…!? そして病気と「恋」に悩むクリスは？　小学中級から。

名木田恵子

『身代わり人形のラブソング』　名木田恵子作　岩崎書店　2007.9　196p　18cm　（フォア文庫―バレリーナ事件簿）　600円　①978-4-265-06386-4〈画：三村久美子〉
[内容]　AJMの文化祭、オーディションに選ばれた舞たちは、「コッペリア」に出演。その他はクラスごとの演目に出演し、聖良もほんの一瞬だけ舞台に出られることになって、胸は高鳴る。そんなとき、舞から身代わりになってほしいと頼まれる。日曜日、だれかに会いに行くという舞の言葉に聖良は良美を予感する。聖良の恋の行方は？　バレリーナ事件簿シリーズ第四弾！　小学校高学年・中学校向き。

『ユーレイ通りのスクールバス』　名木田恵子作，かやまゆみ絵　ポプラ社　2007.8　148p　18cm　（ポプラポケット文庫　057-10―ふーことユーレイ　10）570円　①978-4-591-09877-6
[内容]　ユーレイ通りに、黄色いスクールバスがあらわれると、女の子がいなくなる…。なぜなの？　だれのしわざ？　もしかして、そのスクールバスが霊界に通じているなら…また和夫くんに会えるかもしれない！　ふーこの胸は、さわぎます。小学校上級～。

『お願い！　ユーレイ・ハートをかえないで』　名木田恵子作，かやまゆみ絵　ポプラ社　2007.6　149p　18cm　（ポプラポケット文庫　057-9―ふーことユーレイ　9）570円　①978-4-591-09819-6
[内容]　ふーこが不良になっちゃった!?　和夫くんに恋する悪霊さかねのたくらみで、不良少年にからだをのっとられたふーこ。このままではもう和夫くんに愛してもらえない…どうしたらいいの？　小学校上級から。

『バースディクラブ　第3話（エーシンの巻）』　名木田恵子作，亜月裕絵　講談社　2007.6　224p　18cm　（講談社青い鳥文庫　213-15）620円　①978-4-06-148765-9
[内容]　里鶴が何日も学校を休み、連絡も取れない。数日前、HPの掲示板にきた意味不明の書きこみと関係が？　クリスとてまりは不安をつのらせる。一方、てまりの祖母と縁があるという女性名のメールがくるが、その正体は意外な人物だった。やがて姿を見せた里鶴は、てまりにも言えなかった秘密をうちあける。ネットの向こうの光と闇。里鶴を守るため、てまりたちが立ち上がる…。小学中級から。

『ユーレイに氷のくちづけを』　名木田恵子作，かやまゆみ絵　ポプラ社　2007.4　150p　18cm　（ポプラポケット文庫　057-8―ふーことユーレイ　8）570円　①978-4-591-09759-5
[内容]　和夫くんに新しい恋人が!?　ユーレイ・テストにも合格して、今度こそふたりの恋はうまくいくと思っていたのに…。でも和夫くんを信じてるふーこの気持ち、わかってほしい。小学校上級～。

『精霊たちの花占い』　名木田恵子作　岩崎書店　2007.3　197p　18cm　（フォア文庫―バレリーナ事件簿）600円　①978-4-265-06381-9〈画：三村久美子〉
[内容]　AJMバレエ学院は、夏の恒例となっている野外劇場での公演「ジゼル」を来月にひかえて、高等部も中等部も全員神経をとがらせている。バレエの授業に出られない聖良もジョシュア王子のレッスンのおかげでトゥシューズを許されるまでになった。トゥシューズを買うために聖良は大胆なことを思いつく。バレリーナ事件簿シリーズ第三弾。

『ほん気で好きなら、ユーレイ・テスト』　名木田恵子作，かやまゆみ絵　ポプラ社　2007.2　153p　18cm　（ポプラポケット文庫　057-7―ふーことユーレイ　7）570円　①978-4-591-09696-3
[内容]　ふーこの横を見むきもしないで通りすぎた和夫くん。いったいどうしちゃったの!?　一テストなんて大っきらいだけど、和夫くんへの想いを証明するためにユーレイ・テストにいどむふーこ。それにうかるためなら、ふーこはいのちもかけます。小学校上級向け。

『ユーレイ列車はとまらない』　名木田恵子作，かやまゆみ絵　ポプラ社　2006.12　166p　18cm　（ポプラポケット文

庫 057-6―ふーことユーレイ 6） 570円
⓪4-591-09537-1
内容 8月13日、いよいよ"神かくし谷"にユーレイ列車がやってくる。ユーレイたちを、いっぱい乗せて。そのなかに和夫くんがいると思うから、わたし、ぜったい乗るからね！ でも、それが和夫くんを危険なめにあわせることになるとは―。小学校上級向け。

『レネット―金色の林檎』 名木田恵子作 金の星社 2006.12 175p 20cm 1200円 ⓪4-323-06323-7
内容 チェルノブイリ原発事故の前日に生まれた徳光海歌。十二歳で死んだ兄・海飛、一身に息子の死を背おって生きる父、父を責める母。その徳光家に原発被災者の少年セリョージャがやってくる。一家におきる小波。不器用な家族の哀しみを北海道の海と大地がうけとめて、やがて家族の絆へとかえていく。けがれなき林檎への祈りとともに―。

『バースディクラブ 第2話（みなりんの巻）』 名木田恵子作，亜月裕絵 講談社 2006.11 225p 18cm （講談社青い鳥文庫 213-14）620円 ⓪4-06-148747-7
内容 同じ日に同じ部屋で生まれた少女まりもを探すため、里鶴とHPを作ったてまり。ある日、そのHPに"北川美奈"を名乗る書きこみが。美奈こそまりもでは、とてまりは色めきたつ。里鶴の兄・杜仁の態度に傷つきとまどうてまりは、かつての同級生佐藤くんと再会、意外な告白を受ける。クリスとともに里鶴の家を訪れたてまりは杜仁と遭遇。動揺するてまりに"北川美奈出現"の知らせが!? 小学中級から。

『61時間だけのユーレイなんて？』 名木田恵子作，かやまゆみ絵 ポプラ社 2006.9 154p 18cm （ポプラポケット文庫 057-5―ふーことユーレイ 5） 570円 ⓪4-591-09426-X
内容 困ったときにしか大好きなユーレイの和夫くんに会えない、かわいそうなふーこ。それなのにすぐにあらわれる悪魔みたいなデーモンはカッコイイけど…お願い！ 和夫くんに会わせて!! 小学校上級～。

『ロマンチック城ユーレイ・ツアー』 名木田恵子作，かやまゆみ絵 ポプラ社 2006.8 153p 18cm （ポプラポケット文庫 057-4―ふーことユーレイ 4） 570円 ⓪4-591-09380-8
内容 ふーこのあこがれのトム兄さんからおみやげにもらった、雪の結晶のペンダント。そのためにふーこは、おもいもかけない冒険をすることになった。和夫くん、助けて。小学校上級。

『恋がたきはおしゃれなユーレイ』 名木田恵子作，かやまゆみ絵 ポプラ社 2006.7 158p 18cm （ポプラポケット文庫 057-3―ふーことユーレイ 3） 570円 ⓪4-591-09341-7
内容 ふーこにしか見えないはずのユーレイの和夫くんが、なつきにも見える!? そんなはずは…。どうして見えるのかを和夫くんがさぐってくれたら、なんと、和夫くんに恋したユーレイのせいなんです。小学校上級。

『眠れる森の歌姫』 名木田恵子作 岩崎書店 2006.7 197p 18cm （フォア文庫―バレリーナ事件簿）600円 ⓪4-265-06375-6〈画：三村久美子〉
内容 AJMバレエ学院に転校してきたものの、聖良は一般生扱いで、バレエを習うことができなかった。みんながレッスンをしている放課後に、寮の掃除をしていた聖良は、大好きな歌手のPinoが制作発表の前に突然姿を消したことを知る。そして、ある晩、部屋でレッスンをしていた聖良の前に現れたのは…。バレリーナ事件簿シリーズ第二弾。

『星空でユーレイとデート』 名木田恵子作，かやまゆみ絵 ポプラ社 2006.6 157p 18cm （ポプラポケット文庫 057-2―ふーことユーレイ 2） 570円 ⓪4-591-09294-1
内容 ユーレイの和夫くんに恋をして、学校の霊界クラブに入門したふーこ。千坂三郎衛門なんてとんでもないユーレイがあらわれて、恨みを晴らす手伝いをさせられることに！ 目印は三日月形のちいさなほくろ。早く助けて！ 和夫くん！ 小学校上級～。

『バースディクラブ 第1話』 名木田恵子作，亜月裕絵 講談社 2006.5 237p 18cm （講談社青い鳥文庫 213-13）

名木田恵子

620円　①4-06-148727-2
内容　12歳のてまりは自分と同じ日に生まれた女の子を探している。それは12年前のある事件がきっかけだった。中学に入ってまりは、同じ誕生日をもつ里鶴と知り合う。てまりの目的を知った里鶴は、インターネットを利用することを提案。そして二人が立ち上げたHP「バースディクラブ」にアクセスしてきたのは…!?　楽しくて温かくてちょっぴりミステリアスな新シリーズ、スタート。小学中級から。

『ユーレイと結婚したってナイショだよ』　名木田恵子作，かやまゆみ絵　ポプラ社　2006.5　179p　18cm　（ポプラポケット文庫 057-1―ふーことユーレイ 1）570円　①4-591-09258-5
内容　変な呪文を唱えて、ユーレイの和夫くんと結婚してしまったふーこ。左手薬指の指輪がはずれなくて、大ピンチ！　はずすには、和夫くんを心から好きだって思うことなんだけど、ふーこは同じクラスの葉月くんが好き。どうなっちゃうの!?　小学校上級から。

『シャンプー王子と大あくとう』　名木田恵子作，くぼたまこと絵　岩崎書店　2006.2　76p　22cm　（おはなし・ひろば 12）1000円　①4-265-06262-8
内容　シャンプー王子には、さわると、きたないものをきれいにする力があります。さて、今回はどんなきたないものにであうのでしょうか。

『白鳥の湖の謎』　名木田恵子作　岩崎書店　2006.1　195p　18cm　（フォア文庫―バレリーナ事件簿）600円　①4-265-06367-5〈画：三村久美子〉
内容　父親がフランスへ修行に行くことになり、聖良は母方の祖母が経営する全寮制バレエ学院に転校することになった。ここなら、大好きなバレエもできると期待したのだが…。

『海時間のマリン』　名木田恵子作　ブッキング　2005.12　250p　19cm（Fukkan.com）1500円　①4-8354-4203-2〈絵：早川司寿乃　講談社1992年刊の復刊〉
内容　片桐真鈴（マリン）は、まもなく十五歳になる中学生。でも最近のマリンは、なんだかへん。転んであざをつくったり、目の前の景色が突然滝に見えたり…。じつは、マリンは人間のパパと人魚のママのあいだに生まれたハーフだった。マリンが人間のままでいるためには、十五歳の誕生日までに、ある場所にたどりつかなければならない。もしまにあわなければ、マリンは完全な人魚にメタモルフォセス（変身）してしまうのだ。幻想的なタッチで描く、異色のサスペンスファンタジー。

『バラの耳かざりは恋のきらめき』　名木田恵子作，かやまゆみ画　ポプラ社　2005.10　172p　22cm　（ヴァンパイア・ラブストーリー 4）980円　①4-591-08832-4
内容　ふれてはならぬ！　ローズカットのあやしいきらめき。バラの耳かざりよ。たとえ片方でも闇の力を呼び覚ます呼びさます力にひきよせられた人々を待つ運命とは？　動乱期のフランスを舞台にくりひろげられる、"永遠の恋人"ジルとジュネの物語、突然の最終章。

『シャンプー王子ときたないことば』　名木田恵子作，くぼたまこと絵　岩崎書店　2005.2　76p　22cm　（おはなし・ひろば 7）1000円　①4-265-06257-1
内容　きれいな国にあきあきしてたびにでたシャンプー王子。いったいどんなきたないものにであうのでしょうか？　すると、むこうからうめくようなこえがきこえてきました。

『air』　名木田恵子作　金の星社　2003.2　236p　20cm　1300円　①4-323-07030-6
内容　AOI・レジデンス809号室。ここで過ごした衆介との日々。たった5日の自由『私を泣かせてください』の切ない響き…。決して忘れられない私の中に流れる何かが確かに変わった14歳のあの夏の日。十代のみずみずしい人生の一コマを圧倒的現実感をもって切り取った話題作。

那須 正幹
なす・まさもと
《1942～》

『那須正幹童話集 5 ねんどの神さま』
那須正幹作 武田美穂絵 ポプラ社 2014.3 153p 21cm 1200円 ①978-4-591-13854-0
[目次] ねんどの神さま，八月の髪かざり，The End of the World
[内容] 太平洋戦争がおわって一年，山の中の小学校で，ある少年が，ふしぎなねんど細工をつくった。それは，戦争をおこしたり戦争で金もうけする悪いやつをやっつける神さまだという。それから，長い年月がながれ…。表題作「ねんどの神さま」はじめ，戦争，平和についての作者の深い思いを伝える三作。

『那須正幹童話集 4 りぼんちゃんの新学期』 那須正幹作 むらいかよ絵 ポプラ社 2014.3 149p 21cm 1200円 ①978-4-591-13853-3
[目次] りぼんちゃんの新学期，りぼんちゃんの赤かて白かて
[内容] 三年生になったマキは，心にきめました。新学期の目標は，人に親切にすること！ 転校生の左くんのめんどうを，みてあげよう！ ところが，左くんは…？ 元気いっぱいの女の子を主人公に，子どもの心の動きや友だちとの関係をこまやかに描いた「りぼんちゃん」シリーズから，二話を収録。

『那須正幹童話集 3 ヨースケくん』 那須正幹作 はたこうしろう絵 ポプラ社 2014.3 157p 21cm 1200円 ①978-4-591-13852-6
[目次] タモちゃん―まだ，もう，やっと，友だち，栗原先生のこと，ヨースケくん―ヨースケくんの新学期，紅茶をのむヨースケくん，ヨースケくんのひみつ
[内容] 小学校入学以来，五年生になるまで，いちども，学校でウンチをしたことがないヨースケくん。その理由を，クラスでいちばん苦手な女子に知られてしまったから，さいあく…。家でも学校でも，日々苦労する子どもの姿をユーモラスに描いた『タモちゃん』『ヨースケくん』から選んだ，とびきりの六編。

『那須正幹童話集 2 いたずらいたずら一年生』 那須正幹作 長谷川義史絵 ポプラ社 2014.3 153p 21cm 1200円 ①978-4-591-13851-9
[目次] いたずらいたずら一年生，海からきたすいかどろぼう，さびしいおとうさん，ふみきりの赤とんぼ，どろぼうトラ吉とどろぼう犬クロ，ずいとん先生と化けの玉
[内容] 学校にいきたくないシンゴは，いいことを考えました。『きょうは，学校がお休みです』って，門のところにはっておこう！ すると，校長先生が…!? 表題作「いたずらいたずら一年生」はじめ，世界が広がり始めた子どもたちにおくる，童話六編。

『那須正幹童話集 1 ともだちみっけ』 那須正幹作 垂石真子絵 ポプラ社 2014.3 137p 21cm 1200円 ①978-4-591-13850-2
[目次] ふとん山トンネル，おばけのゆびきり，ゆきだるまゆうびん，ともだちみっけ，なみだちゃんばんざい，べんきょうすいとり神
[内容] サムくんは，「ともだちみっけ」の名人。だけど，となりのせきの奥山さんは，なかなか話をしてくれません。そんなふたりが，なかよくなれたわけは？ 表題作「ともだちみっけ」はじめ，子どもたちに語りかけ，心をはずませる，のびやかな童話六編。

『トムくんはめいたんてい 1 1ねんせいはめいたんてい』 那須正幹さく，ホッチカズヒロえ そうえん社 2012.3 63p 20cm （まいにちおはなし 11） 1000円 ①978-4-88264-480-4
[内容] 「どうしたの，母さん？」「つとむちゃん，おさいふがみつからないのよ」お母さんは，いえのなかをうろうろしています。「つとむちゃん，おねがい。いつものように，すいりして，おさいふ，さがして」「うん，わかった！」トムくんは，すいりしはじめました。つとむくんは，1ねんせい。みんなは，つとむくんを，「めいたんてい」とよんでいる！ ズッコケ三人組の那須正幹幼年童話・新シリーズ。

『ズッコケ中年三人組 age 46』 那須正

『ズッコケ中年三人組　age 45』　那須正幹著　ポプラ社　2010.12　279p　20cm　1000円　①978-4-591-12218-1　〈絵：前川かずお　作画：高橋信也〉
内容　ズッコケ三人組の心は、いまだ少年時代なのか…そしてハカセの結婚問題は決着するのか？　32年前、三人を助けてくれた青年のその後はどうなったのか？　人間の運命のあやなす不思議さに、敢然とたちむかう凛々しいズッコケ三人組。

幹著　ポプラ社　2011.12　247p　20cm　1200円　①978-4-591-12694-3　〈絵：前川かずお　作画：高橋信也〉
内容　誰でも年をとることからはまぬかれない。三人組もどのように年齢をかさね、人生をかさねるのか!?　ズッコケ三人組の担任だった宅和先生。三人組を6年間見守り共に卒業した宅和先生が…。

『あやかし草子―現代変化物語』　那須正幹作，タカタカヲリ絵　日本標準　2011.5　197p　20cm　（シリーズ本のチカラ　石井直人，宮川健郎編）1500円　①978-4-8208-0542-7　〈『世にもふしぎな物語』（講談社1991年刊）の改題〉
目次　約束，鬼，やけあと，ヘビの目，ゲンゴロウブナ
内容　「約束」「鬼」「やけあと」「ヘビの目」「ゲンゴロウブナ」―江戸時代の怪談集、上田秋成の『雨月物語』から五編を選び、現代によみがえらせた、美しくも怖ろしい短編集。

『怪盗ブラックの宝物』　那須正幹作，田頭よしたか画　福音館書店　2011.4　204p　21cm　〔福音館創作童話シリーズ〕）　1300円　①978-4-8340-2654-2
内容　持田公平の住む海辺の町・花浦には、小高い尾根の続く岬がある。その山すそに建つ古い洋館「お化け屋敷」の解体現場で、公平たちは一冊のスケッチブックと、こわれたダビデ像を見つけた。やがてそれが、昭和の怪盗ミスター・ブラックが残した財宝へとつながっていく…。わずかな手がかりをもとに、頭と体をフルに使って謎の宝にせまるが、あと一歩がむずかしい。さあ、冒険の結末はいかに!?　小学校中級から。

『ズッコケ中年三人組　age 45』　那須正幹幹著　ポプラ社　2010.12　279p　20cm　1000円　①978-4-591-12218-1　〈絵：前川かずお　作画：高橋信也〉
内容　ズッコケ三人組の心は、いまだ少年時代なのか…そしてハカセの結婚問題は決着するのか？　32年前、三人を助けてくれた青年のその後はどうなったのか？　人間の運命のあやなす不思議さに、敢然とたちむかう凛々しいズッコケ三人組。

『へんてこりんでステキなあいつ』　那須正幹作，田頭よしたか絵　角川学芸出版　2010.3　119p　22cm　（カドカワ学芸児童名作）　1300円　①978-4-04-653402-6　〈発売：角川グループパブリッシング〉
内容　みんなちがっているのがあたりまえ。いろんな個性があるから楽しいんだ。

『衣世梨の魔法帳　2　まいごの幽霊』　那須正幹作，藤田香絵　ポプラ社　2010.2　155p　18cm　（ポプラポケット文庫037-2）　570円　①978-4-591-11526-8
内容　白い着物を着た、幽霊のうわさ。子犬の花丸や友だちと調査をする衣世梨が出会ったのは、あちらの世界からやってきた、まいごの幽霊。幽霊のねがいを衣世梨はかなえてあげられるのでしょうか？　那須正幹の人気シリーズ、第2巻！　小学校中級から。

『ズッコケ中年三人組　age 44』　那須正幹著　ポプラ社　2009.12　239p　20cm　1000円　①978-4-591-11447-6　〈絵：前川かずお　作画：高橋信也〉
内容　中年になったって冒険心は変わらない。三人組、30年ぶりにまたまたお手柄か!?　働きざかりだからこそ、夢中になる時間が大切―。

『衣世梨の魔法帳』　那須正幹作，藤田香絵　ポプラ社　2009.6　152p　18cm　（ポプラポケット文庫 037-1）　570円　①978-4-591-10994-6
内容　わたし田所衣世梨、小学四年生。ある日、子犬をひろったの。その日からが、わたしと子犬のふしぎのはじまり。子犬の花丸といっしょにいると、つぎつぎとふしぎなことがおこって…。那須正幹のシリーズ第1巻目！

『おばけのゆびきり』　那須正幹さく，はたこうしろうえ　佼成出版社　2008.12　63p　21cm　（おはなしドロップシリーズ）　1100円　①978-4-333-02358-5
内容　みなさんは、おばけと、ともだちになりたくありませんか。この本には、おばけと、ともだちになるほうほうが、かいてあり

ます。よくよんで、おばけと、おともだちになりましょう。小学1年生から。

『**ズッコケ中年三人組　age 43**』　那須正幹著　ポプラ社　2008.12　279p　20cm　1000円　①978-4-591-10695-2
内容　あのハチベエが裁判員に選出された！ 国民の義務？　裁判員になっても困らないために。

『**翔太の夏—秘密の山のカブトムシ**』　那須正幹作，スカイエマ絵　旺文社　2008.6　157p　22cm　(旺文社創作児童文学)　1238円　①978-4-01-069576-0, 978-4-01-069895-2
内容　都会から山里に引っ越してきた翔太は、自然の中で友情を育みながら今までと違う自分を発見していく。

『**消えた空き巣犯を追え！**』　那須正幹作，Moo.念平画　金の星社　2008.3　173p　20cm　(山手町探偵クラブ)　1200円　①978-4-323-05563-3
内容　静ばあちゃんの家が、空き巣に入られた！　最近、山手町を荒らしている空き巣ねらいのしわざらしいが、犯人はまったくわからない。番犬の留次郎がいたが、役立たなかった。犯行時間は昼間なのに、目撃者がいない。手がかりがないのだ。犯人を追え！　探偵クラブ！　おもしろわくわく人気ミステリー、第三弾。

『**衣世梨の魔法帳　たんじょう日のびっくりプレゼント**』　那須正幹作，山西ゲンイチ絵　ポプラ社　2008.2　160p　22cm　(衣世梨の魔法帳 6)　840円　①978-4-591-10049-3
内容　たんじょう日のびっくりプレゼントはふしぎな思い出、なつかしい場所…。ハッピーバースデー衣世梨、十歳おめでとう。

『**ズッコケ中年三人組　age 42**』　那須正幹著　ポプラ社　2007.12　247p　20cm　1000円　①978-4-591-10026-4
内容　ハチベエ、ハカセ、モーちゃんの三人組も42歳。モーちゃんの娘、ハチベエの息子、それぞれに問題を抱え、立ち向かっていく。フォークデュオ・ゆずもストーリーに登場する。

『**こちら栗原探偵事務所　3 (吸血鬼の呪い)**』　那須正幹作，武田美穂絵　講談社　2007.10　233p　18cm　(講談社青い鳥文庫 221-10)　620円　①978-4-06-148787-1
内容　幽霊が映っているシーンがあるといううわさで話題になっているのが、映画『吸血鬼』。千波に誘われても、こわいからみるのをいやがっていたパパが、急に気が変わって一緒にみにいっていたばかりか、生野島へいこうといいだした。その島には、『吸血鬼』主演の人気スター、姿真樹の生家がある。なにかおかしい、と不審に思いながら島にむかった千波たちを、思わぬ事件が待ち受けていた。

『**衣世梨の魔法帳　夏はおばけがいっぱい**』　那須正幹作，山西ゲンイチ絵　ポプラ社　2007.7　168p　22cm　(衣世梨の魔法帳 5)　840円　①978-4-591-09844-8
内容　いってはいけない「稚児が森」。満月の夜におばけが集まるっていうけれど…。衣世梨の夏休みはふしぎがいっぱい。

『**赤いカブトムシ**』　那須正幹作　日本標準　2007.6　101p　22cm　(シリーズ本のチカラ)　1200円　①978-4-8208-0295-2　〈絵：見山博〉
内容　「これは新種か?!」5年生の茂少年は昆虫採集に夢中。夏休みの終わりに、近くの公園の古いクヌギの根元で見つけたのは、まっかなカブトムシだった！　ムシに夢中な少年とふしぎなカブトムシの物語。くわしいイラストで、昆虫採集のやり方や、ムシのこともわかる—自然が身近になる一冊。小学校中学年から。

『**ともだちみっけ**』　那須正幹作，山本祐司絵　ポプラ社　2007.5　64p　21cm　(ポプラちいさなおはなし 6)　900円　①978-4-591-09776-2
内容　はらだおさむくんは、だれとでもともだちになれます。テントウムシ、カエル、こいぬ…でも、ひとりだけともだちになれないおんなの子がいます。小学校低学年向。

『**お江戸のかぐや姫—銀太捕物帳**』　那須正幹作，長野ヒデ子絵　岩崎書店

那須正幹

2007.2　197p　20cm　（文学の泉 16）　1400円　Ⓘ978-4-265-04156-5

『衣世梨の魔法帳　魔法犬花丸のひみつ』那須正幹作，山西ゲンイチ絵　ポプラ社　2006.11　164p　22cm　（衣世梨の魔法帳 4）　840円　Ⓘ4-591-09483-9
内容　夜ごとに花丸をさそう犬たちの声。ふしぎはだれが起こしているの…。

『幽霊屋敷を調査せよ！』　那須正幹作　金の星社　2006.11　173p　20cm　（山手町探偵クラブ）　1200円　Ⓘ4-323-05562-5　〈画：Moo.念平〉
内容　四丁目のお屋敷は、山手小学校の子どもならだれでも知っている。古い洋館で幽霊が出るのだ。ジュリにそそのかされて、探偵クラブは調査にのりだした。屋敷には秘密があるらしい…。ジュリのようすが変だ。幽霊のしわざか？　大変だ、それ行け、探偵クラブ！　ノンストップ、おもしろわくわくミステリー！　4・5年生から。

『あの日、指きり』　那須正幹作，田頭よしたか絵　草炎社　2006.8　87p　22cm　（草炎社フレッシュぶんこ 2）　1100円　Ⓘ4-88264-261-1
内容　ぼくの家は小さなみなと町にある。そこには、しゅうがわりで映画がかかる中関座というげきじょうがある。ある日、その中関座のうら手の石だたみに、おんなの子がたっていた。ぼくは、そのおんなの子と約束の指きりをすることになった…。

『八月の髪かざり』　那須正幹作　佼成出版社　2006.8　127p　22cm　1400円　Ⓘ4-333-02213-4　〈絵：片岡まみこ〉
内容　「いってまいります」キヨ姉ちゃんが、にっこりわらって出かけた、あの日一。ひまわりの髪かざりが、わすれることのできないあの日を、静かに語り出す。わすれられない、わすれてはならない広島の原爆の記憶。

『こちら栗原探偵事務所　2（ふゆかいな依頼人）』　那須正幹作，武田美穂絵　講談社　2006.6　207p　18cm　（講談社青い鳥文庫 221-9）　580円　Ⓘ4-06-148733-7
内容　今回、栗原探偵事務所にやってきた依頼人は、名代の和菓子屋、梅屋の社長さん。パパやママは大喜びだけど、なんだかとっても感じが悪い。しかも、千波には依頼の内容を教えてくれないのだ。家出人をさがしてほしいらしいということは、どうにかききだしたけれど…。ほんとうにパパはひとりで事件を解決できるのだろうか？　小学中級から。

『衣世梨の魔法帳　運動場のミステリーポイント』　那須正幹作，山西ゲンイチ絵　ポプラ社　2006.5　164p　22cm　（衣世梨の魔法帳 3）　840円　Ⓘ4-591-09249-6
内容　なにもないのにみんながころぶ、運動場のミステリーポイント。そこはふしぎな世界の入口…。

『山手町探偵クラブ』　那須正幹作　金の星社　2005.10　173p　20cm　1200円　Ⓘ4-323-05561-7　〈画：Moo.念平〉
内容　児童公園のそばに、女の人がかくれているのが見えた。赤い野球帽に黒いTシャツ、ピンクとうす紫色の花柄のひらひらのスカートをはいている。右手でケイタイのカメラをかまえている…よく見たら、静ばあちゃんだ！　お金持ちでミステリー好きな静ばあちゃんと、章、信吾、めぐみ、ジュリ、留次郎が大活躍。4・5年生から。

『衣世梨の魔法帳　まいごの幽霊』　那須正幹作，山西ゲンイチ絵　ポプラ社　2005.9　164p　22cm　（衣世梨の魔法帳 2）　840円　Ⓘ4-591-08819-7
内容　白いきものを着た幽霊のうわさ。夜道に衣世梨があったのは…。子犬の花丸といると、つぎつぎふしぎがおきるのです。

『こちら栗原探偵事務所　1（怪盗青猫事件）』　那須正幹作，武田美穂絵　講談社　2005.8　209p　18cm　（講談社青い鳥文庫 221-8）　580円　Ⓘ4-06-148696-9
内容　「パパはやはり私立探偵になるよ。」とっぴなパパの決断に、千波の家は大騒動！　ママや姉さんの大反対のなか、小学5年生の千波だけは応援してあげたい気分です。家族の心配をよそに、パパは子どものころからの夢にむかってまっしぐら。とう

とう栗原探偵事務所をスタートしてしまいます。みんなが案じたとおり、お客のないまま1週間。やっと依頼はきたけれど…。ユーモアミステリー！　小学中級から。

『衣世梨の魔法帳』　那須正幹作，山西ゲンイチ絵　ポプラ社　2005.5　158p　22cm　（衣世梨の魔法帳　1）　840円　①4-591-08651-8
内容　わたし、田所衣世梨。小学四年生。ある日、子犬をひろったの。その日からがわたしと子犬のふしぎのはじまり。

『ズッコケ愛のプレゼント計画』　那須正幹作，前川かずお原画，高橋信也作画　ポプラ社　2005.3　206p　18cm　（ポプラ社文庫―ズッコケ文庫　Z-49）　600円　①4-591-08577-5

『ズッコケ家出大旅行』　那須正幹作，前川かずお原画，高橋信也作画　ポプラ社　2005.3　218p　18cm　（ポプラ社文庫―ズッコケ文庫　Z-42）　600円　①4-591-08570-8

『ズッコケ怪奇館幽霊の正体』　那須正幹作，前川かずお原画，高橋信也作画　ポプラ社　2005.3　210p　18cm　（ポプラ社文庫―ズッコケ文庫　Z-48）　600円　①4-591-08576-7

『ズッコケ怪盗X最後の戦い』　那須正幹作，前川かずお原画，高橋信也作画　ポプラ社　2005.3　214p　18cm　（ポプラ社文庫―ズッコケ文庫　Z-44）　600円　①4-591-08572-4

『ズッコケ芸能界情報』　那須正幹作，前川かずお原画，高橋信也作画　ポプラ社　2005.3　226p　18cm　（ポプラ社文庫―ズッコケ文庫　Z-43）　600円　①4-591-08571-6

『ズッコケ三人組の卒業式』　那須正幹作，前川かずお原画，高橋信也作画　ポプラ社　2005.3　208p　18cm　（ポプラ社文庫―ズッコケ文庫　Z-50）　600円　①4-591-08578-3

『ズッコケ三人組の地底王国』　那須正幹作，前川かずお原画，高橋信也作画　ポプラ社　2005.3　216p　18cm　（ポプラ社文庫―ズッコケ文庫　Z-46）　600円　①4-591-08574-0

『ズッコケ情報公開（秘）ファイル』　那須正幹作，前川かずお原画，高橋信也作画　ポプラ社　2005.3　214p　18cm　（ポプラ社文庫―ズッコケ文庫　Z-45）　600円　①4-591-08573-2

『ズッコケ魔の異郷伝説』　那須正幹作，前川かずお原画，高橋信也作画　ポプラ社　2005.3　220p　18cm　（ポプラ社文庫―ズッコケ文庫　Z-47）　600円　①4-591-08575-9

『緊急入院！　ズッコケ病院大事件』　那須正幹作，前川かずお原画，高橋信也作画　ポプラ社　2005.2　226p　18cm　（ポプラ社文庫―ズッコケ文庫　Z-41）　600円　①4-591-08569-4

『ズッコケ三人組のバック・トゥ・ザ・フューチャー』　那須正幹作，前川かずお原画，高橋信也作画　ポプラ社　2005.2　216p　18cm　（ポプラ社文庫―ズッコケ文庫　Z-40）　600円　①4-591-08568-6

『ズッコケ三人組の地底王国』　那須正幹作，前川かずお原画，高橋信也作画　ポプラ社　2002.12　208p　22cm　（新・こども文学館　56）　1000円　①4-591-07456-0

『ズッコケ情報公開（秘）ファイル』　那須正幹作，前川かずお原画，高橋信也作画　ポプラ社　2002.7　208p　22cm　（新・こども文学館）　1000円　①4-591-07310-6

『ムクリの嵐―蒙古襲来』　那須正幹作　大阪　教学研究社　2001.4　231p

21cm （痛快歴史物語）2200円 ①4-318-09010-8〈画：こさかしげる 1980年刊を原本としたオンデマンド版〉

那須田　稔
なすだ・みのる
《1931～》

『忍者サノスケじいさん　わくわく旅日記　48　みんなあつまれ！の巻』　なすだみのる作，あべはじめ絵　浜松　ひくまの出版　2012.9　94p　22cm　1200円　①978-4-89317-457-4
内容　孫の一郎太と子分のゴンザエモンをつれて、忍者学校の同級生を全国にたずねる、スーパーじいさんのサノスケじいさんが大かつやく。みんないっしょに美しい富士山をまもります。

『忍者サノスケじいさん　わくわく旅日記　47　うつくしい島の巻』　なすだみのる作，あべはじめ絵　浜松　ひくまの出版　2012.6　94p　22cm　1200円　①978-4-89317-456-7
内容　サノスケじいさんと一郎太は、やさしい海のどうぶつのジュゴンをいじめるうみヘビとゆうかんにたたかったよ。

『忍者サノスケじいさん　わくわく旅日記　46　ツルよはばたけ！の巻』　なすだみのる作，あべはじめ絵　浜松　ひくまの出版　2012.4　94p　22cm　1200円　①978-4-89317-455-0
内容　スーパーじいさんのサノスケじいさんと、まごの一郎太が全国をたずねて、大かつやく。こんどの旅は北海道。ツルをまもって、たたかうゆうかんな忍者たち。

『忍者サノスケじいさん　わくわく旅日記　45　でた！　おばけワニの巻―茨城の旅』　なすだみのる作，あべはじめ絵　浜松　ひくまの出版　2012.3　94p　22cm　1200円　①978-4-89317-454-3
内容　茨城の宇宙センターで一郎太は、宇宙飛行士になったゆめをみます…。スーパーじいさんのサノスケじいさんと、まごの一郎太が全国をたずねて、大かつやく。

『忍者サノスケじいさん　わくわく旅日記　44　パンダがきえた！の巻』　なすだみのる作，あべはじめ絵　浜松　ひくまの出版　2012.2　94p　22cm　1200円　①978-4-89317-453-6
内容　東京の上野動物園でパンダがきえた！なぞをおいかける少年忍者。

『忍者サノスケじいさん　わくわく旅日記　43　手をつなごう！の巻―栃木の旅』　なすだみのる作，あべはじめ絵　浜松　ひくまの出版　2011.8　94p　22cm　1200円　①978-4-89317-452-9
内容　サノスケじいさんの千里眼がひかった！　忍者のメガネの千里眼にあらわれたのはだれかな？　大震災にあったともちゃんが、栃木県で、すばらしい友だちを見つけたよ。

『忍者サノスケじいさん　わくわく旅日記　42　ひかる石の巻』　なすだみのる作，あべはじめ絵　浜松　ひくまの出版　2011.4　94p　22cm　1200円　①978-4-89317-448-2
内容　ひかる石をみつけたよ！　あっでも、へんな風がふいてきたぞ！　こんどの旅は、山口県だよ。「ひかる石」の忍法で3億年のむかしに行ったよ。

『忍者サノスケじいさん　わくわく旅日記　41　小さな海の忍者の巻―富山の旅』　なすだみのる作，あべはじめ絵　浜松　ひくまの出版　2011.3　94p　22cm　1200円　①978-4-89317-447-5
内容　こんどの旅は、富山県だよ。ロシア人の男の子が、港でないていたよ…。

『忍者サノスケじいさん　わくわく旅日記　40　空とぶゾウの巻―長崎の旅』　なすだみのる作，あべはじめ絵　浜松　ひくまの出版　2011.2　94p　22cm　1200円　①978-4-89317-446-8
内容　こんどの旅は、長崎県だよ。ふしぎな

空とぶゾウがあらわれて…。

『忍者サノスケじいさん わくわく旅日記 39 おばけネズミの巻―青森の旅』 なすだみのる作, あべはじめ絵　浜松　ひくまの出版　2011.1　94p　22cm　1200円　①978-4-89317-445-1
内容 スーパーじいさんのサノスケじいさんと、まごの一郎太が全国をたずねて、大かつやく。こんどの旅は、青森県。

『忍者サノスケじいさん わくわく旅日記 38 友だちはたからものの巻―福島の旅』 なすだみのる作, あべはじめ絵　浜松　ひくまの出版　2010.12　94p　22cm　1200円　①978-4-89317-444-4
内容 みんなのしあわせをまもる「赤べこ」をまものからとりもどすために、少年忍者一郎太は、がんばる。こんどの旅は、福島県だよ。

『忍者サノスケじいさん わくわく旅日記 37 たのしい妖怪の巻―岩手の旅』 なすだみのる作, あべはじめ絵　浜松　ひくまの出版　2010.11　94p　22cm　1200円　①978-4-89317-443-7
内容 こんどの旅は、岩手県だよ。一郎太とゆかりちゃんは、ふしぎな妖怪たちにあってびっくり。

『忍者サノスケじいさん わくわく旅日記 36 きえたこけしの巻―宮城の旅』 なすだみのる作, あべはじめ絵　浜松　ひくまの出版　2010.10　94p　22cm　1200円　①978-4-89317-440-6
内容 こんどの旅は、宮城県だよ。たいせつなこけしをぬすんだはんにんはだれだ？忍者サノスケじいさんは、孫の一郎太と子分のゴンザエモンをつれて、忍者学校の同級生を全国にたずねます。行く先ざきで、サノスケじいさんの忍法で、つぎつぎに難問、難事件を解決。びっくりしたり、おおさわぎするうちに、一郎太は、もっとも大切なものは何かを学んでいきます。

『忍者サノスケじいさん わくわく旅日記 35 やさしいおひめさまの巻―大分の旅』 なすだみのる作, あべはじめ絵　浜松　ひくまの出版　2010.9　94p　22cm　1200円　①978-4-89317-439-0
内容 こんどの旅は、大分county県だよ。おひめさまをたすけたゆかいなキツネのおはなし。

『忍者サノスケじいさん わくわく旅日記 34 まわれ！ベーゴマの巻―埼玉の旅』 なすだみのる作, あべはじめ絵　浜松　ひくまの出版　2010.8　94p　22cm　1200円　①978-4-89317-438-3
内容 スーパーじいさんのサノスケじいさんと、まごの一郎太が全国をたずねて、大かつやく。こんどの旅は、埼玉県。ふしぎなベーゴマで岩のかいぶつをやっつけたよ。たのしい「サノスケぬりえラリー」日本白地図つき。

『忍者サノスケじいさん わくわく旅日記 33 ピーナッツ忍者の巻―千葉の旅』 なすだみのる作, あべはじめ絵　浜松　ひくまの出版　2010.7　94p　22cm　1200円　①978-4-89317-437-6
内容 忍者サノスケじいさんは、孫の一郎太と子分のゴンザエモンをつれて、忍者学校の同級生を全国にたずねます。行く先ざきで、サノスケじいさんの忍法で、つぎつぎに難問、難事件を解決。びっくりしたり、おおさわぎするうちに、一郎太は、もっとも大切なものは何かを学んでいきます。こんどの旅は、千葉県だよ。ゆかいなピーナッツ忍者がでてきて大かつやく…。

『忍者サノスケじいさん わくわく旅日記 32 たたかう大イルカの巻―鹿児島の旅』 なすだみのる作, あべはじめ絵　浜松　ひくまの出版　2010.6　94p　22cm　1200円　①978-4-89317-436-9
内容 こんどの旅は、鹿児島だよ。大きな海を、およいでわたる勇敢な子どもたち、ばんざーい。

『忍者サノスケじいさん わくわく旅日記 31 すすめドランゴン号！の巻―愛媛の旅』 なすだみのる作, あべはじめ絵　浜松　ひくまの出版　2010.5　94p　22cm　1200円　①978-4-89317-435-2
内容 一郎太は、ふねのレースにでることに

なりました。ゆくてにおそろしいものがまちかまえているのもしらずに―。

『忍者サノスケじいさん わくわく旅日記 30 怪物たいじの巻―徳島の旅』 なすだみのる作，あべはじめ絵 浜松 ひくまの出版 2010.4 94p 22cm 1200円 ①978-4-89317-429-1
内容 スーパーじいさんのサノスケじいさんと、孫の一郎太が全国をたずねて、大活躍。こんどの旅は、徳島県。

『忍者サノスケじいさん わくわく旅日記 29 サッカーの神さまの巻』 なすだみのる作，あべはじめ絵 浜松 ひくまの出版 2010.3 94p 22cm 1200円 ①978-4-89317-428-4
内容 こんどの旅は、和歌山県。一郎太は、サッカーボールでゆうかんにまものとたたかう。

『忍者サノスケじいさん わくわく旅日記 28 ヒゲモジャのわるだくみの巻』 なすだみのる作，あべはじめ絵 浜松 ひくまの出版 2010.2 94p 22cm 1200円 ①978-4-89317-427-7
内容 こんどの旅は、滋賀県だよ。びわ湖の水をからっぽにするわるものとたたかうサノスケじいさんたち。

『忍者サノスケじいさん わくわく旅日記 27 大てんぐあらわれるの巻』 なすだみのる作，あべはじめ絵 浜松 ひくまの出版 2010.1 94p 22cm 1200円 ①978-4-89317-426-0
内容 「忍者サノスケじいさんわくわく旅日記」シリーズは、スーパーじいさんのサノスケじいさんと、まごの一郎太が全国をたずねて、大かつやくします！ こんどの旅は、京都だよ。つぎつぎとおそいかかるまものの正体とは？ （たのしい「サノスケぬりえラリー」日本白地図がついています）。

『忍者サノスケじいさん わくわく旅日記 26 らくだがとんだの巻』 なすだみのる作，あべはじめ絵 浜松 ひくまの出版 2009.12 94p 22cm 1200円 ①978-4-89317-425-3
内容 こんどの旅は、鳥取県だよ。おそろしい砂男と、たたかう空とぶらくだ。

『ぼくのちいさなカンガルー』 なすだみのるさく，吉田稔美え 浜松 ひくまの出版 2009.12 78p 21cm （おはなしキラキラ 1） 1300円 ①978-4-89317-419-2
内容 ぼくのたんじょう日にカンガルーがくるというと、えみちゃんが、よろこんでくれた。

『忍者サノスケじいさん わくわく旅日記 25 いけ！ 少年忍者の巻』 なすだみのる作，あべはじめ絵 浜松 ひくまの出版 2009.11 94p 22cm 1200円 ①978-4-89317-424-6
内容 一郎太がしゅりけんのれんしゅうをしています。でも、ほんとうにわるものがあらわれたときめいちゅうするかな―。

『忍者サノスケじいさん わくわく旅日記 24 みつけたよ青い鳥の巻』 なすだみのる作，あべはじめ絵 浜松 ひくまの出版 2009.10 94p 22cm 1200円 ①978-4-89317-414-7
内容 ゴンザエモンの忍法であらわれた一郎太とゆかりちゃんは、青い鳥をさがしにでかけます。

『忍者サノスケじいさん わくわく旅日記 23 金魚大じけんの巻』 なすだみのる作，あべはじめ絵 浜松 ひくまの出版 2009.9 94p 22cm 1200円 ①978-4-89317-413-0
内容 金魚すくい大会の金魚がぬすまれた！ おばけさかなからとびでてきたものは―。

『忍者サノスケじいさん わくわく旅日記 22 火をふく大蛇の巻』 なすだみのる作，あべはじめ絵 浜松 ひくまの出版 2009.8 94p 22cm 1200円 ①978-4-89317-412-3
内容 千里眼にあらわれた福岡県の忍者のおじいさんが一郎太にあそびにおいでとよんでいます。さて、こんどは、どんな事件かな。

『忍者サノスケじいさん わくわく旅日記 21 魔女がやってきたの巻』なすだみのる作，あべはじめ絵　浜松　ひくまの出版　2009.7　94p　22cm　1200円　①978-4-89317-411-6
内容　一郎太からサノスケじいさんにてがみがきました。「サノスケじいさん、ぼくのおばあさんはどこにいるのですか」。こんどの旅は、佐賀県。一郎太のおばあさんは魔女―。

『忍者サノスケじいさん わくわく旅日記 20 恐竜にへんしん！の巻』なすだみのる作，あべはじめ絵　浜松　ひくまの出版　2009.6　94p　22cm　1200円　①978-4-89317-410-9
内容　どんなにれんしゅうしてもゴンザエモンはへんしんの術が、なかなかできません。こんどの旅は、福井県。ゴンザエモンの大へんしん物語。あなたは、なににへんしんしたい。

『忍者サノスケじいさん わくわく旅日記 19 忍者やしきのなぞの巻』なすだみのる作，あべはじめ絵　浜松　ひくまの出版　2009.5　94p　22cm　1200円　①978-4-89317-409-3
内容　たからもののまきものがぬすまれた！はんにんをおいかけてサノスケじいさんの大かつやくがはじまる。

『忍者サノスケじいさん わくわく旅日記 18 妖怪にパンチ！の巻』なすだみのる作，あべはじめ絵　浜松　ひくまの出版　2009.4　94p　22cm　1200円　①978-4-89317-405-5
内容　大阪天神まつりのまえの日、妖怪が、一郎太をゆうかいした！　大阪城にすみついているキツネの妖怪と、ゆうかんにたたかった一郎太たちの話。

『忍者サノスケじいさん わくわく旅日記 17 やさしいやまんばの巻』なすだみのる作，あべはじめ絵　浜松　ひくまの出版　2009.3　94p　22cm　1200円　①978-4-89317-404-8
内容　こんどの旅は、新潟県。一郎太とゆかりちゃんは、タイムスリップしてむかしの「とき」にきてしまいました。サノスケじいさんをおいかけていった一郎太とゆかりちゃんは、大地震にであいます。

『忍者サノスケじいさん わくわく旅日記 16 すごいぞ！　ポンタの巻』なすだみのる作，あべはじめ絵　浜松　ひくまの出版　2009.3　94p　22cm　1200円　①978-4-89317-403-1
内容　「ぶんぶくちゃがま」のむかしばなしがうまれた町群馬県館林にでかけた子だぬきポンタと、一郎太たちはある事件にまきこまれ…。

『忍者サノスケじいさん わくわく旅日記 15 一郎太はほらふき名人の巻』なすだみのる作，あべはじめ絵　浜松　ひくまの出版　2009.2　94p　22cm　1200円　①978-4-89317-402-4
内容　サノスケじいさんのたこにのって、一郎太がおりたところは、秋田県の横手のまち。そこでおきるふしぎでたのしいものがたり。

『忍者サノスケじいさん わくわく旅日記 14 ばけだぬきをやっつけろの巻』なすだみのる作，あべはじめ絵　浜松　ひくまの出版　2008.12　94p　22cm　1200円　①978-4-89317-401-7
内容　将棋の好きな一郎太とサノスケじいさんは、山形県天童市に住むサノスケじいさんの忍者学校の同級生・むらやまこたのすけをたずねました。そこで、サクランボをひとりじめにしようとしている"ばけだぬき"とたたかいます。ばけだぬきの正体は…?!天童を主な舞台にくりひろげられる物語。

『忍者サノスケじいさん わくわく旅日記 13 ふしぎなたんじょうびの巻』なすだみのる作，あべはじめ絵　浜松　ひくまの出版　2008.11　94p　22cm　1200円　①978-4-89317-400-0
内容　一郎太のたんじょうびにふしぎで、たのしいできごとがつぎつぎにおこります。

『忍者サノスケじいさん わくわく旅日記 12 ゆかりひめがきえたの巻』なすだ

みのる作，あべはじめ絵　浜松　ひくまの出版　2008.10　94p　22cm　1200円
①978-4-89317-398-0
内容　熊本の阿蘇にすむ忍者あその四郎といっしょに「大むかし」にでかけたサノスケじいさんと一郎太があった大じけんとは…。

『忍者サノスケじいさん　わくわく旅日記
11　うちゅうじんとあくしゅの巻』　なすだみのる作，あべはじめ絵　浜松　ひくまの出版　2008.9　94p　22cm　1200円　①978-4-89317-397-3
内容　星の美しい町でゆかりちゃんはけがをした子グマにであいます。一郎太やサノスケじいさんといっしょにゆかりちゃんが、その町でみつけたすてきなものがたり。

『忍者サノスケじいさん　わくわく旅日記
10　ねこのまちはおおさわぎの巻』　なすだみのる作，あべはじめ絵　浜松　ひくまの出版　2008.8　94p　22cm　1200円　①978-4-89317-396-6
内容　女忍者はなさんからたのまれて、広島県の尾道にやってきたサノスケじいさんと一郎太は、ねこたちのしあわせをまもって大かつやく。

『忍者サノスケじいさん　わくわく旅日記
9　そらをとんだいちりん車の巻』　なすだみのる作，あべはじめ絵　浜松　ひくまの出版　2008.7　94p　22cm　1200円　①978-4-89317-395-9
内容　宮崎県の西米良村に旅をした忍者サノスケじいさんと一郎太は森の妖精かりこぼうずに出あって…。

『忍者サノスケじいさん　わくわく旅日記
8　くろげじ忍者あらわれるの巻』　なすだみのる作，あべはじめ絵　浜松　ひくまの出版　2008.6　94p　22cm　1200円　①978-4-89317-394-2
内容　サノスケじいさんがけがをしたともだちをたすけにいくと、ライバルの忍者があらわれ忍法合戦がはじまった…。

『忍者サノスケじいさん　わくわく旅日記
7　かわいい森の忍者の巻』　なすだみのる作，あべはじめ絵　浜松　ひくまの出版　2008.5　94p　22cm　1200円　①978-4-89317-393-5
内容　山梨県の八ヶ岳に遊びに行った一郎太とゆかりちゃんは、かわいいやまねのニーニと出会います。ふたりは、ニーニのともだちになって森のなかを走ります。

『忍者サノスケじいさん　わくわく旅日記
6　やったね鉄人レースの巻』　なすだみのる作，あべはじめ絵　浜松　ひくまの出版　2008.3　94p　22cm　1200円　①978-4-89317-379-9
内容　一郎太とゆかりちゃんの学校に、山川きよしという先生がやってきました。きよし先生は大好きなさくらさんとけっこんするためには石川県の「鉄人レース」に勝たなければならないというのです。スポーツがにがてなきよし先生を、一郎太とゆかりちゃんが、とっくんをします。

『忍者サノスケじいさん　わくわく旅日記
5　にくまんだいすきの巻』　なすだみのる作，あべはじめ絵　浜松　ひくまの出版　2008.2　92p　22cm　1200円　①978-4-89317-378-2
内容　サノスケじいさんと、ふくろうのゴンザエモンが、にらめっこ。すると、空とぶふしぎなにくまんが、あらわれました。ふしぎなそらとぶにくまんをおいかけていくと、そこにあらわれたのは…。サノスケじいさんと、中国の忍者きんりゅうの友情が、それぞれのまごたちのこころを、ひとつにむすびます。

『忍者サノスケじいさん　わくわく旅日記
4　きえた森のともだちの巻』　なすだみのる作，あべはじめ絵　浜松　ひくまの出版　2008.2　94p　22cm　1200円　①978-4-89317-377-5
内容　忍者サノスケじいさんの友だちのミツエモンがとつぜん、いなくなりました。たぬきのポンタの話では、高知にいる鳥のヤイロチョウと、いっしょに出かけていったというのです。そこでまごの一郎太とミツエモンを探しの旅に出発。そこには、すて

『忍者サノスケじいさん わくわく旅日記 3 コウモリへんしん大さくせんの巻』 なすだみのる作，あべはじめ絵　浜松　ひくまの出版　2007.12　94p　22cm　1200円　①978-4-89317-376-8
内容　島根県の大森という町にやってきたサノスケじいさんは、コウモリにへんしんしたともだちの忍者やす姫にあいます。やす姫のまごのあきちゃんと、一郎太もいっしょになって宝石どろぼうをおいかけます。世界遺産の石見銀山を舞台にさえわたるサノスケ忍法。

『忍者サノスケじいさん わくわく旅日記 2 おさるのおんせんの巻』　なすだみのる作，あべはじめ絵　浜松　ひくまの出版　2007.10　94p　22cm　1200円　①978-4-89317-375-1
内容　忍者学校のむかしの友だちに会いに長野県の渋温泉に出かけたサノスケじいさんと、一郎太は、500年前の世界にきてしまいました。そこで、殿様にいじめられている若者とお姫様をたすけるために、大奮闘。

『忍者サノスケじいさん わくわく旅日記 1 ひみつのたからものの巻』　なすだみのる作，あべはじめ絵　浜松　ひくまの出版　2007.10　94p　22cm　1200円　①978-4-89317-374-4
内容　山また山の奥ふかく、動物たちとなかよくくらす忍者サノスケじいさんが、まごの一郎太たちと、なつかしいふるさとに帰ってきました。さまざまなゆかいな事件をとおして、いま、大切なものを、つぎつぎに発見していきます。

『ぼくと風子の夏―屋久島・かめんこ留学記』　那須田稔作，広野瑞枝絵　浜松　ひくまの出版　2005.8　116p　22cm　1300円　①4-89317-340-5
内容　夏、鹿児島県の南にある「屋久島」の浜には、毎年、たくさんのウミガメが産卵に上陸する。この島の少年、幸星と、東京からやってきた少女・風子の秘密とは。

『母さん 子守歌うたって―寸越窯・いのちの記録』　那須田稔，岸川悦子著　舞阪町　ひくまの出版　2002.9　174p　19cm　1400円　①4-89317-294-8
目次　銀色の妖精，あげ雲雀，子どもたちの泥遊び，レンゲ畑の中で，寸越窯，大邱・天山里窯への旅，大壺と，天目茶碗，生命の贈り物，瑞香からの手紙，プラモデルのオートバイ，賢一の骨髄移植，生命の鼓動，ムスカリの花が咲くころに，春をつれてくる雪，ハッピーバースデイ トゥ ユー，母さん、子守歌うたって
内容　これは、滋賀県信楽に生き、ひたすら陶芸の道を歩みつづける神山清子と、31歳の若さで白血病に倒れた同じ陶芸の道をこころざした息子賢一の、母と子のいのちの記録である。今すべての人に贈る涙と愛の物語。胸を打つ母と子の情愛。

夏目　漱石
なつめ・そうせき
《1867〜1916》

『坊っちゃん』　夏目漱石作，後路好章編，ちーこ挿絵　角川書店　2013.5　214p　18cm　（角川つばさ文庫 Fな3-1）　580円　①978-4-04-631314-0〈カバー絵：長野拓造　発売：角川グループホールディングス〉
内容　「親ゆずりの無鉄砲で、子どもの時から損ばかりしている」そんな坊っちゃんがなんと中学校の先生に!?　住みなれた東京をはなれて、着いた先は四国の松山。先生も生徒も変人ばっかりで、教師生活はどたばた事件の連続！　東京に残してきた母がわりの清のことも気になって…。坊っちゃんがのどかな田舎で大騒動を巻き起こす！　読んでおきたい名作決定版！　小学上級から。

『現代語で読む坊っちゃん』　夏目漱石作，深沢晴彦現代語訳　理論社　2012.11　207p　19cm　（現代語で読む名作シリーズ 4）　1300円　①978-4-652-08004-7
内容　子どものころから無鉄砲な東京育ちの「坊っちゃん」は、中学校の教師になって四

夏目漱石

国の田舎町にやってきた。赴任早々、生徒たちの悪ふざけに遭い、卑怯な手口が許せないと腹を立てる。教師の中にも、陰でずるいことをしている者がいる。坊っちゃんは、無鉄砲と正義感をつらぬいて、不正に立ち向かっていく。

『斎藤孝のイッキによめる！ 小学生のための夏目漱石×太宰治』 夏目漱石, 太宰治著, 斎藤孝編　講談社　2012.3　283p　21cm　1000円　①978-4-06-217575-3
[目次] 坊っちゃん（夏目漱石），夢十夜（夏目漱石），永日小品（夏目漱石），吾輩は猫である（夏目漱石），走れメロス（太宰治），葉桜と魔笛（太宰治），黄金風景（太宰治），眉山（太宰治），斜陽（太宰治）
[内容] 朝の10分間読書にぴったり。「坊っちゃん」「走れメロス」ほか、全9作品を収録。

『坊っちゃん』　夏目漱石作，森川成美構成，優絵　集英社　2011.5　269p　18cm　（集英社みらい文庫　な－2-1）570円　①978-4-08-321020-4
[内容] 体は小さくっても、思いきりの良さは天下一品の江戸っ子 "坊っちゃん"。生まれ故郷をあとにして、むかった先は、遠く離れた四国の中学校。数学の先生として、教師生活をスタートさせてみたものの、そこには個性的な服装や性格の先生や、手ごわい生徒たちがあふれていた。そんな彼らを相手に、"坊っちゃん"が親ゆずりのむてっぽうで数々の大騒動を巻き起こす！　小学中級から。

『吾輩は猫である　下』　夏目漱石作　講談社　2009.6　363p　18cm　（講談社青い鳥文庫）670円　①4-06-147183-X〈第54刷〉
[内容] 中学の英語教師苦沙弥先生の家の飼い猫「吾輩」が猫の目をとおして見た人間社会を風刺したユーモア小説。この家に集まる友人の詩人、哲学者、美学者など明治の文化人が皮肉の精神で語る東西文化比較論、自覚心論、女性論…。文豪漱石の高い知性と道義心あふれる処女作。

『吾輩は猫である　上』　夏目漱石作　講談社　2009.6　371p　18cm　（講談社青い鳥文庫）670円　①4-06-147182-1
〈第61刷〉
[内容] 中学の英語教師で、なんにでもよく手を出したがる、胃弱の珍野苦沙弥先生と、その家に出入りする美学者迷亭、教え子の水島寒月、詩人志望の越智東風など―明治の人間社会を、飼い猫の目をとおして、ユーモラスに諷刺した、漱石の最初の長編小説。

『21世紀版少年少女日本文学館　2　坊っちゃん』　夏目漱石著　講談社　2009.2　253p　20cm　1400円　①978-4-06-282652-5〈年譜あり〉
[目次] 坊っちゃん，文鳥，永日小品（柿，火鉢，猫の墓，山鳥，行列）
[内容] 親譲りの無鉄砲―。一本気な江戸っ子「坊っちゃん」が四国・松山の中学校の先生に。くせのある同僚教師と生意気な生徒たちのなか、持ち前の反骨精神で真正直に走り続ける痛快物語。時代を超えて愛されつづける漱石の傑作と、彼の才能が凝縮された短編二作を収録。

『坊っちゃん』　夏目漱石作，北島新平画　金の星社　2008.3　312p　18cm　（フォア文庫）660円　①978-4-323-01010-6〈第49刷〉
[目次] 坊っちゃん，二百十日
[内容] 親ゆずりの無鉄砲で、子どものときから損ばかりしている主人公・坊っちゃんは、物理学校を卒業すると数学の教師となって、四国の中学へ赴任した。そこに待ちうけていたのは、生徒たちの執拗ないたずらであり、教師仲間の卑怯なはかりごと。正義の血に燃える坊っちゃんには、どうしても許すことができない…。他に『二百十日』を収録。

『坊っちゃん』　夏目漱石作，福田清人編　新装版　講談社　2007.10　247p　18cm　（講談社青い鳥文庫　69-4）570円　①978-4-06-148789-5〈絵：にしけいこ　年譜あり〉
[内容] 「親ゆずりのむてっぽうで、子どものときから、そんばかりしている。」そんな純情で江戸っ子かたぎの坊っちゃんが、東京から中学の先生として、はるばる四国へ。俗な教師の赤シャツ、野だいこ、ちょっと弱気なうらなり、正義漢の山あらしなど、ユニークな登場人物にかこまれて、坊っちゃ

んの新人教師生活は…⁉ 夏目漱石のユーモア小説の傑作‼ 小学上級から。

『坊っちゃん』 夏目漱石著，福田清人編 講談社 2006.6 235p 18cm （講談社青い鳥文庫）580円 ①4-06-147125-2〈第62刷〉
内容 正義漢だが親ゆずりの一本気、純情な江戸っ子かたぎの坊っちゃんが、東京から中学の先生として、はるばる四国にやってきた。いたずら盛りの生徒や俗な教師の赤シャツ、野だいこなどにむきになって立ちむかう…。文豪・漱石の痛快なユーモア小説の名編。小学上級から。

『坊っちゃん』 夏目漱石著 ポプラ社 2005.10 218p 18cm （ポプラポケット文庫 375-1）570円 ①4-591-08867-7〈1978年刊の新装改訂〉
内容 「坊っちゃん」は夏目漱石のたくさんの作品の中でも、代表作といってよい作品の一つです。素朴な正義感をむき出しに行動しつつ、周囲の人々にまことに鋭敏に愛憎の念をぶっつける"坊っちゃん"の中の坊っちゃんは、漱石のこうした一面、正義を求める心をみることができるのです。

『吾輩は猫である 下』 夏目漱石著 ポプラ社 2005.10 386p 18cm （ポプラポケット文庫 375-3）660円 ①4-591-08869-3〈1980年刊の新装改訂〉

『吾輩は猫である 上』 夏目漱石著 ポプラ社 2005.10 390p 18cm （ポプラポケット文庫 375-2）660円 ①4-591-08868-5〈1980年刊の新装改訂〉

『坊っちゃん』 夏目漱石作 小学館 2004.7 318p 21cm （齋藤孝の音読破 1 齋藤孝校注・編）800円 ①4-09-837581-8
目次 前書き―音読破のすすめ，坊っちゃん，解説，坊っちゃんクイズ
内容 本書に取り上げた夏目漱石作の小説「坊っちゃん」は、岩波書店刊『漱石全集第2巻』をもとに、筑摩書房刊『夏目漱石全集』、集英社刊『漱石文学全集』なども参考にしながら、音読しやすいように、さまざまな工夫

を加えたものです。

新美　南吉
にいみ・なんきち
《1913〜1943》

『手袋を買いに　子どものすきな神さま』 新美南吉作，蜂須賀幸路英訳，Michino Sugino, Seiko Ishikawa絵 半田 一粒書房 2013.11 75p 22cm 1524円 ①978-4-86431-235-6〈他言語標題：Shopping for a pair of gloves　A God who likes children　英語併記〉

『ごんぎつね・てぶくろを買いに』 新美南吉作，あやか絵 角川書店 2013.9 223p 18cm （角川つばさ文庫 Fに1-1）580円 ①978-4-04-631342-3〈発売：KADOKAWA〉
目次 ごんぎつね，てぶくろを買いに，おじいさんのランプ，和太郎さんと牛，うた時計，花のき村と盗人たち，屁，牛をつないだ椿の木，正坊とクロ，でんでんむしのかなしみ
内容 ごんは、一人ぼっちのいたずらぎつね。今日も兵十をからかって、とった魚を全部にがしてしまう。そんなある日、兵十の家をのぞきにくると、なぜかお葬式をしていて…。（「ごんぎつね」）ある雪の日、こぎつねは、母さんぎつねに片手を人間の手に変えてもらって、町へてぶくろを買いに出発！ところが、まちがえてきつねの手を出してしまい…？（「てぶくろを買いに」）一生、大切にしたい、心あたたまる名作！小学中級から。

『手ぶくろを買いに』 新美南吉作，松成真理子絵 岩崎書店 2013.7 32p 28cm 1400円 ①978-4-265-83013-8
内容 はじめての冬をむかえた子ぎつねは、手ぶくろを買いに町へおりていきました。母ぎつねは、子ぎつねの手のかたほうを、人間の手にかえてやりましたが、子ぎつねがぼうし屋にさしだしたのは、まちがったほうの手でした。いまなお読む人の胸をうつ、

新美南吉

南吉童話の不朽の名作。

『**手毬と鉢の子──良寛物語**』 新美南吉著 名古屋 中日新聞社 2013.7 271p 19cm 1300円 ①978-4-8062-0655-2
〈底本：校定新美南吉全集（大日本図書1980年刊）年譜あり〉
[目次] 蔵の中，鹿の仔，敵討の話，蝶，紙鳶を買う銭，寺にはいる，門，はじめての旅，円通寺で，生き埋め，漂泊，ふたたび故郷へ，五合庵で，手毬，亀田鵬斉先生の訪問，船頭の試み，菫
[内容] 人間らしく生きるとは一。現代の大人にこそ読んでほしい珠玉の17篇。何もしなかった偉人・良寛の温かく切ない伝記。日本を代表する児童文学作家の初出版作品。

『**新美南吉童話選集　5**』 新美南吉作，さざめやゆき絵　ポプラ社　2013.3　134p　21cm　1200円　①978-4-591-13309-5　〈文献あり〉
[目次] 花のき村と盗人たち，うそ，屁，一枚のはがき
[内容] 心のよさは，ほかのひとの心もうごかす「花のき村と盗人たち」をはじめ，命をかけてはきをとどける少年のすがたを描く「一枚のはがき」など，人間の心のうつくしさとみにくさを描いた四編を収録。

『**新美南吉童話選集　4**』 新美南吉作，高橋和枝絵　ポプラ社　2013.3　135p　21cm　1200円　①978-4-591-13308-8　〈文献あり〉
[目次] おじいさんのランプ，和太郎さんと牛，川，巨男の話
[内容] 三ばんめのランプをわったとき，巳之助はなぜかなみだがうかんできて，もうランプにねらいをさだめることができなかった。自分の意志ではうごかすことのできない運命に耐えて生きる人間を描いた「おじいさんのランプ」と，大きな愛にじゅんじて命をなげだす「巨男の話」など人間の生の崇高さを描く四編を収録。

『**新美南吉童話選集　3**』 新美南吉作，武田美穂絵　ポプラ社　2013.3　134p　21cm　1200円　①978-4-591-13307-1　〈文献あり〉
[目次] ごんぎつね，うた時計，のら犬，百姓の足，坊さんの足，久助くんの話
[内容]「ごん，おまいだったのか。いつもくりをくれたのは。」ごんは，ぐったりと目をつぶったまま，うなずきました。だれもが読んだことのある名作「ごんぎつね」をはじめ，まっすぐな心をとねがう親心がかなしい「うた時計」など人間の心のかなしさを描いた五編を収録。

『**新美南吉童話選集　2**』 新美南吉作，牧野千穂絵　ポプラ社　2013.3　134p　21cm　1200円　①978-4-591-13306-4　〈文献あり〉
[目次] 手ぶくろを買いに，空気ポンプ，きつね，正坊とクロ，小さい太郎の悲しみ，牛をつないだ椿の木
[内容]「このおててにちょうどいい手ぶくろください。」するとぼうし屋さんは，おやおやと思いました。きつねの手です。母と子の愛をやさしく描いた「手ぶくろを買いに」，人間のおろかさと善意を描いた「牛をつないだ椿の木」など六編を収録。

『**新美南吉童話選集　1**』 新美南吉作，黒井健絵　ポプラ社　2013.3　134p　21cm　1200円　①978-4-591-13305-7　〈文献あり〉
[目次] お母さんたち，木の祭り，赤いろうそく，ながれ星，みちこさん，かたつむりの歌，らっぱ，でんでん虫，ぬすびととこひつじ，子牛，うまやのそばのなたね，でんでん虫のかなしみ，うぐいすぶえをふけば，たけのこ，がちょうのたんじょう日，かんざし，げたにばける，飴だま，子どものすきな神さま，去年の木，二ひきのかえる，里の春，山の春，かにのしょうばい，あし，売られていったくつ，かげ，こぞうさんのお経，はな，ひよりげた
[内容]「母ちゃん，朝つゆがにげてっちゃった。」「おっこったのよ。」「また葉っぱのとこへかえってくるの。」親子のやさしい会話のあふれる「でんでん虫」や，ユーモラスな動物たちの「赤いろうそく」など，南吉のあたたかな幼年童話二十九編を収録。

『**新美南吉童話集　3　花のき村と盗人たち**』 新美南吉著　新装版　大日本図書　2012.12　362p　22cm　①978-4-477-

02650-3〈年譜あり〉

『新美南吉童話集 2 おじいさんのランプ』 新美南吉著 新装版 大日本図書 2012.12 354p 22cm ①978-4-477-02649-7

『新美南吉童話集 1 ごん狐』 新美南吉著 新装版 大日本図書 2012.12 352p 22cm ①978-4-477-02648-0

『牛をつないだ椿の木 木の祭り』 新美南吉作, 蜂須賀幸路,Michiko Tankawa, Naoko Kanie英訳, Seiko Ishikawa, Michino Sugino絵 半田 一粒書房 2012.10 87p 22cm 1524円 ①978-4-86431-113-7〈他言語標題：A cow tied to a camellia tree A festival of a tree 英語併記〉

『ごんぎつね』 新美南吉作, 南伸坊絵, 宮川健郎編 岩崎書店 2012.6 61p 22cm （1年生からよめる日本の名作絵どうわ 4） 1000円 ①978-4-265-07114-2
内容 きつねのごんは、兵十のうなぎをいたずら心からとってしまいます。ごんは兵十のために罪のつぐないをしますが…。新美南吉代表作の絵童話化。名作がより親しみやすくなる解説つき。

『でんでんむしのかなしみ 赤いろうそく 天国』 新美南吉作, 蜂須賀幸路英訳, 石川靖子,すぎのみちの絵 半田 一粒書房 2012.3 43p 22cm 1429円 ①978-4-86431-073-4〈他言語標題：Sorrow of a snail Red candle Heaven 英語併記〉

『21世紀版少年少女日本文学館 13 ごんぎつね・夕鶴』 新美南吉,木下順二著 講談社 2009.3 247p 20cm 1400円 ①978-4-06-282663-1〈年譜あり〉
目次 新美南吉（ごんぎつね，手袋を買いに，赤い蠟燭，ごんごろ鐘，おじいさんのランプ，牛をつないだ椿の木，花のき村と盗人たち），木下順二（夕鶴，木竜うるし，山の背

くらべ，夢見小僧）
内容 ひとりぼっちの子ぎつねごんは川の中でうなぎをとる兵十をみてちょいと、いたずらを…。豊かな情感が読後にわき起こる新美南吉の「ごんぎつね」のほか、鶴の恩返しの物語を美しい戯曲にした木下順二の「夕鶴」など十一作を収録。

『おじいさんのランプ』 新美南吉著 日本図書センター 2006.4 233p 21cm （わくわく！ 名作童話館 6） 2400円 ①4-284-70023-5〈画：棟方志功〉
目次 川，嘘，ごんごろ鐘，久助君の話，うた時計，おじいさんのランプ，貧乏な少年の話

『おじいさんのランプ』 新美南吉著 ポプラ社 2005.10 220p 18cm （ポプラポケット文庫 352-2） 570円 ①4-591-08861-8〈1978年刊の新装改訂〉

『ごんぎつね』 新美南吉著 ポプラ社 2005.10 198p 18cm （ポプラポケット文庫 352-1） 570円 ①4-591-08860-X〈1978年刊の新装改訂〉
目次 ごんぎつね，のら犬，和太郎さんと牛，花のき村と盗人たち，正坊とクロ，屁蔵の中，いぼ，赤いろうそく
内容 ユーモアとペーソスにあふれた物語性の背後にある皮肉な目と不運な人生への居直り。南吉童話が子どもばかりか思春期にある人たちの心をとらえるゆえんでもあります。南吉童話には人間とはなにか、人生とはなにかの鋭い問いかけがあります。一表題作ほか八編を収録。

仁木 悦子
にき・えつこ
《1928〜1986》
別名：大井三重子

『仁木悦子少年小説コレクション 3 タワーの下の子どもたち』 仁木悦子著, 日下三蔵編 論創社 2013.5 508p 20cm 3000円 ①978-4-8460-1204-5
目次 1 仁木悦子編（タワーの下の子どもた

ち），2 大井三重子編（水曜日のクルト，ピコポコものがたり，未収録童話集，随筆編）
内容 僕らの先生がいなくなった！ 昭和39年、東京タワーの足下で起きた事件に小学生が挑む三丁目のミステリ。

『仁木悦子少年小説コレクション 2 口笛探偵局』 仁木悦子著，日下三蔵編
論創社 2013.2 351p 20cm 2600円 ①978-4-8460-1203-8
目次 なぞの黒ん坊人形，やきいもの歌，そのとき10時の鐘が鳴った，影は死んでいた，盗まれたひな祭り，あした天気に，まよなかのお客さま，やさしい少女たち，雪のなかの光，緑色の自動車，消えたケーキ，口笛たんてい局
内容 誘拐事件の謎に挑むは我らが口笛探偵局！ 初単行本化の長編「口笛たんてい局」と短編11編に加え、エッセイも収めたボリュームたっぷりの一冊。

『仁木悦子少年小説コレクション 1 灰色の手帳』 仁木悦子著，日下三蔵編
論創社 2012.12 367p 20cm 2600円 ①978-4-8460-1202-1
目次 午後七時の怪事件，みどりの香炉，なぞの写真，ころちゃんのゆでたまご，七百まいの一円玉，消えたリュックサック，灰色の手帳，消えたおじさん，随筆編
内容 ベストセラー『猫は知っていた』でミステリーブームを牽引した仁木悦子のジュニア小説を集大成。名作「消えたおじさん」、初単行本化「灰色の手帳」の2長編など全8編、随筆20編を併せて収録。

『子どもたちの長い放課後—YAミステリ傑作選』 仁木悦子著，若竹七海編 ポプラ社 2011.5 287p 15cm （ポプラ文庫ピュアフル） 620円 ①978-4-591-12452-9
目次 一匹や二匹，うす紫の午後，誘拐者たち，倉の中の実験，花は夜散る，やさしい少女たち，影は死んでいた
内容 バイクの修理代ほしさに高校生たちがネコを誘拐すべく奮闘する「誘拐者たち」、少女の一途な感情が思いがけない展開を呼ぶ「うす紫の午後」など、"仁木兄妹もの"と並んで人気の高い著者の"子どももの"から、書籍初収録作「やさしい少女たち」「影は死んでいた」を含む七編を厳選。ユーモラスでありながらほのかにダーク、忘れがたい余韻を残す子どもたちの探偵簿。

『水曜日のクルト』 大井三重子著 新版 偕成社 2009.5 178p 19cm （偕成社文庫 2118） 700円 ①978-4-03-551180-9
目次 水曜日のクルト，めもあある美術館，ある水たまりの一生，ふしぎなひしゃくの話，血の色の雲，ありとあらゆるもののびんづめ
内容 水色のオーバーを着た男の子を見かけたぼくにつぎつぎおこるふしぎなできごとをえがく「水曜日のクルト」ほかかくれた名作「めもあある美術館」など六編を収録。江戸川乱歩賞受賞のミステリー作家仁木悦子として知られる著者による、珠玉の童話集。小学中級から。

『恋人とその弟』 仁木悦子著 岩崎書店 2006.12 178p 20cm （現代ミステリー短編集 6） 1400円 ①4-265-06776-X 〈絵：山崎真理子〉
目次 恋人とその弟，鬼子母の手，あの人はいずこの空に，銅の魚

『消えたおじさん』 仁木悦子著，鈴木まもる絵 講談社 1983.7 203p 18cm （講談社青い鳥文庫） 390円 ①4-06-147118-X

『水曜日のクルト』 大井三重子著 偕成社 1976.7 172p 19cm （偕成社文庫） 390円

『消えたおじさん』 仁木悦子文，鈴木義治絵 東都書房 1961 181p 22cm

『水曜日のクルト』 大井三重子文，鈴木義治絵 東都書房 1961 137p 22cm

ニコル,C.W.
Nicol, C.W.
《1940～》

『**少年グリフィン**』 C.W.ニコル作，栗原紀子訳，松岡達英絵　小学館　2010.7　337p　22cm　1600円　①978-4-09-290546-7

内容 少年は上級生の集団いじめにどう闘ったか！　C・W・ニコル自伝的感動ストーリー！　カワウソとの出合い、利口なカラスを飼ったこと、ウナギ釣り、ウサギ狩り…。豊かな自然の中で育った少年時代だが、悪い大人に傷つき、集団いじめにもひどく苦しめられた。そして若者は伝える。「君の名は奇跡だ。無駄にしてはいけない」と。

『**裸のダルシン**』 C.W.ニコル著　小学館　2008.7　308p　18cm　（小学館ファンタジー文庫）660円　①978-4-09-230151-1

内容 叔父に殺されかけたダルシン王子は、人間の世界から追放されることで、ドゥルソイ（聖人）に命をすくわれました。裸のまま、野山や海で生きていくダルシン。動物と心を通わせ、身を守る道具をつくり…。きびしい自然にきたえられ、みごとに成長してゆく少年の姿を描きます。

『**マザーツリー——母なる樹の物語**』 C.W.ニコル著　静山社　2007.11　299p　22cm　1800円　①978-4-915512-62-9

内容 お話いたしましょう。これは私の身に起こった物語でございます。昔々、私が権轟山の麓に生まれてから今日までこの目で見た、さまざまな出来事の物語でございます。その昔、隻眼の世捨て人が私のそばに庵を編みました。悲しい目をした方でございました。私の前で勇敢に命を散らした若武者もおりました。船大工の辰吉も、山の少女ツキも、思えば哀しい心を抱いた人たちでした。母熊を失った子熊の哀れな鳴き声や、子を捨てた母親の嘆きの声は、今もこの耳に残っております。荒らされた山、汚された川、そして切られた木々、私の体には悲しみが刻まれているのでございます。年輪の一本、一本に…。私は、達磨岩さまに護られ、白糸川さまに育まれた、五百歳のミズナラの樹でございます。

西内　ミナミ
にしうち・みなみ
《1938～》

『**ペンギンペペコさんだいかつやく**』 西内ミナミ作，西巻茅子絵　鈴木出版　2013.5　77p　22cm　（おはなしのくに）1200円　①978-4-7902-3271-1〈童心社　1999年刊の改訂〉

内容 マリン水ずくかんで生まれたペンギンのペペコさん。やくにたつってなんだろう？　ある日、そうおもったペペコさんは…？　5才～小学生向き。

『**プレゼントはお・ば・け**』 西内ミナミ作，西川おさむ絵　新装版　フレーベル館　2010.8　76p　22cm　1000円　①978-4-577-03834-5

内容 ひとりっ子でよわ虫のリュウは、つよがりをいってばかり。そんなリュウが、たんじょう日のプレゼントに、おばけをもらうことになり…!?　小学校低学年から。

『**おはなしまくらのねんねおじさん**』 西内ミナミ作，なかのひろたか絵　フレーベル館　1999.3　64p　22cm　（おやすみのまえに 5）950円　①4-577-01934-5

目次 ぼくのはなし，こいぬのはなし，ゆきだるまたくさん，はだかんぼのおでかけ，トラねこヒョウねこライオンねこ，かさのかえるくん

内容 おやすみのじゅんびができたら、きょうのおはなし、はじめましょう―。おやすみまえのひとときにぴったりの、ちいさなおはなしを7つおさめました。耳に心地よい文とやさしい絵が、子どもたちを、眠りの世界へと誘ってくれることでしょう。

『**森のポピイちゃんとふしぎなおきゃくさま**』 西内ミナミ作，上条滝子絵　ポプラ社　1993.8　79p　24cm　（こどもおはなしランド 43）980円　①4-591-

西内ミナミ

04379-7
内容 森のなかのひあたりのいい丘のとちゅうに、小さなおうちがありました。そこには、ポピイちゃんというかわいい女の子がすんでいました。ポピイちゃんは、チョコレート・ボンボンやクッキーづくりが大すき。いつものように、おかしづくりにむちゅうになっていると、玄関のすずがなりました。ところが…。

『ねこのグルメとまほうつかい』 西内ミナミぶん，木村かほるえ 国土社 1987.10 62p 22cm （こくどしゃのおはなしぶんこ）780円 ①4-337-07404-X
内容 みけねこのグルメは、すてきに、おりょうりじょうずのおじょうさん。ネコネコ町で、小さなレストランを、ひらいています。ある日、めずらしいおりょうりがたべたくて、ざいりょうさがしに、山にでかけました。

『さっちゃんとピコピコ天使』 西内ミナミ作，相沢るつ子絵 ポプラ社 1987.1 95p 22cm （ポプラ社のなかよし童話）750円 ①4-591-02418-0
内容 ママとけんかして、ひとりさみしくテレビをみていたさっちゃん。そのさっちゃんの前に、とつぜん、かわいい天使があらわれた。びっくりしているさっちゃんに、天使は「さあ、あたしにつかまって。いいとこ、つれてってあげる」というなり、テレビの中にとびこんだ。一さっちゃんが目をあけると、女の子が目の前に。なんとその子は、さっちゃんにそっくり！

『おいしいパンいかが』 西内ミナミ作，和歌山静子絵 国土社 1986.6 85p 22cm （どうわのいずみ）880円 ①4-337-13802-1
内容 こんがりきつね色のパンが売りもののキツネー・ベーカリー。ふっくら、まっ白パンが売りもののウサギー・ベーカリー。うでをきそって大そうどう。

『ねこさんのゲームセンター—からすのカーキークーケーコーと』 西内ミナミさく，長新太え 学習研究社 1985.4 77p 22cm （学研・新作幼年どうわ）680円 ①4-05-101420-7

『しまねこシーマン影の国へ』 西内ミナミ作，織茂恭子絵 佑学社 1984.12 79p 23cm 880円 ①4-8416-0240-2

『とべとべ カー、キー、クー、ケー、コー』 西内ミナミ作，長新太絵 佑学社 1983.9 78p 23cm 880円

『シチューことことおばあさん』 西内ミナミ作，伊勢英子え 中央共同募金会 1983.6 31p 19cm

『カータと五つ子たち』 西内ミナミ作，長新太画 小学館 1983.2 63p 21cm （小学館の創作童話 上級版）580円 ①4-09-243506-1

『プレゼントはお・ば・け』 西内ミナミ作，西川おさむ絵 フレーベル館 1981.3 76p 22cm （フレーベル館の幼年創作童話）700円

『らいおんライオー』 西内ミナミ作，山崎たくみ絵 日本教文社 1980.2 93p 20cm （絵童話）850円

『四人のヤッコと半分のアッコ』 西内ミナミ作，山口みねやす絵 日本教文社 1979.12 92p 20cm （絵童話）850円

『もりはおおさわぎ』 西内ミナミ作，長新太絵 あかね書房 1979.5 91p 22cm （日本の創作幼年童話 2）680円

『つちくれどんどん』 西内ミナミ作，馬場のぼるえ 理論社 1976.4 110p 900円

『もりはおおさわぎ』 西内ミナミ文，長新太絵 あかね書房 1968 91p 22cm （日本の創作幼年童話 2）

西川　紀子
にしかわ・としこ
《1943～1985》

『わたしのしゅうぜん横町』　西川紀子作，平沢朋子絵　武蔵野　ゴブリン書房　2009.4　157p　21cm　1400円　①978-4-902257-14-4〈あかね書房1981年刊の復刊〉
目次　大昔の水くみ場で，たんす屋の話，カード屋の話，鏡屋の話，人形屋の話，キス夕屋の話，刃物屋の話，タペストリ屋の話，ねんど細工屋の話，ロケット屋の話，わたしのしゅうぜん横町
内容　旅先でたずねた，はじめての町。見知らぬ少年にさそわれて迷いこんだのは，しゅうぜん屋ばかりが並ぶ「しゅうぜん町」！　たんす屋，カード屋，人形屋，キス夕屋…大切なものにまつわる，不思議なエピソードがはじまります。

『一平さんの木』　西川紀子作，浅野輝雄絵　らくだ出版　1988.11　96p　22cm　（おはなし・キララ館）　1000円　①4-89777-255-9
目次　一平さんの木，赤鼻ピクリン，白い右の手
内容　どん行列車での，のんびり旅行がだい好きな一平さん。ある日，列車から外をながめていた一平さんが，「うーん，すばらしい木だ。」と，思わずうなってしまった木を，見つけました。たんす屋にすばらしい木ですかって，まあまあ，ゆっくり本を読んでのおたのしみ。小学中学年向き。

『かしねこ屋ジロさん』　西川紀子作，宮崎耕平絵　らくだ出版　1988.11　83p　22cm　（おはなし・キララ館）　1000円　①4-89777-254-0
内容　ねこをかすから「かしねこ屋」。でも，そんなお店ってあるかしら。ところがどっこい，あるんです。ジロさんが始めて，だいひょうばんなんです。8～11歳むき。

『まほう屋がきた』　西川紀子作，藤島生子絵　らくだ出版　1988.11　88p　22cm　（おはなし・キララ館）　1000円　①4-89777-256-7
目次　まほう屋がきた，駅の伝言板
内容　「のぞみ」のお母さんの心には，いつも海があります。亡くなったのぞみのお父さんといっしょに行った，楽しかった海の思い出があります。その日，のぞみとお母さんは，いっしょに海に行く約束をしていました。でも，お母さんにとつぜん電話がかかり，どうしても行けなくなりました。ですが，そのとき，ふしぎな男の人があらわれました。さて―。小学中学年向き。

『しりたがりやの魔女』　西川紀子著，岩井田治行絵　ポプラ社　1985.3　111p　23cm　（三年生文庫）　750円　①4-591-01745-1

『花はなーんの花』　西川紀子作，鈴木たくま画　小学館　1984.7　114p　22cm　（小学館の創作児童文学―中学年版）　780円　①4-09-289513-5

『わたしのしゅうぜん横町』　西川紀子作，浅野輝雄画　あかね書房　1981.4　157p　21cm　（あかね創作児童文学）　880円

野上　弥生子
のがみ・やえこ
《1885～1985》

『心のやすらぎ―野上弥生子からの5つのお話』　野上弥生子作，稗田妙子，小山かよ絵　〔臼杵〕　臼杵市教育委員会　2012.1　87p　31cm
目次　あさがお，きんぎょ，ばらのおうち，小鳥の話やさしいいくさびとの心，幼き天才竪琴の一曲

『21世紀版少年少女日本文学館　4　小さな王国・海神丸』　谷崎潤一郎，鈴木三重吉，野上弥生子著　講談社　2009.2　233p　20cm　1400円　①978-4-06-282654-9〈年譜あり〉

|目次| 谷崎潤一郎(小さな王国,母を恋うる記),鈴木三重吉(おみつさん),野上弥生子(海神丸)
|内容| 強い個性と独自の才覚で、級友たちを支配する少年を描く「小さな王国」。実際に起きた事件を題材に、漂流する船のなかでの人間の葛藤をあつかった「海神丸」。だれもが抱える心の闇に迫った両作品のほか、少年の女性への思慕をあたたかくとらえた鈴木三重吉の「おみつさん」などを収録。

『お能・狂言物語』 野上弥生子著 岩崎書店 1986.3 279p 22cm （日本の古典物語 17）1200円 ①4-265-02117-4 〈編集：麻生磯次〔ほか〕〉

『母親の通信』 野上弥生子作,久米宏一絵 麦書房 1971.6 40p 21cm （雨の日文庫 第6集）

『哀しき少年』 野上弥生子文,永井潔絵 偕成社 1966 312p 19cm （日本文学名作選 ジュニア版 38）

野坂　昭如
のさか・あきゆき
《1930～》

『石のラジオ―戦争童話集 沖縄篇』 野坂昭如作,黒田征太郎絵 講談社 2010.5 54p 22×26cm 1800円 ①978-4-06-216190-9
|内容| 昭和20年8月15日。正午過ぎ。大日本帝国南のはずれの島の、太平洋に面した洞穴の中で少年が死にました。沖縄戦の悲劇を今に伝える、野坂昭如×黒田征太郎渾身の戦争童話絵本。

『火垂るの墓』 野坂昭如著 ポプラ社 2006.7 160p 18cm （ポプラポケット文庫 377-1）570円 ①4-591-09343-3
|目次| 小さい潜水艦に恋をしたでかすぎるクジラの話、青いオウムと痩せた男の子の話、凧になったお母さん、赤とんぼ、あぶら虫、焼跡の、お菓子の木、火垂るの墓
|内容| 昭和二十年、戦争のなか親も家も失い、二人きりになってしまった兄妹。十四歳の清太と、四歳の節子が、つたなくもけんめいに生きようとする姿をえがいた名作。一九六八年、直木賞受賞作。―表題作のほか、読みついでいきたい戦争の童話五編を収録。中学生向け。

『凧になったお母さん』 野坂昭如原作,黒田征太郎絵 日本放送出版協会 2002.7 93p 22cm （戦争童話集 忘れてはイケナイ物語り）1700円 ①4-14-036089-5
|目次| 凧になったお母さん、年老いた雌狼と女の子の話、赤とんぼ、あぶら虫
|内容| 戦火の中を逃げまどう、カッちゃんとお母さん。熱いというカッちゃんのために、お母さんは必死に水を与えようとします。汗・涙・お乳、血、体中の水分をすべて与えつくしたお母さんの体は―。カッちゃんとお母さんはいま、どこにいるのでしょう。

『小さい潜水艦に恋をしたでかすぎるクジラの話』 野坂昭如原作,黒田征太郎絵 日本放送出版協会 2002.7 94p 22cm （戦争童話集 忘れてはイケナイ物語り）1700円 ①4-14-036088-7
|目次| 小さい潜水艦に恋をしたでかすぎるクジラの話、青いオウムと痩せた男の子の話、干からびた象と象使いの話
|内容| 日本海軍の潜水艦を自分の仲間だと思いこんで、恋をしてしまった一頭のクジラが、その恋人を守るためにくり広げる、美しくも哀しいラブ・ストーリー。人間を疑うことを知らないクジラの一途な思いが胸を打ちます。

『八月の風船』 野坂昭如原作,黒田征太郎絵 日本放送出版協会 2002.7 92p 22cm （戦争童話集 忘れてはイケナイ物語り）1700円 ①4-14-036090-9
|目次| 八月の風船、ソルジャーズ・ファミリー、ぼくの防空壕
|内容| 日本軍の秘密兵器 "ふ号兵器"。紙とコンニャクのりで作られた、大きな風船に爆弾をしかけ、ジェット気流にのせてアメリカ本土を直接攻撃する、実際にあったお話です。風船爆弾は、はたしてどこまで飛んでいったのでしょう。

『焼跡の、お菓子の木』 野坂昭如原作，黒田征太郎絵　日本放送出版協会　2002.7　93p　22cm　（戦争童話集　忘れてはイケナイ物語り）1700円　①4-14-036091-7
[目次] 馬と兵士，捕虜と女の子，焼跡の、お菓子の木
[内容] な〜んにもない焼跡で子どもたちが見つけた一本の、いい匂いのする不思議な木。葉を一枚食べてみると「うわっ、おいしい」。空襲で亡くなったママと少年の熱い思いが育てたお菓子の木。大人たちは、誰もこの木には気がつきません。

『ウミガメと少年―野坂昭如戦争童話集　沖縄篇』　野坂昭如作，黒田征太郎絵　講談社　2001.6　55p　22×26cm　1800円　①4-06-210757-0
[内容] あの年の、6月23日から8月15日までの時間が、あの年からの、沖縄と本土との距離。野坂昭如戦争童話集30年ぶりの新作。

『野坂昭如戦争童話集　2　凧になったお母さん』　黒田征太郎絵　新潮社　1995.6　77p　22cm　1800円　①4-10-316608-8
[内容] 昭和二十年、八月十五日。空襲のため炎に包まれた公園に追い込まれた母と子。母は子の肌を炎の熱から守るため、汗や涙やお乳を子の肌に塗るが、やがてそれも尽きて…。表題作ほか二篇、戦争の中で、誰かを愛し、誰かに愛され、死んでいった人と動物たちの絵物語。

『野坂昭如戦争童話集　1　小さい潜水艦に恋をしたでかすぎるクジラの話』　黒田征太郎絵　新潮社　1995.6　77p　22cm　1800円　①4-10-316607-X
[内容] 昭和二十年、八月十五日。南の海で敵を待つ日本軍の潜水艦を、てっきりメスと勘違いしたモテない雄クジラ。しきりにつきまとううちに、アメリカ軍に包囲され、クジラは爆雷の攻撃から"恋人"を守ろうとするが…。表題作ほか二篇、戦争の中で、誰かを愛し、誰かに愛され、死んでいった人と動物たちの絵物語。

『凧になったお母さん』　野坂昭如著　金の星社　1981.9　261p　20cm　（日本の文学　21）680円　①4-323-00801-5

野呂　昶
のろ・さかん
《1936〜》

『薔薇のかおりの夕ぐれ』　野呂昶著　川崎　てらいんく　2006.11　95p　22cm　（愛の詩集　5）1400円　①4-925108-78-6
[目次] 1　薔薇のかおりの夕ぐれ（薔薇のかおりの夕ぐれ，白い指　ほか），2　みやこわすれ（みやこわすれ，あのひ　ほか），3　ざくろの実（あなたのすがたには，てまり　ほか），4　そこにあなたがいてくださることは（百日紅（さるすべり），苔の花　ほか）

灰谷　健次郎
はいたに・けんじろう
《1934〜2006》

『兎の眼』　灰谷健次郎作，YUME本文絵　角川書店　2013.6　351p　18cm　（角川つばさ文庫　Bは2-1）780円　①978-4-04-631319-5〈角川文庫　1998年刊の再編集　発売：角川グループホールディングス〉
[内容] ゴミ処理所のそばにある小学校。新任の小谷先生が受け持ったのは、学校では一言もしゃべらない一年生の鉄三。困りはてる小谷先生だけど、ハエ事件をきっかけに、鉄三の本当の気持ちを知って…。また、ちょっとかわった転校生・みな子もクラスに加わって、みんなで悩んだり泣いたりしながら、だんだん「大切なもの」を見つけていく…。だれもが心ゆさぶられる、感動の名作！　小学上級から。

『我利馬（ガリバー）の船出』　灰谷健次郎作，太田大八絵　復刻版　理論社　2010.1　319p　21cm　（理論社の大長編シリーズ　復刻版）2400円　①978-4-

652-00547-7
内容 少年はどん底の暮らしの中、遠くの夢の国に憧れていた。掘っ建て小屋のおっさんのもとで造った「我利馬号」に乗って、独り船出する。過酷な航海の果てに、少年がたどり着いたのは、巨人たちの島だった。傷つきながらも人間の優しさにめざめる少年の姿を描くスケールの大きな感動作。

萩原　朔太郎
はぎわら・さくたろう
《1886～1942》

『日本語を味わう名詩入門　9　萩原朔太郎　室生犀星』　萩原朔太郎,室生犀星著,萩原昌好編,長崎訓子画　あすなろ書房　2012.6　103p　20cm　1500円　①978-4-7515-2649-1
目次 萩原朔太郎(『月に吠える』序文より,竹,旅上,蛙の死,沖を眺望する　ほか),室生犀星(『愛の詩集』自序より,小景異情・その二,朝の歌,愛あるところに,郊外の春　ほか)
内容 ともに北原白秋門下で、年齢も近く、友だち同士だった萩原朔太郎と室生犀星。大正から昭和にかけての詩壇に新風を巻き起こした二人の詩人の作品を味わってみましょう。

花岡　大学
はなおか・だいがく
《1909～1988》

『金のかんむり』　花岡大学文　佼成出版社　2006.9　143p　22cm　(花岡大学仏典童話集 2)　1500円　①4-333-02226-6　〈絵：くすはら順子〉
目次 金のかんむり,おれの負けだ,にじの花,大きな人,わがまま王子,ふしぎな竜巻き,消えない灯,朱色のカニ,くだけ米のふくろ,うそをつかない王さま
内容 お経の中にある、たとえ話や物語を、子どもたちのために書き直したものが、「仏典童話」とよばれるものです。花岡大学は、「思いやり」や「感謝の気持ち」、「素直な心」を子どもたちに伝えるために、仏典童話を感動的な文学として世に送りだしました。物質的にゆたかになる一方、まごころが失われていく現代にこそ、子どもたちに読んでほしい「心の童話」です。

『ごくらく池のカモ』　花岡大学文　佼成出版社　2006.9　143p　22cm　(花岡大学仏典童話集 1)　1500円　①4-333-02225-8　〈絵：村上豊〉
目次 赤いみずうみ,ごくらく池のカモ,ヒマラヤのハト,アマリリスのような女の子,ベナレスのたか,みすぼらしいが、かがやくカラス,母親さばき,どこにもない火,金の麦,弓の名人
内容 お経の中にある、たとえ話や物語を、子どもたちのために書き直したものが、「仏典童話」とよばれるものです。花岡大学は、「思いやり」や「感謝の気持ち」、「素直な心」を子どもたちに伝えるために、仏典童話を感動的な文学として世に送りだしました。物質的にゆたかになる一方、まごころが失われていく現代にこそ、子どもたちに読んでほしい「心の童話」です。

『ほとけさまの象』　花岡大学文　佼成出版社　2006.9　143p　22cm　(花岡大学仏典童話集 3)　1500円　①4-333-02227-4　〈絵：篠崎三朗〉
目次 サルの橋,海の底で,ほとけさまの象,もちがしの約束,わたしをしばれ,燃えあがるたいまつ,あたらしい遺言,年寄りをすてるおきて,怪獣コダ,勇士ジョウビン

はま　みつを
《1933～2011》

『赤いヤッケの駅長さん』　はまみつを作,岡村好文絵　新装版　小峰書店　2013.5　120p　22cm　(愛蔵版・小峰名作文庫)　1300円　①978-4-338-28301-4
内容 もも子さんは、駅長さん。いってらっしゃい！　おかえりなさい！　今日も、みんなの駅をみまもります。人と人とがささえ

『ポンポン船—5分で読める41編のポカポカ童話』　はまみつを作，和田春奈画　総和社　2008.6　177p　22cm　1333円　①978-4-86286-019-4
|目次| 第1章 動物たちのお話（野原のラッパ，夜汽車の子ぐま，つばめ，かみなりの子ども，きつねの買いもの，黒いうさぎと白いうさぎ，すずめの学校，きょうだいのめんよう，ぷくぷくは魚じゃないよ，公園の銅像，カッパとほおずき），第2章 ゆずるくんのお話（おたんじょう日，クレヨンの花，牛のおちち，おとしたボタン，やきいも「青山！」，31ばんめの一年生，青いうさぎ，とび箱，おにぎりの作文，うさぎ日記，お父さんのさんかん日），第3章 お友だちのお話（やくそく，「くまさん，おはよう」，むっちゃんのバス，りんご，ポンポン船，エプロンおばけ，ハンカチ，おじいちゃんの字，にぎりめし，ふじのつる，黒板の絵，夕焼け，キラキラ星，白鳥），第4章 少し昔のお話（山のあかり，お寺の鐘，ジャムパン，むぎの国とぶどうの国）

『鬼の話』　はまみつを作，石倉欣二絵　小峰書店　2003.5　189p　21cm　（文学の森）　1500円　①4-338-17412-9
|目次| 鬼遊び，鬼渡り，鬼なめ，鬼百合，鬼歯，鬼火

『霧の彼方へ』　はまみつを著，江雲画　文溪堂　1996.12　197p　19cm　1400円　①4-89423-163-8
|内容| 遠い昔，「霧の王子」ミコたちは，山の恵みに感謝しつつ，争うことなく暮らしていた。ところが，海を越えてやってきた平地の民は，山の木を切り，田畑をひろげ，山の民を力ずくでしたがわせようとするのだった。そして，決断の時がきた…。

『えんそくのおみやげ』　はまみつを作，たかだみなえ絵　金の星社　1992.12　85p　22cm　（新・ともだちぶんこ 1）　880円　①4-323-02001-5
|内容| はじめてのえんそくでした，おともだちのこと。1年生の心の成長を描きます。小学校1・2年生むき。

『アヒルよ空を飛べ！』　はまみつを作，松島順子画　金の星社　1989.12　149p　21cm　（新・文学の扉 2）　1010円　①4-323-01732-4
|内容| 6年生を目前にして，少年，紀理は，登校拒否となる。父の家出，先生への不信などが，心にかげりをおとしているのだ。そんなある日，少年は，町の小鳥屋で，おもちゃのようなあひるのひなを買う。小さな毛玉は，やがて，少年のかけがえのない"命"となり，少年の登校もはじまる。栄養失調のためか，左足が曲がってしまったアヒル。けれどもアヒルは，少年の心に，光を運んでくれた…。小学5・6年生から。

『赤いヤッケの駅長さん』　はまみつを作，岡村好文絵　小峰書店　1989.5　118p　22cm　（赤い鳥文庫　赤い鳥の会編）　950円　①4-338-07806-5

『わらうことがしゅくだいだって』　はまみつを作，福田庄助絵　金の星社　1983.3　76p　22cm　（新・創作えぶんこ）　880円　①4-323-00422-2

『レンゲの季節—短編集』　はまみつを著　小峰書店　1982.12　219p　19cm　（文学のひろば）　950円　①4-338-02719-3

『かぼちゃ戦争』　はまみつを著，石津博典絵　偕成社　1980.12　212p　21cm　（偕成社の創作文学）　950円

『一番星よまたたけ』　はまみつを著　ポプラ社　1979.12　204p　18cm　（ポプラ社文庫）　390円

『先生の赤ちゃん』　はまみつを作，田中槙子え　金の星社　1979.2　163p　22cm　（創作子どもの本）　750円

『春よこい』　はまみつを著，武部本一郎画　偕成社　1979.1　220p　21cm　（偕成社の創作文学）　950円

『どこかの夏』　はまみつを作，鈴木義治

絵　理論社　1973　86p　26cm　（カラー版愛蔵本）

『サイタサイタ』　はまみつお作，北島新平え　理論社　1972　155p　23cm（理論社のロマンブック）

『わが母の肖像』　浜光雄文，北島新平絵　理論社　1970　195p　23cm　（ジュニア・ライブラリー）

浜田　広介
はまだ・ひろすけ
《1893～1973》

『ひとつのねがい』　はまだひろすけ作，しまだしほ絵　理論社　2013.11　31p　24cm　1300円　①978-4-652-20026-1

[内容]　がい灯は、いつもだまって道をてらしています。年をとった一本のがい灯は、長いあいだ、ひとつのねがいをもちつづけていました。さて、そのねがいはかなうのでしょうか？

『泣いた赤おに』　浜田広介作，西村敏雄絵，宮川健郎編　岩崎書店　2012.7　69p　22cm　（1年生からよめる日本の名作絵どうわ　3）　1000円　①978-4-265-07113-5〈底本：浜田広介全集（集英社）1976年刊）〉

[内容]　人間たちとなかよくくらしたい赤おには、家のまえに「どなたでもおいでください」と立て札を立てますが、だれもきませんでした。赤おにと青おにの友情を描く名作童話。

『泣いた赤鬼』　浜田広介文，浦沢直樹画　小学館　2011.12　1冊（ページ付なし）　27cm　1400円　①978-4-09-179127-6〈プロデュース：長崎尚志〉

『泣いた赤おに―浜田ひろすけ童話集』　浜田ひろすけ作，patty絵　角川書店　2011.11　158p　18cm　（角川つばさ文庫　Fは1-1）　580円　①978-4-04-631196-

2〈発売：角川グループパブリッシング〉

[目次]　泣いた赤おに，よぶこ鳥，りゅうの目のなみだ，むく鳥のゆめ，黄金のいなたば，子ざるのブランコ，光の星，いちばんにいいおくりもの，春がくるまで，こりすのお母さん

[内容]　"日本のアンデルセン"と言われる浜田ひろすけさん。代表作「泣いた赤おに」は、赤おにと青おにの友情、やさしさに感動し、なみだがあふれてくる物語です。たくさんの人に読まれ、映画化され、愛されつづけています。このほかに、「よぶこ鳥」「りゅうの目のなみだ」「むく鳥のゆめ」「黄金のいなたば」など、名作10作を56点のかわいいイラストでおとどけします。小学初級から。

『Friendsもののけ島のナキ』　宮沢みゆき著，浜田広介原案，山崎貴脚本　小学館　2011.11　199p　18cm　（小学館ジュニアシネマ文庫）　700円　①978-4-09-230618-9

[内容]　霧に隠された海の先には、もののけが住むとおそれられる島があった。ある日、そこに迷い込んだ人間の赤ん坊・コタケは不思議なもののけたちに出会ってしまう。突然現れたコタケを見て、もののけたちは大パニック！　実はもののけたちも人間におびえて暮らしていたのだ。そこで暴れん坊の赤オニ・ナキと青オニ・グンジョーが、コタケの面倒をみることになった。はじめはケンカばかりのナキとコタケだったが、一緒に暮らしているうちにナキの心の中に優しい気持ちが芽生えて…。

『21世紀版少年少女日本文学館　12　赤いろうそくと人魚』　小川未明，坪田譲治，浜田広介著　講談社　2009.3　245p　20cm　1400円　①978-4-06-282662-4〈年譜あり〉

[目次]　小川未明（赤いろうそくと人魚，月夜と眼鏡，金の輪，野ばら，青空の下の原っぱ，雪くる前の高原の話），坪田譲治（魔法，きつねとぶどう，正太樹をめぐる，善太と汽車，狐狩り），浜田広介（泣いた赤おに，ある島のきつね，むく鳥のゆめ，花びらのたび，りゅうの目のなみだ）

[内容]　人間の世界に憧れた人魚がせめて我が

子だけでもと陸に子どもを産み落とす。人魚の娘をひろった老夫婦は神様からの授かり物としてその子を大切に育てるが…。昭和の児童文学を代表する小川未明、坪田譲治、浜田広介の童話十六編を収録。

『浜田広介童話集―名作10話』 浜田広介著, 鬼塚りつ子責任編集 世界文化社 2006.7 143p 24cm （心に残るロングセラー） 1100円 ①4-418-06835-X 〈年譜あり〉
目次 泣いた赤おに，むく鳥のゆめ，りゅうの目のなみだ，ますとおじいさん，花びらのたび，ある島のきつね，よぶこどり，子ざるのかげぼうし，星の光，たぬきのちょうちん
内容 子どもたちにぜひ読んでほしい浜田広介の名作ベスト10話を収録しています。漢字にはすべてひらがなをふってあるので、小さい子から読めます。難しい言葉や、難しい言い回しには、ていねいな解説をつけました。小学生向き。

『椋鳥の夢―ひろすけ童話』 浜田広介著 日本図書センター 2006.4 269p 21cm （わくわく！ 名作童話館 7） 2400円 ①4-284-70024-3 〈画：川上四郎〉
目次 椋鳥の夢，ひかり星，ほろほろ鳥，雨と風，呼子鳥，蜻蛉の小太郎，一つの願い

『泣いた赤おに』 浜田広介著 ポプラ社 2005.10 198p 18cm （ポプラポケット文庫 353-1） 570円 ①4-591-08862-6 〈1978年刊の新装改訂〉

林　芙美子
はやし・ふみこ
《1904～1951》

『21世紀版少年少女日本文学館　9　伊豆の踊子・泣虫小僧』 川端康成, 林芙美子著 講談社 2009.2 277p 20cm 1400円 ①978-4-06-282659-4 〈年譜あり〉
目次 伊豆の踊子（川端康成），百日堂先生（川端康成），掌の小説・抄（川端康成），風琴と魚の町（林芙美子），泣虫小僧（林芙美子）
内容 二十歳の私が、一人旅をする伊豆で出会った踊子へ抱いた淡い思慕。無垢な青春の哀傷を描いたノーベル文学賞作家・川端康成の「伊豆の踊子」ほか、貧しい現実を見つめながらも、明るさを失わない独自の作風で愛された林芙美子の「泣虫小僧」などを収録。ふりがなと行間注で、最後までスラスラ。児童向け文学全集の決定版。

早船　ちよ
はやふね・ちよ
《1914～2005》

『花どけい』 早船ちよ作，広田建一絵 理論社 2010.2 174p 23cm （日本の児童文学よみがえる名作） 2200円 ①978-4-652-00053-3 〈1963年刊の復刻新装版〉

『キューポラのある街』 早船ちよ著　愛蔵版　調布　けやき書房　2006.3 323p 20cm 2000円 ①4-87452-024-3
内容 作品の主題は、中学三年生のジュンを主人公に、いわばその"近代的自我"の目ざめを、心とからだの両面から、その成長過程を追求していくことにあります。主人公のジュンとタカユキの生活を中心にして、高校進学か就職か、進路をえらぶ問題、生活の貧しさということと、そのなかでの親子かんけいの問題、ハナエおばの夫の南鮮抑留と友だちの北鮮帰還の問題、父母の職業と、中小企業に働く人たちの労働と賃金の問題、企業の近代化という問題と古い職人気質である父と、そのしごとへの誇りと失業の問題、中小企業と大企業との対照と、そこに働く人たちの意識の問題、そのほか、タカユキにとっては、母の信用と愛情に問題、ジュンにとっては、女性のめざめと性の意識の問題などがあります。中学生から大人まで。

東　君平
ひがし・くんぺい
《1940〜1986》

『**ひきざんもできる名犬シロ**』　東君平作絵　新装版　フレーベル館　2011.9　76p　22cm　1000円　①978-4-577-03921-2
[内容]　オサムくんがかっている犬のシロは、名犬です。ばん犬のやくめもりっぱにはたすし、なんてったってひきざんができるのですから!?

『**いろいろなたね―東君平のおはようどうわ　秋のおはなし**』　東君平絵・おはなし　新日本出版社　2010.10　92p　22cm　1400円　①978-4-406-05403-4
[目次]　ホオズキ，おつきさま，七くさ，あきのよる，やまあそび，ヤマネ，おおかぜあらし，サルのめがね，イモほり，いろいろなたね，あきのネコ，ざんしょ，ミカンかご，シイのみ，おちば，カメ，あめのひに，とうふ，センダングサ，びょうき，おかあさん，カラスウリ，ふゆじたく，ユキムシのころ，カエルとヘビ，クリのき，キツネ，あきのごご

『**おやつ―東君平のおはようどうわ　朝のおはなし**』　東君平絵・おはなし　新日本出版社　2010.10　92p　22cm　1400円　①978-4-406-05405-8
[目次]　ネズミ，じまん，ハチのす，こザルのべんきょう，キツネのあさめし，ウシとヒバリ，チューリップ，シマリス，フリージア，ザリガニ，べにしょうが，こかげ，リスくん，ちょうちょ，かさ，セミたち，かんしゃくだま，わゴム，なつのおわり，おふろ，どわすれ，ゆうびんきょく，ネコ，おやつ，ゆきのひ，こスズメ，のらネコ，アリのいえ

『**ザルつくりのサル―東君平のおはようどうわ　冬のおはなし**』　東君平絵・おはなし　新日本出版社　2010.10　92p　22cm　1400円　①978-4-406-05404-1
[目次]　ザルつくりのサル，モチゴメ，みぞれ，オニはそと，しんゆう，さんぽ，かぜ，せいざ，いけのこおり，だましあい，かくれんぼ，ドンドやき，ゆきウサギ，ねぼうキツネ，おもち，ななくさがゆ，かがやきさん，カキのき，こたつネコ，てがみ，てぶくろ，ねずみとり，とうみん，ニワトリ，はれ，ウマ，はやにえ，やっこだこ

『**しあわせネコ―東君平のおはようどうわ　春のおはなし**』　東君平絵・おはなし　新日本出版社　2010.10　92p　22cm　1400円　①978-4-406-05401-0
[目次]　るすばん，おひなさま，タンポポ，アマリリス，ざいさん，タヌキモ，こヘビ，ゴイチ，かえってきたツバメ，カマキリのタマゴ，カエルのこども，ハエトリグモ，ウシ，ガミガミじいさん，はるぽかぜ，はるのうみ，なぞなぞてがみ，しあわせネコ，イモムシさん，モモのはな，カキのはな，あしのうら，ミノガ，キツツキ，シマリスのはる，ストロー，せいぞい，きたぐにのてがみ

『**すいえいたいかい―東君平のおはようどうわ　夏のおはなし**』　東君平絵・おはなし　新日本出版社　2010.10　92p　22cm　1400円　①978-4-406-05402-7
[目次]　アサガオ，あついひ，カマキリ，すいえいたいかい，たいそう，カミナリさま，しゅくだい，にわかあめ，おこりんぼ，ほんとかな，サルスベリ，ながれぼし，ニガウリ，たな，いなか，なつのネコ，ひるね，ちょうちょ，キンギョ，うみへのみち，かいひろい，ヒマワリ，ゴムだん，つゆ，あつがり，さむがり，たんぽ，こネコ，にゅうどうぐも

『**ひとくち童話　続**』　東君平著　新装版　フレーベル館　2007.8　133p　18cm　800円　①978-4-577-03494-1
[目次]　おとこのこのはなし，おんなのこのはなし，おとうさんのはなし，おかあさんのはなし，ねこのはなし，いぬのはなし，おじいさんのはなし，おばあさんのはなし

『**ひとくち童話**』　東君平著　新装版　フレーベル館　2007.8　141p　18cm　800円　①978-4-577-03493-4
[目次]　おもち，せつぶん，チューリップ，みつばち，たけくらべ，かめ，かくれんぼ，ひかげ，つき，あきのそら，ことりのさくせん，川，おかあさん，あそび，かき，げんごろう，豆，雲

樋口　一葉
ひぐち・いちよう
《1872〜1896》

『現代語で読むたけくらべ』　樋口一葉作，山口照美現代語訳　理論社　2012.8　182p　19cm　（現代語で読む名作シリーズ　2）　1200円　①978-4-652-07997-3
[目次] たけくらべ，にごりえ

『21世紀版少年少女日本文学館　1　たけくらべ・山椒大夫』　樋口一葉，森鷗外，小泉八雲著，円地文子，平井呈一訳　講談社　2009.2　269p　20cm　1400円　①978-4-06-282651-8 〈年譜あり〉
[目次] 樋口一葉（たけくらべ），森鷗外（山椒大夫，高瀬舟，最後の一句，羽鳥千尋），小泉八雲（耳なし芳一のはなし，むじな，雪おんな）
[内容] 短い生涯のなか、女性らしい視点で社会を見つめつづけた一葉。あふれでる西洋文明の知識を駆使し、数々の格調高い作品を残した鷗外。西洋人でありながら、だれよりも日本人の魂を愛した八雲。日本が新しい時代に踏み出した明治期を代表する三作家の傑作短編。

平田　晋策
ひらた・しんさく
《1904〜1936》

『新戦艦高千穂』　平田晋策著　真珠書院　2013.12　222p　19cm　（パール文庫）　800円　①978-4-88009-606-3 〈大日本雄弁会講談社 1938年刊の再刊〉
[内容] 飛行機搭載戦艦「高千穂」を活躍させた虚実が混ざる少年向け海洋軍事国家主義小説。「北極秘密境」を巡る三国の領土争奪戦争に、共に旧備前藩士である小川家と勝山家の対立を重ね、小川寛とヒロイン勝山一枝の活躍を描く。

『少年小説大系　第17巻　平田晋策・蘭郁二郎集』　会津信吾編　三一書房　1994.2　534p　23cm　8000円　①4-380-94547-2 〈監修：尾崎秀樹ほか　著者の肖像あり〉
[目次] 昭和遊撃隊・新戦艦高千穂・海底百米 平田晋策著．地底大陸・珊瑚城・秘密の日輪旗 蘭郁二郎著．解説 会津信吾著．年譜：p525〜534

広瀬　寿子
ひろせ・ひさこ
《1937〜》

『サムライでござる』　広瀬寿子作，曽我舞絵　長崎　童話館出版　2012.10　197p　22cm　（子どもの文学—青い海シリーズ　22）　1400円　①978-4-88750-134-8

『ゆらゆら橋からおんみょうじ』　広瀬寿子作，村上豊絵　佼成出版社　2011.7　96p　22cm　（どうわのとびらシリーズ）　1300円　①978-4-333-02493-3
[内容] むずかしい術を使う、おんみょうじだって、子どもの時があったのです。修行がうまくいかないと、やっぱりなやむし、落ちこむし…。そんな子どもが、千年の時をこえて、やってきたら、会ってみたいと思いませんか。小学校3年生から。

『秘密のゴンズイクラブ』　広瀬寿子作，服部華奈子絵　国土社　2011.5　126p　22cm　1300円　①978-4-337-33607-0
[内容] 霧のたちこめる古い城あとをつっきって、高速道路を通す計画がもちあがる。すると、キツネ、小ブネと名のるふしぎな少年たちがあらわれて、「ゴンズイクラブ」を結成し、城あとを守る行動に出た。ぼくも仲間になり、オキテにならって野ガラスと名のり、いっしょに、使命をはたす計画を実行することに。だが、思いもよらない事実が…。人の絆のふしぎを描く冒険ファンタジー。

『うさぎの庭』　広瀬寿子作，高橋和枝絵　あかね書房　2010.11　140p　21cm

（スプラッシュ・ストーリーズ 9） 1100円　①978-4-251-04409-9
内容　修は、自分の気持ちがうまく話せない。心をうちあけられるのは、飼っているうさぎのチイ子だけ。そんな修は、古い洋館に住むおばあさんに出あい、少しずつ自分の思いを話しはじめた…。勇気とは、友情とは、自信とは―？　修の心の成長を繊細に描く物語。

『かくれ森の木』　広瀬寿子作．石倉欣二絵　小峰書店　2008.8　143p　22cm　（おはなしメリーゴーラウンド）　1300円　①978-4-338-22203-7

『ねこがーぴきやってきた』　広瀬寿子作　国土社　2007.11　114p　22cm　1200円　①978-4-337-33064-1〈絵：そがまい〉
内容　ふらりと旅に出たねこは、ふたりの飼い主に出会います。元さかな屋の「魚松」さんちのすぐるくんと、ねこアレルギーママのいる春山家のミナミちゃん。ぶきっちょで、負けずぎらいのねこはふたつの家を行ったりきたり。ごきげんな毎日でしたが…。

『ぼくらは「コウモリ穴」をぬけて』　広瀬寿子作　あかね書房　2007.1　129p　21cm　（あかね・新読み物シリーズ 24）　1100円　①978-4-251-04154-8〈絵：ささめやゆき〉
内容　ぼくらは、「あの世」に行ったんだ…ひみつの洞くつの三角窓をぬけて、ふたりが出会ったのは―アユムの家に、母を亡くしたばかりのいとこ、つばさが暮らすことになった。アユムはひみつの洞くつをつばさに教え、ふたりで通うようになる。そんなある日、つばさが「洞くつの窓のむこうに、死んだお母さんのいる世界がある」と言いだして…。

『ぼくはにんじゃのあやし丸』　広瀬寿子作　国土社　2005.10　81p　22cm　1200円　①4-337-33053-4〈絵：梶山俊夫〉
内容　にんじゃの木の前で、おじいちゃんがいいました。「カイ、わしは、じつはにんじゃだ。そしておまえは、にんじゃのたまご、あやし丸だ」「え？　ぼく？」にんじゃの木が、えだをふるわせて「あやし丸、あやし丸」とこたえました。カイは、からだじゅうからわきたつようににんじゃの気持ちをかんじていました。低～中学年向き。

福島　正実
ふくしま・まさみ
《1929～1976》

『迷宮世界』　福島正実作　岩崎書店　2006.10　259p　22cm　（SF名作コレクション 18）　1500円　①4-265-04668-1, 4-265-10403-7〈絵：寺沢昭〉
目次　迷宮世界，明日は…嵐
内容　モントリオール万国博のエレベーターが、突如、異次元へ…。ジュブナイルSFの一大サスペンス。表題作のほか、未来世界を描く作品「明は…嵐」も収載。

『百万の太陽』　福島正実作　岩崎書店　2005.10　255p　22cm　（SF名作コレクション 9）　1500円　①4-265-04659-2〈絵：御米椎〉

『百万の太陽』　福島正実作　岩崎書店　1986.1　274p　19cm　（SFロマン文庫）　680円　①4-265-01525-5

『フェニックス作戦発令』　福島正実作　岩崎書店　1986.1　249p　19cm　（SFロマン文庫）　680円　①4-265-01520-4

『迷宮世界』　福島正実作　岩崎書店　1986.1　272p　19cm　（SFロマン文庫）　680円　①4-265-01508-5

『さようならアイスマン』　福島正実作，少年文芸作家クラブ編，依光隆絵　岩崎書店　1985.12　79p　22cm　（あたらしいSF童話）　880円　①4-265-95112-0

『宇宙にかける橋』　福島正実著，石田武雄絵　国土社　1982.6　107p　20cm　（創作子どもSF全集 8）　950円　①4-337-05408-1

『超能力ゲーム』 福島正実著　文化出版局　1981.10　188p　15cm　（ポケットメイツ）　300円

『赤い砂漠の上で』 福島正実著　文化出版局　1981.8　190p　15cm　（ポケットメイツ）　300円

『こんや円盤がやってくる』 福島正実作, 山中冬児画　岩崎書店　1981.3　138p　18cm　（フォア文庫）　390円

『迷宮世界』 福島正美作, 武笠信英画　岩崎書店　1979.10　184p　18cm　（フォア文庫）　390円

『こんや円盤がやってくる』 福島正実作, 中山正美絵　岩崎書店　1978.2　76p　22cm　（あたらしい創作童話）　780円

『超能力ゲーム』 福島正実著　三省堂　1977.11　214p　20cm　（三省堂らいぶらりいSF傑作短編集）　750円

『海に生きる』 福島正実著　三省堂　1977.9　214p　20cm　（三省堂らいぶらりい SF傑作短編集）　750円

『さようならアイスマン―すばるのファンタジー』 福島正美, 福田庄助作　すばる書房　1977.5　117p　21cm　980円

『おしいれタイムマシン』 福島正実作, 小川礼子絵　岩崎書店　1977.2　63p　25cm　（なかよしえどうわ 14）　880円

『異次元失踪』 福島正実文　すばる書房盛光社　1974　254p　18cm　（SFバックス）

『百万の太陽』 福島正実文, 柳柊二絵　岩崎書店　1973　274p　19cm　（SF少年文庫 25）

『フェニックス作戦発令』 福島正実文　岩崎書店　1972　249p　19cm　（SF少年文庫 20）

『リュイテン太陽』 福島正実文, 中山正美絵　鶴書房盛光社　1972　273p　18cm　（SFベストセラーズ）

『迷宮世界』 福島正実文, 武笠信英絵　岩崎書店　1971　272p　19cm　（SF少年文庫 8）

『月こそわが故郷』 福島正実著, 中山正美絵　岩崎書店　1970　200p　22cm　（少年少女SFアポロシリーズ 7）

『真昼の侵入者』 福島正実文, 早川博唯絵　毎日新聞社　1970　164p　22cm　（毎日新聞SFシリーズ ジュニア一版 No.5）

『宇宙にかける橋』 福島正美著, 石田武雄絵　国土社　1969　107p　21cm　（創作子どもSF全集 8）

『地底怪生物マントラ』 福島正実作, 南村喬絵　朝日ソノラマ　1969　279p　20cm　（地球SOSヤング）

福永　令三
ふくなが・れいぞう
《1928〜2012》

『クレヨン王国 新十二か月の旅』 福永令三作, 椎名優絵　新装版　講談社　2013.12　333p　18cm　（講談社青い鳥文庫 20-51―クレヨン王国ベストコレクション）　740円　①978-4-06-285389-7
[内容]『クレヨン王国の十二か月』で、12の悪いくせをなおしたシルバー王妃。飲む人の口からわがままをすいとる、野菜の絵のついたカップを使って、「完全な王妃」としてすごしていました。でもそれは、つらくてつまらない毎日でした。ある日、一年牢という巨大な迷路におちた王妃は、カップからぬけだしたわがままな野菜たちと旅することに。ロングセラーを新しいイラストで！　小学中級から。

『クレヨン王国の花ウサギ』 福永令三作, 椎名優絵　新装版　講談社　2012.7　269p　18cm　（講談社青い鳥文庫 20-

福永令三

50―クレヨン王国ベストコレクション）620円　①978-4-06-285296-8
内容　健治たち5人が、行方不明に―。クレヨン王国の悪魔・アオザメオニのしわざと知り、小学4年生のちほと、ウサギのロペは、クレヨン王国に助けを求めます。ところが、大臣たちの半数はアオザメオニの味方。森の木々も生き物たちも、まったく力を貸してくれません。兄の健治が命を失う前に、ちほとロペは、アオザメオニをたおすことができるのでしょうか？　小学中級から。

『クレヨン王国の十二か月』　福永令三作，椎名優絵　新装版　講談社　2011.11　317p　18cm　（講談社青い鳥文庫 20-49―クレヨン王国ベストコレクション）670円　①978-4-06-285255-5
内容　大みそかの夜、ユカが目をさますと、12色のクレヨンたちが会議をひらいていました。なんと、クレヨン王国の王さまが家出してしまったのです。王妃さまとユカが王さまをさがす、不思議な旅の結末は？　500万部のロングセラー、「クレヨン王国」シリーズから特に人気の作品を選び、新しいイラストでおとどけします！　講談社児童文学新人賞受賞。小学中級から。

『クレヨン王国　笑えるむかし話』　福永令三著　講談社　2010.4　155p　18cm　1400円　①978-4-06-216191-6〈文献あり〉
目次　ビードロ，ひらばやし，銭湯，寿限無，小便，かすなぎ，猫また，菊酒，ざくろ，風の子〔ほか〕
内容　「クレヨン王国」の著者が選んだ、とっておきの笑えるむかし話81編。

『クレヨン王国　むかし話』　福永令三著　講談社　2008.12　222p　18cm　1400円　①978-4-06-215083-5
目次　門松大好き，こぶとり，あたった初ゆめ，二月のざしき，桃太郎，サルの生き肝，シッペイ太郎，花咲かじじい，久米の仙人，ざしきわらし，舌切りスズメ，百合若大将，三年ねたろう，タニシの声，キジも鳴かずば，果心居士，一寸法師，やまんば，八つ化け頭巾，ムカデの医者，そこつ惣平，鳥の声，だんごむこ，田之休，かみそりギツネ，清水のヒョウタン，浦島太郎，わらしべ，ヘビの目玉，蔵の女，天狗のかくれみの，赤いぼうし，親すて山，踊る骸骨，サルカニがっせん，カチカチ山，みやこことば，箱根二子山，ろくろ首，ヘクソカズラの精，三つのたのみ，ハブの恩返し，カモとり権べえ，雪女，のっぺらぼう，耳切り芳一，サケの大介，獅子王のプレゼント，ブンブク茶釜，梅津忠兵衛，貧乏神，ネズミの年こし，笠地蔵
内容　ときには軽快に、ときにはしんみりと味わい深く。人々が、狐狸妖怪を恐れつつも、自然と共に暮らしていた、ちょっとむかしの物語。

『その後のクレヨン王国』　福永令三作，三木由記子絵　講談社　2006.6　167p　18cm　（講談社青い鳥文庫 20-48）580円　①4-06-148726-4
目次　お影郎，スイカわり，山の灯台，点灯式，イチョウの実，鏡の中のグルーニカ，野草会でのサード妃殿下ご挨拶，わすれもの，かったりいやさん，六地蔵の居場所，梅の落ちるころ，しっぽの青いトカゲの子，五郎三，不合格，大村長の大冒険，フナメダカ，ヨサナイ教授の幽霊，初日の出，梅と桜のあいだ，オルガの花粉症，シプシアのブリ，清明，六月の白い花，放生会，アオバト調査隊，貧乏神はどこへいく，大水禽舎と父，マート＝ブランカと馬，月のウサギ，ヒクイドリ気象庁長官の遺言，黒輪さん，ミチガエル，飛行機雲，最後の一枚
内容　クレヨン王国には、有名な人の話やおもしろい話をまとめておく習慣があることを知ってましたか？　10年ごとに「こぼればなし」という本が作られるのです。その中から、これまでいろいろなクレヨン王国の物語に登場した人々の「その後」の話を32編集めました。すべて4ページでまとめられた「四枚童話」という趣向と共にお楽しみください。

『子ギツネのゆうびんポスト』　福永令三作，杉田豊絵　新風舎　2006.3　157p　21cm　（スケッチ童話集）1400円　①4-7974-6277-9
目次　子ギツネのゆうびんポスト―トビの話，こわれたくちばし―キジバトの話，記念に一枚―セッカの話，家がない！―ツバメの話，タコぼうや帰る―ウミネコの話，夜桜

金魚―メジロの話，三羽のセキレイ―セキレイの話，エープリルフール―カラスの話，パンのおれい―アオジの話，動物だらけ―ゴイサギの話，完ぺきなエスカレーター―カッコウの話，百年柳―アヒルの話，舟に落ちた小鳥―ウグイスの話，妖怪ドクター―アオゲラの話，二ひきのアブ―シジュウカラの話，でかくなってやる―スズメの話，花粉症なのか―オウムの話，土の下の守り神―ツグミの話，親子ヒバリ―ヒバリの話，キジのゆめ―キジの話，俳句会の下見―ヨシキリの話，ほんとうの歌は―ホトトギスの話
内容 二十二羽の鳥たちが語った小さな物語。四季4部作完結。

『ウソつけボートとホラふけ魚』 福永令三作，杉田豊画 新風舎 2006.1 157p 21cm （スケッチ童話集） 1400円 ①4-7974-8307-5
目次 ヨットの忘年会，いなかのサンタ，マンボウと雪女，寒がりポインセチア，魔女vs野水仙，恵比寿さんのしめかざり，ダイコン干し，ムラサキイガイの心配，エビの天ぷら，落書きする叔母さん，おそい初日の出，書きぞめ，赤鬼・青鬼，被害者VS加害者，東北の老人，ついてくる魚，ショッパー元気，あてはずれ，トビー号，現金百万円，てんでんしのぎ，奉納写真，ぶつかったのは宝船，トーテムポールとトビウオ，沈船
内容 おしゃべり大好きな海の仲間たちは，海中で，にぎやかに言葉を交わしあいます。フジツボ，トビウオ，マンボウから港に停泊中のヨットやボートまで，海の住人たちが語る，短い物語。さあ，あなたは，どのお話から読みますか。

『迷子のお月見遠足』 福永令三作，杉田豊画 新風舎 2005.10 173p 21cm （スケッチ童話集） 1400円 ①4-7974-7851-9
目次 若和尚とセミ，ツバメ，南へ渡る，秋場所，迷子のお月見遠足，線香花火，ネコにはまって，なじんだ古本，栗羊羹，邯鄲の夢，富士の白雪，キノコ狩り，紳士たちのダイエット，コオロギがほしい，秋の火災予防訓練，読書という名の遊び，カカシとアカトンボ，ドウガネブイブイ，小春日和，七五三
内容 「庭にワニ」「シカの菓子」「まさかイカサマ？」虫の声に耳をすませば，回文ごっこで，もりあがっています。私たち人間も，虫に負けず，長い夜をたのしみましょう。この本は，童話あり，小説あり，SFあり。よむ順番は，ご自由に！ つぎつぎ登場する物語世界から，お気に入りのお話を見つけてください。

『ゆうれい宿と妖精ホテル』 福永令三作，杉田豊画 新風舎 2005.7 174p 21cm （スケッチ童話集） 1400円 ①4-7974-7387-8
目次 バイバイ，シーちゃん，観覧車は，霧の中，桜はどこだ，天井うらの幽霊さん，山ユリと富士山，トンネル数え歌，真鯉と緋鯉と，トランペットのひびき，朝顔が，咲いた，妖精ホテルの巻（ヨロシクッテさんの注意，土曜丑の日，笹舟とその船頭，ビッグニュース，虹の魔界，野菜であそぼ，猿を追って，竜宮はこちら，地蔵盆のゆうべ，ホテルの戦場，美しき力士たち，ナス畑の七人婆，月下美人とクロ，竹やぶ仙人の死亡通知，あれが，サソリ座だ，クモのハラキリ）
内容 不思議でこわい異次元童話25篇。

『クレヨン王国 月のたまご 完結編』 福永令三作，三木由記子絵 講談社 2005.2 195p 18cm （講談社青い鳥文庫） 580円 ①4-06-148675-6
内容 地球に新しい色彩をあたえ，乱暴な人間の心をなごませようと，神が用意した月のたまご。その危機を救うために旅だったのは，クレヨン王国第三王子サードとまゆみ，オンドリのアラエッサ，子ブタのストンストンからなる「月のたまご探検隊」の4人だった。1986年に始まった愛と冒険の物語が，12作目でついに完結します。

武鹿 悦子
ぶしか・えつこ
《1928～》

『おはなしねんねんねん』 武鹿悦子作 リーブル 2014.4 89p 図版12p 16×16cm （おはなしなあに？） 1200円 ①978-4-947581-76-1〈人形制作：凪 写真：亀田竜吉〉

『ひみつのノック』 武鹿悦子さく，ミヤハラヨウコえ 佼成出版社 2011.4 63p 21cm （おはなしドロップシリーズ） 1100円 ①978-4-333-02484-1
[内容] ひみつのノックをしっていると、入れてもらえる「かくれが」。ひみつのノックは、なかよしだけにしか、おしえない。でも、「ひみつ」って、たいていもれちゃうよね。もれたらたいへん！ だれが入ってくるか、わからない。山の「かくれが」でおこった、それは、まんまるい月のかがやくよるのことだった…。（おっかなーい！）。

『ともだち―武鹿悦子詩集』 武鹿悦子作，水内喜久雄編 理論社 2006.12 140p 21cm （詩の風景） 1400円 ①4-652-03857-7 〈絵：いだゆみ〉
[目次] 1 あかちゃん（あかちゃんがきた！，もも ほか），2 わらびのげんこつ（つくしつくん，わらびのげんこつ ほか），3 はるのうし（ざりがに，ひよこ ほか），4 おと（春の山，雨つぶ ほか），5 わたし（なまえ，白いパラソル ほか）
[内容] やさしく語りかけるような言葉で身近な植物や動物、ものや人間…そして自分にもあたたかいまなざしを注ぐ、全61編の新作詩集。

『月の笛』 武鹿悦子作 小峰書店 2006.10 132p 21cm （文学の散歩道） 1400円 ①4-338-22403-7 〈絵：東逸子〉
[内容] 幽霊は野山を吹きわたる風のようにひゅうひゅうと泣いた。『月の笛』にまつわる今と昔の物語。

舟崎　克彦
ふなざき・よしひこ
《1945〜》

『クレヨンマジック』 舟崎克彦作，出久根育絵 鈴木出版 2013.9 59p 22cm （おはなしのくに） 1200円 ①978-4-7902-3273-5 〈佑学社1982年刊のリニューアル〉
[内容] もしきみがたいくつをしているのなら、いいことをおしえてあげましょうか。きみもふしぎなせかいへいってみない？ 5才〜小学生向き。

『たんていピンポン!! あぶないレストラン』 舟崎克彦作，荒木慎司絵 小学館 2010.3 79p 21cm （すきすきレインボー） 1100円 ①978-4-09-289788-5
[内容] ネズミのおじょうさんがゆうかいされた!! 名たんてい「ピンポン」は、カリスマ・ヤマネコシェフのゆうめいレストランへかけつけますが…。よみきかせなら4歳から。ひとりよみなら7歳から。

『たんていピンポン!!』 舟崎克彦作，荒木慎司絵 小学館 2009.6 79p 21cm （すきすきレインボー） 1100円 ①978-4-09-289783-0
[内容] 「誰かがわたしを誘拐しにきたの！」またまたねずみのお嬢さんが難事件を持ち込みます。秋から冬のロンドンで繰り広げられる、ちょっとロマンチックなミステリーです。

『ハナカミ王子とソバカス姫』 舟崎克彦作，ささきみお絵 ひさかたチャイルド 2009.2 72p 22cm 1200円 ①978-4-89325-734-5
[内容] ひっこしした家でとつぜんぼくの前にあらわれた小さな王子。むりやりつれこまれた部屋のむこうには、うごく雪だるま、火をはくドラゴン、そしてお姫さま!? いったいどうなってるのー！ 幼年童話。

『雨の動物園―私の博物誌』 舟崎克彦作 岩波書店 2007.9 222p 18cm （岩波少年文庫 146） 640円 ①978-4-00-114146-7,4-00-114146-9
[内容] 少年は野鳥の飼育にのめりこみ、"鳥博士"と呼ばれるほどになっていった。その愛情にみちたまなざしで、さまざまな小動物との出会い、交わり、そして別れを、細やかに描く。7歳で母親をうしなった少年の心が映し出された自伝的作品。小学5・6年以上。

『チクチクのおばけりょこう』 舟崎克彦作・絵 あかね書房 2007.7 76p 22cm （わくわく幼年どうわ 21） 900円 ①978-4-251-04031-2

内容 はりねずみのチクチクは、ぼうけんのとちゅう、くらやみおばけのほったおとしあなにおっこちてしまいました！ チクチクは、おばけたちからぶじ、にげだせるのでしょうか…。

『月光のコパン』 舟崎克彦作 岩波書店 2007.1 130p 22cm 1400円 ①978-4-00-115580-8
目次 三毛猫狩り，ラッコの審問，時の温度差，言葉めぐり，旅のみやげ，月光のコパン
内容 三毛猫の奇想天外な物語。満月の夜、つぎつぎと起こる不可解なできごと。奇妙な動物たちとの出会い。三毛猫はいったいどこへいくのか！ 未踏のファンタジー領域、舟崎ワールド最新作。

『ぽっぺん先生の日曜日』 舟崎克彦著 筑摩書房 2006.4 247p 21cm 1900円 ①4-480-88006-2〈第28刷（第1刷1973年）〉
内容 「なぞなぞの本」に入りこんでしまった先生、なぞなぞを解かなければ外には出られない。そのなぞときたら、トンチやヘリクツばかり。さて、どうなることやら。

『森からのてがみ』 舟崎克彦作・絵 ポプラ社 2006.1 190p 18cm （ポプラポケット文庫 004-2）570円 ①4-591-09035-3〈1978年刊の新装版〉
目次 森からのてがみ，なんじゃもんじゃ，からすのからっぽ，王さまブルブル，ババロワさんいらっしゃい，だれもいなくなった，クレヨンの家
内容 「はいけい、お元気ですか。」森からとどくてがみには、もぐらのチクタク、いたちのプンカン、うさぎのワタボコリ、のねずみのチラランなど森の動物たちがまきおこすゆかいなお話がいっぱい。表題作のほかに「王さまブルブル」「ババロワさんいらっしゃい」など六編を収録。

『もしもしウサギです』 舟崎克彦作・絵 ポプラ社 2005.10 212p 18cm （ポプラポケット文庫 004-1）570円 ①4-591-08876-6〈1983年刊の新装版〉
目次 もしもしウサギです，なんでも電話，王さまだらけ，ネコのパラソル，ジタバタのたんじょうび
内容 ばんごはんのおつかいをたのまれたタク。とちゅうで雨にふられて、電話ボックスにかけこんだ。ジリリリリ、ジリリリリ…。おもわずじゅわきをとると、「もしもし、はやくあれをとどけてください。」だって。電話にでたのはいったいだれ？―表題作ほか四編を収録。

古田　足日
ふるた・たるひ
《1927〜2014》

『月の上のガラスの町』 古田足日作，北見葉胡絵 日本標準 2010.4 127p 20cm （シリーズ本のチカラ 石井直人，宮川健郎編）1400円 ①978-4-8208-0445-1
目次 西からのぼる太陽，あくまのしっぽい，アンドロイド・アキコ，十二さいではいれる大学，月の花売りむすめ，巨大な妖精
内容 いまから遠い未来、人類が月にくらすようになった時代、月の上には、すきとおる巨大なドームにおおわれたガラスの町がありました。そこには友だちのようなロボットがいたり、工場や農園があったり、背の高い草がはえていたり…そんなガラスの町で、人びとはどんなできごとにであい、なにを感じ、考えていたのでしょう。さえざえとさえわたる月光のような、ものがたり6話を収録。小学校高学年から。

別役　実
べつやく・みのる
《1937〜》

『空中ブランコのりのキキ』 別役実著 復刊ドットコム 2014.4 269p 19cm 1800円 ①978-4-8354-5074-2〈底本：黒い郵便船（三一書房 1975年刊）〉
目次 街と飛行船，空中ブランコのりのキキ，夕日を見るX氏，黒い郵便船
内容 自分の住んでいる世界に、絶対はない。自分の価値観にも、絶対はない。人間の弱さ

『銀河鉄道の夜―アニメ版』 宮沢賢治原作，ますむら・ひろし原案，別役実脚本，谷川茂構成・ノベライズ 理論社 2011.12 123p 27cm 2500円 ①978-4-652-02034-0 〈監督：杉井ギサブロー〉
[内容] アニメーション映画『銀河鉄道の夜』は、1985年に公開されました。猫のキャラクターによるユニークな演出は、当時たいへん話題になりました。2011年、この年の東日本大震災で失われた数多くの生命への祈りをこめて、岩手県花巻出身の作家・宮沢賢治の名作をアニメ版として刊行することになりました。幻想的な画像と、読みやすい文章を組み合わせ、劇場映画の躍動感と面白さをまるごと一冊に再現しています。

『21世紀版少年少女古典文学館 第15巻 能 狂言』 興津要，小林保治，津本信博編，司馬遼太郎，田辺聖子，井上ひさし監修 別役実，谷川俊太郎著 講談社 2010.1 301p 20cm 1400円 ①978-4-06-282765-2
[目次] 能（忠度，かきつばた，羽衣，安宅，俊寛，すみだ川，自然居士，土蜘蛛，鞍馬天狗），狂言（三本の柱，いろは，蚊相撲，しびり，附子，賽の目，鎌腹，神鳴，くさびら，居杭）
[内容] この世に思いを残して死んでいった人々の霊や、神、鬼などをとおして、現世をはなれ、幽玄の風情にひたれる詩劇"能"。おなじみの太郎冠者や次郎冠者が登場し、生き生きとしたことばで、おおらかな笑いにつつんでくれる対話劇"狂言"。能と狂言の極限まで様式化された表現方法は、欧米の演劇には類のない前衛舞台芸術として、いま世界じゅうから注目されている。

『童話・そよそよ族伝説 3 浮島の都』 別役実著 ブッキング 2005.8 210p 19cm 2400円 ①4-8354-4170-2
[内容] 天ノ原の追っ手から逃れ、どうにか"あまんじゃくの街"に逃げこんだツモリ老人、アミら一行。彼らはモモソヒメとその幼子を無事に守り通すことができるのか？ すべての鍵を握る夜見のスサノオと大氏王朝のアシハラノシコオの間に交わされた約束とは？ そして三つの王朝、その勢力争いの行方は。

『童話・そよそよ族伝説 2 あまんじゃく』 別役実作 ブッキング 2005.7 206p 19cm 2400円 ①4-8354-4169-9
[内容]「大氏」「葛城」「天ノ原」、勢力争いの行方やいかに？ 流された"うつほ舟"をめぐって、それぞれの王朝の思惑と策略が交錯する。その影で静かに暗躍する"夜見の国"の目的とは？ "あまんじゃく"の指導者"あまんしゃぐめ"はどんな鍵を握っているのか？ 待望の第2巻。

『童話・そよそよ族伝説 1 うつほ舟』 別役実作 ブッキング 2005.5 219p 19cm 2400円 ①4-8354-4168-0
[内容] ぬまべの村の少年アミとユツ爺さんは、ある日、大泙を漂う不思議なものを見つけた。卵のような形をしたその物体の中には、髪の長い女と生まれたばかりの赤子が裸のままひっそりと寄りそっていた。二人はそれをぬまべの浜へ持ち帰り、明神岬の智恵の洞窟に三百年住んでいるというツモリ老人に見せたところ、その不思議な物体は"うつほ舟"だという。それは、「大氏」「葛城」「天ノ原」、三つの王朝の勢力をかけた戦いの始まりであった。はたして、"うつほ舟"とは何か？ そして戦いの行方は？ 古代日本を舞台とした壮大なファンタジー物語。

『コン・セブリ島の魔法使い』 別役実作，スズキコージ画 復刊 ブッキング 2005.1 132p 21cm 1500円 ①4-8354-4152-4
[内容] 魔法使いにしか読めないという文書を解読してもらうため、トマカンテ君はコン・セブリ島へ魔法使い探しの旅に出る。今では世界に一人しか残っていないという魔法使い「ワレガミ・ド・コロン」に会うため、案内役の猿「ハゲ」と共に「"地の街"の"青目石"」を目指すトマカンテ君。果たして、無事にコロン氏を見つけ出すことはできるのか。強力コンビによる不朽の傑作、ついに復刊。

『さばくの町のXたんてい』 別役実作，阿部隆夫絵 講談社 1991.2 74p 22cm （どうわがいっぱい 18） 880円

①4-06-197818-7
[内容] わたしたちの動物園にいる動物たちは、わたしたちの思い出かもしれません。だって、ほんとうの動物たちは、うまれたひろい草原や、ふかい密林をかけまわっているはずですから…。これは、ほんとうに思い出だったぞうのお話です。小学1年生から。

『風の研究―別役実童話集』 別役実著
三一書房 1988.1 218p 19cm 1000円
[目次] 風の研究，マヨネーズのように哀しい，アルバ・アナ・ヤナバの伝説，ココクリコ・カリコものがたり，理髪師誘拐事件，泥棒物語，言葉のない物語，沙漠の街のX探偵，赤ずきんちゃんの森の狼たちのクリスマス

『そよそよ族伝説―童話 3 浮島の都』
別役実作 三一書房 1985.7 210p 19cm 1000円

『おさかなの手紙―別役実童話集』 別役実著 三一書房 1984.11 238p 20cm 1000円

『そよそよ族伝説―童話 2 あまんじゃく』 別役実作 三一書房 1983.7 206p 20cm 1000円

『そよそよ族伝説―童話 1 うつぼ舟』
別役実作 三一書房 1982.4 216p 20cm 1000円

『丘の上の人殺しの家』 別役実作，スズキコージ画 リブロポート 1981.11 54p 16×21cm 980円 ①4-8457-0039-5

『コン・セブリ島の魔法使い』 別役実作，スズキコージ画 旺文社 1981.2 132p 22cm （旺文社創作児童文学） 880円

『山猫理髪店―別役実童話集』 別役実著
三一書房 1979.11 217p 20cm 1000円
[目次] 愛のサーカス.星のサーカス.黒いブランコ乗り.ガラスのメリーゴーラウンド.少年の死.ながすねひこものがたり 最初の冒険・第二の冒険・第三の冒険.セロ弾きのゴーシュ余話.《青いオーロラ》号の冒険.アンドロメダ活版印刷所.白い飛行船の文化使節.トンネル・ダイオード効果研究所.山猫理髪店

『星の街のものがたり―別役実童話集』
別役実著 三一書房 1977.7 214p 20cm 1000円

『さばくの町のXたんてい』 別役実作，阿部隆夫絵 講談社 1976.11 78p 22cm （講談社の幼年創作童話 10） 550円

『黒い郵便船―別役実童話集』 別役実著
三一書房 1975 262p 20cm 1000円
[目次] 街と飛行船，空中ブランコのりのキキ，夕日を見るX氏，黒い郵便船

『淋しいおさかな―別役実童話集』 別役実著 三一書房 1973 258p 20cm 800円
[目次] 煙突のある電車，象の居るアパート，機械のある街，魔法使いの居る街，猫貸し屋，迷子のサーカス，みんなのスパイ，淋しいおさかな，馬と乞食，工場のある街，六百五十三人のお友だち，歩哨の居る街，お星さまの街，穴のある街，ふな屋，泥棒の居る街，見られる街，可哀そうな市長さん，二人の紳士，親切屋甚兵衛，白いロケットがおりた街，一軒の家・一本の木・一人の息子

星 新一
ほし・しんいち
《1926～1997》

『きまぐれロボット』 星新一作，あらゐけいいち絵 KADOKAWA 2014.3 166p 18cm （角川つばさ文庫 Bほ1-3） 580円 ①978-4-04-631382-9 〈改版 角川文庫 2006年刊の抜粋・再編集〉
[目次] 新発明のマクラ，試作品，薬のききめ，悪魔，災難，九官鳥作戦，きまぐれロボット，博士とロボット，便利な草花，夜の事件，ラッパの音，夢のお告げ，失敗，目薬，リオン，ボウシ，金色の海草，盗んだ書

類，薬と夢，なぞのロボット，へんな薬，鳥の歌，火の用心，スピード時代，キツツキ計画，とりひき，鏡のなかの犬
[内容] おなかがすいたら料理を作り，あとかたづけに，へやのそうじ，退屈すれば話し相手に。なんでもできるロボットを連れて離れ島の別荘に出かけたエヌ氏。だがロボットはしだいにおかしな行動を取りはじめる…。次々と飛びだす博士のフシギな発明，発見が，さまざまな騒動を巻き起こす一！ちょっぴりリアルでちょっぴりユーモラス。「ショートショートの神様」と呼ばれた星新一の，時をこえて読みつがれる傑作27編！！小学中級から。

『**星新一すこしふしぎ傑作選**』 星新一作，瀬名秀明選，yum絵 集英社 2013.11 189p 18cm （集英社みらい文庫 ほ-4-1）620円 ①978-4-08-321183-6

『**うらめしや**』 星新一作，和田誠絵 理論社 2010.2 206p 19cm （星新一YAセレクション 10）1300円 ①978-4-652-02390-7
[目次] その女，どこかの事件，うらめしや，夢と対策，臨終の薬，元禄お犬さわぎ，藩医三代記，紙の城
[内容] 新鮮なアイデア，完全なプロット，意外な結末―三要素そろったショートショートの傑作。

『**きつね小僧**』 星新一作，和田誠絵 理論社 2009.12 205p 19cm （星新一YAセレクション 9）1300円 ①978-4-652-02389-1
[目次] 港の事件，背中のやつ，海岸のさわぎ，頭のいい子，きつね小僧，タロベエの紹介，カード，企業の秘密，特殊な能力，先輩にならって

『**宇宙の声―星新一ジュブナイル・セレクション**』 星新一作，片山若子絵 角川書店 2009.11 173p 18cm （角川つばさ文庫 Bほ1-2）580円 ①978-4-04-631061-3〈発売：角川グループパブリッシング〉
[目次] ショートショート（ふしぎな放送，おみやげ，歓迎ぜめ，ヘビとロケット，廃屋類，サーカスのひみつ，宝島，へんな怪獣，変な侵入者，地球のみなさん），宇宙の声
[内容] 日本のSF（サイエンス・フィクション）は，星新一の物語から始まりました。そのなかでも，「まぼろしの星」（『まぼろしの星』収録）と「宇宙の声」は，少年少女のために書かれた名作。宇宙船，研究所，ロボット，調査隊員，不思議な装置，そしてまだ見ぬ惑星，宇宙の冒険…と，星作品のエッセンスがちりばめられています。みんなが夢中になったジュブナイル・セレクション。小学中級から。

『**不吉な地点**』 星新一作，和田誠絵 理論社 2009.10 206p 19cm （星新一YAセレクション 8）1300円 ①978-4-652-02388-4
[目次] 黒い服の男，自信，不吉な地点，一家心中，つきまとう男たち，背中の音，違和感，悪の組織，おかしな青年，逃亡の部屋，勧誘，車の客
[内容] 新鮮なアイデア，完全なプロット，意外な結末―三要素そろったショートショートの傑作。

『**妄想銀行**』 星新一作，和田誠絵 理論社 2009.8 213p 19cm （星新一YAセレクション 7）1300円 ①978-4-652-02387-7
[目次] 古風な愛，声，破滅，妄想銀行，末路，かたきうち，やつら，秘密結社，厳粛な儀式，ナンバー・クラブ，若がえり，超能力，かぼちゃの馬車，きょうという日
[内容] 新鮮なアイデア，完全なプロット，意外な結末―三要素そろったショートショートの傑作。

『**まぼろしの星**』 星新一作，片山若子絵 角川書店 2009.7 173p 18cm （角川つばさ文庫 Bほ1-1）580円 ①978-4-04-631036-1〈発売：角川グループパブリッシング〉
[目次] まぼろしの星，あーん。あーん，ネコ，ユキコちゃんのしかえし，花とひみつ
[内容] 宇宙は広く，いろんな星がある。黄色い花の咲く星。自動装置で動いている星。みどり色のネズミが襲ってくる星。ノブオ少年と愛犬ペロは，調査に出かけたきり戻っ

星新一

てこないお父さんをさがしに、宇宙へ旅立つ。日本のSF小説を開拓した星新一のジュブナイル小説「まぼろしの星」、ユーモアあふれる「ユキコちゃんのしかえし」「花とひみつ」など4つのショートショートを収録。

『あるスパイの物語』 星新一作，和田誠絵 理論社 2009.6 210p 19cm （星新一YAセレクション 6）1300円
①978-4-652-02386-0
|目次| 機会，権利金，魅力的な薬，夜の事件，愛の指輪，天罰，あるスパイの物語，住宅問題，信念，美味の秘密，陰謀団ミダス，海のハーブ，ねらった弱み，お願い，ミドンさん
|内容| 新鮮なアイデア、完全なプロット、意外な結末―三要素そろったショートショートの傑作。

『あいつが来る』 星新一作，和田誠絵 理論社 2009.3 213p 19cm （星新一YAセレクション 5）1300円 ①978-4-652-02385-3
|目次| その夜，治療，タイムボックス，適当な方法，タバコ，泉，美の神，ひとりじめ，奇妙な社員，古代の秘法，死の舞台，マスコット，隊員たち，夜の声，夜の道で，あいつが来る
|内容| 新鮮なアイデア、完全なプロット、意外な結末―三要素そろったショートショートの傑作。

『夜の侵入者』 星新一作，和田誠絵 理論社 2009.2 213p 19cm （星新一YAセレクション 4）1300円 ①978-4-652-02384-6
|目次| 夜の侵入者，鋭い目の男，転機，再認識，年間最悪の日，模型と実物，組織，儀式，夜の嵐，ちがい，逃げる男，首輪，対策，不景気，公園の男，となりの住人
|内容| 斬新なアイデア、完全なプロット、意外な結末―三要素そろったショートショートの傑作。切れ味ばつぐん、人生のスパイスをどうぞ。

『ゆきとどいた生活』 星新一作，和田誠絵 理論社 2008.12 213p 19cm （星新一YAセレクション 3）1300円 ①978-4-652-02383-9
|目次| ゆきとどいた生活，愛用の時計，白い記憶，水音，蛍，悪をのろおう，ごうまんな客，探検隊，最高の作戦，顔のうえの軌道，椅子，闇の眼，むだな時間，流行の鞄
|内容| 新鮮なアイデア、完全なプロット、意外な結末―三要素そろったショートショートの傑作。

『殺し屋ですのよ』 星新一作，和田誠絵 理論社 2008.10 213p 19cm （星新一YAセレクション 2）1300円 ①978-4-652-02382-2
|目次| すばらしい天体，ツキ計画，殺し屋ですのよ，暑さ，猫と鼠，生活維持省，年賀の客，冬の蝶，鏡，処刑，弱点，不満，宇宙からの客，霧の星で，小さな十字架
|内容| 新鮮なアイデア、完全なプロット、意外な結末―三要素そろったショートショートの傑作！ 切れ味ばつぐん！ 人生のスパイスをどうぞ。

『死体ばんざい』 星新一作，和田誠絵 理論社 2008.8 213p 19cm （星新一YAセレクション 1）1300円 ①978-4-652-02381-5
|目次| 影絵，ある休日の午後，来訪者たち，才能，こころよい人生，想像のなか，なにかの縁，あれ，ひとつのタブー，品種改良，勝負，死体ばんざい

『七人の犯罪者』 星新一作 理論社 2007.2 213p 19cm （星新一ちょっと長めのショートショート 10）1200円 ①978-4-652-02360-0 〈絵：和田誠〉
|目次| 確認，空の死神，七人の犯罪者，出張，消えた大金，くしゃみ，マドラー，新しがりや，やつらのボス，おカバさま
|内容| 新鮮なアイディア、完全なプロット、意外な結末―三要素そろったショートショートの傑作。

『親友のたのみ』 星新一作 理論社 2006.12 210p 19cm （星新一ちょっと長めのショートショート 9）1200円 ①4-652-02359-6 〈絵：和田誠〉
|目次| 親友のたのみ，知人たち，発火点，一軒の家，上役の家，たそがれ，やさしい人柄，幸運の未来，森の家，サービス
|内容| 新鮮なアイディア、完全なプロット、

意外な結末—三要素そろったショートショートの傑作。…"たっぷり"面白い。

『**長生き競争**』　星新一作　理論社　2006.9　204p　19cm　（星新一ちょっと長めのショートショート 8）1200円　①4-652-02358-8　〈絵：和田誠〉
[目次] 若葉の季節，現実，あの男この病気，長生き競争，爆発，変な客，半人前，自信にみちた生活，味ラジオ，はじめての例，処刑場
[内容] "ちょっと長め"がうれしい！　星新一ショートショート。新鮮なアイディア、完全なプロット、意外な結末—三要素そろったショートショートの傑作。…"たっぷり"面白い。

『**そして、だれも…**』　星新一作　理論社　2006.7　212p　19cm　（星新一ちょっと長めのショートショート 7）1200円　①4-652-02357-X　〈絵：和田誠〉
[目次] マイ国家，そして、だれも…，なりこない王子，だまされ保険，コレクター，友情の杯，冬きたりなば，親善キッス，事実
[内容] 新鮮なアイディア、完全なプロット、意外な結末—三要素そろったショートショートの傑作。

『**ねずみ小僧六世**』　星新一作　理論社　2006.6　210p　19cm　（星新一ちょっと長めのショートショート 6）1200円　①4-652-02356-1　〈絵：和田誠〉
[目次] 手紙，牧場都市，ねずみ小僧六世，古代の神々，唯一の証人，刑事と称する男，安全な味，特賞の男，子分たち
[内容] "ちょっと長め"がうれしい！　星新一ショートショート。新鮮なアイディア、完全なプロット、意外な結末—三要素そろったショートショートの傑作。

『**おのぞみの結末**』　星新一作　理論社　2006.3　201p　19cm　（星新一ちょっと長めのショートショート 5）1200円　①4-652-02355-3　〈絵：和田誠〉
[目次] 侵入者との会話，ある占い，おのぞみの結末，親しげな悪魔，ひとつの目標，計略と結果，夢の大金，金色のピン
[内容] 新鮮なアイディア、完全なプロット、

意外な結末—三要素そろったショートショートの傑作。「ちょっと長め」だから"たっぷり"面白い。

『**とんとん拍子**』　星新一作　理論社　2006.1　202p　19cm　（星新一ちょっと長めのショートショート 4）1200円　①4-652-02354-5　〈絵：和田誠〉
[目次] 重なった情景，とんとん拍子，ほれられた男，まわれ右，西部に生きる男，追跡，最後の事業，条件，宇宙通信
[内容] "たっぷり"がうれしい！　星新一ショートショート。新鮮なアイディア、完全なプロット、意外な結末—三要素そろったショートショートの傑作。「ちょっと長め」だから"たっぷり"面白い。

『**悪魔のささやき**』　星新一作　理論社　2005.11　204p　19cm　（星新一ちょっと長めのショートショート 3）1200円　①4-652-02353-7　〈絵：和田誠〉
[目次] すなおな性格，あと五十日，包み，疑問，なんでもない，賢明な女性たち，悪魔のささやき，夢の男，利益
[内容] "たっぷり"がうれしい！　星新一ショートショート。新鮮なアイディア、完全なプロット、意外な結末—三要素そろったショートショートの傑作。「ちょっと長め」だから"たっぷり"面白い。

『**恋がいっぱい**』　星新一作　理論社　2005.10　204p　19cm　（星新一ちょっと長めのショートショート 2）1200円　①4-652-02352-9　〈絵：和田誠〉
[目次] 出入りする客，ある種の刺激，凍った時間，地球から来た男，恋がいっぱい，妖怪，虚像の姫，外見
[内容] 新鮮なアイディア、完全なプロット、意外な結末—三要素そろったショートショートの傑作。「ちょっと長め」だから"たっぷり"面白い。

『**宇宙のあいさつ**』　星新一作　理論社　2005.8　197p　19cm　（星新一ちょっと長めのショートショート 1）1200円　①4-652-02351-0　〈絵：和田誠〉
[目次] 華やかな三つの願い，夜の流れ，宇宙のあいさつ，契約時代，興信所，振興策，願

望，期待，理想的販売法，名判決
 内容 "たっぷり"がうれしい。新鮮なアイデア，完全なプロット，意外な結末―三要素そろったショートショートの傑作。「ちょっと長め」だから"たっぷり"面白い。

『きまぐれロボット』　星新一作，和田誠画　理論社　2005.6　203p　18cm　（フォア文庫）600円　①4-652-07467-0
 目次 新発明のマクラ，試作品，薬のききめ，悪魔，災難，九官鳥作戦，きまぐれロボット，博士とロボット，便利な草花，夜の事件，地球のみなさん，ラッパの音，おみやげ，夢のお告げ，失敗，目薬，リオン，ボウシ，金色の海草，盗んだ書類，薬と夢，なぞのロボット，へんな薬，サーカスの秘密，鳥の歌，火の用心，スピード時代，キツツキ計画，ユキコちゃんのしかえし，ふしぎな放送，ネコ
 内容 お金持ちのエヌ氏は，博士からロボットを買った。優秀で，なんにでも役に立つというロボットをつれて，離れ島の別荘へ行ったのだが…。シャープでスリリング，そしてやさしさに満ちた星新一のSF。宇宙に，未来に，現代に―子どもたちに読みつがれ，生きつづけていくショートショート31編。小学校中・高学年向き。

堀　辰雄
ほり・たつお
《1904～1953》

『21世紀版少年少女日本文学館　7　幼年時代・風立ちぬ』　室生犀星，佐藤春夫，堀辰雄著　講談社　2009.2　311p　20cm　1400円　①978-4-06-282657-0　〈年譜あり〉
 目次 幼年時代（室生犀星），西班牙犬の家（佐藤春夫），実さんの胡弓（佐藤春夫），おもちゃの蝙蝠（佐藤春夫），わんぱく時代・抄（佐藤春夫），風立ちぬ（堀辰雄）
 内容 複雑な家庭に育った著者の少年時代をもとにした室生犀星の自伝的小説「幼年時代」。現実と空想の世界とがないまぜとなった佐藤春夫の「西班牙犬の家」。胸を病む少女と青年との悲しい恋を描いた堀辰雄の代表作「風立ちぬ」など，詩人でもある三作家の詩情あふれる短編集。ふりがなと行間注で，最後までスラスラ。児童向け文学全集の決定版。

松岡　享子
まつおか・きょうこ
《1935～》

『じゃんけんのすきな女の子』　松岡享子さく，大社玲子え　学研教育出版　2013.2　68p　23cm　（キッズ文学館）1100円　①978-4-05-203657-6　〈発売：学研マーケティング〉
 内容 じゃんけんぽん！　じゃんけんぽん！　じゃんけんのすきな女の子は，なにをきめるにもじゃんけん。あいてがいないときは，じぶんひとりでもじゃんけん。（えっ，どうやって？）―右手と左手で。まわりにある石，紙，はさみのかたちをした，いろいろなものをあいてに。ところが，ある日，とてもとてもだいじなことをきめるのに，とんでもないあいてと，じゃんけんをしなければならなくなって…！　読んであげるなら幼稚園～自分で読むなら小学校一～二年生。

『それほんとう？』　松岡享子ぶん，長新太え　新装版　福音館書店　2010.10　1冊（ページ付なし）22cm　（〔福音館創作童話シリーズ〕）　1300円　①978-4-8340-2586-6

『なぞなぞのすきな女の子』　松岡享子作，大社玲子絵　学習研究社　2006.3　61p　24cm　900円　①4-05-104612-5　〈第114刷〉
 内容 なぞなぞあそびの大好きな女の子とはらぺこのオオカミが，森でばったり出会いました。うまそうな女の子だぞと舌なめずりしたとたん，女の子になぞなぞをだされて，オオカミは大弱り。さあ，どんななぞなぞかな？　なぞなぞがいっぱいでてくる楽しい本。

『みしのたくかにと』　松岡享子作，大社玲子絵　こぐま社　1998.12　57p　18

×18cm 1200円 ①4-7721-0149-7
[内容]「あさがおかもしれない、すいかかもしれない、とにかくたのしみ」ふとっちょおばさんが種をまいたそばにこんな札を立てました。さて、どんな芽が出てくるでしょう？これはひとつぶの小さな種から「とにかくたのしみ」が実るまでのたのしいお話です。

『花仙人―中国の昔話』 松岡享子文，蔡皋画 福音館書店 1998.1 56p 22cm （世界傑作童話シリーズ） 1100円 ①4-8340-1444-4

『それほんとう？』 松岡享子作，長新太絵 福音館書店 1994.4 1冊 19cm （福音館創作童話シリーズ） 1250円 ①4-8340-0404-X

『なぞなぞのすきな女の子』 松岡享子さく，大社玲子え 学習研究社 1973.2 61p 23cm （新しい日本の幼年童話 5）

『それほんとう？』 松岡享子さく，長新太え 福音館書店 1973 1冊 20cm

『みしのたくかにとをたべた王子さま』 松岡享子作，大社玲子絵 福音館書店 1972 89p 21cm

『くしゃみくしゃみ天のめぐみ』 松岡享子作，寺島竜一画 福音館書店 1968.8 91p 21cm （福音館創作童話シリーズ）

松田　瓊子
まつだ・けいこ
《1916～1940》

『七つの蕾』 松田瓊子著 真珠書院 2013.10 272p 19cm （パール文庫） 900円 ①978-4-88009-605-6 〈ヒマワリ社 1949年刊の再刊〉
[内容] 神奈川湘南の上流家庭を舞台に、草場家の長女百合子、次女梢、長男譲三、そして末っ子ナナ、近所の日高家の黎子とこのみ

そして康彦、この七人の少女少年たちが、日々の出来事とこころの成長を清らかに描く少女小説。

松谷　みよ子
まつたに・みよこ
《1926～》

『ちいさいモモちゃん』 松谷みよ子作，菊池貞雄絵 講談社 2011.3 157p 18cm （講談社青い鳥文庫） 580円 ①4-06-147006-X 〈第74刷〉
[内容] 元気でかわいくて、おしゃまな女の子モモちゃんには、子ねこのプーやコウちゃんという友だちがいます。モモちゃんは、夢の中でライオンと遊んだり、電車に乗って空を飛んだり、水ほうそうになったり、ママを心配させたりします。誕生から3歳になるまでのモモちゃんの日常生活を軽妙にスケッチした成長童話の名作。野間児童文芸賞受賞。

『松谷みよ子おはなし集　5』 松谷みよ子作，梅田俊作絵 ポプラ社 2010.3 133p 21cm 1200円 ①978-4-591-11640-1
[目次] やまんばのにしき，山男の手ぶくろ，ねこのよめさま，六月のむすこ，弥三郎ばさ，海にしずんだ鬼，七男太郎のよめ，三人兄弟，鬼の目玉
[内容] むかしむかし、あるところに、ちょうふく山という高い山があったと（「やまんばのにしき」より）。民話の心をつたえる再話作品集。

『松谷みよ子おはなし集　4』 松谷みよ子作，石倉欣二絵 ポプラ社 2010.3 141p 21cm 1200円 ①978-4-591-11639-5
[目次] オバケちゃんと走るおばあさん，日本は二十四時間，おばあちゃんのビヤホールはこわいよ，ねずみのお正月，千代とまり，茂吉のねこ，いたちの子もりうた，鯨小学校
[内容] むかしむかし、きのうの、もうひとつきのうくらいむかしのこと、あるところに、小さな小さなおばあさんがいたって（「日本は二十四時間」より）。ユーモアあふれる創

作民話の世界。

『松谷みよ子おはなし集　3』　松谷みよ子作，宮本忠夫絵　ポプラ社　2010.3　133p　21cm　1200円　①978-4-591-11638-8
目次　じょうろになったお姫さま，とかげのぼうや，スカイの金メダル，なまこの時計屋，黒いちょう，赤ちゃんのおへや，雪
内容　やがて，黒いちょうは，その子のむねにとまり，ぴたりと，はねをとじました。かなしいしるしのように—（「黒いちょう」より）。松谷童話の原点となった初期作品集。

『松谷みよ子おはなし集　2』　松谷みよ子作，石井勉絵　ポプラ社　2010.3　125p　21cm　1200円　①978-4-591-11637-1
目次　どうしてそういう名前なの，ジャムねこさん，コンのしっぱい，花いっぱいになぁれ，おなかのすいたコン，お日さまはいつでも，りすのわすれもの，ふくろうのエレベーター，うさぎのざんねん賞，高原にとまった汽車，うさぎさんの冬ふく
内容　「ようし，なにかおいしいもの，さがしにいこうっと。」そういって，コンはトコトコ，トコトコ，遊びにでかけました（「おなかのすいたコン」より）。動物を主人公に，子どもの世界をえがく作品集。

『松谷みよ子おはなし集　1』　松谷みよ子作，和歌山静子絵　ポプラ社　2010.3　125p　21cm　1200円　①978-4-591-11636-4
目次　ふうちゃんのおたんじょう日，ふうちゃんとねずみ，ふうちゃんのプレゼント，にんじんさんはみそっかす，おるすばん，うさぎの手ぶくろ，ある日，ねずみのチュッチュは，モモちゃんの魔法，おいしいものがすきなくまさん，おんにょろにょろ，ちょうちょホテル
内容　ふうちゃんは，てんとう虫にききました。「ぴかぴかの，きれいな子ぶたちゃんを知らない？」（「ふうちゃんのおたんじょう日」より）。小さな女の子を主人公に，子どもの気持ちをえがく作品集。

『きつねとたんぽぽ』　松谷みよ子作，いせひでこ絵　新装版　小峰書店　2009.7　63p　25cm　（はじめてよむどうわ）　1400円　①978-4-338-24701-6
目次　きつねとたんぽぽ，どうしてそういうなまえなの？，きつねのこのひろったていきけん，ぞうとりんご
内容　コーン，きつねがひとこえなきました。と，どうでしょう。もりのなかのちいさなはらっぱいっぱいにさいていたたんぽぽが，ゆれながら，いっせいにあかりをともしたのです。

『瓜子姫とあまのじゃく』　松谷みよ子作，ささめやゆき絵　新装版　講談社　2008.12　203p　18cm　（講談社青い鳥文庫　6-17—日本のむかし話　3）　570円　①978-4-06-285048-3
目次　瓜子姫とあまのじゃく，さるかに，猫檀家，おやじの初夢，山の神と乙姫さん，さるとかにのよりあいもち，旅人馬，小判の虫ぼし，絵にかいたよめさま，オンゴロとネンゴロとノロ，かっぱのお宝，はなとさわがに，ねことかぼちゃ，やなぎの木のばけもん，牛かたと山んば，食わず女房，おばすて山，ものいう亀，にげだした貧乏神，鼻かぎ孫じえん，水底の姫，きじになったとっさま，へっぷりよめさま，かちかち山
内容　日本各地に伝わるむかし話には，さる，きつね，たぬき，かっぱ，山んば，びんぼう神など愛らしい主人公が多く登場します。そのお話の根底には，人間の生きざまが息づいているのです。児童文学者・松谷みよ子が各地に採集し，美しい語り口で再話した『瓜子姫とあまのじゃく』をはじめ，『さるかに』『山の神と乙姫さん』『かっぱのお宝』『ねことかぼちゃ』『おばすて山』ほか。小学中級から。

『舌切りすずめ』　松谷みよ子作，ささめやゆき絵　新装版　講談社　2008.10　219p　18cm　（講談社青い鳥文庫　6-16—日本のむかし話　2）　570円　①978-4-06-285047-6
目次　舌切りすずめ，山鳥の恩がえし，竜宮のよめさま，まめなじいさまと背病みじいさま，あずきとぎのおばけ，かえるのよめさま，死んだ子，さるのじぞうさま，たにし長者，いまに見とれ，じいよ，じいよ，食べられた山んば，おにの刀かじ，かえるとたまごととっくり，とうふの病気，にんじんとごぼうだいこん，一寸法師，天からおちた源五

郎，はなたれ小僧さま，天人のよめさま，雪むすめ，三味線の木，びっきのぼうさま，座頭の木
[内容] 日本各地にのこる，長いあいだ語りつがれてきた，むかし話の数々。ひとつひとつの話のなかに，人間の生きる知恵や，生きざまが息づいています。児童文学者・松谷みよ子が各地に採集し，美しい語り口で再話した『舌切りすずめ』をはじめ，『竜宮のよめさま』『かえるのよめさま』『たにし長者』『一寸法師』『天人のよめさま』『雪むすめ』『びっきのぼうさま』『座頭の木』などを収録。

『**つるのよめさま**』　松谷みよ子作，ささめやゆき絵　新装版　講談社　2008.10　219p　18cm　（講談社青い鳥文庫 6-15―日本のむかし話 1）　570円　①978-4-06-285046-9
[目次] つるのよめさま，力太郎，ばけくらべ，きつねとかわうそ，無筆の手紙，花さかじい，じゅみょうのろうそく，ねずみのくれたふくべっこ，玉のみのひめ，きつねとぼうさま，こじきのくれた手ぬぐい，夢買い長者，びんぼう神と福の神，えんまさまと団十郎，こぶとり，てんぐのかくれみの，お月とお星，かねつきどり，水のたね，わかがえりの水，天にどうどう地にがんがん，桃太郎，山んばのにしき
[内容] 遠いむかしに生まれ，長く人々のあいだに語りつがれてきた，むかし話の数々。たのしい話，かわいそうな話，おそろしい話など，ひとつひとつの話のなかに，人間の生きる知恵や，生きざまが息づいています。児童文学者・松谷みよ子が日本各地に採集し，美しい語り口で再話した『つるのよめさま』をはじめ，『花さかじい』『夢買い長者』『こぶとり』『お月とお星』『桃太郎』ほか。小学中級から。

『**ミサコの被爆ピアノ**』　松谷みよ子文，木内達朗絵　講談社　2007.7　31p　21cm　1143円　①978-4-06-214134-5
[内容] 1945年8月6日、爆心地より1.8キロの地点で1台のアップライトピアノが被爆しました。あの日から62年、ピアノは今も音を響かせている。広島原爆を書いた『ふたりのイーダ』にはじまり、長年にわたって戦争を見つめてきた作家、松谷みよ子が書き下ろした、平和への確かな願い。

『**龍の子太郎**』　松谷みよ子著，田代三善絵　新装版　講談社　2006.7　209p　22cm　（児童文学創作シリーズ）　1400円　①4-06-213534-5
[内容] りゅうになって、北のみずうみにすむというおっかさんをたずねて、竜の子太郎は、ながくくるしい旅にでます。国際アンデルセン賞優良賞ほか、数々の賞にかがやく、松谷みよ子の代表的傑作！　国際アンデルセン賞優良賞作品。

『**ふたりのイーダ**』　松谷みよ子著，司修絵　新装版　講談社　2006.7　210p　22cm　（児童文学創作シリーズ）　1400円　①4-06-213533-7
[内容] 「イナイ、イナイ、ドコニモ…イナイ…」。直樹とゆう子の兄妹は、おかあさんのいなかの町で、だれかをもとめてコトリ、コトリと歩きまわる小さな木の椅子にであい…。原爆の悲劇を子どもたちに語りつぐ古典的名作。

『**やまんばのにしき―日本昔ばなし**』　松谷みよ子文　ポプラ社　2006.1　206p　18cm　（ポプラポケット文庫 005-1）　570円　①4-591-09034-5　〈絵：梶山俊夫　1981年刊の新装版〉
[目次] やまんばのにしき，山男の手ぶくろ，イタチの子守うた，竜宮のおよめさん，かちかち山，舌切りすずめ，おにの目玉，ねこのよめさま，七男太郎のよめ，六月のむすこ，三人兄弟，弥三郎ばさ，沼神の使い，死人のよめさん，雪女，赤神と黒神
[内容] 「ちょうふくやまの山んばが子どもうんだで、もちついてこう。ついてこねば、人も馬もみな食い殺すどお。」って、だれかがさけぶ声がした。さあ、むらじゅうがおおさわぎだ。―表題作ほか、「かちかち山」「舌切りすずめ」など、日本の昔ばなし十五編を収録。

『**龍の子太郎**』　松谷みよ子著　講談社　2005.6　221p　18cm　（講談社青い鳥文庫）　580円　①4-06-147010-8　〈第36刷〉
[内容] りゅうになったという母をたずねて、

竜の子太郎は旅にでる。てんぐさまに百人力をもらい、赤鬼・黒鬼をこらしめ、九つの山をこえて、太郎はついにりゅうにであうが…。日本各地につたわる昔話と伝説をもとに、みごとな叙事詩的ストーリーに結晶させた現代児童文学の傑作！ 小学中級から。国際アンデルセン賞優良作品。サンケイ児童出版文化賞受賞。

『屋根裏部屋の秘密』 松谷みよ子作 偕成社 2005.4 211p 19cm （偕成社文庫）700円 ①4-03-652530-1

内容 エリコの死んだじじちゃまが開かずの屋根裏部屋にのこしたダンボールにはなにかだいじな秘密がかくされている。祖父の世代の戦争の罪を孫たちはどううけとめるのか。読みつがれる名作「直樹とゆう子の物語」シリーズ。小学上級から。

『ふたりのイーダ』 松谷みよ子著 講談社 2005.2 205p 18cm （講談社青い鳥文庫）580円 ①4-06-147011-6 〈第30刷〉

内容 しずかな城下町にある、古い西洋館。その廃屋の中でコトコト動きまわり、人間のように口をきくふしぎないすと、小さな女の子イーダとのきみょうな出会い。生と死をめぐり、日本人としてわすれられない過去を感動と幻想でつづったメルヘン！ また、はじめて童話という手法で語りつくした原爆への悲歌である！ 小学上級から。国際児童年のための特別アンデルセン賞優良作品。

『私のアンネ＝フランク』 松谷みよ子作 偕成社 2005.1 301p 19cm （偕成社文庫）700円 ①4-03-652500-X

内容 一九七八年の夏。十三歳になったゆう子はアンネ＝フランクにあてた日記をかきはじめる。ゆう子と直樹、母・蕗子たちはそれぞれの心の奥で、アンネと出会う。読みつがれる名作「直樹とゆう子の物語」シリーズ。日本児童文学者協会賞受賞。小学上級から。

『読んであげたいおはなし―松谷みよ子の民話 下』 松谷みよ子著 筑摩書房 2002.2 291p 20cm 2400円 ①4-480-85772-9

目次 秋の部（風の兄にゃ，流されてきたオオカミ，月の夜ざらし，山男の手ぶくろ，食べられた山んば，あずきとぎのお化け，しょっぱいじいさま，山んばの錦，米福粟福，狐の嫁とり，こぶとり，ばあさまと踊る娘たち，ばけもの寺，鬼六と庄屋どん，山の神と乙姫さん，うたうされこうべ，なら梨とり，三人兄弟，三味線をひく化けもの，天にがんがん 地にどうどう，しっぺい太郎，じいよ，じいよ，魔物退治，猿蟹），冬の部（とっくりじさ，狐と坊さま，化けくらべ，豆こばなし，舌切り雀，鐘つき鳥，打ち出の小槌，女房の首，かんすにばけたたぬき，とうきちとむじな，牛方と山んば，一つ目一本足の山んじい，雪女，灰坊の嫁とり，三味線の木，座頭の木，貧乏神と福の神，貧乏神，大みそかの嫁のたのみ，ねずみにわとりねこ いたち，その夢，買った，正月二日の初夢，ピピンピヨドリ，雪おなご，セツブーン）

『読んであげたいおはなし―松谷みよ子の民話 上』 松谷みよ子著 筑摩書房 2002.2 269p 20cm 2400円 ①4-480-85771-0

目次 春の部（桃の花酒，逃げだしたこもんさん，見るなの花座敷，いたちの子守唄，きつねの花嫁，蝶になった男，ありんこと夢，娘の寿命延ばし，娘の骸骨，雉になったとっさま，山伏とこっこ狸，あとはきつねどの，みなまいる，虎とたにしのかけっこ，それからのうさぎ，たにし長者，花咲かじい，もぐらのむこさがし，猫檀家，絵に描いた猫，鬼の目玉，山鳥の恩返し，水さがし，玉のみの姫，七男太郎の嫁，あねさま人形），夏の部（ツバメとスズメ，きつねの田植え，百曲がりの河童，背なかあぶり，若がえりの水，日を招き返した長者どん，トキという鳥の生まれたわけ，蛙の嫁さま，たこと猫，天人の嫁さま，サンザイモと嫁さん，沼の主の嫁コ，旅人馬，月見草のよめ，ミョウガ宿，蛙の坊さま，閻魔さんの医者さがし，鬼は外，死んだ子，三途の川のばばさ，後家入り，地獄に落ちた欲ばりばあさま，桃太郎，瓜子姫とあまのじゃく，絵に描いた嫁さま）

```
┌─────────────────────────┐
│     松本　清張           │
│   まつもと・せいちょう    │
│    《1909～1992》        │
└─────────────────────────┘
```

『殺意』　松本清張著　岩崎書店　2007.2　181p　21cm　（現代ミステリー短編集7）　1400円　①978-4-265-06777-0〈絵：いとう瞳〉

[目次]　部分，殺意，万葉翡翠，顔

[内容]　仲のいい上司と部下だが，その上司が毒殺された。その裏にかくされた「殺意」，夢名の若き俳優が映画にでるようになり，次第に有名になるが，そのために苦境におちいる「顔」，万葉集の歌をもとに翡翠の産地探しが始まるが，その仲間の一人が行方不明になる「万葉翡翠」，掌編の「部分」を収録。

『決戦川中島―風雲の武将・武田信玄』　松本清張著，矢田貝寿広絵　講談社　1988.6　299p　18cm　（講談社青い鳥文庫―日本の歴史名作シリーズ）　490円　①4-06-147244-5

[内容]　21歳の若さで父・信虎のあとを継いで甲斐の国（山梨県）の領主になった信玄は，隣国，信濃（長野県）の諸豪の領地を攻めとり，いよいよ越後（新潟県）の勇将・上杉謙信と川中島で決戦する…。天下統一を夢みた風雲の武将・武田信玄の波瀾の一生を雄大なスケールで描いた力作。

『決戦川中島―風雲の武将信玄』　松本清張文，矢田貝寿広絵　講談社　1957　255p　20cm　（少年少女日本歴史小説全集　12）

```
┌─────────────────────────┐
│     松本　泰             │
│    まつもと・たい         │
│    《1877～1939》         │
└─────────────────────────┘
```

『紫の謎』　松本泰著　真珠書院　2014.6　148p　19cm　（パール文庫）　800円　①978-4-88009-612-4〈底本：現代大衆文学全集　第15巻（平凡社　1928年刊）〉

[目次]　紫の謎，黄色い霧

[内容]　女学校を卒業する少女吉野友子は，校長より寄宿舎に残ることを命じられた。しかし，それは父親吉野常行が刑務所に収監されたためであることを知ると，夜行列車でひとり東京に向かう。そこで出会う青年大村進，父親から知らされる姉の存在，巻き込まれる殺人事件と誘拐，友子は徐々に真相に近づくのだが，そこには意外な事実が。

```
┌─────────────────────────┐
│     まど・みちお          │
│    《1909～2014》         │
└─────────────────────────┘
```

『こどもたちへ―まどさんからの手紙』　まどみちお文，ささめやゆき絵　講談社　2014.3　〔39p〕　18cm　920円　①978-4-06-218917-0

『日本語を味わう名詩入門　20　まど・みちお』　まどみちお著，萩原昌好編，三浦太郎画　あすなろ書房　2013.11　103p　20cm　1500円　①978-4-7515-2660-6

[目次]　朝がくると，うたをうたうとき，せんねんまんねん，はなくそほうや，リンゴ，木，けしゴム，ぞうきん，ミミズ，ブドウのつゆ〔ほか〕

[内容]　100歳を超えた現在も著作刊行が続く詩人まど・みちお。ちいさきものに愛情をそそぎ，はなくそから宇宙まで，やさしい言葉で，ユーモラスに本質を語るその詩の世界を味わってみましょう。

『けしゴム』　まどみちお詩，美智子選・訳　文芸春秋　2013.6　45p　22cm　1300円　①978-4-16-382190-0〈他言語標題：Eraser　英語併記　底本：まど・みちお全詩集（理論社　1992年刊）〉

[目次]　オウム，ノミ，ミミズ，ケムシ，デンデンムシ，カメ，ワニ，しろうさぎ，キリン，カボチャ〔ほか〕

[内容]　皇后美智子さまが選び英訳したまど・みちおさんの短い短い21篇。

『にじ』　まどみちお詩，美智子選・訳　文芸春秋　2013.6　41p　22cm　1300円　①978-4-16-382200-6〈他言語標

まどみちお

題：Rainbow　英語併記　底本：まど・みちお全詩集（理論社　1992年刊）〉
[目次] にじ，ことり，さくらのはなびら，あめ，はっぱとりんかく，うたをうたうとき，エノコログサ，橋，リンゴ，き〔ほか〕
[内容] 皇后美智子さまが選び英訳したまど・みちおさんの奥深い思索。

『どうぶつたち』　まどみちお詩，美智子選・訳，安野光雅絵　文芸春秋　2012.4　47p　27cm　2200円　①978-4-16-375330-0〈背のタイトル：THE ANIMALS　英語併記　すえもりブックス　1992年刊の復刊　布装〉
[目次] ことり，スワン，クジャク，ヒバリ，いいけしき，ああどこかから，ぞうさん，シマウマ，キリン，トンボ，チョウチョウ，チョウチョウ，イヌが歩く，なみとかいがら，ねむり，イナゴ，ナマコ，アリ，ヤマバト，どうぶつたち
[内容] 日本の子どもたちの大好きな童謡『ぞうさん』の作者、まど・みちおさんの詩が英語に訳されて日本とアメリカで絵本になりました。まど・みちおさんの楽しい動物たちの詩20篇と、美智子さまによる英訳を収録。

『うちゅうの目―まど・みちお詩集』　まど・みちお詩，奈良美智，川内倫子，長野陽一，梶井照陰写真　フォイル　2010.8　44p　20cm　1300円　①978-4-902943-56-6
[内容] 100年をみつめてきた詩人からの贈り物。「NHKスペシャル」放映で深い感動をよんだ詩「れんしゅう」を単行本に初所収。

『まど・みちお詩の本―まどさん100歳100詩集』　まどみちお著，伊藤英治編　理論社　2010.3　147p　20cm　1000円　①978-4-652-03523-8
[目次] 1 やさしい景色，2 うたううた，3 宇宙のこだま，4 もののかずかず，5 ことばのさんぽ，6 いのちのうた
[内容] NHKスペシャル「ふしぎがり～まど・みちお百歳の詩～」全国放送で日本中に感動が広がっています。「ぞうさん」「やぎさんゆうびん」「1ねんせいになったら」から宇宙・いのちの詩まで、『まど・みちお全詩集』1200編から生まれた珠玉の175編。

『のぼりくだりの…』　まど・みちお詩　理論社　2009.11　75p　19cm　1300円　①978-4-652-07961-4
[目次] スキなヒトは？，めでたしや！，ワカラズじまい，ここどこじゃ，恐れるな，ニジのしたにも
[内容] 2009年11月―「ぞうさん」の詩人として愛される、まど・みちおさんは100回目のお誕生日を迎えます。記念すべき、最新・書き下ろし詩集をどうぞ。

『うふふ詩集』　まど・みちお詩　理論社　2008.7　75p　19cm　1300円　①978-4-652-07928-7〈絵：nakaban〉
[目次] としよりの暮らし，ごきげんな毎日，生き物・コトバ，書くこと，よのなかと，ふと思う
[内容] この詩集の作者は、まど・みちお、満98歳。最新書き下ろし詩集ができました！書いた人もスゴイけれどそれを読めるわたしたちもすごくハッピー。だから、いっしょにう・ふ・ふ。

『こんなにたしかに―まど・みちお詩集』　まど・みちお著，水内喜久雄選・著，高畠純絵　理論社　2005.3　126p　21cm　（詩と歩こう）　1400円　①4-652-03848-8
[目次] やさしいけしき（こんなにたしかに，やさしいけしき　ほか），よかったなあ（よかったなあ，リンゴ　ほか），なにもかもが（つぼ・1，スリッパ　ほか），いま！（きのの光のなかに，はっとする　ほか）
[内容] 親しみやすい言葉で幅広い世代に愛されている詩人、まど・みちおの選詩集。子どもたちから大人まで、すべての人に読んでもらいたい…そんな想いをこめて贈ります。

『カステラへらずぐち』　まど・みちお，阪田寛夫，かみやしんえ　小峰書店　2004.6　54p　25cm　（まどさんとさかたさんのことばあそび 5）　1300円　①4-338-06023-9
[目次] まどさんのことばあそび（からだ，グチ，いいよ，ロボットのことば，もけいのサクランボ　ほか），さかたさんのことばあそび（マリアとマラリア，ぐじとタラ，やしのみひとつ，漢字のおけいこ，しんこんさ

んほか)

眉村　卓
まゆむら・たく
《1934〜》

『まぼろしのペンフレンド』　眉村卓作　講談社　2006.2　217p　18cm　（青い鳥文庫fシリーズ 231-4）580円　①4-06-148715-9〈絵：緒方剛志〉
内容　学校から帰ると明彦のもとに、手紙が届いていた。差出人は、本郷令子という見知らぬ女の子。そこには、明彦のことを「できるかぎり、くわしく教えてください」という言葉とともに、1万円札が同封されていた…。そして文通をはじめた明彦のまわりでは、つぎつぎと怪事件が起こりはじめ、そしてついに本郷令子が会いたいといってきた!?　小学上級から。

『ねじれた町』　眉村卓作，緒方剛志絵　講談社　2005.2　266p　18cm　（青い鳥文庫fシリーズ 231-3）620円　①4-06-148677-2
内容　美しい城下町に引っ越してきた和田行夫は、静かなこの町がどこかおかしいことに気づく。新しい学校も、生徒はみな異常に優秀で、雄々しいのだ。しかも超常現象としか思えないことがあたりまえに起こっているのにだれも気にしない…。落ちこぼれ扱いされ、孤立した行夫が限界を感じはじめたとき、「鬼の日」という祭りの存在を知る…。小学上級から。

『なぞの転校生』　眉村卓作，緒方剛志絵　講談社　2004.2　188p　18cm　（青い鳥文庫fシリーズ）580円　①4-06-148643-8
内容　広一の通う中学に、転校生が入ってきた。名前は山沢典夫。美形のうえに勉強もスポーツもよくできるこの少年は、しかし、ふつうの中学生ではなかった。エレベーターに乗りあわせ、ふしぎな行動を見てしまった広一は、かれがひきおこす奇妙な出来事から目がはなせなくなり、やがて驚きの事実を知ることに…。学園を舞台にしたSFジュ

ブナイルの傑作、第2弾！　小学上級から。

『ねらわれた学園』　眉村卓作，緒方剛志絵　講談社　2003.7　259p　18cm　（青い鳥文庫fシリーズ）620円　①4-06-148623-3
内容　生徒会長に立候補し、あざやかに当選してみせた、高見沢みちる。その魅力的な微笑とふしぎな力によって、しだいに学園の自由は奪われていく…!?　美しい顔にかくされた彼女の正体と、真の狙いはなんなのか？　何度も映画化・テレビドラマ化された、日本SFジュブナイルの大傑作。小学上級から。

『まぼろしのペンフレンド』　眉村卓作　岩崎書店　1986.1　283p　19cm　（SFロマン文庫）680円　①4-265-01506-9

『ぼくらのロボット物語』　眉村卓作，少年文芸作家クラブ編，西川おさむ絵　岩崎書店　1985.1　79p　22cm　（あたらしいSF童話）880円　①4-265-95106-6

『深夜放送のハプニング―SF』　眉村卓著，依光隆絵　秋元書房　1982.9　166p　18cm　（秋元ジュニア文庫）390円

『天才はつくられる―SF』　眉村卓著，依光隆絵　秋元書房　1982.7　167p　18cm　（秋元ジュニア文庫）390円

『地獄の才能―SF』　眉村卓作，依光隆絵　秋元書房　1982.5　206p　18cm　（秋元ジュニア文庫）390円

『猛烈教師』　眉村卓著　三省堂　1977.9　221p　21cm　（三省堂らいぶらりい　SF傑作短編集）750円

『なぞの転校生』　眉村卓文，武部本一郎絵　鶴書房盛光社　1972　274p　18cm　（SFベストセラーズ）

『地球への遠い道』　眉村卓著，早川博唯絵　毎日新聞社　1970　163p　22cm　（毎日新聞SFシリーズ　ジュニアー版 No.4）

『まぼろしのペンフレンド』　眉村卓文，岩淵慶三絵　岩崎書店　1970　283p

丸山 薫
まるやま・かおる
《1899～1974》

『日本語を味わう名詩入門 10 丸山薫 三好達治』 丸山薫,三好達治著,萩原昌好編,水上多摩江画 あすなろ書房 2012.8 95p 20cm 1500円 ①978-4-7515-2650-7
[目次] 丸山薫(青い黒板,水の精神,嘘,汽車に乗って,練習船,早春,未明の馬,未来へ,母の傘,ほんのすこしの言葉で,詩人の言葉,海という女),三好達治(雪,春,村,Enfance finie,昨日はどこにもありません,祖母,土,チューリップ,石榴,大阿蘇,涙,かよわい花,浅春偶語)

三木 卓
みき・たく
《1935～》

『3人はなかよしだった』 三木卓文,ケルットゥ・ヴオラップ原作・絵,ケイト・エルウッド英訳 鎌倉 かまくら春秋社 2013.5 43p 22×27cm 1400円 ①978-4-7740-0593-5 〈他言語標題:The Three Friends 英語併記〉

『ぽたぽた』 三木卓作,杉浦範茂絵 理論社 2013.2 143p 21cm (名作童話集) 1500円 ①978-4-652-20003-2 〈筑摩書房 1983年刊の加筆,復刊〉
[目次] ジュース,ビー玉,うんこ,画用紙,ぽたぽた,写真,からす,もけいひこうき,あめ,せっけん,とけい,たんじょうび,かげぼうし,のらねこ,いぬ,うらおもて,てぶくろ
[内容] みぢかなものや生きものと豊かに交流するこどもの時間を描く名作童話集。第22回野間児童文芸賞受賞作。

『ばけたらふうせん』 三木卓作,長新太絵 長崎 童話館出版 2012.10 76p 23cm (子どもの文学―青い海シリーズ 21) 1100円 ①978-4-88750-130-0

『イトウくん』 三木卓作,高畠純絵 福音館書店 2010.10 93p 21cm 〔福音館創作童話シリーズ〕 1100円 ①978-4-8340-2593-4
[内容] お姉さんとお兄さんがいる年のはなれた末っ子のイトウくん。大人の中にひとりぼっちで、相棒はネコのナリヒラだけ。そんなイトウくんの奮闘記。

『星のカンタータ』 三木卓作,池田竜雄絵 理論社 2010.2 189p 23cm (日本の児童文学よみがえる名作) 2200円 ①978-4-652-00056-4 〈1969年刊の復刻新装版〉

『21世紀版少年少女古典文学館 第10巻 徒然草 方丈記』 興津要,小林保治,津本信博編,司馬遼太郎,田辺聖子,井上ひさし監修 卜部兼好,鴨長明原作,嵐山光三郎,三木卓著 講談社 2009.12 285p 20cm 1400円 ①978-4-06-282760-7
[目次] 徒然草,方丈記
[内容] 『徒然草』は、ふしぎな作品だ。教訓あり、世間話あり、思い出話あり、世相批判あり、うわさ話あり、うんちくあり―。乱世の鎌倉時代に生きた兼好が残したメッセージは、宝島の地図のように謎にみちていて、だれもが一度は目を通したくなる。『方丈記』は、読む人の背すじをのばす。混乱の時代を生き人の世の無常を語りながらも、生きることのすばらしさも教えてくれる。これほど後世の人の精神に大きな影響を与えた書物はないといわれる。

『ほろびた国の旅』 三木卓著 講談社 2009.7 230p 20cm 1500円 ①978-4-06-215587-8 〈盛光社1969年刊の復刻〉
[内容] 戦争中の旧満州にタイムスリップ!朝鮮人の子ども、中国人の子ども、ロシア人の子ども、日本人の子ども、彼らの恨みと悲

しみのなかを、東洋の超特急あじあ号は、全速力で進んでいく―。

『おおやさんはねこ』 三木卓作 福音館書店 2006.5 289p 17cm （福音館文庫） 700円 ①4-8340-2199-8〈画：荻太郎〉
[内容] ぼくが引っ越そうと思い部屋を探していると、不動産屋に格安の物件がありました。六畳間に台所、トイレ、それにお風呂まで。しかし、よく見ると借り手の条件の一つに、「毎日、お魚を食べる方」と、書いてあったのです。芥川賞作家が、主人公のぼくと猫との交流を生き生きとえがいた、動物ファンタジー。小学校中級以上。

```
三木　露風
みき・ろふう
《1889〜1964》
```

『赤とんぼ―三木露風童謡詩集』 三木露風著、雨田光弘絵 小金井 ネット武蔵野 2006.12 118p 19×19cm 1524円 ①4-944237-43-X〈年譜あり〉

```
水上　不二
みずかみ・ふじ
《1904〜1965》
```

『ぼくは地球の船長だ―水上不二詩集』
水上不二作，水内喜久雄編 理論社 2006.8 133p 21cm （詩の風景） 1400円 ①4-652-03853-4〈絵：村越昭彦〉
[目次] 1 ぼくは地球の船長だ（青い海のなかに，あおいおさかな ほか），2 じゃがいもふとれ（むぎふみ，じゃがいもふとれ ほか），3 ふうらんしょ（カンガルー，かもめ ほか），4 はじめとはなんでしょうか（はじめとはなんでしょうか，お正月 ほか），5 永遠なもの（そことここ，いずみと少年 ほか）
[内容] お父さん。お母さん。おじいちゃん。おばあちゃん。みんなが読んだ水上不二の詩集。

```
水木　しげる
みずき・しげる
《1922〜》
```

『ゲゲゲの鬼太郎おばけ塾 妖怪大相撲の巻』 水木しげる原作・絵，東亮太文 角川書店 2009.12 187p 18cm （角川つばさ文庫 Cみ1-2） 660円 ①978-4-04-631062-0〈発売：角川グループパブリッシング〉
[目次] おどろ砂，かまぼこ，妖怪大相撲，おばけ塾ふろく
[内容] 暗いところに、何かがいる感じ。目をつむっているのに、何かが見える感じ…それこそが「おばけ」と出会う気配なのです。地下世界のモグラ人間、大海原の半魚人、妖怪大相撲でしこを踏む水虎。鬼太郎の仲間たちのほかに、ゲスト妖怪がたくさん登場!!　ぜんぶで26種の妖怪に出会うことに！　今回ばかりは、鬼太郎に危機が迫る！　「おどろ砂」「かまぼこ」「妖怪大相撲」収録。小学中級から。

『ゲゲゲの鬼太郎と妖怪ドライブ』 水木しげる著 メディアファクトリー 2009.12 95p 22cm （水木しげるのふしぎ妖怪ばなし 8） 880円 ①978-4-8401-3113-1〈付（1枚）：ふしぎ妖怪新聞5号〉
[目次] 妖怪ドライブ，かさ地蔵
[内容] はげしいつむじ風にまきこまれた人たちが、風のようにふき消えた。どうやら事件には「車」が関係しているようだが…（「妖怪ドライブ」より）。ブロロロロ！　エンジン全開、妖怪たいじへ、ゴー！　絵と文でたのしむ、『ゲゲゲの鬼太郎』の児童書シリーズ最新刊。

『ゲゲゲの鬼太郎おばけ塾 豆腐小僧の巻』 水木しげる原作・絵，東亮太文 角川書店 2009.7 168p 18cm （角川つばさ文庫 Cみ1-1） 580円 ①978-4-04-631033-0〈発売：角川グループパ

ブリッシング〉
|目次| ゲゲゲの鬼太郎となかまたち，豆腐小僧，猫娘とねずみ男，だるま，おばけ塾ふろく
|内容| 人間が，見えないふしぎなものの形を考えたり，名前をつけたりして，おばけや妖怪は生まれた。木を切りすぎたり，お金もうけばかり考えたりすると，おばけは「やりすぎだよ」と知らせてくれたんだ。でも，見えないふしぎを信じなくなると，おばけたちのメッセージは感じられなくなる。鬼太郎といっしょに「おばけを感じる力」をみがけば，世の中はもっとおもしろくなる！

『ゲゲゲの鬼太郎とオベベ沼の妖怪』　水木しげる著　メディアファクトリー　2009.7　95p　22cm　（水木しげるのふしぎ妖怪ばなし 7）　880円　①978-4-8401-2862-9〈付(1枚)：ふしぎ妖怪新聞4号〉
|目次| 怪鳥うぶめのなぞ，オベベ沼の妖怪
|内容| なぜ赤んぼうばかりがゆうかいされるのか？　事件解決にのりだした鬼太郎の前にあらわれたのは，なんともぶきみな妖怪だった…（「怪鳥うぶめのなぞ」より）。絵と文でたのしむ，『ゲゲゲの鬼太郎』の児童書シリーズ最新刊。

『ゲゲゲの鬼太郎と妖怪タイムマシン』　水木しげる著　メディアファクトリー　2009.4　95p　22cm　（水木しげるのふしぎ妖怪ばなし 6）　880円　①978-4-8401-2765-3〈付(1枚)：ふしぎ妖怪新聞3号〉
|目次| 妖怪タイムマシン，ダイヤモンド妖怪
|内容| 悪事が大すきな妖怪ぬらりひょんは，その正体を見やぶられる前に，鬼太郎をたいじしてしまおうとするが…（「妖怪タイムマシン」より）。

『ゲゲゲの鬼太郎ときょうふの昆虫軍団』　水木しげる著　メディアファクトリー　2008.11　95p　22cm　（水木しげるのふしぎ妖怪ばなし 5）　880円　①978-4-8401-2477-5
|目次| きょうふの昆虫軍団，海座頭
|内容| 巨大昆虫が東京をこうげき！　何者のしわざか!?　絵と文でたのしむ，『ゲゲゲの鬼太郎』の児童書シリーズ最新刊。

『ゲゲゲの鬼太郎と妖怪ガマ先生』　水木しげる著　メディアファクトリー　2008.6　89p　22cm　（水木しげるのふしぎ妖怪ばなし 4）　880円　①978-4-8401-2323-5
|目次| 妖怪ガマ先生，妖怪ぶるぶる
|内容| おこづかいをかせぐために，アルバイトをすることにしたねずみ男だが，そこで出会った男には，おそろしいひみつがあった（「妖怪ガマ先生」より）。絵と文でたのしむ，『ゲゲゲの鬼太郎』の児童書シリーズ。

『ゲゲゲの鬼太郎とゆうれいテレビ局』　水木しげる著　メディアファクトリー　2008.3　93p　22cm　（水木しげるのふしぎ妖怪ばなし 3）　880円　①978-4-8401-2169-9
|目次| ゆうれいテレビ局，げた合戦
|内容| おそろしい妖怪あらわる。その名は「ぬけ首」。鬼太郎をテレビに出して，もうけようと考えたねずみ男だったが，ひょんなことから，とんでもない大事件になってしまった（「ゆうれいテレビ局」より）。絵と文でたのしむ，『ゲゲゲの鬼太郎』の児童書シリーズ。

『ゲゲゲの鬼太郎と妖怪ラーメン』　水木しげる著　メディアファクトリー　2007.11　95p　22cm　（水木しげるのふしぎ妖怪ばなし 1）　880円　①978-4-8401-2077-7
|目次| 妖怪ラーメン，妖怪ハイキング
|内容| ふしぎなおじさんが売っている，カップラーメンを食べた子どもたちが，カップラーメンに変身してしまった。事件解決にのりだした鬼太郎もカップラーメンにされてしまい…。絵と文でたのしむ『ゲゲゲの鬼太郎』の児童書シリーズ。

『ゲゲゲの鬼太郎とよみがえった恐竜』　水木しげる著　メディアファクトリー　2007.11　95p　22cm　（水木しげるのふしぎ妖怪ばなし 2）　880円　①978-4-8401-2078-4
|目次| よみがえった恐竜，さら小僧，妖花

水木しげる

|内容| 空とぶ、ふしぎなにわとりにのって、山おくにやってきた鬼太郎たちの前にあらわれたのは、絶滅したはずの恐竜だった。絵と文でたのしむ『ゲゲゲの鬼太郎』の児童書シリーズ。

『ゲゲゲの鬼太郎』 泉名文子文，水木しげる原作，武上純希，大橋志吉脚本，東映動画画 講談社 1997.01 78p 22cm （ひとりよみおはなしワールド 5） 854円 ①4-06-338505-1

『ゲゲゲの鬼太郎』 水木しげる原作，泉名文子文，東映動画作画 講談社 1996.12 80p 22cm （ひとりよみおはなしワールド 4） 880円 ①4-06-338504-3
|内容| とつぜんあらわれたきょうだいなかおが、どうろをはしりまわって、さわぎをおこしているらしい。じけんをしったきたろうは、なかまたちとともに、げんばへかけつけた。

『ゲゲゲの鬼太郎』 泉名文子文，水木しげる原作，大橋志吉脚本，東映動画画 講談社 1996.11 79p 22cm （ひとりよみおはなしワールド 3） 854円 ①4-06-338503-5

『ゲゲゲの鬼太郎』 水木しげる原作，武上純希，橋本裕志脚本，泉名文子文・ゲーム考案，東映動画，金井友章作画 講談社 1996.10 80p 22cm （ひとりよみおはなしワールド 2） 880円 ①4-06-338502-7
|内容| せいぎのちょうのうりょくしょうねん、きたろうと、なかまのようかいたちがちからをあわせれば、どんなにたいへんなじけんでも、ぶじにかいけつするよ！ けうけげんとがしゃどくろのまき・のっぺらぼうのまき。

『ゲゲゲの鬼太郎』 水木しげる原作，泉名文子文，東映動画作画 講談社 1996.9 80p 22cm （ひとりよみおはなしワールド 1） 880円 ①4-06-338501-9
|内容| ゲゲゲの森にすむ、せいぎのしょうねん、きたろうのところに、たすけをもとめるてがみがとどいたよ。わるいようかいを

やっつけて、へいわをまもれ、きたろう。

『おばけマイコンじゅく』 水木しげる作・絵 ポプラ社 1995.10 107p 18cm （ポプラ社文庫―水木しげるのおばけ学校文庫 G-10） 580円 ①4-591-04877-2

『おばけレストラン』 水木しげる作・絵 ポプラ社 1995.10 111p 18cm （ポプラ社文庫―水木しげるのおばけ学校文庫 G-12） 580円 ①4-591-04879-9

『ラジコン大海獣』 水木しげる作・絵 ポプラ社 1995.10 108p 18cm （ポプラ社文庫―水木しげるのおばけ学校文庫 G-11） 580円 ①4-591-04878-0

『カッパの三平 水泳大会』 水木しげる作・絵 ポプラ社 1995.9 111p 18cm （ポプラ社文庫―水木しげるのおばけ学校文庫 G-8） 580円 ①4-591-04873-X
|内容| つり舟で昼寝をしていた三平は、カッパの世界につれていかれたが…。

『カッパの三平 魔法だぬき』 水木しげる作・絵 ポプラ社 1995.9 111p 18cm （ポプラ社文庫―水木しげるのおばけ学校文庫 G-9） 580円 ①4-591-04874-8
|内容| 三平がみつけたふるいツボ。センをぬくと、中からでてきたものは、なんと。

『妖怪大戦争』 水木しげる作・絵 ポプラ社 1995.9 111p 18cm （ポプラ社文庫―水木しげるのおばけ学校文庫 G-7） 580円 ①4-591-04872-1
|内容| 沖縄の海にある小さな島が西洋の妖怪たちに占領されてしまったが…。

『おばけ宇宙大戦争』 水木しげる作・画 ポプラ社 1995.8 108p 18cm （ポプラ社文庫―水木しげるのおばけ学校文庫 G-5） 580円 ①4-591-04851-9
|内容| 宇宙人がせめてきた。妖怪たちは力をあわせてたちあがった…。

『吸血鬼チャランポラン』 水木しげる作・

画　ポプラ社　1995.8　109p　18cm　（ポプラ社文庫―水木しげるのおばけ学校文庫 G-6）　580円　①4-591-04852-7
[内容] 音楽さいみん術をつかい吸血鬼チャランポランは吸血プランを実行していた。

『3年A組おばけ教室』　水木しげる作・画　ポプラ社　1995.8　110p　18cm　（ポプラ社文庫―水木しげるのおばけ学校文庫 G-4）　580円　①4-591-04850-0
[内容] 三太のクラスにやってきた転校生はおばけくん。その子のせいで…。

『おばけ野球チーム』　水木しげる作・絵　ポプラ社　1995.7　111p　18cm　（ポプラ社文庫―水木しげるのおばけ学校文庫 G-1）　580円　①4-591-04825-X
[内容] けんじのひろったのは鬼太郎のバットだった。とりもどそうとするおばけチームとの大試合。

『ブルートレインおばけ号』　水木しげる作・絵　ポプラ社　1995.7　111p　18cm　（ポプラ社文庫―水木しげるのおばけ学校文庫 G-3）　580円　①4-591-04827-6
[内容] 山の奥深くへまよいこんだゲンとアッコのまえに、ふしぎなブルートレインがあらわれた。

『ゆうれい電車』　水木しげる作・絵　ポプラ社　1995.7　111p　18cm　（ポプラ社文庫―水木しげるのおばけ学校文庫 G-2）　580円　①4-591-04826-8
[内容] おばけを信じないふたりづれ、のった電車がゆうれい電車。

『カッパの三平―アニメ版』　水木しげる原作　金の星社　1993.2　93p　22cm　1100円　①4-323-01849-5
[内容] 三平は、カッパにそっくりな男の子。カッパは、川にすむ、およぎのうまい生きものです。ある日、川でおぼれた三平は、うりふたつのカッパの子、ガータロにたすけられて、カッパの国へ。なかよしになった三平とガータロは、鬼や妖怪のすむ世界へと、ふしぎな冒険に出発。小学校3・4年生から。

『ゲゲゲの鬼太郎　火のたま大けっせん』　水木しげる絵と文　ポプラ社　1988.2　62p　22cm　（ゲゲゲの鬼太郎おばけのくに）　680円　①4-591-02760-0

『ゲゲゲの鬼太郎　ようかいたこがっせん』　水木しげる絵と文　ポプラ社　1987.12　60p　22cm　（ゲゲゲの鬼太郎おばけのくに）　680円　①4-591-02670-1

『ゲゲゲの鬼太郎　ようかいキャンデー』　水木しげる絵と文　ポプラ社　1987.10　63p　22cm　（ゲゲゲの鬼太郎おばけのくに）　680円　①4-591-02588-8

『ゲゲゲの鬼太郎　ようかいてじなし』　水木しげる絵と文　ポプラ社　1987.9　61p　22cm　（ゲゲゲの鬼太郎おばけのくに）　680円　①4-591-02572-1
[内容] 子どもたちが、きえた！　てじなしが、あやしいぞ！

『ゲゲゲの鬼太郎　おばけむらたんけん』　水木しげる絵と文　ポプラ社　1987.8　63p　22cm　（ゲゲゲの鬼太郎おばけのくに）　680円　①4-591-02562-4

『ゲゲゲの鬼太郎　ようかいえんそく』　水木しげる絵と文　ポプラ社　1987.7　62p　22cm　（ゲゲゲの鬼太郎おばけのくに）　680円　①4-591-02548-9
[内容] かっぱがかおをだして、あたりをキョロキョロ。そして、だれもいないのをたしかめると、水かきのついた手をするするっとのばして、きゅうりをつかもうとした。

『ラジコン大海獣』　水木しげる著　ポプラ社　1983.12　108p　22cm　（水木しげるのおばけ学校）　680円

『おばけマイコンじゅく』　水木しげる著　ポプラ社　1983.10　107p　22cm　（水木しげるのおばけ学校）　680円

『おばけレストラン』　水木しげる著　ポプラ社　1983.3　111p　22cm　（水木しげるのおばけ学校）　680円

『妖怪大戦争』 水木しげる著 ポプラ社 1983.2 111p 22cm （水木しげるのおばけ学校） 680円

『カッパの三平 魔法だぬき』 水木しげる著 ポプラ社 1982.8 111p 22cm （水木しげるのおばけ学校） 680円

『カッパの三平 水泳大会』 水木しげる著 ポプラ社 1982.6 111p 22cm （水木しげるのおばけ学校） 680円

『3年A組おばけ教室』 水木しげる著 ポプラ社 1981.8 110p 22cm （水木しげるのおばけ学校） 680円

『吸血鬼チャランポラン』 水木しげる著 ポプラ社 1981.6 109p 22cm （水木しげるのおばけ学校） 680円

『おばけ宇宙大戦争』 ポプラ社 1980.12 108p 22cm （水木しげるのおばけ学校 4） 680円

『ブルートレインおばけ号』 水木しげる著 ポプラ社 1980.8 111p 22cm （水木しげるのおばけ学校） 680円

『おばけ野球チーム』 水木しげる著 ポプラ社 1980.6 111p 22cm （水木しげるのおばけ学校） 680円

『ゆうれい電車』 水木しげる著 ポプラ社 1980.6 111p 22cm （水木しげるのおばけ学校） 680円

三田村　信行
みたむら・のぶゆき
《1939～》

『時空をこえて魔鏡マジック』 三田村信行作，十々夜絵　あかね書房　2014.3 160p 21cm （妖怪道中膝栗毛 6） 1200円　①978-4-251-04516-4
目次 未来のぞきは天狗小僧におまかせ―鈴鹿峠，お六救出には火を使え！―石部，秘密は三つめの目にあり―草津
内容 江戸時代の東海道を、大妖怪を追って旅していた蒼太、お夏、信助。博士もくわわり、いざ捕獲作戦へというときに、博士は再び未来へ…。ようすが知りたい3人は、天狗小僧の術"未来のぞき"で、未来へ飛ぶ！ところが、そこで出会ったのは、まさかの…!?　妖怪だらけのアドベンチャー・ストーリー！

『キャベたまたんてい きけんなドラゴンたいじ』 三田村信行作，宮本えつよし絵　金の星社　2013.11 92p 22cm （キャベたまたんていシリーズ） 1100円
①978-4-323-02033-4
内容 むかしむかし、ドラゴンがすむおそろしい山があった。村人をくるしめるドラゴンをたいじしようと、名のりをあげたゆうしゃ。その名は…小学校1・2年生むき。

『夜の迷路で妖怪パニック』 三田村信行作，十々夜絵　あかね書房　2013.5 158p 21cm （妖怪道中膝栗毛 5） 1200円　①978-4-251-04515-7
内容 大妖怪を追って、未来から来た蒼太、お夏、信助。蒼太と信助が伊勢神宮に納めるお札を、スリにすられて大ショック！　迷路のような町で犯人を見つけ、お夏と再会することができるのか…!?　妖怪だらけのアドベンチャー・ストーリー。

『キャベたまたんてい ゆうれいかいぞくの地図』 三田村信行作，宮本えつよし絵　金の星社　2012.11 89p 22cm （キャベたまたんていシリーズ） 1100円
①978-4-323-02032-7
内容 せいきの大発明、れいかい電話をごらんにいれよう。これをつかえば、ゆうれいと話ができるぞ。さて、だれが出るかな…小学校1・2年生むき。

『船で空飛ぶ妖怪クル～ズ』 三田村信行作，十々夜絵　あかね書房　2012.11 160p 21cm （妖怪道中膝栗毛 4） 1200円　①978-4-251-04514-0
目次 月下美人は死の香り―岡崎，ガタガタ橋を通りゃんせ―鳴海，もしも海坊主を怒らせたら―宮から桑名

内容 江戸時代の東海道を、大妖怪を追って旅する蒼太、お夏、信助。船で海を渡ろうとしていると、酔った虚無僧が「海坊主がいるなら出てこい！」とさけんでしまい、海は大嵐。海坊主に船ごと投げられなぞの小島に着いた蒼太たちに、新たな使命が…⁉ ドキドキが止まらない、アドベンチャー・ストーリー。

『旅はみちづれ地獄ツアー』 三田村信行作，十々夜絵 あかね書房 2012.5 160p 21cm （妖怪道中膝栗毛 3） 1200円 ①978-4-251-04513-3

目次 ここで会ったが百年目—大袋井，黒い運び屋が待っていた—浜松，妖怪にも友情あり—本坂

内容 江戸時代の東海道を、大妖怪を追って旅する蒼太、お夏、信助。大妖怪をさがす知念さんと出会い、いっしょに旅をすることになった3人は、なんとけんか。信助がお夏に贈ったプレゼントに、蒼太が怒ってしまい…。妖怪「黒ぶとん」にそれぞれ「三途の川」へはこばれ危機一発。ドキドキが止まらない、アドベンチャー・ストーリー。

『キャベたまたんてい ミステリーれっしゃをおえ！』 三田村信行作，宮本えつよし絵 金の星社 2011.12 93p 22cm （キャベたまたんていシリーズ） 1100円 ①978-4-323-02031-0

内容 行き先不明のミステリー列車の旅に参加したキャベたまたんてい。しかし、爆弾騒ぎに巻き込まれて…。キャベたまたんていシリーズ第13弾。

『めいたんていポアロン—名画のひみつを追え！』 三田村信行作，大沢幸子絵 講談社 2011.11 92p 22cm （わくわくライブラリー） 1300円 ①978-4-06-195732-9

内容 コックだけど、めいたんていのムッシュ・ポアロンにおまかせ。どんな事件も、料理しちゃうよ。

『よろずトラブル妖怪におまかせ』 三田村信行作，十々夜絵 あかね書房 2011.11 160p 21cm （妖怪道中膝栗毛 2） 1200円 ①978-4-251-04512-6

目次 妖怪問屋ただいま開業—吉原，空き家婆を見たものは死ぬ—府中，妖怪になったむすめ—島田

内容 江戸時代の東海道を、逃げた妖怪を追って旅することになった蒼一、夏実、信夫。知らずに妖怪屋敷に泊まった3人は、その屋敷の主を、妖怪を使って助けることに…。ところが、ぎゃくに手ごわい妖怪たちに囲まれたり、お夏がつれさられそうになったり、ピンチの連続。蒼太たちは危機を脱出できるのか…⁉ 妖怪だらけのアドベンチャー・ストーリー。

『旅のはじまりはタイムスリップ』 三田村信行作，十々夜絵 あかね書房 2011.5 160p 21cm （妖怪道中膝栗毛 1） 1200円 ①978-4-251-04511-9

目次 大妖怪を追って、いざ出発！—日本橋，行き倒れにはご用心—保土ヶ谷，箱根の山は妖怪とみちづれ—箱根関所

内容 ある日、大河原博士からよびだされた蒼一は、逃げた妖怪を追って、江戸時代へタイムスリップすることに…。日本橋から京都まで旅をする蒼一、夏実、信夫は妖怪たちにおそわれ、大ピンチ…⁉ 妖怪だらけのアドベンチャー・ストーリー。

『めいたんていポアロン—さらわれたプリンセス』 三田村信行作，大沢幸子絵 講談社 2011.1 89p 22cm （わくわくライブラリー） 1300円 ①978-4-06-195726-8

内容 レストランにいつもやってくるお客さん、ブルトン警部から、「パーリの町を訪れている王女が行方不明になった」という話をきいたムッシュ・ポアロン。王女はゆうかいされたとすいりして、そのとおりにきょうは状がとどきますが、犯人はあらわれません。ポアロンは頭をかかえますが、むすこのちびポアロンのひとことで、ある考えがひらめいて…。小学校3年生から。

『キャベたまたんてい ほねほねきょうりゅうのなぞ』 三田村信行作，宮本えつよし絵 金の星社 2010.12 90p 22cm （キャベたまたんていシリーズ） 1100円 ①978-4-323-02030-3

内容 ここはぶきみな"ほねほねうらないの

やかた"。きょうりゅうのほねをつかったうらないでひょうばんになっている。どうやってきょうりゅうのほねをあつめているのかって？　それはよんでからのおたのしみ…。小学校1・2年生むき。

『さいごのさいごのなかなおり―れいかいホテルはいつもまんいん』　三田村信行さく，いとうみきえ　そうえん社　2010.12　63p　20cm　（まいにちおはなし　6）　1000円　①978-4-88264-475-0
内容 「ぼくたち、ずーっとともだちでいようね。」とてもなかよしだったブル船長とコリーはけんかしてしまったそのわけは…？　れいかいホテルのきつね支配人が、とっておきのほうほうで、ふたりをなかなおりさせてくれます。

『めいたんていポアロン―ぬすまれたくびかざり』　三田村信行作，大沢幸子絵　講談社　2010.5　88p　22cm　（わくわくライブラリー）　1300円　①978-4-06-195720-6
内容 どんな事件がおこってもコックだけど、めいたんていのムッシュ・ポアロンにおまかせ！　どんな事件も、料理しちゃうよ！　小学3年生から。

『キャベたまたんてい　タコヤキオリンピック』　三田村信行作，宮本えつよし絵　金の星社　2009.12　85p　22cm　（キャベたまたんていシリーズ）　1100円　①978-4-323-02029-7
内容 タコヤキ星でたこやき職人のうでをきそうためにおこなわれるタコヤキオリンピック。たこやき職人のタッキーをゆうしょうさせるためキャベたまたんていたちはきょうりょくすることに…小学校1・2年生むき。

『風の陰陽師　4　さすらい風』　三田村信行作，二星天絵　ポプラ社　2009.1　388p　19cm　1600円　①978-4-591-10747-8　〈文献あり〉
内容 板東の覇者、平将門にこわれて東国に赴いた晴明、そこで待ちうけたのは、またもや黒主の野望による策略。しかし、多城丸たち仲間を救うには、将門を操る黒主を助け、将門軍を勝利に導く以外にない。晴明のとるべき道は？　そしてすべてが終わった後―。

『キャベたまたんてい　きえたキャベたまひめのひみつ』　三田村信行作，宮本えつよし絵　金の星社　2008.12　90p　22cm　（キャベたまたんていシリーズ）　1100円　①978-4-323-02028-0
内容 ふうせん型のタイムマシンでご先祖さまたちがいるキャベたま城にやってきたキャベたまたんていたち。いなくなったキャベたまひめをさがしてほしいとたのまれるが…。小学校1・2年生むき。

『風の陰陽師　3　うろつき鬼』　三田村信行作，二星天絵　ポプラ社　2008.7　391p　19cm　1600円　①978-4-591-10417-0
内容 恨みを抱いて死んだ若い親王とその母の霊をよみがえらせ、怨霊朝廷を打ち立てて、都を支配しようと企む黒主。一方、信太の森にも魔修羅神なる怪しい影が忍び寄る。都を徘徊する"鬼"を操るのは誰なのか。目的は？　森を、都を、そして愛しい人たちを晴明は守れるのか―。

『風の陰陽師　2　ねむり姫』　三田村信行作，二星天絵　ポプラ社　2007.12　381p　19cm　1600円　①978-4-591-10025-7
内容 突然都に降った黒い雪は、災厄のまえぶれなのか？　不吉な予兆に不安をいだき、ひとり危機を案じる晴明。ライバル蘆屋道満、"闇の陰陽師"黒主、大盗賊袴垂保輔、それぞれの思惑がうごめき、やがて都は闇におおわれた…。晴明は、都と、ひそかに想う咲耶子姫を守ることができるのか。

『キャベたまたんてい　ハラハラさばくの大レース』　三田村信行作，宮本えつよし絵　金の星社　2007.12　84p　22cm　（キャベたまたんていシリーズ）　900円　①978-4-323-02027-3
内容 ハラハラさばくおうだんレースにキャベたま号でさんかしたキャベたまたんてい。めざすは、もちろんゆうしょう。ところが、地図にないみずうみやあやしいお城があらわれて…。小学校1・2年生むき。

『風の陰陽師 1 きつね童子』 三田村信行作，二星天絵 ポプラ社 2007.9 383p 19cm 1600円 ①978-4-591-09906-3
[内容] 京の都で、母を知らずに育った童子は、父の死後、母をたずねて信太の森へ。そこにはきつねたちの不思議な世界がひろがっていた。やがて肉親と別れて森を去り、陰陽師の修行を始める晴明。尊敬する師匠や友人たち、手強いライバルとの出会いを経て、童子から一人前の陰陽師へと成長してゆく少年の、物語のはじまり―。時代読み物の新シリーズ。出生に秘密をもつ少年の、波乱と感動の成長物語。

『キャベたまたんてい 100おく円のたからさがし』 三田村信行作，宮本えつよし絵 金の星社 2006.12 92p 22cm (キャベたまたんていシリーズ) 900円 ①4-323-02026-0
[内容] 100おく円のおたからがかくされているというたからさがしゲームにセロリがあらわれるときいたキャベたまたんてい。ごうか客船にのりこんでかいとうセロリをつかまえろ。小学校1・2年むき。

『新編弓張月 下(妖魔王の魔手)』 三田村信行文 ポプラ社 2006.12 326p 22cm 1400円 ①4-591-09529-0 〈絵：金田栄路〉
[内容] 清盛暗殺のため都に向かうはずが、嵐におそわれ、故崇徳院の使いにより助けられた為朝。一方琉球では、王の跡継ぎをめぐって争いが起こりつつあった。強力な妖術を使う怪しい仙人の策略にはまり、危機に陥った琉球をすくうのは…？ 波瀾万丈の為朝伝説、ここに完結。

『悪魔の赤ワイン』 三田村信行作，夏目尚吾絵 あかね書房 2006.11 76p 22cm (キツネのかぎや 10) 1000円 ①4-251-03890-8
[内容] 「あれは、みんな、悪魔の赤ワインをもとめてこの島にやってきて、命をおとした人たちの亡霊です。『ワインの入っている戸だなのかぎをよこせ』と、さわいでいるのです。」…キツネのかぎやは、悪魔にのろわれ、悪魔の赤ワインをのもうとするヒョウの警部をすくうため、大かつやくします！ キツネのかぎやシリーズ最終巻。

『新編弓張月 上(伝説の勇者)』 三田村信行文 ポプラ社 2006.10 318p 22cm 1400円 ①4-591-09419-7 〈絵：金田栄路〉
[内容] 弓に導かれた数奇の運命不屈の勇者、鎮西八郎為朝あらわる！ 平安時代末期、源氏の御曹司として生まれた源為朝は、あまりに秀でた強弓の腕をおそれられ、都より遠ざけられた。送られた先である九州統一にはじまり、各地で数々の武勇をくりひろげた伝説の勇者の、波瀾万丈の物語が、ここに始まる。波瀾万丈の為朝伝説を描き、江戸時代の大ベストセラーとなった滝沢馬琴の「椿説弓張月」が、「三国志」の三田村信行の手であざやかに復活。

『カッパの秘宝』 三田村信行作，夏目尚吾絵 あかね書房 2006.7 76p 22cm (キツネのかぎや 9) 1000円 ①4-251-03889-4
[内容] 「カッパ大明神の～はこのかぎを～あけるな～。あければ～おまえの命は～ないぞよ～。」「だだだだ、だれだ、お、おまえは！」「われは、カッパ大明神なり！」キツネのかぎやは、秘宝カッパ玉の入ったはこのかぎをあけてほしいと、イノシシ村長にたのまれてカッパ村にきたのだが…。

『三国志 5(五丈原の秋風)』 三田村信行文 ポプラ社 2006.6 331p 18cm (ポプラポケット文庫 106-5) 660円 ①4-591-09295-X 〈絵：若菜等＋Ki〉
[内容] 劉備から蜀を託された孔明。魏・呉・蜀、三国のあらそいがはげしさを増すなか、蜀は孔明の知謀できりぬけていく。しかし、天才・孔明も時の流れとともに天命にはさからえず…。はたして蜀の運命は？ 時代をかけぬけた英雄たちの戦いの物語が、ついに完結！ 中学生向け。

『三国志 4(三国ならび立つ)』 三田村信行文 ポプラ社 2006.4 326p 18cm (ポプラポケット文庫 106-4) 660円 ①4-591-09219-4 〈絵：若菜等＋Ki〉
[内容] 孫権とともに赤壁の戦いで曹操を破った劉備が、つぎにめざしたのは蜀だった。

三田村信行

天下を三分し、世の中を平和におさめるという「天下三分の計」はついになるのか？義兄弟とともに乱世をたたかいぬいた劉備がたどりついたところは—？　中学生向け。

『三国志　3（燃える長江）』　三田村信行文　ポプラ社　2006.1　322p　18cm　（ポプラポケット文庫 106-3）　660円　①4-591-09033-7　〈絵：若菜等＋Ki〉
内容　孔明を軍師としてむかえ、勢いにのりはじめた劉備。孫権は、劉備らと手をむすび、強敵曹操との戦いを決意した。そして一両軍はついに決戦のときをむかえる！天才軍師、孔明の知謀が奇跡をよぶか？　物語はいよいよ佳境に。

『三国志　2（天下三分の計）』　三田村信行文　ポプラ社　2005.11　286p　18cm　（ポプラポケット文庫 106-2）　660円　①4-591-08924-X　〈絵：若菜等＋Ki〉
内容　都にのぼって天下統一をねらう曹操。いっぽう、黄河の北で勢力をひろげる袁紹。天下をめぐる英雄たちの戦いは、いよいよ白熱をおびる。天才軍師、孔明をむかえ、劉備・関羽・張飛の義兄弟に、運命は味方するか。

『透明人間のわな』　三田村信行作，夏目尚吾絵　あかね書房　2005.11　76p　22cm　（キツネのかぎや　8）　1000円　①4-251-03888-6
内容　「おれは、みどり署のブル警部補だ。おまえを銀行強盗でたいほする！」大男のブルドッグが、かちほこったように言いました。キツネのかぎやは、透明人間のわなにかかり、ブル警部補に銀行強盗の犯人にされてしまった。

『三国志　1（群雄のあらそい）』　三田村信行文　ポプラ社　2005.10　282p　18cm　（ポプラポケット文庫 106-1）　660円　①4-591-08854-5　〈絵：若菜等＋Ki〉
内容　時は二世紀末の後漢の世。みだれた世の中を立てなおそうと、無類の武将、関羽・張飛とともに立ちあがった青年、劉備。熱い野望をいだいた群雄が、天下をめぐって、あらそいの火花を散らす。—英雄たちの息をのむ戦いの物語が、いまはじまる。

『いちばん悪いのはだれだ！』　三田村信行作，古内ヨシ絵　あかね書房　2005.2　73p　22cm　（へんてこ宝さがし　4）　1000円　①4-251-03894-0
内容　「恐竜の耳かす」「マンドラゴンの根っこ」「むかし砂漠の砂」三つの宝を手に入れたピンチくんたちは、大賞金を手に入れるため、アルベルト・カネモッチがすむロマーノ市にむかったが…。そこには、ピンチくんたちをねらう悪者たちが、待ちかまえていたのだ。

『源平盛衰記　巻の3　滅びゆくもの』　三田村信行文，若菜等,Ki絵　ポプラ社　2005.2　283p　22cm　1300円　①4-591-08411-6
内容　源氏に都を追われ、屋島に逃れた平家は、かつての栄華をとりもどそうと必死の戦いをつづけるが、やがて義経の前に追いつめられ、壇ノ浦で最後をむかえる。しかし、平家をほろぼした英雄・義経を待ちうけていたのは、さらに非情な運命だった…。平安の末期、激動の時代を生きぬいた人間たちの戦いの物語『源平盛衰記』。感動の最終巻。

『地獄のえんま帳』　三田村信行作，夏目尚吾絵　あかね書房　2005.1　76p　22cm　（キツネのかぎや　7）　1000円　①4-251-03887-8
内容　「おれは、地獄の鬼なんだ。」「じ、地獄…」「そうだ。あんたにたのみたいことがあって、はるばる地獄からやってきた。」キツネのかぎやは、地獄の赤鬼のたのみをきいて、とうとう地獄に行くことになった。

『源平盛衰記　巻の2　源氏の逆襲』　三田村信行文，若菜等,Ki絵　ポプラ社　2004.12　241p　22cm　1300円　①4-591-08343-8
内容　伊豆の国蛭ケ小島に流されていた源頼朝のもとへ、平家追討を命じる法皇の院宣がくだった。頼朝がついに挙兵すると、それにこたえて、弟義経が奥州平泉からかけつけ、いとこの義仲も木曽で兵を挙げた。おごり高ぶる平家を滅ぼすため、源氏の逆襲がはじまった。

『源平盛衰記　巻の1　おごる平家』　三田村信行文，若菜等,Ki絵　ポプラ社　2004.10　263p　22cm　1300円　①4-591-08249-0
内容　京の都の権力争いに勝ち，栄華をきわめる平家一門。いっぽう戦いにやぶれ，むなしく都を追われる源氏一門。若い源氏の御曹司・頼朝は伊豆の国蛭ケ小島に流され，二十年の長い歳月をすごす…。勢いやまぬ平家の繁栄と，一族のおごりを描く。

光瀬　龍
みつせ・りゅう
《1928～1999》

『作戦NACL』　光瀬龍作　岩崎書店　2005.10　199p　22cm　（SF名作コレクション　8）　1500円　①4-265-04658-4　〈絵：寺沢昭〉

『ぬすまれた教室』　光瀬龍作，ウノ・カマキリ画　岩崎書店　1990.10　106p　22cm　（フォア文庫）　470円　①4-265-01074-1
内容　洋一のクラスでは、だれもいないはずの教室で友だちが次つぎとたおれた。そのとき、つよい力でひっぱられ、"水をくれ、水をくれ…"とさけぶ声がするという。さて、そのぶきみな、奇妙な声の正体は…？洋一たちを中心に、その正体をさぐるため、手わけして行動を開始する。―テレパシーをテーマにしたSF童話の傑作。小学校低・中学年向。

『よーすけとはな』　光瀬龍作，高梁まもる絵　ペップ出版　1990.9　205p　20cm　（ペップ21世紀ライブラリー　7）　1200円　①4-89351-117-3

『作戦NACL』　光瀬龍作　岩崎書店　1986.1　206p　19cm　（SFロマン文庫）　680円　①4-265-01510-7

『ぬすまれた教室』　光瀬龍作，少年文芸作家クラブ編，宇野文雄絵　岩崎書店　1984.12　77p　22cm　（あたらしいSF童話）　880円　①4-265-95104-X

『王女よ、ねむれ』　光瀬竜著，中村銀子画　学校図書　1984.3　237p　21cm　（パンドラの匣創作選　6）　1200円

『その列車を止めろ！―SF』　光瀬龍著，依光隆絵　秋元書房　1982.8　213p　18cm　（秋元ジュニア文庫）　390円

『あの炎をくぐれ』　光瀬龍著，石田武雄絵　国土社　1982.7　109p　20cm　（創作子どもSF全集　9）　950円　①4-337-05409-X

『その花を見るな！―SF』　光瀬龍著，依光隆絵　秋元書房　1982.6　171p　18cm　（秋元ジュニア文庫）　390円

『SOS宇宙船シルバー号』　光瀬龍著　三省堂　1977.11　219p　20cm　（三省堂らいぶらりいSF傑作短編集）　750円

『秘密指令月光を消せ』　光瀬龍著　三省堂　1977.9　211p　20cm　（三省堂らいぶらりい SF傑作短編集）　750円

『暁はただ銀色』　光瀬龍作，武部本一郎絵　朝日ソノラマ　1973　282p　20cm　（少年少女傑作小説　10）

『SOSタイム・パトロール』　光瀬龍作，武部本一郎絵　朝日ソノラマ　1972　270p　20cm　（サンヤングシリーズ　36）

『夕ばえ作戦』　光瀬龍文　鶴書房盛光社　1972　268p　18cm　（SFベストセラーズ）

『作戦NACL』　光瀬龍文，金森達絵　岩崎書店　1971　206p　19cm　（SF少年文庫　10）

『暁はただ銀色』　光瀬龍文，武部本一郎絵　朝日ソノラマ　1970　282p　20cm　（サンヤングシリーズ　23）

『あの炎をくぐれ』　光瀬龍著，石田武雄絵　国土社　1970　109p　21cm　（創

作子どもSF全集　9）

『その花を見るな！』　光瀬龍文，早川博唯絵　毎日新聞社　1970　163p　22cm　（毎日新聞SFシリーズ　ジュニア版 9）

『北北東を警戒せよ』　光瀬龍文，中山正美絵　毎日ソノラマ　1969　318p　20cm　（地球壊滅ヤング）

『夕ばえ作戦』　光瀬龍著　盛光社　1967.3　268p　20cm　（ジュニアSF）

皆川　博子
みながわ・ひろこ
《1930～》

『倒立する塔の殺人』　皆川博子作　理論社　2007.11　316p　20cm　（ミステリーYA！）　1300円　①978-4-652-08615-5
[内容]　戦時中のミッションスクール。図書館の本の中にまぎれて、ひっそり置かれた美しいノート。蔓薔薇模様の囲みの中には、タイトルだけが記されている。『倒立する塔の殺人』。少女たちの間では、小説の回し書きが流行していた。ノートに出会った者は続きを書き継ぐ。手から手へと、物語はめぐり、想いもめぐる。やがてひとりの少女の不思議な死をきっかけに、物語は驚くべき結末を迎える…。物語が物語を生み、秘められた思惑が絡み合う。万華鏡のように美しい幻想的な物語。

『炎のように鳥のように』　皆川博子著　偕成社　1993.8　357p　19cm　（偕成社文庫）　900円　①4-03-850690-8
[内容]　天武天皇の王子だが気弱でやさしい草壁と、父とともに落ちのびた吉野で草壁が知りあった国栖の野性児・小鹿。壬申の乱を経て天武が権力を握っていく大きな歴史の渦に巻きこまれながらも、流れに抗いみずからの生を生きようとする二人の少年の目をとおして激動の時代を描く壮大な叙事詩。中学から。

『海と十字架』　皆川博子著　偕成社　1983.10　288p　19cm　（偕成社文庫）　450円　①4-03-651110-6

『炎のように鳥のように』　皆川博子著，建石修志絵　偕成社　1982.5　316p　21cm　（偕成社の創作文学）　1300円　①4-03-720410-X

『海と十字架』　皆川博子文，田代三善絵　偕成社　1972　258p　21cm　（少年少女創作文学）

宮川　ひろ
みやがわ・ひろ
《1923～》

『ひいきにかんぱい！』　宮川ひろ作，小泉るみ子絵　童心社　2013.10　95p　22cm　1100円　①978-4-494-02036-2
[内容]　「ひいき」って、おうえんすることだよ。給食が食べられないさなえちゃんと、先生一年生の内山先生をひいきするぞ！一也たちは、ひいき係をつくったのです。小学校低学年から。

『0てんにかんぱい！』　宮川ひろ作，小泉るみ子絵　童心社　2012.11　90p　22cm　1100円　①978-4-494-02032-4
〈文献あり〉
[内容]　算数のテスト、61てん…。おかあさん、なんていうかなあ…。見せるのやだなあ。そんな哲男に、ふたばおじさんは「0てんでかんぱいした」というのです。

『わたしの昔かたり』　宮川ひろ作　童話屋　2012.7　94p　21cm　2000円　①978-4-88747-113-9
[目次]　ねずみ経，さると地ぞう，せんがりの田，ねずみの相撲，天から落ちた源五郎，大工と鬼六，爺さまの湯治

『けんかにかんぱい！』　宮川ひろ作，小泉るみ子絵　童心社　2012.4　94p　22cm　1100円　①978-4-494-01958-8
〈文献あり〉
[内容]　あたらしいクラスになって、係をきめ

るとき、和人は自分でかんがえて、黒板に「けんかとめ係」と書きました。ところが先生は、「けんかはとめるものではないぞ」というのです。よくわからない和人でしたが…。小学校低学年から。

『天使たちのカレンダー』　宮川ひろ作，ましませつこ絵　新装版　童心社　2012.3　198p　21cm　1500円　①978-4-494-01338-8　〈文献あり〉
[内容] ミズキという木でつくられた木の人形のてっぺいは、「のびのび学級」とおうクラスに行きました。そこはとてもすてきな学校で…。

『天使たちのたんじょう会』　宮川ひろ作，ましませつこ絵　新装版　童心社　2012.3　175p　21cm　1400円　①978-4-494-01339-5　〈文献あり〉
[内容] あきこちゃんは1年生の二学期、十二月十日に、お星さまになってしまいました。でも、一年二組の友だちは、それからも、あきこちゃんの誕生会を、つづけています。ずっとつづけていくものだと思っているのです。

『天使のいる教室』　宮川ひろ作，ましませつこ絵　新装版　童心社　2012.3　183p　21cm　1400円　①978-4-494-01337-1
[内容] 小児ガンのあきこちゃんは天使のような子。先生とクラスのお友だちは奇跡を願って…。

『わすれんぼうにかんぱい！』　宮川ひろ作，小泉るみ子絵　童心社　2011.5　93p　22cm　1100円　①978-4-494-01953-3
[内容] おかあさんが入院する…。まゆみは、おばさんの家にひっこして、転校することになりました。あたらしい先生は、まゆみに「わすれんぼう」になろう、というのです。

『ずるやすみにかんぱい！』　宮川ひろ作，小泉るみ子絵　童心社　2010.3　92p　22cm　1100円　①978-4-494-01945-8
[内容]「学校へ、いきたくなかったときって、あった？」雄介は、おとうさんに、ききました。しっぱいしたことを、しつこくからかわれて、気持ちがしぼんでしまった雄介に、おとうさんは、"ずるやすみ"をしようというのです。

『さくらの下のさくらのクラス』　宮川ひろ作，ふりやかよこ絵　岩崎書店　2010.2　123p　22cm　（おはなしガーデン 24）1200円　①978-4-265-05474-9　〈文献あり〉
[内容] 新学期になって一週間がたちました。新二年生の教室は、二階のいちばん南のはしです。窓から校庭のさくら九本を見わたすことができました。この学校で、これから、楽しいお話がはじまります。

『りんごひろいきょうそう』　宮川ひろ作，鈴木まもる絵　小峰書店　2009.11　62p　22cm　（おはなしだいすき）1100円　①978-4-338-19219-4
[目次] あかいぼうし，りんごひろいきょうそう，たからもの，二十八ぽんので，おかあさんのホクロ

『うそつきにかんぱい！』　宮川ひろ作，小泉るみ子絵　童心社　2009.4　94p　22cm　1100円　①978-4-494-01943-4
[内容] 信也は大ばあちゃんが、だいすきです。でも、このごろ、ようすがおかしいのです。おかあさんは「うそをついたほうがいいの」といいますが…。こまった信也は、植木屋の「ほらふきおじさん」にあいにいきます。小学校低学年から。

『しっぱいにかんぱい！』　宮川ひろ作，小泉るみ子絵　童心社　2008.9　94p　22cm　1100円　①978-4-494-01940-3
[内容] 1年生からずっと、リレーの選手にえらばれてきた加奈。ことしはアンカーをまかされました。ところが運動会のリレーで、まさかのしっぱいをしてしまい、おちこんでしまいます。そんなとき、おじいちゃんから電話が…。

『「おめでとう」をいっぱい』　宮川ひろさく，藤田ひおこえ　PHP研究所　2007.1　78p　22cm　（とっておきのどうわ）950円　①4-569-68649-4
[内容] やすよは、びょうきでにゅういんして

いるあいこ先生がしんぱいでたまりません。「千羽ヅルをおろうよ。先生がげんきになりますようにって」おばあちゃんがいいました。小学1〜3年生向。

『おとまりのひなまつり』 宮川ひろ作, ふりやかよこ絵 ポプラ社 2006.2 64p 22cm （おはなしボンボン 33） 900円 ①4-591-09110-4
内容 山の小学校の1年生は7人。あいこ先生といっしょに、ひなまつりのための、おひなさまをぬっています。村にある「やまぶき宿」で、初節句をむかえる6人の赤ちゃんと祝うひなまつりの話。小学校初級から。

『ほしまつりの日』 宮川ひろ作, ふりやかよこ絵 ポプラ社 2005.6 70p 22cm （おはなしボンボン 26） 900円 ①4-591-08685-2
内容 山の村のちいさな小学校です。七人だけの一年生のきょうしつでは、あいこ先生といっしょにみんながほしにねがいをかいています。まちにまったほしまつりの日のお話。小学校初級から。

『きょうはいい日だね』 宮川ひろさく, 藤田ひおこえ PHP研究所 2005.3 76p 22cm （とっておきのどうわ） 950円 ①4-569-68536-6
内容 一年生のしゅうへいは、学校へくるとこえがでなくなってしまいます。「もんのところにこえどろぼうがいるんだ。すがたはみえないけどぼくだけねらわれているんだ…」—小学1〜3年生向。

宮口　しづえ
みやぐち・しづえ
《1907〜1994》

『宮口しづえ童話名作集』 宮口しづえ著, 高橋忠治, はまみつを編 長野 一草舎出版 2009.6 318p 22cm 2571円 ①978-4-902842-61-6
目次 塩川先生 絵本のはなし, ミノスケのスキー帽, 塩川先生, 弟, 夜汽車のうた, オンタケの子ら イワナのおれい, 山の学校の教室, ナツミちゃん, わたしはヘチマです, オンタケのアゲハチョウ, 忍術ごっこ おはぎのかなしみ, 忍術ごっこ, 秋風にのってくるピエロのおじさん, 兄, おこもり, よながでこまる, 秋風と子どもしばい, かたかたおどりがはじまった, 風の色 夏みかんのかなしみ, どんぐりのおねがい, 茶わんむしのお正月, 風の色, ケサちゃんのお花ばたけ, サツマイモのはなし, 火ばちの教室, 解説 宮口しづえの人と文学

『宮口しづえ童話全集　6　胸にともる灯』 筑摩書房 1979.12 215p 22cm 1400円

『宮口しづえ童話全集　5　オンタケの子ら』 筑摩書房 1979.11 220p 22cm 1400円

『宮口しづえ童話全集　7　月夜のゴロウ』 筑摩書房 1979.10 190p 22cm 1400円

『宮口しづえ童話全集　1　ミノスケのスキー帽』 筑摩書房 1979.9 186p 22cm 1400円

『宮口しづえ童話全集　8　まあるい顔のお客さま』 筑摩書房 1979.8 207p 22cm 1400円

『宮口しづえ童話全集　4　ゲンとイズミ』 筑摩書房 1979.7 200p 22cm 1400円

『宮口しづえ童話全集　3　山の終バス』 筑摩書房 1979.6 190p 22cm 1400円

『宮口しづえ童話全集　2　ゲンと不動明王』 筑摩書房 1979.5 222p 22cm 1400円

『胸にともる灯』 宮口しづえ著, 熊谷元一え 筑摩書房 1975 158p 21cm

『ゲンと不動明王』 宮口しづえ文, 朝倉摂絵 筑摩書房 1974 267p 19cm

『箱火ばちのおじいさん』 宮口しづえ著, 高橋薫え 筑摩書房 1974 170p

21cm

『たろなにみてるの』 宮口しづえ作,北島新平え 小峰書店 1973 114p 23cm (創作幼年童話選 8)

『オンタケの子ら』 宮口しづえ作,朝倉摂絵 小峰書店 1969 251p 23cm (宮口しづえ児童文学集 4)

『ゲンとイズミ』 宮口しづえ作,朝倉摂絵 小峰書店 1969 229p 23cm (宮口しづえ児童文学集 3)

『ゲンと不動明王』 宮口しづえ作,朝倉摂絵 小峰書店 1969 250p 23cm (宮口しづえ児童文学集 1)

『ミノスケのスキー帽』 宮口しづえ作,朝倉摂絵 小峰書店 1969 258p 23cm (宮口しづえ児童文学集 5)

『山の終バス』 宮口しづえ作,朝倉摂絵 小峰書店 1969 214p 23cm (宮口しづえ児童文学集 2)

『たろなにみてるの』 宮口しづえ文,久米宏一絵 小峯書店 1966 83p 27cm (創作幼年童話 12)

『ゲンとイズミ』 宮口しづえ文 筑摩書房 1964 249p 19cm

『山の終バス』 宮口しづえ文,朝倉摂絵 筑摩書房 1960 220p 19cm

『ゲンと不動明王』 宮口しづえ文,朝倉摂絵 筑摩書房 1958 267p 19cm

宮沢 賢治
みやざわ・けんじ
《1896～1933》

『《絵本》銀河鉄道の夜』 宮沢賢治作,司修絵 偕成社 2014.3 178p 22cm 1400円 ①978-4-03-016650-9〈底本:新校本宮沢賢治全集 第11巻(筑摩書房 1996年刊)〉
内容 新風を巻きおこした実業之日本社版『宮沢賢治童話集』の挿画から45年。あらたに生まれた、司修による『絵本 銀河鉄道の夜』。中学生から。

『オッベルと象』 宮沢賢治作,小林敏也画 好学社 2014.2 45p 31cm (画本宮沢賢治) 1800円 ①978-4-7690-2309-8〈パロル舎 1987年刊の再刊〉

『セロ弾きのゴーシュ』 宮沢賢治,小林敏也画 好学社 2014.2 44p 31cm (画本宮沢賢治) 1800円 ①978-4-7690-2308-1〈パロル舎 1986年刊の再刊〉

『黄いろのトマト』 宮沢賢治作,降矢なな絵 三起商行 2013.10 〔40p〕 26cm (ミキハウスの絵本) 1500円 ①978-4-89588-130-2
内容 「にいさま、あのトマトどうしてあんなに光るんでしょうね。」「黄金だよ。黄金だからあんなに光るんだ。」―ふたりだけで、まるでおとぎ話のように愉快に暮らす、幼い兄と妹。ところがある日、彼らの無垢な心は、思いもかけないかたちで傷つけられた…。「かあいそうだよ。ほんとうにかあいそうだ…。」蜂雀の声が波のように聞こえてくる。いつまでも、いつまでも…。

『銀河鉄道の夜』 宮沢賢治作,金井一郎絵 三起商行 2013.10 111p 26cm (ミキハウスの絵本) 2300円 ①978-4-89588-129-6
内容 ―するとどこかで、ふしぎな声が、銀河ステーション、銀河ステーションと云う声がしたと思うと、眼の前がさあっと明るくなり、気がついてみると、ジョバンニは、親友のカムパネルラといっしょに、ごとごとごとごとと小さな列車にのって走っていたのだ―。銀河を走るその鉄道は、人々の透明な意思と願いとをのせて、生と死のはざまを、かけぬけていく…。「翳り絵」で描かれた『銀河鉄道の夜』。

『雪わたり』 宮沢賢治作,小林敏也画 好学社 2013.10 41p 31cm (画本宮沢賢治) 1700円 ①978-4-7690-2307-

宮沢賢治

4〈パロル舎 1989年刊の再刊〉

『風の又三郎―文字の絵本』 吉田佳広デザイン，宮沢賢治原作 偕成社 2013.9 〔48p〕 21×21cm 1700円 ①978-4-03-965110-5

『ふたごの星』 宮沢賢治文，松永禎郎絵 新日本出版社 2013.6 28p 29cm 1500円 ①978-4-406-05693-9〈「双子の星 2」(TBSブリタニカ 1993年刊)の改題〉
内容 二人はほうき星のしっぽにしっかりつかまりました。ほうき星は青白い光を一つフウとはいていいました。「さあ、発つぞ。ギイギイフウ。ギイギイフウ。」実にほうき星は空のくじらです。弱い星はあちこち逃げまわりました。二つの青い星がかなでるきよらかな銀笛の音色。

『雨ニモマケズ』 宮沢賢治作，小林敏也画 好学社 2013.5 40p 31cm (画本宮沢賢治) 1700円 ①978-4-7690-2304-3〈パロル舎 1991年刊の再刊〉

『注文の多い料理店』 宮沢賢治作，小林敏也画 好学社 2013.5 46p 31cm (画本宮沢賢治) 1700円 ①978-4-7690-2305-0〈パロル舎 1989年刊の再刊〉

『おじゃる丸 銀河がマロを呼んでいる―ふたりのねがい星；ほか「おじゃ休さん」〈全2話〉』 犬丸りん，宮沢賢治原案，今井雅子，横谷昌宏脚本 学研教育出版 2012.10 96p 22cm (おじゃる丸★名作お話シリーズ) 800円 ①978-4-05-203639-2〈発売：学研マーケティング〉
目次 おじゃる丸 銀河がマロを呼んでいる―ふたりのねがい星、おじゃ休さん、キャラクター大図鑑
内容 ある日、流れ星のかなえから銀河鉄道のきっぷをもらったおじゃる丸とカズマ。その終点には「ねがいかなう星」があるという。おじゃる丸とカズマは、ねがいをかなえるために銀河鉄道に乗りこんでうちゅうに出かけた。この先、ふたりはどうなっていく？ 小学校低学年から。

『雨ニモマケズ』 宮沢賢治詩，つかさおさむ絵 偕成社 2012.9 〔48p〕 22cm 900円 ①978-4-03-016630-1
内容 「雨ニモマケズ」が絵本になりました。宮沢賢治の詩に司修がていねいに絵をつけた一冊。

『グスコーブドリの伝記』 宮沢賢治原作，司修文と絵 ポプラ社 2012.7 30p 19×27cm (ポプラ社の絵本 13) 1300円 ①978-4-591-13018-6
内容 故郷・岩手(イーハトーブ)を舞台にした賢治の精神が色濃く出た名作を、司修氏(第38回大仏次郎賞受賞後第1作)が絵と文で彩り、贈ります。

『宮沢賢治の心を読む 2』 宮沢賢治著，草山万兎著 童話屋 2012.7 189p 16cm 1250円 ①978-4-88747-112-2
目次 どんぐりと山猫、「どんぐりと山猫」を読んで、狼森と笊森、盗森、「狼森と笊森、盗森」を読んで、さるのこしかけ、「さるのこしかけ」を読んで、林の底、「林の底」を読んで、洞熊学校を卒業した三人、「洞熊学校を卒業した三人」を読んで
内容 ばかで、めちゃくちゃでまるでなってないのがいちばんえらい(どんぐりと山猫)。その心は何でしょう？ まるでナゾナゾのような賢治の童話が、面白いように解き明かされます。

『銀河鉄道の夜―宮沢賢治童話集』 宮沢賢治作，ヤスダスズヒト絵 角川書店 2012.6 222p 18cm (角川つばさ文庫 Fみ1-2) 560円 ①978-4-04-631215-0〈発売：角川グループパブリッシング〉
目次 詩 雨ニモマケズ、銀河鉄道の夜、グスコーブドリの伝記、ふたごの星、よだかの星
内容 祭りの夜、ジョバンニは、草むらにねころんで、星空をながめていた。ふしぎな声と明るい光につつまれたと思うと、幼なじみのカムパネルラと、銀河鉄道に乗っていた…。二人は、美しい宇宙の旅へ。宮沢賢治の最高傑作「銀河鉄道の夜」のほか、「雨ニモマケズ」「グスコーブドリの伝

宮沢賢治

記」「ふたごの星」「よだかの星」が入った日本を代表する名作。小学中級から。

『グスコーブドリの伝記―アニメ版』　宮沢賢治原作，杉井ギサブロー監督・脚本，谷川茂構成・ノベライズ　理論社　2012.6　128p　27cm　2500円　①978-4-652-02035-7〈キャラクター原案：ますむらひろし　キャラクターデザイン：江口摩吏介　美術：阿部行夫〉
[内容]　冷害のため家族を失くしたブドリは、生きるために精一杯働き、成長して火山局に勤めます。そこに再び大きな冷害が襲ってきました。あの悲劇を繰り返さないため、ブドリはある決断をします。自然災害、文明の限界、そして絆―。「グスコーブドリの伝記」のテーマは、いままでに日本が直面する問題でもあります。この"アニメ版"では、美しい映像と、読みやすい文章を組み合わせ、宮沢賢治ワールドの魅力と感動を、より深く味わえる一冊に仕上げています。

『絵本グスコーブドリの伝記』　宮沢賢治作，福田庄助え　審美社　2012.2　111p　25cm　1800円　①978-4-7883-7096-8

『銀河鉄道の夜―アニメ版』　宮沢賢治原作，ますむら・ひろし原案，別役実脚本，谷川茂構成・ノベライズ　理論社　2011.12　123p　27cm　2500円　①978-4-652-02034-0〈監督：杉井ギサブロー〉
[内容]　アニメーション映画『銀河鉄道の夜』は、1985年に公開されました。猫のキャラクターによるユニークな演出は、当時たいへん話題になりました。2011年、この年の東日本大震災で失われた数多くの生命への祈りをこめて、岩手県花巻出身の作家・宮沢賢治の名作をアニメ版として刊行することになりました。幻想的な画像と、読みやすい文章を組み合わせ、劇場映画の躍動感と面白さをまるごと一冊に再現しています。

『注文の多い料理店　銀河鉄道の夜』　宮沢賢治作，北沢夕芸絵　集英社　2011.9　242p　18cm　（集英社みらい文庫　み-2-1）　600円　①978-4-08-321045-7
[目次]　やまなし，どんぐりとやまねこ，注文の多い料理店，セロ弾きのゴーシュ，よだかの星，風の又三郎，銀河鉄道の夜，雨ニモマケズ
[内容]　賢治の作品の中でもっとも有名で、ユーモアにあふれた傑作『注文の多い料理店』、銀河鉄道に乗って宇宙を旅するファンタジー『銀河鉄道の夜』、大風の日に現れた転校生の物語『風の又三郎』、そのほか、いろいろな動物たちによる不思議な物語『どんぐりとやまねこ』『よだかの星』『やまなし』『セロ弾きのゴーシュ』や、『雨ニモマケズ』の8編を収録。

『宮沢賢治の心を読む　1』　宮沢賢治著，草山万兎著　童話屋　2011.9　157p　16cm　1250円　①978-4-88747-109-2〈銅版画：加藤昌男〉
[目次]　雪渡り，「雪渡り」を読んで，なめとこ山の熊，「なめとこ山の熊」を読んで，注文の多い料理店，「注文の多い料理店」を読んで，セロ弾きのゴーシュ，「セロ弾きのゴーシュ」を読んで
[内容]　草山万兎さんは河合雅雄さんのペンネームです。サル学の世界的権威でモンキー博士の河合さんは、サル語のほん訳に次いで賢治語のほん訳に挑み、みごとに賢治童話のナゾの扉を開けました。

『日本語を味わう名詩入門　1　宮沢賢治』　宮沢賢治著，萩原昌好編，唐仁原教久画　あすなろ書房　2011.4　103p　20cm　1500円　①978-4-7515-2641-5
[目次]　屈折率，くらかけの雪，日輪と太市，恋と病熱，春と修羅，雲の信号，報告，岩手山，高原，原体剣舞連，永訣の朝，山火，曠原淑女，馬，薤露青，母に言う，春，政治家，「あすこの田はねえ」，「もうはたらくな」，病床，眼にて言う，「雨ニモマケズ」
[内容]　初期の作品「屈折率」から晩年の「雨ニモマケズ」にいたるまで、年代を追って変化していく賢治の詩風を味わってください。

『ほんとうは怖い賢治童話―宮沢賢治・厳選アンソロジー』　宮沢賢治著，富永虔一郎編　彩流社　2010.7　190p　21cm　（オフサイド・ブックス　58）　1400円　①978-4-7791-1075-7〈年譜あり〉
[目次]　思い違いの悲劇喜劇（洞熊学校を卒業した三人，烏箱先生とフウねずみ，ツェねず

宮沢賢治

み，クンねずみ，カイロ団長，月夜のけだもの），試練に満ちた此の世（土神ときつね，なめとこ山の熊，とっこべとら子，猫の事務所，オツベルと象，祭の晩，十六日），だます？　だまされる？（フランドン農学校の豚，山男の四月，さるのこしかけ，鳥をとるやなぎ，ざしき童子のはなし，注文の多い料理店，欲望は限りなく（よく利く薬とえらい薬，貝の火，火河鼠の毛皮，毒もみのすきな署長さん）

[内容]　生きることは…死ぬほど怖い!?　人間の悪意や嫉妬，自然の残酷さ，運命の非情さ…生も死も善悪も超えた"もうひとつ"の賢治ワールドへ。

『**注文の多い料理店　セロひきのゴーシュ—宮沢賢治童話集**』　宮沢賢治作，たちもとみちこ絵　角川書店　2010.6　213p　18cm　（角川つばさ文庫　Fみ1-1）　560円　①978-4-04-631104-7〈発売：角川グループパブリッシング〉

[目次]　注文の多い料理店，セロひきのゴーシュ，雪渡り，オツベルと象，やまなし，なめとこ山の熊，どんぐりと山ねこ，水仙月の四日，狼森と笊森，盗森，シグナルとシグナレス

[内容]　やってきたお客に，「コートを脱いで」「体にクリームをぬって，塩をつけて」など，次々とおかしな注文をするレストラン…『注文の多い料理店』。ねこ，鳥，たぬき，ねずみの親子から「チェロをひいて」と，おねだりされた演奏家は…『セロひきのゴーシュ』など，代表作10編。人気画家たちもとみちこイラスト，あまんきみこ解説による宮沢賢治の決定版！　小学中級から。

『**風の又三郎**』　宮沢賢治作，太田大八絵　講談社　2009.9　246p　18cm　（宮沢賢治童話集珠玉選）　850円　①978-4-06-215739-1

[目次]　詩・高原，風の又三郎，洞熊学校を卒業した三人，気のいい火山弾，ねこの事務所，虔十公園林，からすの北斗七星，よだかの星，ふたごの星

『**銀河鉄道の夜**』　宮沢賢治作，太田大八絵　講談社　2009.9　230p　18cm　（宮沢賢治童話集珠玉選）　850円　①978-4-06-215740-7

[目次]　詩・雨ニモマケズ，銀河鉄道の夜，オツベルと象，雁の童子，なめとこ山のくま，北守将軍と三人兄弟の医者，水仙月の四日

『**セロひきのゴーシュ**』　宮沢賢治作，太田大八絵　講談社　2009.9　182p　18cm　（宮沢賢治童話集珠玉選）　850円　①978-4-06-215741-4

[目次]　詩・林と思想，セロひきのゴーシュ，どんぐりと山猫，貝の火，グスコーブドリの伝記

『**注文の多い料理店**』　宮沢賢治作，太田大八絵　講談社　2009.9　237p　18cm　（宮沢賢治童話集珠玉選）　850円　①978-4-06-215738-4

[目次]　星めぐりの歌，注文の多い料理店，鳥箱先生とフウねずみ，ツェねずみ，クンねずみ，ありときのこ，やまなし，めくらぶどうと虹，いちょうの実，まなづるとダァリヤ，月夜のけだもの，おきなぐさ，雪渡り，シグナルとシグナレス，狼森と笊森，盗森

『**銀河鉄道の夜　風の又三郎　セロ弾きのゴーシュ**』　宮沢賢治著　PHP研究所　2009.4　317p　15cm　（PHP文庫　み36-1）　419円　①978-4-569-67238-0〈年譜あり〉

[目次]　銀河鉄道の夜，風の又三郎，セロ弾きのゴーシュ

[内容]　『銀河鉄道の夜』『風の又三郎』『セロ弾きのゴーシュ』は，賢治童話でもとくに有名な作品である。しかし，幻想的で豊かなイメージにあふれている一方，賢治がそれぞれの物語に込めたメッセージを汲み取るのは難しい。本書はそんな三作品を組みあわせ，大きな字，豊富なふりがなと註記によって，楽しく読みやすいように工夫した。

『**宮沢賢治　銀河鉄道の夜**』　宮沢賢治著　やのまん　2009.4　382p　20cm　（YMbooks—デカい活字の千円文学！）　952円　①978-4-903548-21-0〈年譜あり〉

[目次]　童話（やまなし，注文の多い料理店，月夜のでんしんばしら，オツベルと象，ざしき童子のはなし，銀河鉄道の夜，風の又三郎，蜘蛛となめくじと狸，セロ弾きのゴーシュ，カイロ団長），広告　『注文の多い料

宮沢賢治

理店』広告文
[内容] 岩手の大地と共に生きた宮沢賢治のユーモアに溢れ、死をみつめた優しい童話群。

『**もう一度読みたい宮沢賢治**』 宮沢賢治著，別冊宝島編集部編　宝島社　2009.4　380p　16cm　(宝島社文庫　Cへ-1-2)　457円　①978-4-7966-7079-1〈2007年刊の改訂〉
[目次] 『銀河鉄道の夜』について，もう一度読みたい宮沢賢治 童話作品 注文の多い料理店，セロ弾きのゴーシュ，よだかの星，風の又三郎，銀河鉄道の夜，グスコーブドリの伝記，烏の北斗七星，虔十公園林，土神ときつね，紫紺染について，洞熊学校を卒業した三人，毒もみのすきな署長さん，賢治の詩 春と修羅，ほか，解説 宮沢賢治―人と作品と時代

『**セロひきのゴーシュ**』 宮沢賢治作，太田大八絵　新装版　講談社　2009.3　164p　18cm　(講談社青い鳥文庫　88-8―宮沢賢治童話集 4)　570円　①978-4-06-285052-0
[目次] 詩・林と思想，セロひきのゴーシュ，どんぐりと山猫，貝の火，グスコーブドリの伝記
[内容] ゴーシュは，夜遅くまでセロの練習を。すると，毎晩のように動物や鳥が現れて…。賢治の代表作『セロひきのゴーシュ』をはじめ，『どんぐりと山猫』『貝の火』『グスコーブドリの伝記』ほか，詩『林と思想』を収録。

『**21世紀版少年少女日本文学館　8　銀河鉄道の夜**』 宮沢賢治著　講談社　2009.2　297p　20cm　1400円　①978-4-06-282658-7〈年譜あり〉
[目次] セロ弾きのゴーシュ，どんぐりと山猫，よだかの星，雪渡り，注文の多い料理店，水仙月の四日，狼森と笊森，盗森，風の又三郎，銀河鉄道の夜
[内容] ジョバンニとカムパネルラを乗せた汽車ははるか銀河の彼方へ―。二人の旅は，豊かな詩情をたたえた一編の物語に結実した。美しき理想にささえられた，宮沢賢治の幻想の世界。表題作をはじめ，時代を超えて，今も私たちの心のなかに生きつづける九編を収録。ふりがなと行間注で，最後までスラスラ。児童向け文学全集の決定版。

『**銀河鉄道の夜**』 宮沢賢治作，太田大八絵　新装版　講談社　2009.1　205p　18cm　(講談社青い鳥文庫　88-7―宮沢賢治童話集 3)　570円　①978-4-06-285051-3
[目次] 詩・雨ニモマケズ，銀河鉄道の夜，オツベルと象，雁の童子，なめとこ山のくま，北守将軍と三人兄弟の医者，水仙月の四日
[内容] ジョバンニとカムパネルラの二人の少年は，銀河鉄道にのって四次元へのふしぎな旅に出ます。美しい音楽を聞きながら，まるで銀河系宇宙のかなたを旅しているような気持ちになる『銀河鉄道の夜』ほか五編と，代表的な詩『雨ニモマケズ』の全文を収録。小学中級から。

『**セロ弾きのゴーシュ―宮沢賢治童話集**』 宮沢賢治著　改訂2版　偕成社　2008.12　195p　19cm　(偕成社文庫)　600円　①978-4-03-550190-9〈第9刷〉
[目次] どんぐりとやまねこ，やまなし，さるのこしかけ，よだかの星，虔十公園林，祭りのばん，ざしき童子のはなし，オツベルとぞう，まなづるとダリヤ，いちょうの実，気のいい火山弾，雨ニモマケズ，セロ弾きのゴーシュ
[内容] 演奏会まであと10日しかないのにゴーシュはどうしてもセロをうまく弾けません。音楽の心を描いた表題作のほか，「どんぐりとやまねこ」「オツベルとぞう」「やまなし」など詩情ゆたかな名作13編を収録。

『**学校放送劇舞台劇脚本集―宮沢賢治名作童話**』 宮沢賢治原作，平野直編　東洋書院　2008.11　306p　20cm　1900円　①978-4-88594-413-0
[目次] 空の大鳥と赤眼のさそり，ふたごの星と箒星，セロ弾きのゴーシュ，山男の四月，ペン・ネンネンネン・ネネムの伝記，なめとこ山の熊，どんぐりと山猫，銀河鉄道の夜，祭の晩，山なし(朗読用)，貝の火，北守将軍と三人兄弟の医者，風の又三郎，雁の童子，よだかの星，かしわ林の夜，雪渡り，水仙月の四日，とっこべとら子，虔十公園林

『**宮沢賢治20選**』 宮沢賢治著，宮川健郎

宮沢賢治

編　春陽堂書店　2008.11　382p　20cm　（名作童話）2600円　①978-4-394-90266-9〈年譜あり〉
[目次]　毒もみのすきな署長さん，雪渡り，革トランク，谷，やまなし，氷河鼠の毛皮，シグナルとシグナレス，イギリス海岸，紫紺染について，どんぐりと山猫，狼森と笊森，盗森，注文の多い料理店，かしわばやしの夜，ざしき童子のはなし，グスコーブドリの伝記，風の又三郎，セロ弾きゴーシュ，葡萄水，よだかの星，ひかりの素足

『風の又三郎』　宮沢賢治作，太田大八絵　新装版　講談社　2008.10　220p　18cm　（講談社青い鳥文庫　88-6―宮沢賢治童話集　2）570円　①978-4-06-285050-6
[目次]　詩・高原，風の又三郎，洞熊学校を卒業した三人，気のいい火山弾，ねこの事務所，虔十公園林，からすの北斗七星，よだかの星，ふたごの星
[内容]　台風のくる二百十日に、東北の小さな山村に転校してきた高田三郎を、子どもたちは、伝説の風の子「又三郎」だとして、親しみとおどろきをもってむかえた。宮沢賢治の代表作のひとつ『風の又三郎』をはじめ、『洞熊学校を卒業した三人』『気のいい火山弾』『ねこの事務所』『虔十公園林』『からすの北斗七星』『よだかの星』『ふたごの星』など、自然や星空をテーマにした作品の数々。小学中級から。

『注文の多い料理店』　宮沢賢治作，太田大八絵　新装版　講談社　2008.10　216p　18cm　（講談社青い鳥文庫　88-5―宮沢賢治童話集　1）570円　①978-4-06-285049-0
[目次]　星めぐりの歌，注文の多い料理店，鳥箱先生とフウねずみ，ツェねずみ，クンねずみ，ありときのこ，やまなし，めくらぶどうと虹，いちょうの実，まなづるとダァリヤ，月夜のけだもの，おきなぐさ，シグナルとシグナレス，狼森と笊森，盗森
[内容]　ふたりのわかい紳士が猟にでて、山おくの西洋料理店にはいったところ、かえって自分たちが料理されそうになってしまうという、宮沢賢治の代表作『注文の多い料理店』をはじめ、『鳥箱先生とフウねずみ』『ツェねずみ』『クンねずみ』『ありときのこ』

『やまなし』『雪渡り』『シグナルとシグナレス』『狼森と笊森，盗森』ほか，詩と名作童話15編を収録。小学中級から。

『風の又三郎』　宮沢賢治作，たなかよしかず木版画　未知谷　2008.6　115p　22cm　2000円　①978-4-89642-233-7〈ポストカード1枚〉
[内容]　伝説の風の神の子風野又三郎、転校生高田三郎少年は果して又三郎なのであろうか?! この疑問を通奏低音として、こどもたちが山や川で体験する自然の脅威に対する恐れ、素朴な感情が開く異空間の扉！　新作木版画が古典童話と共振する。

『風の又三郎―宮沢賢治童話集』　宮沢賢治著　改訂版　偕成社　2008.4　268p　19cm　（偕成社文庫）700円　①978-4-03-650140-3〈第22刷〉
[目次]　雪渡り，かしわばやしの夜，猫の事務所，シグナルとシグナレス，水仙月の四日，鹿踊りのはじまり，グスコーブドリの伝記，風の又三郎
[内容]　高原の分教場に三郎が転校してきた。子どもたちは彼を風の子・又三郎だと思いこむ。子どもの夢の世界をいきいきと描いた表題作のほか、「雪渡り」「グスコーブドリの伝記」など詩情あふれる賢治童話8編を収録。

『銀河鉄道の夜―宮沢賢治童話集』　宮沢賢治著　改訂2版　偕成社　2008.4　232p　19cm　（偕成社文庫）600円　①978-4-03-651240-9〈第13刷〉
[目次]　狼森と笊森，盗森，注文の多い料理店，ツェねずみ，カイロ団長，洞熊学校を卒業した三人，なめとこ山の熊，雁の童子，銀河鉄道の夜
[内容]　少年ジョバンニの幻想的な宇宙旅行を描いて児童文学史上の名作のひとつに数えられる表題作のほか、「注文の多い料理店」「ツェねずみ」「なめとこ山の熊」「狼森と笊森，盗森」など賢治童話珠玉の8編を収録。

『氷河ねずみの毛皮』　宮沢賢治作，木内達朗絵　偕成社　2008.2　34p　29cm　（日本の童話名作選）1600円　①978-4-03-963880-9
[内容]　吹雪の夜、毛皮の外套を何枚も着込ん

宮沢賢治

だ乗客をのせ，急行列車は極北の都市ベーリングへと向かう。そこへ突然，きみょうな闖入者があらわれて—。光と影，寒と暖，現実と幻想，躍動感と静かな哀愁…スリリングな展開のなかに幾重ものイメージが交錯する物語世界を，量感ゆたかな美しい絵で見事に視覚化した豪華絵本。小学校中学年から。

『宮沢賢治—1896-1933』 宮沢賢治著 筑摩書房 2007.11 477p 15cm （ちくま日本文学 3） 880円 ①978-4-480-42503-4〈年譜あり〉
[目次] 革トランク，毒もみのすきな署長さん，風の又三郎，気のいい火山弾，茨海小学校，セロ弾きのゴーシュ，どんぐりと山猫，鹿踊りのはじまり，注文の多い料理店，蜘蛛となめくじと狸，猫の事務所，オッベルと象，飢餓陣営，よだかの星，二十六夜，やまなし，グスコーブドリの伝記，詩（「春と修羅」序，春と修羅，報告，風景観察者，岩手山，原体剣舞連，永訣の朝，無声慟哭，あすこの田はねえ，青森挽歌），歌曲（星めぐりの歌，大菩薩峠の歌）
[内容] 童話と詩，それぞれの代表作が一冊に。

『風の又三郎』 宮沢賢治作，田原田鶴子絵 偕成社 2007.9 87p 26cm （宮沢賢治童話傑選選） 1800円 ①978-4-03-972040-5

『斎藤孝のイッキによめる！ 小学生のための宮沢賢治』 宮沢賢治著，斎藤孝編 講談社 2007.8 268p 21cm 1000円 ①978-4-06-214146-8
[目次] 宮沢賢治の詩，めくらぶどうと虹，月夜のけだもの，気のいい火山弾，やまなし，注文の多い料理店，雪渡り，月夜のでんしんばしら，祭の晩，銀河鉄道の夜，貝の火
[内容] 朝の10分間読書にぴったり!! 低学年から高学年まで3段階でステップアップ。宮沢賢治で美しい日本語とやさしい心を育てよう！ 「銀河鉄道の夜」「注文の多い料理店」「雪渡り」「月夜のけだもの」「祭の晩」「やまなし」ほか，全11作品。

『宮沢賢治作品選』 宮沢賢治著 増訂新版 盛岡 信山社 2007.4 454p 22cm （黒沢勉文芸・文化シリーズ 14 黒沢勉編） 5000円 ①978-4-434-10560-9〈発売：星雲社 年譜あり〉
[目次] イーハトヴ童話『注文の多い料理店』：注文の多い料理店，鹿踊りのはじまり，花鳥童話：ひのきとひなげし「初期形」，ひのきとひなげし「後期形」，いてふの実，おきなぐさ，めくらぶだうと虹，マリヴロンと少女，よだかの星，動物寓話：畑のへり，ツェねずみ，鳥箱先生とフウねずみ，蛙のゴム靴，少年物語：ひかりの素足，グスコーブドリの伝記，宝石の物語：十力の金剛石，楢ノ木大学士の野宿，西域異聞：インドラの朝，北守将軍と三人兄弟の医者，イーハトボ農学校から：イーハトボ農学校の春，饑餓陣営，春と修羅：春と修羅，蠕虫舞手，小岩井農場.パート9，蒼い槍の葉，岩手山，高原，原体剣舞連，永訣の朝，松の針，無声慟哭，青森挽歌，春と修羅第二集：山の晨明に関する童話風の構想，春と修羅第三集：春，あすこの田はねえ，野の師父，ははたるくな，林中乱思，文語詩：きみにならびて野にたてば，血のいろにゆがめる月は，公子，丘，恋，百合を掘る，われのみちにたゞしきと，詩ノート：黒と白との細胞のあらゆる順列をつくり，遠くなだれる灰いろのそらと，政治家，何と云はれても，生徒諸君に寄せる，疾中：病床，眼にて云ふ，そのうす青き玻璃の器に，名声，あゝ今日ここに果てんとや，その恐ろしい黒雲は，丁丁丁丁，病中，一九二九年二月，雨ニモ負ケズ手帳：この夜半おどろきさめ，雨ニモマケズ，月天子，農民芸術概論綱要，手紙：手紙.1-4，書簡：大正元年十一月三日宮沢政次郎あて，ほか

『ザ・賢治—全小説全一冊 グラスレス眼鏡無用』 宮沢賢治著 大活字版 第三書館 2007.1 1023p 27cm 1900円 ①4-8074-0640-X
[目次] 童話と散文（銀河鉄道の夜，グスコーブドリの伝記，セロ弾きのゴーシュ，ポラーノの広場 ほか），詩（春と修羅，東京，三原三部，装景手記 ほか）
[内容] 宮沢賢治宇宙の全体像がコムパクトな一冊に凝縮。童話と詩の賢治集大成700余篇。

『紫紺染について』 宮沢賢治作，たなかよしかず木版画 未知谷 2006.9 46p 22cm 1400円 ①4-89642-169-8
[内容] 「ふだん山で食する野菜は？」「さよ

宮沢賢治

う、みづ、ほうな、しどけ、うど、しめじ、きんたけなど」「してそれはあなたごじしんがおつくりになるのですか？」「野菜はお日さまがおつくりになるのです」のびのびと放胆でかつ諧謔精神に富む山男、対するは市中の紫紺染に熱心な人たち廿四人。南部染を巡る内丸西洋軒でのやりとりを描き、愛すべき山男の"純朴"を教える賢治の寓話。26点の木版画が相俟って世の人の正体を……。

『宮沢賢治傑作集』　宮沢賢治著，鬼塚りつ子責任編集　世界文化社　2006.7　143p　24cm　（心に残るロングセラー）1100円　①4-418-06834-1　〈年譜あり〉
[目次]雨にも負けず，風の又三郎，銀河鉄道の夜
[内容]本書は、子どもたちにぜひ読んでほしい宮沢賢治の傑作ベスト3話を収録しています。漢字にはすべてひらがなをふってあるので、小さいお子さんから読めます。難しい言葉や、難しい言い回しには、ていねいな解説をつけました。小学生から大人まで。

『雨ニモマケズ』　宮沢賢治著　ポプラ社　2005.10　190p　18cm　（ポプラポケット文庫 351-5）570円　①4-591-08859-6　〈1984年刊の新装改訂〉
[目次]ポラーノの広場，四又の百合，「春と修羅」より，「疾中」より，「雨ニモマケズ手帳」より
[内容]「雨ニモマケズ」は、一九三一年十一月三日、病床で手帳にえんぴつで書かれた詩です。(中略)生涯をかけて努力し実行して中途で倒れた賢治の切ない願いが、率直に訴えられていて、感動をよびます。死に近くいきついた無私のすがたがここに示されています。一表題作ほか四編を収録。

『風の又三郎』　宮沢賢治著　ポプラ社　2005.10　204p　18cm　（ポプラポケット文庫 351-3）570円　①4-591-08857-X　〈1978年刊の新装改訂〉

『銀河鉄道の夜』　宮沢賢治著　ポプラ社　2005.10　210p　18cm　（ポプラポケット文庫 351-2）570円　①4-591-08856-1　〈1982年刊の新装版〉

『セロひきのゴーシュ』　宮沢賢治著　ポプラ社　2005.10　206p　18cm　（ポプラポケット文庫 351-4）570円　①4-591-08858-8　〈1978年刊の新装改訂〉

『注文の多い料理店』　宮沢賢治著　ポプラ社　2005.10　206p　18cm　（ポプラポケット文庫 351-1）570円　①4-591-08855-3　〈1978年刊の新装改訂　年譜あり〉
[目次]どんぐりと山ねこ，狼森と笊森、盗森，注文の多い料理店，からすの北斗七星，水仙月の四日，山男の四月，かしわばやしの夜，月夜のでんしんばしら，鹿踊りのはじまり
[内容]「おしまい、あなたのすきとおったほんとうのたべものになる」ことを作者は期待しています。かくいう筆者もよくわからないこともあり、いまだにすべてを理解しているわけではありませんが、なんどくり返して読んでもあきることのないのがふしぎでもあり、すぐれた文学というものはいつまでも手ばなし得ないものだと思います。一表題作ほか九編を収録。

『セロ弾きのゴーシュ―版画本』　宮澤賢治作，畑中純版画　札幌　響文社　2005.8　62p　24cm　1500円　①4-87799-030-5
[内容]はじめて読む。ふたたび読む。宮沢治の心あたたまる世界。畑中純が描く宮沢賢治ワールド第1弾。

『オツベルと象』　宮沢賢治作，長谷川義史絵　岩崎書店　2005.3　69p　22cm　（宮沢賢治のおはなし 10）1000円　①4-265-07110-4

『虔十公園林　ざしきぼっこのはなし』　宮沢賢治作，はたこうしろう絵　岩崎書店　2005.3　77p　22cm　（宮沢賢治のおはなし 6）1000円　①4-265-07106-6
[目次]虔十公園林，ざしきぼっこのはなし
[内容]みなにばかにされながらも虔十がうえた七百本の杉苗。そだった杉林は…（『虔十公園林』）。方言のひびきが物語の味わいを深める、地方色豊かな二話。

『セロひきのゴーシュ』　宮沢賢治作，さきめやゆきえ　岩崎書店　2005.3　92p

22cm （宮沢賢治のおはなし 9） 1000円 ⓘ4-265-07109-0
[内容] 楽団のセロひきゴーシュは、下手でしかられてばかり。そこで、演奏会にむけて、夜おそくに家でセロを一生けんめい練習していると、扉をとんとんとたたく音が。入ってきたのは…。

『ふたごの星』 宮沢賢治作，あきやまただし絵 岩崎書店 2005.3 92p 22cm （宮沢賢治のおはなし 7） 1000円 ⓘ4-265-07107-4
[内容] チュンセ童子とポーセ童子は、ふたごのお星さま。夜空の星めぐりに合わせて、ひとばん銀笛をふくのが、天の王さまからいただいた役目。そんなふたりに起こる、小さな二つの物語。

『よだかの星』 宮沢賢治作，村上康成絵 岩崎書店 2005.3 68p 22cm （宮沢賢治のおはなし 8） 1000円 ⓘ4-265-07108-2
[内容] 「名前を変えないと殺す。」たかから、そうおどされたよだかは、そのおそろしさから、じぶんが毎日殺して（食べて）いる虫を思う。そんなかなしみのつながりをこえたいと…。

『すいせん月の四日』 宮沢賢治作，堀川理万子絵 岩崎書店 2005.2 68p 22cm （宮沢賢治のおはなし 5） 1000円 ⓘ4-265-07105-8
[内容] ひたすらカリメラのことをかんがえながら家へいそぐ子どもを、吹雪がおそう。きょうは、ひとりやふたり吹雪でしんでもしかたのない、とくべつな日。でも、雪童子は…。1年生から楽しくよめる宮沢賢治のおはなし。

『銀河鉄道の夜』 宮沢賢治作 小学館 2004.12 318p 21cm （齋藤孝の音読破 3 齋藤孝校注・編） 800円 ⓘ4-09-837583-4
[目次] 雨ニモマケズ，セロ弾きのゴーシュ，毒もみのすきな署長さん，春と修羅 序，春と修羅，土神ときつね，なめとこ山の熊，永訣の朝，松の針，無声慟哭，銀河鉄道の夜，解説，銀河鉄道の夜 クイズ

[内容] 宮沢賢治の作品というのは、自然の風や木や水や地などからもらったものが大きいので、自然の中で生きている身体の感覚を私たちによみがえらせてくれます。言葉をつなぎ合わせた感じではなく、身体で感じ取った感覚がそのまま言葉で表現されているので、声に出して読んだときのリズムがすばらしいのです。ぜひ音読破して、宮沢賢治の世界を楽しんでください。

『やまなし いちょうの実』 宮沢賢治作，川村みづえ絵 岩崎書店 2004.12 68p 22cm （宮沢賢治のおはなし 3） 1000円 ⓘ4-265-07103-1
[目次] やまなし，いちょうの実

『雪わたり』 宮沢賢治作，とよたかずひこ絵 岩崎書店 2004.12 76p 22cm （宮沢賢治のおはなし 4） 1000円 ⓘ4-265-07104-X
[内容] 「かた雪かんこ、しみ雪しんこ。」四郎とかん子がうたいながら雪の上をあるいていると、子ぎつねがなかまに入ってきた。つねのげんとう会に招待されたふたりは…。小学校1年生から楽しくよめる宮沢賢治のおはなし。

『風の又三郎』 宮沢賢治作 新装版 岩波書店 2003.5 475p 20cm （岩波世界児童文学集） ⓘ4-00-115709-8

宮沢　章二
みやざわ・しょうじ
《1919〜2005》

『行為の意味―青春前期のきみたちに』 宮沢章二著 ごま書房新社 2010.7 183p 19cm 1300円 ⓘ978-4-341-01907-5 〈著作目録あり〉
[目次] 巻頭詩 君たちが歩くとき，出発の季節（出発の季節，季節のことば ほか），前進の季節（身構えているもの，野の声 ほか），結実の季節（行為の意味，独りではない ほか），黎明の季節（知らない子，いつでもそこに ほか）
[内容] 多感な時期を生きている君たちへ、詩

『青春前期のきみたちに―詩人宮沢章二の七十七のメッセージ』　宮沢章二著　ごま書房　2006.3　183p　19cm　952円　①4-341-08317-1〈著作目録あり〉
[目次]出発の季節(21篇)(出発の季節，季節のことば　ほか)，前進の季節(23篇)(身構えているもの，野の声　ほか)，結実の季節(21篇)(行為の意味，独りではない　ほか)，黎明の季節(10篇)(知らない子，いつでもそこに　ほか)
[内容]詩人・宮沢章二は何を伝えたかったのか…。誰もが知っている「ジングルベル」の作詞を手がけ300校にも及ぶ校歌を作詞した詩人は七十七編の詩にその想いを託して逝った。

三好　達治
みよし・たつじ
《1900～1964》

『日本語を味わう名詩入門　10　丸山薫　三好達治』　丸山薫，三好達治著，萩原昌好編，水上多摩江画　あすなろ書房　2012.8　95p　20cm　1500円　①978-4-7515-2650-7
[目次]丸山薫(青い黒板，水の精神，嘘，汽車に乗って，練習船，早春，未明の馬，未来へ，母の傘，ほんのすこしの言葉で，詩人の言葉，海という女)，三好達治(雪，春，村，Enfance finie，昨日はどこにもありません，祖母，土，チューリップ，石榴，大阿蘇，涙，かよわい花，浅春偶語)

椋　鳩十
むく・はとじゅう
《1905～1987》

『モモちゃんとあかね―椋鳩十名作選』
　椋鳩十著，小泉澄夫絵　理論社　2014.8　147p　21cm　1800円　①978-4-652-20052-0
[目次]モモちゃんとあかね，屋根うらのネコ，二人の兄弟とゴイサギ，ニワトリ通信，父とシジュウカラ，あらしをこえて，ふるす

『片耳の大シカ』　椋鳩十著，小泉澄夫画　理論社　2014.4　157p　21cm　(椋鳩十名作選 5)　1800円　①978-4-652-20051-3
[目次]片耳の大シカ，山のえらぶつ，底なし谷のカモシカ，栗野岳の主，イノシシの谷

『かば森をゆく』　椋鳩十文，北原志乃絵〔喬木村(長野県)〕　喬木村　2014.3　27p　25cm〈発行所：喬木村椋鳩十記念館〉

『大造じいさんと雁』　椋鳩十作，網中いづる絵，宮川健郎編　岩崎書店　2012.9　61p　22cm　(1年生からよめる日本の名作絵どうわ 5)　1000円　①978-4-265-07115-9〈底本：日本児童文学大系(ほるぷ出版 1978年刊)〉
[内容]狩人の大造じいさんとりこうな雁、残雪のちえくらべを描く。一椋鳩十の名作を絵童話に。

『アルプスの猛犬』　椋鳩十著，小泉澄夫絵　理論社　2010.9　153p　21cm　(椋鳩十名作選 4)　1300円　①978-4-652-02276-4
[目次]アルプスの猛犬，黒ものがたり，熊野犬，愛犬カヤ，丘の野犬
[内容]南アルプスを舞台に少年と山犬の友情を描く「アルプスの猛犬」など5編。教科書で、家庭で、はぐくまれ、読みつがれて70年、椋鳩十ベストセレクション決定版。

『金色の足あと』　椋鳩十著，小泉澄夫絵　理論社　2010.8　150p　21cm　(椋鳩十名作選 3)　1300円　①978-4-652-02275-7
[目次]金色の足あと，山へ帰る，岩あなのサル，野生のさけび声，おりの中のサル，金色の川，新しいふるさと

『山の太郎グマ』　椋鳩十著，小泉澄夫絵　理論社　2010.6　149p　21cm　(椋鳩十名作選 2)　1300円　①978-4-652-

02274-0
[目次] 山の太郎グマ，月の輪グマ，母グマ子グマ，アルプスのクマ，あばれグマ金こぶ，クマほえる

『大造じいさんとガン』 椋鳩十著，小泉澄夫絵　理論社　2010.5　143p　21cm　〈椋鳩十名作選 1〉1300円　①978-4-652-02273-3
[目次] 大造じいさんとガン，片あしの母スズメ，キジと山バト，カイツブリばんざい，羽のある友だち，ツル帰る，ぎんいろの巣

『はらっぱのおはなし』 椋鳩十作，小林絵里子絵　新装改訂版　PHP研究所　2009.8　77p　22cm　（とっておきのどうわ）1100円　①978-4-569-68977-7
[内容] カラス，ヘビ，イタチ…おそろしい敵から，命がけでこどもたちを守るおかあさんキジの物語。

『ヤクザル大王』 椋鳩十著，南有田秋徳絵　鹿児島　南方新社　2007.7　190p　20cm　1500円　①978-4-86124-117-8 〈八重岳書房1986年刊の複製〉

武者小路　実篤
むしゃのこうじ・さねあつ
《1885～1976》

『21世紀版少年少女日本文学館　5　小僧の神様・一房の葡萄』 志賀直哉，武者小路実篤，有島武郎著　講談社　2009.2　253p　20cm　1400円　①978-4-06-282655-6〈年譜あり〉
[目次] 志賀直哉（小僧の神様，網走まで，母の死と新しい母，正義派，清兵衛と瓢箪，城の崎にて，雪の遠足，焚火，赤西蠣太），武者小路実篤（小学生と狐，ある彫刻家），有島武郎（一房の葡萄，小さき者へ）
[内容] 仙吉が奉公する店に，ある日訪れた一人の客。まるで自分の心を見透かすように鮨屋に連れていってくれたこの客の正体に，仙吉は思いをめぐらせ―。少年の心情を鮮やかに切り取った「小僧の神様」をはじめ，白樺派を代表する作家三人の作品を収録。

村岡　花子
むらおか・はなこ
《1893～1968》

『たんぽぽの目―村岡花子童話集』 村岡花子文，高畠那生絵　河出書房新社　2014.7　188p　19cm　1400円　①978-4-309-27512-3
[目次] 利口な小兎，ナミダさん，考えすぎた船頭さん，めぐみの雨が降るまで，ポストへ落ちた蝶々，鈴蘭の花，朝顔の花，森の白うさぎ，果物畑のたからもの，小松物語〔ほか〕
[内容] NHK「花子とアン」に登場「みみずの女王」「たんぽぽの目」「ナミダさん」掲載！村岡花子，珠玉の童話集。

『なんでもたべちゃうくろいねこ』 村岡花子文，笠原やえ子絵　あすなろ書房　1966　27cm　（ママいっしょによんでね 3―母と子の読書シリーズ）

『おおさまのおめん こねずみちみこ』 村岡花子文，五百住乙絵　あすなろ書房　1965　27cm　（ママいっしょによんでね 1―母と子の読書シリーズ）

『ひろいのはらにばんぺいひとり ぞうとこまどりとねずみ うさぎのこはうさぎのこ』 村岡花子文，五百住乙絵　あすなろ書房　1965　27cm　（ママいっしょによんでね 2―母と子の読書シリーズ）

『ひらかな童話集』 村岡花子文，中尾彰絵　金の星社　1956　184p　22cm

『おばさんのおはなし』 村岡花子文　金子書房　1952　181p　22cm　（童話名作選集 1年生）

『きんぎょのおともだち』 村岡花子文，宮田武彦絵　小峰書店　1952　78p　27cm　（ひらがな童話名作選）

紫式部
むらさきしきぶ
《978頃～1016頃》

『源氏物語 紫の結び 3』 紫式部原作, 荻原規子訳 理論社 2014.1 335p 20cm 1700円 ①978-4-652-20035-3 〈文献あり〉
[内容] 女三の宮の降嫁により、紫の上は源氏との愛にも世の中にも諦念を持つようになりました。そして、ひとつの密通事件が物語の様相を変えていきます。不義の子を抱きながら、源氏は晩年になって巡ってきた宿命を思うのでした。源氏の晩年までを全三巻で。完結。

『源氏物語 紫の結び 2』 紫式部原作, 荻原規子訳 理論社 2013.12 351p 20cm 1700円 ①978-4-652-20034-6 〈文献あり〉
[内容] 都に戻った源氏は紫の上と再会を果たします。明石の君との間に生まれた姫君の入内を進め、並ぶ者のいない栄華を極める中、女三の宮という一片の暗雲が物語に影を落としていきます。源氏の晩年までを一気に全三巻で。紫の上を中心に再構築したみずみずしい源氏。勾玉シリーズ、RDGシリーズの荻原規子によるスピード感あふれる新訳。

『源氏物語 紫の結び 1』 紫式部原作, 荻原規子訳 理論社 2013.8 367p 20cm 1700円 ①978-4-652-20033-9
[内容] 帝に特別に愛された薄幸の女性に端を発して物語は進んでいきます。死んだ母に似ているという父の新しい妃に対する思慕。山里で源氏はその妃の面影を持つ少女を垣間見ます。紫の上との出会いでした。勾玉シリーズ、RDGシリーズの荻原規子によるスピード感あふれる新訳。紫の上を中心に再構築した、みずみずしい源氏物語。

『源氏物語』 紫式部作, 髙木卓訳, 睦月ムンク絵 新装版 講談社 2011.11 285p 18cm （講談社青い鳥文庫 183-2） 670円 ①978-4-06-285254-8
[内容] 主人公は天皇の子として生まれた、美しく聡明な光源氏。恋する気持ちの楽しさ、苦しさ、せつなさと人間関係をえがいた古典の名作です。優しく美しい藤壺、おとなしい夕顔、かわいい紫の上…。源氏をめぐり、さまざまな女性が登場します。長い物語を小・中学生に向けて読みやすく一冊にまとめました。はじめての「源氏物語」としておすすめです。

『源氏物語─時の姫君いつか、めぐりあうまで』 紫式部作, 越水利江子文, Izumi絵 角川書店 2011.11 215p 18cm （角川つばさ文庫 Fむ1-1） 640円 ①978-4-04-631201-3 〈発売：角川グループパブリッシング〉
[内容] わたし、ゆかりの姫。母上はわたしを産んですぐに亡くなられたので、ばばさまと一緒に暮らしている。わたしの願いはばばさまの病気が良くなること、それから、あの方にもう一度会うこと。ひとめ見たら忘れられないほど美しく光かがやいていて、でも、どこかはかなく消えてしまいそうに見えたの…。日本人が千年愛し続けてきた物語が新たによみがえる。"いちばん最初に出会う"「源氏物語」。小学上級から。

『21世紀版少年少女古典文学館 第6巻 源氏物語 下』 興津要, 小林保治, 津本信博編, 司馬遼太郎, 田辺聖子, 井上ひさし監修 紫式部原作, 瀬戸内寂聴著 講談社 2009.11 301p 20cm 1400円 ①978-4-06-282756-0
[目次] 野分, 真木柱, 藤の裏葉, 若菜 上, 若菜 下, 柏木, 夕霧, 御法, 幻, 浮舟
[内容] 帝の子として生まれ、光り輝く美貌と才智で位を得、富と名声を得、数多の恋を成就させた源氏。六条院での源氏の栄華は、はてしなく続くように思われたが、その子夕霧、そして内大臣の息子柏木の恋の炎がいやおうなしに源氏をまきこんで渦まく。源氏にも日、一日と人生の秋がしのびよっていた─。王朝大河ロマン、波乱のクライマックス。

『21世紀版少年少女古典文学館 第5巻 源氏物語 上』 興津要, 小林保治, 津本信博編, 司馬遼太郎, 田辺聖子, 井上ひさ

し監修　紫式部原作，瀬戸内寂聴著　講談社　2009.11　325p　20cm　1400円　①978-4-06-282755-3
目次　桐壺，空蟬，夕顔，若紫，末摘花，紅葉の賀，花の宴，葵，賢木，須磨，明石，蓬生，松風，少女，玉鬘，初音
内容　『源氏物語』は，十一世紀はじめに紫式部という宮仕えの女性によって書かれた，大長編小説。華やかに栄えた平安朝を舞台に，高貴で美しく，才能にあふれた光源氏を主人公に，その子薫の半生までをつづった物語である。当時の男女の恋愛模様を核に，人間を，貴族社会を，あますところなく描いている。いまでは，ダンテやシェークスピアよりもはるか古い時代に生まれたこの小説が，世界の国々で翻訳され，人々に親しまれ，まさに世界の名作文学の地位にある。

『源氏物語』　紫式部原著，菅家祐文，阿留多イラスト　学習研究社　2008.2　195p　21cm　（超訳日本の古典 4　加藤康子監修）　1300円　①978-4-05-202862-5
目次　光り輝く若君，夕顔の花，美しい少女，苦しみと華やぎ，しのびよる影，試練のとき，春，再び，永遠の別れ，引きさかれた初恋，夕顔の忘れ形見，六条院の若き花，ままならぬ思い，華やぎのとき，幼い妻，過ち，過ちの代償，愛のゆくえ，幻のごとく

村山　籌子
むらやま・かずこ
《1903～1946》

『かさをかしてあげたあひるさん―村山籌子おはなし集』　村山籌子著，山口マオ絵　福音館書店　2010.4　111p　22cm　（〔福音館創作童話シリーズ〕）　1200円　①978-4-8340-2558-3　〈文献あり〉
目次　かさをかしてあげたあひるさん，おねぼうなじゃがいもさん，ウサギさんの本屋とリスの先生，月謝のふくろをなくしたあひるさん，ライオンの大ぞん，ごほうとだいこん，ないているおねこさん，ぞうとねずみ，あひるさんとつるさん，ねずみさんの

しっぱい，こぐまさんのかんちがい，かみどこやのだいこんさん，耳ながさんとあひるさん，マルメさんとメガネ，ブチさんのそうべつかい，おはなをかじられたおねこさん，川へおちたたまねぎさん

室生　犀星
むろお・さいせい
《1889～1962》

『日本語を味わう名詩入門　9　萩原朔太郎　室生犀星』　萩原朔太郎，室生犀星著，萩原昌好編，長崎訓子画　あすなろ書房　2012.6　103p　20cm　1500円　①978-4-7515-2649-1
目次　萩原朔太郎（『月に吠える』序文より，竹，旅上，蛙の死，沖を眺望する　ほか），室生犀星（『愛の詩集』自序より，小景異情・その二，朝の歌，愛あるところに，郊外の春　ほか）
内容　ともに北原白秋門下で，年齢も近く，友だち同士だった萩原朔太郎と室生犀星。大正から昭和にかけての詩壇に新風を巻き起こした二人の詩人の作品を味わってみましょう。

『21世紀版少年少女日本文学館　7　幼年時代・風立ちぬ』　室生犀星，佐藤春夫，堀辰雄著　講談社　2009.2　311p　20cm　1400円　①978-4-06-282657-0　〈年譜あり〉
目次　幼年時代（室生犀星），西班牙犬の家（佐藤春夫），実さんの胡弓（佐藤春夫），おもちゃの蝙蝠（佐藤春夫），わんぱく時代・抄（佐藤春夫），風立ちぬ（堀辰雄）
内容　複雑な家庭に育った著者の少年時代をもとにした室生犀星の自伝的小説「幼年時代」。現実と空想の世界とがないまぜとなった佐藤春夫の「西班牙犬の家」。胸を病む少女と青年との悲しい恋を描いた堀辰雄の代表作「風立ちぬ」など，詩人でもある三作家の詩情あふれる短編集。ふりがなと行間注で，最後までスラスラ。児童向け文学全集の決定版。

『動物詩集』　室生犀星著　日本図書セン

ター 2006.4 175p 21cm （わくわく！ 名作童話館 8） 2400円 ①4-284-70025-1〔画：恩地孝四郎〕
|目次| 春（虻のうた，蝶のうた，紋白蝶のうた，鶯のうた，蚊とんぼのうた，水鮎のうた，鳩のうた，うじのうた，雀のうた，蜂のうた，蛤のうた，浅蜊のうた，田螺のうた，鯛のうた），夏〔ほか〕

森　鷗外
もり・おうがい
《1862～1922》

『**現代語で読む舞姫**』　森鷗外作，高木敏光現代語訳　理論社　2012.5　150p　19cm　（現代語で読む名作シリーズ 1）　1200円　①978-4-652-07993-5
|目次| 舞姫，うたかたの記，文づかい
|内容| 『舞姫』——ベルリン留学中の青年は、貧しい踊り子エリスに恋をする。社会的地位を失ってでも、この愛に生きるべきか？　青年は苦悩する。『うたかたの記』——画学生は、かつて助けた花売り娘を想い続けていた。ミュンヘンで再会したその娘マリーには、国王との暗い因縁があった。『文づかい』——若い士官はドイツ貴族の城で、友人の許嫁イーダに出会う。そして彼女から、人に知られず届けてほしいと、一通の手紙を渡された。

『**舞姫—森鷗外珠玉選**』　森鷗外作，森まゆみ訳，土屋ちさ美絵　講談社　2011.2　193p　18cm　（講談社青い鳥文庫 112-2）　600円　①978-4-06-285195-4〈年譜あり〉
|目次| 舞姫，山椒大夫，高瀬舟，杯，文づかい
|内容| 明治時代、国の期待を背負ってドイツへ留学した青年豊太郎は、ベルリンの街でエリスという美しい少女と恋に落ちた。ふたりを待ち受ける運命とは。青春の熱くはかない恋を描いた「舞姫」ほか、つらい人生をけなげに生きる姉弟・安寿と厨子王の物語「山椒大夫」など、文豪森鷗外の情緒あふれる物語5編を収録。不朽の名作を読みやすい現代語訳で！　小学上級から。

『**21世紀版少年少女日本文学館　1　たけ**

くらべ・山椒大夫』　樋口一葉，森鷗外，小泉八雲著，円地文子，平井呈一訳　講談社　2009.2　269p　20cm　1400円　①978-4-06-282651-8〈年譜あり〉
|目次| 樋口一葉（たけくらべ），森鷗外（山椒大夫，高瀬舟，最後の一句，羽鳥千尋），小泉八雲（耳なし芳一のはなし，むじな，雪おんな）
|内容| 短い生涯のなか、女性らしい視点で社会を見つめつづけた一葉。あふれでる西洋文明の知識を駆使し、数々の格調高い作品を残した鷗外。西洋人でありながら、だれよりも日本人の魂を愛した八雲。日本が新しい時代に踏み出した明治期を代表する三作家の傑作短編。

『**山椒大夫　高瀬舟**』　森鷗外著　改訂　偕成社　2004.6　225p　19cm　（偕成社文庫）　700円　①4-03-850060-8

森村　誠一
もりむら・せいいち
《1933～》

『**怒りの樹精**』　森村誠一著　岩崎書店　2007.3　195p　21cm　（現代ミステリー短編集 10）　1400円　①978-4-265-06780-0〔絵：八木美穂子〕
|目次| 裂けた風雪，赤い蜂は帰った，砂塵，怒りの樹精
|内容| ケヤキの巨木が伐りたおされた後にマンションが建った。そこでさまざまな変事ののち起こる連続自殺に秘められた不可解な事件「怒りの樹精」ほか、実験蜂が殺人の犯人をつきとめる「赤い蜂は帰った」、美しいアルプスの自然を背景に、山荘経営者に殺人の疑いをもつ青年の苦悩を描く「裂けた風雪」などを収録。

森山 京
もりやま・みやこ
《1929～》

『とんだ、とべた、またとべた！』 森山京作, 黒井健絵 ポプラ社 2014.6 70p 22cm （本はともだち♪ 1） 1000円 ①978-4-591-14012-3
内容 ひとりぐらしのリスのおじいさんは、いっしょうけんめいなわとびのれんしゅうをする、クマのこをおうえんして…幼年童話の名手による心やさしい物語。

『りんごの花がさいていた』 森山京作, 篠崎三朗絵 講談社 2014.4 74p 22cm （どうわがいっぱい 98） 1100円 ①978-4-06-198198-0
内容 サブロが、かあさんのかたみにえらんだのは、がんじょうな木のふるいすでした。かあさんは、いつもこのいすにすわって、サブロのかえりをまっていてくれました。せなかにしょってあるきだすと、いすがかあさんのようにおもえてきます。小学一年生から。

『おさきにどうぞ』 森山京作, ささめやゆき絵 文渓堂 2013.7 46p 22cm 1300円 ①978-4-7999-0012-3
内容 こうえんへいそいでいたブタのこは、ネコのおばあさんからみちをゆずってもらいました。はじめてあったネコのおばあさんはそのとき「おさきにどうぞ」といってくれました。はじめてのひとりよみに。たのしくて、ほのぼのあたたかいおはなし。

『ねぼけてなんかいませんよ』 森山京作, さのようこ絵 新装版 フレーベル館 2013.3 76p 22cm 1000円 ①978-4-577-04028-7
内容 おばあさんが手がみをかいていると森のどうぶつたちがやってきます。きってがほしいというのです。あるはるの日のふしぎなできごと。

『一さつのおくりもの』 森山京作, 鴨下潤絵 講談社 2012.11 74p 22cm （どうわがいっぱい 90） 1100円 ①978-4-06-198190-4
内容 クマタは、『かいがらのおくりもの』というえほんが大すきです。一日に一どは、かならず手にとります。えほんの中の、キツネの子とほんとうのともだちになった気がするほどです。でも、ある日、クマタはえほんをおくるけっしんをしたのでした…。小学一年生から。

『だれかさんのかばん』 森山京作, 高橋和枝絵 ポプラ社 2012.10 79p 21cm （ポプラちいさなおはなし 51） 900円 ①978-4-591-13099-5
目次 いいにおい, 青まめひとつぶ, だれかさんのかばん, 空いろ水いろ, 足音
内容 みんながかえったあと、木のえだにぶらさがっていたちいさなぬののかばん。だれのかばんでしょうか…？ 子どもたちのこえがきこえてくる、五つのちいさなおはなしです。

『ありがとうっていいもんだ』 森山京作, ささめやゆき絵 文渓堂 2012.4 46p 22cm 1300円 ①978-4-89423-767-4
内容 ブタのこはこうえんにでかけるとちゅうで、キツネのこがころがしたボールをひろってあげました。ちょっとおにいちゃんのキツネのこは「ありがとね」といってかけていきました。その「ありがとね」が、おにいちゃんぽくってとてもかっこよくて、ブタのこもまねしてみたくなりました。そして、いつものこうえんにむかったブタのこですが…。はじめてのひとりよみに。たのしくて、ほのぼのあたたかいおはなし。

『またおいで』 もりやまみやこ作, いしいつとむ絵 あかね書房 2011.10 75p 22cm 1000円 ①978-4-251-04038-1
内容 キツネのこがこうえんでであったのは、ウサギのこ。ウサギのこのめには、なみだがいっぱいです。キツネのこははげまそうとしますが…。キツネのことウサギのこの、ちいさなであいのおはなしです。5～7歳向き。

『丘の木ものがたり』 森山京作, ふくざわゆみこ絵 講談社 2011.9 123p 22cm （わくわくライブラリー） 1300円 ①978-4-06-195730-5

|内容| きつねのコンチが、なかよしのぶたのトントを待っていると、見しらぬくまさんがあらわれて…丘のてっぺんの大きなカシの木をめぐる、動物たちの心がぽかぽかする物語。小学中級から。

『いいことがありました』 もりやまみやこ作，ひがしあきこ絵 偕成社 2010.6 78p 22cm 1200円 ①978-4-03-313590-8
|目次| くまさんがわらった，いいことがありました，くものうえの青い空
|内容| ともだちとけんかしたねずみの子がむしゃくしゃしてけっとばしたどんぐりが、くまのおじいさんのおでこにコツン。そんなふうにであったふたりにおこったとってもいいことって？ こころがうれしくなるおはなし三つ。

『ポテト・チップスができるまで』 森山京作，佐野洋子絵 新装版 小峰書店 2009.9 55p 25cm （はじめてよむどうわ） 1400円 ①978-4-338-24706-1
|内容| 七ひきのこぶたのきょうだい。ポテト・チップスができるのをまっている。まだかな、まだかな〜。うーん、まちどおしい。

『こぶたのむぎわらぼうし』 森山京作，佐野洋子絵 新装版 小峰書店 2009.7 55p 25cm （はじめてよむどうわ） 1400円 ①978-4-338-24702-3
|内容| おかあさんがあんだむぎわらぼうし。にいさんやねえさんはみんなすてきなめじるしをつけたのに、おちびちゃんだけみつからないのです。

『こうさぎのあいうえお』 森山京作，大社玲子絵 新装版 小峰書店 2009.3 119p 22cm （どうわのひろばセレクション） 1300円 ①978-4-338-24501-2
|内容| こうさぎと、こぎつねと、こりす。みんなそろって、字をかくことが、すこしずつできるようになりました。今日は、だいすきな友だちにてがみをかきます。

『こうさぎのかるたつくり』 森山京作，大社玲子絵 新装版 小峰書店 2009.3 118p 22cm （どうわのひろばセレクション） 1300円 ①978-4-338-24502-9
|内容| こうさぎと、こぎつねと、こりす。おぼえたての字でかるたつくり。あ…あめふりまってる、あたらしいかさ。たのしいことばあそびで、かるたをつくろう。

『もりやまみやこ童話選 5』 もりやまみやこ作，太田大八絵 ポプラ社 2009.3 145p 21cm 1200円 ①978-4-591-10790-4
|目次| いいものもらった、ねぼけてなんかいませんよ、あやとりひめ―五色の糸の物語、ほんとにほんとのくまたろうくん、おばあちゃんどこにいますか
|内容| こだぬきも、くまくんも、りすさんも、そして人間だっていつでも、どこでも相手を思う気もちは同じ。どんな小さなこともたいせつに思えます―心の成長をやさしく語る童話『もりやまみやこ童話選5』。

『もりやまみやこ童話選 4』 もりやまみやこ作，ささめやゆき絵 ポプラ社 2009.3 145p 21cm 1200円 ①978-4-591-10789-8
|目次| 子だぬきタンタ化け話，おにの子フウタ
|内容| 子だぬきタンタは、かわいい女の子に、そして、おにの子フウタも、ハナにまた会いたいと思うのです。ちょっと勇気をだせばふしぎなせかいが―日本のたのしいファンタジー『もりやまみやこ童話選4』。

『もりやまみやこ童話選 3』 もりやまみやこ作，黒井健絵 ポプラ社 2009.3 145p 21cm 1200円 ①978-4-591-10788-1
|目次| おはなしぽっちり、こぶたブンタのネコフンジャッタ、おとうとねずみチロの話、おとうとねずみチロは元気、こうさぎのあいうえお、けんかのあとのごめんなさい、12の月のちいさなお話
|内容| 春には春のたのしさがあります。夏には夏の…それぞれの季節がまちどおしくてみんなわくわくしているのです。みんな元気に、みんな大きくなって―自然とともによろこびをかんじる童話『もりやまみやこ童話選3』。

『もりやまみやこ童話選 2』 もりやまみや

やこ作，西川おさむ絵　ポプラ社　2009.3　145p　21cm　1200円　Ⓘ978-4-591-10787-4
[目次] あしたもよかった，大きくてもちっちゃいかばのこカバオ，おいてきぼりにされた朝，ポテトチップスができるまで，お母さんになったつもり，こうさぎのジャムつくり，こうさぎのジャムつくり，さよならさよならさようなら，友だちほしい
[内容] くまのこは、ひばりが生きていてよかったと思います。かばのこは、お父さんとお母さんがいっしょにいてくれてよかったと思います。くまのこやうさぎのこ、みんなの言葉がうれしい―思いあう心があふれる童話『もりやまみやこ童話選2』。

『もりやまみやこ童話選　1』　もりやまみやこ作，はたこうしろう絵　ポプラ社　2009.3　141p　21cm　1200円　Ⓘ978-4-591-10786-7
[目次] きいろいばけつ，つりばしゆらゆら，あのこにあえた，ドレミファドーナツふきならせ，ほんとはともだち，赤いクレヨン，ポケットのなか，おおきくなったら
[内容] きつねのこも、うさぎのこも、りすのこも、みんないっしょに楽しくあそんで、おしゃべりして、かんがえて、大きくなります。友だちっていつもそばにいてくれる―あたたかな心があふれる童話『もりやまみやこ童話選1』。

『ハナと寺子屋のなかまたち―三八塾ものがたり』　森山京作，小林豊絵　理論社　2008.12　186p　22cm　1500円　Ⓘ978-4-652-01160-7
[内容] 江戸時代の日本。名主のむすめ・ハナは、祖父のはじめた寺子屋に通うことに。文字をおぼえ、遠歩きをけいこし、同級生と仲よくなったハナに、ある別れがやってきて…。現代で失われつつある生命力に満ちた子どもたちが、四季のうつくしい風景の中で駆け回る、のびやかな物語。小学校4年生から。

『いきてるよ』　森山京作，渡辺洋二絵　ポプラ社　2007.12　70p　21cm　（ポプラちいさなおはなし　15）900円　Ⓘ978-4-591-10019-6
[内容] 「おはよう。」ぶたのこは、きらきらひかるお日さまと、白いちょうちょに、こえをかけました。ところがつぎのあさ、白いちょうちょは…。

『ハナさん―おばあさんの童話』　森山京作　ポプラ社　2006.5　76p　20cm　1200円　Ⓘ4-591-09231-3〈絵：山本容子〉
[目次] 「またね」，海苔飯弁当，雨催い，浦島太郎，もみじ，銀木犀，夕日
[内容] 七人のハナさんに共通していることは、みんなおばあさんであること。それも昔のおばあさんではなく、今もどこかで、それぞれの日々を生きているおばあさんであることです。そんなハナさんたちの日常のひとこまを、ささやかな童話に託してつづってみました。自分に似たハナさんもいれば、友人の誰かを思いださせるハナさんもいるでしょう。人生のひとこまを鮮かによみがえらせる極上の童話集。

八木　重吉
やぎ・じゅうきち
《1898〜1927》

『日本語を味わう名詩入門　3　八木重吉』　八木重吉著，萩原昌好編，植田真画　あすなろ書房　2011.6　87p　20cm　1500円　Ⓘ978-4-7515-2643-9
[目次] おおぞらのこころ，ふるさとの山，うつくしいもの，心よ，葉，彫られた空，幼い日，桃子，わが児，草の実　[ほか]
[内容] 五年ほどの短い期間に二千を超える詩編を残した"かなしみ"の詩人、八木重吉の世界をわかりやすく紹介します。

矢崎　節夫
やざき・せつお
《1947〜》

『うずまきぎんが―矢崎節夫童謡集』　矢崎節夫著　JULA出版局　2013.12

151p 18cm 1200円 ①978-4-88284-078-7
目次 きりんのあかちゃん(きりんのあかちゃん,ラッパ ほか),みずとそら(みずとそら,さてそこで ほか),いつもドキドキ(いつもドキドキ,ほん ほか),そこだけあかい(そこだけあかい,かぜのあしあと ほか),あついですよ(あついですよ,かばさん ほか),うずまきぎんが(うずまきぎんが,みせさきで ほか)
内容 きみもぼくも,みんなうみからきたんだよ,はるかにむかしのうみのなかから。きみもぼくも,ひかりのなかにいたんだよ,はるかなうちゅうのはじまりのとき。32年の空白をこえておくる第2童謡集!!

『おふろのなかではっくしょん』 矢崎節夫作,高畠純絵 新装版 フレーベル館 2011.2 76p 22cm 1000円 ①978-4-577-03868-0
内容 ユミがおふろに入ろうとすると、「は、は、はっくしょん!」中からくしゃみがきこえてきました。おふろのふたをあけると、ユミはびっくり! おふろの中からあらわれたのは…!? 小学校低学年から。

『ひとりでもふたり』 矢崎節夫作,おぼまこと絵 フレーベル館 1994.3 107p 23cm (創作どうわライブラリー 10) 1200円 ①4-577-00780-0

『なぞのXとおばけだよたんていくん』 矢崎節夫作,山口みねやす絵 くもん出版 1988.8 78p 22cm (くもんの幼年童話シリーズ) 750円 ①4-87576-428-6
内容 あなたはどんなおばけになれるか。"あなたのおばけどチェック"をうけさせられるたんていくん。なぞのXがへんなおじさんにへんしんしてつばさくんにちょうせんしてきた! 小学初級向き。

『かいじんゾロのうちゅうめだまやき大さくせん』 矢崎節夫ぶん,山口みねやすえ 旺文社 1987.7 47p 24cm (旺文社創作童話) 880円 ①4-01-069134-4
内容 かいじんゾロはめだまやきが大すき!なにしろ、ぜんこくめだまやきばんざいれんめいの会長だもんね。そのゾロが、きゅうきょくのめだまやき、うちゅういちのめだまやきをつくるってはりきっているの。いったいどんなめだまやきをつくるつもりだろうね…?

『なぞのXマスだよたんていくん』 矢崎節夫作,山口みねやす絵 くもん出版 1986.12 78p 22cm (くもんの幼年童話シリーズ) 750円 ①4-87576-329-8
内容 にこにこ小学校2年2組の、やまぐちつばさくんは、めいたんてい。クリスマスに日本にじょうりくした、なぞのXから、とくいのねんりきおにぎりで、みんなをまもって…! 小学初級向け(5~8歳)。

『かいじんゾロのおばけさん大しゅうごう!』 矢崎節夫ぶん,山口みねやすえ 旺文社 1986.9 46p 24cm (旺文社創作童話) 880円 ①4-01-069131-X
内容 しにがみ ぬりかべ あずきあらいにてんじょうなめ ダイダラボッチにおいわさん、キョンシーさんにうみぼうず こなきじいさんドラキュラー……、かいじんゾロのおばけの学校に、おばけさんが大しゅうごう! なにがはじまるんだろうね?

『かいじんゾロのおとぎばなし大さくせん』 矢崎節夫ぶん,山口みねやすえ 旺文社 1985.12 46p 24cm (旺文社創作童話) 880円 ①4-01-069126-3

『せいくんとおねしょん』 矢崎節夫作,岡村好文絵 小峰書店 1985.12 119p 22cm (創作どうわのひろば) 880円 ①4-338-01114-9

『かいじんゾロのてんきよほう』 矢崎節夫ぶん,山口みねやすえ 旺文社 1984.12 47p 24cm (旺文社創作童話) 880円 ①4-01-069120-4

『かいじんゾロまたあらわれる』 山口みねやすえ,矢崎節夫ぶん 旺文社 1984.9 47p 24cm 880円 ①4-01-069117-4

『ねこだにゃんごろう氏のはなし』 矢崎節夫作,岡村好文絵 ひさかたチャイルド 1984.6 77p 22cm (ひさかた童

話館）800円 ①4-89325-363-8

『大どろぼうゴロン太と校長先生』 矢崎節夫作，奥田怜子絵 フレーベル館 1984.1 100p 22cm （新創作童話）900円

『ブラリさんとかいじんゾロ』 矢崎節夫ぶん，山口みねやすえ 旺文社 1983.12 46p 24cm （旺文社創作童話）880円 ①4-01-069115-8

『ねんねこたんていじけんだよ』 矢崎節夫さく，岡村好文え 京都 PHP研究所 1983.11 68p 22cm （PHPゆかいなどうわ）780円 ①4-569-28215-6

『ちょっきんとのさまとでたでたおばけ』 やざきせつお作，おかむらよしふみ絵 佑学社 1982.10 76p 23cm 880円

『ほしとそらのしたで』 矢崎節夫作，高畠純絵 フレーベル館 1981.5 78p 23cm （フレーベル幼年どうわ文庫）950円

『のはらのまんなかいえーけん』 矢崎節夫作，奥田怜子絵 太平出版社 1980.6 58p 22cm （太平ようねん童話―おはなしピッコロ）780円

『おふろのなかではっくしょん』 矢崎節夫作，高畠純絵 フレーベル館 1979.8 77p 22cm （フレーベル館の幼年創作童話）700円

『へんてこごっこ』 やざきせつおぶん，いそべかよえ 旺文社 1978.4 88p 22cm （旺文社ジュニア図書館）750円

『二十七ばん目のはこ』 矢崎節夫作，杉浦範茂画 高橋書店 1975 126p 22cm （たかはしの創作童話）

矢玉 四郎
やだま・しろう
《1944～》

『はれたまたまこぶた』 矢玉四郎作・絵 岩崎書店 2013.7 62p 22cm 1200円 ①978-4-265-82040-5
目次 おふろぶた，しんぶんぶた，おにぶた，すなぶた，たまごぶた，はみがきぶた
内容 たまちゃんは、ぶたをみつけるめいじんです。いろんなところから、こぶたがでできます。こんどはたまたまたまちゃんが主役なの!! 楽しいお話が6つ入ってるよ。はれぶたシリーズ10巻。

『はれときどきアハハ』 矢玉四郎作・絵 岩崎書店 2007.8 77p 22cm 1200円 ①978-4-265-82009-2
内容 おもしろいこと考えよう。考えるだけなら、何でもアリ。わらったもの勝ち。不滅のはれぶたシリーズ最新刊。

『はれときどきぶた』 矢玉四郎著 岩崎書店 2005.11 79p 22cm 1100円 ①4-265-91613-9〈第126刷〉

『ヒッコスでひっこす』 矢玉四郎著 岩崎書店 2004.12 93p 22cm （いわさき創作童話 26）1100円 ①4-265-04126-4〈11刷〉

やなせ たかし
《1919～2013》

『かぜのふえ―みじかい童話20』 やなせたかし作・絵 新装版 フレーベル館 2013.8 143p 22cm （やなせたかしメルヘン図書館）1200円 ①978-4-577-04132-1
目次 たぬきのはな，ごりらのパンツ，ピカちゃんとあんぱん，いだてんのヌラ，はととぺりかん，ものまねからす，きんいろのかんづめ，キュラキュラ，ふくらみすぎたクラ

やなせたかし

ちゃん，そっくりのくりのき，ともだち，みどりいろのてがみ，なまずのねがい，ブカリとうみぼうず，かぜのふえ，トランゴラのうみ，じんごべえさんのおくりもの，つぼみのひ，ふたつのふんすい，あかいブラック

内容 野原で遊ぶのが大好きなけんちゃんは，ある日，ふしぎな銀色の笛をひろって…。表題作「かぜのふえ」のほか，みじかくて面白いお話20篇を収録。

『クシャラひめ』 やなせたかし作・絵
新装版　フレーベル館　2013.8　77p　22cm　〈やなせたかしメルヘン図書館〉
1000円　①978-4-577-04131-4

内容 はながひくいことがコンプレックスのクシャラひめ。いつもボールがみでつくったとんがりばなをつけています。あるひもりでおそろしいりゅうにであい…。女の子にエールをおくるやなせ流おひめさまものがたり。

『やなせたかしのメルヘン絵本　4』 やなせたかし絵・文　朝日学生新聞社
2013.4　109p　16×22cm　1300円
①978-4-904826-90-4

目次 ヒョロ松さんは見習い天使，白爪草の花かざり，天才モンタの反省，マジョリカのサイン，ネムレーヌ森のネムレーヌ姫，アリエーヌの恩返し，だんご山の雲おじさん，ヌマシーの謎，ふしぎなミドリちゃん，ナマケモノの弟子，紅さし指姫，ブルーゼラチン城の秘密，ペリー・カンタの決断，カレンの泉，スイカ太郎，心太，ゼンダ城の秘密，ワンワンマンの歌，月夜の勲章，りんごかめん，ジンジャー神社，ナ氏のツブテ，月夜の銀太郎，雲になったオオカミ，幸福の国

内容 アンパンマンの作者・やなせたかしならではの「優しさ」満載。記念すべき100話目を収録。「メルヘン絵本」シリーズ第四集。

『十二の真珠』 やなせたかし著　復刊ドットコム　2012.10　126p　22cm〈ふしぎな絵本〉1800円　①978-4-8354-4901-2〈新装版 サンリオ 1990年刊の再刊〉

目次 バラの花とジョー，クシャラ姫，天使チオバラニ，チリンの鈴，アンナ・カバレリーナのはないき，アンパンマン，星の絵，風の歌，デングリ蛙とラスト蛇，ジャンボとバルー，キュラキュラの血，十二の真珠

内容 元祖「アンパンマン」収録。やなせたかしの原点がここにある！　やなせたかし幻の初期作品集，ついに復刊。元祖「アンパンマン」をはじめ，名作「チリンの鈴」など心あたたまる珠玉の短編童話を十二話収録。

『やなせたかしのメルヘン絵本　3』 やなせたかし絵・文　朝日学生新聞社
2012.8　114p　16×22cm　1300円
①978-4-904826-62-1

目次 希望のハンカチ，森はかれても，海の涙，秋ちゃんと秋，ミノムシの歌，ハンナとハンス，ふるふるふるさと，ジュン，あくびするカミサマ，ポツン，アカギレ博士の発明，こな雪のドア，チャランポラン，虹の工場，えらくなっちゃいけない，ポ，奇跡の流れ星，ピエロの涙，スピードキング，完全満月の夜に，花の伝令，アイウエオ物語，新花咲かじいさん，タンポポ帝国の滅亡，エクボどろぼう，ベコリナの変身

内容 1冊の中に広がる26の世界。東日本大震災復興を願いつくられた歌から生まれた「希望のハンカチ」を特別収録。

『やなせたかしのメルヘン絵本　2』 やなせたかし絵・文　朝日学生新聞社
2012.2　115p　16×22cm　1300円
①978-4-904826-42-3

目次 ガンバラランバイ，ヒョロ松と海坊主，ラ・ポプラ，カタツムリのルル，さびしいコンニャク，さすらいのブラックキャット，ソバカスのある天使，セントバーナード犬と旅びと，白い街，タマシイの歌，老眼のおたまじゃくし，サビガリ峠，ペンギンのネクタイ，青い翼，泥まみれの花，かみなりドラマー，バナナダンス，犬が自分のしっぽを見て歌う歌，ねむりの森の子守歌，見えないSL，アンパン町マーチ，青い星，ヤッキー君とモッキー君，太陽はお医者さん，ひざっこぞうの歌，すみれの手紙，大阪の亀

内容 声に出して読めば，うれしくなる，たのしくなる，笑顔になる。アンパンマンの作者やなせたかしがライフワークとして情熱をかたむけた27のお話がつまったユニークなメルヘン集。

『やなせたかしのメルヘン絵本』 やなせたかし絵・文　朝日学生新聞社　2011.8

113p　16×22cm　1300円　①978-4-904826-24-9
目次　松の木の歌，虹の足，あほうどり，南の風とタンポポ，パンジーとチンパンジー，でくの棒，赤いひとさし指，イルカの星，夕日にむかって，さよならけしゴム，シドロ・アンド・モドロ，ゴリラの星，ひかげの花，花とクジラ，ジグザグ，ナイ・ナイ・ナイ，ナマコの行進曲（マーチ），杉の木と野菊，その雲とぼく，ナマケモノのめざまし時計，ルル・コンドル・アンデス，シッポのちぎれたメダカ，星の花，バオバブの木の下で，ヤキイモの好きな宇宙人，てのひらを太陽に
内容　1冊の本の中に25冊＋1冊の絵本。陸前高田の一本松をモデルにした「松の木の歌」を特別収録。

『あきらめないで―足みじかおじさんの旅　やなせたかしのおとなのメルヘン』　やなせたかし著　新日本出版社　2011.5　154p　19cm　1400円　①978-4-406-05481-2
目次　足みじかおじさんふたたび（妖精パニック，錆（サビ），レイラ，ホウシャ線，風船ガム，ホームレス哀歌，汚点，はいまつの枝，マチュピチュの翼，恋バナ（アダムのリンゴ，激痛，決断，ルビーの指輪，簡易タイムマシーン，異星人の愛，ミズタマグサ，ツキヨの散歩，ユリ，老人病，二度目の"助けて！"，ひらけゴマ！，BOON，決闘），カッコヨクナイケド（花風邪，消失，サギ，マグレの果実，絵本の海，岬の奇跡，銀色の道，秋の蛍，ユズ，リバイバル，露の勲章，飛行石，竹トンボ）

『やなせメルヘン名作集』　やなせたかし著　復刻版　カザン　2009.11　63p　21cm　1900円　①978-4-87689-599-1
目次　おたまじゃくしの歌（1973年4月号），きゅうり電話（1973年5月号），シグレ博士の実験（1973年11月号），風の中のエレ（1974年4月号），ノロサクの標本（1974年5月号），シドロ＆モドロ（1974年6月号），サボテンの花（1975年12月号），淡雪評論（1976年2月号），カナリヤ恋のはじまり（1976年9月号），まちがいさがし（1977年10月号）
内容　創刊100年を超える老舗雑誌月刊『食生活』の連載「やなせメルヘン」より初期の名作を復刻しました。大人になりたくないおたまじゃくしのためのメルヘンです。

『足みじかおじさんの旅―やなせたかしのおとなのメルヘン』　やなせたかし著　新日本出版社　2009.4　154p　19cm　1400円　①978-4-406-05239-9
目次　足みじかおじさんがやってきた，助けての声あるところ，現実と非現実の間
内容　足みじかおじさんは無名である。カッコよくない。でもぼくらが悩む時，ひそやかに悩みを解決してくれるひとが，そんなひとがいれば助かる。ここに集めた，足みじかおじさんのみじかいお話がいくらかあなたの心をなぐさめることができたなら，それが作者のよろこびです（まえがきから）。

『ほしのこルンダ―くろいほしのナニイ』　やなせたかしさく・え　ポプラ社　2006.1　62p　20cm　（ママとパパとわたしの本　36―ほしのこルンダ　3）　800円　①4-591-09027-2
内容　ぼくはルンダ。ほしのこルンダ。きょうもだれかがないている。たすけてほしいとないている。だから，とぶんだ。ぼくはいくんだ。みんながわらってくれるまで。

『ほしのこルンダ―すいしょうやまのひみつ』　やなせたかしさく・え　ポプラ社　2005.7　63p　20cm　（ママとパパとわたしの本　32―ほしのこルンダ　2）　800円　①4-591-08686-0
内容　ほしのてんし，ルン，は，いたずらのばつとして，こまったひとをたすける，ほしのこルンダにうまれかわりました。さあ，どうなルンダ。

『ほしのこルンダ』　やなせたかしさく・え　ポプラ社　2004.11　56p　20cm　（ママとパパとわたしの本　30）　800円　①4-591-08327-6
内容　ほしのてんしルンはいたずらのばつとしてだいてんしピカールさまにちじょうでよわいもののみかたをするようにといわれます。ほしのこルンダにうまれかわってさあ，これからどうなルンダ。

『幸福の歌』　やなせたかし詩・絵　フレーベル館　2001.4　110p　22cm

やなせたかし

（やなせたかし童謡詩集）1000円　①4-577-02230-3
|目次|幸福（この本の幸福，だれのための幸福　ほか），春（春になったら，サボテンの花　ほか），草（草，蟻　ほか），真実（真実，ヒトミシリ科のヒトミシリ　ほか）
|内容|『希望の歌』『勇気の歌』に続く3冊めの童謡詩集。完結。

『勇気の歌』　やなせたかし詩・絵　フレーベル館　2000.9　109p　22cm　（やなせたかし童謡詩集）1000円　①4-577-02132-3

『生きているってふしぎだな―やなせたかし詩集』　やなせたかし著　銀の鈴社　2000.8　111p　22cm　（ジュニア・ポエム双書 142）1200円　①4-87786-142-4

『希望の歌』　やなせたかし詩・絵　フレーベル館　2000.7　105p　22cm　（やなせたかし童謡詩集）1000円　①4-577-02131-5
|目次|希望（希望の歌，希望岬　ほか），天使（ゆきのてんし，猫の天使　ほか），星（青い星，イルカの星　ほか），光（光よ，きんいろの太陽がもえる朝に　ほか）
|内容|「てのひらを太陽に」をはじめとして，童謡の作詞も数多くある，「アンパンマン」の作者の原点ともいうべき童謡詩集。

『十二の真珠』　やなせたかし著　サンリオ　1990.6　126p　21cm　（ふしぎな絵本）1000円　①4-387-90097-0
|目次|バラの花とジョー，クシャラ姫，天使チオバラニ，チリンの鈴，アンナ・カバレリイナのはないき，アンパンマン，星の絵，風の歌，デングリ蛙とラスト蛇，ジャンボとバルー，キュラキュラの血，十二の真珠

『わらうぼうしリトル・ボオ』　やなせたかし作・絵　あかね書房　1986.9　77p　22cm　（あかね幼年どうわ）680円　①4-251-00700-X
|内容|「はじめまして。ぼくはボオボオぼしからやってきたリトル・ボオ。こまっているこどもをたすけるのがしごとさ！」小さなスーパーマンリトル・ボオの活躍と，小学生の男の子こんたんの冒険を夢いっぱいに描く！

『さびし森うれし森―くーたん・もんたん』　やなせたかし作・絵　くもん出版　1986.7　78p　22cm　（くもんの幼年童話シリーズ）750円　①4-87576-274-7
|内容|くもの子、くーたんは、小さいけれど子ざるのもんたんをあたまにのせて、ふわりと空もとべちゃう。

『クシャラひめ』　やなせたかし作・絵　フレーベル館　1986.1　77p　22cm　700円　①4-577-00985-4

『おむすびまんとアルナイじま』　やなせたかし作　フレーベル館　1985.7　70p　22cm　（おむすびまん）750円　①4-577-00790-8

『おむすびまんとなないろひめ』　やなせたかし作　フレーベル館　1985.5　75p　22cm　（おむすびまん）750円　①4-577-00789-4

『おむすびまんとおばけでら』　やなせたかし作　フレーベル館　1985.3　77p　22cm　（おむすびまん）750円　①4-577-00788-6

『おむすびまんとこおりおに』　やなせたかし作　フレーベル館　1985.1　70p　22cm　（おむすびまん）750円　①4-577-00787-8

『おむすびまんとアングリラ』　やなせたかし作　フレーベル館　1984.12　78p　22cm　（おむすびまん）750円　①4-577-00786-X

『きりふきせんにん』　やなせたかし作　フレーベル館　1984.6　64p　22cm　（おむすびまんのぼうけん）750円

『たまごひめ』　やなせたかし作　フレーベル館　1984.6　70p　22cm　（おむすびまんのぼうけん）750円

『ぬるぬるおばけ』　やなせたかし作　フ

『やまねこもりのやまねこ』 やなせたかし作 フレーベル館 1984.6 74p 22cm （おむすびまんのぼうけん） 750円

『わんにゃーせんそう』 やなせたかし作 フレーベル館 1984.6 68p 22cm （おむすびまんのぼうけん） 750円

『いねむりおじさん』 やなせたかし作・絵 講談社 1983.5 77p 22cm （講談社の幼年創作童話） 640円 ①4-06-146053-6

『おむすびまん』 やなせたかし作・絵 フレーベル館 1982.6 70p 22cm （フレーベル館の幼年創作童話） 700円

『ごろごろごろたん』 やなせたかし作・絵 あかね書房 1981.12 79p 22cm （あかね幼年どうわ） 680円

『でかたんみみたんぼんたん』 やなせたかし作・絵 あかね書房 1976.10 78p 22cm （あかね幼年どうわ 1） 650円

『ルルン＝ナンダーのほし』 やなせたかし作・絵 講談社 1976.7 80p 22cm （幼年創作童話 6） 550円

山下 明生
やました・はるお
《1937～》

『ジャカスカ号で地中海へ』 山下明生作, 高畠那生絵 理論社 2014.6 156p 21cm （ハリネズミ・チコ 2―大きな船の旅） 1400円 ①978-4-652-20056-8
[内容] ポルトガルの漁村ナザレで育った元気なハリネズミの男の子チコ。豪華客船ジャカスカ号に乗りこみ、大海原へ―

『ジャカスカ号で大西洋へ』 山下明生作, 高畠那生絵 理論社 2014.5 140p 21cm （ハリネズミ・チコ 1―大きな船の旅） 1400円 ①978-4-652-20055-1
[内容] ポルトガルの漁村ナザレで育った元気なハリネズミの男の子チコ、豪華客船ジャカスカ号に乗りこみ大海原へ―すてきななかまとの自由な旅。

『山下明生・童話の島じま 5 村上勉の島―たんじょうびのにおい』 山下明生作, 村上勉画 あかね書房 2012.3 126p 22cm 1300円 ①978-4-251-03055-9 〈「てがみをください」（小峰書店 1976年刊）、「うみをあげるよ」（偕成社 1999年刊）ほかの加筆、修正〉
[目次] 手紙をください, 海をあげるよ, カモメがくれた三角の海, たんじょうびのにおい, ダイコン船海をゆく
[内容] ペチャクチャチャプチャプタプタプザブザブ、波たちのおしゃべりがきこえる童話の島じま。たっぷりの絵といっしょに海いっぱいのお話を。

『山下明生・童話の島じま 4 渡辺洋二の島―ふとんかいすいよく』 山下明生作, 渡辺洋二画 あかね書房 2012.3 126p 22cm 1300円 ①978-4-251-03054-2 〈「はまべのいす」（あかね書房 1979年刊）「なづけのにいちゃん」（PHP研究所 1978年刊）ほかの加筆、修正〉
[目次] はまべのいす, なづけのにいちゃん, ふとんかいすいよく, メロンのメロディー, どろんこロン

『山下明生・童話の島じま 3 梶山俊夫の島―島ひきおに』 山下明生作, 梶山俊夫画 あかね書房 2012.3 142p 22cm 1300円 ①978-4-251-03053-5 〈「みんなでうみへいきました」（ポプラ社 1989年刊）、「島ひきおに」（偕成社 1973年刊）ほかの加筆、修正〉
[目次] みんなで海へいきました, 島ひきおに, 島ひきおにとケンムン, いたずらきつねおさん, ケンムン・ケンとあそんだ海
[内容] ペチャクチャチャプチャプタプタプザブザブ、波たちのおしゃべりが聞こえる。

山下明生

童話の島じま、たっぷりの絵といっしょに海いっぱいのお話を。

『山下明生・童話の島じま 2 杉浦範茂の島・海をかっとばせ』 山下明生作 杉浦範茂画 あかね書房 2012.3 126p 22cm 1300円 ①978-4-251-03052-8
[目次] ありんこぞう，まつげの海のひこうせん，海をかっとばせ，たんていタコタン，波のうらがわの国

『山下明生・童話の島じま 1 長新太の島・かいぞくオネション』 山下明生作 長新太画 あかね書房 2012.3 142p 22cm 1300円 ①978-4-251-03051-1
[目次] はんぶんちょうだい，かいぞくオネション，まほうつかいのなんきょくさん，ダッテちゃん，海のしろうま

『けんけんけんのケン 「ふたりでるすばん」のまき』 山下明生作，広瀬弦絵 ひさかたチャイルド 2010.9 80p 23cm 1200円 ①978-4-89325-735-2
[目次] ぼくのケン兄ちゃん，ケン兄ちゃんはおとな？，ケン兄ちゃんとふたりきり，ケン兄ちゃんとオオカミ？，よっぱらいのケン兄ちゃん，ケン兄ちゃんとかみなり，ぼくたちお兄ちゃん！
[内容] ぼくのお兄ちゃんはほんもののイヌです。『ケン』という名前です。じつはケン兄ちゃんは、ぼくとふたりきりのときだけ、人間のことばをしゃべるんです。そんなお兄ちゃんときょうはふたりでおるすばんだって…？ ぼくとケン兄ちゃんがそろえば、るすばんくらいへっちゃら？ 親子で読むはじめての幼年童話。

『みなとのチビチャーナ』 山下明生文，村上康成絵 講談社 2009.7 78p 20cm （わくわくライブラリー） 1200円 ①978-4-06-195716-9
[内容] 大きなみなとのすみっこに、小さな船がつながれています。おしりに、チビチャーナと書いてある、手づくりのヨットです。ちいさなヨットのチビチャーナ、はじめての海へ！ 小学2・3年生向け。

『カモメがくれた三かくの海』 山下明生作，古屋洋絵 日本標準 2008.4 86p 22cm （シリーズ本のチカラ） 1300円 ①978-4-8208-0317-1
[目次] 海をあげるよ，カメモがくれた三かくの海，海のたんすパーティー
[内容] ブランコにうまくのれないワタルは、ひとりでこっそりれんしゅうするために、朝早く、だれもいない公園にでかけた。そこで見つけたすてきなものとは…？―「海をあげるよ」「カモメがくれた三かくの海」「海のたんすパーティー」海からピョンとでてきた三つのお話を収録。小学校低学年から。

『ポケットきょうりゅうサイコロンクス』 山下明生作，ナメ川コーイチ絵 佼成出版社 2008.4 96p 22cm （どうわのとびらシリーズ） 1300円 ①978-4-333-02317-2
[内容] きみが、飼ってみたいペットは、なに？ イヌ？ ネコ？ インコ？ それともグッピー？ そんな、あたりまえのものじゃなくって、もっとすごいもの、飼ってみたら？ たとえば、きょうりゅうとかさ。ちっちゃいやつを、ポケットなんかに入れて、ね。古くて大きいザクロの木の下でわすれられない出会いがありました。小学校3年生から。

『かいぞくオンタマがやってくる』 山下明生作，永井郁子絵 岩崎書店 2007.4 87p 22cm （おはなしトントン 3―ユカイ海のゆかいななかま 1） 1000円 ①978-4-265-06268-3
[内容] ユカイ海は、アッタ海ととなりあっていて、たまごのかたちの島がふたつ、ひょうたんみたいにならんでいる。島をまもっているのは、テッポウエビのおまわりさんのエビセン。エビセンには、ナマコのコック、ナマコックというともだちがいた。

『うみぼうやとうみぼうず』 山下明生著 のら書店 2005.5 59p 24cm 1300円 ①4-931129-02-1 〈第5刷〉
[内容] だいたい、まものというものは、あかるいうちはいえでねているものですが、うみぼうやはひるまも大きなむぎわらぼうしをかぶって、ひとりであそびにでかけます。

山田　風太郎
やまだ・ふうたろう
《1922〜2001》

『山田風太郎少年小説コレクション　2　神変不知火城』　山田風太郎著，日下三蔵編　論創社　2012.7　307p　20cm　2400円　①978-4-8460-1155-0

[目次] 七分間の天国，誰が犯人か　窓の紅文字の巻，誰が犯人か　殺人病院，毒虫党御用心，地雷火童子，神変不知火城

[内容] 切支丹を救わんとする少年・天草四郎と老軍師・森宗意軒！　幕府転覆を企む由比正雪に謎の盗賊団孔雀組も加わり原城秘図を巡って展開する卍巴の死闘。長編時代小説2編，青春探偵団もの1編を含む全6編。

『山田風太郎少年小説コレクション　1　夜光珠の怪盗』　山田風太郎著，日下三蔵編　論創社　2012.6　279p　20cm　2400円　①978-4-8460-1154-3

[目次] 黄金密使，軟骨人間，古墳怪盗団，空を飛ぶ悪魔，天使の復讐，さばくのひみつ，窓の紅文字，緑の髑髏紳士，夜光珠の怪盗，ねむり人形座

[内容] 宙を舞う髑髏，毒を撒く蝶　少年少女に忍びよる魔の手！　名探偵荊木歓喜ものを含む全10編，山田風太郎が少年たちに贈る傑作ミステリ。

『笑う肉仮面』　山田風太郎文，太賀正絵　東光出版社　1958　256p　19cm　（少年少女最新探偵長編小説集 10）

山中　恒
やまなか・ひさし
《1931〜》

『あばれはっちゃく　ワンぱく編』　山中恒作，うみこ絵　KADOKAWA　2014.8　236p　18cm　（角川つばさ文庫　Bや3-12）640円　①978-4-04-631410-9　〈角川文庫 2008年刊の分冊、一部改訂〉

[目次] おかめや作戦，シェパード作戦，マゴマゴ作戦，アネサマ作戦，ニャゴニャゴ作戦，キラキラ作戦，ネコババ作戦，優等生粉砕作戦，ストレート作戦，のしイカ作戦

[内容] 小五の桜間長太郎には「あばれはっちゃく」（意味＝手のつけられないあばれもの）っていうトンデモないあだ名がついている。一体どんなヤツかって？　それはもう天才的ないたずら少年で、ケンカの強さとヒラメキと行動力は誰にもまけない。それでいて結構いいヤツなんだけど…悪い大人は、コテンパンにされる危険があるからご注意を！　ホラ…、また誰かの悲鳴が聞こえたぞ!?　全世代が夢中になった、超やんちゃ系名作！　小学中級から。

『この船、地獄行き』　山中恒作，ちーこ絵　KADOKAWA　2014.1　174p　18cm　（角川つばさ文庫　Bや3-11）580円　①978-4-04-631369-0　〈「この船じごく行き」（理論社 1995年刊）の改題、一部修正〉

[内容] バガーン！　「どうしよう…!!」新品テレビをぶっ壊してしまったカズヤは、家出を決行！　とはいえどこへ…？　行き場もなく、幼なじみのマコトと2人、ぼんやり港で絵を描いていると、なぜか変な男が襲ってきた!?　しかもカズヤを助けようと、マコトが男をレンガで殴り―「し、死んでる！」なんと殺人犯になってしまった!!　警察から逃げるため、近くの貨物船に転がりこんだ2人だったけど、そこには重大な秘密があって!?　小学中級から。

『六年四組ズッコケ一家』　山中恒作，うみこ絵　角川書店　2013.8　234p　18cm　（角川つばさ文庫　Bや3-10）640円　①978-4-04-631322-5　〈理論社 1996年刊の改訂　発売：KADOKAWA〉

[内容] 六年四組には、四つ班がある。「ゴールデン・エース」、「フラッシャーズ」に「サンフラワーズ」。どれも各班が誇りをもって名付けた、ステキな名前だ。なのに四班の名前は…「ズッコケ一家」!?（ドタッ）なんでそんな名前になったって？　それは読めば納得するさ。だってこの班に集まったやつらときたら、一人残らず超ド級の変わり者ばっかりだったんだから!!「退屈」を

ぶっこわす、濃すぎる12人のトンデモ学級日記!! 小学中級から。

『おれがあいつであいつがおれで』 山中恒作, そがまい絵 長崎 童話館出版 2013.7 228p 22cm （子どもの文学—青い海シリーズ 23） 1500円 ①978-4-88750-141-6

『おれがあいつであいつがおれで』 山中恒作, 杉基イクラ絵 角川書店 2012.8 204p 18cm （角川つばさ文庫 Bや3-2） 600円 ①978-4-04-631250-1〈角川文庫 2007年刊の再刊 発売：角川グループパブリッシング〉

内容 おれは間違いなく、斉藤一夫だった…のに、突然、名前が一字違いの斉藤一美と中身が入れかわってしまった!? 仕方ないがおれは女子の、一美は男子の生活を始めたけど、これが大変!! 言葉づかいも服も全部違う上に、日常生活には、男女で色々きまずいこともある…。一美は死にたいとか言うし（おれの体だぞ!?）、おれは一美の好きな男子と誕生日会することになるし、一体どうしたらいい!? 超テッパン男女逆転物語！

『ぼくがぼくであること』 山中恒作, 庭絵 角川書店 2012.4 281p 18cm （角川つばさ文庫 Bや3-1） 700円 ①978-4-04-631223-5〈角川文庫 1976年刊の再刊 発売：角川グループパブリッシング〉

内容 毎日毎日怒られてばっかり。勉強大キライな秀一はすっかり人生がイヤになっていた。「こんな家出てってやる！」いきおいで停車中のトラックの荷台に飛びのった秀一だったが、なんとそのトラックが山の中でひきにげをおこした!? 目撃したのがバレたらヤバい。秀一は必死で夜の山道を走り、見知らぬ村へにげこんだのだが…!? 初めての超田舎生活、財宝のウワサに恋の予感も。一生分の「まさか」がおこる、究極の夏休み。

『ママはおしゃべり』 山中恒作, おのきがく絵 新装版 小峰書店 2009.8 63p 25cm （はじめてよむどうわ） 1400円 ①978-4-338-24703-0

目次 ママはおしゃべり、くたばれおやゆび、ホット・ケーキなんてだいきらい

内容 ねえ、ねえ！ あたしねミナっていうの。ママはミナのこと、とってもおしゃべりだっていうの。でも……。

『マキの廃墟伝説―ホーンテッド・シティー物語』 山中恒著 理論社 2007.6 172p 19cm 1200円 ①978-4-652-00762-4〈絵：スカイエマ〉

内容 どこの街にも、ぴたりとはりついたもう一つの裏側の街がある。それがホーンテッド・シティー。そう、あなたの街にも…。現実と死者の街をむすぶ、ミステリアスな霊界ストーリー。交通事故をきっかけに、霊が見えるようになったマキは、街の廃墟の真相を知ることに…。

『ぼくがぼくであること』 山中恒著 岩波書店 2005.7 318p 18cm （岩波少年文庫） 720円 ①4-00-114086-1〈5刷〉

内容 優等生ぞろいの兄妹のなかで、ひとりダメ息子の秀一。小言ばかりの母親にいやけがさした秀一は、家を飛び出し、ある農家へ転がりこむ。つぎつぎと起こるスリリングな事件、大人との激しいぶつかり合い—力強く成長する少年の姿を描く。小学5・6年以上。

『おばべのヒュータン』 山中恒作, 石坂啓絵 改訂 小学館 2005.5 95p 22cm （児童よみもの名作シリーズ） 838円 ①4-09-289629-8

内容 エリのおともだちは弱虫おばけ！ おばあちゃんのいなかから、エリについてきちゃったのは、弱虫なおばけの子ども・ヒュータン。エリのもとでこわ〜いおばけになるためのしゅぎょうをはじめたけど…!? 『めたねこムーニャン』の人気コンビがおくる、おもしろハチャメチャコメディー第2弾！ 弱虫おばけと元気少女がくりひろげる大そうどう。

『めたねこムーニャン』 山中恒作, 石坂啓絵 改訂 小学館 2005.2 79p 22cm （児童よみもの名作シリーズ） 838円 ①4-09-289625-5

内容 アミの飼いねこムーは、おしゃべり大好き、いたずら大好き、変幻自在のばけねこ

で…。山中恒と石坂啓の名コンビが贈る，傑作痛快コメディ童話。

山之口　貘
やまのくち・ばく
《1903〜1963》

『日本語を味わう名詩入門　14　山之口貘』　山之口貘著，萩原昌好編，ささめやゆき画　あすなろ書房　2014.2　95p　20cm　1500円　①978-4-7515-2654-5
目次　存在，生きている位置，妹へおくる手紙，自己紹介，求婚の広告，天，喪のある景色，世はさまざま，畳，上り列車〔ほか〕
内容　沖縄に生まれ，19歳で上京。貧しさの中にも詩作を続け，茨木のり子をして「精神の貴族」と称された詩人，山之口貘。推敲に推敲を重ねた珠玉の詩編を紹介します。

山村　暮鳥
やまむら・ぼちょう
《1884〜1924》

『日本語を味わう名詩入門　4　山村暮鳥』　山村暮鳥著，萩原昌好編，谷山彩子画　あすなろ書房　2011.6　95p　20cm　1500円　①978-4-7515-2644-6
目次　風景　純銀もざいく，人間に与える詩，子どもは泣く，先駆者の詩，此の世界のはじめもこんなであったか，或る日の詩，道，麦畑，わたしたちの小さな畑のこと，友におくる詩〔ほか〕
内容　日本の民衆詩を代表する詩人，山村暮鳥。その初期の前衛的な詩から，晩年の人道主義的な詩までわかりやすく紹介します。

横溝　正史
よこみぞ・せいし
《1902〜1981》

『金色の魔術師』　横溝正史作　ポプラ社　2006.9　230p　18cm　（ポプラポケット文庫 651-3―名探偵金田一耕助 3）　570円　①4-591-09427-8〈絵：D.K〉
目次　幽霊屋敷の怪，消える魔術師，墓地の怪
内容　ああ，おそろしや，おそろしや…，山本君が，とけてゆく…金色の魔術師のあとを追い，礼拝堂にやってきた滋少年が見たものとは…!?　金田一耕助の不在中に起こった怪事件，はたして少年たちは解決できるのでしょうか。小学校上級〜。

『大迷宮』　横溝正史作　ポプラ社　2006.1　277p　18cm　（ポプラポケット文庫 651-2―名探偵金田一耕助 2）　660円　①4-591-09038-8〈絵：D.K〉
内容　あの日，雨宿りをしたばかりに十三歳の滋少年は，世にもおそろしい事件にまきこまれてしまいます。からくり屋敷の怪，動く剝製，黄金の鍵…，謎が謎をよぶ展開!!　名探偵金田一耕助シリーズ第二弾。

『仮面城』　横溝正史作　ポプラ社　2005.10　198p　18cm　（ポプラポケット文庫 651-1―名探偵金田一耕助 1）　570円　①4-591-08886-3〈絵：D.K〉
内容　よれよれの着物に，よれよれの袴。いつ床屋へいったかわからないくらい，もじゃもじゃの髪。その人こそ―名探偵金田一耕助。さえわたる推理力で，いかなる難事件もたちどころに解決！　類のない児童向け，金田一，ここに甦る。

『獄門島』　横溝正史作，山村正夫文，田村元え　朝日ソノラマ　1975　237p　20cm　（名探偵金田一耕助シリーズ　7）

『女王蜂』　横溝正史作，中島河太郎文，田村元え　朝日ソノラマ　1975　214p　20cm　（名探偵金田一耕助シリーズ　9）

『大迷宮』　横溝正史文，田村元え　朝日ソノラマ　1975　238p　20cm　（名探偵金田一耕助シリーズ　8）

『洞窟の魔女』　横溝正史作，山村正夫文，田村元え　朝日ソノラマ　1975　229p　20cm　（少年少女名探偵金田一耕助シ

『夜光怪人』　横溝正史文，田村元え　朝日ソノラマ　1975　230p　20cm　（名探偵金田一耕助シリーズ 6）

『蠟面博士』　横溝正史文，田村元え　朝日ソノラマ　1975　206p　20cm　（名探偵金田一耕助シリーズ 5）

『黄金の指紋』　横溝正史文，田村元え　朝日ソノラマ　1974　236p　20cm　（名探偵金田一耕助シリーズ 2）

『仮面城』　横溝正史文，田村元え　朝日ソノラマ　1974　222p　20cm　（名探偵金田一耕助シリーズ 1）

『三本指の男―「本陣殺人事件」より』　横溝正史作，中島河太郎文，田村元え　朝日ソノラマ　1974　199p　20cm　（名探偵金田一耕助シリーズ 4）

『八つ墓村』　横溝正史作，山村正夫文，田村元え　朝日ソノラマ　1974　234p　20cm　（名探偵金田一耕助シリーズ 3）

『金色の魔術師』　横溝正史文，山本耀也絵　講談社　1972　254p　19cm　（少年少女講談社文庫　名作と物語 A-5）

『蠟面博士』　横溝正史文，岩田浩昌絵　偕成社　1971　296p　19cm　（ジュニア探偵小説 19）

『黄金の指紋』　横溝正史文，成瀬一富絵　偕成社　1968　276p　19cm　（ジュニア探偵小説 10）

『大迷宮』　横溝正史文，岩田浩昌絵　偕成社　1968　304p　19cm　（ジュニア探偵小説 5）

『夜光怪人』　横溝正史文，沢田重隆絵　偕成社　1968　249p　19cm　（ジュニア探偵小説 7）

『仮面城の秘密』　横溝正史文，武部本一郎絵　ポプラ社　1967　275p　19cm　（名探偵シリーズ 8）

『幽霊鉄仮面』　横溝正史文，山内秀一絵　ポプラ社　1967　316p　19cm　（名探偵シリーズ 14）

『仮面城』　横溝正史文，柳瀬茂絵　ポプラ社　1961　230p　22cm　（少年探偵小説全集 8）

『幽霊鉄仮面』　横溝正史文，柳瀬茂絵　ポプラ社　1960　251p　22cm　（少年探偵小説全集 5）

『獣人魔島』　横溝正史文，岩田浩昌絵　偕成社　1955　272p　19cm

『真珠塔・夜光怪人・怪獣男爵』　横溝正史文，東光寺啓絵　河出書房　1955　386p　20cm　（日本少年少女名作全集 14）

『大迷宮』　横溝正史文，岩田浩昌絵　偕成社　1955　304p　19cm

『まぼろし曲馬団』　横溝正史文，北田卓史絵　ポプラ社　1955　291p　19cm

『真珠塔』　横溝正史文，古賀亜十夫絵　ポプラ社　1954　245p　19cm

『神変竜巻組』　横溝正史文，伊藤幾久造絵　ポプラ社　1954　316p　19cm

『青髪鬼』　横溝正史文，伊勢田邦彦絵　偕成社　1954　274p　19cm

『白蠟仮面』　横溝正史文，深尾徹哉絵　偕成社　1954　278p　19cm

『蠟面博士』　横溝正史文，岩田浩昌絵　偕成社　1954　296p　19cm

『金色の魔術師』　横溝正史文，富永謙太郎絵　講談社　1953　230p　19cm

『大迷路』　横溝正史文，富永謙太郎絵　講談社　1952　252p　19cm　（少年少女評判読物選集 3）

『幽霊鉄仮面』　横溝正史文，北田卓史絵　ポプラ社　1952　316p　19cm

与謝野　晶子
よさの・あきこ
《1878〜1942》

『薔薇と花子―童謡集』　与謝野晶子著，上笙一郎編　春陽堂書店　2007.12　276p　20cm　（与謝野晶子児童文学全集 6（童謡・少女詩篇））　2400円
①978-4-394-90254-6〔年譜あり〕
目次　童謡（大正五〜昭和八年）（子供の踊，花子の目 ほか），少年少女詩（明治四二〜昭和九年）（簞笥，神戸にて ほか），我が子詩（明治四二〜昭和四年）（母ごころ，片時 ほか），校歌（共立薬科大学，品川女子学院 ほか），歌曲（君死にたもうことなかれ，夜 ほか），附録（晶子の随筆より）（私の宅の子供，光の病気 ほか）
内容　晶子の童謡は慈愛に満ちあふれ，自分の子に対する強く深い愛情を思わせる。少女の詩には，洗練された言葉の裏に人間の憂いが覗き始める。詩篇は晶子の人生の場面を切り取り，みずみずしく蘇らせている。ほかに校歌，歌曲として愛された作品，付録に晶子式〝子育て論〟を紹介。

『私の生い立ち―自伝』　与謝野晶子著，上笙一郎編　春陽堂書店　2007.12　270p　20cm　（与謝野晶子児童文学全集 5（少女小説篇））　2400円　①978-4-394-90253-9
目次　少女小説（大正六年〜昭和三年）（六枚の着物，五つの貝，国世と少女達，松の木 ほか），少女自伝・ほか（私の生い立ち，私の見たる少女，随想，婦人百人一首）
内容　自叙伝を残さなかった晶子が，唯一少女時代をつづった随筆「私の生い立ち」。生まれた堺の街，女学校のこと，地元の祭り，近所の大火事のことなど，感受性豊かな少女の心のゆらぎが細やかに描きだされる。同じく『新少女』連載の「私の見たる少女」，「婦人百人一首」収録。

『環の一年間―少女小説集』　与謝野晶子著，上笙一郎編　春陽堂書店　2007.10　302p　20cm　（与謝野晶子児童文学全集 4（少女小説篇））　2400円　①978-4-394-90252-2
目次　環の一年間―「少女の友」明治四五〜大正一年，少女小説（明治四三〜大正六年）（雀の学問，花簪の箱，さくら草，長い小指，おむかい，紫の帯，少女と蒲公英，巴里の子供，鼠と車，お山の先生，敏子と人形，新らしい亀と鶴，二羽の雀・上，二羽の雀・下，霜ばしら，お師匠さま，鬼の名前，馬の絵，森の中のお支度，よい眼鏡，とんだこと，隣の花，馬に乗った花，お礼の舟，お留守番，川の水，長い会の客，お迎い，芳子の煩悶）
内容　快活な女学生，ご令嬢，かたや住み込みで習いごとに励む少女など，さまざまな境遇で彼女らは夢を見，煩悶する…いつの世も少女（おとめ）心は微妙なもの。その姿は，晶子自身の少女時代をも彷彿とさせる。『少女の友』『少女世界』『少女画報』などに掲載の少女小説集を収録。

『流されたみどり―童話集』　与謝野晶子著，上笙一郎編　春陽堂書店　2007.10　310p　20cm　（与謝野晶子児童文学全集 3（童話篇））　2400円　①978-4-394-90251-5
目次　五人囃のお散歩，欲のおこり，アイウエオの鈴木さん，名が上げたい文ちゃん，玉子の車，トッカビイとチンミョング，流されたみどり，神様の玉，菊の着物，北と南，鴨の氷滑り，新しい心の袋，文ちゃんの見た達磨，鳩のあやまち，梟の思いつき，津くしん坊，自動車とお文，おとり烏・上，おとり烏・下，文ちゃんの街歩き，牛丸，母と子，敬いの手紙，解らないこと，子供と猫，虫眼鏡，としを借りた話，いろいろのお客，鉛筆から，麦藁摘み，五郎助の話，正平さんと飛行機，老人と狐，雨と子供，小い時，二疋の蟻，子供と白犬，文ちゃんのお見舞，与謝の海霞の織混ぜ，名まえがえ，夢の蛙，小人のお丹さん，太陽の家，物見台
内容　ファンタジー，滑稽ばなし，教訓ばなし…多彩なユーモアと機知に富んだストーリーは今もって読むものを飽きさせない。『少女の友』『童話』など数々の少女雑誌，新聞に掲載された短篇童話を初出にあたって調査，収録。晶子が愛してやまない〝文ちゃん〟がものがたりの中で大活躍する。

『少年少女―童話集』　与謝野晶子著，上笙一郎編　春陽堂書店　2007.7　302p

20cm （与謝野晶子児童文学全集 2（童話篇）） 2400円　①978-4-394-90250-8
目次 おとぎばなし 少年少女（金ちゃん蛍，女の大将，燕はどこへ行った，鷲の先生，金魚のお使，お化うさぎ，虫の病院，お留守番，山あそび，ニコライと文ちゃん，金ちゃん蛍，女の大将，燕はどこへ行った，鷲の先生，金魚のお使，お化うさぎ，虫の病院，お留守番，山あそび，ニコライと文ちゃん，虫の音楽会，蛍のお見舞，紅葉の子供，芳子の虫歯，伯母さんの襟巻，蛙のお舟，美代子と文ちゃんの歌，贈りもの，ほととぎす笛，こけ子とこっ子，文ちゃんの朝鮮行，衣裳もちの鈴子さん，うなぎ婆さん，三疋の犬の日記，赤い花，鬼の子供，早口），短編童話（明治四〇年から四四年）（ぽんぽんさん，お腹の写真，二つの玉子，お池の雨，蜻蛉のリボン，お月見のお客様，蓮の花と子供，お日様好きとお月様好き，わるもの鳥，風の神の子，お蔵の煤掃，お祖母さんのお年玉，黄色の土瓶・上，黄色の土瓶・下）
内容 「子どもをのんびり素直に育てたい」と，毎夜わが子に語った物語の数々。生き生きとした子どもたちや小さな動物たちの繰り広げる童話の世界は，11人の子どもを育てた母晶子の，あふれんばかりの愛情のたまものである。生前に短篇をまとめた童話集『おとぎばなし少年少女』ほか数編を収録。

『八つの夜―長編童話』 与謝野晶子著，上笙一郎編　春陽堂書店　2007.7　310p　20cm　（与謝野晶子児童文学全集 1（童話篇））　2400円　①978-4-394-90249-2
目次 八つの夜，うねうね川，行って参ります
内容 12歳の少女綾子が，8人の少女に変身して次々と思いもよらぬ経験をする『八つの夜』，"人生修行"の旅に出た11歳の藤太郎が，危機一髪を乳母の機転によって救われる『行ってまいります』など，少年少女に向けた晶子の長編童話を収録。情熱の歌人・与謝野晶子の知られざるもう一つの顔。

吉田　一穂
よしだ・いっすい
《1898〜1973》

『白鳥（カムイ）古丹―吉田一穂傑作選』
吉田一穂著　幻戯書房　2010.1　330p　20cm　3900円　①978-4-901998-51-2
〈解説：堀江敏幸　著作目録あり　年譜あり〉
目次 詩篇1（母，曙 ほか），随想 桃花村（〈月白し…〉，桃花村 ほか），随想 寒灯録（落丁，『海の聖母』に就て ほか），試論 古代緑地（黒潮回帰，半眼微笑 ほか），童話（うしかいむすめ，ひばりはそらに），詩篇2（泉，冬の花 ほか）

吉田　兼好
よしだ・けんこう
《1282〜1350》

『21世紀版少年少女古典文学館　第10巻 徒然草　方丈記』 興津要，小林保治，津本信博編，司馬遼太郎，田辺聖子，井上ひさし監修　卜部兼好，鴨長明原作，嵐山光三郎，三木卓著　講談社　2009.12　285p　20cm　1400円　①978-4-06-282760-7
目次 徒然草，方丈記
内容 『徒然草』は，ふしぎな作品だ。教訓あり，世間話あり，思い出話あり，世相批判あり，うわさ話あり，うんちくあり―。乱世の鎌倉時代に生きた兼好が残したメッセージは，宝島の地図のように魅力的で，謎にみちていて，だれもが一度は目を通したくなる。『方丈記』は，読む人の背すじをのばす。混乱の時代を生き人の世の無常を語りながらも，生きることのすばらしさも教えてくれる。これほど後世の人の精神に大きな影響を与えた書物はないといわれる。

『徒然草　方丈記』 兼好法師，鴨長明原著，弦川琢司文，岡村治栄，原みどりイラスト　学習研究社　2008.2　195p

21cm （超訳日本の古典 6 加藤康子監修） 1300円 ①978-4-05-202864-9
[目次] 方丈記（世の無常，方丈の庵にて），徒然草（想うがままに，出会った人々，めぐりあった出来事，生きることとは，改めて考え直し，想うこと，思索の終わりに）

『徒然草』 吉田兼好原作，長尾剛文，若菜等,Ki絵　汐文社　2006.11　127p　27cm　（これなら読めるやさしい古典大型版） 1600円　①4-8113-8112-2
[目次] 木登り名人の話，双六名人の言葉，知らんことは人に聞け，無意識のなまけ心，妖怪「猫また」騒動，冬の初めのある日のこと，風流な友の思い出，伊勢の国から来た鬼，命令をよく聞く家来，わしの幼いころ，友人の選び方，昔の武士，大根のご利益，未来を見ぬく力，心の乱れを生む原因，語り合いの楽しみ

吉田　とし
よしだ・とし
《1925～1988》

『家族』 吉田とし作，鈴木義治画　復刻版　理論社　2010.1　414p　21cm　（理論社の大長編シリーズ 復刻版） 2800円　①978-4-652-00542-2
[内容] どんな家族であろうと、大なり小なりの問題や亀裂を抱えているはず。富士の麓に引っ越してきた六人家族の一年が、高校生・杏子の目を通して瑞々しく描かれる、時に危機をはらみながら…。けして古びないテーマである「家族の崩壊と再生」が新鮮によみがえる。

『巨人の風車―サンタ・マリア号の反乱』
吉田とし作，村山知義絵　理論社　2005.8　390p　19cm　（名作の森）
1800円　①4-652-00528-8
[内容] 1961年1月21日夜半、ポルトガルの豪華客船、サンタ・マリア号が、カリブ海上で乗客にのっとられました。この事件の首謀者は、ポルトガルの元陸軍大尉エンリケ・ガルバンであり、最初は現代の海賊かと思われたガルバン一味の行動が、実は、ポルトガルのサラザール独裁政権をうちたおす、革命運動であること。船は、ヨーロッパ人・アメリカ人・ベネズエラ人の婦人子どもをふくむ600人の乗客を乗せたまま航路を変え、ゆくえをくらまそうとしていること―などがわかってくると、全世界の興味はいっそうわきたちました。その13日間、サンタ・マリア号に何が起こったか？ われらがドン・キホーテは、勇敢に独裁政権に立ち向かった。

吉橋　通夫
よしはし・みちお
《1944～》

『官兵衛、駆ける。』 吉橋通夫著　講談社　2013.11　243p　20cm　1400円　①978-4-06-218634-6　〈文献あり　年譜あり〉
[内容] 信長・秀吉・家康に重用され、生涯の戦で一度も負けなかった黒田官兵衛。天下一の軍師と呼ばれた官兵衛の戦略は、「戦わずして勝つ」。その原点は、どこにあるのか？　野間児童文芸賞受賞作家・吉橋通夫が渾身の力をこめて描く黒田官兵衛！

『風の海峡　下　戦いの果てに』 吉橋通夫著　講談社　2011.9　181p　20cm　1300円　①978-4-06-217222-6　〈文献あり〉
[内容] 進吾と香玉―日本と朝鮮の若者は、顔を見合わせて誓った。「戦争を起こさぬためのつっかい棒になる」。日本と朝鮮の若者たちの葛藤を描く歴史小説。

『風の海峡　上　波頭をこえて』 吉橋通夫著　講談社　2011.9　190p　20cm　1300円　①978-4-06-217195-3
[内容] 青い海峡をはさんだふたつの国。日本と朝鮮―。はるかな昔より、海峡の白い波頭をこえてふたつの国のあいだを船が往来し、人と物を運んだ。移り変わる季節の中で、おたがいに信頼ときずなを深め、移住した家族もいれば、恋をみのらせた若者もいる。ふたつの国をへだてたもの、それは、為政者がひきおこす戦争だった。文禄・慶長の役を壮大なスケールで描く歴史小説。

『蒼き戦記―星と語れる者』 吉橋通夫作，

吉橋通夫

瀬島健太郎絵　角川書店　2010.1　198p　18cm　（角川つばさ文庫　Aよ1-3）620円　①978-4-04-631074-3〈発売：角川グループパブリッシング〉

内容　特異な力をもつ少女・アオは、美しい山々に囲まれた蒼き里に暮らす。アオの目は、はるか遠くまで見通せ、動物と話す力もある。しかし、海をへだてた漢都国が金鉱石をうばうため侵略し、蒼き里の者はどれいに…。アオは弓矢の天才・シュン、知略に富むリョウと立ち向かう。そして、伝説の生き物・ドーガとアオの謎があかされる！　今、最後の戦いがはじまる！　小学上級から。

『蒼き戦記―空と海への冒険』　吉橋通夫作，瀬島健太郎絵　角川書店　2009.10　198p　18cm　（角川つばさ文庫　Aよ1-2）620円　①978-4-04-631060-6〈発売：角川グループパブリッシング〉

内容　動物と心を通いあわせるアオ、薬にくわしいヨモギ、勇者のシュン、賢明なリョウは大海原へ旅立つ。海の守り神シーク、川の精・川ッコと出会い、大機国では、新しい武器を手にする。しかし、アオは忍び兵を捕らえようとして目が見えなくなってしまう。巨鳥クウに助けられ、アオとシュンは、玄武国軍との決戦に挑む。わくわくドキドキ、興奮の大冒険物語!!

『蒼き戦記―はるかな道へ』　吉橋通夫作，瀬島健太郎絵　角川書店　2009.5　222p　18cm　（角川つばさ文庫　Aよ1-1）600円　①978-4-04-631022-4〈発売：角川グループパブリッシング〉

内容　美しい山々に囲まれた蒼き里で、少女アオは暮らしていた。アオは、五感（視覚・聴覚・嗅覚・味覚・触覚）が優れ、動物の心を感じる力をもっていた。隣国にさらわれた友・リョウを助けるため、アオは弓矢の天才・シュンと旅立つ。巨鳥クウ、一本角、森の精との出会い。そして、蒼き里に戦火がせまる…。大切なものを守るため、心やさしき勇者たちは、はるかな道へ踏みだす。小学上級から。

『凛九郎　3　決断のとき』　吉橋通夫著　講談社　2008.6　234p　19cm　（YA! ENTERTAINMENT）950円　①978-4-06-269395-0

内容　横浜にやってきた凛九郎とさくら。凛九郎はそこで、人足の仕事をはじめる。剣の道を進むべきか、それとも、このまま別の道を探すべきか―。凛九郎は思い悩む毎日。そんなおり、人足小頭の水死体が見つかる。その死に不審をいだいた凛九郎は、調べはじめるのだが…。

『凛九郎　2　父の秘密』　吉橋通夫著　講談社　2007.11　238p　19cm　（YA! ENTERTAINMENT）950円　①978-4-06-269387-5

内容　亡き父と時の老中・安藤信睦とのあいだに確執があったことを知った凛九郎は、さくらとともに安藤の屋敷にもぐりこみ、若君の警護の仕事を得る。隠された父の"もうひとつの顔"を探るため、安藤との面会の機会を待つ凛九郎だったが、一方で、八木道場の千穂と、幼なじみのおゆきのその後も気になるのだった。青春時代小説シリーズ、第2弾。

『京のかざぐるま』　吉橋通夫作　日本標準　2007.6　175p　22cm　（シリーズ本のチカラ）1400円　①978-4-8208-0297-6〈絵：なかはまさおり〉

目次　筆，さんちき，おけ，かがり火，夏だいだい，マタギ，船宿

内容　激動の幕末。長州藩の京やしきへ水おけをとどけることになった太吉。さむらいにおけをばらすことを命じられかっとうする姿を描く「おけ」など。さむらいたちが血なまぐさい戦いを繰り広げる京都を舞台に、働くことを通して成長する子どもたちを描いた作品7編。小学校高学年から。

『凛九郎　1　別れからのはじまり』　吉橋通夫著　講談社　2006.12　248p　19cm　（YA! ENTERTAINMENT）950円　①4-06-269375-5

内容　凛九郎は十五歳。八木道場の内弟子だったが、師範代とのトラブルから破門になり、気が進まぬまま、英国大使の用心棒の仕事をはじめることになる。そのおり出会った勝麟太郎から、亡き父が、幕府の密命をおびて働いていたことを知らされる…。激動の幕末―。歴史の大きなうねりのなか、剣を手に、凛九郎はかけぬける！　青春時代小説の新シリーズ、始動。

『なまくら』 吉橋通夫著 講談社 2005.6 225p 19cm （YA！ENTERTAINMENT）950円 ①4-06-269354-2
[目次]「つ」の字，なまくら，灰，チョボイチ，車引き，赤い番がさ，どろん
[内容] 江戸から明治へ―。変わりゆく時代の節目，華やかな京の路地裏にたたずむ，7人の少年たち。明日への迷いを抱えつつも，"生きる"ために必死でもがく，彼らの熱い青春を描いた珠玉の短編集。

与田　準一
よだ・じゅんいち
《1905～1997》

『五十一番めのザボン』 與田準一著 光文社 2005.12 237p 19cm 1500円 ①4-334-95017-5
[内容] 小学校ができることになった予定地の大きなザボンの木を切るかどうかが問題となった。子どもたちの願いですが木は片側の枝を切り落とされるだけですが，やがて五十一個の実をつける…。敗戦後の荒廃の中にある子どもたちの胸に，みずみずしく，明るく豊かな未来の灯を点じた日本児童文学の名作。光文社創業60周年記念出版。

蘭　郁二郎
らん・いくじろう
《1913～1944》

『奇巌城―少年科学小説』 蘭郁二郎著 書肆盛林堂 2013.5 196p 15cm （盛林堂ミステリアス文庫）

『少年小説大系　第17巻　平田晋策・蘭郁二郎集』 会津信吾編 三一書房 1994.2 534p 23cm 8000円 ①4-380-94547-2〈監修：尾崎秀樹ほか 著者の肖像あり〉
[目次] 昭和遊撃隊・新戦艦高千穂・海底百米平田晋策著．地底大陸・珊瑚城・秘境の日輪旗 蘭郁二郎著．解説 会津信吾著．年譜：p525～534

渡辺　茂男
わたなべ・しげお
《1928～2006》

『おに火の村のねずみたち』 渡辺茂男作，太田大八画 新装 岩波書店 2007.6 84p 22cm （せかいのどうわシリーズ）1200円 ①978-4-00-115999-8,4-00-115999-6
[内容] 切り立った絶壁にかこまれた入江に，人間たちがすてた小さな村がありました。その村には，今でもねずみたちが住んでいます。お盆の夜，ねずみたちは，うきうきと楽しげです。ところがその時，化け猫が襲ってきたのです。昔ながらの行事を守って心をひとつにし，力をあわせて化け猫と闘う，勇敢なねずみたちの冒険談。

『みつやくんのマークⅩ』 渡辺茂男作，エムナマエ画 新栄堂書店 2007.5 77p 23cm 1300円 ①978-4-408-41127-9〈発売：実業之日本社〉
[内容] マークⅩは，スポーツカーのようにどうろをはしる。マークⅩは，ヘリコプターのように空をとぶ。マークⅩは，モーターボートのように水の上をはしる。みつやくんが，じぶんでせっけいしたマークⅩは，みんながほしがるだいはつめい。せかいでたった一だいしかないすばらしいのりものなんだ。

『ヨーゼフのもうじゅうがり』 渡辺茂男作，永原達也絵 福音館書店 1990.11 69p 21cm （福音館創作童話シリーズ）1200円 ①4-8340-1052-X

『ちいさいSLオットー』 渡辺茂男作，永原達也絵 福音館書店 1989.10 69p 21cm （福音館創作童話シリーズ）1150円 ①4-8340-0745-6

『がんばれコーサク！』 わたなべしげおさく，ながはらたつやえ 福音館書店 1989.3 69p 21cm 1000円 ①4-

8340-0833-9

『ふたごのでんしゃ』 渡辺茂男作，永原達也絵 あかね書房 1988.10 141p 18cm （あかね文庫） 430円 ①4-251-10033-6
[目次] ふたごのでんしゃ，しゅっぱつしんこう，こねこのわすれもの，みつやくんのマークX
[内容] ひがしのしゃこのべんけいと，にしのしゃこのうしわかは，ろめんをはしるふたごのでんしゃ。町のにんきものでした。でも，車がふえ，じゃまものになった2だいのでんしゃは，とうとう，はいしされることになったのです！ 表題作「ふたごのでんしゃ」のほか，「しゅっぱつしんこう」「こねこのわすれもの」「みつやくんのマークX」を収録。

『いのしし親子のイタリア旅行』 渡辺茂男作，太田大八絵 理論社 1987.4 329p 21cm （大長編Lシリーズ） 1700円 ①4-652-01415-5
[内容] イタリア旅行へ出発。小さなウリウリにはあれもこれも楽しいことばかり。ママのシーシーはあこがれのファッションを思いえがいて夢見心地。そんな様子をハラハラドキドキで見守る，やさしいパパのイーノー。たくさんの思いを乗せてジャンボジェット機は飛びたちます。

『山賊オニモドキ 都へいくの巻』 わたなべしげお文，ながはらたつや絵 国土社 1985.10 36p 23cm 780円 ①4-337-06903-8

『山賊オニモドキ 金のしゃちほこの巻』 わたなべしげお文，ながはらたつや絵 国土社 1984.12 37p 23cm 780円 ①4-337-06902-X

『山賊オニモドキ 黄金のつぼの巻』 わたなべしげお文，ながはらたつや絵 国土社 1984.9 37p 23cm 780円 ①4-337-06901-1

『じどうしゃじどうしゃじどうしゃ』 渡辺茂男作，大友康夫絵 あかね書房 1984.1 77p 22cm （あかね幼年どうわ） 680円

『しいの木とあらしの海』 渡辺茂男作，太田大八絵 理論社 1983.11 140p 21cm 880円 ①4-652-00461-3

『ゆかりのたんじょうび』 渡辺茂男作，太田大八絵 理論社 1983.7 76p 21cm 780円

『きいろいタクシー そらをとぶ』 わたなべしげおさく，おおともやすおえ 福音館書店 1983.6 108p 22cm 1000円

『きいろいタクシー』 わたなべしげおさく，おおともやすおえ 福音館書店 1981.9 118p 22cm 1000円

『おに火の村のねずみたち』 渡辺茂男作，太田大八画 岩波書店 1980.6 84p 22cm （岩波ようねんぶんこ） 750円

『おかいものだいすき』 渡辺茂男作，大友康夫絵 あかね書房 1978.9 74p 22cm （あかね幼年どうわ） 680円

『おいしゃさんなんかこわくない』 渡辺茂男作，大友康夫絵 あかね書房 1976.11 77p 22cm （あかね幼年どうわ 2） 680円

『金色のひばり』 渡辺茂男文，中谷千代子絵 偕成社 1976.10 1冊p 880円

『みつやくんのマークX』 渡辺茂男作，エム・ナマエ画 あかね書房 1973 77p 23cm （あかね新作幼年童話 4）

『しゅっぱつしんこう』 渡辺茂男作，堀内誠一絵 あかね書房 1971 90p 22cm （日本の創作幼年童話 23）

『もりのへなそうる』 わたなべしげおさく，やまわきゆりこえ 福音館書店 1971 151p 22cm

『やまんばがやってきた』 渡辺茂男さく，なかのひろたかえ 学習研究社 1971 65p 23cm （新しい日本の幼年童話 4）

『寺町三丁目十一番地』　渡辺茂男文，太田大八絵　福音館書店　1969　231p　21cm

『ふたごのでんしゃ』　渡辺茂男作，堀内誠一絵　あかね書房　1969　91p　22cm　（日本の創作幼年童話　15）

わたり　むつこ
《1939～》

『ふしぎなエレベーター』　わたりむつこ作，佐々木マキ絵　新装版　フレーベル館　2011.2　76p　22cm　1000円　①978-4-577-03870-3
[内容]　ホテルのエレベーターをおりると、そこはロボットのくに！　しかも、あっちでもこっちでもけんかがたえません。たつおはロボットのくにのへいわをとりもどすことができるでしょうか。小学校低学年から。

『はなはなみんみ物語』　わたりむつこ作　リブリオ出版　2005.11　349p　19cm　（はなはなみんみ物語　ソフト版　1）　1000円　①4-86057-227-0〈絵：本庄ひさ子〉
[内容]　かつて栄えた小人文明が消えた…小人家族がふみだした愛と冒険の物語。日本で生まれた本格的ファンタジー。

『ゆらぎの詩の物語』　わたりむつこ作　リブリオ出版　2005.11　354p　19cm　（はなはなみんみ物語　ソフト版　2）　1000円　①4-86057-228-9〈絵：本庄ひさ子〉
[内容]　たえまなくうごく大地…。海底にひそむゆらぎのなぞに挑む勇敢な小人の若者たち。

『よみがえる魔法の物語』　わたりむつこ作　リブリオ出版　2005.11　360p　19cm　（はなはなみんみ物語　ソフト版　3）　1000円　①4-86057-229-7〈絵：本庄ひさ子〉
[内容]　小人の国満月本土で出会ったものは…。緑の石の秘密がいよいよ解きあかされる。小人の魔法の物語、完結編。

『にゃにゃのまほうのふろしき』　わたりむつこ作，どいかや絵　ポプラ社　2000.9　124p　21cm　（おはなしパーク　3）　1000円　①4-591-06565-0
[内容]　空とぶまほうのふろしきをもらった、子ねこのぼうけんの物語。小学中級から。

『ななのタンスはふしぎがいっぱい』　わたりむつこ作，中村悦子絵　教育画劇　1999.4　63p　23cm　（教育画劇の創作童話）　1200円　①4-7746-0437-2
[内容]　タンスのいちばん下のひきだしを、あけたとき、ふわっと、花のかおりのする風が、ふきあげました。花がゆれ、木のはがそよいでいます。「ななちゃん…」だれかが、よんでいます。「だれか、いるの？」もっとよく見ようと、ななが、中をのぞきこんだとき、からだが、ふわっと、かるくなって、タンスの中に、すいこまれていきました。

『ペペとチッチ―やなぎ村物語』　わたりむつこ著，降矢奈々絵　あかね書房　1998.3　221p　21cm　1300円　①4-251-06172-1
[内容]　旅ねずみのチッチが、ペルルをかきならし恋の歌をうたった日から、かえるたちのあらそいがたえないやなぎ村に平和がもどってきました。ところが…。

『ゆきこんこまつりの日―ねずみのおんがく一家』　わたりむつこさく，ましませつこえ　PHP研究所　1995.11　62p　23cm　（PHPどうわのポケット）　1200円　①4-569-58974-X
[内容]　ねずみの町では、ことしもゆきこんこまつりがおこなわれる。チュージック・ホーンたちは、そのじゅんびで大いそがし。小学1・2年生むき。

『金色の時間』　わたりむつこ作，鹿目かよこ絵　文渓堂　1995.9　149p　22cm　（創作のメロディ　7）　1300円　①4-89423-091-7
[内容]　金色の時間―夕ぐれになるすこしまえ、雲も森も川も、金色にかがやき、生きも

わたりむつこ

のたちが"ふり"をするのをやめる魔法のひととき。小鳥のことばを研究しているエミさんは、ぐうぜん、まよいこんだ林でマリーおばさんと出会い、金色の時間にマリーおばさんが小さな生きものたちともった、ふしぎでしあわせなひとときの話をきくようになったのです。小学校高学年以上。

『ゆらは11ばんめ』　わたりむつこ作，田中秀幸絵　学習研究社　1995.5　47p　23cm　（新しい日本の幼年童話）　1100円　①4-05-105911-1
[内容]「あたしなんていなくていいのね」ほほえましい大家族のお話。小学低学年以上。

『まわれ！　青いまほう玉』　わたりむつこ作，スズキコージ絵　あかね書房　1994.4　246p　21cm　（ジョイ・ストリート）　1300円　①4-251-06161-6
[内容] そりすりそりすり、そりそり走れ。氷魔王ヒョウヒョウがあばれまわる雪の原っぱを雪小人のそりは走る。おさな星をすくう"ゆめみるひとのこ"をのせて。

『マウスアイランドのなつやすみ―ねずみのおんがく一家』　わたりむつこさく，ましませつこえ　PHP研究所　1993.7　60p　23cm　（PHPどうわのポケット）　1200円　①4-569-58840-9
[内容] マウスアイランドにすむチューキーおじさんから、えはがきがとどきました。「なつやすみになったら、ぜひあそびにいらっしゃい」。小学1・2年生むき。

『ちゅっちゅっポルカでポポをさがせ―ねずみのおんがく一家』　わたりむつこさく，ましませつこえ　PHP研究所　1992.3　62p　23cm　（PHPどうわのポケット）　1200円　①4-569-58523-X
[内容] すえっこねずみのポポが、ゆうえんちで、まいごになってしまいました。チュージック・ホーン一家は、もうおおさわぎ。小学1・2年生むき。

『手のひらカスタネット』　わたりむつこ作，黒岩章人絵　国土社　1990.9　95p　22cm　（どうわのいずみ　16）　950円　①4-337-13816-1

[内容] のろいの木にはられたふしぎなポスター。すすきがゆれてゆうたのからだは…。

『げんきさんからのてがみ』　わたりむつこ作，浜田桂子絵　あかね書房　1988.7　63p　22cm　（あかねおはなし図書館）　880円　①4-251-03705-7
[内容] げんきさんから手紙がとどくたびに、なおこは元気になっていきました。1年生の女の子の不安と成長を温かく描く。小学初級以上向。

『ようふくばーてぃひらきます』　わたりむつこ文と絵　童心社　1988.1　76p　22cm　（童心社の幼年どうわシリーズ）　780円　①4-494-00526-6
[内容] すてきなふくをきて、ふんわりした、やきたてのたまごけーきをたべ、ぺぱーみんとのおちゃをのんで、もうだれもかもゆめのようなきぶんでした。「さあさてをとり、おどりましょ。ももーにゃひめに、にゃにゃおうじ。にゃにゃもんにゃにゃもん」。

『月魔法』　わたりむつこ作，高田美苗絵　ケイエス企画　1987.3　174p　18cm　（モエノベルス・ジュニア）　500円　①4-03-640030-4〈発売：偕成社〉
[目次] 招待状，ピンチ・ボール，月の糸，宇宙球，お月さんの手，クリスマスプレゼント，月魔法
[内容]「月」をめぐる愛のファンタジー。孤独な少年、星人に届いた「星の店」への招待状。店の奥には宇宙空間が広がり、小さな宇宙船が航行していた―。「星の店」のオーナー、月翁の操る月魔法とはなに？　宇宙船がめぐる七つのファンタジー・ワールドとはなに？

『霧に消えた少女』　わたりむつこ作，秋元純子絵　国土社　1985.7　152p　23cm　（国土社の新創作童話）　980円　①4-337-13306-2

『ミミナガさんの耳はマジック』　わたりむつこ作，東逸子絵　フレーベル館　1985.1　106p　22cm　（フレーベル館の新創作童話）　900円　①4-577-00767-3

『たんじょうのきろく』　わたりむつこ文，

わたりむつこ

本庄ひさ子絵　リブリオ出版　1984.11　39p　22cm　（ちいさなはなはなみんな）800円　①4-89784-057-0

『防波堤』　わたりむつこ作，鹿目佳代子画　小学館　1983.10　142p　22cm　（小学館の創作児童文学）880円　①4-09-289040-0

『あかやねさん』　わたりむつこ作，斎藤としひろ画　小学館　1982.8　63p　21cm　（小学館の創作童話　上級版）580円

『よみがえる魔法の物語』　わたりむつこ作，本庄ひさ子絵　リブリオ出版　1982.3　335p　22cm　（はなはなみんみ物語）1500円

『ふしぎなエレベーター』　わたりむつこ作，佐々木マキ絵　フレーベル館　1981.10　76p　22cm　（フレーベル館の幼年創作童話）〈700円〉

『ゆらぎの詩の物語』　わたりむつこ作，本庄ひさ子絵　リブリオ出版　1981.2　325p　22cm　1300円

『おすましがあこちゃん―子どもに読んで聞かせる8の話』　わたりむつこ作，山本かずこ絵　フレーベル館　1980.5　132p　22cm　750円
目次 あこちゃんのたんじょうび〔ほか7編〕

『空にのぼったクッキーおばさん』　わたりむつこ作，真島節子絵　太平出版社　1980.5　74p　22cm　（太平けっさく童話―どうわのうみへ）880円

『くうちゃん』　わたりむつこ作，かのめかよこ絵　太平出版社　1980.3　60p　22cm　（太平ようねん童話　おはなしゆうえんち）780円

『はなはなみんみ物語』　わたりむつこ作，本庄ひさこ絵　リブリオ出版　1980.2　335p　22cm　1300円

『おくりものをもらったサンタさん』　わたりむつこ作，こだちかつお絵　太平出版社　1979.11　68p　22cm　（太平ようねん童話　おはなしゆうえんち）780円

『アラスカの七つの星』　わたりむつこ文，依光隆え　毎日新聞社　1971　206p　22cm

書名索引

【あ】

あいうえおばけ学校（木暮正夫） ………… 93
アイヴォリー（竹下文子） ………… 140
愛情物語（赤川次郎） ………… 5
アイスクリーム、つくります！（後藤竜二） ………… 100
あいつが来る（星新一） ………… 199
愛のひだりがわ（筒井康隆） ………… 147
青い宇宙の冒険（小松左京） ………… 101, 102
青い羊の丘（竹下文子） ………… 139
青木茂集（青木茂） ………… 1
蒼き戦記（吉橋通夫） ………… 253, 254
青葉繁れる（井上ひさし） ………… 24
赤いカブトムシ（那須正幹） ………… 165
赤い髪のミウ（末吉暁子） ………… 115
赤い首輪のパロ（加藤多一） ………… 53
赤いこうもり傘（赤川次郎） ………… 6
赤い砂漠の上で（福島正実） ………… 191
赤いマントをほどいた日（香山美子） ………… 86
赤いヤッケの駅長さん（はまみつを） ………… 184, 185
赤いろうそくと人魚（小川未明） ………… 44, 46
赤川次郎セレクション（赤川次郎） ………… 4
あかつきの波濤を切る（岡崎ひでたか） ………… 41
暁はただ銀色（光瀬龍） ………… 219
赤とんぼ（三木露風） ………… 210
赤とんぼの歌（木暮正夫） ………… 97
あかやねさん（わたりむつこ） ………… 259
あかりちゃん（あまんきみこ） ………… 13
あかりの木の魔法（岡田淳） ………… 43
秋田犬物語（戸川幸夫） ………… 154
あきらめないで（やなせたかし） ………… 243
悪魔人形（江戸川乱歩） ………… 32
悪魔の赤ワイン（三田村信行） ………… 217
悪魔の口笛（高木彬光） ………… 134
悪魔のささやき（星新一） ………… 200
悪魔のダイアリー（川北亮司） ………… 63
悪魔のピ・ポ・パ（川北亮司） ………… 62
あくまびんニココーラ（大海赫） ………… 39
朝はだんだん見えてくる（岩瀬成子） ………… 29

あしたへ飛んでいけ（木暮正夫） ………… 96
あしたもきっとチョウ日和（高田桂子） ………… 135
足みじかおじさんの旅（やなせたかし） ………… 243
吾妻の白サル神（戸川幸夫） ………… 154
あたまのドリンクなぞなぞ話（木暮正夫） ………… 90
あたまのミネラルだじゃれ話（木暮正夫） ………… 90
あたらしい子がきて（岩瀬成子） ………… 28
アッチとドララちゃんのカレーライス（角野栄子） ………… 57
アッチとボンとドララちゃん（角野栄子） ………… 57
アッチとボンとなぞなぞコック（角野栄子） ………… 56
あっちの豚こっちの豚（佐野洋子） ………… 112
あっぱれのはらうた（工藤直子） ………… 84
あっぱれ！　わかとの天福丸（木暮正夫） ………… 88, 89
あの子がぞろぞろ（高田桂子） ………… 136
あのこも一ねんせい（木暮正夫） ………… 96
あの庭の扉をあけたとき（佐野洋子） ………… 112
あのひの音だよおばあちゃん（佐野洋子） ………… 113
あの日、指きり（那須正幹） ………… 166
あの炎をくぐれ（光瀬龍） ………… 219
あばれはっちゃく（山中恒） ………… 247
アヒルよ空を飛べ！（はまみつを） ………… 185
あまんきみこセレクション（あまんきみこ） ………… 11, 12
あまんきみこ童話集（あまんきみこ） ………… 13
雨ニモマケズ（宮沢賢治） ………… 224, 230
雨のせいかもしれない（高田桂子） ………… 136
雨の動物園（舟崎克彦） ………… 194
あやかし草子（那須正幹） ………… 164
あやとりの記（石牟礼道子） ………… 21
荒馬物語（戸川幸夫） ………… 154
アラスカの七つの星（わたりむつこ） ………… 259
ありがとうっていいもんだ（森山京） ………… 237
アリクイにおまかせ（竹下文子） ………… 139
あるスパイの物語（星新一） ………… 199
アルプスの猛犬（椋鳩十） ………… 232
アンバランスな放課後（赤川次郎） ………… 6

【い】

いいかげんにしろ！　にいちゃん(飯田栄彦) ……… 20
いいことがありました(森山京) ……… 238
家なきパパ(宗田理) ……… 132
怒りの樹精(森村誠一) ……… 236
生きているってふしぎだな(やなせたかし) ……… 244
いきてるよ(森山京) ……… 239
イジケムシとがんばりクラブ(木暮正夫) ……… 96
異次元失踪(福島正実) ……… 191
石のラジオ(野坂昭如) ……… 182
いじめっこいじめられっこ(谷川俊太郎) ……… 143
いじめられっ子ノラ(宗田理) ……… 130
いすおばけぐるぐるんぽー(角野栄子) ……… 56
伊豆の踊子(川端康成) ……… 73
伊豆の踊子　野菊の墓(伊藤左千夫) ……… 21
伊豆の踊子　野菊の墓(川端康成) ……… 73
イソップ株式会社(井上ひさし) ……… 22
いたずらぎつね(中川李枝子) ……… 155
いちごおいしいね(木暮正夫) ……… 92
1ねん1くみ1ばんあったか〜い！(後藤竜二) ……… 100
1ねん1くみ1ばんあまえんぼう(後藤竜二) ……… 100
1ねん1くみ1ばんくいしんぼう(後藤竜二) ……… 99
1ねん1くみ1ばんサイコー！(後藤竜二) ……… 98
1ねん1くみ1ばんジャンプ！(後藤竜二) ……… 99
1ねん1くみ1ばんふしぎ？(後藤竜二) ……… 100
一番星よまたたけ(はまみつを) ……… 185
いちばん悪いのはだれだ！(三田村信行) ……… 218
一郎次、二郎次、三郎次(菊池寛) ……… 76
一さつのおくりもの(森山京) ……… 237
一ちょうめ七ばんちのハルナさん(高井節子) ……… 133
一ちょうめのおばけねこ(木暮正夫) ……… 91, 93
一平さんの木(西川紀子) ……… 181
いっぽんくんのひとりごと(角野栄子) ……… 58
イトウくん(三木卓) ……… 209
犬と私の10の約束(さとうまきこ) ……… 109, 110
いねむりおじさん(やなせたかし) ……… 245
いのしし親子のイタリア旅行(渡辺茂男) ……… 256
井原西鶴名作集　雨月物語(井原西鶴) ……… 25
井原西鶴名作集　雨月物語(上田秋成) ……… 30
いまぼくに(谷川俊太郎) ……… 144
いやいやえん(中川李枝子) ……… 156
衣世梨の魔法帳(那須正幹) ……… 164, 167
衣世梨の魔法帳　運動場のミステリーポイント(那須正幹) ……… 166
衣世梨の魔法帳　たんじょう日のびっくりプレゼント(那須正幹) ……… 165
衣世梨の魔法帳　夏はおばけがいっぱい(那須正幹) ……… 165
衣世梨の魔法帳　まいごの幽霊(那須正幹) ……… 166
衣世梨の魔法帳　魔法犬花丸のひみつ(那須正幹) ……… 166
いろいろなたね(東君平) ……… 188

【う】

うさぎを食べないわけ(木村裕一) ……… 80
うさぎ月(高田桂子) ……… 136
うさぎなんて食べたくない(木村裕一) ……… 81
うさぎのおいしい食べ方(木村裕一) ……… 82
うさぎの庭(広瀬寿子) ……… 189
兎の眼(灰谷健次郎) ……… 183
うさぎのモコ(神沢利子) ……… 75
うさぎは食べごろ(木村裕一) ……… 80
牛をつないだ椿の木　木の祭り(新美南吉) ……… 177
うずまきぎんが(矢崎節夫) ……… 239
うそつきにかんぱい！(宮川ひろ) ……… 221

ウソつけボートとホラふけ魚（福永令三）............................... 193
うたちゃんちのマカ（柏葉幸子）............ 52
うたのすきなかえるくん（加古里子）... 48, 49
宇宙怪人（江戸川乱歩）............... 33, 34
宇宙からきたかんづめ（佐藤さとる）.... 105
宇宙人のいる教室（さとうまきこ）....... 110
宇宙人のしゅくだい（小松左京）.... 101, 102
うちゅうでいちばん（川北亮司）.......... 69
宇宙にかける橋（福島正実）....... 190, 191
宇宙のあいさつ（星新一）................ 200
宇宙の片隅で（石垣りん）................. 21
宇宙の声（星新一）...................... 198
うちゅうの目（まど・みちお）............ 207
宇宙漂流（小松左京）................... 102
ウーフとツネタとミミちゃんと（神沢利子）............................ 75
うふふ詩集（まど・みちお）.............. 207
馬を洗って…（加藤多一）................. 54
馬の天国（賀川豊彦）.................... 48
海があるということは（川崎洋）.......... 72
ウミガメと少年（野坂昭如）............. 183
海時間のマリン（名木田恵子）........... 162
海と十字架（皆川博子）................. 220
海に生きる（福島正実）................. 191
海にはあしたがある（木暮正夫）.......... 97
海のジェリービーンズ（角野栄子）........ 59
海のシルクロード（庄野英二）........... 114
うみのないしょだけどほんとだよ（竹下文子）.............................. 140
海辺のモザイク（髙田桂子）............. 136
うみぼうやとうみぼうず（山下明生）.... 246
浦上の旅人たち（今西祐行）.............. 27
うらめしや（星新一）................... 198
瓜子姫とあまのじゃく（松谷みよ子）.... 203
うんちしたの、だーれ？（末吉暁子）.... 115

【え】

air（名木田恵子）.................. 158, 162
SOS宇宙船シルバー号（光瀬龍）........ 219
SOSタイム・パトロール（光瀬龍）...... 219
えッ恐竜料理店（宗田理）............... 132

《絵本》銀河鉄道の夜（宮沢賢治）........ 223
絵本グスコーブドリの伝記（宮沢賢治）............................ 225
選ばなかった冒険（岡田淳）.............. 43
えんそくのおみやげ（はまみつを）...... 185

【お】

おいしいパンいかが（西内ミナミ）....... 180
おいしゃさんなんかこわくない（渡辺茂男）.............................. 256
おいで、もんしろ蝶（工藤直子）.......... 85
黄金の怪獣（江戸川乱歩）............ 31, 34
黄金の指紋（横溝正史）................. 250
黄金豹（江戸川乱歩）................ 32, 34
王さまばんざい（寺村輝夫）............. 152
王さま魔法ゲーム（寺村輝夫）........... 153
王女よ、ねむれ（光瀬龍）............... 219
お江戸のかぐや姫（那須正幹）........... 165
大あたりアイスクリームの国へごしょうたい（立原えりか）................ 142
大おばさんの不思議なレシピ（柏葉幸子）.............................. 49
オオカミの声が聞こえる（加藤多一）..... 53
狼ばば様の話（柏葉幸子）................ 50
大きなタブノキ（木暮正夫）.............. 88
おおさまのおめん こねずみちみこ（村岡花子）............................ 233
大どろぼうゴロン太と校長先生（矢崎節夫）.............................. 241
大どろぼう疾風組参上！（岩崎京子）..... 27
大どろぼうブラブラ氏（角野栄子）.... 57, 58
大村主計全集（大村主計）................ 40
おおやさんはねこ（三木卓）............. 210
おかあさんの木（大川悦生）.............. 39
おかあさんの目（あまんきみこ）.......... 14
おかいものだいすき（渡辺茂男）........ 256
おかしさドッカンわらい話（木暮正夫）............................. 90
お菓子の話（儀府成一）.................. 79
丘の上の人殺しの家（別役実）........... 197
丘の木ものがたり（森山京）............. 237
小川未明30選（小川未明）............... 46
小川未明新収童話集（小川未明）..... 44〜46

書名	頁
小熊秀雄童話集（小熊秀雄）	47
おくりものをもらったサンタさん（わたりむつこ）	259
おさかなの手紙（別役実）	197
おさきにどうぞ（森山京）	237
おさむとのらねこタイガース（木暮正夫）	95
おじいさんのランプ（新美南吉）	177
おじいちゃんはとんちんかん（飯田栄彦）	20
おしいれタイムマシン（福島正実）	191
おじゃる丸　銀河がマロを呼んでいる（宮沢賢治）	224
おじょうさまうさぎに気をつけろ（木村裕一）	81
おすましがあこちゃん（わたりむつこ）	259
お助け・三丁目が戦争です（筒井康隆）	147
落ちこぼれ（茨木のり子）	25
おちていたうちゅうせん（小松左京）	102
おちていた宇宙船（小松左京）	102
おつかいまなんかじゃありません（柏葉幸子）	50
オッベルと象（宮沢賢治）	223
オツベルと象（宮沢賢治）	230
おとうさんおはなしして（佐野洋子）	112
お父さんのラッパばなし（瀬田貞二）	124
お父さんはゆうれいを待っていた（木暮正夫）	95
お伽草紙（太宰治）	141
お年玉殺人事件（都筑道夫）	145
おとなもブルブルようかい話（木暮正夫）	89
おとまりのひなまつり（宮川ひろ）	222
おとめ座の女神（川北亮司）	71
おとらぎつね（茨木のり子）	25
おなかがヨジヨジわらい話（木暮正夫）	90
おなべの星と天のくぎ（神沢利子）	75
鬼（たかしよいち）	135
おにいちゃん（後藤竜二）	99
おにいちゃんのたからもの（木暮正夫）	92
おにのはなし（寺村輝夫）	152
鬼の話（はまみつを）	185
おに火の村のねずみたち（渡辺茂男）	255, 256
お願い！　ユーレイ・ハートをかえないで（名木田恵子）	160
お能・狂言物語（野上弥生子）	182
おのぞみの結末（星新一）	200
おばあちゃんのねがいごと（末吉暁子）	115
おばあちゃんはすてきな友だち（木暮正夫）	96
おばけアパートの秘密（宗田理）	130
おばけ宇宙大戦争（水木しげる）	212, 214
おばけが銀座にあつまって（木暮正夫）	90
おばけカラス大戦争（宗田理）	129
おばけのアッチとおしろのひみつ（角野栄子）	57
おばけのアッチとどきどきドッチ（角野栄子）	57
おばけのアッチとドラキュラスープ（角野栄子）	56
おばけのアッチとドララちゃん（角野栄子）	58
おばけのアッチほっぺたぺろりん（角野栄子）	58
おばけのおはるさん（末吉暁子）	117
おばけのおはるさんととらねこフニャラ（末吉暁子）	116
おばけのソッチとぞびぞびキャンディー（角野栄子）	55
おばけのにこにこ（木暮正夫）	96
おばけのはなし（寺村輝夫）	152〜154
おばけのゆびきり（那須正幹）	164
おばけ美術館へいらっしゃい（柏葉幸子）	52
おばけマイコンじゅく（水木しげる）	212, 213
おばけ野球チーム（水木しげる）	213, 214
おばけレストラン（水木しげる）	212, 213
おばさんのおはなし（村岡花子）	233
お話こんにちは（加古里子）	49
おはなしねんねんねん（武鹿悦子）	193
おはなしバスケット（神沢利子）	75

おはなしまくらのねんねおじさん（西内ミナミ） …… 179
おばべのヒュータン（山中恒） …… 248
おはよう白い馬（加藤多一） …… 55
おひさまはらっぱ（中川李枝子） …… 156
おひつじ座の竜（川北亮司） …… 71
おふろのなかではっくしょん（矢崎節夫） …… 240, 241
おほほプリンセス 恋する心はクリスタル（川北亮司） …… 68
おほほプリンセス これって初恋なのかしら（川北亮司） …… 67, 69
おほほプリンセス わたくしはお嬢さま！（川北亮司） …… 67, 69
おまけのじかん（あまんきみこ） …… 14
おむすびまん（やなせたかし） …… 245
おむすびまんとアルナイじま（やなせたかし） …… 244
おむすびまんとアングリラ（やなせたかし） …… 244
おむすびまんとおばけでら（やなせたかし） …… 244
おむすびまんとこおりおに（やなせたかし） …… 244
おむすびまんとなないろひめ（やなせたかし） …… 244
「おめでとう」をいっぱい（宮川ひろ） …… 221
おやおやジャムクッキー（川北亮司） …… 66
おやすみなさい子どもたち（高田敏子） …… 137
おやつ（東君平） …… 188
おやつにまほうをかけないで（さとうまきこ） …… 110
オリオン通りのなかまたち（木暮正夫） …… 96
おれがあいつであいつがおれで（山中恒） …… 248
オレンジ党最後の歌（天沢退二郎） …… 10
恩讐の彼方に（菊池寛） …… 76
オンタケの子ら（宮口しづえ） …… 223
オンドリ飛べよ（加藤多一） …… 55

【か】

母さん 子守歌うたって（那須田稔） …… 173
かあさんのにゅういん（大石真） …… 38
怪奇四十面相（江戸川乱歩） …… 33, 34
怪奇人造島（寺島柾史） …… 151
かいじゅうぼうやも一年生（末吉暁子） …… 118
かいじんゾロのうちゅうめだまやき大さくせん（矢崎節夫） …… 240
かいじんゾロのおとぎばなし大さくせん（矢崎節夫） …… 240
かいじんゾロのおばけさん大しゅうごう！（矢崎節夫） …… 240
かいじんゾロのてんきよほう（矢崎節夫） …… 240
かいじんゾロまたあらわれる（矢崎節夫） …… 240
怪人二十面相（江戸川乱歩） …… 31, 33, 35
怪人フェスタ（川北亮司） …… 63
かいぞくオンタマがやってくる（山下明生） …… 246
かいぞくがぽがぽまる（加古里子） …… 49
かいぞくゾイカ うちゅうなぞなぞ大ぼうけん（川北亮司） …… 63
海底大陸（海野十三） …… 31
海底の魔術師（江戸川乱歩） …… 32, 35
かいとうドチドチどろぼうコンテスト（柏葉幸子） …… 51
かいとうドチドチびじゅつかんへいく（柏葉幸子） …… 52
かいとうドチドチ雪のよるのプレゼント（柏葉幸子） …… 51
怪盗ブラックの宝物（那須正幹） …… 164
かえるのエルタ（中川李枝子） …… 156
かくれ森の木（広瀬寿子） …… 190
かこさとし おはなし きかせて！（加古里子） …… 49
かごめかごめかごめがまわる（高田桂子） …… 136
かさをかしてあげたあひるさん（村山籌子） …… 235
かさこじぞう（岩崎京子） …… 28
かしねこ屋ジロさん（西川紀子） …… 181

カステラへらずぐち(阪田寛夫) ………	104
カステラへらずぐち(まど・みちお) ……	207
風うたう(加藤多一) …………………	55
風生まれる(加藤多一) ………………	55
風と木の歌(安房直子) ………………	17
かぜのおくりもの(飯田栄彦) …………	19
風の陰陽師(三田村信行) ……… 216,	217
風の海峡(吉橋通夫) …………………	253
風の研究(別役実) ……………………	197
風の中の子供(坪田譲治) ……………	150
かぜのふえ(やなせたかし) …………	241
風の又三郎(宮沢賢治) ‥ 224, 226, 228〜	231
風のローラースケート(安房直子) ……	15
家族(吉田とし) ………………………	253
ガタガタふるえるゆうれい話(木暮正夫)	89
カータと五つ子たち(西内ミナミ) ……	180
片耳の大シカ(椋鳩十) ………………	232
学校放送劇舞台劇脚本集(宮沢賢治) …	227
河童(たかしよいち) …………………	135
かっぱ大さわぎ(木暮正夫) …………	96
河童のクゥと夏休み(木暮正夫) ……	87
カッパの三平(水木しげる) …………	213
カッパの三平 水泳大会(水木しげる) ………………………… 212,	214
カッパの三平 魔法だぬき(水木しげる) ……………………… 212,	214
カッパの秘宝(三田村信行) …………	217
かっぱびっくり旅(木暮正夫) ………	96
角野栄子のちいさなどうわたち(角野栄子) ………………………………	60
金沢ふしぎめぐり(かつおきんや) ……	53
哀しき少年(野上弥生子) ……………	182
金子みすゞ てのひら詩集(金子みすゞ) ………………………………	61
かば森をゆく(椋鳩十) ………………	232
ガブリちゃん(中川李枝子) …………	156
かぼちゃ戦争(はまみつを) …………	185
かみかくし(高田桂子) ………………	136
白鳥(カムイ)古丹(吉田一穂) ……	252
かめ200円(岩崎京子) ………………	28
カメレオンのレオン(岡田淳) ………	42
仮面城(横溝正史) …………… 249,	250
仮面城の秘密(横溝正史) ……………	250
仮面の恐怖王(江戸川乱歩) …… 32,	35
カモメがくれた三かくの海(山下明生) ………………………………	246
ガラスのうさぎ(高木敏子) …… 134,	135
ガラスの城(川北亮司) ………………	70
ガラスのトゥシューズ(名木田恵子) …	159
カラッポのはなし(佐藤さとる) ……	108
狩人タロのぼうけん(たかしよいち) …	135
我利馬(ガリバー)の船出(灰谷健次郎) …………………………………	183
枯れ葉と星(高田敏子) ………………	137
カンコさんのとくいわざ(角野栄子) …	57
がんこちゃんはアイドル(末吉暁子) …	115
神沢利子のおはなしの時間(神沢利子) ……………………………… 73,	74
ガンバとカワウソの冒険(斎藤惇夫) …	103
がんばれコーサク!(渡辺茂男) ……	255
官兵衛、駆ける。(吉橋通夫) ………	253

【き】

きいろいタクシー(渡辺茂男) ………	256
きいろいタクシー そらをとぶ(渡辺茂男) …………………………………	256
黄いろのトマト(宮沢賢治) …………	223
消えた空き巣犯を追え!(那須正幹) …	165
消えたおじさん(仁木悦子) …………	178
消えたCMタレント(川北亮司) ……	65
木をうえるスサノオ(岡崎ひでたか) …	40
奇怪なマンション(川北亮司) ………	65
気がつけばカラス(木村裕一) ………	81
奇巌城(蘭郁二郎) ……………………	255
菊池寛集(菊池寛) ……………… 76,	77
菊池寛名作集(菊池寛) ………… 76,	77
危険なクリスマス(川北亮司) ………	65
きこえるきこえる(加藤多一) ………	54
北風ふいてもさむくない(あまんきみこ) ……………………………………	11
きつねうどん(阪田寛夫) ……………	104
きつね小僧(星新一) …………………	198
きつねとたんぽぽ(松谷みよ子) ……	203
きつねの九郎治(木暮正夫) …………	96
きつねの窓(安房直子) ………………	17

汽笛（長崎源之助） …………………… 157
木下順二集（木下順二） ………………… 79
木下順二名作集（木下順二） …………… 79
牙王物語（戸川幸夫） ………………… 154
希望の歌（やなせたかし） …………… 244
気まぐれな犯罪者（赤川次郎） ………… 4
きまぐれロボット（星新一） …… 197, 201
きみが好きだよ（大木実） ……………… 39
帰命寺横丁の夏（柏葉幸子） …………… 50
奇妙なコンサート（川北亮司） ………… 63
きむらゆういちおはなしのへや（木村裕一） ……………………………… 79, 80
奇面城の秘密（江戸川乱歩） ……… 32, 35
キャプテンがんばる（後藤竜二） …… 100
キャプテン、らくにいこうぜ（後藤竜二） …………………………………… 100
キャプテンはつらいぜ（後藤竜二） … 99, 100
キャベたまたんてい きえたキャベたまひめのひみつ（三田村信行） …… 216
キャベたまたんてい きけんなドラゴンたいじ（三田村信行） …………… 214
キャベたまたんてい タコヤキオリンピック（三田村信行） ………………… 216
キャベたまたんてい ハラハラさばくの大レース（三田村信行） …………… 216
キャベたまたんてい 100おく円のたからさがし（三田村信行） …………… 217
キャベたまたんてい ほねほねきょうりゅうのなぞ（三田村信行） ……… 215
キャベたまたんてい ミステリーれっしゃをおえ！（三田村信行） ……… 215
キャベたまたんてい ゆうれいかいぞくの地図（三田村信行） …………… 214
吸血鬼チャランポラン（水木しげる） …………………………………… 212, 214
吸血鬼はお年ごろ（赤川次郎） ………… 6
キューポラのある街（早船ちよ） …… 187
教室二〇五（ニイマルゴ）号（大石真） … 38
京のかざぐるま（吉橋通夫） ………… 254
恐怖スクール（川北亮司） ……………… 65
恐怖の校内感染（宗田理） …………… 133
恐怖のコマンド・メール（川北亮司） … 70
きょうはいい日だね（宮川ひろ） …… 222
巨人の風車（吉田とし） ……………… 253
霧に消えた少女（わたりむつこ） …… 258

霧の彼方へ（はまみつを） …………… 185
霧のむこうのふしぎな町（柏葉幸子） … 51, 52
霧の森となぞの声（岡田淳） …………… 43
きりふきせんにん（やなせたかし） … 244
きんいろきつねのきんたちゃん（加古里子） …………………………………… 49
金色の足あと（椋鳩十） ……………… 232
金色の時間（わたりむつこ） ………… 257
金色のひばり（渡辺茂男） …………… 256
金色の魔術師（横溝正史） …………… 250
金色のライオン（香山彬子） …………… 62
銀河鉄道の夜（別役実） ……………… 196
銀河鉄道の夜（宮沢賢治）
　　　　　　　　 223～228, 230, 231
銀河鉄道の夜 風の又三郎 セロ弾きのゴーシュ（宮沢賢治） …………… 226
銀河のコンサート（飯田栄彦） ………… 18
緊急入院！ ズッコケ病院大事件（那須正幹） ……………………………… 167
きんぎょのおともだち（村岡花子） … 233
金のかんむり（花岡大学） …………… 184
銀のくじゃく（安房直子） ……………… 15

【く】

くうちゃん（わたりむつこ） ………… 259
空中都市008（小松左京） ………… 101, 102
空中ブランコのりのキキ（別役実） … 195
クゥと河童大王（木暮正夫） …………… 87
クウとてんぐとかっぱ大王（木暮正夫） …………………………………………… 95
9月0日大冒険（さとうまきこ） ……… 109
くしゃみくしゃみ天のめぐみ（松岡享子） ……………………………………… 202
クシャラひめ（やなせたかし） … 242, 244
グスコーブドリの伝記（宮沢賢治） … 224, 225
くだけた牙（戸川幸夫） ……………… 154
靴が鳴る（清水かつら） ……………… 114
クッキーとコースケ（さとうまきこ） … 110
クッキーのおうさまえんそくにいく（竹下文子） …………………………… 140
クッキーのおうさまそらをとぶ（竹下文子） …………………………………… 140
くびき野ものがたり（杉みき子） …… 119

- くまの子ウーフ（神沢利子）………… 75
- 蜘蛛の糸（芥川龍之介）……………… 9
- くもの糸　杜子春（芥川龍之介）…… 9
- くもりときどき晴レル（岩瀬成子）… 28
- グラタンおばあさんとまほうのアヒル（安房直子）……………………… 16
- グリックの冒険（斎藤惇夫）………… 103
- クルミおばばの魔法のおふだ（末吉暁子）…………………………………… 116
- クルミまつりは大さわぎ！（末吉暁子）…………………………………… 116
- くるみやしきのにちようび（木暮正夫）……………………………………… 96
- クレヨン王国 新十二か月の旅（福永令三）………………………………… 191
- クレヨン王国 月のたまご（福永令三）… 193
- クレヨン王国の十二か月（福永令三）… 192
- クレヨン王国の花ウサギ（福永令三）… 191
- クレヨン王国 むかし話（福永令三）… 192
- クレヨン王国 笑えるむかし話（福永令三）………………………………… 192
- クレヨンマジック（舟崎克彦）……… 194
- 黒い塔（さとうまきこ）……………… 111
- クロイヌ家具店（大海赫）…………… 38
- 黒い郵便船（別役実）………………… 197
- 黒ばらさんの魔法の旅だち（末吉暁子）…………………………………… 117
- 群青色のカンバス（赤川次郎）……… 5
- くんれんばっちり（工藤直子）……… 86

【け】

- 桂子のパオパオおかしグルメ（川北亮司）……………………………… 63, 68
- けがづの子（鈴木喜代春）…………… 122
- 毛皮をきたともだち（神沢利子）…… 75
- ゲゲゲの鬼太郎（水木しげる）……… 212
- ゲゲゲの鬼太郎おばけ塾（水木しげる）…………………………………… 210
- ゲゲゲの鬼太郎 おばけむらたんけん（水木しげる）……………………… 213
- ゲゲゲの鬼太郎とオベベ沼の妖怪（水木しげる）…………………………… 211
- ゲゲゲの鬼太郎ときょうふの昆虫軍団（水木しげる）……………………… 211
- ゲゲゲの鬼太郎とゆうれいテレビ局（水木しげる）………………………… 211
- ゲゲゲの鬼太郎と妖怪ガマ先生（水木しげる）…………………………… 211
- ゲゲゲの鬼太郎と妖怪タイムマシン（水木しげる）………………………… 211
- ゲゲゲの鬼太郎と妖怪ドライブ（水木しげる）…………………………… 210
- ゲゲゲの鬼太郎と妖怪ラーメン（水木しげる）…………………………… 211
- ゲゲゲの鬼太郎とよみがえった恐竜（水木しげる）………………………… 211
- ゲゲゲの鬼太郎 火のたま大けっせん（水木しげる）……………………… 213
- ゲゲゲの鬼太郎 ようかいえんそく（水木しげる）………………………… 213
- ゲゲゲの鬼太郎 ようかいキャンデー（水木しげる）……………………… 213
- ゲゲゲの鬼太郎 ようかいたこがっせん（水木しげる）…………………… 213
- ゲゲゲの鬼太郎 ようかいてじなし（水木しげる）………………………… 213
- けしゴム（まど・みちお）…………… 206
- 下駄の上の卵（井上ひさし）………… 23
- 月光のコパン（舟崎克彦）…………… 195
- 月光の森（川北亮司）………………… 70
- 決戦川中島（松本清張）……………… 206
- ゲハゲハゆかいなわらい話（木暮正夫）…………………………………… 88
- けむりの水（加藤多一）……………… 54
- けんかにかんぱい！（宮川ひろ）…… 220
- げんきさんからのてがみ（わたりむつこ）………………………………… 258
- げんげと蛙（草野心平）……………… 83
- けんけんけんのケン（山下明生）…… 246
- 源氏物語（紫式部）……………… 234, 235
- 源氏物語 紫の結び（紫式部）……… 234
- 虔十公園林　ざしきぼっこのはなし（宮沢賢治）………………………… 230
- 現代語で読む生まれ出づる悩み（有島武郎）………………………………… 14
- 現代語で読むたけくらべ（樋口一葉）… 189
- 現代語で読む野菊の墓（伊藤左千夫）… 21
- 現代語で読む坊っちゃん（夏目漱石）… 173
- 現代語で読む舞姫（森鷗外）………… 236
- けんた・うさぎ（中川李枝子）……… 156

けんちゃんとトシせんせい（高木敏子）
　　　　　　　　　　　　　　　　　135
健ちゃんの贈り物（赤川次郎）　　　　3
ゲンとイズミ（宮口しづえ）　　　　223
ゲンと不動明王（宮口しづえ）　222, 223
源平盛衰記（三田村信行）　　　218, 219
原野にとぶ橇（加藤多一）　　　　　55

【こ】

恋占い（赤川次郎）　　　　　　　　　4
恋がいっぱい（星新一）　　　　　　200
恋がたきはおしゃれなユーレイ（名木田恵子）　　　　　　　　　　　　161
子犬のロクがやってきた（中川李枝子）
　　　　　　　　　　　　　　　　　156
恋人とその弟（仁木悦子）　　　　　178
行為の意味（宮沢章二）　　　　　　231
こうさぎのあいうえお（森山京）　　238
こうさぎのかるたつくり（森山京）　238
幸福の歌（やなせたかし）　　　　　243
蝙蝠館の秘宝（高木彬光）　　　　　134
高安犬物語（戸川幸夫）　　　　　　154
五月は花笠！（後藤竜二）　　　　　99
こがね谷の秘密（木暮正夫）　　90, 95
こぎつねコンチ（中川李枝子）　　　156
子ギツネのゆうびんポスト（福永令三）
　　　　　　　　　　　　　　　　　192
獄門島（横溝正史）　　　　　　　　249
ごくらく池のカモ（花岡大学）　　　184
ここからどこかへ（谷川俊太郎）　　143
心の王冠（菊池寛）　　　　　　　　76
心のやすらぎ（野上弥生子）　　　　181
古事記物語（鈴木三重吉）　　　　　123
五十一番めのザボン（与田準一）　　255
五重塔（幸田露伴）　　　　　　　　86
こたえはひとつだけ（立原えりか）　142
五ちょうめのゆうれいマンション（木暮正夫）　　　　　　　　　　91, 93
こちら栗原探偵事務所（那須正幹）165, 166
こちら事件クラブ（木暮正夫）　　　96
黒鍵は恋してる（赤川次郎）　　　　5
子っこヤギのむこうに（加藤多一）　54

後藤竜二童話集（後藤竜二）　　97, 98
こどもたちへ（まど・みちお）　　　206
子どもたちの長い放課後（仁木悦子）178
この船、地獄行き（山中恒）　　　　247
こぶたのかくれんぼ（小沢正）　　　47
こぶたのぶうくん（小沢正）　　　　47
こぶたのブウタ（神沢利子）　　　　75
こぶたのぷうのどようびはたからさがし（木暮正夫）　　　　　　　92
こぶたのぷうのにちようびはさかなつり（木暮正夫）　　　　　　　　92
こぶたのむぎわらぼうし（森山京）　238
狛犬「あ」の話（柏葉幸子）　　　　50
こまったさんのカレーライス（寺村輝夫）　　　　　　　　　　　　　152
こまったさんのグラタン（寺村輝夫）154
こまったさんのスパゲティ（寺村輝夫）
　　　　　　　　　　　　　　　　　152
こやぶ医院は、なんでも科（柏葉幸子）
　　　　　　　　　　　　　　　　　50
ゴリラくんのひみつ（木暮正夫）　　96
ゴリラのごるちゃん（神沢利子）　　74
ゴリラのりらちゃん（神沢利子）　　76
ごろごろごろたん（やなせたかし）　245
殺し屋ですのよ（星新一）　　　　　199
コロボックル童話集（佐藤さとる）　105
ごんぎつね（新美南吉）　　　　　　177
ごんぎつね・てぶくろを買いに（新美南吉）　　　　　　　　　　　　175
金色の魔術師（横溝正史）　　　　　249
コン・セブリ島の魔法使い（別役実）196, 197
コンタロウのひみつのでんわ（安房直子）　　　　　　　　　　　　　　17
ゴンちゃんなんばしよるとや？（飯田栄彦）　　　　　　　　　　　　　19
昆虫パトロール隊ゆうかい事件（木暮正夫）　　　　　　　　　　　　　95
こんなにたしかに（まど・みちお）　207
こんにちはウーフ（神沢利子）　　　76
こんや円盤がやってくる（福島正実）191
こんやもワナワナばけもの話（木暮正夫）　　　　　　　　　　　　　91
今夜は食べほうだい！（木村裕一）　82

【さ】

さあゆけ！ ロボット（大石真）………… 38
西鶴諸国ばなし（井原西鶴）………… 25
細菌人間（筒井康隆）………………… 145
最後の決戦（さとうまきこ）………… 111
さいごのさいごのなかなおり（三田村信行）……………………………………… 216
西條八十…100選（西条八十）……… 102
サイタサイタ（はまみつを）………… 186
斎藤孝のイッキによめる！ 小学生のための芥川竜之介（芥川龍之介）…… 9
斎藤孝のイッキによめる！ 小学生のための夏目漱石×太宰治（太宰治）… 141
斎藤孝のイッキによめる！ 小学生のための夏目漱石×太宰治（夏目漱石）……………………………………………… 174
斎藤孝のイッキによめる！ 小学生のための宮沢賢治（宮沢賢治）……… 229
さいはての潮に叫ぶ（岡崎ひでたか）… 41
裁判とふしぎなねこ（手島悠介）…… 151
酒井朝彦童話（酒井朝彦）…………… 104
サーカスの怪人（江戸川乱歩）… 33, 35
作戦NACL（光풍龍）………………… 219
さくらの下のさくらのクラス（宮川ひろ）…………………………………… 221
桜桃（さくらんぼ）のみのるころ（今江祥智）………………………………… 26
ザ・賢治（宮沢賢治）………………… 229
殺意（松本清張）……………………… 206
さっちゃんとピコピコ天使（西内ミナミ）…………………………………… 180
さっちゃんのあおいてぶくろ（加藤多一）……………………………………… 55
佐藤さとるファンタジー全集（佐藤さとる）………………………… 105～107
里見八犬伝（滝沢馬琴）……………… 138
真田幸村（大河内翠山）……………… 39
サバクの虹（坪田譲治）……………… 150
さばくの町のXたんてい（別役実）… 196, 197
淋しいおさかな（別役実）…………… 197
さびし森うれし森（やなせたかし）… 244
サムライでござる（広瀬寿子）……… 189

「さやか」ぼくはさけんだ（岩瀬成子）……………………………………… 29
さようならアイスマン（福島正実）… 190, 191
さよならはあしたのために（飯田栄彦）……………………………………… 18
更級日記（菅原孝標女）……………… 118
さらば、おやじどの（上野瞭）……… 30
ザルつくりのサル（東君平）………… 188
サル山のドカン（小野文夫）………… 48
ざわめきやまない（高田桂子）……… 136
サングラスをかけた盲導犬（手島悠介）……………………………………… 151
山月記（中島敦）……………………… 157
三国志（三田村信行）…………… 217, 218
三姉妹探偵団（赤川次郎）……………… 6
山椒大夫 高瀬舟（森鷗外）………… 236
算数病院事件（後藤竜二）…………… 98
山賊オニモドキ（渡辺茂男）………… 256
三太の湖水キャンプ（青木茂）………… 1
三太のテント旅行（青木茂）…………… 1
三太の夏休み（青木茂）………………… 1
三太の日記（青木茂）…………………… 1
三太物語（青木茂）……………………… 1
三丁目が戦争です（筒井康隆）……… 147
三ちょうめのおばけ事件（木暮正夫）… 92, 94
三人兄弟（菊池寛）………………… 76, 77
3人はなかよしだった（三木卓）…… 209
3年A組おばけ教室（水木しげる）… 213, 214
三年二組の転校生（木暮正夫）……… 93
三びきのたんてい（小沢正）………… 47
三本指の男（横溝正史）……………… 250

【し】

しあわせネコ（東君平）……………… 188
しいの木とあらしの海（渡辺茂男）… 256
シイの木はよみがえった（飯田栄彦）… 18
ジオジオのたんじょうび（岸田衿子）… 77
ジオジオのパンやさん（岸田衿子）… 77
死界からのメッセージ（川北亮司）… 65
しかられた神さま（川崎洋）………… 72
時空をこえて魔鏡マジック（三田村信行）…………………………………… 214

地獄のえんま帳（三田村信行）	218
地獄の才能（眉村卓）	208
地獄のバスツアー（川北亮司）	65
紫紺染について（宮沢賢治）	229
子子家庭は危機一髪（赤川次郎）	7
死者の学園祭（赤川次郎）	3, 7
死体ばんざい（星新一）	199
舌切りすずめ（松谷みよ子）	203
七人のお姫さま（中原淳一）	157
七人の犯罪者（星新一）	199
シチューことことおばあさん（西内ミナミ）	180
しっぱいにかんぱい！（宮川ひろ）	221
シップ船長とうみぼうず（角野栄子）	59
シップ船長とくじら（角野栄子）	59
シップ船長とチャンピオンくん（角野栄子）	58
シップ船長とゆきだるまのユキちゃん（角野栄子）	61
しっぽ！（竹下文子）	139
自転車あずかります（木暮正夫）	93
じてんしゃ特急、牧場行き（加藤多一）	55
じどうしゃじどうしゃじどうしゃ（渡辺茂男）	256
しまねこシーマン影の国へ（西内ミナミ）	180
ジャカスカ号で大西洋へ（山下明生）	245
ジャカスカ号で地中海へ（山下明生）	245
シャクシャインの戦い（木暮正夫）	94
ジャックと豆の木（楠山正雄）	83
ジャングルめがね（筒井康隆）	146, 147
じゃんけんのすきな女の子（松岡享子）	201
シャンプー王子ときたないことば（名木田恵子）	162
シャンプー王子と大あくとう（名木田恵子）	162
十一月は変身！（後藤竜二）	99
獣人魔島（横溝正史）	250
秋声少年少女小説集（徳田秋声）	155
終着駅の小鳥たち（儀府成一）	79
十二の真珠（やなせたかし）	242, 244
14歳のノクターン（さとうまきこ）	110
しゅっぱつしんこう（渡辺茂男）	256
ジュン先生がやってきた！（後藤竜二）	99
ジョイ子とサスケ（さとうまきこ）	110
小学校の秘密の通路（岡田淳）	42
Shogi kids！（川北亮司）	67, 68
翔太の夏（那須正幹）	165
少年H（妹尾河童）	124, 125
少年科学探偵（小酒井不木）	97
少年口伝隊一九四五（井上ひさし）	22
少年グリフィン（ニコル,C. W.）	179
少年少女（与謝野晶子）	251
少年小説大系（平田晋策）	189
少年小説大系（蘭郁二郎）	255
少年探偵団（江戸川乱歩）	34, 35
女王蜂（横溝正史）	249
知りあう前からずっと好き（名木田恵子）	159
しりたがりやの魔女（西川紀子）	181
シールの星（岡田淳）	42
白赤だすき小○（こまる）の旗風（後藤竜二）	98
白いエプロン白いヤギ（加藤多一）	55
白いおうむの森（安房直子）	17
白いプリンスとタイガー（宗田理）	129
白いぼうし（あまんきみこ）	14
白いレクイエム（大海赫）	39
しろくまのアンヨくん（角野栄子）	59
白ぶたピイ（今江祥智）	26
真珠塔（横溝正史）	250
真珠塔・夜光怪人・怪獣男爵（横溝正史）	250
新戦艦高千穂（平田晋策）	189
寝台車の悪魔（赤川次郎）	5
新八犬伝（滝沢馬琴）	138
神変竜巻組（横溝正史）	250
新編弓張月（三田村信行）	217
深夜放送のハプニング（眉村卓）	208
親友のたのみ（星新一）	199
人類やりなおし装置（岡田淳）	43

【す】

すいえいたいかい（東君平）	188

西瓜流し（阿刀田高）	10
すいせん月の四日（宮沢賢治）	231
水族譚（天沢退二郎）	11
水曜日のクルト（仁木悦子）	178
すき（谷川俊太郎）	143
すきすきチョコレート（川北亮司）	67
透きとおった季節（高田桂子）	137
杉みき子選集（杉みき子）	118〜120
スクナビコナのがまんくらべ（岡崎ひでたか）	40
すごいうさぎに気をつけろ（木村裕一）	81
すずをならすのはだれ（安房直子）	16
鈴木喜代春児童文学選集（鈴木喜代春）	120〜122
すずちゃんと魔女のババ（柏葉幸子）	50
ズッコケ愛のプレゼント計画（那須正幹）	167
ズッコケ家出大旅行（那須正幹）	167
ズッコケ怪奇館幽霊の正体（那須正幹）	167
ズッコケ怪盗X最後の戦い（那須正幹）	167
ズッコケ芸能界情報（那須正幹）	167
ズッコケ三人組の卒業式（那須正幹）	167
ズッコケ三人組の地底王国（那須正幹）	167
ズッコケ三人組のバック・トゥ・ザ・フューチャー（那須正幹）	167
ズッコケ情報公開(秘)ファイル（那須正幹）	167
ズッコケ中年三人組（那須正幹）	163〜165
ズッコケ魔の異郷伝説（那須正幹）	167
すてきなひとりぼっち（谷川俊太郎）	143
スーパーマウスJの冒険（宗田理）	130
すぺるむ・さぴえんすの冒険（小松左京）	101
すらすらえんぴつ（筒井敬介）	145
ずるやすみにかんぱい！（宮川ひろ）	221
ズングリ林のけん玉大会（木暮正夫）	95

【せ】

せいくんとおねしょん（矢崎節夫）	240
青春前期のきみたちに（宮沢章二）	232
青銅の魔人（江戸川乱歩）	34, 35
青髪鬼（横溝正史）	250
精霊たちの花占い（名木田恵子）	160
せかいのブタばんざい！（大海赫）	38
せすじゾクゾクようかい話（木暮正夫）	89
瀬戸内少年野球団（阿久悠）	8
セーラー服と機関銃（赤川次郎）	3, 7
セロひきのゴーシュ（宮沢賢治）	226, 227, 230
セロ弾きのゴーシュ（宮沢賢治）	223, 227, 230
戦場の草ぼっち（岡崎ひでたか）	41
先生の赤ちゃん（はまみつを）	185
せんせいマッツァオこわーい話（木暮正夫）	89
善太三平物語（坪田譲治）	150
千の種のわたしへ（さとうまきこ）	109

【そ】

そいつの名前はエメラルド（竹下文子）	139
草原（加藤多一）	55
ぞくぞく村のかぼちゃ怪人（末吉暁子）	115
ぞくぞく村のゾンビのビショビショ（末吉暁子）	118
ぞくぞく村ののっぺらぼうペラさん（末吉暁子）	116
ぞくぞく村の魔法少女カルメラ（末吉暁子）	115
そこから逃げだす魔法のことば（岡田淳）	41
そして、だれも…（星新一）	200
その後のクレヨン王国（福永令三）	192
そのぬくもりはきえない（岩瀬成子）	29
その花を見るな！（光瀬龍）	219, 220
その列車を止めろ！（光瀬龍）	219
そよそよ族伝説（別役実）	197
空色のたまごに（神沢利子）	75
空とぶかいぞくせん（寺村輝夫）	153
空飛ぶ二十面相（江戸川乱歩）	31, 36

空飛ぶのらネコ探検隊（大原興三郎） …… 40
空に棲む（加藤多一） …………………… 54
空にのぼったクッキーおばさん（わたり
　むつこ） ………………………………… 259
空のウサギ（川北亮司） ………………… 70
空のかあさま（金子みすゞ） …………… 61
空のしっぽ（名木田恵子） ……………… 158
それほんとう？（松岡享子） ……… 201, 202
そろりとんちばなし（木暮正夫） ……… 87

【た】

大金塊（江戸川乱歩） ……………… 34, 36
たいせつな一日（岸田衿子） …………… 77
大造じいさんとガン（椋鳩十） ………… 233
大造じいさんと雁（椋鳩十） …………… 232
大道芸ワールドカップ（大原興三郎） … 39
大迷宮（横溝正史） ………………… 249, 250
大迷路（横溝正史） ……………………… 250
たかたか山のたかちゃん（中川李枝子）
　………………………………………………… 156
高村光太郎名作集（高村光太郎） ……… 137
タケシとのねずみ小学校（木暮正夫） … 97
凧になったお母さん（野坂昭如） … 182, 183
立たされた日の手紙（神沢利子） ……… 74
立原えりか自選26の花（立原えりか） … 142
龍の子太郎（松谷みよ子） ……………… 204
建具職人の千太郎（岩崎京子） ………… 28
旅するウサギ（竹下文子） ……………… 139
旅のはじまりはタイムスリップ（三田村
　信行） …………………………………… 215
旅はみちづれ地獄ツアー（三田村信行）
　………………………………………………… 215
W世界の少年（筒井康隆） ……………… 146
珠を争う（菊池寛） ……………………… 77
環の一年間（与謝野晶子） ……………… 251
たまごがわれたら（寺村輝夫） ………… 152
たまごひめ（やなせたかし） …………… 244
タランの白鳥（神沢利子） ……………… 74
だれかさんのかばん（森山京） ………… 237
だれかののぞむもの（岡田淳） ………… 43
だれにもいえない（岩瀬成子） ………… 29
たれ耳おおかみのジョン（木村裕一） … 80

だれもいそがない村（岸田衿子） ……… 77
だれも知らない小さな国（佐藤さとる）
　………………………………………… 105, 108
たろなにみてるの（宮口しづえ） ……… 223
たんじょうのきろく（わたりむつこ） … 258
たんたのたんけん（中川李枝子） … 155, 156
たんたのたんてい（中川李枝子） ……… 156
ダンダンドンドンかいだんおばけ（角野
　栄子） …………………………………… 57
たんていピンポン!!（舟崎克彦） ……… 194
たんていピンポン!! あぶないレストラ
　ン（舟崎克彦） ………………………… 194
たんぽぽの目（村岡花子） ……………… 233

【ち】

ちいさいSLオットー（渡辺茂男） …… 255
小さい潜水艦に恋をしたでかすぎるク
　ジラの話（野坂昭如） ………………… 182
ちいさいモモちゃん（松谷みよ子） …… 202
ちいさなおはなしやさんのおはなし（竹
　下文子） ………………………………… 139
小さな小さな海（岩瀬成子） …………… 29
小さな人のむかしの話（佐藤さとる） … 108
小さな町のスケッチ（杉みき子） ……… 119
小さな町の風景（杉みき子） …………… 118
智恵子抄（高村光太郎） ………………… 137
智恵子抄 道程（高村光太郎） ………… 137
地下室からのふしぎな旅（柏葉幸子） … 52, 53
近松門左衛門名作集　東海道四谷怪談
　（近松門左衛門） ……………………… 144
近松門左衛門名作集　東海道四谷怪談
　（鶴屋南北） …………………………… 151
ちからごんべえ（木暮正夫） …………… 94
地球への遠い道（眉村卓） ……………… 208
地球の星の上で（川端律子） …………… 73
地球はおおさわぎ（筒井康隆） ………… 146
チクチクのおばけりょこう（舟崎克彦）
　………………………………………………… 194
チコチコナのぼうけん（飯田栄彦） …… 19
父帰る　恩讐の彼方に（菊池寛） ……… 76
チップとなぞのビー玉めいろ（末吉暁
　子） ……………………………………… 116

チップとまほうのフラッペ山（末吉暁子） …………… 118
地底怪生物マントラ（福島正実） …… 191
地底の魔術王（江戸川乱歩） …… 33, 36
ちのけがヒクヒクばけもの話（木暮正夫） …………… 91
チミモーリョーの町（大海赫） …… 38
注文の多い料理店（宮沢賢治）
　　　　　　　　224, 226, 228, 230
注文の多い料理店　銀河鉄道の夜（宮沢賢治） …………… 225
注文の多い料理店　セロひきのゴーシュ―宮沢賢治童話集（宮沢賢治） …… 226
ちゅっちゅっポルカでポポをさがせ（わたりむつこ） …………… 258
ちょうちん屋のまま子（斎藤隆介） …… 104
超能力ゲーム（福島正実） …… 191
チョコレートのたねあげます（木暮正夫） …………… 95
ちょっきんとのさまとでたでたおばけ（矢崎節夫） …………… 241
チロをさがして（加藤多一） …… 55

【つ】

月へ行くはしご（安房直子） …… 16
月こそわが故郷（福島正実） …… 191
月の上のガラスの町（古田足日） …… 195
月の笛（武鹿悦子） …… 194
月魔法（わたりむつこ） …… 258
月夜のコマンド・メール（川北亮司）…69, 72
つくえのうえのうんどうかい（佐藤さとる） …………… 107
机の上の仙人（佐藤さとる） …… 104
つづきの図書館（柏葉幸子） …… 51
つちくれどんどん（西内ミナミ） …… 180
つのかくし（高田桂子） …… 135
爪先の落書（賀川豊彦） …… 48
つるのよめさま（松谷みよ子） …… 204
徒然草（吉田兼好） …… 253
徒然草　方丈記（鴨長明） …… 62
徒然草　方丈記（吉田兼好） …… 252

【て】

であってどっきり（工藤直子） …… 85
でかたんみみたんぽんたん（やなせたかし） …………… 245
でかでかバースデイケーキ（川北亮司） …………… 66
哲夫の春休み（斎藤惇夫） …… 102
テツガクうさぎに気をつけろ（木村裕一） …………… 81
鉄人Q（江戸川乱歩） …… 32, 36
てっちゃんのトンカツ（木暮正夫） …… 94
鉄塔王国の恐怖（江戸川乱歩） …… 33, 36
手にえがかれた物語（岡田淳） …… 42
手のひらカスタネット（わたりむつこ） …………… 258
手ぶくろを買いに（新美南吉） …… 175
手袋を買いに　子どものすきな神さま（新美南吉） …………… 175
テーブルがおかのこうめちゃん（末吉暁子） …………… 117
手毬と鉢の子（新美南吉） …… 176
デラックス狂詩曲（ラプソディ）（筒井康隆） …………… 146
寺町三丁目十一番地（渡辺茂男） …… 257
天狗（たかしよいち） …… 135
天狗童子（佐藤さとる） …… 108
てんぐのくれためんこ（安房直子） …… 17
てんぐのはなし（寺村輝夫） …… 153
天才はつくられる（眉村卓） …… 208
天使たちのカレンダー（宮川ひろ） …… 221
天使たちのたんじょう会（宮川ひろ） …… 221
天使と悪魔（赤川次郎） …… 5
天使のいる教室（宮川ひろ） …… 221
天井うらのふしぎな友だち（柏葉幸子） …………… 52, 53
電人M（江戸川乱歩） …… 31, 36
でんでんむしのかなしみ　赤いろうそく　天国（新美南吉） …………… 177
天の鹿（安房直子） …… 16

【と】

東海道中膝栗毛（十返舎一九） ………… 113
東京サハラ（さとうまきこ） …………… 111
東京石器人戦争（さねとうあきら） …… 111
東京幽霊物語（木暮正夫） ……………… 93
東京ワルがき列伝（木暮正夫） ………… 95
洞窟の魔女（横溝正史） ………………… 249
どうくつのミイラ（宗田理） …………… 133
塔上の奇術師（江戸川乱歩） ………… 32, 36
動物詩集（室生犀星） …………………… 235
どうぶつたち（まど・みちお） ………… 207
透明怪人（江戸川乱歩） ……………… 33, 36
透明人間のわな（三田村信行） ………… 218
倒立する塔の殺人（皆川博子） ………… 220
童話・そよそよ族伝説（別役実） ……… 196
遠い野ばらの村（安房直子） …………… 15
とおくへ！（神沢利子） ………………… 75
遠くへいく川（加藤多一） ……………… 54
時をかける少女（筒井康隆） ……… 146, 147
ドキッとこわいおばけの話（木暮正夫）
　…………………………………………… 89
時計は生きていた（木暮正夫） ………… 97
どこかの夏（はまみつを） ……………… 185
土佐犬物語（戸川幸夫） ………………… 155
土佐日記（紀貫之） ……………………… 78
トシオの船（川崎洋） …………………… 72
杜子春・くもの糸（芥川龍之介） ……… 9
ドタバタかんこう宇宙船（木暮正夫） … 94
とねりこ屋のコラル（柏葉幸子） ……… 51
扉のむこうの物語（岡田淳） …………… 43
ドブネズミ色の街（木暮正夫） ……… 96, 97
とべとべ　カー、キー、クー、ケー、コー
　（西内ミナミ） ………………………… 180
飛べよ、トミー！（飯田栄彦） ………… 20
トムくんはめいたんてい（那須正幹） … 163
ともだち（武鹿悦子） …………………… 194
ともだちいっぱい（工藤直子） ………… 86
ともだちができた日（木暮正夫） ……… 95
ともだちビクビクこわーい話（木暮正
　夫） ……………………………………… 90
ともだちみっけ（那須正幹） …………… 165
ともだちみつけた（加藤多一） ………… 55
ともだちは緑のにおい（工藤直子） …… 85
ドラゴンとふたりのお姫さま（名木田恵
　子） ……………………………………… 157
とらざえもんはまじょのねこ？（末吉暁
　子） ……………………………………… 116
トラム、光をまき散らしながら（名木田
　恵子） …………………………………… 158
トリュフとトナカイ（泡坂妻夫） ……… 18
ド・ロ神父と出津の娘たち（岩崎京子）
　…………………………………………… 27
どんじりチームのVサイン（木暮正夫）
　…………………………………………… 95
とんだシャチホコ（木暮正夫） ………… 96
とんだ、とべた、またとべた！（森山
　京） ……………………………………… 237
とんでっちゃったねこ（高田敏子） …… 137
とんとん拍子（星新一） ………………… 200
とんぼの眼玉（北原白秋） ……………… 78
ドンマイ！（後藤竜二） ………………… 98

【な】

泣いた赤おに（浜田広介） …………… 186, 187
泣いた赤鬼（浜田広介） ………………… 186
ナイン（井上ひさし） …………………… 24
長生き競争（星新一） …………………… 200
流されたみどり（与謝野晶子） ………… 251
中原中也詩集（中原中也） ……………… 157
なかよし二ひきのおっちゃんさがし（木
　暮正夫） ………………………………… 92
なかよし二ひきのおっちゃんさがし（木
　暮正夫） ………………………………… 93
名づけられた葉なのだから（新川和江）
　…………………………………………… 114
那須正幹童話集（那須正幹） …………… 163
なぞなぞのすきな女の子（松岡享子）
　…………………………………… 201, 202
なぞなぞベビー（宗田理） ……………… 132
なぞのXとおばけだよたんていくん（矢
　崎節夫） ………………………………… 240
なぞのXマスだよたんていくん（矢崎節
　夫） ……………………………………… 240
謎のダイアモンド（川北亮司） ………… 65

なぞの転校生（眉村卓） 208
七ちょうめのおばけ大集合（木暮正夫）
　.. 90
七つの蕾（松田瓊子） 202
ななのタンスはふしぎがいっぱい（わたりむつこ） 257
なの花のにちようび（飯田栄彦） 19
なまえをみてちょうだい（あまんきみこ） 14
なまくら（吉橋通夫） 255
涙のタイムトラベル（木村裕一） 82
なみだひっこんでろ（岩瀬成子） 29
波のパラダイス（竹下文子） 140
南総里見八犬伝（滝沢馬琴） 138
なんでもたべちゃうくろいねこ（村岡花子） 233

【に】

新美南吉童話集（新美南吉） 176, 177
新美南吉童話選集（新美南吉） 176
においのカゴ（石井桃子） 20
仁木悦子少年小説コレクション（仁木悦子） 177, 178
にじ（まど・みちお） 206
虹色の花（川北亮司） 70
虹のかかる村（木暮正夫） 96
21世紀版少年少女古典文学館（阿刀田高） 10
21世紀版少年少女古典文学館（井原西鶴） 24
21世紀版少年少女古典文学館（上田秋成） 29
21世紀版少年少女古典文学館（鴨長明） 62
21世紀版少年少女古典文学館（佐藤さとる） 107
21世紀版少年少女古典文学館（十返舎一九） 113
21世紀版少年少女古典文学館（清少納言） 123
21世紀版少年少女古典文学館（滝沢馬琴） 138
21世紀版少年少女古典文学館（谷川俊太郎） 143
21世紀版少年少女古典文学館（近松門左衛門） 144
21世紀版少年少女古典文学館（鶴屋南北） 151
21世紀版少年少女古典文学館（別役実） 196
21世紀版少年少女古典文学館（三木卓） 209
21世紀版少年少女古典文学館（紫式部） 234
21世紀版少年少女古典文学館（吉田兼好） 252
21世紀版少年少女日本文学館（芥川龍之介） 9
21世紀版少年少女日本文学館（有島武郎） 15
21世紀版少年少女日本文学館（伊藤左千夫） 22
21世紀版少年少女日本文学館（井上靖） 24
21世紀版少年少女日本文学館（井伏鱒二） 25
21世紀版少年少女日本文学館（小川未明） 46
21世紀版少年少女日本文学館（川端康成） 73
21世紀版少年少女日本文学館（木下順二） 78
21世紀版少年少女日本文学館（国木田独歩） 86
21世紀版少年少女日本文学館（佐藤春夫） 109
21世紀版少年少女日本文学館（志賀直哉） 113
21世紀版少年少女日本文学館（島崎藤村） 114
21世紀版少年少女日本文学館（鈴木三重吉） 123
21世紀版少年少女日本文学館（竹山道雄） 140
21世紀版少年少女日本文学館（太宰治） 141
21世紀版少年少女日本文学館（谷崎潤一郎） 144
21世紀版少年少女日本文学館（壺井栄） 147

21世紀版少年少女日本文学館（坪田譲治） …………………… 148	日本語を味わう名詩入門（立原道造） …… 143
21世紀版少年少女日本文学館（夏目漱石） …………………… 174	日本語を味わう名詩入門（谷川俊太郎） …………………… 143
21世紀版少年少女日本文学館（新美南吉） …………………… 177	日本語を味わう名詩入門（中原中也） …… 157
21世紀版少年少女日本文学館（野上弥生子） …………………… 181	日本語を味わう名詩入門（萩原朔太郎） …………………… 184
21世紀版少年少女日本文学館（浜田広介） …………………… 186	日本語を味わう名詩入門（まど・みちお） …………………… 206
21世紀版少年少女日本文学館（林芙美子） …………………… 187	日本語を味わう名詩入門（丸山薫） …… 209
21世紀版少年少女日本文学館（樋口一葉） …………………… 189	日本語を味わう名詩入門（宮沢賢治） …… 225
	日本語を味わう名詩入門（三好達治） …… 232
	日本語を味わう名詩入門（室生犀星） …… 235
21世紀版少年少女日本文学館（堀辰雄） …………………… 201	日本語を味わう名詩入門（八木重吉） …… 239
21世紀版少年少女日本文学館（宮沢賢治） …………………… 227	日本語を味わう名詩入門（山之口貘） …… 249
21世紀版少年少女日本文学館（武者小路実篤） …………………… 233	日本語を味わう名詩入門（山村暮鳥） …… 249
	日本のむかし話（坪田譲治） ……… 148〜150
	日本の昔話（楠山正雄） …………… 83, 84
21世紀版少年少女日本文学館（室生犀星） …………………… 235	本朝奇談（にほんふしぎばなし）天狗童子（佐藤さとる） …………………… 108
21世紀版少年少女日本文学館（森鷗外） …………………… 236	日本民話選（木下順二） …………… 79
二十四の瞳（壺井栄） ………… 147, 148	日本むかしばなし（寺村輝夫） ………… 153
二十七ばん目のはこ（矢崎節夫） …… 241	にゃにゃのまほうのふろしき（わたりむつこ） …………………… 257
二十面相の呪い（江戸川乱歩） …… 32, 37	人形に片目をとじて（赤川次郎） …… 5, 7
偽原始人（井上ひさし） …………………… 23	にんぎょのいちごゼリー（末吉暁子） …… 115
二ちょうめのおばけやしき（木暮正夫） …………………… 95, 96	人魚のうた（川北亮司） …………………… 70
日照時間（川端律子） …………………… 73	忍者サノスケじいさん わくわく旅日記（那須田稔） …………… 168〜173
2年A組探偵局（宗田理） ……… 125, 126	
日本語を味わう名詩入門（石垣りん） …… 21	【ぬ】
日本語を味わう名詩入門（茨木のり子） …………………… 25	ぬすまれた教室（光瀬龍） …………… 219
日本語を味わう名詩入門（金子みすゞ） …………………… 61	ぬまばあさんのうた（岡田淳） ………… 43
日本語を味わう名詩入門（北原白秋） …… 77	ぬるぬるおばけ（やなせたかし） ……… 244
日本語を味わう名詩入門（草野心平） …… 83	
日本語を味わう名詩入門（工藤直子） …… 84	【ね】
日本語を味わう名詩入門（サトウ・ハチロー） …………………… 109	願いのかなうまがり角（岡田淳） ………… 42
日本語を味わう名詩入門（新川和江） …… 114	ねぎ坊主畑の妖精たちの物語（天沢退二郎） …………………… 11
日本語を味わう名詩入門（高田敏子） …… 137	ねこが一ぴきやってきた（広瀬寿子） …… 190
日本語を味わう名詩入門（高村光太郎） …………………… 137	ねこさんのゲームセンター（西内ミナミ） …………………… 180

ねこだにゃんごろう氏のはなし（矢崎節夫）	240
ネコだまミイちゃん（筒井敬介）	145
ねこのおんがえし（中川李枝子）	155
ねこのグルメとまほうつかい（西内ミナミ）	180
ねじれた町（眉村卓）	208
ねずみ小僧六世（星新一）	200
ねずみ花火（柴野民三）	113
ねぼけてなんかいませんよ（森山京）	237
眠れる森の歌姫（名木田恵子）	161
ねらわれた学園（眉村卓）	208
ねんねこたんていじけんだよ（矢崎節夫）	241

【の】

ノコ星ノコくん（寺村輝夫）	152
野坂昭如戦争童話集（野坂昭如）	183
ノスリ物語（戸川幸夫）	155
のはらうた（工藤直子）	85
のはらうた わっはっは（工藤直子）	86
のはらのまんなかいえ一けん（矢崎節夫）	241
のぼりくだりの…（まど・みちお）	207
のら犬物語（戸川幸夫）	155
呪いのEメール（川北亮司）	66
ノンちゃん雲に乗る（石井桃子）	21
のんびりこぶたとせかせかうさぎ（小沢正）	47
のんびり転校生事件（後藤竜二）	98, 100

【は】

ばあばらぶう（草野心平）	83
灰色の巨人（江戸川乱歩）	33, 37
廃墟のアルバム（川北亮司）	64
灰の中の悪魔（赤川次郎）	6
ハカバ・トラベルえいぎょうちゅう（柏葉幸子）	49
白鳥のふたごものがたり（いぬいとみこ）	22
白鳥の湖の謎（名木田恵子）	162
バク夢姫のご学友（柏葉幸子）	50
白蠟仮面（横溝正史）	250
ばけたらふうせん（三木卓）	209
箱火ばちのおじいさん（宮口しづえ）	222
走れメロス（太宰治）	141, 142
走れメロス 富嶽百景（太宰治）	142
バースディクラブ（名木田恵子）	158～161
パズルオオカミをたすけろ！（飯田栄彦）	19
馬賊の唄（池田芙蓉）	20
はだかの山脈（木暮正夫）	94
裸のダルシン（ニコル,C.W.）	179
八月の髪かざり（那須正幹）	166
八月の風船（野坂昭如）	182
ハッピー・バースデー・ババ（柏葉幸子）	50
初雪のふる日（安房直子）	17
ハナカミ王子とソバカス姫（舟崎克彦）	194
花咲か（岩崎京子）	28
ハナさん（森山京）	239
花仙人（松岡享子）	202
花どけい（早船うよ）	187
鼻・杜子春（芥川龍之介）	9
ハナと寺子屋のなかまたち（森山京）	239
花のお江戸の朝顔連（岩崎京子）	28
花のお江戸の金魚芝居（岩崎京子）	27
はなはなみんみ物語（わたりむつこ）	257, 259
花守の話（柏葉幸子）	51
花はなーんの花（西川紀子）	181
母を恋うる記（谷崎潤一郎）	144
母親の通信（野上弥生子）	182
パパのおはなしきかせて（角野栄子）	59
母のない子と子のない母と。（壺井栄）	148
母のふるさと（酒井朝彦）	104
パパはじどうしゃだった（角野栄子）	58
浜田広介童話集（浜田広介）	187
薔薇をさがして…（今江祥智）	26
はらっぱのおにはなし（椋鳩十）	233
薔薇と花子（与謝野晶子）	251
薔薇のかおりの夕ぐれ（野呂昶）	183
バラの耳かざりは恋のきらめき（名木田恵子）	162

春(竹久夢二) …………………… 140
ハルナさんとふしぎなおと？(高井節子) …………………… 133
春のお客さん(あまんきみこ) …… 14
春の窓(安房直子) ………………… 16
春よこい(はまみつを) …………… 185
はれたまたまこぶた(矢玉四郎) … 241
はれときどきアハハ(矢玉四郎) … 241
はれときどきぶた(矢玉四郎) …… 241
版画 のはらうた(工藤直子) … 84, 85

【ひ】

ひあたり山とひつじのヒロシ(高田桂子) …………………… 136
ピアノは夢をみる(工藤直子) …… 85
ひいきにかんぱい！(宮川ひろ) … 220
光車よ、まわれ！(天沢退二郎) … 10, 11
光のカケラ(竹下文子) …………… 139
ひかる！(後藤竜二) …………… 98, 99
光る船(川北亮司) ………………… 70
光れ！ アタッシュケース(木村裕一) …………………… 82
ひきざんもできる名犬シロ(東君平) … 188
ひぐれのお客(安房直子) ………… 16
ひぐれのラッパ(安房直子) ……… 16
ひげがあろうがなかろうが(今江祥智) …………………… 26
彦一さん(寺村輝夫) ……………… 153
ひざがガクガクばけもの話(木暮正夫) …………………… 91
ピース・ヴィレッジ(岩瀬成子) … 29
ヒッコスでひっこす(矢玉四郎) … 241
ひとくち童話(東君平) …………… 188
ひとこぶらくだがまっていた(岸田衿子) …………………… 77
ひとつのねがい(浜田広介) ……… 186
一つの花(今西祐行) ……………… 27
ひとりでもふたり(矢崎節夫) …… 240
ひとりぼっちのロビンフッド(飯田栄彦) …………………… 19
ひなげしの里(岡崎ひでたか) …… 41
火の壁をくぐったヤギ(岩崎京子) … 27

ヒノキノヒコのかくれ家 人形のすきな男の子(佐藤さとる) ………… 107
日の出マーケットのマーチ(木暮正夫) …………………… 95
ピピッとひらめくとんち話(木暮正夫) …………………… 88
ピーポポ・パトロール(柏葉幸子) … 53
ピーポポ・パトロールはんぶんおばけのマメンキサウルス(柏葉幸子) … 52
ひまねこさんこんにちは(木暮正夫) … 96
秘密指令月光を消せ(光瀬龍) …… 219
ひみつのケイタイ(木村裕一) …… 82
秘密のゴンズイクラブ(広瀬寿子) … 189
ひみつのノック(武鹿悦子) ……… 194
秘密のマニュアル(川北亮司) …… 64
ひめねずみとガラスのストーブ(安房直子) …………………… 15
百人一首(名木田恵子) …………… 158
百年戦争(井上ひさし) …………… 23
百万人にひとり へんな子(佐藤さとる) …………………… 107
百万の太陽(福島正実) ……… 190, 191
百本きゅうりのかっぱのやくそく(柏葉幸子) …………………… 51
ひゅーどろどろかべにゅうどう(角野栄子) …………………… 58
氷河ねずみの毛皮(宮沢賢治) …… 228
秒読み(筒井康隆) ………………… 146
ひょっこりひょうたん島(井上ひさし) …………………… 22
ひらかな童話集(酒井朝彦) ……… 104
ひらかな童話集(村岡花子) ……… 233
ひらけ！ なんきんまめ(竹下文子) … 139
ピラミッド帽子よ、さようなら(乙骨淑子) …………………… 48
びりっかす(木暮正夫) …………… 95
びりっかすの神さま(岡田淳) …… 43
ビルマの竪琴(竹山道雄) ………… 141
昼はまつり夜はうたげ(立原えりか) … 142
ひれ王(戸川幸夫) ………………… 154
ひろいのはらにばんぺいひとり ぞうとこまどりとねずみ うさぎのこはうさぎのこ(村岡花子) …………………… 233
ビワの実(坪田譲治) ……………… 150

ピンコうさぎのふしぎなくすり（木暮正夫） 87
ピンコうさぎはかんごふさん（木暮正夫） 95
びんの中の子どもたち（大海赫） 38
びんのむこうはあおいうみ（加藤多一） 55
びんぼう神とばけもの芝居（岩崎京子） 28

【ふ】

風景（後藤竜二） 99
フェニックス作戦発令（福島正実） .. 190, 191
笛のおじさんこんにちは（青木茂） 1
ふかふかウサギ（香山彬子） 62
不吉な地点（星新一） 198
復讐専用ダイヤル（赤川次郎） 3
福餅天狗餅（さねとうあきら） 112
ふくろう横町のなかまたち（木暮正夫） 96
ふしぎなエレベーター（わたりむつこ） 257, 259
ふしぎなごきげん草（木暮正夫） 95
ふしぎなどろぼう（赤川次郎） 5, 7
ふしぎな目をした男の子（佐藤さとる） 108
ふしぎ村へようこそ（木暮正夫） 91
ふしぎ列車はとまらない（柏葉幸子） .. 51
ふじづるのまもり水のタケル（岡崎ひでたか） 40
ふたご座の戦士（川北亮司） 71
ふたごのでんしゃ（渡辺茂男） .. 256, 257
ふたごの星（宮沢賢治） 224, 231
ブタのいる町（木暮正夫） 97
ブタノさんのぼうけん（小沢正） 47
ふたりのイーダ（松谷みよ子） .. 204, 205
二人のからくり師（木暮正夫） 96
ふたりは屋根裏部屋で（さとうまきこ） 109
ふつうのくま（佐野洋子） 112
復活の日（小松左京） 101
船で空飛ぶ妖怪クル〜ズ（三田村信行） 214

ブーフーウー（飯沢匡） 18
ふぶきだ走れ（加藤多一） 55
ふぶきの家のノンコ（加藤多一） 55
ぷぷうプウタのすてきなみみ（神沢利子） 74
ぷぷうプウタもくろパンツ（神沢利子） 74
ぷぷうプウタは一年生（神沢利子） .. 74
フーフーまるがやってくる！（末吉暁子） 117
ふまじめな天使（赤川次郎） 7
冬のさくら（木暮正夫） 87
ブラリさんとかいじんゾロ（矢崎節夫） 241
ふりむいた友だち（高田桂子） 137
ふるさと（島崎藤村） 114
ブルッとこわいおばけの話（木暮正夫） 89
ブルートレインおばけ号（水木しげる） 213, 214
プレゼントはお・ば・け（西内ミナミ） 179, 180
Friendsもののけ島のナキ（浜田広介） .. 186
フングリコングリ（岡田淳） 43
ブンとフン（井上ひさし） 24

【へ】

ぺぺとチッチ（わたりむつこ） 257
へぼ川くんとダンプちゃん（木暮正夫） 96
ペリカンとうさんのおみやげ（大石真） 38
ペンギンペペコさんだいかつやく（西内ミナミ） 179
べんけいとおとみさん（石井桃子） .. 20
ベンケーさんのおかしな発明（大海赫） 38
へんしんぶうたん！ ぶたにへんしん！（木村裕一） 82
へんしんぶうたん！ ぼくだけライオン（木村裕一） 81
へんしんぶうたん！ ライオンマンたんじょう！（木村裕一） 81
へんてこごっこ（矢崎節夫） 241

へんてこりんでステキなあいつ（那須正幹） ………… 164
へんなかくれんぼ（岸田衿子） ………… 77

【ほ】

ポアンアンのにおい（岡田淳） ………… 43
冒険者たち（斎藤惇夫） ………… 103
方言の原っぱ（川崎洋） ………… 72
ぼうしをかぶったオニの子（川崎洋） …… 72
方丈記（鴨長明） ………… 62
防波堤（わたりむつこ） ………… 259
亡霊ホテル（川北亮司） ………… 64
ぼく、おにっ子でいくんだ（高田桂子） ………… 137
ぼくが探偵だった夏（内田康夫） ………… 30
ぼくがぼくであること（山中恒） ………… 248
牧場のまどがこおる日（加藤多一） ………… 55
ぼくたちの秘宝伝説（宗田理） ………… 133
ぼくと風子の夏（那須田稔） ………… 173
ぼくのちいさなカンガルー（那須田稔） ………… 170
ぼくの鳥あげる（佐野洋子） ………… 112
ぼくのとんちんかん（飯田栄彦） ………… 19
北北東を警戒せよ（光瀬龍） ………… 220
ぼくらと七人の盗賊たち（宗田理） ‥ 128, 130
ぼくらのアラビアン・ナイト（宗田理） ………… 129
ぼくらの家出 3 days（さとうまきこ） ………… 111
ぼくらの怪盗戦争（宗田理） ………… 127
僕らの課外授業（赤川次郎） ………… 7
ぼくらの学校戦争（宗田理） ………… 128
ぼくらの奇跡の七日間（宗田理） ………… 130
ぼくらの恐怖ゾーン（宗田理） ………… 128
ぼくらのC（クリーン）計画（宗田理） ………… 127, 131
ぼくらのケータイ 3 days（さとうまきこ） ………… 111
ぼくらのコブラ記念日（宗田理） ………… 125
ぼくらの『最強』イレブン（宗田理） ………… 129
ぼくらの最後の聖戦（宗田理） ………… 128
ぼくらの最終戦争（宗田理） ………… 131
ぼくらの修学旅行（宗田理） ………… 126, 131
ぼくらの体育祭（宗田理） ………… 126
ぼくらの『第九』殺人事件（宗田理） …… 129
ぼくらの大脱走（宗田理） ………… 128
ぼくらの太平洋戦争（宗田理） ………… 125
ぼくらの大冒険（宗田理） ………… 129, 132
ぼくらのデスゲーム（宗田理） ………… 128
ぼくらのデスマッチ（宗田理） ………… 131
ぼくらのテーマパーク決戦（宗田理） ………… 126
ぼくらの天使ゲーム（宗田理） ………… 129, 132
ぼくらの七日間戦争（宗田理） ………… 130, 132
ぼくらの初恋 3 days（さとうまきこ） ………… 110
ぼくらの秘島探険隊（宗田理） ………… 131
ぼくらの秘密結社（宗田理） ………… 127
ぼくらの黒（ブラック）会社戦争（宗田理） ………… 127
ぼくらの㊙学園祭（宗田理） ………… 131
ぼくらのミステリー列車（宗田理） ………… 129
ぼくらの南の島戦争（宗田理） ………… 128
ぼくらのメリークリスマス（宗田理） ………… 127
ぼくらのモンスターハント（宗田理） ………… 130
ぼくらの（ヤ）バイト作戦（宗田理） ………… 127
ぼくらの（危）バイト作戦（宗田理） ………… 132
ぼくらの輪廻転生（てんせい）（さとうまきこ） ………… 110
ぼくらのロボット物語（眉村卓） ………… 208
ぼくらの悪校長退治（宗田理） ………… 126
ぼくらは「コウモリ穴」をぬけて（広瀬寿子） ………… 190
ぼくは王さま（寺村輝夫） ………… 152
ぼくは地球の船長だ（水上不二） ………… 210
ぼくはにんじゃのあやし丸（広瀬寿子） ………… 190
ボクは山ねこシュー はじめまして人間たち（木村裕一） ………… 81
ぼくはライオン（今江祥智） ………… 26
ぼくんちおばけやしき（木暮正夫） ……… 93
ポケットきょうりゅうサイコロンクス（山下明生） ………… 246
星からおちた小さな人（佐藤さとる） …… 108
ホシコ（加藤多一） ………… 54
星新一すこしふしぎ傑作選（星新一） …… 198
星空でユーレイとデート（名木田恵子） ………… 161
ほしとそらのしたで（矢崎節夫） ……… 241

星のカンタータ（三木卓）	209
ほしのコルンダ（やなせたかし）	243
星のタクシー（あまんきみこ）	14
星の街のものがたり（別役実）	197
ほしまつりの日（宮川ひろ）	222
ぽたぽた（三木卓）	209
火垂るの墓（野坂昭如）	182
牡丹さんの不思議な毎日（柏葉幸子）	53
坊っちゃん（夏目漱石）	173〜175
ぽっぺん先生の日曜日（舟崎克彦）	195
ポテト・チップスができるまで（森山京）	238
ほとけさまの象（花岡大学）	184
炎のように鳥のように（皆川博子）	220
ほのぼの温泉ぼんやりタケシ（木暮正夫）	94
ホラーゾーン小学校（末吉暁子）	117
ほろびた国の旅（三木卓）	209
ほん気で好きなら、ユーレイ・テスト（名木田恵子）	160
ほんとうは怖い賢治童話（宮沢賢治）	225
本の妖精リブロン（末吉暁子）	117
ぽんぽん（今江祥智）	26
ポンポン船（はまみつを）	185

【ま】

迷子のお月見遠足（福永令三）	193
まいごのきょうりゅうマイゴン（木暮正夫）	95
迷子の天使（石井桃子）	20
舞姫（森鷗外）	236
マウスアイランドのなつやすみ（わたりむつこ）	258
魔界ハロウィン（川北亮司）	64
まがり道（加藤多一）	54
マキの廃墟伝説（山中恒）	248
枕草子（清少納言）	123, 124
枕草子　更級日記（菅原孝標女）	118
枕草子　更級日記（清少納言）	124
政じいとカワウソ（戸川幸夫）	154
マザーツリー（ニコル,C. W.）	179
将道のおもしろ謎クイズ（川北亮司）	63
魔術（芥川龍之介）	8
魔女のクロスワード（川北亮司）	66
魔女のシュークリーム（岡田淳）	42
魔女の宅急便（角野栄子）	56〜60
魔人ゴング（江戸川乱歩）	32, 37
またおいで（森山京）	237
また七ぎつね自転車にのる（木暮正夫）	96
また七ぎつね東京へいく（木暮正夫）	95
街かどの夏休み（木暮正夫）	94
町にみどりの風がふく（木暮正夫）	96
松谷みよ子おはなし集（松谷みよ子）	202, 203
まつりちゃん（岩瀬成子）	29
まど・みちお詩の本（まど・みちお）	207
ま夏の夜は、たんけん！（後藤竜二）	99
真夏のランナー（飯田栄彦）	19
魔の海に炎たつ（岡崎ひでたか）	41
真昼の侵入者（福島正実）	191
魔法（坪田譲治）	150
魔法人形（江戸川乱歩）	37
魔法のおふだをバトンタッチ（末吉暁子）	115
魔法のかがみ（川北亮司）	70
魔法のタネ（川北亮司）	70
魔法のフライパン（名木田恵子）	158
魔法博士（江戸川乱歩）	32, 37
まほう屋がきた（西川紀子）	181
まぼろし曲馬団（横溝正史）	250
幻の恐竜（赤川次郎）	3
幻の四重奏（赤川次郎）	6
まぼろしのペンフレンド（眉村卓）	208
まぼろしの星（星新一）	198
ママに会いたくて生まれてきた（川崎洋）	72
ママの黄色い子象（末吉暁子）	115
ママはおしゃべり（山中恒）	248
豆つぶほどの小さないぬ（佐藤さとる）	108
繭と墓（金子みすゞ）	61
マリアさんのトントントントンタ（角野栄子）	56
マリア探偵社　悪魔のダイアリー（川北亮司）	69

マリア探偵社 怪人フェスタ(川北亮司) 69
マリア探偵社 奇妙なコンサート(川北亮司) 67
マリア探偵社 地獄のバスツアー(川北亮司) 72
マリア探偵社 死神カレンダー(川北亮司) 64
マリア探偵社 邪鬼のキャラゲーム(川北亮司) 63
マリア探偵社 廃墟のアルバム(川北亮司) 71
マリア探偵社 秘密のマニュアル(川北亮司) 68
マリア探偵社 暴走ピエロ(川北亮司) 66
マリア探偵社 亡霊ホテル(川北亮司) 70
マリア探偵社 魔界ハロウィン(川北亮司) 66
マリア探偵社 闇夜のファンタジー(川北亮司) 67, 68
マリア探偵社 妖怪フレンド(川北亮司) 71
まるこさんのおねがい(角野栄子) 59
(秘)発見ノート事件(後藤竜二) 98
まわれ！ 青いまほう玉(わたりむつこ) 258
まんげつのよるに(木村裕一) 82

【み】

見えないものの影(小松左京) 102
みかえり橋をわたる(高田桂子) 136
身代わり人形のラブソング(名木田恵子) 160
三毛猫ホームズ(赤川次郎) 7
三毛猫ホームズの事件日記(赤川次郎) 2
三毛猫ホームズの四捨五入(赤川次郎) 7
三毛猫ホームズの推理日記(赤川次郎) 2
三毛猫ホームズの黄昏ホテル(赤川次郎) 5
三毛猫ホームズの探偵日記(赤川次郎) 2

三毛ねこ4ひき大さわぎ(木暮正夫) 95
ミサコの被爆ピアノ(松谷みよ子) 204
みしのたくかにと(松岡享子) 201
みしのたくかにとをたべた王子さま(松岡享子) 202
みずがめ座の剣(川北亮司) 71
水のしろたえ(末吉暁子) 117
水の精とふしぎなカヌー(岡田淳) 42
水の手紙(井上ひさし) 22
ミス牧場は四年生(加藤多一) 55
みちこのダラダラ日記(佐野洋子) 112
三つ子のこぶた(中川李枝子) 156
三つの宝(芥川龍之介) 9
みつやくんのマークX(渡辺茂男) 255, 256
みてよぴかぴかランドセル(あまんきみこ) 11
みどりのスキップ(安房直子) 15
みなとのチビチャーナ(山下明生) 246
ミノスケのスキー帽(宮口しづえ) 223
ミミナガさんの耳はマジック(わたりむつこ) 258
宮口しづえ童話全集(宮口しづえ) 222
宮口しづえ童話名作集(宮口しづえ) 222
宮沢賢治(宮沢賢治) 229
宮沢賢治 銀河鉄道の夜(宮沢賢治) 226
宮沢賢治傑作集(宮沢賢治) 230
宮沢賢治作品選(宮沢賢治) 229
宮沢賢治20選(宮沢賢治) 227
宮沢賢治の心を読む(宮沢賢治) 224, 225
ミラーマンの時間(筒井康隆) 146

【む】

昔、そこに森があった(飯田栄彦) 18, 19
椋鳥の夢(浜田広介) 187
ムクリの嵐(那須正幹) 167
胸にともる灯(宮口しづえ) 222
紫の謎(松本泰) 206

【め】

迷宮アイランド(川北亮司) 66

迷宮世界（福島正実） ………… 190, 191
めいたんていポアロン（三田村信行）
　………… 215, 216
女神の星（川北亮司） ………… 70
めたねこムーニャン（山中恒） … 248
メモリーカードのなぞ（木村裕一） … 82
メリー・メリーを追いかけて（高田桂子） ………… 137
メリンダハウスは魔法がいっぱい（名木田恵子） ………… 157
めんどりのコッコおばさん（小沢正） … 47

【も】

もういいよう（あまんきみこ） … 12
もう一度読みたい宮沢賢治（宮沢賢治）
　………… 227
妄想銀行（星新一） ………… 198
もうひとりの赤ずきんちゃん（筒井敬介） ………… 145
猛烈教師（眉村卓） ………… 208
燃えあがる人形（都筑道夫） … 145
燃えながら飛んだよ！（飯田栄彦） … 19
木馬のゆめ（酒井朝彦） ………… 104
もぐらのひこうき（木暮正夫） … 96
モコモコちゃん家出する（角野栄子） … 61
もしもしウサギです（舟崎克彦） … 195
ももいろのきりん（中川李枝子） … 156
モモちゃんとあかね（椋鳩十） … 232
森おばけ（中川李枝子） ………… 156
森からのてがみ（舟崎克彦） … 195
森のキノコまじょ（末吉暁子） … 117
森のネズミのさがしもの（岡野薫子） … 44
森の葉っぱのジグソーパズル（末吉暁子） ………… 116
もりのへなそうる（渡辺茂男） … 256
森のポピイちゃんとふしぎなおきゃくさま（西内ミナミ） ………… 179
もりやまみやこ童話選（森山京） … 238, 239
もりはおおさわぎ（西内ミナミ） … 180
モンスター・ホテルでおひさしぶり（柏葉幸子） ………… 50
モンスター・ホテルでたんていだん（柏葉幸子） ………… 49

【や】

やぎさんへてがみ（加藤多一） … 54
焼きまんじゅう屋一代記（木暮正夫） … 97
ヤクザル大王（椋鳩十） ………… 233
焼跡の、お菓子の木（野坂昭如） … 183
やけあとの競馬うま（木暮正夫） … 87, 94
野犬物語（戸川幸夫） ………… 154
夜光怪人（横溝正史） ………… 250
夜光人間（江戸川乱歩） ………… 32, 37
優しさごっこ（今江祥智） ………… 26
八つの夜（与謝野晶子） ………… 252
やっとライオン（木村裕一） ………… 81
八つ墓村（横溝正史） ………… 250
やなせたかしのメルヘン絵本（やなせたかし） ………… 242
やなせメルヘン名作集（やなせたかし）
　………… 243
屋根裏部屋の秘密（松谷みよ子） … 205
山下明生・童話の島じま（山下明生） … 245, 246
山田風太郎少年小説コレクション（山田風太郎） ………… 247
山手町探偵クラブ（那須正幹） … 166
やまなし　いちょうの実（宮沢賢治） … 231
山ねこホテル（柴野民三） ………… 113
やまねこもりのやまねこ（やなせたかし） ………… 245
山猫理髪店（別役実） ………… 197
山の終バス（宮口しづえ） ………… 223
山の太郎グマ（椋鳩十） ………… 232
山のタンタラばあさん（安房直子） … 17
山のトムさん（石井桃子） ………… 20
やまんばがやってきた（渡辺茂男） … 256
やまんばのにしき（松谷みよ子） … 204
やまんば妖怪学校（末吉暁子） … 116, 117
闇夜のファンタジー（川北亮司） … 64

【ゆ】

勇気の歌（やなせたかし） ………… 244
夕鶴（木下順二） ………… 79
夕鶴 彦市ばなし（木下順二） ………… 79

夕鶴・彦市ばなし（木下順二）……… 78, 79
夕ばえ作戦（光瀬龍）……………… 219, 220
夕焼け里に東風よ吹け（岡崎ひでたか）
　……………………………………………… 40
幽霊から愛をこめて（赤川次郎）……… 5
幽霊鉄仮面（横溝正史）……………… 250
ゆうれい電車（水木しげる）……… 213, 214
ゆうれいのおとしもの（木暮正夫）…… 92
幽霊バスツアー（赤川次郎）………… 1, 2
幽霊屋敷を調査せよ！（那須正幹）… 166
ゆうれい宿と妖精ホテル（福永令三）… 193
ゆかいにガハガハわらい話（木暮正夫）
　……………………………………………… 91
ゆかりのたんじょうび（渡辺茂男）… 256
雪いろのペガサス（儀府成一）………… 79
ゆきこんこまつりの日（わたりむつこ）
　…………………………………………… 257
ゆきこんこん物語（さねとうあきら）… 111
ゆきとどいた生活（星新一）………… 199
ゆきひらの話（安房直子）……………… 15
雪窓（安房直子）………………………… 17
雪わたり（宮沢賢治）…………… 223, 231
UFOすくい（今江祥智）……………… 26
夢から醒めた夢（赤川次郎）…………… 3
夢じかん（川北亮司）………………… 70
夢でない夢（天沢退二郎）……………… 11
ゆめの中でピストル（寺村輝夫）…… 152
ゆらぎの詩の物語（わたりむつこ）… 257, 259
ゆらゆら橋からおんみょうじ（広瀬寿子）
　…………………………………………… 189
ゆらは11ばんめ（わたりむつこ）… 258
ユーレイ通りのスクールバス（名木田恵子）
　…………………………………………… 160
ユーレイと結婚したってナイショだよ
　（名木田恵子）………………………… 162
ユーレイに氷のくちづけを（名木田恵子）
　…………………………………………… 160
ユーレイのはずせない婚約指輪（名木田恵子）
　…………………………………………… 159
ユーレイ・ミラクルへの招待状（名木田恵子）
　…………………………………………… 159
ユーレイ・ラブソングは永遠に（名木田恵子）
　…………………………………………… 159
ユーレイ列車はとまらない（名木田恵子）
　…………………………………………… 160

【よ】

妖怪紳士（都筑道夫）………………… 145
妖怪大戦争（水木しげる）……… 212, 214
妖怪たちはすぐそこに（木暮正夫）…… 89
妖怪博士（江戸川乱歩）…………… 34, 37
妖怪フレンド（川北亮司）…………… 64
妖精ケーキはミステリー!?（柏葉幸子）
　……………………………………………… 52
ようふくぱーてぃひらきます（わたりむつこ）
　…………………………………………… 258
よーすけとはな（光瀬龍）…………… 219
ヨーゼフのもうじゅうがり（渡辺茂男）
　…………………………………………… 255
夜空をかける青い馬（加藤多一）…… 55
よだかの星（宮沢賢治）……………… 231
四人のヤッコと半分のアッコ（西内ミナミ）
　…………………………………………… 180
よみがえる魔法の物語（わたりむつこ）
　………………………………………… 257, 259
夜の小学校で（岡田淳）……………… 42
夜の侵入者（星新一）………………… 199
夜の迷路で妖怪パニック（三田村信行）
　…………………………………………… 214
よろずトラブル妖怪におまかせ（三田村信行）
　…………………………………………… 215
四十一番の少年（井上ひさし）……… 24
四ちょうめのようかいさわぎ（木暮正夫）
　………………………………………… 92, 94
読んであげたいおはなし（松谷みよ子）
　…………………………………………… 205

【ら】

らいおんみどりの日ようび（中川李枝子）
　…………………………………………… 156
らいおんライオー（西内ミナミ）…… 180
ラジコン大海獣（水木しげる）… 212, 213
羅生門（芥川龍之介）………………… 8, 9
ラストラン（角野栄子）…………… 56, 58
ラブちゃんとボタンタン（角野栄子）… 59, 61
ラ・プッツン・エル（名木田恵子）… 158

ランちゃんドキドキ（角野栄子）………… 59

【り】

リュイテン太陽（福島正実）………… 191
竜が呼んだ娘（柏葉幸子）………… 50
りゅうりぇんれんの物語（茨木のり子）………… 25
良寛さま童謡集（相馬御風）………… 133
良寛坊物語（相馬御風）………… 133
両手ばんざいのまねきねこ（木暮正夫）………… 87
緑魔の町（筒井康隆）………… 146, 147
李陵・山月記（中島敦）………… 157
リルラの手袋（儀府成一）………… 79
凛九郎（吉橋通夫）………… 254
リンゴちゃんとのろいさん（角野栄子）………… 61
りんごの花がさいていた（森山京）………… 237
りんごひろいきょうそう（宮川ひろ）…… 221

【る】

ルルン＝ナンダーのほし（やなせたかし）………… 245

【れ】

0てんにかんぱい！（宮川ひろ）………… 220
レネット（名木田恵子）………… 158, 161
レンゲの季節（はまみつを）………… 185

【ろ】

蠟面博士（横溝正史）………… 250
6月31日6時30分（寺村輝夫）………… 151
61時間だけのユーレイなんて？（名木田恵子）………… 161
六ちょうめのまひるのゆうれい（木暮正夫）………… 91
六年四組ズッコケ一家（山中恒）……… 247

ロボロボ（木村裕一）………… 80
ロマンチック城ユーレイ・ツアー（名木田恵子）………… 161

【わ】

若草色のポシェット（赤川次郎）………… 6
吾輩は猫である（夏目漱石）……… 174, 175
わが母の肖像（はまみつを）………… 186
わすれんぼうにかんぱい！（宮川ひろ）………… 221
わたしが妹だったとき（佐野洋子）………… 112
私のアンネ＝フランク（松谷みよ子）………… 205
私の生い立ち（与謝野晶子）………… 251
わたしのおとうと（あまんきみこ）………… 13
私のおとぎ話（宇野千代）………… 31
わたしのしゅうぜん横町（西川紀子）………… 181
わたしの昔がたり（宮川ひろ）………… 220
わっしょいのはらむら（工藤直子）………… 85
わにのニニくんのゆめ（角野栄子）………… 60
わらいばなし（寺村輝夫）………… 153
わらうことがしゅくだいだって（はまみつを）………… 185
笑う肉仮面（山田風太郎）………… 247
わらうぼうしリトル・ボオ（やなせたかし）………… 244
わらしべ長者（木下順二）………… 78, 79
わらってごらんゆきだるま（加藤多一）………… 54
悪いやつは眠らせない（砂田弘）………… 123
悪ガキ7（宗田理）………… 126, 127
ワンダフルライフ（川崎洋）………… 72
1・2パンチたまがったあ！（飯田栄彦）………… 19
わんにゃーせんそう（やなせたかし）…… 245
わんわん村のおはなし（中川李枝子）………… 156
ワンワンものがたり（千葉省三）……… 145

子どもの本 日本の名作童話 最新2000

2015年1月25日 第1刷発行

発 行 者／大高利夫
編集・発行／日外アソシエーツ株式会社
　　　　　　〒143-8550 東京都大田区大森北 1-23-8 第3下川ビル
　　　　　　電話 (03)3763-5241(代表)　FAX(03)3764-0845
　　　　　　URL　http://www.nichigai.co.jp/
発 売 元／株式会社紀伊國屋書店
　　　　　　〒163-8636 東京都新宿区新宿 3-17-7
　　　　　　電話 (03)3354-0131(代表)
　　　　　　ホールセール部(営業)　電話 (03)6910-0519

電算漢字処理／日外アソシエーツ株式会社
印刷・製本／光写真印刷株式会社

不許複製・禁無断転載　《中性紙H-三菱書籍用紙イエロー使用》
<落丁・乱丁本はお取り替えいたします>
ISBN978-4-8169-2513-9　　**Printed in Japan, 2015**

本書はディジタルデータでご利用いただくことができます。詳細はお問い合わせください。

子どもの本シリーズ

児童書を分野ごとにガイドするシリーズ。子どもたちにも理解できる表現を使った見出しのもとに関連の図書を一覧。基本的な書誌事項と内容紹介がわかる。図書館での選書にはもちろん、総合的な学習・調べ学習にも役立つ。

子どもの本 日本の古典をまなぶ2000冊
A5・330頁　定価(本体7,600円+税)　2014.7刊
子どもたちが「日本の古典」にしたしむために書かれた本2,426冊を収録。

子どもの本 楽しい課外活動2000冊
A5・330頁　定価(本体7,600円+税)　2013.10刊
特別活動・地域の活動・レクリエーションについて書かれた本2,418冊を収録。

子どもの本 美術・音楽にふれる2000冊
A5・320頁　定価(本体7,600円+税)　2012.7刊
「美術館に行ってみよう」「オーケストラについて知ろう」など、美術・音楽について書かれた本2,419冊を収録。

子どもの本 国語・英語をまなぶ2000冊
A5・320頁　定価(本体7,600円+税)　2011.8刊
国語・英語教育の場で「文字」「ことば」「文章」を学ぶために書かれた本2,679冊を収録。

子どもの本 社会がわかる2000冊
A5・350頁　定価(本体6,600円+税)　2009.8刊
世界・日本の地理、政治・経済・現代社会について書かれた本2,462冊を収録。

子どもの本 伝記を調べる2000冊
A5・320頁　定価(本体6,600円+税)　2009.8刊
「豊臣秀吉」「ファーブル」「イチロー」などの伝記2,237冊を収録。

データベースカンパニー
日外アソシエーツ　〒143-8550 東京都大田区大森北1-23-8
TEL.(03)3763-5241　FAX.(03)3764-0845　http://www.nichigai.co.jp/